Ce livre
a été adapté,
mis en pages
et fabriqué
au Québec

Guy Saint-Jean Éditeur
est une maison d'édition québécoise
fondée en 1981

Guy Saint-Jean Éditeur
4490, rue Garand
Laval (Québec), Canada H7L 5Z6
450 663-1777
info@saint-jeanediteur.com
saint-jeanediteur.com

Données de catalogage avant publication disponibles à Bibliothèque et Archives nationales du Québec et à Bibliothèque et Archives Canada.

Nous reconnaissons l'aide financière du gouvernement du Canada ainsi que celle de la SODEC pour nos activités d'édition. Nous remercions le Conseil des arts du Canada de l'aide accordée à notre programme de publication.

Financé par le gouvernement du Canada | Canada

SODEC Québec

Conseil des Arts du Canada Canada Council for the Arts

Gouvernement du Québec – Programme de crédit d'impôt pour l'édition de livres – Gestion SODEC

Titre original : *Das Erbe der Tuchvilla*

Traduit de l'allemand par Corinna Gepner
Édition française publiée aux Éditions Leduc.s, 2021
Conception graphique de la couverture et mise en page : Olivier Lasser
Photos de la page couverture : d'après Joanna Czogala + Yolande de Kort/Arcangel

Dépôt légal – Bibliothèque et Archives nationales du Québec, Bibliothèque et Archives Canada, 2021
ISBN : 978-2-89827-084-0
ISBN EPUB : 978-2-89827-085-7
ISBN PDF : 978-2-89827-086-4

Imprimé au Canada
3e réimpression, juin 2023

ASSOCIATION NATIONALE DES ÉDITEURS DE LIVRES

Guy Saint-Jean Éditeur est membre de l'Association nationale des éditeurs de livres (ANEL).

ANNE JACOBS

La villa aux étoffes

Tome 3 * Le retour

ROMAN

Traduit de l'allemand par
Corinna Gepner

SAINTJEAN

Chapitre 1

Septembre 1923

Leo était pressé. Dans l'escalier, il repoussa des élèves, puis se faufila devant un groupe de filles qui bavardaient. Mais il fut soudain forcé de s'arrêter, car quelqu'un venait de s'agripper à son sac à dos.

— Qu'est-ce que t'as à doubler les autres ? lui lança Willi Abele sur un ton hargneux. Les rats et les copains des Juifs, ils ont qu'à rester derrière !

Une insulte à son père et à Walter, son meilleur et son seul ami qui, ce jour-là, avait manqué la classe parce qu'il était malade. Il ne pouvait donc pas se défendre.

— Lâche-moi, sinon ça va barder !

— Essaie un peu, espèce de mauviette…

Leo voulut se dégager, mais l'autre le retenait d'une poigne de fer. Autour d'eux, le flot des écoliers se déversait dans l'escalier, traversait la cour, puis se répandait dans la rue du Rempart rouge. Le jeune garçon parvint à entraîner son adversaire dans la cour sans que les courroies du sac cèdent. Il fallait qu'il puisse se retourner et riposter, sinon Willi ferait main basse sur ses livres et ses cahiers.

— Melzer, péteux, merdeux… chantonna Willi en tentant d'ouvrir la boucle du sac.

Leo vit rouge. Ce refrain lui était familier. C'étaient surtout les enfants des quartiers ouvriers qui lui lançaient ce genre de méchanceté, parce qu'il était mieux habillé et que Julius venait parfois le chercher à l'école en voiture. Willi Abele était nettement plus grand et avait deux ans de plus, mais cela ne l'arrêta pas. Un bon coup de pied dans le genou, Willi poussa un hurlement et lâcha son butin. Leo eut tout juste le temps de poser son sac par terre avant que son ennemi se précipite sur lui. Ils roulèrent sur le sol. Leo se prit une volée de coups, sa veste se déchira. Il se défendit avec acharnement contre son agresseur, qui haletait comme un forcené.

— Qu'est-ce qui se passe ici ? Abele ! Melzer ! Arrêtez ça !

L'adage selon lequel les premiers seraient les derniers montra une fois de plus sa justesse. Willi, qui avait le dessus, tâta de la main punitive de l'instituteur Urban, lequel se contenta ensuite de saisir Leo par le col et de le remettre sur pied : son nez en sang le préserva de la gifle qui lui revenait. L'air renfrogné, les deux garçons écoutèrent en silence la réprimande du maître. Le pire était encore les sourires et les chuchotements railleurs des camarades, qui avaient formé un cercle autour des deux combattants. Surtout ceux des filles.

— Il l'a bien arrangé…

— On tape pas sur les plus petits…

— Bien fait pour Leo. Il n'a qu'à pas la ramener…

— Willi Abele est une charogne…

Les deux gamins ne prêtaient qu'une oreille distraite au sermon de l'instituteur, qui de toute façon disait toujours la même chose. Il ordonna à Leo de s'essuyer le nez. En sortant son mouchoir, le garçon s'aperçut que l'ourlet de sa manche avait été en partie déchiré. Tandis qu'il passait son mouchoir sur sa figure, il capta des regards compatissants et admiratifs de la part de quelques filles, ce qui lui fut extrêmement désagréable. Willi, qui l'accusait auprès du maître de faire des chichis, reçut une seconde taloche. Bien fait !

— Et maintenant, serrez-vous la main…

Ils connaissaient tous deux le rituel parfaitement inutile qui suivait chaque bagarre. Cependant, ils acquiescèrent aux rappels à l'ordre de l'instituteur et acceptèrent de se réconcilier. Leur patrie si éprouvée par la guerre avait besoin de jeunes gens posés, studieux, et non de petites brutes, déclara monsieur Urban.

— Et maintenant, rentrez chez vous !

Le signal de la délivrance. Leo passa la courroie de son sac abîmé autour de son épaule. Il aurait volontiers filé sans attendre, mais ne voulait surtout pas donner l'impression qu'il prenait la fuite. Aussi se dirigea-t-il d'un pas tranquille vers le portail. Ensuite seulement il se mit à courir. Une fois dans la rue Rembold, il s'arrêta un bref instant et se retourna pour jeter un regard haineux sur le grand bâtiment en brique. Pourquoi l'obligeait-on à aller dans cette maudite école de la rue du Rempart rouge ? Son père, lui, était entré directement à Saint-Étienne, dans une classe préparant à la première année de lycée. Il n'y avait là que des garçons de bonne famille, qui avaient le droit de porter les chapeaux de couleur propres à l'établissement. Et pas de filles. Mais la République voulait que les enfants fréquentent d'abord une école primaire. La République était une belle saloperie. Tout le monde récriminait contre elle, surtout Alicia, la grand-mère de Leo, qui soutenait que, du temps de l'empereur, tout était mieux.

Il se moucha derechef et constata que son nez ne saignait plus. Il ne fallait pas traîner, on l'attendait sans doute déjà. Il dépassa la basilique Saint-Ulrich-et-Sainte-Afre, emprunta quelques ruelles pour rejoindre la rue de la Montagne de lait, puis la rue Maximili…

Tout à coup, il s'immobilisa, subjugué. Le son d'un piano. Quelqu'un jouait un morceau qu'il connaissait. Le regard de Leo se promena sur une façade au crépi gris. La mélodie venait du deuxième étage, où un battant de fenêtre était ouvert. Un rideau de tulle blanc masquait l'intérieur de la pièce mais, quelle que soit la personne qui jouait, c'était magnifique. Où avait-il entendu cette musique ? Peut-être à l'un des concerts de la Société des arts, où sa mère l'emmenait souvent ? C'était formidable et en même temps très triste. Et, quand les accords se déchaînaient, on était littéralement saisi. Leo aurait pu rester des heures à écouter le pianiste. Mais celui-ci s'interrompit pour travailler un passage, ce que le jeune garçon finit par trouver lassant.

— Le voilà !

Leo sursauta. C'était incontestablement la voix claire et perçante de Henni. Ah ! Elles étaient venues à sa rencontre. Elles avaient de la chance, il aurait pu prendre un autre chemin. Main dans la main, les deux fillettes dévalèrent le trottoir dans sa direction, Dodo avec ses nattes blondes qui voletaient, Henni dans une robe rose confectionnée par sa mère. Une petite éponge pendillait à son sac, car elle venait tout juste d'entrer à l'école et apprenait à écrire sur une ardoise.

— Pourquoi tu regardes en l'air ? demanda Dodo lorsqu'elles furent devant lui, tout essoufflées.

— On t'a attendu pendant au moins cent ans ! lança Henni sur un ton de reproche.

— Cent ans ? Mais tu serais morte depuis longtemps !

Henni ne se laissa pas démonter. De toute façon, elle n'entendait que ce qui l'arrangeait.

— La prochaine fois, on ira sans toi.

Leo haussa les épaules et jeta un regard en douce à Dodo, mais celle-ci ne paraissait pas disposée à prendre sa défense. Ils savaient pourtant tous les trois qu'il ne passait les chercher que pour obéir à leur grand-mère. Celle-ci était d'avis que deux fillettes de sept ans ne devaient pas se promener en ville sans être accompagnées, encore moins par ces temps troublés. Leo avait donc pour mission de courir à Sainte-Anne dès la fin de ses cours afin de ramener sa sœur et sa cousine saines et sauves à la villa.

— Mais de quoi tu as l'air?

Dodo venait de repérer la manche déchirée de sa veste et les taches de sang sur son col.

— Moi? Comment ça?

— Tu t'es encore battu, Leo!

— Hiiii! C'est du sang?

Henni effleura de l'index le col de la chemise de Leo. On n'aurait su dire si les points rouges qui le piquetaient lui paraissaient écœurants ou excitants. Leo repoussa sa main.

— Laisse faire, il faut qu'on y aille.

Yeux plissés, lèvres serrées, Dodo continuait de l'examiner avec attention.

— Encore Willi Abele, hein?

Son frère opina avec un air renfrogné.

— J'aurais bien voulu être là. Je lui aurais tiré les cheveux et craché dessus!

Elle s'était exprimée avec un grand sérieux, en hochant deux fois la tête. Leo en fut à la fois touché et gêné. Dodo était sa sœur, elle était courageuse et ne le laissait jamais tomber. Mais ce n'était qu'une fille.

— Bon, tu viens, oui ou non? lança Henni, pour qui cette bagarre était déjà une affaire classée. Il faut encore que j'aille chez Merkle.

Cela les obligeait à faire un détour qui aggraverait leur retard.

— Pas aujourd'hui, on n'a plus le temps…

— Mais Maman m'a donné de l'argent pour que j'achète du café.

Henni voulait toujours commander. Leo s'était promis de ne plus tomber dans le panneau, mais ce n'était pas facile, car sa cousine trouvait toujours un prétexte en apparence tout à fait sensé. Comme aujourd'hui: acheter du café!

— Maman a dit qu'elle pouvait pas vivre sans café!

— Tu veux qu'on arrive en retard pour le dîner?

— Tu veux que ma maman meure? rétorqua Henni, indignée.

La victoire lui revint une fois de plus. On mit le cap sur la rue Caroline, où madame Merkle officiait dans une petite boutique surmontée de l'enseigne Café, confitures et thé. Ces produits de luxe n'étaient pas à la portée de tout le monde. Leo savait que beaucoup de ses camarades de classe ne dînaient que d'une soupe d'orge. Et aucun d'eux n'apportait de casse-croûte pour la pause. Il en était peiné et il lui arrivait de partager son sandwich au pâté avec d'autres. Le plus souvent avec son ami Walter Ginsberg, dont la mère tenait un magasin de partitions et d'instruments de musique dans la rue Charles. Mais les affaires étaient mauvaises. Le père de Walter était tombé en Russie, et puis il y avait l'inflation. Parce que tout devenait de plus en plus cher et que, comme disait sa mère, l'argent ne valait plus rien. La veille, la cuisinière, madame Brunnenmayer, s'était plainte d'avoir payé trente mille marks un pain de cinq cents grammes. Leo était déjà capable de compter jusqu'à mille. Ça faisait trente fois mille. Heureusement que, depuis la guerre, il n'y avait presque plus que des billets de banque, sinon la Brunnenmayer aurait dû louer une charrette.

— Regarde, le magasin de porcelaine Müller a fermé, fit remarquer Dodo en montrant les vitrines masquées par du papier journal. Grand-Maman va être triste. C'est là qu'elle rachète des tasses à café pour remplacer celles qui sont cassées.

Ce n'était pas un cas isolé. À Augsbourg, de nombreux commerces avaient mis la clé sous la porte. Et ceux qui restaient n'exposaient plus dans leurs vitrines que de vieux rossignols hors d'âge. Papa avait dit récemment au dîner que ces escrocs gardaient leur marchandise de qualité en réserve dans l'attente de jours meilleurs.

— Regarde, Dodo, il y a des oursons…

Leo observa avec condescendance les deux fillettes presser leur nez contre la vitrine de la boulangerie. Ces oursons collants en gomme rouge ou verte ne lui inspiraient aucune envie.

— Va donc acheter le café, Henni, lança-t-il avec impatience. Merkle est juste en face.

Il s'interrompit en réalisant que le magasin de matériel sanitaire de Hugo Abele, le père de Willi, jouxtait le petit commerce de madame Merkle. Ce salopard de Willi était-il déjà chez lui? Leo avança de quelques pas et scruta la vitrine depuis le trottoir opposé. Elle ne contenait pas grand-chose, quelques tuyaux et robinets sur le devant. Au fond trônait un toilette blanche en porcelaine. Plaçant sa main en visière au-dessus de ses yeux pour les protéger de la lumière oblique du soleil de septembre, le jeune garçon constata, premièrement, qu'il portait la marque bleue du fabricant, et, deuxièmement, qu'il était passablement poussiéreux.

— Tu veux acheter une toilette? demanda Dodo, qui l'avait suivi.

— Mais non.

La fillette fit la grimace.

— C'est pas le magasin des parents de Willi?

— Humm...

— Willi est là?

— Possible. Il est censé les aider.

Les jumeaux échangèrent un regard. Une petite lueur s'alluma dans les yeux bleu gris de Dodo.

— J'y vais.

— Pour quoi faire? demanda Leo, inquiet.

— Demander combien coûte la toilette.

— Mais on n'en a pas besoin!

Dodo avait déjà traversé la rue. On entendit tinter la cloche lorsqu'elle poussa la porte et disparut à l'intérieur du magasin.

— Qu'est-ce qu'elle fait ? s'enquit Henni en agitant sous le nez de Leo un sachet rempli de bonbons en réglisse et d'oursons en gomme.

Aïe… Il ne devait plus rester grand-chose pour le café. Les yeux rivés sur la boutique des Abele, Leo prit un morceau de réglisse.

— Elle est allée demander le prix de la toilette.

Henni lui lança un regard indigné, puis se fourra un ourson vert dans la bouche.

— Tu te moques de moi ou quoi ?

— T'as qu'à lui demander…

La porte du magasin se rouvrit. Les deux enfants virent Dodo sortir en faisant une génuflexion polie. La fillette dut patienter sur le trottoir pour laisser passer une charrette tirée par un cheval, puis elle traversa en courant pour rejoindre ses compagnons.

— Le papa de Willi est là. Un grand avec une moustache grise qui vous regarde comme s'il voulait vous manger.

— Et Willi ?

Dodo eut un sourire. Willi était au fond en train de ranger des vis dans de petites boîtes. Elle s'était tournée vers lui pour lui tirer la langue.

— Ça, il était pas content ! Mais comme son papa était là, il pouvait rien dire.

Quant à la toilette, elle coûtait deux cents millions de marks. Tarif préférentiel.

— Deux cents marks ? se récria Henni. C'est beaucoup pour une toilette aussi laide.

— Deux cents millions, rectifia Dodo.

Aucun des trois enfants n'avait encore appris à compter jusque-là…

Les sourcils froncés, Henni jeta un regard songeur sur la vitrine, où se reflétait à présent la lumière aveuglante du soleil de midi.

— Moi aussi, je vais demander…

— Non, reste ici !

Leo voulut la retenir, mais la fillette se glissa habilement devant deux femmes d'un certain âge, si bien que le garçonnet fut stoppé. Il la suivit du regard en secouant la tête, tandis qu'elle entrait à son tour dans la boutique.

— Qu'est-ce qui vous prend à toutes les deux ? grommela-t-il à l'adresse de Dodo.

Les jumeaux traversèrent en se tenant par la main, puis se postèrent devant la vitrine. Effectivement, le père de Willi arborait une moustache grise et avait un drôle d'air. Peut-être avait-il les yeux irrités ? Willi était assis tout au fond à une table couverte de boîtes en carton de tailles différentes. On ne distinguait que sa tête et ses épaules.

— C'est ma maman qui m'envoie, pépia Henni en offrant son plus joli sourire à monsieur Abele.

— Et comment s'appelle-t-elle, ta maman ?

Le sourire de Henni s'élargit.

— Ma maman voudrait bien savoir combien coûte la toilette, poursuivit-elle sans paraître avoir entendu la question de son interlocuteur.

— Celle qui se trouve dans la vitrine ? Trois cent cinquante millions. Tu veux que je te le note sur un papier ?

— Ce serait très gentil.

Pendant que monsieur Abele cherchait de quoi écrire, Henni se tourna prestement vers Willi. Les jumeaux ne purent voir ce qu'elle faisait, mais Willi en eut les yeux exorbités comme un poisson. Henni ressortit toute fière avec son bout de papier et trouva scandaleux que ses cousins l'aient observée à travers la vitrine.

— Montre-moi ça ! s'exclama Dodo.

Monsieur Abele avait écrit le chiffre « 350 » suivi du mot « millions ».

— Quel bandit ! s'écria Leo, indigné. Il y a cinq minutes, la toilette coûtait deux cents millions.

Henni ne savait même pas compter jusqu'à cent, mais elle comprit que l'homme était un escroc. Quelle crapule !

— J'y retourne, déclara Dodo avec détermination.

— Laisse tomber, lui conseilla Leo.

— Sûrement pas !

Restés dehors, Leo et Henni pressèrent leur visage contre la vitre en plaçant leurs mains de chaque côté des yeux pour éviter les reflets éblouissants du soleil. Ils entendirent la voix énergique de Dodo, puis la basse de monsieur Abele.

— Qu'est-ce que tu veux encore ? grogna l'homme.

— Vous avez dit que la toilette coûtait deux cents millions.

Il regarda la fillette avec des yeux ronds. Leo imagina les rouages de son cerveau se mettant laborieusement en marche.

— Qu'est-ce que j'ai dit ?

— Vous avez dit « deux cents millions ». C'est bien vrai, non ?

Son regard passa de Dodo à la toilette en porcelaine. C'est alors qu'il aperçut les deux enfants, le nez collé à la vitrine.

— Espèces de chenapans ! hurla-t-il. Dégagez ! Vous ne me ferez pas tourner en bourrique ! Dehors, ou c'est moi qui vous fais décamper !

— J'avais raison ! rétorqua hardiment Dodo.

Elle n'en tourna pas moins promptement les talons, car monsieur Abele s'était approché d'elle avec un air menaçant et tendait déjà le bras pour l'attraper par les cheveux. Ce qu'il aurait fait si Leo n'avait brusquement ouvert la porte afin de protéger sa sœur en se plaçant devant elle.

— Bande de galopins ! Vous voulez vous moquer de moi, hein ? Tiens, voilà pour toi, mon petit gars !

Leo se baissa, mais monsieur Abele l'avait saisi par le col de sa veste, si bien que la gifle atterrit sur son occiput.

— Arrêtez de frapper mon frère ! glapit Dodo. Ou je vous crache dessus !

Elle joignit aussitôt l'acte à la parole. La veste de monsieur Abele reçut quelques gouttes, le crâne de Leo aussi, malheureusement. Entre-temps, la mère de Willi, une petite femme brune et mince, avait fait son apparition, son fils sur les talons.

— Elles m'ont tiré la langue, papa ! C'est Leo Melzer. À cause de lui, le maître m'a giflé aujourd'hui !

En entendant le nom « Melzer », monsieur Abele s'immobilisa, tandis que Leo se débattait comme un beau diable pour échapper à sa poigne.

— Melzer ? De la villa aux étoffes ? demanda monsieur Abele en se tournant vers son fils.

— Seigneur ! s'exclama sa femme en portant les mains à sa bouche. Tu vas t'attirer des ennuis, Hugo. Laisse cet enfant, je t'en conjure.

— Tu es un des Melzer de la villa aux étoffes ? beugla le propriétaire du magasin à l'adresse de Leo.

Comme celui-ci acquiesçait, monsieur Abele le lâcha.

— Allez, sans rancune, grommela-t-il. Je me suis trompé. La toilette coûte trois cents millions. Tu peux le dire à ton père.

Leo se frotta l'arrière du crâne et rajusta sa veste. Dodo jeta à monsieur Abele un regard plein de ressentiment.

— Vous pouvez être sûr qu'on n'achètera jamais de toilette chez vous, déclara-t-elle sur un ton souverain. Même si elle était en or. Allez, viens, Leo.

Encore tout étourdi, celui-ci laissa sa sœur le prendre par la main. Les deux enfants sortirent et se mirent en demeure de rejoindre la porte de Jakob.

— S'il raconte ça à papa… bredouilla Leo.

— Mais non ! le rassura Dodo. Il a trop la trouille pour ça.

— Au fait, où est Henni ? demanda Leo en s'arrêtant.

Ils trouvèrent leur cousine dans la boutique de madame Merkle. Celle-ci lui avait généreusement donné cent vingt-cinq grammes de café pour la somme qui lui restait.

— Parce qu'on est des bons clients ! expliqua la fillette avec un large sourire.

Chapitre 2

En sursautant, Marie leva les yeux de son dessin lorsqu'elle entendit la porte s'ouvrir derrière elle.

— Paul ! Grands dieux, il est déjà midi ? Je n'ai pas vu le temps passer.

Le jeune homme s'approcha d'elle, lui déposa sur les cheveux un baiser léger et jeta un regard curieux sur le carnet à dessin. Elle créait des robes de soirée. Très romantiques. Des rêves de soie et de tulle. En ces temps si peu propices au luxe…

— Ne regarde pas, protesta-t-elle en posant les mains sur sa feuille.

— Pourquoi, mon amour ? C'est magnifique, ce que tu fais. Un peu… fantaisiste, peut-être ?

Elle renversa la tête en arrière, et il effleura tendrement son front de ses lèvres. Paul était rentré de captivité depuis trois ans, mais ils ressentaient encore le fait qu'ils soient réunis comme un merveilleux cadeau. Il arrivait à Marie de se réveiller la nuit, envahie par l'impression terrible que Paul était encore à la guerre. Alors elle se blottissait contre son corps endormi, sentait sa respiration, sa chaleur, et se rendormait, apaisée. Elle savait qu'il éprouvait la même chose car, parfois, il lui prenait la main avant de s'endormir, comme pour la savoir à son côté jusque dans ses rêves.

— Ce sont des robes de bal, elles ont tout à fait le droit d'être fantaisistes. Tu veux voir les tailleurs et les jupes que j'ai conçus ? Regarde…

Elle tira un dossier de la pile posée sur sa table de travail.

Depuis qu'Elisabeth était partie vivre en Poméranie, Marie se servait de sa chambre comme d'un bureau, où elle faisait ses croquis et confectionnait de temps à autre un vêtement. Le plus souvent, toutefois, c'était pour des travaux de raccommodage qu'elle se mettait à la machine à coudre.

Paul se montra admiratif, trouvant ses créations pleines d'originalité et d'impertinence. Il s'étonna seulement de la longueur et de l'étroitesse des modèles. Étaient-ils exclusivement conçus pour de grandes perches ?

Marie eut un petit rire. Elle était habituée à ses taquineries et savait que dans le fond il était fier d'elle.

— La femme moderne, mon cher, est ultramince. Elle a les cheveux courts, la poitrine plate et les hanches étroites. Elle se maquille outrancièrement et se sert d'un fume-cigarette.

— Quelle horreur ! gémit Paul. J'espère que tu ne prendras jamais exemple sur cette mode. Kitty se balade déjà avec une coiffure à la garçonne, c'est bien suffisant.

— Oh, je suis sûre qu'une coupe courte m'irait très bien.

— Non, s'il te plaît…

Son ton implorant faillit la faire éclater de rire. Elle portait les cheveux longs et les relevait la journée. Le soir, avant de se coucher, elle s'asseyait devant le miroir de sa coiffeuse pour défaire son chignon sous le regard de Paul. À certains égards, son cher et tendre était un peu vieux jeu.

— Les enfants ne sont pas encore rentrés ? demanda Marie en jetant un coup d'œil sur l'horloge.

C'était un des rares meubles laissés par Elisabeth, avec le canapé et deux petits tapis. Tout le reste, elle l'avait emporté en Poméranie.

— Non, et Kitty non plus, répondit Paul, contrarié. Maman est toute seule à table.

— Oh là là !

Marie referma le carton d'esquisses et se leva en hâte. Depuis quelque temps, Alicia était de santé fragile. Elle se plaignait souvent qu'on n'ait pas de temps à lui consacrer. Même les enfants n'étaient pas disponibles, ils préféraient faire les fous dans le parc avec les petits d'Augusta, personne ne se souciait de les éduquer. Les filles, surtout, étaient déjà de vraies « sauvageonnes ». De son temps, on engageait une gouvernante qui gardait les filles à la maison, leur apprenait des choses utiles et veillait à ce qu'elles deviennent des femmes responsables.

— Attends une seconde, Marie !

Paul se plaça devant la porte avec un sourire espiègle, comme s'il s'apprêtait à faire une blague. Marie ne put s'empêcher de rire. Elle aimait tant cette mimique !

— J'avais quelque chose à te dire, mon amour. En tête à tête, sans témoin.

— Ah bon ? Sans témoin ? C'est un secret ?

— Non, une surprise. Quelque chose dont tu as envie depuis longtemps...

Grands dieux, songea-t-elle, *de quoi peut-il s'agir ? Je suis parfaitement heureuse, j'ai tout ce dont j'ai besoin. Paul. Les enfants. Bon, c'est vrai, nous en voulions un troisième. Mais ça viendra sûrement...*

Il la regardait d'un air impatient, parut légèrement déçu en la voyant hausser les épaules.

— Tu ne devines pas ? Bon, alors je te donne un indice : aiguille.

— Aiguille, coudre, fil, dé...

— Froid, complètement froid. Vitrine.

Marie trouvait le jeu amusant, mais sachant qu'Alicia les attendait à l'étage du dessous, elle éprouvait une certaine nervosité. Et puis on entendait à présent les voix des enfants.

— Vitrine. Prix de vente. Petits pains. Charcuterie...

— Oh là là ! s'exclama Paul en riant. Tu t'égares complètement. Allez, je vais t'aider : atelier.

Atelier ! Là, elle comprit. Seigneur, était-ce possible ?

— Un atelier ? chuchota-t-elle. Un… atelier de couture ?

Il l'attira à lui.

— Oui, mon amour. Un petit atelier de mode pour toi toute seule. À l'enseigne Marie, confection pour dames. Je sais que tu le souhaites depuis longtemps.

Il avait raison, cela avait été son grand rêve. Mais les nombreux changements occasionnés par le retour de Paul le lui avaient presque fait oublier. Elle s'était sentie heureuse et soulagée de pouvoir abandonner la responsabilité de l'usine pour se consacrer à sa famille et à son époux. Au début, elle avait continué à prendre part aux discussions : il fallait bien mettre Paul au courant. Après un certain temps, toutefois, celui-ci lui avait gentiment mais fermement fait comprendre que, désormais, le sort de l'usine Melzer se trouvait entre ses mains et celles de son associé, Ernst von Klippstein. C'était une bonne chose, d'autant plus que le temps pressait et qu'il y avait des décisions importantes à prendre. Paul s'était montré prévoyant et avisé, son père aurait été fier de lui. On avait renouvelé l'équipement, remplacé les renvideurs par des machines à filer à anneaux construites d'après les plans de Jakob Burkard. Et avec le reste du capital apporté par Klippstein, il avait fait l'acquisition de quelques terrains et de deux immeubles rue Caroline.

— Mais d'où vient cette soudaine opportunité ?

— Le magasin de porcelaine Müller a fermé, répondit Paul avec un soupir, navré pour le vieux couple.

Ce n'était pas une surprise, les Müller connaissaient des difficultés depuis des années. L'inflation galopante leur avait porté le coup de grâce.

— Que vont-ils devenir ?

Paul haussa les épaules avec un air résigné. Il leur laisserait le logement au deuxième étage. Cependant, la somme que leur rapporterait la vente serait vite dévorée par l'inflation. Ils vivraient plus que sobrement.

— Nous les aiderons à l'occasion. Mais le local et les pièces du premier seront à toi. Tu pourras y réaliser tous tes rêves.

Marie était si touchée qu'elle en était presque incapable de parler. C'était un si beau témoignage d'amour ! En même temps, elle se sentait malheureuse de bâtir son avenir professionnel sur l'infortune des Müller. Puis elle se dit qu'elle ne les laisserait pas tomber et que ce serait peut-être même pour eux une chance, dont n'auraient pas bénéficié d'autres personnes dans la même situation.

— Ça ne te fait pas plaisir ? demanda Paul, légèrement déçu, en la prenant dans ses bras.

Ah ! Il aurait pourtant dû savoir qu'elle ne montrait pas facilement ses sentiments !

— Oui, répondit-elle avec un sourire en s'abandonnant contre lui. J'ai juste besoin d'un peu de temps… Je n'arrive pas encore tout à fait à y croire. C'est donc bien vrai ?

— Aussi vrai que je suis là devant toi.

Au moment où il allait l'embrasser, la porte s'ouvrit. Comme pris en faute, ils s'écartèrent brusquement l'un de l'autre.

— Maman ! lança Dodo sur un ton de reproche. Qu'est-ce que vous fabriquez ? Grand-Maman est très fâchée et Julius a dit qu'il allait pas pouvoir garder la soupe au chaud plus longtemps.

Leo ne leur accorda qu'un bref regard et disparut dans la salle de bains. Henni tirailla une des nattes de Dodo.

— Idiote ! chuchota-t-elle. Ils allaient s'embrasser.

— C'est pas tes oignons ! rétorqua Dodo. C'est *mes* parents !

Marie saisit sa fille et sa nièce par l'épaule et les poussa dans le couloir, vers la salle de bain. On entendit le gong du repas, actionné avec persévérance par Julius.

Kitty sortit de sa chambre en se plaignant haut et fort qu'on ne puisse travailler cinq minutes sans être interrompu par ce stupide « bim bam boum ».

— Hennilein, montre-moi tes mains ! Elles sont toutes collantes. Qu'est-ce que c'est que ça ? Des oursons en gomme ? File dans la salle de bains te rincer les doigts.

Mais où est donc passée Else ? Pourquoi ne s'occupe-t-elle pas des enfants ? Ah, mon cher Paul, tu as un sourire jusqu'aux oreilles. Viens que je t'embrasse, petit frère.

Tandis que Paul et Kitty descendaient dans la salle à manger, Marie fonça avec Dodo et Henni dans la salle de bain, où Leo s'examinait avec un air critique tout en se séchant la figure avec une serviette. Son œil maternel expérimenté remarqua aussitôt qu'il avait rentré le col de sa chemise.

— Montre-moi ça, Leo. Ah… File changer de chemise. Dépêche-toi. Henni, pas la peine de mettre de l'eau partout. Dodo, ça, c'est ma serviette. La tienne est là.

Quelques instants plus tôt, elle élaborait une traîne raffinée pour une robe de soirée en soie noire. À présent, elle avait réendossé son rôle de mère. Leo s'était de nouveau battu ! Elle ne voulait pas l'interroger devant les filles. On n'aborderait pas non plus le sujet à table, mais il fallait qu'elle ait une discussion avec lui. Ayant grandi à l'orphelinat, elle savait combien les enfants pouvaient se montrer violents et méchants les uns envers les autres. À l'époque, elle n'avait eu personne vers qui se tourner. Elle ne voulait pas que ses propres enfants en souffrent eux aussi.

Lorsqu'ils entrèrent dans la salle à manger, Paul et Kitty avaient déjà pris place à table. Paul avait réussi à dissiper la contrariété de sa mère. Il n'en fallait pas beaucoup, une petite plaisanterie, une remarque affectueuse : Alicia fondait dès que son fils s'adressait à elle. Kitty avait entretenu le même type de relation avec son père. Elle avait été sa préférée, sa petite princesse. Mais cela faisait désormais quatre ans que Johann Melzer avait quitté ce monde. Marie avait parfois le sentiment que l'amour et l'indulgence de son père avaient mal préparé Kitty à la vie. Elle aimait beaucoup sa belle-sœur, mais celle-ci resterait toujours une princesse capricieuse et gâtée.

— Récitons la prière, dit Alicia avec solennité.

Tous joignirent docilement les mains sur leurs genoux. Seule Kitty leva les yeux vers le plafond en stuc, ce que Marie jugea peu approprié en présence des enfants.

— Seigneur, nous te remercions pour tes bienfaits. Partageons ce repas dans la joie et n'oublions pas les pauvres. Amen.

— Amen ! répétèrent-ils en chœur.

— Bon appétit, mes chéris.

— À toi aussi, maman.

Du vivant de Johann Melzer, ce rituel quotidien n'était pas en usage. Mais, à présent, Alicia tenait à ce qu'on récite le bénédicité. Pour donner aux enfants le cadre structuré dont ils avaient besoin, soutenait-elle. En réalité, Marie, Paul et Kitty savaient que cette pratique qui remontait à son enfance lui procurait du réconfort dans son veuvage. Depuis la mort de son époux, elle ne portait plus que du noir. Le plaisir des beaux vêtements, des bijoux et des couleurs vives lui était complètement passé. Heureusement, elle paraissait en bonne santé malgré ses migraines. Marie ne s'en était pas moins promis de veiller sur elle.

Julius arriva avec la soupière et commença à servir. Il était employé depuis trois ans à la villa, mais il était loin d'être aussi apprécié que Humbert par ses maîtres et le reste du personnel. Auparavant, il avait travaillé chez des aristocrates de Munich. Du coup, il traitait ses collègues avec une certaine condescendance, ce qui n'était pas fait pour lui attirer la sympathie.

— Encore de l'orge ? Et avec des betteraves… se plaignit Henni.

Elle opposa un sourire innocent aux regards réprobateurs de sa grand-mère et de son oncle Paul. Mais, voyant sa mère froncer les sourcils, elle plongea sa cuillère dans sa soupe et se mit à manger.

— C'est juste que… marmonna-t-elle. Les betteraves sont si… molles…

Elle s'était prudemment abstenue de dire « pâteuses ». Kitty se montrait généralement une mère tolérante et étourdie, mais lorsqu'elle avait un accès d'autorité, mieux valait obéir. Leo avalait sa soupe, l'esprit ailleurs. Dodo lui lançait des regards, comme pour attirer son attention. Devant le peu de succès rencontré, elle se concentra sur un petit morceau de lard fumé qui surnageait dans son assiette.

— Dis-moi, Paul, pourquoi Klippi ne vient-il plus dîner ? demanda Kitty pendant que Julius débarrassait. Il s'est lassé ?

Ernst von Klippstein était l'associé de Paul depuis plusieurs années. Les deux hommes se connaissaient de longue date et s'entendaient bien. Paul s'occupait de la partie commerciale, tandis que Klippstein était responsable de l'administration et du personnel. Marie n'avait jamais dit à son époux que, à l'époque où il avait été soigné à l'hôpital de la villa, Klippstein lui avait déclaré son amour. Cette révélation n'aurait fait que troubler leurs bonnes relations.

— Ernst et moi avons convenu qu'il resterait à l'usine pendant que je dîne à la villa. Il sort manger un peu plus tard. C'est mieux pour le travail.

Marie garda le silence. Kitty secoua la tête et enjoignit à Paul de faire attention : le pauvre Klippi maigrissait à vue d'œil. Bientôt, il suffirait d'un souffle de vent pour le balayer. Alicia, elle, considérait comme un affront personnel que monsieur von Klippstein ne passe pas au moins l'après-midi prendre le thé.

— Tu sais, maman, c'est un homme adulte, il a sa vie, répondit Paul en souriant. Nous n'avons pas abordé le sujet, mais je crois qu'il songe à fonder une nouvelle famille.

— Non, vraiment ? s'exclama Kitty.

Elle eut visiblement grand-peine à réfréner ses questions pendant que Julius servait le plat principal : des nouilles roulées avec de la choucroute, le plat préféré des enfants. Paul fit remarquer que la Brunnenmayer était passée maître dans l'art de préparer la choucroute.

— Si je puis me permettre, monsieur Melzer, intervint Julius en aspirant bruyamment l'air par le nez comme à son habitude, c'est moi seul qui ai émincé le chou. Madame Brunnenmayer s'est chargée ensuite de le mettre à fermenter.

— Nous vous en félicitons, Julius, répondit Marie avec un sourire.

— Merci, madame Melzer !

Il s'était pris d'une sympathie particulière pour Marie. Peut-être parce qu'elle s'employait toujours à apaiser les querelles qui surgissaient entre les domestiques. Alicia, que ce genre de chose fatiguait, ne lui laissait que trop volontiers cette responsabilité. Autrefois, sa chère Eleonore Schmalzler, la gouvernante, veillait à ce que tous travaillent en harmonie. Mais mademoiselle Schmalzler avait pris une retraite bien méritée et vivait à présent en Poméranie, sa région natale. Alicia et elle entretenaient une correspondance régulière, dont la famille savait peu de choses.

— Je vais éclater, déclara Dodo en enfournant ses dernières pâtes.

— Moi, j'ai déjà éclaté, renchérit Henni pour lui damer le pion. Mais ça fait rien. Maman, je peux ravoir des pâtes ?

Kitty refusa et lui intima l'ordre de commencer par manger la choucroute qu'elle avait délaissée.

— Mais j'aime pas ça ! J'aime que les pâtes !

Kitty secoua la tête en soupirant. D'où cette enfant tenait-elle sa propension à ergoter sans cesse ? s'exclama-t-elle. Elle se montrait pourtant très sévère avec sa fille.

— En effet, répondit Marie avec douceur. Enfin… plus ou moins.

— Voyons, Marie ! Je ne suis pas une marâtre. Elle bénéficie de quelques libertés, c'est vrai. Le soir, quand elle n'arrive pas à s'endormir, je lui permets de rester debout jusqu'à ce qu'elle soit fatiguée. Et je ne la restreins pas sur les sucreries. Mais je suis très stricte en ce qui concerne les repas.

— C'est vrai, reconnut Alicia. C'est le seul domaine dans lequel tu te comportes en mère sensée.

— Maman… intervint Paul en attrapant la main de Kitty pour empêcher l'escalade. Ça ne va pas recommencer ! Surtout aujourd'hui !

— Comment ça ? s'étonna Kitty. Est-ce une journée particulière ? Est-ce que j'aurais manqué quelque chose ? C'est votre anniversaire de mariage ? Ah non ! C'est en mai.

— C'est le début d'une nouvelle ère professionnelle, mes chéris, proclama Paul avec solennité en adressant un sourire à Marie.

Celle-ci ne fut pas ravie qu'il veuille informer toute la famille de leur projet commun. Mais, comprenant qu'il le faisait par amour pour elle, elle lui rendit son sourire.

— Nous nous apprêtons à ouvrir un atelier de mode, annonça-t-il.

— Ça alors ! s'exclama Kitty. Marie va avoir un atelier. Je suis folle de joie ! Ah ! Marie, ma très chère Marie, tu l'as bien mérité. Tu feras des choses merveilleuses. Tout le monde portera tes créations à Augsbourg.

Elle avait bondi de sa chaise pour se jeter à son cou. C'était bien Kitty, ça ! Si spontanée, si exubérante dans son allégresse, disant sans détour et sans frein tout ce qu'elle pensait et ressentait. Marie se laissa embrasser, souriant de cet enthousiasme, émue par les larmes de joie que versait sa belle-sœur.

— Oh, je vais peindre tous les murs de ton atelier, Marie ! On se croira dans la Rome antique. Ou bien préférerais-tu de jeunes athlètes grecs ? Aux Jeux olympiques, ils s'affrontaient complètement nus…

— Je ne crois pas que ce soit approprié, Kitty, intervint Paul en fronçant les sourcils. Sinon, ton idée me paraît excellente. Des fresques sur quelques-uns des murs en tout cas. Qu'en penses-tu, Marie ?

La jeune femme acquiesça. Oh là là, c'était tout juste si elle connaissait les lieux ! Elle n'avait vu que le rez-de-chaussée, la boutique avec tous ses rayonnages. Elle n'était jamais montée dans les pièces du premier. Tout cela allait trop vite. Cette grande mission que Paul lui confiait avec tant de spontanéité lui faisait soudain presque peur. Et si ses créations ne rencontraient aucun succès ? Si elle se retrouvait des journées entières dans son atelier sans voir un seul client ?

Les enfants se manifestèrent à leur tour.

— Maman, c'est quoi un atelier ? demanda Leo.

— Tu gagneras vraiment de l'argent ? voulut savoir Dodo.

— Tu ne voudrais pas ma choucroute, oncle Paul ? demanda Henni, profitant de la situation.

— Bon, d'accord, petite enquiquineuse. Allez, donne !

Et, pendant que Paul expliquait qu'il avait déjà engagé des gens pour vider le magasin et passerait avec Marie chez Finkbeiner choisir la couleur des murs et les tentures, Henni termina avec satisfaction les quelques pâtes – cinq en tout – qui restaient dans le plat. En revanche, elle eut beaucoup de mal à venir à bout du dessert, une petite portion de crème à la vanille avec un peu de confiture de cerises maison.

— J'ai mal au cœur, gémit-elle lorsque Alicia indiqua qu'on pouvait se lever de table.

— Tu m'étonnes, grogna Leo. Tu te gaves jusqu'à avoir envie de vomir, alors que d'autres enfants n'ont même pas de quoi manger.

— Et alors ? rétorqua Henni en haussant les épaules.

— Dans la prière, on dit qu'il faut pas oublier les pauvres, renchérit Dodo.

Henni ouvrit de grands yeux. Sous son air naïf et désemparé, elle évaluait la situation afin de l'exploiter à son avantage. Elle avait très vite compris que les jumeaux étaient solidaires, y compris contre elle.

— Mais j'ai pas arrêté de penser aux pauvres enfants ! J'ai même mangé quelques pâtes pour eux.

Paul trouva la réponse très drôle. Kitty sourit, elle aussi. Seule Alicia fronça les sourcils.

— Je trouve que Leo n'a pas tout à fait tort, déclara Marie avec douceur mais conviction. Nous pourrions tout à fait manger un peu moins. Et il n'est pas nécessaire d'avoir tous les jours un dessert.

— Ah, Marie ! s'exclama Kitty en lui prenant le bras avec exubérance. Tu es vraiment adorable. Je te verrais bien te priver de nourriture et donner ton dessert aux pauvres. Mais je crains que cela ne suffise même pas à en rassasier un. Viens, chérie, je veux te montrer ce que j'ai en tête pour les peintures murales. Mon petit Paul, quand pouvons-nous aller visiter les lieux ? Dès aujourd'hui ? Non ? Alors quand ?

— Dans les jours qui viennent, Kitty. Quelle impatience, petite sœur !

Marie suivit Kitty dans le couloir, où Else était déjà fin prête. Elle s'occupait des enfants après le dîner et veillait à ce qu'ils fassent leurs devoirs. Ensuite, ils avaient quelques heures pour jouer. Les visites de camarades devaient avoir été préalablement autorisées par les mères.

— Maman, j'aimerais bien aller voir Walter, dit Leo. Il est pas venu en classe, il était malade.

Marie s'immobilisa et jeta un coup d'œil dans la salle à manger, dont la porte était restée ouverte. Paul n'allait pas tarder à retourner travailler. Mais, pour le moment, il était en discussion avec sa mère. C'était donc à elle de prendre une décision.

— D'accord, à condition que tu ne restes pas longtemps. Hanna t'accompagnera chez lui quand tu auras fait tes devoirs.

— Je peux pas y aller seul ?

Marie secoua la tête. Paul et Alicia ne l'auraient pas approuvée, elle le savait. L'amitié de Leo pour Walter Ginsberg ne leur plaisait guère. Pas parce que les Ginsberg étaient juifs. Paul, en tout cas, était sans préjugés à cet égard. Mais les deux enfants partageaient une passion démesurée pour la musique et Paul redoutait – crainte que Marie jugeait absurde – que son fils puisse avoir envie de devenir musicien.

— Alors, Marie, tu viens ? Quelques petites minutes, pas plus ! Il faut que je passe chez ma chère Ertmute pour mon exposition à la Société des arts. Julius ? Est-ce que la voiture est prête ? J'en aurai besoin dans un instant.

— Très bien, madame. Puis-je vous conduire ?

— Merci, Julius, ce ne sera pas nécessaire.

Marie monta avec Kitty dans la chambre de celle-ci, transformée en atelier. La jeune femme avait également annexé l'ancienne chambre à coucher de son père, ce à quoi Alicia n'avait consenti qu'après de longues hésitations. Mais la pauvre Kitty ne pouvait évidemment pas dormir au milieu de ses tableaux inachevés ni respirer pendant la nuit les émanations de solvants.

— Regarde, pourquoi pas un paysage anglais ? Ou ça : Moscou sous la neige. Non ? Bon. Ah ! Voilà, Paris : Notre-Dame et les ponts, la tour Eiffel… Bah, non, ce truc est vraiment trop laid.

Marie écouta un moment sa belle-sœur donner libre cours à son imagination débordante. Puis, elle fit remarquer que c'étaient là d'excellentes idées, mais qu'il ne fallait pas que le décor soit trop présent, sinon on ne verrait plus ses modèles.

— Tu as raison… Alors que dirais-tu d'un ciel étoilé ? Et sur les murs, un paysage de brume, très mystérieux, dans des tons pastel ?

— Commençons par voir les lieux.

— Bien, bien… De toute façon, il faut que je m'en aille. Est-ce que tu as raccourci ma jupe bleue ? Oui ? Ah ! Marie, tu es un amour, je t'adore.

Embrassades, étreinte, puis Marie fut libérée des affectueuses attentions de sa belle-sœur. Elle ressortit dans le couloir, tendit l'oreille : Paul était encore dans la salle à manger, elle l'entendait parler. Formidable ! Elle l'accompagnerait jusqu'à la porte et lui redirait tout le plaisir qu'elle ressentait. Il avait été déçu qu'elle n'ait pas laissé éclater sa joie quand il lui avait appris la nouvelle. Elle ne voulait pas qu'il reparte travailler sur cette mauvaise impression.

Elle adressa un signe de tête aimable à Julius, qui se hâtait de rejoindre l'escalier de service pour sortir la voiture de Kitty du garage. Parvenue devant la salle à manger, elle était sur le point de pousser la porte entrouverte quand elle s'immobilisa.

— Non, maman, je ne partage pas tes doutes, dit Paul. Marie a toute ma confiance.

— Mon cher Paul, tu sais l'estime que j'ai pour elle. Malheureusement, et ce n'est pas sa faute, elle n'a pas reçu l'éducation d'une jeune fille de bonne famille.

— Je trouve cette remarque d'assez mauvais goût !

— Paul, je t'en prie ! Je dis cela seulement parce que je m'inquiète pour toi. Pendant que tu étais au front, Marie a accompli des choses formidables pour nous tous. Il faut le dire. Et c'est la raison pour laquelle je crains que cet atelier de mode ne l'entraîne sur une mauvaise voie. Marie est ambitieuse, douée et… N'oublie pas qui était sa mère.

— Ça suffit, maintenant ! Excuse-moi, maman, j'ai entendu tes réserves, je n'y souscris pas et je n'ai pas envie de poursuivre cette discussion. D'ailleurs, on m'attend à l'usine.

Marie fit alors une chose dont elle eut honte, mais qui lui apparut sur le moment comme la meilleure solution : elle ouvrit silencieusement la porte du bureau et se glissa derrière le battant. Elle ne voulait pas que Paul et Alicia sachent qu'elle avait surpris leur échange.

Chapitre 3

— Hourra ! Hourra ! Trois fois hourra !

Le chœur était passablement dissonant, surtout avec la basse de Gustav et le soprano de vieille fille d'Else. Mais Fanny Brunnenmayer n'en fut pas moins émue. Ces acclamations étaient sincères.

— Merci, merci…

— Longue vie et beaucoup d'enfants… enchaîna imperturbablement Gustav.

Un coup de coude de sa chère Augusta lui imposa silence. En souriant, il jeta un regard à la ronde. Il avait au moins réussi à faire rire Else et Julius.

— La descendance, je vous la laisse, Gustav, répliqua la cuisinière en désignant Augusta, qui était de nouveau enceinte.

Ce quatrième enfant serait aussi le dernier. Il était déjà difficile de nourrir trois bouches affamées.

— Ah ! Suffit que j'enlève mon pantalon et v'là que mon Augusta est enceinte.

— Épargnez-nous les détails ! protesta Else en rougissant.

Ignorant ces propos un peu lestes, Fanny Brunnenmayer fit signe à Hanna de servir le café. Ce soir-là, la longue table de la cuisine était décorée avec des asters de couleurs vives et des tagètes orange. Hanna s'était surpassée. Elle avait même entouré l'assiette et les couverts de la Brunnenmayer d'une couronne de feuilles de chêne. La cuisinière fêtait ses soixante ans, un âge imposant qu'elle ne faisait pas du tout. Seule sa chevelure, coiffée en un chignon strict, avait blanchi au cours des dernières années. Sa figure, en revanche, était restée aussi rose, ronde et lisse qu'autrefois.

Des plateaux de sandwichs étaient disposés sur la table. Ensuite, il y aurait une tarte à la crème avec des cerises confites, une spécialité de la Brunnenmayer. Ces mets délicieux étaient un cadeau des maîtres, qui souhaitaient qu'elle puisse fêter dignement son anniversaire. Le matin, il y avait eu au salon rouge une petite rencontre à laquelle tous les domestiques avaient été conviés. Madame Alicia Melzer avait prononcé un discours, la remerciant pour ses trente-quatre ans de bons et loyaux services et célébrant ses « talents admirables » de cuisinière. Pour l'occasion, la Brunnenmayer avait revêtu sa belle robe noire et mis une broche qu'elle avait reçue de ses patrons dix ans plus tôt. Cette tenue inhabituelle, ces honneurs, ces cadeaux l'avaient mise mal à l'aise, et elle avait été contente de se retrouver dans sa cuisine, vêtue comme à l'ordinaire et équipée de son tablier. Non, elle n'aimait pas être dans les appartements des Melzer. Elle craignait toujours de renverser un vase par mégarde ou, pire encore, de trébucher sur un tapis et de s'étaler de tout son long. Dans les communs, en revanche, elle était chez elle, exerçait un règne incontesté sur le garde-manger, la cuisine et la cave, et comptait bien continuer ainsi de longues années.

— Servez-vous, mes amis, il ne faut rien laisser ! s'écria-t-elle en souriant.

Et elle prit un des délicieux sandwichs au pâté que Hanna et Else avaient décorés de rondelles de petits cornichons à la russe.

On ne se fit pas prier. Dans les minutes qui suivirent, on n'entendit plus que le sifflement de la bouilloire sur le fourneau ainsi que quelques légers bruits d'aspiration lorsque l'un ou l'autre des convives prenait une gorgée de café chaud.

— Ce pâté de foie de Poméranie est un poème, déclara Julius en s'essuyant les lèvres avec sa serviette avant de se resservir.

— La saucisse fumée n'est pas mal non plus, soupira Hanna. On a vraiment de la chance que madame von Hagemann nous envoie régulièrement de gros colis de nourriture.

Else acquiesça avec un air posé. Elle mâchait du côté gauche, car elle avait mal aux dents depuis plusieurs jours. Mais, ayant une peur bleue du dentiste, elle ne voulait pas se faire soigner et espérait que la douleur disparaîtrait d'elle-même.

— Je me demande si elle est heureuse là-bas, parmi les vaches et les cochons, dit Else. Elisabeth von Hagemann est une Melzer, elle a grandi à Augsbourg.

— Pourquoi elle le serait pas ? répliqua Hanna en haussant les épaules. Elle a tout ce dont elle a besoin.

— Ça c'est sûr, intervint Augusta avec méchanceté. Son mari et son amant. Ça doit la distraire.

Un regard furieux de la cuisinière lui fit baisser les yeux. Elle prit le dernier sandwich au pâté. Julius, friand d'anecdotes croustillantes, lança un clin d'œil à Hanna. Celle-ci l'ignora. Il avait déjà essayé à plusieurs reprises de la décontenancer par des remarques équivoques, mais elle ne s'était pas prêtée au jeu.

— Comment ça se passe le maraîchage, Gustav ? demanda la Brunnenmayer pour changer de sujet. Vous avez beaucoup de travail ?

Deux ans plus tôt, Gustav avait acquis son indépendance en montant un petit jardin maraîcher. Avant que l'inflation ait englouti toutes les économies d'Augusta, le couple avait acheté un pré situé non loin de la villa, construit une remise et fait des couches à semis. Paul Melzer avait autorisé la petite famille à rester dans la maison du jardinier, car ce qu'ils gagnaient ne leur aurait pas permis de se loger ailleurs. Au printemps, Gustav avait bien vendu ses jeunes légumes de saison, une grande partie de la population d'Augsbourg continuant à vivre de la production des jardins privés. Même en ville, les gens tiraient profit de la moindre parcelle de terre pour faire pousser des carottes, du céleri ou quelques choux.

— C'est plutôt calme, répondit laconiquement Gustav. Y a que les arrangements de fleurs pour les tombes et les guirlandes de kermesse…

Les lèvres pincées, Julius fit remarquer qu'un maraîchage nécessitait une bonne comptabilité, ce qui lui valut un regard noir de Gustav. Tout le monde savait que ce dernier ne comprenait rien à la paperasse. Quant à Augusta, qui avait été femme de chambre à la villa, elle n'avait jamais appris à lister les dépenses et les recettes de manière précise et exhaustive. C'était pourtant elle qui veillait à ce qu'il y ait toujours de l'argent à la maison en travaillant trois demi-journées par semaine chez les Melzer. Ce n'était pas facile, car elle accomplissait à présent toutes les tâches qui n'avaient pas été assurées par les autres. Or, un certain nombre d'entre elles n'entraient pas dans les attributions d'une femme de chambre : aller chercher du bois pour le fourneau, passer la serpillière… Son enfant devant naître en décembre, elle savait d'ores et déjà qu'à la période de Noël ses gages seraient maigres.

— C'est lamentable, dit-elle sur un ton renfrogné. Aujourd'hui, le pain coûte trente mille marks. Demain, il en fera cent mille. Et Dieu sait combien il vaudra la semaine prochaine. Qui voudrait acheter des fleurs ? Et puis, il nous faudrait des vitres pour pouvoir faire des nouveaux semis. Le mieux, ce serait une vraie serre. Mais où est-ce qu'on prendrait l'argent ? On peut plus épargner. Ce que tu gagnes aujourd'hui, ça vaut déjà plus rien demain.

La cuisinière hocha la tête avec sympathie et poussa le plateau de sandwichs vers Gustav. Il avait faim, le pauvre. Augusta, elle, pouvait au moins se servir à la villa. Parfois, la Brunnenmayer lui donnait un pichet de lait ou une conserve maison. Pour la Liesel et les deux gamins. Mais Gustav se privait, il donnait tout aux enfants.

La compassion de la cuisinière fut désagréable à Augusta. Elle ne voulait pas qu'on nourrisse son époux comme un mendiant. Deux ans plus tôt, elle avait proclamé haut et fort que le temps des femmes de chambre et des valets était fini et que, bientôt, il n'y aurait plus de domestiques. Voilà pourquoi Gustav allait quitter son emploi de jardinier pour ouvrir son affaire. Malheureusement, la suite des événements avait prouvé que travailler à la villa valait encore la peine. On était payé et on n'avait pas à s'inquiéter du lendemain.

— Ça, y en a beaucoup qui ont tout perdu, poursuivit Augusta, tentant d'oublier ses soucis en évoquant les difficultés des autres. En ville, les magasins ferment les uns après les autres. MAN a renvoyé des ouvriers, l'armée n'a plus besoin de canons. Et les fondations vont mal, même celles de bienfaisance. Leur argent a fondu à la banque. Vous saviez que l'orphelinat était en faillite ?

Cette nouvelle provoqua une vive émotion.

— L'orphelinat des Sept-Martyres ? s'assura Fanny Brunnenmayer, consternée. Il va fermer ? Mais qu'est-ce qu'ils vont faire des pauvres enfants ?

Augusta prit ce qui restait de café et y ajouta une bonne dose de crème.

— C'est pas si grave, Brunnenmayer. L'orphelinat va être repris par les sœurs de Sainte-Anne, qui s'en occuperont par charité. Mais la Jordan sera bientôt à la rue. Ils ont plus de quoi payer son salaire.

Maria Jordan avait été femme de chambre à la villa. Elle avait quitté sa place quelques années plus tôt et, à la suite d'un heureux hasard, était devenue directrice de l'orphelinat. Fanny Brunnenmayer ne s'était jamais très bien entendue avec elle. Sa manière, quand elle tirait les cartes ou prétendait avoir des rêves prémonitoires, avait le don de l'agacer. Elle n'en éprouvait pas moins de la peine pour elle. La Jordan n'avait jamais eu la vie facile. Cela tenait en partie à son caractère, qui n'était pas commode, mais aussi à diverses circonstances dont elle n'était pas responsable. Cependant, c'était une battante, elle arriverait une fois de plus à se tirer d'affaire.

— On tardera pas à avoir une visite amicale, déclara Else, qui n'avait jamais pu la sentir. Elle viendra sûrement avec ses cartes, on pourra savoir ce que nous réserve l'avenir...

Julius eut un rire méprisant. Ces tours de passe-passe, comme il disait, n'étaient qu'un moyen habile de soutirer de l'argent aux esprits crédules et stupides.

— Oui, elle dit la vérité, intervint Hanna à voix basse. Ça fait pas de doute. Mais la vraie question, c'est si on a raison de vouloir la connaître. S'il vaudrait pas mieux l'ignorer.

— La vérité? demanda Julius en la considérant d'un œil condescendant. Tu ne vas tout de même pas me faire croire que cette menteuse a ne serait-ce qu'une faible connaissance de l'avenir? Elle raconte aux gens ce qu'ils veulent entendre et, ensuite, elle empoche l'argent.

Hanna secoua la tête. La cuisinière savait à quoi elle faisait allusion. À l'époque, la Jordan lui avait prédit qu'elle rencontrerait un jeune homme brun et que cette histoire la ferait souffrir. Cela s'était avéré vrai, mais quelle conclusion pouvait-on en tirer?

— Pour ça, elle dit la vérité! lança Augusta en éclatant de rire. Tout le monde le sait, ici. Pas vrai, Else?

Furieuse, celle-ci serra les dents et tressaillit de douleur.

— Toi, t'es jamais aussi heureuse que quand tu peux dire du mal de quelqu'un, hein? rétorqua-t-elle.

Autour de la table, tous savaient que la Jordan lui avait prédit le grand amour à trois reprises. Jusque-là, toutefois, le prince charmant avait brillé par son absence. Et cette malheureuse guerre n'avait fait qu'amoindrir les chances de rencontre. Les hommes jeunes et en bonne santé étaient devenus rares.

— Le grand amour! s'exclama Julius en haussant les sourcils avec mépris. Mais qu'est-ce que c'est? Dans un premier temps, on veut mourir l'un pour l'autre, et ensuite on n'arrive pas à vivre ensemble.

— Voilà qui est bien dit, monsieur Kronberger! s'exclama Augusta en regardant ses compagnons avec un sourire ironique.

— C'est ainsi que s'exprimait mon ancien maître, le baron von Schnitzler, répliqua Julius en s'efforçant de cacher son irritation. Qui plus est, chère Augusta, je te donne l'autorisation de m'appeler Julius, soyons simples.

— Voyez-vous ça... dit Gustav, légèrement jaloux.

Le domestique s'était déjà acquis la réputation d'un coureur de jupons tenace à défaut d'être chanceux.

— Cela ne vaut pas pour vous, monsieur Bliefert. Vous ne travaillez plus à la villa.

Gustav rougit. Julius venait de toucher un autre point sensible. Bien sûr, il regrettait d'avoir quitté son emploi de jardinier avec une telle légèreté. Son grand-père, mort un an plus tôt, l'avait averti : « Les Melzer se sont toujours bien occupés de nous, Gustav, avait-il dit. Ne sois pas trop fier, reste comme tu es. » Mais Gustav avait préféré écouter Augusta et, maintenant, il s'en mordait les doigts.

— Y a que mes amis que j'appelle par leur prénom, rétorqua-t-il avec animosité. Et vous en faites pas partie, monsieur von Kronberger !

— Ça suffit ! asséna Fanny Brunnenmayer en frappant du poing sur la table. Aujourd'hui, c'est mon anniversaire. On se dispute pas. Sinon, je mangerai ma tarte toute seule !

Lançant un regard à Julius, Hanna fit elle aussi remarquer que se quereller en ce jour était honteux.

— Tu as raison, Hanna, renchérit Else sur un ton larmoyant.

Elle se tenait la joue droite, la douleur ne voulait pas céder.

— Si notre bonne mademoiselle Schmalzler était encore là, cette conversation n'aurait même pas eu lieu.

Gustav grommela quelques paroles incompréhensibles, mais se calma quand Augusta lui caressa doucement le dos.

Julius renifla une fois ou deux. Il ne l'avait pas entendu ainsi, mais n'y pouvait rien si certains étaient exagérément susceptibles.

— À vous écouter, on pourrait croire que cette mademoiselle Schmalzler détenait des pouvoirs miraculeux, reprit-il avec ironie, agacé qu'on lui oppose toujours cette gouvernante mythique.

— Mademoiselle Schmalzler, elle savait comment nous prendre, tous autant qu'on était, déclara la Brunnenmayer avec sa fermeté habituelle. C'était une personne qui imposait le respect, mais d'une bonne manière, tu comprends ce que je veux dire ?

Julius porta sa tasse à ses lèvres, s'aperçut qu'elle était vide et la reposa sur la table.

— Bien sûr, répondit-il avec une amabilité forcée. Une grande dame. Puisse-t-elle profiter encore de longues années de sa retraite bien méritée.

— C'est ce qu'on lui souhaite tous, dit Hanna. Madame reçoit de nombreuses lettres d'elle. Je crois que mademoiselle Schmalzler pense beaucoup à nous. Récemment, madame lui a envoyé des photographies. De ses petits-enfants.

Augusta, qui n'avait jamais eu une grande sympathie pour la gouvernante, fit observer qu'elle était partie de son propre chef. Si elle regrettait la villa, elle n'avait à s'en prendre qu'à elle-même.

— Et, puisqu'on en parle, vous aussi vous avez reçu du courrier, madame Brunnenmayer. De Berlin. Et, si je me trompe pas, dedans il y avait aussi des photographies.

La cuisinière savait très bien où Augusta voulait en venir. Cependant, elle n'avait aucune envie de montrer les photos de Humbert à ses collègues. Julius, notamment, n'aurait pas compris. Humbert se produisait dans un cabaret de Berlin habillé en femme. Et il rencontrait apparemment un grand succès.

Fanny Brunnenmayer connaissait un excellent moyen de détourner la conversation.

— Hanna, apporte-moi le grand couteau et la pelle à tarte. Else ! Des assiettes propres. Et des fourchettes à gâteau. Aujourd'hui, on mange comme chez les gens bien. Julius, mettez le pot d'eau sur la table, s'il vous plaît, que je puisse y plonger le couteau quand je couperai la tarte.

À la vue de la merveille en crème blanche mousseuse, artistiquement décorée de feuilles en chocolat et de l'inscription « Joyeux anniversaire », l'atmosphère changea aussitôt. Susceptibilités et contrariétés furent oubliées. Julius sortit son briquet – un cadeau de son ancien maître – et alluma les six bougies rouges que Hanna avait disposées sur le gâteau. Une par décennie.

— C'est un chef-d'œuvre, chère madame Brunnenmayer !

— Vous vous êtes surpassée, Brunnenmayer !

— C'est presque dommage de le manger !

Fanny Brunnenmayer contempla avec satisfaction son œuvre, à laquelle les bougies donnaient une apparence solennelle.

— Il faut que vous souffliez les bougies ! s'écria Hanna. En une seule fois, sinon ça porte malheur.

Tous se penchèrent en avant pour la voir effectuer cet acte important. La cuisinière souffla avec ardeur, comme si elle n'avait pas eu six mais soixante bougies à éteindre. Elle fut dûment applaudie. Puis elle saisit le couteau et passa à l'action.

— Hanna, ma fille, donne-moi les assiettes !

— C'est de la génoise, chuchota Augusta. Et des cerises au kirsch. Tu sens, Gustav ? Et une couche épaisse de confiture.

Silence recueilli. Hanna apporta la cafetière de réserve, qu'on avait gardée au chaud sur la plaque du fourneau. Puis, chacun savoura sa tarte. En temps ordinaire, seuls les maîtres avaient droit à ce genre de pâtisserie, et ce, uniquement à l'occasion de grandes réceptions ou de jours de fête. Avec un peu de chance, on tombait sur un petit reste dans une assiette ou bien on léchait la pelle à tarte en cachette.

— Ce kirsch me rend complètement ivre, gloussa Hanna.

— Ah, tant mieux ! répliqua Julius avec un sourire grivois.

Else n'en profita pas pleinement, car sa dent malade ne supportait pas le sucré. Cependant, elle ne protesta pas lorsque la cuisinière les resservit. Il ne resta plus sur le plat que les six bougies à demi consumées. Else les essuierait, puis les replacerait dans la boîte. Qui sait, les ouvriers de l'usine à gaz referaient peut-être grève et on se retrouverait dans le noir.

— Déjà plus de 10 heures, dit Augusta en raclant son assiette. Il faut qu'on rentre. La Liesel se débrouille bien avec les petits, mais j'aime pas la laisser trop longtemps toute seule.

Gustav vida sa tasse, puis il se leva pour prendre sa veste et la cape d'Augusta. L'air s'était refroidi. Dans le parc, le vent chassait devant lui de fins crachins et commençait à parsemer les allées de feuilles mortes.

— Attendez ! lança la cuisinière. Je vous ai préparé quelque chose. Tu me rapporteras le panier demain matin, Augusta.

— Que Dieu vous le rende, Brunnenmayerin, répondit Gustav, confus. Et grand merci pour l'invitation !

Il avait un peu de mal à marcher, mais c'était parce qu'il était demeuré trop longtemps assis. À l'en croire, il s'était magnifiquement accommodé de sa prothèse et sa cicatrice ne le faisait plus souffrir. Son pied gauche était resté à Verdun. Mais il avait eu de la chance, un grand nombre de camarades, eux, y avaient perdu la vie.

Else prit également congé. Il était temps qu'elle aille se coucher, elle devait se lever tôt pour allumer le poêle dans le garde-manger.

Hanna et Julius s'attardèrent encore un moment. On parla du petit Leo que Hanna avait accompagné la veille chez son ami Walter Ginsberg.

— Il a fait du piano, rapporta la jeune fille avec un profond soupir. Madame Ginsberg lui donne des leçons. Ah ! Il est tellement doué, c'est si beau ! J'ai jamais entendu jouer comme ça.

— Monsieur est au courant ? demanda Julius avec un air sceptique.

Hanna haussa les épaules.

— Tant qu'il pose pas de questions, je dis rien.

— Espérons que ça ne causera pas d'ennuis…

Soudain prise de fatigue, Fanny Brunnenmayer appuya sa tête sur sa main. Cela avait été une longue journée, et toutes ces émotions quand il avait fallu monter au salon rouge et écouter ces éloges…

— J'avais encore une chose à vous dire…

— Ça ne peut pas attendre demain matin, petite ? Je suis morte de fatigue.

Hanna eut un instant d'hésitation, mais la Brunnenmayer vit à son air qu'il s'agissait d'une chose importante.

— Bon, vas-y !

Julius bâilla en mettant élégamment sa main devant sa bouche.

— Aurais-tu l'intention de te marier ? plaisanta-t-il.

Hanna secoua la tête, le regard rivé sur son assiette vide. Puis, se ressaisissant, elle poussa un profond soupir.

— Voilà : madame veut que je travaille dans son atelier comme couturière… Il ouvrira avant Noël.

La Brunnenmayer se réveilla d'un coup. Hanna avait toujours été la protégée de Marie Melzer. À présent, celle-ci voulait qu'elle devienne couturière. Or Hanna ne savait rien faire. Mais, quand madame Melzer avait une idée dans la tête, elle arrivait généralement à ses fins.

— Eh bien ça alors ! s'écria Julius en secouant la tête. Et qui travaillera à la cuisine dans ce cas ?

Il ne restait plus qu'Augusta, qui accoucherait sous peu.

— C'est plus comme avant, grommela la Brunnenmayer. Y a plus de domestiques, Julius. Aujourd'hui, les maîtres, ils épluchent tout seuls les pommes de terre.

Chapitre 4

Kitty rangea la lettre dans son petit sac à main – elle la lirait plus tard. Ces derniers temps, Gérard écrivait toujours la même chose : l'entreprise de soierie lui demandait beaucoup de travail, sa mère était malade, son père était un homme difficile. Sa sœur allait devenir mère pour la deuxième fois. Il s'en réjouissait pour elle. Puis les habituels serments d'amour, il pensait nuit et jour à sa charmante « Cathérine » et avait la ferme intention de l'épouser l'année prochaine.

Sauf qu'il lui avait déjà écrit cela l'année précédente. Leur ardente passion d'autrefois avait considérablement faibli. Kitty ne comptait plus sur Gérard Duchamps.

D'ailleurs, elle appréciait la liberté dont elle jouissait. Personne ne lui dictait sa conduite, ni père ni époux. Seul son frère Paul tentait de temps à autre d'intervenir. Ou sa mère. Mais elle ne s'en souciait pas : elle faisait ce qu'elle voulait. Et elle était décidée à aider sa chère Marie à acquérir davantage d'indépendance. Depuis que Paul avait repris les rênes de l'usine, celle-ci s'était transformée en une brave et ennuyeuse petite ménagère. Bien sûr, ils étaient tous ravis que leur Paul soit rentré indemne et en bonne santé de cette épouvantable guerre, si l'on exceptait cette sotte blessure à l'épaule. Mais sa belle-sœur préférée devait-elle pour autant laisser tous ses talents en friche ?

Quand elle-même avait été anéantie par la mort d'Alfons au point d'en perdre le désir de vivre, Marie lui avait énergiquement rappelé combien elle était douée pour la peinture.

« Lorsqu'on naît avec un don, on a l'obligation absolue de le faire fructifier », lui avait-elle dit.

Cela valait aussi pour elle. Marie avait eu une mère peintre, elle dessinait merveilleusement. Mais surtout elle créait des vêtements d'une beauté incroyable. Élégants, extravagants, impertinents ou très simples. Kitty s'était souvent entendu demander où elle faisait faire ses tenues.

« Notre Marie est une artiste, Paul ! Tu ne peux pas la garder éternellement enfermée à la villa. Elle va s'étioler comme un petit oiseau malade. »

Au début, Paul n'avait rien voulu entendre, affirmant que Marie était pleinement heureuse dans son rôle de mère et d'épouse. Mais Kitty n'avait pas lâché prise et, ô miracle, ses efforts avaient porté des fruits. Marie aurait un atelier ! Son cher Paul était vraiment un mari formidable. Il était presque dommage qu'elle n'ait pas pu elle-même l'épouser.

Pour le moment, le local de la rue Caroline offrait encore une apparence pitoyable. Après le petit déjeuner, Kitty avait convaincu Marie de l'accompagner en ville pour effectuer une « visite des lieux ». Mais la vue des vitrines ternies et de la porte abîmée lui fit regretter sa décision irréfléchie. Elle essaya alors de se montrer aussi positive que possible.

— Quelle jolie maison ! s'exclama-t-elle en passant son bras sous celui de Marie. Regarde, il y a même trois étages si on compte les combles. Et ces pignons qui se détachent sur le ciel bleu, ce n'est pas mignon ? Il faudra bien sûr agrandir les deux vitrines, vitrer le milieu de la porte. Et, au-dessus, on inscrira en lettres d'or : L'atelier de mode de Marie.

Marie paraissait bien moins horrifiée que Kitty ne l'avait craint. Les propos enthousiastes de sa belle-sœur la firent rire, elle déclara qu'il y avait beaucoup à faire, mais qu'on pourrait probablement ouvrir avant Noël.

— Bien entendu... C'est absolument nécessaire. Le mieux serait début décembre. Comme ça, tes créations figureront parmi les cadeaux de fin d'année.

Toutes deux savaient que la tâche serait difficile. Si l'inflation se poursuivait, les cadeaux seraient maigres. Pour leur part, ils étaient encore bien lotis. Henni racontait que certains de ses camarades de classe avaient tout juste un repas chaud par jour et portaient des vêtements rapiécés. Du coup, Kitty avait rassemblé les affaires que sa fille ne mettait plus et chargé Hanna de les apporter aux bonnes sœurs de Sainte-Anne, qui les distribueraient aux familles nécessiteuses.

— Entrons, dit Marie, à qui Paul avait donné la clé.

— Fais attention, ça doit être affreusement sale.

En effet... L'ancien magasin de porcelaine offrait un aspect désolant. En pénétrant dans la boutique, elles furent accueillies par une odeur de colle forte, de carton et de vieille encaustique. Lorsque Marie actionna l'interrupteur, le plafonnier demeura éteint.

— Oh là là ! s'exclama la jeune femme. Il faudrait commencer par débarrasser tout ça.

Du doigt, Kitty écrivit « L'atelier de mode de Marie » dans la poussière qui couvrait une des vieilles tables.

— Pouh, gloussa-t-elle. Tout ça est bon à jeter au feu ! Regarde-moi ce truc branlant... Mais ces pièces, là, dans le fond, il faudra les adjoindre à l'atelier. Est-ce qu'il y en a d'autres ?

Marie avait ouvert une porte. À l'intérieur, il y avait un bureau usé, des chaises et des placards sombres contenant encore des classeurs et des boîtes.

— Ils avaient aussi un bureau. Regarde, une prise de téléphone. C'est bien commode, tu en auras besoin. Ouh... Il y a des toiles d'araignées au plafond. Ça doit faire des années qu'elles y sont. Tu crois qu'il y a des souris ?

— Probablement.

Kitty se mordit les lèvres. Pourquoi débitait-elle toutes ces sottises ? Des souris ! Bien sûr qu'il y en avait, mais ce n'était pas la peine d'attirer l'attention de sa compagne là-dessus.

— C'est bien plus grand que je ne le pensais ! s'exclama Marie, qui avait poursuivi son exploration.

À l'arrière de la maison, il y avait même un jardin d'hiver, une ravissante construction vitrée avec des poutrelles en métal chargées de fioritures. Malheureusement, le mastic s'effritait par endroits. Deux des vitres s'étaient descellées et gisaient, brisées, sur le sol.

— Il faut vite le retaper, déclara Marie. Ce serait vraiment dommage de laisser ce joli édifice à l'abandon.

Kitty essuya une des vitres encrassées à l'aide d'un morceau de journal afin de jeter un coup d'œil à l'extérieur. Le minuscule jardin était envahi par la végétation.

— Quelle jungle ! On devrait faire appel à Gustav...

Entendant un bruit de pas, elle s'interrompit. Les deux jeunes femmes échangèrent un regard inquiet.

— Tu n'as pas refermé la porte ? chuchota Kitty.

— Je n'y ai pas pensé.

Le cœur battant, elles restèrent sans bouger, tendant l'oreille vers les pas qui se rapprochaient. Le visiteur indésirable éternua, s'arrêta pour se moucher.

— Madame Melzer ? Marie ? Vous êtes là ? C'est moi...

— Klippi ! s'écria Kitty sur un ton de reproche. Vous nous avez fait une peur épouvantable ! Nous pensions déjà qu'un assassin rôdait dans les lieux.

Ernst von Klippstein parut sincèrement navré et leur assura qu'il n'avait pas eu l'intention de les effrayer.

— Je passais en voiture quand je vous ai vues entrer. J'ai pensé que je pourrais peut-être vous être utile.

Il accompagna ces paroles d'une légère courbette qui gardait quelque chose de martial. Il avait beau vivre depuis quelques années à Augsbourg, il était resté à maints égards un officier prussien.

— Eh bien, dit Marie en souriant, puisque vous êtes là, vous pourriez monter avec nous voir ce qu'il y a en haut. Mais je vous préviens : dès que Kitty entrevoit une araignée, elle s'évanouit.

— Moi ? se récria Kitty, indignée. Quelle absurdité ! Je n'ai peur ni des araignées, ni des bourdons, ni des guêpes, ni des fourmis. Pas même des moustiques. À la rigueur, des souris. Mais juste quand elles passent tout près et à toute allure…

Klippstein répondit qu'en cas d'évanouissement ses bras seraient là pour rattraper ces dames. Et qu'il les ramènerait à la villa.

— Dans ces conditions nous pouvons tenter la montée, déclara Marie.

Les Müller avaient entreposé la marchandise au premier étage. Il restait des caisses et des boîtes vides. Deux des pièces, louées par intermittence à des étudiants, contenaient encore des lits et quelques vieux meubles. L'ensemble était triste et oppressant. Le deuxième étage accueillait deux petits appartements, l'un occupé par le vieux couple Müller, l'autre, vide. Ce dernier avait été habité par une famille qui avait déménagé.

— Un médecin, expliqua Klippstein. Il travaillait à l'hôpital. Mobilisé dans le service de santé de l'armée, tué en Russie. Sa femme fait des travaux de couture pour survivre et nourrir ses deux enfants. Elle ne pouvait plus payer le loyer, elle a trouvé à se loger quelque part dans la vieille ville.

— Foutue guerre, marmonna Marie en secouant la tête. Est-ce Paul qui a résilié le bail ?

— Non, les Müller. La maison n'était pas encore vendue.

Pensifs, ils redescendirent au rez-de-chaussée. Cette fois, Kitty dut remonter un peu le moral à sa belle-sœur.

— Enfin quoi, Marie, ne fais pas cette triste mine ! C'est la vie, il y a des hauts et des bas. Peut-être pourrais-tu engager cette femme comme couturière ? Tout le monde y trouverait son compte, non ?

Marie parut rassérénée.

— Bonne idée. Oui, je pourrais faire ça. À condition qu'elle travaille bien, évidemment.

— Elle fera au moins aussi bien que Hanna.

— Je suis en train de la former, Kitty. Je pense qu'elle peut faire plus que laver la vaisselle et remuer de la pâte. Si elle devient une bonne couturière, elle sera capable de gagner sa vie par elle-même.

— D'accord, d'accord, ma chère et adorable Marie, toujours soucieuse de faire le bonheur des autres. Hanna sera couturière, soit. Tu devrais aussi lui mettre une chaîne d'or autour du cou et lui offrir un château… Hanna, princesse de la Fringante Aiguille.

— Ah, Kitty !

Marie ne put s'empêcher de rire. Kitty et Klippstein se joignirent à elle. Cela leur fit du bien et chassa l'humeur mélancolique qui s'était emparée d'eux à la vue de ces pièces en déshérence. Kitty suggéra de peindre en blanc les deux vieilles tables du rez-de-chaussée aux pieds façonnés au tour. Cela attirerait joliment le regard.

— Par ailleurs, il faudrait que les murs soient blanc crème, c'est plus doux que le blanc pur, plus élégant. Tu comprends ? Des couleurs crème, avec de l'or, ce serait royal. Tu pourras vendre tes modèles deux fois plus cher.

— Ah ! Kitty, soupira Marie, désemparée dans ce magasin vide. Qui voudra acheter des modèles de créateur par les temps qui courent ?

— Je pourrais vous énumérer une multitude de personnes ayant les moyens de s'offrir des armoires entières de tenues de couturier, répliqua Ernst von Klippstein. Ayez confiance en votre projet, Marie. Je suis sûre qu'il aura du succès.

Disait-il cela uniquement pour lui donner du courage ? Kitty savait très bien que le pauvre Klippi était toujours amoureux de la jeune femme tout en sachant que c'était sans espoir.

— C'est juste que... Paul va mettre tant d'argent dans cet atelier ! Les travaux de rénovation. L'aménagement. Et puis les tissus, le salaire des couturières... Quand j'y pense, ça me donne le vertige.

Kitty leva les yeux au ciel. Qu'est-ce qu'il ne fallait pas entendre ! Marie avait permis à l'usine textile Melzer de traverser la guerre, elle avait mené à bien des négociations, conclu des affaires, imposé la fabrication de tissu en papier... Et voilà que ce minuscule atelier lui faisait peur ?

— Croyez-moi, Marie, insista Klippstein. Paul ne pourrait trouver meilleur emploi pour cet argent. Investir, c'est le maître mot à l'heure actuelle. Celui qui reste assis sur son tas d'or est voué à la ruine.

Marie lui adressa un regard reconnaissant, auquel il répondit par un sourire heureux. *Sans doute se nourrirait-il de cet instant de bonheur pendant des mois,* songea Kitty.

— Puis-je vous reconduire à la villa ? Ou aviez-vous prévu d'aller ailleurs ? Ma voiture est devant la porte.

Klippstein était depuis quelque temps propriétaire d'une Opel Torpedo qu'il avait achetée d'occasion. Il l'avait fait essentiellement pour des raisons pratiques, car, contrairement à Paul, il n'était pas un passionné de voitures. Il avait grandi dans le domaine de ses parents et avait été un cavalier émérite. Cependant, sa blessure de guerre l'avait obligé à renoncer définitivement au cheval. La marche et la position assise lui occasionnaient encore des douleurs, ce dont il parlait rarement. La voiture était pour lui le moyen le plus commode de se déplacer à Augsbourg.

Marie déclina la proposition. Elles avaient encore quelques achats à effectuer et rentreraient en tramway.

— Alors je vous souhaite une bonne journée.

Tandis que Marie pensait cette fois à fermer la porte, Kitty suivit du regard la voiture qui repartait. Klippstein était plutôt bel homme. Il était célibataire, avait des parts dans une usine textile qui avait retrouvé sa prospérité et possédait une automobile. Il était ce qu'on appelait un « bon parti ».

— Que fait-il en ville à cette heure-ci ? s'étonna-t-elle. Ne devrait-il pas être à l'usine, dans son affreux bureau ?

Marie secoua la porte pour vérifier si elle était bien fermée.

— Peut-être veut-il acheter un cadeau pour son fils, répondit-elle. C'est bientôt son anniversaire. Il va avoir neuf ans, je crois.

— Ah oui ! Lui et son ex-femme – comment s'appelle-t-elle déjà ? Bah, peu importe. Ils ont un fils qui héritera du domaine. Pauvre Klippi, j'imagine qu'il aimerait bien le voir grandir.

— Adele. Elle s'appelle Adele.

— C'est ça, Adele. Une horrible personne. C'est bien qu'il en soit débarrassé… Dieu du ciel, voilà qu'il se met à pleuvoir. Et moi qui n'ai pas de parapluie !

Marie avait pris ses précautions. Abritées sous le parapluie noir qui avait appartenu à Johann Melzer, elles traversèrent rapidement la rue pour acheter une livre de café et un sachet de sucre en morceaux dans le magasin d'en face, puis se rendirent à l'arrêt du tramway.

— L'automobile de Klippi aurait été plus agréable, fit remarquer Kitty en regardant avec contrariété ses chaussures mouillées.

— En tout cas, nous aurions été au sec.

Elles attendirent un moment, puis, comme le tramway n'arrivait décidément pas, elles se résolurent à prendre un des fiacres qui assuraient encore une part importante du transport dans la ville. Après tout, personne n'y gagnerait si elles attrapaient froid par ce temps humide.

Elles furent accueillies par une délicieuse odeur de viande rôtie à la marjolaine et aux petits oignons : la Brunnenmayer était aux fourneaux. Indisposée depuis plusieurs jours, Else ne cessait de remonter se reposer dans sa chambre pour des raisons qui demeuraient obscures à Kitty. Julius était à son poste. Il les débarrassa de leur manteau et de leur chapeau mouillés. Il avait également veillé à leur apporter des chaussures sèches. Il porta leurs chaussures de ville trempées à la buanderie, où il les mit à sécher sur une couche de papier journal. Plus tard, il les traiterait avec toutes sortes de produits dont il était seul à connaître la composition et qui redonnaient au cuir sa souplesse et son aspect neuf.

— Madame vous attend au salon rouge.

Il s'était adressé à Marie, mais Kitty, devinant la raison de cette convocation, décida de se joindre à elles. Avec l'âge, sa mère lui paraissait devenir de plus en plus bizarre. Elle était passée complètement à côté des temps modernes. Cela n'avait rien d'étonnant: après tout, elle était au milieu de la soixantaine.

Alicia Melzer attendait sa belle-fille postée à la fenêtre, d'où l'on avait vue sur l'allée et la plus grande partie du parc. Elle fronça les sourcils en voyant que Kitty l'accompagnait.

— Henni t'a réclamée, Kitty. Il vaudrait peut-être mieux que tu montes la voir.

— Oh, mais Hanna s'occupe d'elle, j'imagine.

Alicia poussa un soupir de contrariété. Elle ne voulait pas se montrer plus autoritaire. Kitty était une tête de mule, cela n'aurait pas servi à grand-chose.

— J'ai à parler à Marie.

Kitty prit place dans un fauteuil et sourit à sa mère, tandis que Marie, la mine réservée, s'asseyait sur le siège voisin. Alicia opta pour le canapé.

— On m'a rapporté aujourd'hui que Leo était déjà allé deux fois chez les Ginsberg. Une proche connaissance, madame von Sontheim, les a vus, Hanna et lui. J'ai questionné Hanna, elle a avoué avoir accompagné Leo chez eux. En plus, il y a pris une leçon de piano, ce qui me semble particulièrement préoccupant.

Elle s'interrompit pour reprendre son souffle. Cette histoire paraissait la rendre très nerveuse. Ces derniers temps, Alicia avait tendance à s'essouffler rapidement.

— Hanna l'a fait à ma demande, maman, répondit Marie d'un ton calme mais ferme. En revanche, j'ignorais que Leo bénéficiait de cours de piano. Il est dommage qu'il le fasse dans notre dos. Cela étant dit, je ne vois pas grand-chose à redire au fait qu'un enfant ait envie d'apprendre à jouer d'un instrument.

— Tu sais très bien que Paul n'approuve pas le goût de Leo pour la musique. Je regrette que tu ne prennes pas le parti de ton époux sur ce point.

— Ce serait plutôt à Paul et à Marie de régler ça ensemble, maman, tu ne crois pas? intervint Kitty. Et si mon avis intéresse quelqu'un : plus vous chercherez à dissuader Leo de faire du piano, plus il s'obstinera.

L'expression d'Alicia montra clairement le peu de cas qu'elle faisait des considérations de Kitty. Cependant, comme Marie gardait le silence, elle passa à un autre sujet.

— Apparemment, il semble acquis que Hanna travaillera sous peu en dehors de la villa. Personne n'a jugé bon de me demander ce que j'en pensais, mais je n'insiste pas, je ne voudrais pas paraître susceptible. Hanna a eu des débuts difficiles en cuisine, mais elle a bien progressé. On a aussi pu lui confier d'autres tâches, notamment s'occuper des enfants. Si elle nous quitte, nous perdrons beaucoup.

— Tu as tout à fait raison, maman, s'empressa de répondre Marie. Je pense qu'on devrait non seulement engager quelqu'un pour la cuisine, mais aussi une personne fiable qui puisse prendre en charge les enfants…

— Je suis ravie que nous soyons du même avis ! l'interrompit Alicia avec vivacité.

Tout le mécontentement qu'elle avait accumulé se dissipa, elle esquissa même un sourire. Depuis que la bonne d'enfants était partie au printemps passé, Alicia essayait de convaincre Marie que les enfants avaient besoin d'une éducatrice solide. Jusque-là, la jeune femme s'y était opposée. Les trois petits, qui ne s'étaient pas entendus avec la bonne d'enfants, avaient vécu son départ comme une libération.

— Pour la cuisine, je pense que Gertie ferait l'affaire, intervint Kitty. C'est une débrouillarde. Elle a travaillé chez Lisa à l'époque de la rue Bismarck. Je crois qu'elle a passé quelque temps chez les Kochendorf, mais que ça ne lui a pas plu.

— Nous ferons appel à l'agence, répondit Alicia avec patience. Les jeunes femmes désireuses de travailler ne manquent pas, c'est une chance.

Kitty acquiesça avec un signe de tête aimable en se promettant de chercher où Gertie se trouvait à l'heure actuelle. Il n'était pas nécessaire de s'en remettre toujours au hasard.

Le gong du repas résonna dans le couloir, indiquant que Paul était arrivé et que Julius était posté à côté du monte-plats, prêt à faire le service. On entendit quelqu'un monter rapidement l'escalier: Hanna allait chercher Dodo, Leo et Henni.

— Et en ce qui concerne le second point, poursuivit Alicia, tandis que Marie se levait déjà pour seconder Hanna, j'ai en tête une jeune personne de bonne famille qui, en plus d'avoir une excellente éducation, comprend très bien les enfants.

Kitty eut un mauvais pressentiment. L'idée que sa mère se faisait d'une bonne éducation était complètement dépassée.

— Et qui est cette perle rare?

— Oh, vous la connaissez bien, répondit gaiement Alicia. Il s'agit de Serafina von Dobern, née Sontheim. La meilleure amie de Lisa.

On aurait dit qu'elle leur faisait un merveilleux cadeau surprise.

Kitty fut épouvantée. Les amies de Lisa étaient toutes des intrigantes imbues d'elles-mêmes, mais Serafina était particulièrement déplaisante. Pendant un temps, elle avait jeté son dévolu sur Paul, puis elle avait fini par épouser le commandant von Dobern pour se caser, comme on disait. Le malheureux était tombé à Verdun.

— Ce n'est pas une bonne idée, maman.

Alicia expliqua que, depuis la mort héroïque de son époux, la pauvre Serafina connaissait de gros problèmes financiers et que sa mère ne pouvait hélas pas l'aider. Dans une de ses lettres, Lisa lui avait signalé la triste situation de son amie.

Lisa, tiens donc, se dit Kitty avec irritation. *Ça lui ressemble bien. Elle nous colle cette peste sur le dos.*

— Non, maman, répliqua-t-elle avec fermeté. Il est hors de question que je confie ma Henni à cette personne !

Alicia garda le silence. Il était visible qu'elle ne partageait pas l'opinion de sa fille.

Chapitre 5

Novembre 1923, Poméranie, district de Kolberg-Körlin

Frigorifiée, Elisabeth se recroquevilla en essayant de maintenir bien fermé le col fourré de sa veste. Elle regrettait de ne pas avoir mis son manteau de fourrure. Sur le siège du cocher de cet antique véhicule, on était livré sans défense à la bise glaciale. Elle aurait préféré voyager derrière, parmi les provisions. Mais tante Elvira l'avait assurée que cela l'exposerait aux railleries. Incroyable, le flegme dont elle faisait preuve. Assise à côté d'elle, elle bavardait, riait, stimulait Jossi, le canasson, avec de vigoureux claquements de langue. Elle ne portait pas de gants et ne semblait même pas avoir les doigts gelés.

— Regarde, ma fille, dit-elle en désignant du menton devant elles le village de Gervin. Là-bas, ils ont vu le diable il y a quelques années. C'était dans la nuit du Nouvel An. Il a fait le tour de l'église. Il était tout noir, avec une figure horrible.

Plissant les yeux, Elisabeth aperçut au loin, dans la brume, les petites maisons et la vieille église à colombages de Gervin. Elvira et elle venaient de Kolberg. Heureusement, il n'y avait plus loin jusqu'au domaine des Maydorn. Il n'était guère plus de 5 heures de l'après-midi, mais le ciel était bas. On sentait que la nuit ne tarderait pas.

— Tout noir? Comment ont-ils fait pour le voir dans l'obscurité?

Elvira eut un soupir de mépris. Elle n'aimait pas qu'on mette en doute ses histoires de revenants. Devoir donner des explications la déstabilisait, et il lui arrivait de se mettre carrément en rogne. Elisabeth n'avait toujours pas réussi à déterminer si elle inventait ces histoires pour épater ses auditeurs ou si elle y croyait sincèrement.

— C'était la pleine lune, Lisa. C'est comme ça qu'ils ont pu voir le sinistre visiteur. Il boitait: à gauche, il avait un sabot de cheval à la place du pied.

Elisabeth aurait volontiers objecté que le diable était plutôt censé avoir des pieds de bouc, mais elle n'en fit rien. Elle resserra son foulard en silence, maudissant les aspérités de la route qui secouaient la charrette, faisant cliqueter les bouteilles à l'arrière. Elle ne pouvait malheureusement pas mettre ses doigts glacés dans ses poches, car elle était obligée de se cramponner des deux mains à son siège afin de ne pas tomber.

— Nous avons oublié les allumettes, ma tante!

— Ah! Misère! jura Elvira. Ce matin encore, j'avais pourtant bien dit qu'il fallait y penser. Il ne nous reste plus que trois boîtes, elles seront bientôt vides.

Elle tira sur les rênes pour freiner le cheval qui, sentant l'écurie, accélérait le rythme.

— Ce ne serait pas si gênant si ce monsieur Winkler ne consommait pas tant d'huile et d'allumettes pour la lampe. Est-ce normal qu'un homme en bonne santé passe la moitié de la nuit à lire dans la bibliothèque? Moi, je dis qu'il est malade. Pas du corps, mais de la tête. Et puis, il est toujours si mielleux et si poli. Quoi qu'on dise, il a un sourire jusqu'aux oreilles.

— Il a de bonnes manières.

— C'est un dégonflé, oui! Il ne dit pas ce qu'il pense. Il garde ses opinions pour lui, mais moi, je sais très bien ce qui mijote dans son crâne.

— Ça suffit, ma tante !

— Tu ne veux pas l'entendre ? Eh bien, je te le dirai quand même, Lisa. Il ne te lâche pas du regard, notre rat de bibliothèque, avec ses manières distinguées. Je préfère ne pas savoir à quoi il rêve la nuit. Ça doit être sacrément tordu.

Elisabeth fut agacée par ces propos. Le domaine des Maydorn était à des années-lumière de tout progrès technique. Il n'y avait ni électricité ni raccordement au gaz. Le soir, on s'installait auprès de la bonne vieille lampe à pétrole. Et, l'hiver, on se couchait avec les poules. Pour le pauvre Sebastian, qui s'occupait en général à rédiger un traité quelconque, ce n'était pas facile, et d'autant plus qu'il avait une mauvaise vue. Il avait écrit de si beaux ouvrages, si utiles ! Ils portaient essentiellement sur la région et ses habitants. Il y avait aussi un opuscule sur les coutumes et légendes d'autrefois, dans lequel il évoquait l'eau de Pâques, le cheval blanc et les ours recouverts de paille ainsi que la chasse sauvage qui traversait les forêts dans un galop effréné durant les nuits froides de novembre et dont il valait mieux se garder. Elisabeth avait relu tous ses écrits, noté en marge au crayon les petites erreurs et les incohérences, puis l'avait secondé pour la mise au propre. Elle lui fournissait un soutien irremplaçable, avait-il dit. Elle était sa muse, un être de lumière qui l'aidait à supporter les jours sombres. Un ange. Oui, il lui arrivait assez souvent de dire cela. « Vous êtes un ange, madame von Hagemann. Un ange bienfaisant qui m'a été envoyé par le ciel. »

Enfin bon, la tante Elvira n'avait pas tout à fait tort. Il n'était pas très courageux, le sieur bibliothécaire. Il ne prenait pas de risques. Il souriait. Essuyait ses lunettes en affichant un air de chiot malheureux.

Elisabeth fut contente de voir apparaître le domaine. C'était une belle propriété, qui comptait plusieurs centaines d'hectares de champs, de prairies et de forêts. L'été, les bâtiments étaient dissimulés par les hêtres et les chênes. Mais, maintenant que les arbres avaient perdu presque toutes leurs feuilles, on voyait les toits et les murs de brique luire au travers. Elisabeth apercevait à présent la haute grange, les remises, les étables et les écuries ainsi que la bâtisse au toit de chaume dans laquelle logeaient les journaliers et les domestiques. Un peu plus loin, le manoir à deux étages avec une partie centrale à pignons. La zone inférieure des murs de brique était envahie par du lierre. De part et d'autre de la porte d'entrée, on avait planté des rosiers grimpants qui, pour l'heure, étaient fanés depuis longtemps.

— La Riccarda a encore mis le paquet. Depuis que vous êtes là, j'utilise deux fois plus de bois. Mais tant pis. Je suis contente de ne plus être seule.

De la cheminée du manoir, en effet, s'échappait un nuage de fumée grise qui provenait sans doute du poêle en faïence du salon. Riccarda von Hagemann était sujette aux refroidissements. L'hiver, elle demandait à la servante de placer plusieurs bouillottes dans son lit, seule manière pour elle de trouver le sommeil. Au début, Elisabeth avait craint qu'il n'y ait de violentes querelles entre sa belle-mère et tante Elvira, toutes deux d'un tempérament têtu. Mais, à sa grande surprise, elles s'étaient bien entendues. Peut-être étaient-ce les manières franches d'Elvira qui avaient d'emblée coupé l'herbe sous le pied à Riccarda. Quoi qu'il en soit, toutes deux avaient rapidement tracé les frontières de leurs territoires respectifs: Riccarda s'occupait de la domesticité et de la cuisine, tandis qu'Elvira prenait en charge les courses et se consacrait à sa passion pour les chevaux et les chiens. De son côté, Elisabeth avait clairement fait comprendre qu'elle revendiquait certaines responsabilités comme le budget du ménage et l'organisation des fêtes où l'on invitait le voisinage. La bibliothèque était également de son ressort, tout comme le bibliothécaire, en la personne de Sebastian Winkler.

Celui-ci y travaillait à présent depuis trois ans, et tante Elvira avait plus d'une fois pesté contre cette « dépense inutile ».

En entrant dans la vaste cour empestant le fumier de vache encore chaud, elles furent accueillies par Lechyk, qui vint dételer le cheval. Le palefrenier polonais boitait depuis son enfance : un cheval de trait lui avait piétiné la hanche et sans doute cassé le bassin. À l'époque, on ne faisait pas toute une histoire de ce genre de chose. La hanche avait guéri, mais la claudication était restée.

— Monsieur est rentré ? demanda Elisabeth en descendant péniblement de la charrette, les membres raidis par le froid.

— Non, madame. Lui encore dans la forêt. C'est la vente du bois, lui sera tard.

La tante Elvira se fit aider par Lechyk, puis elle lui interdit de donner de l'avoine à Jossi, cela le faisait grossir. Elle montait depuis son enfance. Les chiens et les chevaux étaient toute sa vie. Des mauvaises langues allaient même jusqu'à prétendre qu'elle n'avait accepté la demande en mariage de Rudolf von Maydorn que parce qu'il possédait plus de vingt Trakehners. Mais ce n'étaient là que stupides propos. Elisabeth savait que l'oncle Rudolf et la tante Elvira avaient éprouvé beaucoup d'amour l'un pour l'autre. Chacun à sa façon.

— C'est un grippe-sou, ton mari, fit-elle remarquer à Elisabeth avec un petit sourire. Quand je pense à mon bon Rudolf… Il chargeait toujours un domestique d'aller vendre le bois…

… lequel empochait l'essentiel de la somme, compléta mentalement Elisabeth. Voilà pourquoi il n'y avait jamais eu d'argent pour acheter quoi que ce soit. Ou alors l'oncle dépensait tout en bouteilles de porto et de bourgogne.

Elisabeth avait hâte de se retrouver dans le salon bien chauffé, où elle pourrait prendre un thé. Installé dans un fauteuil à côté du poêle en faïence vert, Christian von Hagemann, en veste d'intérieur et pantoufles, s'était assoupi sur son journal. Elisabeth prit doucement la théière sur le réchaud, se servit une tasse et ajouta du sucre. Son beau-père continuait de dormir tranquillement. Au cours des trois dernières années, il avait pris quelques kilos, ce qu'il devait à son amour immodéré des plats revigorants et des bons vins. Les soucis d'argent qui l'avaient autrefois accablé appartenaient désormais au passé. Il profitait de la vie à la campagne, avait abandonné toutes les responsabilités à son fils et aux dames de la maison et ne se souciait plus que de son bien-être.

Tandis qu'elle se chauffait le dos contre le poêle en sirotant son thé, Elisabeth songea qu'elle avait le temps de faire un saut à la bibliothèque avant le souper. Riccarda devait être en train de ranger les courses avec Elvira et la cuisinière. Diverses épices, un sachet de sel, du sucre, de la soude, de la glycérine, du cirage et du vinaigre. Et aussi un sac de riz, des pois cassés, du chocolat, du massepain, deux bouteilles de rhum et quelques bouteilles de vin rouge. Le petit flacon de parfum bleu ciel, Elisabeth l'avait acheté au salon de coiffure et prestement rangé dans son sac à main pendant que tante Elvira papotait avec une voisine. Un arôme fleuri, très pénétrant – une petite goutte derrière les oreilles serait suffisante. Et dire que Serafina était si désargentée qu'elle n'avait même pas les moyens de lui envoyer un joli rouge à lèvres, de la poudre ou un parfum capiteux ! Elisabeth n'avait pas très envie de s'adresser à Kitty ou à Marie, elles savaient trop bien qui elle espérait séduire. Quant à sa mère, il ne fallait même pas y penser.

Le parfum était si fort qu'elle se sentit vulgaire. Elle se passerait de l'eau à la salle de bain pour en dissiper l'odeur. Sinon, Dieu sait ce que Sebastian penserait d'elle. Elle reposa sa tasse vide sans faire de bruit afin de ne pas réveiller son beau-père, puis sortit de la pièce. Dans l'escalier, le froid était mordant, elle regretta de ne pas avoir pris son châle. Les marches en bois craquaient horriblement. Le tapis qu'elle avait fait poser deux ans plus tôt n'avait pas changé grand-chose. Elle songea avec contrariété à la négligence dont son oncle et sa tante avaient fait preuve en laissant cette vieille et belle demeure se délabrer par indifférence et avarice. Il n'y avait même pas de doubles-fenêtres. En hiver, on posait d'épais boudins en feutre sur les appuis intérieurs des fenêtres et on regardait se former sur les vitres les fleurs de givre.

Le seul luxe était la salle de bain, à laquelle l'oncle Rudolf attachait une grande importance. Des murs carrelés blancs, une baignoire avec quatre pieds de lion arqués, des lavabos surmontés de miroirs et une toilette en porcelaine véritable pourvu d'un couvercle en bois amovible peint en blanc. Elisabeth humidifia un gant de toilette et tenta d'atténuer l'intensité du parfum, ce qui produisit l'effet inverse. Elle aurait mieux fait de s'épargner cet achat nauséabond. Avec un soupir, elle refit son chignon. Elle avait laissé repousser ses cheveux : à la campagne, aucune femme n'affichait une coupe à la garçonne, pas même les filles des propriétaires de domaine. Sebastian ne semblait pas non plus apprécier cette nouvelle mode. Pour un adepte du socialisme, il se montrait souvent extrêmement vieux jeu.

Elle prit la peine de frapper à la porte afin de ne pas lui donner le sentiment qu'elle le traitait en subalterne.

— Sebastian ?

— Chère madame, entrez donc. Je vous ai vue arriver dans la cour avec votre tante. Avez-vous fait de bons achats à Kolberg ?

Comme il fallait s'y attendre, il n'avait pas chauffé la pièce. Il était à sa table de travail en chemise et grosse veste d'intérieur, une écharpe autour du cou. La tante Elvira s'étant plainte dernièrement qu'on consommait trop de bois, il n'osait plus toucher au poêle. Sous peu, il serait obligé de porter des gants pour que ses doigts gelés ne laissent pas échapper le crayon.

— Les achats ? Ah oui, à l'exception des allumettes, que nous avons malheureusement oubliées. Mais ce n'est pas bien grave, on peut en acheter à Groß Jestin.

Elle referma la porte derrière elle et s'approcha lentement pour regarder par-dessus son épaule. Il redressa le dos et leva la tête, tel un écolier interpellé par le maître. Elle avait plusieurs fois posé la main sur son épaule en un geste anodin et comme fortuit, mais il s'était raidi sous ce contact, si bien qu'elle n'avait pas insisté.

— Toujours la chronique de Groß Jestin ?

— Oui, dans la mesure de mes possibilités, puisque je n'ai pas accès aux archives des Manteuffel. J'ai parlé au curé, qui a eu la bonté de me laisser consulter les registres paroissiaux.

Sebastian Winkler était depuis plus d'un an maître suppléant à l'école primaire de Groß Jestin. C'était Elisabeth qui lui avait trouvé ce poste. Il ne gagnait pas grand-chose, mais le travail avec les enfants lui procurait beaucoup de plaisir. Il était devenu urgent de lui fournir d'autres occupations, car quelques mois seulement lui avaient suffi pour faire l'inventaire des livres des Maydorn, les restaurer et les reclasser. Elisabeth avait craint qu'il n'abandonne cet emploi peu satisfaisant et ne quitte le domaine. Mais, à présent qu'il exerçait son métier, elle espérait pouvoir le garder auprès d'elle.

Son espoir secret de voir naître entre eux une relation plus intime avait été déçu. Sebastian se refusait à l'approcher, craignait même de toucher ne serait-ce que sa main ou son épaule. Il lui arrivait parfois de se comporter comme un enfant : il l'évitait alors, détournait le regard en rougissant. Pendant un temps, elle avait cru qu'elle ne lui plaisait pas. Elle n'était pas une séductrice, une Kitty qui menait tous les hommes par le bout du nez. Les soupirants ne s'étaient pas bousculés, et ceux qui lui avaient déclaré leur flamme y avaient sans doute été encouragés par la perspective de l'héritage des Melzer. Son tour de poitrine y avait peut-être aussi été pour quelque chose, auquel cas leurs hommages n'auraient pu l'intéresser. Quoique... Si Sebastian l'avait trouvée physiquement attirante, la situation aurait été bien différente. Malheureusement, les trois dernières années avaient montré qu'il avait pour elle une estime extraordinaire mais n'éprouvait aucun désir. Ce dédain était d'autant plus difficile à supporter pour Elisabeth que son époux Klaus ne faisait pour ainsi dire jamais usage de ses droits conjugaux.

— J'essaie, dit-il avec le lent débit qui lui était coutumier, de transformer ce que j'ai recopié dans les registres paroissiaux en un texte à peu près...

Elle se détourna avec impatience pour se diriger vers le poêle. Elle s'accroupit et ouvrit la petite porte : on ne l'avait visiblement pas alimenté depuis la veille.

— Que faites-vous, Elisabeth ? Je n'ai pas froid. Je vous en prie, ne chauffez pas pour moi.

— Mais moi j'ai froid. Très froid, même. Je gèle ici !

Sa réponse fut un peu moins aimable qu'elle ne l'aurait souhaité, mais produisit son effet. Elle entendit Sebastian repousser sa chaise. Il se leva avec quelque hésitation, attendant de voir ce qu'elle allait faire. Puis, comme elle commençait à mettre du bois dans le poêle, il la rejoignit promptement.

— Laissez-moi faire, Elisabeth.

Levant les yeux vers lui, elle constata qu'il avait l'air sincèrement soucieux et un peu déconcerté. Très bien. Ne disait-on pas que l'espoir était ce qui mourait en dernier ?

— Vous ne me croyez pas capable d'allumer un poêle ?

Non, ce n'était pas ce qu'il avait voulu insinuer.

— Vous allez vous salir les mains.

— Grands dieux ! s'exclama-t-elle ironiquement. La propriétaire du domaine a les mains noires ! Vous trouvez plus convenable de vous les salir à sa place ? Ce serait très malcommode pour écrire, non ?

Elle continua de mettre du bois dans le poêle, tandis qu'il l'observait d'un œil critique. Puis, elle demanda des allumettes.

— Un instant.

La boîte était rangée dans un coffret en bois placé sur le bureau. Sebastian veillait manifestement dessus comme sur un trésor, car il en avait besoin pour la lampe. Devait-elle lui offrir le briquet de l'oncle Rudolf, au risque qu'Elvira lui en veuille ?

— Laissez-moi faire, Elisabeth, vraiment. D'autant que nous n'avons plus beaucoup d'allumettes.

Eh bien, il n'avait pas une haute opinion de son sens pratique ! Agacée, Elisabeth tendit la main pour prendre la boîte tout en repoussant une des bûches au fond du poêle. C'est alors que se produisit l'incident.

— Aïe ! Bon sang !

Quelque chose de pointu s'était enfoncé dans son index. Furieuse, elle porta son doigt en sang à sa bouche. Pourquoi fallait-il que cela arrive juste à ce moment ?

— Une écharde ?

— Je ne sais pas, on aurait dit un clou.

Examinant son doigt, elle aperçut en effet un petit point noir, douloureux au toucher.

— Montrez-moi ça, Elisabeth.

Il se pencha, lui prit la main et la retourna, l'approcha de ses yeux et retira ses lunettes. *Voyez-vous ça,* songea Elisabeth. *Quand je lui pose la main sur l'épaule, il réagit comme si je me conduisais de manière inconvenante. Et voilà qu'il me prend la main sans cérémonie pour la palper. On voit qu'il s'y connaît...*

— Il semblerait qu'une écharde se soit enfoncée dans votre doigt, déclara-t-il sur un ton expert.

Sans ses lunettes, ses yeux étaient beaucoup plus clairs. Son regard trahissait une détermination inhabituelle. Il avait gardé sa main dans la sienne et, quoique la circonstance n'ait rien de romantique, la jeune femme savourait ce contact.

— Nous devons l'extraire, Elisabeth, sinon ça risque de s'infecter. Venez près du bureau. Je vais allumer la lampe pour mieux voir…

Merveilleux ! Elle avait l'impression de rêver. Était-ce bien là le Sebastian qu'elle connaissait ? C'était la première fois qu'elle le voyait prendre une initiative avec tant d'assurance, et cela lui plut. Comment avait-elle pu le croire lâche ? Quand les circonstances l'exigeaient, il se montrait à la hauteur.

— Comme vous voulez, répondit-elle docilement. Mais ce n'est qu'une minuscule écharde.

Il la conduisit jusqu'à sa chaise et la pria de s'y asseoir. Il allait allumer la lampe et se procurer une aiguille.

— Une aiguille ?

Il la regarda, le verre de la lampe à pétrole dans la main, et lui adressa un sourire d'encouragement.

— Je ferai très attention.

Seigneur, pensa-t-elle, épouvantée, *il veut me trifouiller le doigt avec une aiguille.*

Sebastian alluma la lampe, puis fouilla dans le tiroir du bureau.

— Prête ? demanda-t-il, son aiguille à la main.

Elisabeth se serait volontiers enfuie. Mais alors elle n'aurait pu savourer cette merveilleuse proximité et la détermination virile de Sebastian. Aussi acquiesça-t-elle bravement en lui tendant son doigt.

— Un peu plus vers la lumière… Voilà. Vous êtes un peu nerveuse, ne vous inquiétez pas.

Il prit sa paume, la maintint fermement, puis il se mit à l'ouvrage.

Lorsqu'il piqua, Elisabeth réprima un gémissement, mais sentit l'étreinte de Sebastian se resserrer autour de sa main. Il sortit un mouchoir de la poche de sa veste et essuya une gouttelette de sang qui perlait.

— On y est presque… Vous êtes très courageuse, Elisabeth.

Voilà qu'il me parle comme à une écolière, se dit-elle tout en trouvant cela charmant. *Si seulement il voulait bien arrêter avec cette aiguille... Cela dit, il était merveilleux dans ce rôle inédit d'infirmier plein de sollicitude et de fermeté.*

— Voilà !

Il lui montra l'aiguille, sur laquelle apparaissait un petit corps noir aussi fin qu'un trait. Il enveloppa ensuite soigneusement le doigt d'Elisabeth dans son mouchoir, puis lui lâcha la main.

— À la bonne heure ! soupira-t-elle en tâtant le bandage. Quel dommage que ce soit déjà fini ! Peut-être devrait-elle se casser la jambe la prochaine fois ?

— J'espère que je ne vous ai pas fait trop souffrir.

— Pas du tout.

Il remit l'aiguille à sa place dans le tiroir et la regarda avec un sourire. Avait-elle pâli ?

— Certains enfants sont pris de panique quand on leur ôte une écharde du doigt.

— Vraiment ?

— Oui. Récemment, j'ai eu à l'école un gamin qui a voulu s'enfuir tellement il avait peur.

Elisabeth sourit, défit le mouchoir. Son doigt ne saignait plus.

— Je vous remercie beaucoup, Sebastian, dit-elle avec chaleur. Et maintenant, allumons ce poêle.

— Si vous insistez.

— J'insiste. Personne n'y gagnera quoi que ce soit si vous attrapez une pneumonie.

Il secoua la tête, mais s'approcha du poêle sans protester pour en sortir une mince branchette qu'il présenta à la flamme de la lampe à pétrole. On économisait ainsi une allumette. Tandis que le feu prenait et se communiquait à la bûche, il déclara qu'il ne courait aucun risque d'attraper une pneumonie. À ce jour, il n'avait même pas eu le moindre petit rhume.

— Et il ne faut pas que ça change, Sebastian. J'y veillerai.

Il hocha la tête, se réinstalla à son bureau. Debout à côté du poêle, Elisabeth se réchauffait les mains. Lorsqu'elle se retourna vers lui, il avait remis ses lunettes et s'était replongé dans son travail.

Elle l'observa d'un air songeur. Il était d'une stature robuste, mais toujours un peu gauche. Le visage large, les yeux violets. Elle l'aimait. Il était là depuis trois ans, tout près, mais inaccessible. De quoi devenir folle. Pourtant… Aujourd'hui, elle avait appris quelque chose : il se montrait fort lorsqu'elle était faible. Elle devait tirer profit de cette découverte.

Chapitre 6

Leo n'avait encore jamais vu pareil éclat. On en était ébloui : scintillement des verres, lettres dorées, flacons, broches et bagues aux doigts des nombreuses dames.

— Disparaissez, bande de garnements ! Ne restez pas dans nos pattes !

Chargés de plateaux d'argent, Julius et Hanna offraient du champagne et du vin aux invités. L'atelier de Marie était bondé. Les messieurs portaient des costumes gris et noirs. Les dames, des tenues aux couleurs vives, des chaussures à talons, et leurs bas de soie chatoyaient à la lumière.

— C'est ma maman qui a peint ça, dit Henni en désignant un paysage d'hiver où, en dehors de quelques maisonnettes et d'un petit clocher à bulbe, on ne voyait que de la neige.

Sur le mur d'en face, Kitty avait dessiné l'Amérique : des gratte-ciel, un chef indien avec une parure de plumes et la célèbre statue de la Liberté, à New York.

Du fond de l'atelier, on entendit s'élever une musique de piano : c'était madame Ginsberg. Leo se fraya un chemin dans la foule, passant devant un groupe de dames qui buvaient du champagne, pour aller regarder jouer la pianiste. Marie avait engagé la mère de son ami pour la soirée. Walter, lui, n'avait malheureusement pas été autorisé à venir. Paul avait dit que seules les personnes invitées pouvaient assister à l'inauguration de l'atelier.

L'instrument étant placé contre le mur, madame Ginsberg tournait le dos au public. Elle interprétait une étude de Chopin, un morceau difficile pour lequel les doigts de Leo, hélas, étaient encore trop petits et trop malhabiles. Mais, quand on savait bien le jouer, ainsi que le faisait madame Ginsberg, le morceau paraissait facile et beau comme un été indien.

— Est-ce que je peux vous tourner les pages ?

— Si tu veux. Avec plaisir.

Il se plaça à sa gauche, comme elle le lui avait enseigné. Quand il fallait passer à la page suivante, il se haussait sur la pointe des pieds, saisissait le coin supérieur droit du feuillet, attendait que madame Ginsberg fasse un signe de tête, puis s'exécutait avec précaution. Il devait surtout veiller à garder le bras levé afin de ne pas cacher les notes. De toute façon, madame Ginsberg jouait presque par cœur et n'avait en réalité pas vraiment besoin de la partition.

— Pourquoi ils font tant de bruit ? demanda Leo en se tournant vers les invités.

— Chut, Leo. Nous ne sommes là que pour accompagner la soirée. Les gens veulent bavarder. Parler du bel atelier neuf de ta maman…

Leo se retourna vers le piano avec une moue contrariée. *S'ils veulent parler, ils n'ont pas besoin de musique,* pensa-t-il. *Ils ne méritent pas une si bonne pianiste.* Tout à ses réflexions, il faillit manquer le moment de tourner la page. Il n'avait pas de mal à suivre car, lorsqu'il lisait une partition, il entendait les sons. Notes et sons étaient pour lui une seule et même chose et il était capable d'identifier n'importe quel son. Madame Ginsberg lui avait dit qu'il avait sans doute l'oreille absolue. Sans savoir exactement de quoi il retournait, cela avait grandement surpris Leo, qui avait toujours cru que tout le monde pouvait en faire autant.

— Passe-moi le recueil des sonates de Schubert, s'il te plaît.

Il prit sur la pile posée sur un tabouret à côté du piano la partition à couverture cartonnée. Leo aimait beaucoup Schubert. Il jouait déjà plutôt bien deux des *Impromptus*. Il aurait fallu qu'il puisse travailler davantage, mais sa mère ne lui autorisait qu'une demi-heure par jour. Et, quand son père rentrait, Leo était obligé d'arrêter immédiatement. Il écouta avec enthousiasme madame Ginsberg entamer une sonate qu'il ne connaissait pas encore. Le premier mouvement évoquait une promenade joyeuse dans les prés et les champs ; il n'était pas particulièrement difficile, peut-être serait-il à sa portée. Le problème, c'était que ses doigts étaient trop petits et n'atteignaient pas encore l'octave. Il arrivait à Leo de tirer dessus pour qu'ils grandissent plus vite, mais cela restait malheureusement sans effet.

— Leo, mon petit ! Que fais-tu là planté à côté du piano ? Tu gênes madame Ginsberg.

Leo fit la grimace. Par chance, Serafina von Dobern n'en vit rien, car il lui tournait le dos. Il détestait cordialement cette femme. Elle était si mielleuse, si sournoise ! Qu'elle vienne leur rendre visite à la villa ou qu'on la rencontre dans la rue, elle faisait toujours comme si elle devait les éduquer, Dodo et lui. Pourtant, elle n'avait pas à leur dire quoi que ce soit, elle n'était qu'une amie de sa tante Lisa.

— Je ne la gêne pas, je lui tourne les pages, rectifia-t-il avec fermeté.

Malheureusement, Serafina manifesta peu d'intérêt pour sa réponse. Elle l'attrapa par les épaules et le poussa le long du mur jusqu'à une chaise, sur laquelle il fut prié de s'asseoir.

— Ton père ne veut pas que les enfants se mêlent aux adultes, dit-elle avec un sourire hypocrite. En pareille circonstance, ils doivent rester tranquilles et ne pas se faire remarquer.

Serafina était assez mince, avait la peau très blanche. Elle s'était mis du rouge sur les joues, pensant probablement se rendre ainsi plus jolie. Cependant, ses lunettes et son menton pointu lui donnaient l'air d'une chouette des neiges. Elle ordonna à Leo de rester assis et se mit à la recherche de Dodo et Henni. Avec cette dernière elle n'eut pas de chance : la petite était avec sa mère. Serafina savait très bien qu'elle n'était pas de taille à lutter contre Kitty. La pauvre Dodo, elle, était aux côtés de l'oncle Klippi, qui ne se formalisa pas de voir Serafina l'emmener avec elle.

— Voilà, asseyez-vous bien sagement, mes mignons. Pousse-toi, Leo, la chaise est assez grande pour vous deux. À votre âge, vous avez encore de petites fesses.

Elle eut un gloussement que les enfants trouvèrent ridicule. Furieuse, Dodo s'assit au bord du siège en reniflant comme si elle était enrhumée. Pendant que Serafina faisait signe à Hanna de venir avec le plateau de canapés, elle chuchota à son frère :

— Nos fesses, c'est pas ses oignons. Elle ferait mieux de s'occuper des siennes, cette vieille bique…

— Il faudrait déjà qu'elle en ait, répliqua méchamment Leo.

Ils sourirent en se prenant la main. Pour Leo, sa sœur était une partie de lui-même. Elle était douée pour les plaisanteries, prenait toujours son parti, était maligne et courageuse. Dodo était sa seconde moitié, sans elle il lui aurait manqué quelque chose.

— Là, prenez un canapé, les enfants. Vous avez sûrement faim.

Serafina faisait la généreuse, comme si ç'avaient été *ses* canapés. Avec un air compatissant, Hanna sourit à Leo en abaissant son plateau afin qu'il puisse voir l'assortiment. Le petit garçon la trouvait gentille : elle l'admirait parce qu'il jouait du piano. Ce n'était vraiment pas de chance qu'elle devienne couturière. Il aurait préféré que ce soit Serafina.

— Non merci, j'en n'ai pas envie, rétorqua Dodo. J'ai soif.

Serafina feignit de ne pas avoir entendu. Elle renvoya Hanna et leur enjoignit de rester là, il allait y avoir un défilé de mode. Tout le monde s'assiérait pour regarder les beaux vêtements que leur maman avait créés et réalisés.

Elle les quitta pour aller prendre elle aussi quelques canapés et bavarder avec leur grand-mère Alicia et madame le directeur Wiesler. Devant la fresque représentant un hiver russe, Kitty était entourée de tout un groupe de gens, des amis de la Société des arts. Leo en connaissait quelques-uns, notamment deux peintres et un gros homme qui jouait du violon. Ils buvaient du champagne en poussant de grands éclats de rire qui faisaient se retourner les autres invités.

— Ce sont tous des relations d'affaires de Paul, expliquait Kitty. Directeurs de banque, avocats, industriels, représentants des autorités municipales, que sais-je encore. Tous les notables d'Augsbourg sont venus, avec leurs épouses et leurs filles.

— Regarde Henni, dit Dodo en désignant sa cousine du menton. Elle a mangé au moins dix canapés. Ceux aux œufs et au caviar.

Leo plissa les paupières. Debout près de la porte donnant sur la pièce où l'on effectuait les travaux de couture, Henni terminait une coupe de champagne délaissée par un convive. Si jamais sa mère la voyait, elle la renverrait illico à la villa. Les enfants n'avaient pas le droit de boire de l'alcool.

— On s'ennuie, rouspéta Dodo. Il y a trop de bruit, ça me fait mal aux oreilles.

Leo l'approuva. S'il avait été à la maison, il aurait pu faire du piano sans que personne le dérange. Il poussa un profond soupir.

— Alors, vous deux ? Vous vous embêtez ? Dans un instant, il y aura du spectacle, Leo. Et ensuite je te montrerai les nouvelles machines à coudre. On les actionne avec le pied. C'est formidable !

Paul caressa la tête des jumeaux, leur adressa un regard d'encouragement, puis retourna à ses invités. Leo l'entendit parler du Rentenmark avec monsieur Manzinger. Il valait à présent un milliard de marks. Peut-être qu'on allait remonter la pente et que les prix resteraient stables. Mais non, répondit monsieur Manzinger. Tant que l'Allemagne ploierait sous le fardeau des réparations, l'économie ne pourrait pas se redresser. Cette république était incompétente, on se bornait à bavarder et le gouvernement changeait tous les deux mois. Il aurait fallu un homme comme Bismarck. Un chancelier de fer...

— C'est quoi un chancelier de fer? demanda Dodo.

— Une sorte de soldat de plomb, j'imagine.

Qu'est-ce qu'on s'ennuyait! Leo essaya d'ouvrir le bouton supérieur de sa chemise. Il étouffait dans ce costume étroit que sa mère lui avait fait mettre. Il était trop petit depuis longtemps, mais elle avait insisté: « Rien que ce soir. Pour me faire plaisir. » Si on entendait un grand bruit, ce serait qu'il avait explosé.

— Pourquoi c'est à toi que papa veut montrer les nouvelles machines à coudre? se plaignit Dodo. Moi aussi j'aimerais bien les voir.

Leo eut un soupir de mépris. Les machines ne l'intéressaient pas. Encore moins les machines à coudre; c'était bon pour les femmes. En revanche, il avait été captivé par l'intérieur du piano lorsque l'accordeur en avait ôté le couvercle. On voyait les cordes très solidement tendues sur un cadre métallique. Quand on appuyait sur une touche, un petit marteau en bois couvert de feutre frappait la corde correspondante. Un piano, c'était une machine compliquée, qui ressemblait à un être humain. Si on en jouait bien, il pouvait être gai ou triste. Puis, il manifestait de la joie. Et, à certains moments, on pouvait s'envoler avec lui. Walter disait que c'était pareil avec le violon. En fait, avec tous les instruments de musique. Même les timbales. Mais cela, Leo avait du mal à le croire.

— Pourquoi vous êtes assis là ?

Henni avait surgi devant eux, la figure écarlate, les yeux brillants.

— C'est à cause de Serafina.

— Mais elle vous surveille pas !

En effet. Serafina était tout au fond, devant les gratte-ciel américains. Une coupe de champagne à la main, elle parlait avec le Dr Grünling en gloussant.

— Je vais vous montrer quelque chose, dit Henni en tirant Dodo par sa robe.

Leo n'avait pas envie de suivre sa cousine, qui était repartie en se frayant un chemin parmi les invités. Sans doute cherchait-elle une fois de plus à se rendre intéressante. Mais, comme ils s'ennuyaient à mourir, Dodo se décida finalement à rejoindre Henni. Leo l'imita à contrecœur.

La fillette s'était glissée dans la pièce des couturières. Les fameuses machines à coudre étaient alignées contre le mur, sous des couvercles en bois. Près de la porte, Marie avait accroché deux grands miroirs. Et, en dessous, elle avait placé des petites tables accueillant une multitude d'objets féminins : brosses à cheveux, barrettes, produits de maquillage… En face se trouvaient des portemanteaux équipés de longues barres auxquelles étaient suspendues ses créations, dissimulées sous des étoffes grises.

— Là-dessous, il y a un oiseau d'argent, chuchota Henni.

— Mais non, idiote, c'est les vêtements de Maman, rétorqua Dodo. Viens, on n'a pas le droit d'entrer ici.

Henni s'était déjà faufilée sous les housses à la recherche de son oiseau. Le portemanteau se mit à osciller, on aurait dit un monstre gris dansant sur place.

— Je l'ai trouvé ! piailla une petite voix sortant du monstre. C'est un… un oiseau qui brille.

Leo et Dodo se glissèrent à leur tour sous les tissus de protection. À la fois pour voir l'oiseau et pour protéger les modèles de leur mère des pattes collantes de Henni.

— Où ça ?

— Là ! Tout en argent…

En effet, sur une étoffe d'un bleu chatoyant étaient cousues de minuscules plaques argentées formant un oiseau aux ailes grandes ouvertes.

Au moment où Leo s'apprêtait à empoigner sa cousine par le bras pour la faire sortir avec une douce fermeté, des gens entrèrent dans la pièce.

— Allez, vite ! Dans l'ordre où j'ai rangé les modèles. D'abord les tenues d'après-midi… Hanna, tu donneras les vêtements, Gertie aidera ces dames à s'habiller, Kitty fera les dernières vérifications. Personne ne sort avant que j'aie donné mon feu vert.

C'était leur mère. Aïe, elle était tout énervée ! Que faisaient-elles donc ? S'agissait-il du défilé de mode dont Serafina avait parlé ?

Dodo se cramponna à la housse. Henni s'était accroupie par terre. Sans doute pensait-elle, cette sotte, qu'on ne la verrait pas si elle se faisait toute petite. Mais cela ne servirait à rien. On allait découvrir leur présence et ils se feraient gronder.

Cependant, les choses ne se passèrent pas comme prévu. Quelqu'un ôta l'étoffe grise et la jeta d'un mouvement preste derrière le portemanteau. Les trois enfants s'empressèrent de se glisser dessous. Personne ne pouvait les voir, ils étaient comme sous une cape d'invisibilité.

Ils restèrent là sans oser bouger jusqu'à ce que Dodo éternue. Leo crut que c'en était fait d'eux, mais les femmes présentes dans la pièce étaient trop occupées pour remarquer quoi que ce soit.

— La jupe se met dans l'autre sens… Voilà, c'est ça… Resserre le soutien-gorge, sinon la blouse ne tombera pas comme il faut… Attends, tu as une mèche dans la figure… La couture est de travers… Les chaussures moutarde, pas les marron… Stop, les agrafes ne sont pas fermées…

On entendit la voix de leur mère dans l'atelier, expliquant quelles tenues étaient présentées, quels tissus elle avait utilisés et en quelle occasion les porter. Les spectateurs poussaient de joyeuses exclamations, ils paraissaient ravis. madame Ginsberg jouait du Schumann et du Mozart; quelqu'un avait une toux persistante et un verre se brisa quelque part.

Leo avait la sensation d'étouffer. Il avait besoin d'air, quelles qu'en soient les conséquences. Il souleva précautionneusement le tissu pour pouvoir respirer. Ça sentait bizarre. Pas comme dans la pièce où sa mère faisait de la couture à la villa. Une odeur de parfum. D'air alourdi. De lingerie. De… femme.

Il dut repousser légèrement les vêtements pour pouvoir distinguer ce qui se passait dans la pièce. C'était excitant. Deux jeunes femmes se trouvaient devant les miroirs: il apercevait leur dos ainsi que leur reflet dans la glace. L'une avait des cheveux tirant sur le roux, elle était en train d'enfiler une jupe. L'autre portait un maillot de bain bleu foncé avec des bordures blanches. Kitty la coiffa d'un chapeau de paille bleu. La jeune femme remua les hanches et tira sur les bretelles étroites du maillot. Gertie agrafa le soutien-gorge de la première… Leo se sentit pris de vertige. Il n'avait encore jamais vu une femme sans vêtements. Une fille, oui. Jusqu'à il y a deux ans, il prenait son bain avec Dodo. Mais sa sœur n'avait pas encore de seins, contrairement à cette femme.

— Tourne-toi vers moi, entendit-il dire sa tante Kitty. Bien. Mets la cape, mais laisse-la ouverte. Quand tu seras arrivée au bout, retire-la, que tout le monde voie le maillot. Vas-y, c'est à toi!

Une troisième jeune femme entra dans la pièce, tout échauffée. Elle quitta aussitôt son sourire et se débarrassa de sa robe verte, dévoilant un porte-jarretelles en soie verte.

— La bleue?

— Non, d'abord la violette.

Quelqu'un prit une robe sur le portemanteau. Leo se retrouva soudain face au regard stupéfait et horrifié de Hanna. Il n'avait plus conscience qu'il finirait par se trouver à découvert.

— Que se passe-t-il, Hanna ?

— Rien… J'ai un peu la tête qui tourne. Ça m'arrive parfois quand je me baisse.

Hanna mentait très mal, on s'en rendait compte tout de suite. Kitty, en tout cas, n'était jamais dupe. En ce domaine, elle était encore plus douée que Marie.

— Non, mais je rêve !

Kitty repoussa des deux mains les vêtements, dévoilant le visage livide de Leo.

— Dodo ? Henni ? lança-t-elle d'une voix menaçante.

Dodo s'extirpa de sous la montagne de tissu gris, tandis que Henni restait par terre sans bouger.

— Qui vous a fait entrer ici ?

Dodo prit les choses en main. Leo était trop décontenancé. Quant à Henni, elle faisait comme si elle n'était pas là.

— On voulait juste voir les belles robes.

Kitty n'avait ni le temps ni la patience d'écouter quelque explication que ce soit. Gertie ôta du cintre une masse de dentelle noire et de tissu aussi fin et transparent qu'une toile d'araignée.

— Passe-moi la robe de soirée, Gertie, dit Kitty. Et va trouver Julius avec les enfants. Qu'il les ramène tout de suite à la villa. Henni ! Sors d'ici ! Je sais que tu es là !

Soudain, tout alla très vite. Gertie les tira de leur cachette, on se rendit dans le bureau, puis au jardin d'hiver, où Julius savourait un verre de vin en fumant le cigare.

— Il faut que tu les reconduises à la maison.

Le domestique considéra d'un œil maussade les trois enfants, qui affichaient un air coupable. Cette mission le contrariait, il venait juste de s'installer confortablement au jardin.

— Merci de m'appeler « monsieur Kronberger », grommela-t-il à l'adresse de Gertie.

— On a sa fierté, rétorqua cette dernière sans se démonter.

— C'est toujours ça !

Gertie lui laissa les enfants et retourna en hâte au vestiaire. Le défilé approchait de son apogée, on avait besoin d'elle.

Julius vida son verre d'une longue gorgée, puis prit son cigare.

— Bon, allons-y, jeunes gens ! Non, par l'arrière.

Il apporta leurs manteaux et mit le bonnet de laine à Henni. Curieusement, la fillette ne protesta pas. En temps normal, elle aurait poussé les hauts cris. Cette fois, elle paraissait sincèrement contrite.

On traversa le jardin, puis on s'engagea dans une ruelle obscure qui débouchait sur la rue Caroline. Là, les enfants durent patienter un moment dans le froid pendant que Julius allait chercher la voiture.

— De toute façon, il est plus que l'heure d'aller au dodo, hein, les têtards ? dit-il, lorsqu'ils furent assis tous les trois bien sagement sur la banquette arrière.

— Vous avez raison, répondit Dodo.

Leo restait silencieux. Encore sous l'impression de ce qu'il avait vu, il se sentait extrêmement coupable. Henni fit soudain entendre de drôles de gargouillements.

— Non ! beugla Julius. Pas sur les coussins, bon sang de bonsoir ! Pas sur les coussins !

Il se précipita hors de la voiture, ouvrit brutalement la portière arrière, voulut poser un exemplaire de l'*Augsburger Neueste Nachrichten* sur les coussins en cuir… Trop tard.

— Beurk, dit Dodo, dégoûtée, en s'écartant.

— Ah, ça va mieux ! soupira Henni.

Chapitre 7

Ce samedi soir à la villa, il régnait à la cuisine une grande activité. Julius venait de desservir dans la salle à manger. Augusta rangeait les restes dans de petits récipients qu'elle entreposait ensuite dans le garde-manger, tandis que Gertie, qui avait pris la place de Hanna deux semaines plus tôt, faisait la vaisselle. Hanna était là aussi. Quoique suivant désormais une formation de couturière à l'atelier, elle continuait à loger et à prendre ses repas à la villa. Ce soir-là, elle grignotait un sandwich au jambon en contemplant d'un air mélancolique son index droit enveloppé dans une bande de gaze.

— Je le savais que t'étais trop maladroite pour être couturière, lâcha Augusta. Elle a cousu son propre doigt à la machine ! Non, mais vous vous rendez compte ? C'est pas Hanna Weber que tu devrais t'appeler, mais Hanna de La Maladresse…

— Fiche-lui la paix ! lança la cuisinière.

Assise à la table, elle coupait du céleri, des carottes et des oignons pour le souper du lendemain, auquel avaient été conviées quelques relations d'affaires de monsieur avec leurs épouses. Il fallait s'y mettre dès maintenant. Le bouillon de bœuf, notamment, qui serait servi en deuxième plat avec de grands raviolis, devait être mis en route. Le bœuf bouilli serait cuisiné en ragoût pour les domestiques.

Les invités se régaleraient d'un plat de poitrine de porc farcie avec du chou rouge. Il y avait aussi la farce à préparer afin qu'elle ait le temps de mariner avec les épices.

— Qu'est-ce qu'il y a dans la farce ? demanda Gertie.

— Tu verras bien, grogna la Brunnenmayer, qui n'aimait pas dévoiler ses recettes.

— Du porc haché ? Et de la chapelure ? C'est ça ? Et aussi du sel et du poivre… et… de la muscade, je crois. Hein ?

— De la queue de lézard hachée, du cirage et de la suie, répliqua la cuisinière sur un ton renfrogné.

Julius hennit d'une joie maligne. Augusta trouva elle aussi cela très drôle. Seule Hanna, trop abattue, ne se joignit pas à l'hilarité générale.

Gertie n'était pas du genre à se démonter facilement. Ce n'était pas son premier emploi. Cela dit, elle n'avait encore jamais travaillé dans une si grande maison. Les Melzer avaient un valet, une cuisinière, une bonne et même une fille de cuisine. Et, avant la guerre, ils avaient eu, semblait-il, deux jardiniers, deux bonnes et deux femmes de chambre. Ainsi qu'une gouvernante. Ces temps bénis étaient révolus, mais l'usine paraissait se porter mieux. Peut-être envisageait-on d'élargir la domesticité.

Gertie ne s'était pas montrée très enthousiaste lorsque madame Katharina Bräuer ne lui avait proposé qu'une place de fille de cuisine à la villa.

« Tu n'es pas condamnée à rester à la cuisine, avait-elle fait valoir. Si tu te montres maligne, tu pourras monter en grade. »

Gertie avait été très impressionnée d'apprendre que la jeune madame Melzer avait commencé comme fille de cuisine. Certes, pour l'instant, il n'y avait pas dans la famille de jeune maître en âge de se marier, mais elle pourrait peut-être devenir bonne et même femme de chambre. Ou encore cuisinière. Cela nécessitait un apprentissage, il fallait aller dans une école spéciale qu'elle n'avait pas les moyens de payer, mais peut-être que ses patrons…

— Vous mettez du cumin, non? poursuivit-elle hardiment. Et de la marjolaine.

— La marjolaine, c'est pour les boulettes de foie, pas pour farcir la poitrine de porc, rétorqua la Brunnenmayer.

Elle se mordit les lèvres. Voilà qu'elle s'était laissé entraîner à bavarder.

— Et si tu fermes pas ton clapet une bonne fois pour toutes, je t'envoie à la cave trier les pommes de terre! lança-t-elle, irritée.

Son travail terminé, Augusta s'assit avec un soupir à côté de Hanna en déclarant qu'elle était éreintée. Elle avait pris tant de volume qu'elle aurait pu poser une tasse à café sur son ventre. Elle se plaignait quotidiennement, affirmant que cet enfant devait être un changelin tant il était gros et agité.

« Et il me donne des coups de pied dans le dos. C'est tout juste si je peux dormir. Y a que les massages de Gustav qui me soulagent, il a les mains si fortes. »

Elle avait placé quelques-uns des restes du souper des maîtres sur une assiette, qu'elle avait posée au milieu de la table afin que chacun puisse manger un dernier morceau. Saucisse fumée, petits cornichons à la russe, tranches de pain beurrées, deux ou trois parts de tarte aux prunes – ce qui lui paraissait devoir être mangé.

— Il reste de la brioche tressée, dit la Brunnenmayer. Tu peux l'emporter pour tes enfants.

Augusta avait déjà mis de côté les parts de gâteau. La bouche pleine, elle fit l'éloge de son Gustav.

— Il est en train de bricoler quelque chose pour les semis avec les vieilles vitrines de l'atelier que monsieur lui a données.

— Quelqu'un voudrait pas essuyer la vaisselle? se plaignit Gertie.

Augusta fit comme si elle n'avait pas entendu.

Ce fut Hanna qui finit par se lever. Elle attrapa un torchon.

— Au fait, où est Else ? s'étonna-t-elle.

— C'est son jour de congé, répondit Augusta.

— Mais il est déjà 8 heures passées. Normalement, elle est rentrée depuis longtemps à cette heure.

Augusta répondit en gloussant qu'elle s'était peut-être dégoté un joli soupirant et qu'elle était allée danser avec lui au Kaiserhof.

— Ou alors ils sont au Luli, sur la place Royale, en train de regarder un Charlie Chaplin.

— Tu racontes n'importe quoi, Augusta ! s'exclama Julius. C'est pas son genre.

Il était persuadé que les salles de cinéma fermeraient bientôt. Qu'est-ce que c'était qu'un film en fin de compte ? Rien d'autre que des images animées. Des acteurs qui se mouvaient de manière artificielle et ne pouvaient pas parler, d'où ces stupides intertitres. Et cette éternelle musique de piano… Non, il préférait les spectacles de revue, au moins on y voyait des gens bien vivants.

— Il aime mieux reluquer des filles nues, lança la cuisinière en remuant la soupe dans la marmite fumante sur la plaque du fourneau.

— Mais jamais de la vie, madame Brunnenmayer ! protesta Julius. Ce sont des artistes.

Augusta pouffa, Gertie partit d'un grand éclat de rire. Même Hanna eut un gloussement.

— Des artistes, d'accord. N'empêche qu'elles sont nues.

Julius rejeta la tête en arrière en reniflant.

— Si tu veux, Hanna, dit-il d'un ton obligeant, un de ces jours je t'inviterai à voir une revue. Ça te plaira.

La jeune fille prit une assiette et se mit en demeure de l'essuyer.

— Non, merci, répondit-elle poliment. J'aimerais mieux pas.

Julius pinça les lèvres, puis but une gorgée de thé. La résistance de Hanna ne freinait en rien l'obstination du domestique. Sans doute pensait-il que la fin justifiait la persévérance.

— Moi, si tu m'invitais, je ferais pas tant de manières, lui lança Gertie.

Julius ne répondit pas. Augusta, en revanche, répliqua avec un méchant sourire qu'elle pouvait bien courir.

— Notre Julius en pince pour la petite Hanna, déclara-t-elle. Faut dire qu'elle est mignonne. Il a été bête de se barrer, le Grigori. Mais ils sont comme ça, les Russes. Ils savent pas ce qui est bien. Vous saviez qu'ils gaspillent en vodka le fric des réparations qu'on leur paie ?

— C'est des mensonges…

Hanna s'interrompit en entendant frapper à la porte.

— Else, dit la cuisinière en fronçant les sourcils. Il était temps ! Va ouvrir, Hanna.

Cependant, lorsque Hanna eut repoussé le verrou et ouvert la porte, elle se retrouva face à Maria Jordan, enveloppée dans une cape en laine à carreaux et une grosse écharpe tricotée. Elle avait la figure rouge de froid.

— Tiens, madame la directrice de l'orphelinat ! s'exclama ironiquement Augusta. T'as laissé tes bambins tout seuls pour venir voir tes vieux amis et leur tirer les cartes ?

Imperturbable, la Jordan salua à la ronde et se défit de sa cape et de son écharpe. Julius alla jusqu'à les suspendre à la patère, à côté de la porte d'entrée.

— Le vent est glacial, dit-elle en frottant ses doigts gelés. Il va sûrement neiger. Ce dimanche sera déjà le premier de l'Avent.

Elle sourit comme si elle avait été une invitée de marque et se fit offrir une tasse de thé avec du sucre et le dernier petit bout de tarte aux prunes.

— Tu es fille de cuisine ici, maintenant, Gertie ? demanda-t-elle en mâchant son gâteau.

— Depuis deux semaines.

Maria Jordan fit remarquer qu'à la villa aux étoffes les filles de cuisine avaient tendance à gravir rapidement les échelons.

— Et toi ? intervint la cuisinière, qui mettait à présent les ingrédients de la farce dans un grand saladier en grès. Comment ça se présente ?

— Moi ? Oh, je ne me plains pas…

— Bon, bon, répondit Fanny Brunnenmayer en versant une bonne dose de sel sur la farce.

Gertie, qui rinçait le grand plat, tendit le cou pour voir quelles étaient les épices que la cuisinière avait sorties. Cependant, elle avait déjà eu l'occasion de s'apercevoir que le contenu des petits pots en grès bleu et blanc ne correspondait presque jamais à ce qui était inscrit dessus.

— Et ici, quelles sont les nouvelles ? reprit Maria Jordan. C'est vrai qu'on va engager une gouvernante pour les enfants ?

— Malheureusement, oui, répondit Hanna. En fait, madame, la vieille madame Melzer, l'a déjà engagée. Contre la volonté de sa fille et de sa belle-fille. Ça doit être une bien mauvaise personne. Hier soir, la pauvre Dodo est venue me voir tout en larmes.

La Jordan sirotait son thé, le petit doigt levé, avec un air très distingué. Gertie trouva ces manières plus qu'étranges pour une ancienne domestique. Cependant, on lui avait dit que Maria Jordan était une personne très « particulière ».

— Donc les enfants la connaissent déjà. Comment s'appelle-t-elle ?

Julius bâilla à s'en décrocher la mâchoire. Il avait de tout petits yeux, sans doute serait-il volontiers monté se coucher. Mais, comme Hanna était encore là, il ne bougea pas.

— Serafina, répondit Hanna.

— S'agirait-il de Serafina von Sontheim ? s'enquit la Jordan en plissant le front.

— Non, von Dobern. Une amie d'Elisabeth von Hagemann.

Maria Jordan opina. Elle connaissait la dame. Pas commode, en effet. Les pauvres enfants, ils étaient bien à plaindre.

Gertie constata qu'en dehors d'elle et de Julius, tout le monde savait qui était Serafina von Dobern. Noblesse désargentée. Maigre et laide. Menton pointu. Ennuyeuse à mourir. Aurait bien voulu épouser Paul Melzer.

— Ça sera une source de tracas, sentença la Jordan. J'aurais cru la vieille madame Melzer plus maligne. Mais il faut dire qu'elle n'est plus de première jeunesse.

La cuisinière goûta la farce, hocha la tête d'un air satisfait, puis couvrit le saladier d'un torchon propre.

— Tiens ! ordonna-t-elle à Gertie. Porte-moi ça dans le garde-manger. Ensuite, tu remettras les épices sur l'étagère.

Et elle alla se laver les mains dans l'évier.

— Et comment ça se passe avec votre jardin maraîcher, Augusta ? reprit la Jordan.

Augusta resta évasive. Maria Jordan était la dernière personne à qui elle avait envie de parler de ses soucis.

— Maintenant que l'hiver arrive, il y a moins d'activité. Et puis je vais bientôt accoucher.

— Bien sûr, bien sûr, répondit Maria Jordan en lançant un regard sur le ventre d'Augusta. Vous devez avoir besoin d'un petit à-côté. Noël approche, il y a les cadeaux à faire aux petits.

Chez les Bliefert, on était bien loin de penser aux présents de Noël. On s'estimerait déjà heureux d'avoir un petit rôti de fête sur la table.

— Quel genre d'à-côté ? Aurais-tu besoin de quelqu'un pour t'aider à tirer les cartes ? se moqua Augusta.

La Jordan se renfonça sur son siège en souriant. Les mains jointes sur son ventre, elle avait à présent un air très condescendant.

— Je cherche quelqu'un pour des petits travaux. Des murs à peindre, des parquets à poser, des tuyaux de poêle à changer…

On la regarda avec une certaine incrédulité. Gertie ne sut davantage que penser. N'avait-on pas dit que la Jordan avait perdu sa place à l'orphelinat en raison de l'inflation ?

— Toi ? s'étonna Augusta, qui se demandait s'il fallait rire ou garder son sérieux. T'as des travaux à faire ?

— Mais oui ! répondit son interlocutrice sans se départir de son sourire, visiblement ravie de l'effet de ses paroles.

— Et tu comptes les payer ?

— Bien sûr.

— Mais... bafouilla Augusta en tournant les yeux vers la cuisinière, qui paraissait aussi perplexe que les autres.

— T'as reçu un héritage, Jordan ? Tu t'es dégoté un riche amant ?

Maria Jordan jeta un regard de reproche à la Brunnenmayer. Pour qui la prenait-elle donc ?

— De nos jours, une femme doit subvenir elle-même à ses besoins, proclama-t-elle en hochant la tête à l'adresse de ses interlocuteurs. Si on s'en remet à d'autres, on est perdue.

Elle s'interrompit, attendant que cessent les messes basses, puis reprit :

— J'ai acheté deux petites maisons dans la rue de la Montagne de lait, elles ont besoin de quelques réparations. Je veux louer les appartements.

Augusta en resta bouche bée. Hanna faillit laisser choir la dernière assiette qu'elle avait encore à essuyer. Fanny Brunnenmayer renversa son thé. Julius regarda la Jordan avec une admiration non dissimulée.

— Des maisons, bafouilla la cuisinière. T'as acheté deux maisons. Dis-moi, Jordan, tu te paies notre tête ou quoi ?

Maria Jordan haussa les épaules. Qu'on la croie ou non importait peu, cela ne changeait rien à l'affaire. Si elle n'avait pas pris les devants, l'inflation aurait englouti toutes ses économies. Comme elle avait mis de côté un petit capital, la banque lui avait offert un crédit et elle s'était hâtée d'investir.

— Je comprends, marmonna Julius avec envie. Vous avez acquis les maisons à un prix très bas, parce que leurs propriétaires étaient en difficulté. Et l'inflation a balayé votre dette. Chapeau ! Toutes mes félicitations, mademoiselle Jordan !

Il fut le seul à s'exprimer, les autres gardèrent le silence. Ça, elle était maligne, la Jordan. Cette opération était un chef-d'œuvre. Certes, elle s'était assuré une rente en exploitant la misère des autres, mais c'était l'époque qui voulait cela.

Augusta fut la première à se ressaisir.

— Combien tu paies?

— Envoie-moi Gustav. On trouvera bien à s'entendre.

— Pas question! C'est avec moi que tu traiteras. Je te connais, Jordan.

— Comme tu voudras. Mais sache que j'ai l'intention d'ouvrir une épicerie fine au rez-de-chaussée. Je vous prendrai des légumes et des fleurs en pot.

— On vend nos produits sur le marché.

— Passez donc me voir demain. Les deux petites maisons à l'angle de la rue. Mon nom est déjà sur la porte.

Maria Jordan se leva en jetant un regard impérieux à Julius. À la stupéfaction de Gertie, le domestique d'ordinaire si hautain lui apporta sa cape et son écharpe, et l'aida même à les mettre en lui souriant comme s'il avait affaire à ses maîtres. Alors qu'elle n'était qu'une femme de chambre congédiée qui avait fait fortune. Ainsi allait la vie. L'argent élevait votre statut social.

— Je vous souhaite une bonne soirée, dit la Jordan avec une lueur de triomphe dans les yeux. À demain, Augusta.

Julius la raccompagna, puis verrouilla la porte extérieure. Il y eut un moment de silence gêné.

— Je suis complètement étonnée, dit enfin Fanny Brunnenmayer.

— Elle perdra vite ses grands airs, grommela Augusta, jalouse. Une épicerie fine! Rue de la Montagne de lait! Laissez-moi rire! La Jordan, une épicerie fine!

— Qu'est-ce qu'il y a de mal à ça? répliqua Gertie.

— Elle y connaît rien, espèce de bêtasse, rétorqua Augusta.

— Peut-être, mais elle a du courage, insista Gertie. Il fait nuit, elle traverse le parc et rentre toute seule en ville.

Le regard venimeux d'Augusta ne lui faisait ni chaud ni froid. Elle ne se laissait pas intimider aussi facilement que Hanna. Avec elle, cette mauvaise langue d'Augusta serait déçue.

— Il fait nuit noire, dit la Brunnenmayer. Déjà plus de 9 heures. Je me demande où est passée Else.

Augusta se leva péniblement en gémissant, elle avait les jambes enflées. Hanna eut pitié d'elle et lui apporta sa veste et son fichu.

— Qu'est-ce que vous avez à vous inquiéter ? Elle doit être en train de ronfler dans son lit depuis un bon moment.

— Mais comment elle serait rentrée ?

Pour emprunter l'escalier de service, il fallait, en effet, passer par la cuisine. Si Else était rentrée, elle serait forcément tombée au moins sur Fanny Brunnenmayer, qui œuvrait aux fourneaux depuis midi.

— Je m'en vais, la Liesel doit avoir mis les enfants au lit depuis un bout de temps, dit Augusta en remontant son fichu sur sa tête. Bonne nuit à tous.

Gertie lui ouvrit la porte et attendit qu'elle ait allumé la bougie placée dans la lanterne. Le vent faisait voler la jupe et le fichu de la jeune femme. Elle traversa la cour d'un pas lourd en direction de l'étroite allée de gravier qui conduisait à la maison du jardinier, située dans le parc automnal.

Elle a que dix ans, la Liesel, et elle remplace déjà sa mère auprès des petits, songea Gertie en remettant le verrou. *La pauvre.*

Dans la cuisine, il ne restait plus que la Brunnenmayer, qui remettait de l'eau dans le bain-marie du fourneau. Les autres étaient remontés dans leur chambre.

— Bonne nuit !

— Dors bien, répondit la cuisinière.

À peine avait-elle gravi trois marches que Gertie vit Hanna redescendre l'escalier à toute allure, Julius sur les talons.

— Else est en haut. Elle respire bizarrement. Je crois qu'on devrait aller chercher le médecin.

La Brunnenmayer porta la main à sa bouche avec un air effrayé.

— Je le savais ! Ça fait des semaines qu'elle va pas bien. Mais elle dit jamais rien…

Gertie repoussa Hanna et Julius pour monter la voir. Elle n'avait pas d'affection particulière pour Else, qui était renfermée et toujours grognonne. Mais si elle était malade il fallait l'aider.

— Elle a mal aux dents, expliqua Julius. Il faut qu'elle aille demain chez le dentiste.

— Demain, c'est dimanche, objecta Hanna.

— Alors lundi matin.

Gertie se dépêcha de gagner le troisième étage. Le long couloir dans lequel se trouvaient les chambres des domestiques disposait d'un plafonnier électrique, mais celui-ci ne diffusait qu'une faible lumière. On n'en voyait pas moins immédiatement que la porte de la chambre d'Else était entrouverte.

— Else ?

Comme elle n'obtenait pas de réponse, Gertie poussa le battant d'un geste déterminé. À l'intérieur, l'air était étouffant – un mélange d'odeurs sur lequel mieux valait ne pas trop s'interroger. Gertie chercha la lampe à tâtons et l'alluma. Else était au lit, le visage enfoui dans les oreillers. Elle ne bougeait pas, mais on entendait sa respiration rapide et saccadée. Tout ce qu'on voyait d'elle, c'était un front rouge trempé de sueur et une joue bleuâtre passablement gonflée.

À la vue de l'enflure, Gertie fut prise d'angoisse. Sa petite sœur était morte d'une septicémie à l'âge de cinq ans. Une simple blessure purulente au doigt. Personne n'avait songé à conduire l'enfant à l'hôpital tant qu'il en était encore temps…

Gertie redescendit si rapidement à la cuisine qu'elle en eut le tournis.

— Julius !

Julius, Hanna et la cuisinière étaient en train de se demander s'il fallait aller chercher un médecin à cette heure tardive. Le domestique ne se retourna même pas, tout occupé qu'il était à essayer de convaincre Hanna de faire le trajet en voiture avec lui.

— Allons chez le Dr Greiner. C'est un ami des Melzer, il acceptera sûrement de se déplacer.

— Pourquoi faut-il que je vienne ? Tu peux y aller tout seul, rétorqua Hanna.

— Tu m'aideras à le convaincre. Tu peux…

— Ça suffit ! le coupa Gertie. C'est une question de vie ou de mort. Il faut embarquer Else et la conduire à l'hôpital.

Julius leva les yeux au ciel. N'importe quoi ! Et puis de toute façon, il ne pouvait rien faire sans l'autorisation de son maître.

— Il faut qu'on leur dise, intervint Fanny Brunnenmayer. C'est à madame de décider quoi faire.

Hanna était déjà ressortie, suivie de Gertie. Le couloir du premier étage était plongé dans l'obscurité. La salle à manger était déserte et il n'y avait personne au fumoir ni dans le jardin d'hiver. Cependant, on entendait des voix dans le salon rouge : la jeune madame Melzer était manifestement en train de discuter avec sa belle-sœur.

Hanna frappa à la porte, mais n'obtint pas de réponse. À l'intérieur, l'échange paraissait si enflammé qu'on n'avait pas entendu son coup discret.

— Aïe, chuchota Hanna, elles parlent de la nouvelle gouvernante.

— Je m'en fiche.

Ouvrant la porte sans y avoir été invitée, Gertie glissa un regard dans la pièce. Marie Melzer et Kitty Bräuer étaient assises côte à côte sur le canapé, visiblement furieuses. Kitty avait les bras au ciel. En apercevant Gertie à la porte, elle se figea en plein mouvement.

— Qu'est-ce que tu viens faire ici à cette heure ? demanda-t-elle, irritée par l'interruption.

Marie fut plus rapide à comprendre.

— Il y a un problème ?

Gertie esquissa une génuflexion en hochant vigoureusement la tête.

— Pardon d'entrer comme ça, madame. Else est gravement malade. Je crois qu'elle a une septicémie.

— Seigneur ! s'exclama Kitty. C'est vraiment la journée ! Comment est-ce possible ?

Marie s'était levée d'un bond. Dans le couloir, elle tomba sur Hanna, qui attendait bien sagement à l'extérieur.

— Tu es montée la voir, Hanna ? Est-ce qu'elle a de la fièvre ? Elle est blessée ?

Gertie s'arrêta sur le seuil. N'était-ce pas elle que Marie Melzer aurait dû interroger ? Mais c'était comme ça : une couturière comptait davantage qu'une fille de cuisine.

— Gertie a dit qu'il fallait la conduire à l'hôpital, sinon elle mourrait.

— Viens avec moi, Hanna, je vais voir ça.

N'ayant pas été invitée à les suivre, Gertie demeura près de la porte. Hanna ne venait-elle pourtant pas de dire à haute et intelligible voix : « Gertie a dit… » ? Alors pourquoi n'était-elle pas autorisée à les accompagner ?

Kitty s'était levée à son tour et était sortie dans le couloir.

— Quel cirque ! dit-elle avec mauvaise humeur en s'adressant à Gertie. Encore une rage de dents, j'imagine. Pourquoi refuse-t-elle d'aller chez le dentiste, cette sotte ? Qu'est-ce que tu fais encore là ? Monte dans ta chambre. Non, attends ! Puisque tu es là, va me chercher une tasse de thé. Le thé noir des Indes. Et deux biscuits. Apporte-moi tout ça dans ma chambre. Allez, file !

— Bien, Madame.

Cette femme avait un cœur de pierre. Else était à l'agonie et elle commandait du thé et des biscuits. Furieuse, Gertie redescendit à la cuisine, où elle fut mal reçue.

— Pourquoi faut-il que tu fourres ton nez partout? l'apostropha Julius. J'étais sur le point de la convaincre.

— Vous n'avez pas le droit de conduire l'automobile sans l'autorisation du maître ! riposta-t-elle.

C'était le comble ! Ce malin profitait de la situation pour faire des avances à Hanna.

— Quand il s'agit d'un cas d'urgence, oui ! asséna-t-il.

Incroyable ! La cuisinière était la seule à s'inquiéter pour la pauvre Else. Fanny Brunnenmayer était montée à son tour. Elle revint juste à ce moment-là, le souffle court. Dieu soit loué, la jeune madame Melzer était auprès d'Else, elle saurait sûrement quoi faire.

Gertie songea qu'elle le savait également, sauf que personne ne voulait l'écouter.

— Julius, va chercher la voiture ! lança une voix d'homme énergique.

Le valet sursauta. L'affaire prenait visiblement de l'ampleur, on avait fait appel au maître de maison.

— Tout de suite, monsieur Melzer !

Gertie et Fanny Brunnenmayer se dirigèrent en hâte vers la porte de la cuisine qui donnait dans le vestibule. La lumière s'alluma dans le hall. L'année précédente, monsieur Melzer avait fait installer plusieurs lampes électriques.

— Là ! gémit la cuisinière en tendant le bras vers le grand escalier. Oh, mon Dieu… Sainte Vierge… Doux Jésus…

Les yeux écarquillés, Gertie regarda le maître descendre avec Else inerte dans les bras. Aucun de ses précédents employeurs n'aurait assurément fait cela. On avait enveloppé la malade dans sa couette, d'où dépassaient ses pieds nus. Pouah, elle en avait des cors, la pauvre !

— L'automobile est là? Apporte une autre couverture, Hanna.

Marie Melzer accompagnait son époux. Hanna courut ouvrir la porte. De blancs flocons pénétrèrent aussitôt dans le vestibule: pour couronner le tout, il avait commencé à neiger.

Le bras sur les épaules de Gertie, la Brunnenmayer sanglotait à fendre l'âme.

— Elle reviendra plus jamais, Gertie, elle reviendra plus.

La jeune fille se dégagea pour aller chercher les manteaux et les chapeaux des maîtres. Marie lui adressa un bref sourire, lui prit les affaires des mains et sortit à la suite de son mari. Apparemment, elle comptait l'accompagner à l'hôpital.

À peine Hanna avait-elle refermé la porte que Kitty apparut sur le palier du premier. Désemparée, elle resta un moment à fixer le vestibule, où se trouvaient encore Hanna, Gertie et la cuisinière en pleurs.

— Mon Dieu, quelle horreur! s'exclama-t-elle. Gertie, n'oublie pas mon thé! Et pas de biscuits. Tout ça m'a coupé l'appétit.

Chapitre 8

On remontait la pente. Paul Melzer le sentait, même si dans son entourage immédiat le scepticisme était quasi général. Mais il était certain d'avoir du flair, comme son père avant lui. On avait passé le plus dur de la crise économique consécutive à la défaite.

Il rangea la lettre sur laquelle il venait de cogiter et résolut de repousser sa décision au lendemain, une fois qu'il aurait discuté avec Ernst von Klippstein. Cette proposition d'importation de coton brut américain était tout à fait acceptable. La question était de savoir si leur nouvelle devise, le Rentenmark, dans laquelle il plaçait tant d'espoirs, aurait bien pour effet de stabiliser leur système monétaire. Si la monnaie allemande continuait à perdre de la valeur face au dollar, il vaudrait mieux assortir l'achat de coton d'une baisse du volume de tissu imprimé afin de ne pas enregistrer de pertes.

Il s'étira; rester assis à son bureau n'était pas bon pour son épaule. Quand il n'était pas en mouvement, elle se raidissait. C'était pénible, mais tout compte fait il avait eu beaucoup de chance: d'autres étaient rentrés avec des blessures bien plus graves. Sans parler des milliers d'hommes que la guerre avait engloutis et qui reposaient anonymement quelque part en terre étrangère. Oui, il avait eu une sacrée veine. Il n'avait pas seulement survécu, il avait aussi retrouvé sa chère Marie, ses deux enfants, sa mère, ses sœurs… Alors que d'autres avaient constaté en rentrant que, durant leur absence, leur épouse ou leur fiancée les avait quittés.

Dehors, il faisait déjà nuit. Par la fenêtre du bureau, on apercevait une partie des ateliers éclairés de l'usine textile Melzer avec les dents de scie des sheds vitrés et, au fond, les bâtiments de la filature de laine peignée et d'autres installations industrielles. Au loin, les lumières de la ville luisaient dans l'obscurité de la nuit. C'était un spectacle paisible et encourageant. Augsbourg, sa ville natale. Elle lui avait manqué lors des jours sombres de la guerre en Russie. Mais mieux valait ne plus y penser, ne pas laisser remonter les souvenirs. Ce qu'il avait vu au cours des campagnes militaires et, plus tard, au camp où il avait été emprisonné était d'une cruauté si inconcevable qu'il lui fallait l'enfouir tout au fond de lui. Il avait essayé à une ou deux reprises d'en glisser un mot à Marie. Mais il l'avait regretté, car les fantômes invoqués l'avaient torturé pendant plusieurs nuits, ne cédant même pas à l'alcool. On devait les enterrer dans la cave de l'oubli, ces ombres maléfiques, verrouiller la porte avec soixante-dix-sept serrures et ne plus jamais y toucher. C'était la seule manière de pouvoir continuer à vivre et de bâtir un avenir.

Il mit de l'ordre dans les deux piles de documents posées sur son bureau. À gauche, les dossiers en souffrance, classés par ordre de priorité ; à droite, les chemises et les classeurs qu'il avait eu besoin de consulter dans la journée. Au milieu, l'écritoire en pierre verte qui avait appartenu autrefois à son père. Cela faisait désormais trois ans qu'il occupait son bureau, était assis à sa table de travail, et même sur sa chaise. Le temps n'était pas si loin où le directeur Johann Melzer avait réprimandé son fils Paul dans cette même pièce, en présence de plusieurs employés. Furieux, Paul était rentré tout droit à Munich, où il faisait alors des études de droit…

Mais tout cela appartenait au passé. Le temps avait décalé les générations. Johann Melzer reposait en paix au cimetière Herman, Paul Melzer avait pris sa place et son fils Leo, qui succéderait à son père et à son grand-père, se bagarrait à l'école avec ses camarades de classe.

On frappa à la porte.

Henriette Hoffmann, une des deux secrétaires, passa la tête dans l'entrebâillement de la porte. Ses verres de lunettes étincelèrent à la lumière du plafonnier.

— Nous avons terminé, monsieur le directeur.

— Très bien, mademoiselle Hoffmann. Dans ce cas, arrêtons là pour aujourd'hui. Dites à mademoiselle Lüders de rapporter ces deux classeurs dans le bureau de monsieur von Klippstein.

Une fois de plus, il finissait tard: sa montre-bracelet indiquait 7 heures. Cela lui vaudrait quelques reproches de sa mère, qui était depuis longtemps la gardienne d'un emploi du temps bien réglé, dont faisait notamment partie le respect des heures de repas à la villa. Elle n'avait pas la tâche facile, car Kitty faisait particulièrement peu de cas de la ponctualité. S'y ajoutaient désormais les activités de Marie à l'atelier, qui se prolongeaient souvent jusque dans la soirée. Une évolution qui ne lui plaisait pas non plus, mais dont il s'était accommodé sans rechigner.

— Bien, monsieur le directeur.

— Ce sera donc tout pour aujourd'hui, mademoiselle Hoffmann. Monsieur von Klippstein est-il déjà parti?

Henriette Hoffmann eut un sourire contraint. Oui, monsieur von Klippstein avait quitté son bureau un quart d'heure plus tôt.

— Il vous fait dire qu'il passera à l'atelier de votre femme pour la raccompagner chez elle.

— Merci, mademoiselle Hoffmann. En partant, pensez à fermer la porte de la cage d'escalier, s'il vous plaît.

Paul la vit rougir. Ce matin-là, il avait remarqué que la porte en question n'était pas verrouillée. N'importe qui aurait pu entrer au secrétariat. On s'était rejeté mutuellement la responsabilité de cette négligence. Cependant, elle était probablement le fait de ce bon Klippi, qui paraissait un peu distrait ces derniers temps. Peut-être Kitty avait-elle raison lorsqu'elle le disait préoccupé par l'idée de trouver une épouse.

Paul enfila son manteau et mit son chapeau. Il ne pouvait se résoudre à adopter la canne, attribut présumé des messieurs élégants de la bonne société. Ottilie Lüders s'empressa de récupérer les deux classeurs pour les remettre à leur place. À l'inverse de son père, dont le bureau était toujours surchargé, Paul ne supportait pas de voir s'accumuler les dossiers dont il n'avait plus besoin.

— Mesdames, je vous souhaite une bonne soirée.

Il descendit l'escalier au pas de course. L'intervalle entre les marches lui était si familier que ses jambes se mouvaient d'elles-mêmes.

Une fois en bas, il fit un dernier tour rapide dans les ateliers, passa contrôler les nouvelles machines à filer et constata avec satisfaction que tout fonctionnait. Les ouvriers achèveraient leur journée de travail une demi-heure plus tard. Avant la guerre, les machines tournaient jour et nuit, mais cette époque était révolue depuis longtemps. Le carnet de commandes ne s'était pas rempli au point de nécessiter pareille activité. Deux équipes de huit heures suffisaient, une le matin, l'autre démarrant à midi. Cela avait valu à Paul la réputation d'être un employeur progressiste. Néanmoins, certains prétendaient qu'il n'avait introduit cette règle que par crainte de nouvelles grèves, et l'accusaient d'être un lâche et d'avoir plié devant les socialistes. Quoi qu'il en soit, ses ouvriers étaient satisfaits et travaillaient bien. C'était important. Même si son père se retournait sans doute dans sa tombe…

— Je vous souhaite une bonne soirée, monsieur le directeur !

— Bonne soirée, Gruber.

Comme à son habitude, le concierge était sorti de sa loge vitrée pour prendre congé du directeur. Il n'existait sans doute pas d'individu plus fidèle en ce monde. L'usine représentait toute sa vie, il était le premier à arriver le matin et le dernier à repartir le soir. Kitty avait même affirmé un jour qu'il vivait dans sa loge, ce qui était évidemment faux. Cela dit, Gruber connaissait tous ceux qui entraient et sortaient, tous les employés jusqu'au plus modeste auxiliaire, le facteur, les fournisseurs, les partenaires commerciaux et le reste de ceux qui pouvaient encore avoir accès au site.

Tandis qu'il rentrait en voiture par la rue Haag, Paul se demanda ce qui pouvait bien pousser Ernst à aller chercher Marie à l'atelier. Son ami l'avait déjà fait à de multiples reprises, sous prétexte qu'elle ne devait pas rentrer seule pendant la saison où la nuit tombait tôt. Marie en avait ri, rappelant que beaucoup de gens utilisaient le tramway. Comptait-il également raccompagner chez elles les dames Hoffmann et Lüders, qui faisaient elles aussi le trajet seules à cette heure ? Ernst s'était alors abrité derrière Alicia, affirmant veiller ainsi à ce que le souper puisse être servi ponctuellement. Il espérait bien sûr qu'on l'inviterait alors à partager le repas des Melzer, ce que la maîtresse de maison ne manquait pas de faire. Paul n'avait rien contre. Klippi – comme le surnommait Kitty – était un homme charmant et un agréable convive.

À l'entrée de la villa, il remarqua une fois de plus que le battant gauche du portail était de travers, il faudrait remplacer le montant maçonné. Par chance, les grandes portes en fer forgé étaient intactes. Paul se promit d'aborder la question avec sa mère à la première occasion. Il tourna le regard vers la bâtisse brillamment éclairée par plusieurs lampes extérieures. Une charrette était garée juste devant l'escalier. Sans doute le marchand de vin auquel il avait commandé des caisses de rouge et de blanc. Il fut agacé. Les charrettes n'avaient rien à faire là. Les paysans ou négociants qui approvisionnaient la villa stationnaient plutôt devant l'entrée de service, où l'on réceptionnait les produits. Cependant, en approchant, il constata avec étonnement qu'on ne déchargeait rien : au contraire, on sortait des valises et des meubles de la villa afin de les entasser sur la charrette.

Il se gara derrière et descendit juste à temps pour empêcher Julius de mettre un tabouret tendu de soie bleu ciel dans le véhicule.

— Qu'est-ce que ça veut dire, Julius ? Ce tabouret appartient à ma sœur !

Ne l'ayant pas vu arriver, le domestique sursauta en s'entendant apostropher de manière aussi brusque et soudaine. Il déposa le tabouret sur les pavés et commença par prendre une grande inspiration. Paul comprit que toute cette histoire lui déplaisait souverainement.

— C'est votre sœur qui a donné l'ordre de faire ça, monsieur Melzer, répondit-il, très ennuyé. Je ne fais qu'obéir à ses directives.

Paul le regarda fixement, puis baissa les yeux vers le joli petit tabouret bordé d'un volant de soie fine. Ne se trouvait-il pas d'ordinaire devant la coiffeuse de Kitty ?

— Rapportez-moi tout ça à l'intérieur, ordonna-t-il au valet ébahi.

Puis il monta le perron en toute hâte pour essayer de ramener Kitty à la raison. Dans le vestibule, il se heurta à un petit bureau que deux jeunes hommes transportaient à l'extérieur.

— Posez-moi ça par terre ! Plus rien ne sort de cette villa ! lança-t-il, furieux.

L'un d'eux obtempéra, l'autre le dévisagea avec insolence.

— On fait que notre travail, monsieur, faut pas nous déranger.

Paul se contraignit au calme. Les jeunes gens comme lui, il les connaissait : il avait employé certains d'entre eux à l'usine, où ils lui avaient causé beaucoup d'ennuis.

On les avait envoyés sur le front à dix-sept ans. Là, ils étaient devenus des brutes, avaient appris à tuer, à violer, à détruire sans le moindre remords. Une fois rentrés, ils n'avaient plus aucun repère.

— Je suis le maître de cette maison, déclara-t-il sur un ton calme mais catégorique. Aussi je vous conseille de ne pas vous opposer à ma volonté. Vous risqueriez de le payer cher.

Augusta et la Brunnenmayer suivaient les événements avec effroi depuis la porte des communs. Paul leur adressa un rapide signe de tête, puis traversa précipitamment le vestibule pour monter au premier.

— Kitty ! Où es-tu ?

Pas de réponse. Au deuxième étage, où se trouvaient les chambres de la famille, on poussait des meubles. Paul entendit pleurer Henni. Il s'engageait dans l'escalier suivant quand il vit sa mère sortir du salon rouge.

— Paul ! Quelle chance que tu sois enfin rentré !

Elle avait l'air très affectée. Avait-elle pleuré ? Aïe, un drame familial. En temps ordinaire, Paul avait plutôt tendance à rester en dehors des querelles de ces dames.

— Que s'est-il passé ?

Effectivement, elle avait pleuré. Elle avait encore son mouchoir à la main et s'essuya les yeux.

— Kitty a perdu la tête, gémit-elle. Elle veut quitter la villa pour s'installer avec Henni dans sa maison de la rue de la Porte des femmes.

Les larmes lui montèrent de nouveau aux yeux. Paul comprit que c'était surtout le départ de Henni qui lui était douloureux. Sa mère adorait ses trois petits-enfants.

— Et pour quelle raison ?

Il aurait pu s'épargner cette question, dont il connaissait la réponse : la nouvelle gouvernante, Serafina von Dobern. Pourquoi Alicia avait-elle engagé cette personne sans en discuter au préalable avec Kitty et Marie ? Au fond, c'était elle qui s'était mise dans cette situation.

— Je t'en prie, Paul, l'implora-t-elle. Monte voir Kitty et essaie de la raisonner. Moi, elle ne m'écoute pas.

Il n'en avait pas la moindre envie. D'autant plus qu'il connaissait sa petite sœur : quand elle avait pris une décision, rien ni personne ne pouvait l'en détourner. Il poussa un profond soupir. Pourquoi Marie ne s'occupait-elle pas de cette affaire ? Et où donc était ce peureux d'Ernst ?

— Si Johann était encore là, chuchota Alicia dans son mouchoir, Kitty n'aurait jamais osé agir ainsi.

Faisant comme s'il n'avait pas entendu, Paul monta au deuxième. Son père ! Pour commencer, il n'aurait pas laissé cette Serafina mettre les pieds dans la maison. Il n'avait jamais apprécié les amies de Lisa.

Dans le couloir régnait une incroyable pagaille de valises et de caisses. Le lit de Henni avait été démonté, ses éléments étaient posés contre la commode avec le matelas et la literie, le pot de chambre, les poupées et le grand cheval à bascule…

— Kitty ! Tu es devenue folle ou quoi ?

Au lieu de Kitty, ce fut Marie qui apparut dans le couloir, une pile de linge pour enfants sur les bras. Elle était suivie par un monceau de vêtements sous lequel Paul reconnut la petite Gertie, qui transportait la garde-robe de Kitty afin de la placer dans une grande malle.

— Ah, Paul ! s'écria Marie en déposant le linge dans une valise ouverte. Je suis vraiment désolée… Tout est sens dessus dessous, aujourd'hui.

Tout en secouant la tête, Paul enjamba des caisses et des coffres pour se rendre dans la chambre de Kitty.

— Je comprends mal que tu prêtes la main à cette absurdité, Marie, lâcha-t-il au passage. Pourquoi n'essaies-tu pas d'intervenir ? Maman est dans tous ses états.

Elle le regarda d'un air consterné qui lui fit immédiatement regretter ses paroles. Quelle stupidité d'accuser Marie ! Elle était sans doute la plus innocente de l'histoire.

Sa réponse lui montra qu'il s'était trompé.

— Je regrette, Paul, répliqua-t-elle tranquillement, mais maman est la seule responsable. Elle qui connaît si bien Kitty, elle aurait dû savoir qu'elle ne pourrait pas la traiter de cette façon.

Paul prit silencieusement acte de ce reproche à l'égard de sa mère. Celle-ci avait déclaré qu'elle était désormais seule à s'occuper des enfants, puisque Marie passait toute la journée à l'atelier. Aussi avait-elle choisi une gouvernante en qui elle avait toute confiance. Paul trouvait ce raisonnement partiellement défendable, mais il s'abstint de le dire.

Assise sur son lit avec sa fille en pleurs sur ses genoux, Kitty essayait de la calmer :

— Une maison de poupée…

— Nooon ! Je veux rester ici !

— Mais, mon trésor, mamie Gertrude se réjouit à l'idée de t'accueillir bientôt à la maison.

— J'aime pas… mamie… Truuude !

Alors qu'elle levait les yeux avec un air excédé, Kitty aperçut Paul sur le pas de la porte. Pour une fois, elle ne parut pas ravie de le voir.

— Mon petit Paul ! s'écria-t-elle avec une gaieté feinte. Tu te rends compte, cette petite sotte ne veut pas aller dans notre maison rue de la Porte des femmes. Alors qu'elle y aura une cour pour elle toute seule et qu'on emportera tous ses jouets.

À présent, elle s'adressait moins à son frère qu'à sa fille secouée de sanglots.

— Et que je lui achèterai une magnifique maison de poupée, avec de vrais meubles et des lampes qu'on peut allumer…

Résolu à tenter une dissuasion, même s'il ne croyait guère à l'efficacité de sa démarche, Paul s'éclaircit la gorge.

— Tu veux vraiment faire ça à maman, Kitty ?

Sa sœur leva les yeux au ciel et, d'un mouvement de tête énergique, rejeta en arrière ses courts cheveux sombres.

— Maman est une personne égoïste, qui livre froidement ses petits-enfants à une sorcière. Alors plus un mot à son sujet, Paul. Je sais de quoi je parle. Je la connais par cœur, Serafina. Je ne lui confierai plus ma douce petite Henni. Plus jamais, tu m'entends ?

Paul soupira. C'était peine perdue, il le savait. Mais il le faisait pour sa mère. Et pour préserver la paix du foyer.

— Pourquoi vous ne discutez pas de ça ensemble ? Avec un peu de bonne volonté on doit pouvoir trouver une solution. Madame von Dobern n'est pas la seule gouvernante disponible à Augsbourg.

Ayant remarqué la distraction de sa mère, Henni en profita pour reprendre son souffle et se remettre à brailler de plus belle.

— Henni, chérie, ça commence à bien faire. Pas besoin de crier comme ça.

Imperméable aux remontrances, Henni poursuivit ses bruyantes protestations. Kitty se boucha les oreilles, tandis que Paul se réfugiait dans le couloir, où Marie était en train de fourrer dans une malle une brassée de ceintures et de petits sacs à main.

— Nous nous sommes réunies pour discuter, dit-elle, peinée. Mais il était déjà trop tard. Maman n'était pas disposée à renvoyer madame von Dobern. Ah, Paul ! Je crains que tout ça ne soit ma faute. Je passe beaucoup trop de temps à l'atelier, je néglige mes autres tâches.

— Non, Marie, ne crois pas ça. C'est juste une question d'organisation. Nous trouverons une solution, mon amour.

Elle leva les yeux vers lui avec un sourire soulagé. Leurs regards se mêlèrent et Paul fut tenté de la prendre dans ses bras. Sa chère Marie. Sa compagne, dont il était si fier... Il ne fallait pas que la moindre chose mette leur couple en danger.

— Je suis désolé d'avoir... commença-t-il, aussitôt interrompu par la petite voix perçante de Henni dans la pièce voisine.

— Et Dodo… et Leo… et… et… Grand-Maman… et mon cheval à bascule… et la Liesel avec Maxl et Hansl…

— Là-bas, tu auras mamie Gertrude. Et, à Noël, tante Tilly viendra nous voir. Et puis il y a les amis de maman…

— Tu m'achèteras un château de poupée ?

— J'ai dit une maison de poupée, Henni.

— Un château de poupée. Avec des chambres de domestiques. Et des fauteuils rouges dans le salon. Et une automobile.

— Une maison…

Henni se remit à hurler, mais Kitty resta ferme.

— Si tu continues comme ça, tu n'auras rien.

Peu après, Kitty sortit dans le couloir, sa fille dans les bras. L'affaire semblait réglée : ce serait une maison de poupée.

— Marie, ma chère Marie, je pars avec cette petite pleurnicheuse pour la rue de la Porte des femmes. Ce soir, il faut que j'aille à une exposition à la Société des arts, c'est moi qui fais le discours d'inauguration. Tu veux bien veiller à ce que tout soit correctement emballé et transporté chez moi ? Ah, mon petit Paul, quelle tristesse ! On ne se verra plus aussi souvent, mais je te promets de passer le plus régulièrement possible. Salue Maman de ma part, qu'elle se tranquillise et n'en fasse pas une migraine. Henni va bien, mon petit trésor sera très heureux dans sa nouvelle maison. Gertie ! N'oublie pas les chapeaux dans l'armoire de la chambre ! S'il n'y a pas assez de boîtes, fourre-les dans une valise, ça ira très bien. Ah, mon cher Paul ! Viens que je t'embrasse. Tu es mon petit Paul adoré, mon seul, mon unique Paul, rien ne pourra jamais nous séparer. Marie, mon amie, je passerai demain matin à l'atelier. Je veux t'embrasser, ma chérie. Tiens, Paul, prends Henni un instant, que je puisse serrer Marie dans mes bras. Adieu, mes chéris… Adieu… Ne m'oubliez pas. Gertie, pense aux petites pantoufles bleues dans la commode.

Kitty se drapait dans son flot de paroles comme dans une enveloppe protectrice. Paul n'eut même pas la possibilité d'en placer une. L'air abattu, il la suivit du regard, l'entendit échanger quelques mots avec Augusta dans le vestibule. Puis, il y eut le claquement de la porte qui se refermait derrière elle et, pour finir, un bruit de moteur.

— Ne me dis pas qu'elle prend ma voiture !

Il se précipita dans la pièce de travail de Marie, dont la fenêtre donnait sur la cour. Un véhicule s'engageait dans l'allée en direction du portail.

— Calme-toi, Paul, dit Marie, qui l'avait suivi. C'est la vieille auto de Klippi. Il lui en a fait cadeau.

— Voyez-vous ça, grogna Paul. Maman a dû apprécier…

Avec un petit rire, Marie répondit qu'Ernst avait si bonne presse auprès d'Alicia qu'il pouvait se permettre un faux pas.

— C'est un homme si charmant, si serviable…

— Assurément.

En dépit de lui-même, Paul se sentit furieux contre son ami et associé. Pourquoi Ernst von Klippstein se mêlait-il continuellement de leur vie ? Il allait chercher Marie à l'atelier, ce qui était plus ou moins une manière de lui reprocher de ne pas être assez protecteur envers sa jeune femme. Et, maintenant, voilà qu'il prenait le parti de Kitty au risque de heurter Alicia. Paul fut pris de compassion pour sa mère, qui n'avait sûrement pas voulu mal faire. Pouvait-on lui en vouloir d'avoir une autre conception de l'éducation que ses filles ?

On entendit sonner le gong dans la salle à manger.

— Prenons au moins le souper ensemble, Marie !

Celle-ci acquiesça et donna rapidement à Gertie quelques dernières instructions concernant les valises. Puis, attrapant la main de Paul, elle se dirigea avec lui vers l'escalier. Avant de descendre, le jeune homme la retint et lui donna un rapide baiser sur la bouche. Tous deux eurent un petit rire, comme si Marie avait encore été la femme de chambre que le jeune monsieur Melzer embrassait en cachette dans le couloir.

Les autres avaient déjà pris place à table. Paul trouva que le sourire d'Ernst von Klippstein trahissait une certaine culpabilité. Assise très droite sur sa chaise, Alicia avait l'air grave. Serafina von Dobern s'était approprié le siège de Kitty. La nouvelle gouvernante était entourée des jumeaux. Lorsque ses parents entrèrent, Leo ne leva même pas les yeux. Dodo avait la figure rouge et gonflée, il y avait sans doute eu des problèmes.

— Qu'est-ce qui se passe, Dodo? demanda Marie en examinant sa fille d'un regard soucieux.

— Elle m'a giflée.

Marie resta imperturbable, mais ses lèvres tressaillirent, signe qu'elle était en colère.

— Madame von Dobern, dit-elle lentement d'une voix ferme. Jusqu'à présent, il n'a jamais été nécessaire de frapper mes enfants. J'aimerais que vous ne dérogiez pas à cette règle.

Serafina von Dobern était assise aussi droite qu'Alicia: cette posture devait faire partie de l'éducation dispensée aux jeunes filles nobles.

— Bien sûr, madame Melzer, répondit-elle avec un sourire indulgent. Dans nos milieux, les coups ne sont pas considérés comme un principe éducatif pertinent. Cela dit, une petite gifle n'a jamais fait de mal à personne.

— C'est aussi mon avis, Marie, renchérit Alicia.

— Je ne le partage pas, rétorqua Marie avec une dureté dont elle n'était pas familière.

Paul se sentait très mal à l'aise. Son père aurait sans doute fait œuvre d'autorité et mis fin au différend en imposant son point de vue. Lui avait plutôt tendance à chercher une voie de conciliation. À l'usine, il y parvenait sans peine, mais en famille cela lui apparaissait comme une tâche insurmontable.

— Dodo et Leo sont pleins de vie, c'est sûr, mais ils ne se comportent jamais en enfants mal élevés, madame von Dobern, dit-il enfin aimablement. Aussi est-il tout à fait inutile d'avoir recours à des mesures radicales.

Serafina répondit que cela allait de soi.

— Dorothea et Leopold sont si charmants, ajouta-t-elle sur un ton mielleux. Nous nous entendrons très bien. N'est-ce pas, petite Dorothea ?

Dodo renifla et lui lança un regard hostile.

— Je m'appelle Dodo !

Chapitre 9

D'ici quinze jours, déjà, ce serait Noël. Le front contre la vitre, Leo contemplait le parc dans sa tenue hivernale. L'allée était franchement sale, rien que des flaques. Et même du crottin de cheval, que personne ne balayait. Les arbres nus étiraient leur ramure vers le ciel gris. Il fallait bien regarder pour distinguer ces corbeaux insolents. Quand ils restaient immobiles, ils se confondaient avec les branches noires et noueuses sur lesquelles ils étaient assis.

— Leopold ? J'espère que tu travailles ! J'arrive dans cinq minutes.

Leo fit la grimace et sursauta à la vue de sa propre moue reflétée sur la vitre.

— Oui, madame von Dobern.

En arrière-fond, on entendait jouer la gamme de *do* majeur au piano. Dodo marquait toujours une hésitation en arrivant au *fa*, moment où elle devait glisser son pouce sous son majeur. Ensuite, elle continuait promptement jusqu'au *do*. En redescendant, elle trébuchait avant le *mi*. Il lui arrivait alors de déraper et de s'arrêter. Elle enfonçait les touches de toutes ses forces avec colère. Leo savait que sa sœur exécrait le piano, mais madame von Dobern pensait qu'une jeune fille de bonne famille devait avoir une certaine maîtrise de l'instrument.

La perspective de Noël ne procurait aucun plaisir au garçon. Son père lui avait pourtant parlé du grand et beau sapin qu'on dresserait une fois de plus dans le vestibule, décoré de boules colorées et d'étoiles en paille. Cette année, ils auraient le droit d'accrocher les étoiles en papier glacé qu'ils avaient confectionnées. Mais cela ne l'intéressait pas vraiment. Il n'avait aucun talent pour le bricolage, ses étoiles étaient toujours de travers et maculées de colle.

Il y avait des semaines qu'il ne voyait plus Walter qu'à l'école. Les visites en cachette chez les Ginsberg, les leçons de piano – tout ça, c'était fini. Son ami lui avait apporté à deux reprises des partitions de sa mère. Leo les avait dissimulées dans son cartable, puis lues le soir dans son lit en imaginant la manière dont sonnaient les morceaux. Cela ne lui posait pas de difficulté, mais il aurait préféré pouvoir les jouer au piano, ce qui lui était interdit. C'était madame von Dobern qui assurait le cours. Il fallait travailler les gammes et les cadences, apprendre le cycle des quintes et, comme elle disait, fortifier ses doigts. Leo aimait bien les cadences, le cycle des quintes n'était pas mal non plus. Mais la gouvernante avait mis toutes ses partitions sous clé, sous prétexte qu'elles étaient trop difficiles pour ses petits doigts.

Dodo avait raison : madame von Dobern était une méchante femme. Elle trouvait du plaisir à tourmenter les enfants. Et elle tenait leur grand-mère sous sa coupe, parce que celle-ci ne voyait pas que c'était une menteuse et une sournoise.

En bas, Leo apercevait à présent la voiture de son père qui remontait lentement l'allée vers la villa. Quand elle roulait dans une flaque, l'eau giclait sur les ailes. La pluie avait repris, le passager actionnait les essuie-glaces. À gauche et à droite. À gauche et à droite. À gauche et à droite.

Le véhicule entra dans la cour, passa devant le parterre, toujours joliment fleuri durant l'été, et disparut aux yeux de Leo. Pour le voir, il fallait qu'il ouvre la fenêtre et se penche au-dehors.

Cinq minutes! Elle mettait presque toujours plus de temps. Parce qu'elle fumait en cachette à la fenêtre de sa chambre. Leo se battit un instant avec la poignée récalcitrante, puis parvint à ouvrir et se coucha sur le rebord.

Ah! La voiture s'était arrêtée devant l'escalier de service. Deux personnes en descendirent: l'une était Julius, l'autre, enveloppée d'une couverture, n'était pas identifiable. En tout cas, c'était une femme, car on distinguait sa jupe sous la couverture. Cela pouvait-il être Else? On l'avait emmenée à l'hôpital. Gertie avait dit qu'elle était « sur le fil du rasoir ». Elle aurait pu mourir, comme le grand-père. Leo n'avait gardé de lui qu'un vague souvenir, mais il se rappelait l'enterrement, parce qu'il y avait eu un terrible orage avec des éclairs et du tonnerre. À l'époque, il avait cru que c'était le bon Dieu qui venait chercher son grand-père. Il était bête en ce temps-là... Enfin bon, c'était il y a longtemps. Au moins trois ans...

— Qui t'a autorisé à faire ça? Ferme immédiatement cette fenêtre!

Leo fut pris d'une telle frayeur qu'il faillit tomber dehors. L'attrapant par la ceinture de son pantalon, madame von Dobern l'éloigna de force des battants, puis elle le saisit par l'oreille et l'obligea à se retourner. Leo hurla de douleur.

— Ne refais jamais ça! siffla-t-elle. Répète cette phrase.

Leo grinça des dents, elle n'avait visiblement pas l'intention de le lâcher.

— Je voulais... Je voulais juste...

La gouvernante ne laissait jamais un enfant s'en tirer par une échappatoire.

— J'attends, Leopold.

Elle espérait sans doute lui arracher l'oreille. La douleur était telle qu'il en avait presque la nausée.

— Alors ?

— Je ne le ferai plus, articula-t-il avec peine.

— Je veux t'entendre dire une vraie phrase.

Elle tira plus fort. L'oreille de Leo s'engourdissait, il avait mal à la tête, comme si on lui transperçait le crâne avec une longue aiguille.

— Je ne me pencherai plus jamais par la fenêtre.

La sorcière à lunettes n'était pas encore satisfaite.

— Et pourquoi ?

— Parce que je risquerais de tomber dehors.

Elle ne le lâcha qu'après l'avoir énergiquement secoué une dernière fois. Il ne sentait plus son oreille. À la place il avait l'impression d'avoir un ballon lourd et brûlant, qui devait faire au moins la taille d'une citrouille.

— Et maintenant, Leopold, ferme la fenêtre.

Son haleine sentait la cigarette froide. Un jour, il prouverait à sa grand-mère qu'elle fumait en secret. Le jour où il pourrait la surprendre parce qu'elle ne serait pas sur ses gardes.

Il referma la fenêtre et se retourna. Madame von Dobern, debout devant son pupitre, examinait ses exercices de calcul. Elle pouvait toujours chercher, il n'avait commis aucune erreur.

— Tu me les recopieras une fois, ton écriture est lamentable.

Il fut pris de court. Quelle idiote ! À deux reprises, déjà, elle ne s'était pas rendu compte que Dodo avait fait des fautes de calcul. Tout ce qui lui importait, c'était qu'on écrive correctement les chiffres et les lettres. Cependant, il valait mieux ne pas se plaindre, sinon elle lui supprimerait sa demi-heure de piano.

— Et ensuite, tu me copieras cinquante fois la phrase : « Je ne me pencherai plus jamais par la fenêtre, parce que je risquerais de tomber. »

Adieu, leçon de piano. Il en avait désormais pour le restant de l'après-midi. Il était en colère. Contre la gouvernante. Contre sa grand-mère, qui se laissait si facilement abuser. Contre sa mère, qui passait désormais tout son temps dans son stupide atelier et qui ne s'occupait plus de Dodo ni de lui. Contre sa tante Kitty, qui avait déménagé avec Henni. Contre son père, qui ne pouvait supporter la vieille von Dobern, mais qui ne la chassait pas pour autant. Contre…

— Tu peux t'y mettre dès maintenant!

Il s'assit à son pupitre, qui se trouvait juste à côté de celui de Dodo. Son père les avait achetés lorsqu'ils étaient entrés à l'école. On disait que c'était plus sain pour les enfants. La banquette était vissée à la table pour qu'on ne puisse pas gigoter sur sa chaise. En haut, il y avait un endroit où poser les crayons avec un renfoncement pour l'encrier sur le côté. Le plateau était incliné, il se rabattait et, en dessous, il y avait un casier pour les livres et les cahiers. Tout était exactement comme à l'école, sauf que la gouvernante vérifiait quotidiennement le contenu du casier, de sorte qu'il était impossible d'y dissimuler quoi que ce soit. Des partitions, par exemple. Ou des biscuits. Un jour, elle en avait trouvé et les avait aussitôt confisqués. La prochaine fois, il y mettrait un piège à souris. Qu'est-ce qu'elle crierait quand il se refermerait sur ses doigts! En échange, il voulait bien écrire cent fois: «Je ne dois pas cacher de piège à souris dans mon pupitre, parce que ma gouvernante pourrait se coincer les doigts dedans.» Il verrait ça demain avec la Brunnenmayer. Ou avec Gertie. Augusta ne venait plus, elle était désormais trop grosse avec son bébé dans le ventre. Aucune d'elles ne pouvait supporter la gouvernante, surtout la cuisinière. Celle-ci avait dit un jour que cette mégère causerait bien des malheurs à la villa.

— Et si tu commençais au lieu de pleurnicher comme un bébé? assena madame von Dobern avec une ironie glaciale.

Leo souleva le plateau de son pupitre pour sortir son « cahier de punitions ». Celui-ci était déjà à moitié rempli de phrases idiotes : « Je ne dois pas parler tout bas avec ma sœur, parce que c'est malpoli », ou « Je ne dois pas dessiner de notes dans mon cahier, parce qu'il sert à écrire, pas à dessiner ». Le tout était abondamment décoré de taches d'encre, de même que ses doigts. Au début de leur deuxième année d'école, ils avaient été fiers d'avoir déjà le droit de se servir du crayon et même de la plume et de l'encre. À présent, toutefois, il se serait volontiers passé de cette encre qui semblait vouloir sans cesse dégoutter sur le papier.

— Tu as une demi-heure, Leopold. Je vais donner la leçon de piano à ta sœur, ensuite nous sortirons tous ensemble prendre l'air.

Il trempa son porte-plume dans l'encre, puis essuya soigneusement la plume d'acier sur le bord du flacon. Il commença sans entrain à écrire les premiers mots. Une grosse tache bleue et brillante se forma aussitôt sur le papier blanc. Il pouvait faire ce qu'il voulait, impossible d'écrire correctement avec cette maudite plume. Lors d'un récent souper, Klippi leur avait montré son stylo, un Waterman qui venait d'Amérique et qui avait une plume en or véritable. On pouvait écrire sans avoir à tremper la plume dans l'encre et il ne faisait pas de taches. Mais son père avait dit que ce genre de stylo était affreusement cher et, qui plus est, trop lourd et trop gros pour ses petits doigts. Toujours ses doigts ! Pourquoi, aussi, ne voulaient-ils pas grandir ?

Au bout de deux phrases, il poussa un profond soupir et posa son porte-plume dans l'encrier. Il avait la main complètement crispée par les imbécillités qu'il était obligé d'écrire. On entendait de nouveau des gammes, *do* majeur, *la* mineur, *sol* majeur… Là, Dodo trébucha bien sûr sur la touche noire, le *fa* dièse… Pauvre Dodo, elle ne serait probablement jamais une bonne pianiste, d'ailleurs ce n'était pas ce qu'elle souhaitait. Elle voulait devenir aviatrice, mais leur mère et lui étaient seuls à le savoir.

Il essuya sa main maculée d'encre avec un chiffon et se leva. En fait, peu importait qu'il effectue cette punition absurde maintenant ou après le souper, puisque son cours de piano avait été supprimé. Il pouvait tout aussi bien descendre rapidement à la cuisine voir si la Brunnenmayer avait fait des biscuits. Il ouvrit doucement la porte, puis courut jusqu'à l'escalier de service. À cet endroit, il était en sécurité. La gouvernante ne passait jamais par là, elle tenait à emprunter l'escalier principal, comme un membre de la famille. La cuisine était également un lieu sûr: elle n'y faisait que de rares apparitions.

— Tiens, Leo ! s'exclama la Brunnenmayer en le voyant arriver. Tu as échappé à ta surveillante, mon garçon? Entre vite…

Comme ça sentait bon, ici ! Tout réjoui, Leo s'approcha de la longue table, où la cuisinière ajoutait du lard et des oignons dans une salade de chou. Gertie émincait des pommes de terre bouillies. À côté d'elle était assise Else. Oui, c'était bien elle, il ne s'était pas trompé. Pâle et ridée, la joue encore un peu enflée. Mais déjà capable de couper des oignons.

— Est-ce que tu vas mieux, Else? demanda-t-il poliment.

— Oui, merfi, Leo. Ve me fens bien maintenant…

Déconcerté par son élocution, il la regarda avec perplexité. Puis il songea qu'elle devait avoir quelques dents en moins. Bon, elles ne tarderaient pas à repousser. Lui-même avait déjà perdu deux dents de lait et ses nouvelles dents perçaient déjà.

— Et on est content que tu sois de nouveau parmi nous, renchérit la cuisinière en lui adressant un signe de tête.

Else parvint à sourire sans ouvrir la bouche.

— Tu veux goûter un pain d'épice, Leo? demanda Gertie. On en a fait pour Noël.

Elle reposa son couteau, s'essuya les mains sur son tablier et se rendit dans le garde-manger. Gertie était mince et vive comme une belette. Encore plus vive que Hanna, et plus maligne aussi.

— Apporte la boîte de kringels aux noisettes, lança la Brunnenmayer. Tu en prendras pour ta sœur, Leo.

Gertie revint avec deux grandes boîtes en fer-blanc. Elle les posa sur la table et les ouvrit. Aussitôt, un merveilleux parfum d'épices de Noël refoula l'odeur des oignons. Leo en eut l'eau à la bouche. Il prit deux gros pains d'épice, l'un en forme d'étoile et l'autre de petit cheval, et quatre kringels. Outre les noisettes, ceux-ci contenaient aussi des amandes et du caramel. Quand on mordait dedans, la croûte craquait merveilleusement sous la dent. Et, à l'intérieur, le kringel était moelleux, sucré et collant. Leo engloutit sa portion, vite dans l'estomac où personne, pas même madame von Dobern, ne pourrait la lui reprendre. Ce fut un peu plus compliqué avec la part de Dodo. Leo enveloppa l'étoile en pain d'épice et les deux kringels dans son mouchoir. Mais l'étoile était trop grande, le paquet ne rentrait pas dans la poche de son pantalon.

— Il faut qu'on la coupe, suggéra Gertie. Ce serait dommage qu'elle soit mangée par quelqu'un d'autre.

La cuisinière garda le silence. Elle repoussa la salade de chou et prit le plat contenant la salade de pommes de terre, qu'elle se mit à mélanger avec deux grandes cuillères en bois. Pour qui la connaissait, ses gestes trahissaient l'irritation. Leo rangea son mouchoir bien rempli dans sa poche, hésitant à demander prudemment un piège à souris. Mais comme Else était là, il préféra s'abstenir. On ne pouvait pas lui faire confiance, elle se rangeait toujours du côté du plus fort. Or, madame von Dobern bénéficiait malheureusement du soutien de sa grand-mère.

— Il y a de la saucisse pour souper ?

— Possible, répondit Gertie d'un air mystérieux.

— Je la sens déjà ! mentit Leo.

— Espérons que tu te trompes pas, petit !

À ce moment, Julius entra dans la cuisine. En voyant Leo, il parut interloqué.

— Il y a une musaraigne là-haut dans le couloir, dit-il. Fais attention qu'elle ne te morde pas, mon garçon.

Leo comprit tout de suite. La gouvernante avait laissé Dodo continuer ses gammes toute seule dans le salon rouge pour monter dans sa chambre fumer rapidement une cigarette. Il fallait éviter de se jeter dans la gueule du loup.

— Je remonte. Merci pour les biscuits.

Il adressa un sourire à tout le monde, palpa une dernière fois sa poche renflée, puis se glissa dans l'escalier de service.

— C'est une honte, entendit-il dire la Brunnenmayer. Avant, ils étaient tous fourrés dans la cuisine, ils jouaient et s'amusaient : la Liesel, les deux petits, Henni, les jumeaux. Et maintenant…

— Les enfants des maîtres n'ont rien à faire à la cuisine, rétorqua Julius.

Leo n'en entendit pas davantage. Arrivé à la porte du deuxième étage, il jeta un coup d'œil dans le couloir à travers l'étroit vitrage. La voie était libre, la Dobern devait être dans sa chambre. En réalité, c'était celle de sa tante Kitty, mais comme elle était partie, sa grand-mère y avait installé la gouvernante. Pour qu'elle soit toujours à proximité des enfants !

Il ouvrit prudemment la porte et se faufila dans le couloir. Il fallait espérer qu'elle n'avait pas remarqué son absence et ne l'attendait pas dans la chambre d'enfants. Elle aimait bien faire ce genre de chose, surgir à l'improviste. Parce qu'elle se croyait terriblement maligne.

Il se résolut tout de même à regagner sa chambre. Au besoin, il prétendrait avoir dû aller au petit coin. Il se déplaçait si habilement qu'on l'entendait à peine, quoiqu'il ne puisse empêcher le parquet de craquer. Il avait déjà la main sur la poignée quand il entendit derrière lui le frottement produit par une porte qui s'ouvre.

Zut ! Zut de zut ! Il se retourna en s'efforçant de ne pas avoir l'air d'un coupable pris sur le fait et resta stupéfait : madame von Dobern ne sortait pas de sa chambre, mais de celle de ses parents.

Leo ressentit un élancement douloureux dans la poitrine. Elle n'avait pas le droit de faire ça. Cette chambre était taboue, même pour Dodo et lui. C'était celle de ses parents.

— Que fais-tu dans le couloir, Leopold ? demanda-t-elle sur un ton sévère.

Elle pouvait arborer son air réprobateur, il avait vu son cou devenir tout rouge. Ses oreilles aussi, sans doute, mais elles étaient cachées par ses cheveux. Madame von Dobern savait très bien qu'il l'avait prise en flagrant délit. Cette vilaine bique fouinait dans la chambre de ses parents !

— J'avais besoin d'aller aux toilettes.

— Bon, change-toi, on va sortir. J'appelle Dodo. Nous allons faire une jolie promenade hivernale dans le parc avant le souper.

Il restait planté là, les yeux rivés sur elle. Furieux. Blessé. Accusateur.

— Il y a autre chose ? demanda-t-elle en haussant ses fins sourcils.

— Qu'est-ce que vous faisiez là ?

— Ta mère m'a appelée pour me demander de vérifier si elle n'avait pas oublié sa broche rouge sur la table de chevet.

C'était aussi simple que ça. Les adultes mentaient au moins aussi bien que les enfants. Sans doute encore mieux.

— Nous ne voulons pas inquiéter ta maman avec cette stupide histoire de fenêtre, n'est-ce pas, Leopold ? dit-elle en souriant.

Il avait encore beaucoup à apprendre. Les adultes n'étaient pas seulement meilleurs menteurs, c'était aussi d'odieux maîtres chanteurs.

Sans répondre, il partit en courant vers l'escalier. Dans le vestibule, Gertie l'attendait déjà avec ses bottes en cuir marron et son manteau d'hiver. L'air renfrogné, Dodo tripotait le bonnet de laine que la jeune fille lui avait enfoncé jusqu'aux oreilles.

— Je déteste les promenades, dit-elle à Leo. Je les déteste, je les déteste, je…

— Tiens, prends !

Il sortit son mouchoir de sa poche et le lui tendit.

Dodo eut un grand sourire et enfourna un kringel.

— Elle arrive tout de suite ? bafouilla-t-elle, la bouche pleine, en sortant du mouchoir un bout d'étoile en pain d'épice.

— Non, elle est devant le miroir, elle se fait belle.

— Elle aura du mal.

Chapitre 10

Elisabeth avait les joues brûlantes. La chaleur était insupportable à la table dressée pour Noël dans le salon. C'était peut-être aussi l'effet des nombreux schnaps que, dans la région, on avait coutume de prendre avant le repas, entre les plats, puis en digestif. Tante Elvira lui avait expliqué que c'était nécessaire parce qu'on mangeait gras.

— À l'Enfant Jésus dans la crèche ! s'écria Otto von Trantow, un voisin, en levant son verre rempli d'un vin français.

— À l'Enfant Jésus !

— À notre Sauveur, dont nous fêtons aujourd'hui la naissance !

Elisabeth trinqua avec Klaus et madame von Trantow, puis avec tante Elvira, madame von Kunkel et pour finir Riccarda von Hagemann. Le breuvage rouge sombre étincelait à la lueur des bougies et les verres taillés d'Elvira produisaient un tintement mélodieux. Otto von Trantow, propriétaire d'un vaste domaine situé près de Ramelow, adressa à Elisabeth un sourire entendu par-dessus le bord de son verre. Elle lui sourit en retour et s'efforça de ne prendre qu'une toute petite gorgée de bourgogne. Elle avait suffisamment de banquets poméraniens derrière elle pour savoir que, le lendemain, elle était toujours horriblement malade.

« Pour une grande propriétaire terrienne, tu as l'estomac étonnamment fragile », avait déclaré Klaus sans pitié, une nuit qu'elle quittait le lit conjugal en gémissant pour se glisser dans la salle de bain. Cette fois, elle serait prudente.

— C'est un vrai Noël, Elvira, fit remarquer Corinna von Trantow, une dame imposante d'une quarantaine d'années à qui les cheveux grisonnants donnaient l'air plus âgé. Les stalactites pendent du toit en bon ordre, comme des soldats…

Les convives tournèrent les yeux vers la fenêtre, où, à la lumière d'une lanterne, on voyait danser d'épais flocons de neige dans le jardin tout blanc. Il faisait bien quinze degrés en dessous de zéro. On avait mis de la paille dans les niches afin que les chiens ne meurent pas de froid. Lechyk avait fait observer en secouant la tête que ce n'était pas une bonne chose de les choyer. Les loups hivernaient bien sans paille dans la forêt. Mais Klaus aimait ses chiens, qu'il entraînait pour la chasse, aussi le palefrenier avait-il dû s'incliner.

À l'extrémité de la table étaient assis, comme le voulait la coutume, les jeunes gens ainsi que les employés autorisés à célébrer Noël avec ces messieurs-dames. Les Trantow étaient venus avec mademoiselle von Bodenstedt, une gouvernante d'un certain âge, sanglée dans un corset trop serré, qui surveillait de près Mariella, six ans, et sa sœur Gudrun, âgée de onze ans. Elle avait pour voisin le bibliothécaire Sebastian Winkler avec sa veste marron élimée, lui-même assis à côté des deux rejetons adultes de la famille Kunkel, Georg et Jette. Georg Kunkel était un séducteur et un fainéant notoire. Il avait laissé tomber ses études à Königsberg et, comme son père était encore très vaillant, pouvait se consacrer aux plaisirs de la vie plutôt qu'à la gestion du domaine familial. À l'inverse de son frère, Jette était une timide créature. À vingt-six ans, elle était depuis longtemps en âge de se marier, mais comme elle ne brillait pas par ses attraits, elle n'avait pas encore eu de prétendants sérieux. Sebastian, qui se sentait mal à l'aise à la grande table, avait engagé avec elle une conversation sur les us et coutumes de Noël en Poméranie qui avait suscité son intérêt. Elisabeth, accaparée par la bavarde madame von Trantow, ne cessait de leur jeter des coups d'œil inquisiteurs. L'enthousiasme que Sebastian éveillait chez sa voisine de table ne lui plaisait pas du tout. Certes, un bibliothécaire, qui plus est d'origine modeste, ne pourrait jamais devenir le gendre des Kunkel. Cependant, si la petite s'entichait de lui et que personne d'autre ne mordait à l'hameçon…

— Ah ! s'écria Erwin Kunkel. L'oie rôtie ! J'attendais ça depuis ce matin ! Avec des marrons ?

— Des marrons et des petites pommes, comme il se doit !

— Fantastique !

À la campagne, on n'avait pas de valet pour faire le service. Les assiettes étaient posées sur la table par une plantureuse fille de cuisine. Puis il était d'usage que le maître de maison découpe le rôti et que son épouse lui tende les assiettes. Elisabeth n'était nullement fâchée que sa tante la décharge de ce rôle. Klaus, en revanche, remplissait ses obligations avec grand plaisir. Sous les regards attentifs de l'assistance, il aiguisa le grand couteau, puis, tel un chirurgien, sépara soigneusement la viande des os. L'oie croustillante, qui sentait délicieusement bon, se transforma ainsi peu à peu en portions prêtes à être servies.

Elisabeth, qui avait renoncé depuis quelques années à l'étroit corset au profit d'une version plus légère, respira profondément en se demandant si elle ne ferait pas mieux de passer son tour. Bouillon de canard, anguille fumée et salade de harengs, suivis d'une selle de cerf avec des boulettes et une sauce aux pruneaux – cela avait déjà été un exploit. À la pensée que l'attendaient ensuite du gâteau à la crème et des petits beignets au fromage blanc, elle se sentait prise de nausée. Comment ces gens pouvaient-ils se gaver de plats aussi gras ? À la villa, les repas de Noël étaient plantureux, mais on ne servait pas de telles quantités de mets aussi nourissants. Et on ne passait pas son temps à boire du schnaps. Maintenant, elle savait pourquoi le défunt oncle Rudolf apportait toujours sa bouteille de vodka quand il venait à Augsbourg avec Elvira pour leur traditionnelle visite de Noël.

— À Noël ! s'écria Klaus von Hagemann en levant son verre de vodka.

— À notre pays !

— À l'empereur !

— Oui ! À notre bon empereur Guillaume ! Vive l'empereur !

Klaus von Hagemann s'était adapté étonnamment vite aux circonstances. Il avait pris un peu de poids, portait généralement de grandes bottes et un pantalon équestre avec une veste en laine. Deux opérations effectuées par le célèbre chirurgien Jacques Joseph, surnommé « le médecin des nez », à l'hôpital de la Charité de Berlin avaient redonné une apparence humaine à son visage détruit. Certes, ses joues et son front montraient encore les cicatrices laissées par les brûlures, mais il avait eu la chance de ne pas perdre la vue. Ses cheveux repoussaient lentement. Il s'était investi à fond dans la gestion du domaine : il était fait pour cette activité plus encore que pour le métier d'officier. Il passait ses journées à l'extérieur, s'occupait des prés, des champs et du bétail, négociait avec les paysans, les voisins, les marchands de bois et la sous-préfecture, et, le soir, trouvait encore l'énergie de faire les comptes.

Elisabeth savait que ce déménagement en Poméranie lui avait sauvé la vie. Klaus von Hagemann n'aurait pas supporté une vie d'invalide défiguré, privé de moyens et d'avenir professionnel. Tôt ou tard, il se serait tiré une balle dans la tête. Elle l'avait senti et c'était la raison pour laquelle elle lui avait fait cette proposition. Klaus avait vite percé à jour ses sentiments pour Sebastian

Winkler, grâce à son instinct très sûr. Mais il se montrait correct et n'avait fait aucun commentaire sur les visites d'Elisabeth à la bibliothèque. Le couple von Hagemann préservait les apparences, les époux dormaient dans les vieux lits sculptés qui avaient appartenu à l'oncle Rudolf et à la tante Elvira. Après sa seconde opération, lorsque son nouveau nez avait été à peu près guéri, Klaus avait de temps à autre fait valoir ses droits conjugaux. Elisabeth ne lui avait opposé aucun refus. Pourquoi l'aurait-elle fait ? Il était encore son mari. Qui plus est, c'était un amant expérimenté. L'homme auquel allaient ses sentiments ne lui faisait malheureusement aucune avance. Installé dans la bibliothèque, Sebastian Winkler rédigeait sa chronique.

— Une cuisse bien croustillante, Lisa ? Tu devrais prendre tout de suite deux boulettes. Le chou rouge a été préparé avec des pommes et du lard fumé…

Elisabeth n'entendit pas la suite. À la vue de l'assiette pleine que la tante Elvira lui mettait sous le nez, elle se sentit subitement mal. Oh là là, elle n'aurait pas dû vider son verre de schnaps. Levant les yeux, elle s'aperçut que la table de fête, avec ses bougies allumées et ses verres étincelants, commençait à tourner. Puis, elle ne vit plus que le rôti marron que Klaus avait commencé à servir avec le couteau et une fourchette pointue. Elle enfonça désespérément ses doigts dans la nappe blanche. Surtout ne pas s'évanouir. Ou, pis encore, vomir dans son assiette.

— Ça ne va pas, Elisabeth ? s'enquit sa belle-mère.

— Je… Je crois que j'ai besoin d'un peu d'air frais.

Son vertige s'était un peu atténué. En revanche, elle avait à présent les mains glacées. Une chose était sûre : si elle restait assise devant ce rôti d'oie, son estomac n'y résisterait pas.

— Oh… Voulez-vous que je vous accompagne dehors, ma chère ? demanda madame von Trantow, qui était assise à côté d'elle.

Son ton laissait deviner qu'elle n'avait guère envie d'abandonner son assiette. Elisabeth refusa d'un geste.

— Non, non. Ne vous dérangez pas. Je reviens dans un instant.

— Vous devriez reprendre une vodka ou une slivovitz, ça fortifie l'estomac.

— Merci, répondit Elisabeth dans un souffle en se dépêchant de quitter la pièce.

Une fois dans le couloir traversé de courants d'air, elle se sentit mieux. Il était si agréable de pouvoir bouger au lieu de rester coincée à table entre ces gens qui mangeaient et buvaient. Comme les odeurs de cuisine la gênaient, elle ouvrit la porte d'entrée et sortit dans la cour enneigée. Un des chiens se réveilla et se mit à japper. Dans l'étable, les oies criaillèrent un moment, puis finirent par se calmer. Elisabeth inspira à pleins poumons l'air froid et propre de l'hiver et sentit son cœur battre à grands coups. Les rafales de neige étaient visibles à la lumière des deux lanternes suspendues de part et d'autre de l'entrée. Le vent poussait la neige vers la maison. Des nappes de brouillard blanchâtres et scintillantes se détachaient du toit de la grange et tourbillonnaient au-dessus de la cour. Les flocons glacés se posaient sur son visage échauffé, lui chatouillaient le cou et le décolleté, et restaient prisonniers de son chignon. Une sensation étrangement belle et libératrice. Son estomac se calma, l'accès de nausée était passé.

En fin de compte, c'était juste que ces gens lui tapaient terriblement sur les nerfs. Dans la région, les fêtes étaient l'occasion d'inviter les voisins et de faire des visites. Durant l'année, les quelques propriétaires terriens des environs menaient une existence plutôt solitaire dans ce plat pays. Il fallait au moins que les jours de fête soient des événements sociaux et culinaires.

« Tu t'y habitueras », avait dit tante Elvira en guise de réconfort.

Cependant, les tables surabondantes, les sempiternelles conversations sur les domestiques et les gens du village et surtout les interminables récits de chasse lui paraissaient d'année en année plus détestables. Ce n'était pas son monde. Cela dit, où était-il donc ? Quelle était sa place dans cette vie ?

Elle s'adossa à l'un des piliers en bois de l'auvent et croisa les bras. Se serait-elle sentie mieux si elle avait passé Noël à la villa aux étoffes ? Sans son père ce n'était plus comme dans son enfance. En ce premier jour de fête, ils devaient tous être joyeusement réunis dans la salle à manger. Ernst von Klippstein était sûrement là, ainsi que Gertrude Bräuer. Tilly aussi, peut-être. Maman lui avait écrit que la jeune fille, qui étudiait à Munich, avait réussi l'examen intermédiaire, une étape importante dans l'obtention du diplôme d'État. Tilly, qui était une des rares femmes à la faculté de médecine, était ambitieuse et fermement décidée à devenir médecin. Elisabeth poussa un profond soupir. Pauvre Tilly… Sans doute espérait-elle encore en secret que son Dr Moebius finisse un jour par revenir de Russie. Et peut-être étudiait-elle avec autant d'ardeur uniquement parce qu'il l'avait encouragée autrefois à se lancer ? Un type sympathique, cet Ulrich Moebius. Un bon médecin et un homme charmant. À l'époque, lorsqu'ils avaient fêté Noël à l'hôpital de la villa, il avait magnifiquement joué au piano…

Marie était la seule qu'on puisse véritablement qualifier d'heureuse. Elle avait son Paul chéri, ses enfants, et désormais aussi un atelier dans lequel elle créait et vendait des vêtements. Il y avait une certaine injustice à ce qu'une seule personne soit à ce point comblée quand les autres n'avaient rien. Quoique… Tilly avait ses études de médecine, et Kitty, sa fille et la peinture. Mais elle, qu'avait-elle ?

Si au moins elle avait pu tomber enceinte… Ce bonheur-là aussi lui avait été refusé par un destin hostile. Elisabeth sentit monter en elle le sentiment horrible et familier d'être lésée. Elle s'efforça de l'ignorer, cela ne menait à rien, on ne faisait que s'enfoncer encore plus. Et puis, cela donnait de vilaines rides et un regard mélancolique.

Elle sursauta en sentant la porte s'ouvrir derrière elle.

— Vous allez prendre froid, Elisabeth.

Sebastian ! Debout sur le seuil, il lui tendait son manteau de manière à ce qu'elle n'ait plus qu'à l'enfiler. Son humeur sombre s'évanouit d'un coup. Il s'inquiétait d'elle. Il avait quitté exprès sa place à côté de Jette Kunkel, avait planté là son importune voisine de table pour lui apporter à elle, Elisabeth, un vêtement chaud.

— Oh, merci de cette attention, dit-elle tandis qu'il lui posait le manteau sur les épaules.

— J'étais sorti dans le couloir pour aller aux toilettes, quand je vous ai vue devant la porte, sous la neige.

Ah… Ce n'était peut-être pas si romantique, mais tout de même. C'était agréable de sentir ses mains sur ses épaules, ne serait-ce qu'un bref instant, car il recula dès qu'il lui eut mis le manteau. C'était à désespérer… À croire qu'elle avait la lèpre. La peste. Il aurait pu rester un moment auprès d'elle, se pencher sur sa nuque et déposer un souffle de baiser sur sa peau nue… Mais Sebastian Winkler ne faisait ce genre de chose que dans son imagination. Hélas.

— Vous êtes très imprudente, Elisabeth. Vous pourriez attraper une pneumonie en sortant tout échauffée dans le froid.

Voilà qu'il lui faisait la leçon, à présent. Comme si elle ne le savait pas !

— J'avais besoin de respirer. Je ne me sentais pas bien.

Resserrant les pans du manteau sur sa poitrine, elle fit comme si elle avait encore la tête qui tournait. Sa manœuvre fonctionna. Sebastian parut aussitôt plein de compassion et d'inquiétude.

— Cette façon qu'on a ici de se goinfrer est très malsaine. Sans compter l'alcool, notamment ce schnaps russe qu'on boit comme de l'eau… Vous devriez vous étendre un peu, Elisabeth. Si vous le désirez, je vous accompagne en haut.

Si Klaus avait fait cette proposition à une femme, l'issue de l'entreprise aurait été d'emblée parfaitement claire. Sebastian, lui, monterait bien sagement avec elle et la quitterait devant la porte de sa chambre en lui souhaitant un prompt rétablissement. Ou peut-être pas… Faire une tentative en valait la peine.

— Oui, je crois que c'est une bonne…

Elisabeth fut interrompue par Jette Kunkel, qui sortait à ce moment-là dans le couloir avec les deux petites filles des Trantow.

— Oh, regardez comme il neige ! s'exclama Jette. N'est-ce pas féerique, ces flocons blancs poussés par le vent ?

— « Dans la forêt hivernale le vent, tel un archer, pousse le troupeau de flocons… », récita Gudrun.

— « Tel un berger », chère Gudrun, pas « tel un archer », rectifia Sebastian en souriant. Il pousse le troupeau, le vent. C'est donc un berger.

Il était professeur jusqu'au bout des ongles, laissait rarement passer une occasion d'instruire les autres. Mais Elisabeth trouva qu'il le faisait d'une manière sympathique.

— Oui, bien sûr, un berger. Un berger pour les flocons, répondit Gudrun en gloussant. Si on sortait ? C'est si beau, dehors, sous la neige !

Sa sœur tapota sa tempe de son index en lui demandant si elle n'était pas un peu dérangée.

— Mais c'est une merveilleuse idée ! s'extasia Jette. Je vais chercher mon manteau. Et mes bottes. Viens, Gudi…

Quelles sottes, songea Elisabeth, irritée. Une promenade de nuit dans le domaine en pleine tempête de neige. Il fallait y penser ! Et, bien sûr, elles embarqueraient Sebastian. Son plan de l'entraîner jusqu'à sa chambre tombait à l'eau. De toute façon, cela n'aurait sans doute rien donné.

— Qu'est-ce qui se passe, ici ?

Georg Kunkel jeta un coup d'œil intéressé par l'entrebâillement de la porte du salon. Son regard légèrement embrumé montrait qu'il avait fait honneur au vin.

— Ces deux folles veulent aller se promener, répondit Mariella.

— Tiens donc ! Vous venez aussi, ma très chère ?

Elisabeth s'apprêtait à répondre par la négative, quand la porte s'ouvrit en grand. Le père de Georg sortit dans le couloir d'un pas mal assuré, suivi de tante Elvira et de madame von Trantow.

— Vous voulez faire quoi ? Une promenade ? Formidable ! beugla-t-il. Holà, valets et servantes, apportez des flambeaux ! Nos manteaux, nos bottes...

Lechyk fut seul à sortir en titubant d'un coin sombre. Les servantes et la cuisinière étaient occupées à préparer le dessert.

— Des flambeaux ? s'exclama Elvira. Vous voulez mettre le feu à la grange ou quoi ? Va chercher des lanternes, Lechyk. Et demande à Paula et à Miene d'apporter les manteaux et les chaussures.

Il s'ensuivit une terrible pagaille. On se trompait de manteau et de bottes, madame von Trantow s'assit dans un pot de saindoux, deux bocaux de prunes posés sur la commode se brisèrent et la gouvernante piailla qu'on l'avait « touchée ». Lechyk revint enfin de la buanderie avec trois lanternes pourvues de bougies allumées, sur quoi la compagnie sortit dans la cour en riant et pestant. Les chiens aboyèrent, les oies se réveillèrent de nouveau et l'étalon alezan de Kunkel hennit dans l'écurie.

— Suivez-moi !

Tante Elvira prit la tête du groupe en tenant sa lanterne aussi haut qu'elle le pouvait. Les autres la suivirent en ordre dispersé. Madame von Trantow s'appuyait sur son époux, Erwin Kunkel dut avoir recours au bras de sa femme Hilda, parce qu'il ne tenait plus très ferme sur ses jambes après toute la vodka qu'il avait bue. Elisabeth se joignit elle aussi au cortège et, après un moment d'hésitation, Sebastian se décida à l'accompagner. Seuls restèrent les trois Hagemann. Riccarda, notamment, avait déclaré vouloir garder la boutique. Christian von Hagemann, lui, avait déjà cédé à un petit somme digestif.

Le vent glacial surprit les promeneurs. On remonta les cols des manteaux, tandis que Georg Kunkel regrettait de ne pas avoir mis sa toque de fourrure. Quoi qu'il en soit, l'air froid les dégrisa, les cris et les rires se calmèrent. La neige était profonde, il fallait faire attention où l'on mettait les pieds. Les bâtiments dressaient leurs silhouettes indistinctes, les sapins courbés sous la neige devenaient des fantômes informes. Un oiseau de nuit réveillé par le bruit plana un moment au-dessus d'eux, ce qui fit dire à Jette Kunkel qu'il s'agissait sans doute de l'esprit saint de Noël. Corinna von Trantow rappela comme la sainte famille avait eu froid dans l'étable.

— Avec la neige et la glace, vous imaginez !

— Et ils n'avaient même pas un petit feu. Ils devaient avoir les doigts gelés !

— Notre seigneur Jésus-Christ est venu au monde dans la plus grande pauvreté.

La pénombre lui cachait le visage de Sebastian, mais Elisabeth savait qu'il faisait de gros efforts pour se maîtriser. Dire à ces dames que Bethléem ne connaissait ni tempêtes de neige ni températures en dessous de zéro aurait trop cruellement mis à mal leurs idées romantiques.

— Vous vous sentez bien, Elisabeth ? demanda-t-il à voix basse.

— Pas encore très solide, mais ça va.

Oh, elle était devenue rusée. Il lui offrit son bras, lui fit prudemment contourner une brouette enneigée oubliée sur le chemin. Il était si précautionneux. Et, à présent, il bavardait avec enjouement, pas du tout comme dans la bibliothèque, où il pesait chaque mot. Cette promenade de nuit ouvrait en lui des vannes que d'habitude il tenait craintivement fermées.

— Enfant, j'ai souvent traversé de nuit la forêt enneigée... Le trajet était long de notre petit village jusqu'à la ville.

Deux heures à l'allée. Au retour, ça grimpait, je mettais une demi-heure de plus.

— Ça devait être très dur. Et, une fois rentré, vous n'aviez quasiment plus le temps de faire vos devoirs.

Il avançait d'un pas régulier et Elisabeth vit qu'il souriait, l'air absorbé. Sans doute pensait-il à des jours d'enfance enfuis, des jours de privation.

— L'hiver, on manquait souvent de lumière. Les bougies étaient chères et nous n'étions pas raccordés au gaz. Je me tenais généralement assis à côté du fourneau, essayant de distinguer à la lueur rougeâtre des braises les lettres et les chiffres inscrits dans mon cahier.

Devant, Georg Kunkel entonna un chant de Noël d'une voix de ténor bien timbrée. Quelques-uns de ses compagnons se joignirent à lui. À la deuxième strophe, ils furent moins nombreux, la plupart ayant oublié les paroles. Madame von Trantow se plaignit de ne pas avoir mis ses chausettes de laine, ses orteils allaient geler.

— L'été, on travaillait aux champs, poursuivit Sebastian sans prêter attention aux autres. Arracher les mauvaises herbes, couper le blé, faire les foins, battre le blé, garder les troupeaux… À dix ans, je montais les sacs de blé au grenier. À douze, je savais labourer et passer la herse. On travaillait avec les vaches, seuls les riches pouvaient s'offrir un cheval.

Il avait dû enterrer un jour son grand rêve de devenir missionnaire – ses parents ne pouvaient plus lui payer l'école. Il avait donc suivi une formation pour être instituteur. Pendant dix ans, il avait fait la classe aux écoliers de Finsterbach, un village proche de Nuremberg. Puis, la guerre avait éclaté. Sebastian Winkler avait été parmi les premiers à être appelé sous les drapeaux.

— Cette guerre n'aurait pas dû avoir lieu, Elisabeth… Je les avais éduqués, je leur avais enseigné l'écriture et le calcul, j'avais mis toute mon énergie à faire d'eux des individus honnêtes et sincères. En même temps que moi, ils ont mobilisé sept de mes anciens élèves. Dix-sept ans, tout juste dix-huit. Trois d'entre eux avaient trouvé un emploi à l'usine qui fabriquait des lits, deux travaillaient dans la ferme de leurs parents, un autre avait même réussi à entrer au lycée à Nuremberg. Il voulait devenir prêtre, un brave garçon, intelligent…

Il s'arrêta pour sortir son mouchoir. Elisabeth était profondément émue. Elle ressentit un grand désir de le prendre dans ses bras pour le consoler. Et pourquoi pas, après tout ? Ils étaient restés un peu en arrière, il faisait sombre, personne ne le remarquerait.

— Aucun d'eux n'est revenu, chuchota Sebastian en passant son mouchoir sur son visage. Pas un seul. Et parmi les plus jeunes non plus.

Elle ne put se retenir plus longtemps. D'un geste impulsif, elle lui entoura la nuque de ses bras et posa la tête sur sa poitrine couverte de neige.

— Je suis profondément désolée, Sebastian, c'est une chose terrible.

S'il fut surpris, il n'en laissa rien paraître. Il restait calme au milieu de la tempête de neige. Au bout de quelques secondes d'angoisse, Elisabeth sentit sa main lui caresser tendrement le dos. La jeune femme ne bougeait pas, espérant que cet instant merveilleux ne prendrait jamais fin.

— C'est impossible, Elisabeth, dit-il tout bas. Je ne suis pas de ceux qui brisent les couples.

Enfin ! Cela faisait trois ans qu'ils n'avaient pas échangé un seul mot sur ce sujet délicat. Ni l'un ni l'autre n'avaient osé l'aborder.

— Nous ne formons plus un couple, Sebastian…

Lorsqu'elle leva les yeux vers lui, il lui caressa la joue de sa main gantée. Il avait enlevé ses lunettes à cause de la neige. Sans les verres protecteurs, ses yeux étaient plus enfantins, plus clairs, plus rêveurs aussi.

— Tu es sa femme, chuchota-t-il.

— Je ne l'aime pas. C'est toi que j'aime, Sebastian…

Il ne put se maîtriser plus longtemps. Leur premier baiser fut timide, un effleurement à peine perceptible. Un souffle de douceur, l'odeur de son savon à barbe, de sa peau, mêlée au fin picotement des flocons de neige. Cependant, la magie de ce moment en apparence innocent était sournoise, elle abattit toutes leurs résistances et la passion qu'ils avaient si longtemps contenue fondit sur eux.

Sebastian fut le premier à s'arracher à l'ivresse. Posant ses mains sur les joues d'Elisabeth, il la repoussa doucement.

— Pardonne-moi !

Elle ne répondit pas. Restait là, les yeux fermés, refusant de croire que tout était déjà fini.

— Je garderai cet aveu pour toujours dans mon cœur, Elisabeth, dit-il tout bas, encore haletant. Tu as fait de moi un homme heureux. Tu connais les sentiments de mon cœur.

Elle reprit lentement ses esprits. Il l'avait vraiment, réellement embrassée. Ce n'était pas un rêve. Et son baiser... Il aurait pu en remontrer à Klaus.

— Non, je ne sais rien de ton cœur, Sebastian. Parle-moi de lui !

Il se détourna. Tira sur ses gants, regarda en direction des promeneurs de nuit, qui avaient fait halte et discutaient du retour. On entendit la voix impérieuse de tante Elvira morigénant Erwin Kunkel qui s'était mis à beugler la chanson *Redonnez-nous notre bon empereur Guillaume.*

— Silence ! cria-t-elle. Nous allons longer la clôture du jardin. Pensez au gâteau à la crème et aux beignets qui nous attendent.

— Les beignets et le bon bo... bocho... beaujolais !

Le groupe s'apprêtait visiblement à faire demi-tour et à rentrer par le même itinéraire. C'était ce qu'il y avait de plus sage, puisqu'on s'était déjà frayé un chemin dans l'épaisse couche de neige.

— Nous devrions nous mettre à couvert et rejoindre le groupe sans nous faire remarquer, suggéra Sebastian, gêné. Pour ne pas avoir d'ennuis.

— Tu ne m'as pas répondu.

— Tu connais la réponse, Elisabeth.

— Non, je ne la connais pas.

Il était trop tard, ce lâche reculait devant l'aveu qu'elle brûlait d'entendre. Les lumières vacillantes des lanternes se rapprochaient, on distinguait déjà quelques visages et on entendit le rire tonitruant d'Otto von Trantow. Et, encore plus bruyante, la belle chanson qu'on aimait autrefois à chanter sur la mélodie d'un air de *La Flûte enchantée* de Mozart :

— « L'empereur est un brave homme, il habite à Berlin… Et si ce n'était pas si loin, j'irais là-bas aujourd'hui même… »

— Grands dieux, gémit Sebastian. Venez, Elisabeth, plaçons-nous sur le côté.

Ils attendirent derrière un genévrier couvert de neige que les promeneurs passent devant eux. Il ne restait plus grand-chose de l'euphorie initiale. Tous étaient frigorifiés et les deux fillettes si épuisées qu'elles avaient à peine la force de soulever les pieds. Georg Kunkel avait proposé à la petite Mariella de la prendre sur son dos. Elvira continuait de brandir sa lanterne presque éteinte. Les deux autres ne diffusaient plus qu'une lueur terne et tremblante.

— J'ai les genoux comme des glaçons.

— Mes pieds, mes pauvres pieds…

— Quant à moi, ce ne sont pas mes pieds qui sont gelés… Mais la présence de ces dames m'empêche d'en dire plus.

Elisabeth et Sebastian n'eurent aucun mal à reprendre discrètement leur place. Personne ne fit attention à eux, on ne pensait qu'à retrouver l'agréable chaleur du salon. Les dames, notamment, se demandaient qui pouvait bien avoir eu l'idée stupide de sortir la nuit en pleine tempête de neige. Ils arrivaient à présent au manoir. Les chiens se remirent à aboyer, on apercevait l'intérieur du salon par les fenêtres.

Debout devant la cheminée, Klaus von Hagemann tenait dans ses bras la jeune servante à demi nue, à qui les caresses enflammées de son maître ne semblaient pas déplaire.

Elisabeth en eut le souffle coupé. Elle sentit le bras de Sebastian se poser sur ses épaules, mais ce geste ne lui procura qu'un faible réconfort. Elle n'arrivait pas à croire au spectacle qu'elle avait sous les yeux. Elle n'était pas la seule.

— Tonnerre de Dieu ! laissa échapper Erwin Kunkel.

— Il y va gaillardement ! marmonna Otto von Trantow avec une pointe d'admiration.

— Qu'est-ce qu'il fait, l'oncle Klaus ? s'étonna Mariella.

Perchée sur les épaules de Georg, c'était elle qui voyait le mieux la scène.

Les dames gardèrent un silence gêné. Seule madame von Trantow siffla :

— Incroyable ! Le soir de Noël !

Lorsque le couple s'aperçut de la présence des spectateurs, la servante s'arracha aux bras de Hagemann avec un cri d'effroi, ramassa sa blouse pour s'en couvrir la poitrine et prit la fuite.

Durant le reste de la soirée, personne n'évoqua l'incident, mais Elisabeth dut supporter les regards curieux et compatissants de ses invités. Elle n'avait assurément aucun droit de faire des reproches à son époux. Et pourtant... Il l'avait trompée au vu et au su de tous, et livrée au ridicule. Pire, cela ne semblait lui faire ni chaud ni froid.

Plus tard, quand tous les invités se furent retirés dans les chambres d'amis et qu'Elisabeth et Elvira montèrent à leur tour se coucher, celle-ci crut devoir prodiguer quelques paroles de réconfort à sa nièce :

— Tu sais, ma fille, dit-elle avec un sourire, ce genre de chose relève du bon plaisir du maître de maison et entre dans la catégorie « santé mentale » et « exercice physique ».

11

À Augsbourg, la nouvelle année avait commencé avec de la neige, qui avait fondu dès les premiers jours de janvier. Il se mit à faire un temps exécrable, les rivières débordèrent et inondèrent les prairies du quartier industriel. Les routes étaient parsemées de larges flaques qui gelaient pendant la nuit, se transformant en un sournois verglas. Sur cette grisaille désolée pesait un ciel d'hiver chargé de nuages qui promettait d'autres pluies.

Paul avait fait sa ronde habituelle dans les ateliers, effectué quelques mises au point avec l'un ou l'autre des contremaîtres et s'était montré ravi des excellents résultats des nouvelles machines à filer. Sa seule inquiétude, c'était le carnet de commandes : jusqu'à présent, les machines n'avaient pas encore pu tourner à plein rendement. L'économie allemande se remettait difficilement, connaissait de nombreuses rechutes, mais le Rentenmark avait tout de même prouvé son efficacité. Cependant, les réparations exorbitantes que l'Allemagne devait acquitter ne pouvaient que réduire à néant le moindre succès. La Ruhr était encore occupée par l'armée française. Quand les Français finiraient-ils enfin par comprendre qu'une Allemagne ruinée ne leur serait d'aucune utilité ? Et même qu'elle leur causerait un grave préjudice économique ?

Paul remonta à son bureau dans le bâtiment administratif. Pourquoi était-il de si mauvaise humeur ? Les affaires allaient plutôt bien, l'inflation semblait jugulée et le contrat avec l'Amérique avait été signé. C'était sans doute le temps. Ou ces désagréables maux de gorge qu'il s'obstinait à ignorer. Il ne pouvait pas se permettre d'être malade.

Il s'arrêta un instant à la porte du secrétariat pour ôter la boue de ses chaussures. Il n'était pas dans ses habitudes d'épier les conversations de ses secrétaires, mais la voix de mademoiselle Hoffmann était parfaitement audible.

— Il paraît qu'elle est charmante et qu'elle prend en compte les désirs particuliers. Ma voisine connaît madame von Oppermann, qui s'est fait faire deux robes et un manteau chez elle.

— Du moment qu'on a les sous…

— On dit aussi qu'elle a créé plusieurs petites robes pour la Menotti.

— La chanteuse ? Alors ça doit être son amant du jour qui a payé. Le jeune Riedelmeyer, c'est ça ?

— Oui, il était présent à tous les essayages.

— Tiens donc…

Paul appuya énergiquement sur la poignée et ouvrit la porte. Les conversations se turent, aussitôt remplacées par le bruit des machines à écrire. Incroyable ! Ses employées bavardaient au lieu de travailler !

— Bonjour, mesdames.

L'air innocent, toutes deux le saluèrent avec entrain. Henriette Hoffmann se leva d'un bond pour lui prendre son manteau et son chapeau. Ottilie Lüders l'informa que le courrier se trouvait comme d'habitude sur son bureau et que monsieur von Klippstein souhaitait lui dire un mot.

— Merci, je vous préviendrai quand je serai disponible.

La Hoffmann lui apportait déjà un plateau avec une tasse de café et une petite assiette de biscuits faits maison, sans doute un reste de Noël. Le poêle était allumé. Ses dames répondaient au doigt et à l'œil, il n'avait aucun motif de se plaindre.

Pourquoi mesdemoiselles Lüders et Hoffmann ne se seraient-elles pas entretenues de l'atelier de Marie ? Il savait bien évidemment que sa femme rencontrait un grand succès et avait désormais une vaste clientèle. Il en était heureux et fier, cela confirmait son intuition de départ. Cela dit, il avait ignoré jusque-là que des hommes assistaient aux essayages. Cela lui parut pour le moins inhabituel. Mais c'était sans doute exceptionnel, inutile d'aborder le sujet avec Marie.

Il s'assit à son bureau, examina la pile de courrier, en sortit les lettres les plus importantes et les ouvrit à l'aide du coupe-papier en jade vert. Avant de se plonger dans la première – une missive de l'administration fiscale municipale –, il prit une gorgée de café et un biscuit à la cannelle en forme d'étoile. Il avait du mal à avaler, sa gorge était sans doute enflammée. Cela dit, le biscuit n'était pas mauvais du tout. Était-il effectivement l'œuvre de la Hoffmann ? Le goût de la cannelle lui rappela le souvenir du dernier Noël.

Tout s'était passé comme d'habitude. Cette année, c'était lui qui avait coupé le sapin avec Gustav. Julius les avait aidés, tandis que Leo les avait gênés plus qu'autre chose. Le gamin était malheureusement très maladroit. Dodo, en revanche, avait ramassé avec Gertie les branches qu'on utilisait pour décorer les pièces. La petite Gertie était futée, on avait bien fait de l'engager. On ne pouvait hélas pas en dire autant de Serafina von Dobern. Les enfants lui donnaient du fil à retordre, ils étaient rebelles, refusaient de lui obéir et saisissaient toutes les occasions de la duper. Ce qui compliquait la situation, c'était que Serafina étant une grande amie de Lisa, on ne pouvait pas la traiter comme une employée. Il en avait parlé à diverses reprises avec Marie, sans autre résultat que de provoquer des querelles inutiles, celle-ci étant d'avis qu'on devait la renvoyer au plus vite.

« Cette femme est froide comme un glaçon. Et elle ne supporte pas les enfants. Je ne veux pas qu'elle continue à tourmenter Dodo et Leo ! »

Marie ne voulait pas reconnaître que son hostilité envers Serafina froissait Alicia et nuisait à sa santé déjà fragile. Paul en était peiné. Des amies de sa mère lui avaient fait plusieurs fois remarquer qu'elle avait mauvaise mine. Madame Manzinger avait même proposé de l'emmener faire une cure à Bad Wildungen, ce qu'Alicia avait évidemment refusé.

« Une cure ? Mais Paul, je ne peux pas m'absenter comme ça pendant plusieurs semaines. Qui s'occuperait de la maison ? Des enfants ? Non, non, ma place est ici. Même si on ne me facilite pas toujours la tâche ! »

À Noël, il avait employé tous ses efforts à réconcilier ces dames. Il avait essayé de raisonner sa mère, traité Serafina avec une amabilité enjouée, et manifesté une tendresse particulière à Marie. Il avait construit des bonshommes de neige avec les enfants et les avait autorisés à grimper sur les vieux arbres. À cette occasion, il avait constaté que sa fille était bien plus habile et surtout plus hardie que son frère. Leo, peu sensible aux joies de l'escalade, était rentré discrètement à la villa pour se remettre une fois de plus à pianoter. Il ne comprenait pas que Marie puisse qualifier d'innocente cette passion immodérée pour la musique.

« Mais, Paul, il n'a que sept ans. Et puis ça n'a jamais fait de mal à personne de savoir bien jouer du piano. »

Paul reprit une gorgée de café, fit la grimace en l'avalant, puis s'attaqua énergiquement au courrier reçu. Deux commandes, l'une importante, l'autre du menu fretin. Demandes de renseignements sur des motifs imprimés, offres de coton brut. Sacrément cher... Quand baisseraient-ils enfin leurs prix ? Il passerait tout de même une commande, les clients devaient être livrés, même si pour le moment la marge bénéficiaire restait réduite. Dans certains cas, il ne rentrait même pas dans ses frais. Mais il fallait continuer à produire, à payer les ouvriers et les employés. Avec l'aide de Dieu, on ne tarderait pas à remonter la pente.

Il s'offrit un deuxième biscuit et termina son café, qui avait eu le temps de refroidir. Non, cela n'avait pas été un Noël comme les autres. En dépit de ses efforts, il n'était pas parvenu à apaiser les tensions familiales. Et puis Kitty leur avait beaucoup manqué. Sa sœur avait passé les fêtes avec Gertrude et Tilly. Le jour de Noël, on s'était tous retrouvés à la villa, mais les remarques acerbes que Kitty n'avait cessé de décocher avaient gâché l'ambiance. Et, pour couronner le tout, il s'était disputé avec Marie – pour quelle raison, il ne s'en souvenait même plus. Il avait dû s'agir d'un motif ridicule, mais cela l'avait conduit à dire des choses qu'il aurait mieux fait de garder pour lui. Il était tout à fait normal que, le soir, Marie soit fatiguée, car elle travaillait dur. Il n'était pas homme à en faire reproche à sa femme, il le comprenait, il était capable de se maîtriser. Ce soir-là, pourtant, il avait laissé libre cours à sa déception, soutenant qu'elle ne l'aimait plus autant, qu'elle se dérobait, repoussait ses avances. Marie en avait été très affectée. Elle lui avait proposé de fermer l'atelier, ce qui aurait été une absurdité, évidemment. Et pour comble de malheur, il avait commis une énorme maladresse en lâchant ce qu'il avait sur le cœur depuis des années :

« Je me demande vraiment pourquoi nous n'arrivons pas à avoir d'autres enfants, Marie.

— Je n'ai pas de réponse à cette question.

— Tu devrais peut-être consulter un médecin.

— Moi ?

— Oui, qui d'autre ?

— Tu pourrais également en être la cause ! »

Il s'était détourné en silence, avait remonté la couette jusqu'à ses épaules et éteint sa lampe de chevet. Marie l'avait imité. Ils étaient restés couchés sans rien dire, osant à peine respirer. Chacun espérait que l'autre prononcerait quelques paroles pour dissiper la tension. Mais rien. Pas un mot, pas même une caresse prudente signalant la volonté de faire la paix. Au petit matin, toutefois, la proximité de sa femme endormie lui avait inspiré un désir si violent qu'il l'avait réveillée d'un tendre baiser. La réconciliation avait été merveilleuse et pour finir ils s'étaient fait la promesse solennelle de ne plus jamais céder à ces querelles stupides et inutiles.

Entre-temps, ses maux de gorge avaient empiré ; ils s'accompagnaient à présent d'une sensation désagréable dans les bronches. Il couvait quelque chose, quelle plaie !

Il passa rapidement en revue le reste du courrier, puis appela mademoiselle Hoffmann.

— Dites à monsieur von Klippstein que je suis disponible.

Il aurait pu tout simplement aller le voir, comme il le faisait souvent. Mais, ce jour-là, pour une raison inconnue, il n'en avait pas envie.

— Et apportez-moi un autre café, s'il vous plaît. Au fait, les biscuits sont délicieux.

Elle rougit de plaisir et expliqua qu'elle en tenait la recette d'une bonne amie, madame von Oppermann.

— Une grande cliente de votre épouse.

Il le savait déjà, mais n'en hocha pas moins la tête avec amabilité, afin qu'elle n'aille pas croire qu'il était jaloux du succès de sa femme. Si seulement elle pouvait à l'avenir lui épargner ses bavardages…

Ernst von Klippstein était comme toujours impeccablement vêtu, costume gris, gilet assorti. Durant la saison froide, il changeait même de chaussures, n'aimant pas porter ses bottes au bureau. Il s'entendait à merveille avec les secrétaires, ce qui tenait indubitablement au fait qu'il éveillait en elles des sentiments maternels. Quelques années plus tôt, Ernst avait été hospitalisé à la villa avec plusieurs éclats d'obus dans le ventre. Il en avait réchappé de peu et ses cicatrices continuaient à le faire souffrir.

— Tu as l'air bien pâle, mon vieux, fit-il remarquer en entrant. Serais-tu touché par l'épidémie grippale qui sévit en ce moment ?

— Moi ? Mais non ! Je suis juste un peu fatigué.

Klippstein hocha la tête d'un air compréhensif et prit place dans un des fauteuils en cuir avec difficulté, car le siège était bas, mais il n'en laissa rien paraître. Il était demeuré un soldat prussien, attaché à la discipline, surtout à l'égard de lui-même.

— Ah, ce temps… dit-il en tournant les yeux vers la fenêtre, où l'on apercevait le ciel couvert. Janvier et février sont de fichus mois, sombres et froids.

— C'est sûr.

Paul toussa et fut content de voir Ottilie Lüders entrer avec deux cafés et une double portion de biscuits. Aux étoiles, elle avait ajouté du pain d'épice et des spéculoos émiettés aux amandes.

Ernst prit une tasse de café, qu'il buvait toujours noir, sans lait ni sucre, et ignora les biscuits.

— Je voulais te parler de quelques dépenses que nous pourrions sans doute réduire. La cantine, par exemple…

Les repas avaient été instaurés du vivant de Johann Melzer à l'instigation de Marie. Avant, les ouvriers et les employés ne disposaient que d'une salle à manger, où ils consommaient leur casse-croûte, installés à de longues tables. Paul leur demandait désormais une petite participation financière pour un repas de viande, de pommes de terre et de légumes, lesquels avaient remplacé les rutabagas servis pendant la guerre.

— Nous demandons trop peu, Paul. Si chacun donnait dix pfennigs de plus, nous pourrions économiser sur la subvention.

Le pfennig était une monnaie qu'on avait introduite en interne – comme dans beaucoup d'autres usines – à cause de l'inflation. Il aurait été trop compliqué de faire payer les repas avec le papier-monnaie encore en usage : il en aurait fallu des brouettes entières. Ceux qui dînaient régulièrement à la cantine, on leur déduisait du salaire la somme correspondante et on leur remettait des pfennigs

Melzer. Cette monnaie leur permettait aussi d'acheter des boissons, du savon ou du tabac.

— Attendons de voir l'évolution de la situation.

— Tu dis toujours la même chose, Paul.

— Je pense que ce n'est pas là-dessus qu'il faut économiser.

Klippstein soupira : l'usine déjà la fâcheuse réputation d'être l'entreprise la plus généreuse des environs. Dernièrement, monsieur Gropius, de la filature de laine peignée, lui avait demandé si l'usine Melzer avait trop d'argent.

— Bon, laissons les ouvriers tranquilles. J'ai calculé qu'en cette période de chauffage, la consommation de charbon dans les bureaux avait déjà atteint le montant total de l'exercice précédent. On peut donc estimer que les coûts de chauffage augmenteront d'un bon tiers par rapport à l'année dernière.

Paul soupira. Cet individu lui faisait perdre son temps avec ses petits calculs inutiles. Des employés frigorifiés ne travailleraient pas bien. Tout le monde n'était pas aussi spartiate que monsieur von Klippstein, qui avait demandé expressément aux secrétaires de ne chauffer son bureau que modérément.

— Ce n'est pas le moment d'économiser, Ernst, mais d'investir et d'inciter les gens à se montrer performants. Nous devons pousser la machine, montrer que les tissus et les fils de l'usine Melzer sont non seulement de qualité supérieure, mais aussi financièrement avantageux.

Il y eut un petit échange assez vif. Klippstein pensait qu'on ne pouvait proposer des prix intéressants qu'en baissant les coûts. Paul rétorqua qu'il ne fallait pas confondre diminution des coûts et avarice. Ils argumentèrent pendant quelques instants, puis Ernst céda, comme à son habitude.

— Nous verrons, dit-il, contrarié, en guise de conclusion.

Puis il glissa la main dans la poche intérieure de sa veste et en sortit une enveloppe.

— J'ai failli oublier… Une commande.

Son sourire gêné mit la puce à l'oreille de Paul. L'enveloppe vierge contenait une feuille sur laquelle Marie avait noté à la main sa commande de tissu. Pourquoi était-elle passée par Ernst au lieu de la lui confier à lui, son époux? Elle aurait pu le faire au petit déjeuner.

— Quand est-ce que Marie t'a donné ça?

— Hier soir, quand je suis passé la chercher à l'atelier.

— Ah bon! dit Paul en mettant le papier avec les autres commandes. Merci.

Ernst eut un hochement de tête satisfait. Ç'aurait été le moment de se lever et de regagner son bureau, mais il ne bougea pas.

— Ta femme est une personne tout à fait étonnante. Pendant la guerre, j'ai admiré la façon dont elle a sauvé l'usine avec ton père.

Paul garda le silence. Il se renfonça sur son siège et se mit à tambouriner légèrement sur le sous-main en cuir, sans toutefois obtenir l'effet escompté.

— C'est une telle chance que vous vous soyez rencontrés, Marie et toi. Une femme comme elle a besoin d'un mari qui lui donne suffisamment d'espace pour qu'elle puisse s'épanouir. Un esprit borné l'aurait sans doute enfermée. Il lui aurait coupé les ailes, imposé un moule inadapté.

Où voulait-il donc en venir? Paul continuait de pianoter. Il ressentit une démangeaison dans la gorge, toussa. Il sentait poindre une migraine, mais cet importun en était sans doute la cause avec ses bavardages. S'étaient-ils tous donné le mot pour le pousser à bout, ce jour-là?

— Ah! Une dernière chose, dit Paul, interrompant le discours enthousiaste de Klippstein. Ce soir, je passerai moi-même chercher ma femme à l'atelier. J'ai quelque chose à régler dans le coin, c'est sur mon chemin.

— D'accord… J'espère que vous m'accueillerez tout de même pour le souper.

— Bien entendu. Nous sommes toujours heureux de ta présence…

Paul nota avec jubilation qu'Ernst paraissait déçu, puis se reprocha aussitôt sa mesquinerie. Pourquoi le privait-il de ce plaisir innocent ? Lui-même n'avait rien à régler du côté de la rue Caroline. Il ferait mieux de rentrer directement soigner cet irritant malaise. Un thé au rhum, et au lit. En pareil cas, la Brunnenmayer proposait généralement sa tisane aux fleurs de sureau et ses compresses collantes au saindoux, mais tant qu'il tenait debout, il préférait s'en passer.

— Alors je ne te dérangerai pas plus longtemps.

En le voyant se lever avec peine, Paul éprouva une grande compassion. Ernst refusait qu'on l'aide, il pouvait alors se montrer très désagréable. Ses souffrances ne venaient pas seulement de ses cicatrices. Sans doute lui restait-il dans le corps des éclats d'obus qu'on n'avait pas pu retirer. Il avait survécu, mais sa blessure l'avait marqué à vie.

Avant de sortir, Klippstein termina son café et reposa la tasse sur le plateau. Paul ressentit un certain soulagement à se retrouver seul. Il se leva, s'approcha du poêle pour réchauffer ses doigts froids, remit du charbon, mais n'en continua pas moins à frissonner. Il ouvrit la porte de l'armoire et se servit un whisky avec mauvaise conscience. Vers la fin de sa vie, son père y avait eu fréquemment recours, tout en sachant que c'était mauvais pour lui. De manière générale, Paul n'appréciait pas ce genre d'habitude. La petite provision de spiritueux qu'il conservait dans son bureau était réservée aux discussions qu'il avait avec ses partenaires commerciaux, un petit verre se révélant souvent plus efficace que tout un lot d'arguments.

Il en prit une bonne gorgée – *à titre médical,* se dit-il. Sur quoi il dut faire un violent effort pour réprimer un gémissement : le whisky lui brûlait atrocement la gorge. C'était ce qu'on appelait soigner le mal par le mal… Les larmes aux yeux, il vida son verre et le remit dans l'armoire avec la bouteille.

Cela n'améliora pas son état. Lors du repas, il eut de la peine à rester assis droit, écouta patiemment les plaintes de la gouvernante et calma sa mère lorsque Marie prit énergiquement la défense des enfants. Le dîner commun – autrefois un moment de paix en milieu de journée – s'était transformé au cours des mois écoulés en confrontation entre divers partis. Les enfants en souffraient aussi. Assis en silence devant leurs assiettes, ils ne parlaient que lorsqu'on leur adressait la parole. Dès qu'on avait fini le dessert, ils attendaient avec impatience que leur grand-mère les autorise à se lever de table.

Ce jour-là, Alicia fit porter la conversation sur Tilly Bräuer. La jeune étudiante en médecine était venue passer les fêtes à Augsbourg et, le jour de Noël, on avait eu ensemble une longue conversation.

— Elle est devenue toute maigre, la pauvre petite, fit remarquer Alicia avec regret. Et si pâle. Dans le temps, on l'aurait qualifiée de pédante. Pas étonnant que notre malheureux Klippi ne lui ait pas demandé sa main. Oui, Marie, je sais. Les temps ont changé, aujourd'hui, les jeunes filles exercent un métier et certaines croient même devoir faire des études à l'université.

— C'est une jeune femme courageuse et intelligente, répondit Marie avec conviction. J'éprouve une grande admiration pour elle. Qu'y a-t-il de mal à ce qu'une femme fasse des études pour devenir médecin ?

Le sujet avait déjà suscité de nombreuses disputes, aussi Alicia se borna-t-elle à un soupir de contrariété. Cependant, Serafina se sentit obligée de lui apporter son soutien.

— Comment une telle personne pourrait-elle trouver un époux ? demanda-t-elle. Un mari apprécierait-il que sa femme passe ses journées à ausculter des hommes ? Si vous voyez ce que je veux dire…

Si elle espérait que son propos n'avait pas été compris par les jumeaux, elle se trompait. Dodo ouvrit de grands yeux, Leo rougit jusqu'aux oreilles.

— Est-ce que les hommes doivent se mettre tout nus ? chuchota Dodo.

Leo ne répondit pas, cette idée lui était manifestement désagréable.

— Un mari ne s'offusque pas que sa femme soit examinée par un médecin homme, riposta Marie. C'est une simple question d'habitude.

Alicia s'éclaircit la gorge.

— Je souhaiterais que nous n'abordions pas ce genre de sujets déplaisants à table, dit-elle. Encore moins en présence des enfants.

Le repas se poursuivit en silence. Marie gardait un œil sur l'horloge. Serafina ordonna à Dodo de se tenir droite. Alicia jetait des regards inquiets à Paul, qui toussait par moments.

— Tu ferais mieux de rester ici cet après-midi pour te reposer, Paul.

— Mais non, grogna-t-il.

Avec un soupir, elle déclara qu'il était bien le fils de son père. Johann ne se ménageait jamais.

Marie fut la première à se lever de table, car elle avait rendez-vous à 14 heures avec une cliente. Elle serra rapidement les jumeaux dans ses bras, leur promit de leur lire une histoire dans la soirée et s'en alla.

— Tu ne veux pas que je t'accompagne en voiture, chérie ? lança Paul.

— Ce n'est pas la peine, mon amour. Je prendrai le tramway.

Après le dîner, Paul se sentit certes fatigué, mais ses maux de gorge avaient sensiblement diminué. Se reposer ? Et puis quoi encore ? Victime consentante de la sollicitude maternelle. Compresses sur la gorge, compresses sur la poitrine, camomille – tout l'éventail des remèdes maison. Et, dans le pire des cas, le Dr Stromberger ou le vieux Greiner. Non, il laisserait les choses rentrer d'elles-mêmes dans l'ordre.

Une fois au bureau, il arriva toutefois rapidement à la conclusion qu'un bon lit moelleux et un peu de sollicitude pourraient lui faire du bien. D'autant qu'il était la proie de frissons désagréables alternant avec de violentes poussées de chaleur. La fièvre. Cette sensation physique répugnante, ce sentiment de vide, il les connaissait de son enfance. Par la suite, durant sa captivité en Russie, il avait traversé une longue période de fièvre traumatique, au cours de laquelle il avait failli mourir. En comparaison, ce refroidissement n'était qu'un petit pépin de santé.

Il passa quelques coups de fil importants. Vers 4 heures de l'après-midi, un nouveau client se présenta. Un certain Sigmar Schmidt, qui voulait ouvrir un grand magasin rue Maximilien et recherchait des étoffes de coton avec des imprimés de couleurs vives. Paul le conduisit à l'atelier de tissage, puis dans le service où l'on effectuait les impressions. Schmidt se montra conquis. Ils retournèrent au bureau discuter des prix et des modalités de livraison. C'était un négociateur rusé, qui cherchait obstinément à obtenir un rabais. Mais Paul faisait valoir les tarifs déjà avantageux qu'il pratiquait ainsi que la qualité du produit. Ils finirent par s'entendre et Schmidt commanda un grand nombre de rouleaux d'étoffe.

Ces tractations avaient aidé Paul à tenir, mais après le départ de son client, il se sentit d'une faiblesse et d'une fébrilité inquiétantes. Il se força à rester jusqu'à 6 heures et demie, puis prit congé de ses secrétaires en leur souhaitant une agréable soirée. Il apprit alors que monsieur von Klippstein était déjà en route pour la villa.

Accueilli par une bruine froide, il fut content de retrouver l'abri de sa voiture. Un rapide salut au concierge, puis il prit la direction de la ville. Il était près de 7 heures : avec un peu de chance, Marie ne serait pas encore repartie en tramway. Lorsqu'il se gara devant l'atelier, il constata avec soulagement qu'il semblait y avoir encore des clients. Un couple élégamment vêtu était assis à une petite table en train de feuilleter le catalogue. C'était… Mais oui, monsieur et madame Neff, les propriétaires du grand cinématographe rue du Bastion du four. Ils avaient effectivement les moyens de s'offrir les coûteuses créations de Marie. Avec quelle ardeur ils consultaient le catalogue ! Tous les croquis avaient été réalisés et coloriés par Marie.

Paul décida d'attendre dans la voiture afin de ne pas la déranger. Il savait d'expérience combien cela pouvait être gênant lors d'une discussion d'affaires. Il se cala sur son siège, resserra les pans de son manteau et observa en spectateur clandestin ce qui se passait dans l'atelier. Il aperçut sa Marie. Ravissante avec sa jupe évasée et sa veste ample de coupe moderne et décontractée. Et son abondante chevelure brune. Elle avait l'air d'une frêle jeune fille, elle qui était pourtant une femme d'affaires avisée.

À présent, elle discutait avec les Neff, riait, gesticulait, elle était vraiment charmante. Le propriétaire du cinéma paraissait subjugué, il se comportait comme un niais. Voilà qu'il lui apportait une chaise en manquant se faire un croche-pied ! Marie lui adressa un sourire reconnaissant. Reconnaissant, oui, c'était le mot. Ou chaleureux peut-être ? Obligeant. Voilà, c'était ça. Mais aussi, d'une certaine manière… tendre.

C'est toi qui imagines tout ça, se dit-il. *D'ici, tu ne peux pas réellement voir de quelle manière elle sourit à ce type. Après tout, il s'agit d'une relation d'affaires, il faut se montrer engageant à l'égard des clients.* Il n'en constata pas moins que cela l'irritait. Qu'avait-elle à sourire à ces gens ? Il était tout à fait possible que Neff se méprenne sur son amabilité et se mette par la suite à l'importuner.

Secoué par un nouvel accès de fièvre, Paul s'essuya le front avec son mouchoir. Cela allait-il durer longtemps ? Il était déjà 7 heures et demie, l'heure du souper à la villa.

Une fois la crise passée, il descendit de voiture et se dirigea vers l'atelier d'un pas résolu. La cloche tinta quand il ouvrit la porte. Marie et les Neff lui jetèrent un regard stupéfait.

— Bonsoir. Excusez-moi de faire ainsi irruption. Je passais par hasard et j'ai cru que c'était l'heure de fermeture.

Marie fronça les sourcils, les Neff le saluèrent avec effusion et se répandirent en éloges dithyrambiques sur la nouvelle collection de Marie.

— Dire que nous avons à Augsbourg une créatrice de mode aussi merveilleuse ! Ces modèles pourraient être exposés à Paris.

— Ne vous dérangez pas… Je vais m'installer dans le jardin d'hiver pour fumer mon cigare.

— Oh, nous avons bientôt fini.

Dans la salle de couture, il tomba sur Hanna, qui était encore au travail. La pauvre fille n'avait pas l'air particulièrement heureuse. Il n'avait jamais compris pourquoi Marie tenait tant à faire d'elle une couturière. Mais c'étaient là des décisions dont il ne se mêlait pas.

— Bonsoir, monsieur… Quelle surprise ! Oh, mais vous n'avez pas l'air bien.

Abandonnant sa machine à coudre, elle se leva et s'approcha du poêle sur lequel était posée une bouilloire.

— Je vais vous préparer un thé bien chaud, ça vous fera du bien.

Il ne refusa pas. À présent, il se sentait si mal qu'il était même prêt à boire du thé. Tout grelottant de froid, il s'assit à côté du poêle avec sa tasse.

— Vous voilà bien malade, monsieur. Et en plus, vous venez chercher votre femme. Vous auriez mieux fait d'envoyer monsieur von Klippstein.

Marie fit son apparition un petit quart d'heure plus tard. Elle jeta son bloc sur son bureau, puis enfila hâtivement son manteau.

— Flûte, soupira-t-elle. Me voilà une fois de plus en retard. Pauvre maman. Rentrons vite, Paul… Hanna, tu éteindras la lumière, s'il te plaît, mais tu laisseras la vitrine allumée.

Elle mit son chapeau devant la glace, rajusta sa coiffure, puis se retourna vers Paul. C'est alors qu'elle vit combien il était mal en point.

— Oh là là, Paul ! Tu aurais vraiment dû écouter maman, ce midi. Maintenant, tu vas sûrement refiler ça à tout le monde.

Paul reposa la tasse sur le poêle et se leva péniblement. Il n'était vraiment pas douillet, mais trouva que, par le passé, Marie avait su faire preuve de plus de compassion.

Chapitre 12

Mars 1924

Le dimanche passait décidément à une vitesse folle. Pourtant, c'était censé être un jour tranquille après une semaine de frénésie, du temps pour la famille, de précieuses heures de repos et de loisir. Or, après un petit déjeuner rapide, la famille s'était rendue à l'église, avait assisté à la messe, puis avait bavardé avec quelques connaissances. Après quoi il avait fallu se changer pour le dîner, car Alicia y attachait une grande importance. Ce jour-là, avait-elle redit dernièrement, elle voulait avoir autour d'elle une famille bien habillée. Ce qui donnait au repas un caractère formel et guindé. Les jumeaux, notamment, qui brûlaient de raconter leurs petites histoires, ne pouvaient pas s'exprimer comme ils l'auraient souhaité. À table, il était de bon ton que les enfants gardent le silence.

Marie se sentait fatiguée et vidée. Elle aurait bien voulu pouvoir s'étendre un peu après le dîner, mais Dodo et Leo s'étaient glissés dans sa chambre et elle n'avait pas eu le cœur de les renvoyer. Ils s'installèrent tous les trois sur le canapé et Marie écouta patiemment le récit des chagrins et des colères qu'ils avaient accumulés pendant la semaine.

— J'ai dû recopier trois fois ces maudits chiffres, maman. Pourtant, mes calculs étaient justes.

— Maman, pourquoi je dois mettre la robe à fleurs ? Elle est trop étroite, je peux pas lever les bras.

— Elle a dit qu'on n'aurait pas d'œufs de Pâques, parce qu'on était trop mal élevés.

— Il faut tout le temps que je fasse du piano... Ça me fait mal aux oreilles.

Marie se reprochait en son for intérieur de ne pas exiger le renvoi de la gouvernante avec suffisamment d'énergie. Mais cela aurait signifié engager une épreuve de force avec sa belle-mère, ce qu'elle voulait épargner à Paul. Aussi se sentait-elle malheureuse. Elle consolait, essayait d'expliquer, faisait de vagues promesses. Elle prit Dodo dans ses bras et caressa les cheveux de Leo. Depuis le huitième anniversaire des jumeaux, un mois plus tôt, elle n'avait plus le droit d'étreindre son fils ni de l'embrasser. Il lui avait dit qu'il trouvait cela ridicule. Il était un garçon, pas un bébé qu'on câline.

— Tante Kitty viendra pour le café. Elle amènera sûrement Henni, vous pourrez jouer dans le parc.

Cette nouvelle ne suscita pas un grand enthousiasme.

— Henni fait que nous commander.

— Si madame von Dobern vient avec nous, il faudra qu'on reste dans les allées et on n'aura pas le droit de jeter des branches ou des pierres.

— Et Liesel et Maxl pourront pas jouer avec nous, madame von Dobern, elle n'aime pas ça.

Marie leur promit d'en toucher un mot à la gouvernante. Il fallait que celle-ci permette aux enfants de s'amuser un peu, même si les chaussures et les manteaux devaient en souffrir. On était en mars, mais le printemps ne voulait pas se montrer. Deux jours plus tôt, il s'était même remis à neiger.

— Tu nous emmèneras à l'aérodrome, maman ?

Cela faisait des mois que Dodo la tannait. Elle voulait voir les avions. L'usine de construction aéronautique Rumpler Flugzeugwerke avait son siège non loin de la rue Haunstetten, au sud de la ville.

— Je ne sais pas, Dodo… J'ai entendu dire que la compagnie aérienne était en difficulté. Et de toute façon, les avions motorisés n'ont plus le droit de voler.

Entre autres conditions imposées au vaincu, les Alliés avaient interdit à l'Allemagne de faire voler et de construire des avions motorisés.

Voyant la déception se peindre sur le visage de Dodo, Marie comprit que la fillette y tenait énormément. Comment cette idée insensée lui était-elle venue ?

— On verra, chérie. Peut-être en été. De toute façon, avec le temps qu'il fait en ce moment, les avions ne peuvent pas décoller.

L'expression de Dodo s'éclaira aussitôt.

— D'accord ! Tu nous promets qu'on ira cet été, hein ?

— Dans la mesure du possible…

On entendit un moteur de voiture. Leo se précipita à la fenêtre.

— C'est tante Kitty ! annonça-t-il. Oh là là, elle fait de ces zigzags ! Attention, elle va rentrer dans l'arbre… Non, on a eu chaud !

Dodo le rejoignit et le poussa pour mieux voir.

— Elle est venue avec tante Gertrude. Et avec Henni, pas de chance…

Marie soupira. Son dernier espoir de faire un somme venait de s'évanouir. Elle se leva pour donner des instructions aux domestiques. Restée fragile après une grave bronchite, Alicia avait fait savoir qu'elle voulait pouvoir s'octroyer une petite sieste le dimanche. Elle portait l'entière responsabilité de la maisonnée durant la semaine, c'était bien assez.

On entendait déjà la voix claire de Kitty dans le vestibule. Elle parlait avec son agitation coutumière, déversant un flot de paroles ininterrompu. Un jour, peut-être, elle oublierait de respirer… Au passage, Marie frappa à la porte de la gouvernante pour lui demander de s'occuper des enfants, puis elle descendit en hâte au premier.

Julius était déjà posté à l'entrée de la salle à manger, encore mal remis de l'épidémie de grippe qui ne l'avait pas épargné. Hanna et Else avaient elles aussi été touchées, de même que le pauvre Klippi. Paul avait été contraint de garder le lit pendant deux jours, mais il était désormais complètement guéri. Klippstein, en revanche, n'était pas encore rétabli.

Marie lui avait fourni le dîner à domicile pendant une semaine, puis avait fini par lui envoyer le Dr Stromberger. Profondément touché, Klippstein lui avait fait envoyer un bouquet de roses blanches, en plein mois de février, ce qui avait dû lui coûter une fortune. À la suite de quoi Paul n'avait cessé de taquiner Marie avec son « chevalier à la rose ». Il paraissait un peu jaloux. D'ailleurs, Marie le trouvait changé. Il était devenu plus susceptible, plus irritable, et avait tendance à lui faire des reproches sans raison apparente. Mais cela venait peut-être du fait qu'ils avaient enfin appris à se connaître l'un l'autre. Paul avait été mobilisé un peu plus d'un an après leur mariage, si bien qu'ils avaient été séparés pendant quatre longues années. À l'époque, ils n'avaient vécu que de leurs lettres et de leur désir l'un pour l'autre, rien d'étonnant à ce qu'ils se soient mutuellement idéalisés. À présent, le quotidien s'était installé dans leur vie conjugale : l'usine, les enfants, son atelier, la famille exigeant son tribut. Peut-être y avaient-ils laissé une partie de leur amour.

— Dites à la cuisinière qu'elle peut préparer le café. Et du chocolat chaud pour les enfants. Vous ne servirez le gâteau que lorsque tout le monde sera à table.

Marie descendit dans le vestibule, où Hanna débarrassait leurs hôtes de leurs manteaux et de leurs chapeaux. Gertie portait un paquet emballé dans du papier kraft qui contenait sans aucun doute un tableau de Kitty.

— Ah, ma très chère Marie ! s'écria Kitty en apercevant sa belle-sœur. Quel plaisir de te voir ! J'ai de grandes nouvelles pour toi, ma chérie. Tu n'en reviendras pas. Fais attention avec le tableau, Gertie. C'est un cadeau pour mon frère, il faudra l'accrocher dans son bureau. Oh, quel temps horrible, on a les pieds gelés ! Marie, ma douce, viens dans mes bras, je veux te serrer très fort sur mon cœur.

Ah, Kitty ! Elle était si renversante, si exubérante, si incroyablement chaleureuse ! Marie oublia sa fatigue, huma le coûteux parfum de sa belle-sœur. Où trouvait-elle l'argent pour s'offrir ce genre de choses ? Sans doute des cadeaux de ses nombreux admirateurs.

— Comment va ma petite maman ? Toujours pas remise de sa bronchite ? La pauvre. Depuis que Papa nous a quittés, elle n'a pas eu un seul bon moment. C'est ça, le véritable amour, Marie. Toi et moi, nous ne pouvons pas rivaliser. Fidèle jusqu'à la mort… Ah ! Je suis venue avec cette chère Gertrude. Tu l'as saluée ?

— Je le ferai dès que tu me lâcheras.

Gertrude Bräuer, la belle-mère de Kitty, n'était nullement vexée d'être ainsi reléguée au second plan. Elle avait l'habitude de l'exubérance désordonnée de Kitty, dont elle s'accommodait fort bien, au grand étonnement d'Alicia. Hanna était en train de débarrasser Henni de son manteau et de son bonnet. La petite scrutait déjà tous les coins et recoins du vestibule pour vérifier si Leo n'était pas caché quelque part. Lors de sa dernière visite, il s'était dissimulé derrière la commode et, sachant que sa cousine avait une peur terrible des souris, avait imité leur couinement.

— Montons, proposa Marie. Gertie, va réveiller madame en douceur, tu sais qu'elle s'effraie facilement.

Kitty offrit son bras à Gertrude, sous prétexte qu'elle ne voulait pas laisser sa belle-mère, qui se remettait tout juste d'une grippe, monter seule l'escalier.

— Bas les pattes, Kitty ! Tu aimerais bien pouvoir faire de moi une vieille toupie sénile, hein !

— Voyons, Trudi, gloussa Kitty. Je suis si contente de t'avoir avec moi, j'espère te garder le plus longtemps possible. Encore cent ans au moins. Pas de chance, il va falloir que tu t'y prépares. Où est mon petit Paul ? Marie, où as-tu laissé ton époux ? Il est là !

Paul avait fait son apparition sur le palier. En souriant, il ouvrit grand les bras. Kitty poussa un cri de joie, lâcha Gertrude et gravit les marches en toute hâte pour se jeter à son cou.

— Mon petit Paul ! Enfin te voilà ! Ah, mon cher, mon très cher frère !

— Kitty, dit-il en la serrant contre lui. Quel plaisir de te voir ici ! Même si tu me déranges en plein travail.

— En plein travail ? Mais on est dimanche, Paul ! Celui qui travaille le dimanche a la main droite qui se dessèche. C'est ce que nous disait toujours le chapelain, tu ne t'en souviens plus ?

— Je suis étonné que tu aies si bien retenu cette phrase, Kitty !

Le couloir débordait de gaieté, Marie et Kitty riaient et se moquaient. Paul résistait de son mieux, mais Marie le voyait heureux de ces échanges pleins d'entrain. Tout à coup, il redevenait le jeune maître qui avait soupiré de loin pour la fille de cuisine. Paul Melzer, le fils de famille obstiné, qui avait poursuivi la petite Marie Hofgartner de ses tendres regards. Qui l'avait protégée d'un agresseur furieux dans la vieille ville et, inquiet pour sa sécurité, l'avait raccompagnée jusqu'à la porte de Jakob... Ah, pourquoi ces premiers émois si merveilleux ne pouvaient-ils durer éternellement ?

Julius avait mis beaucoup de soin à dresser la table et l'avait décorée avec les premières violettes. La gouvernante avait fait revêtir aux jumeaux leurs habits du dimanche et leur avait ordonné de chausser leurs souliers vernis, qui étaient déjà trop petits. Même Kitty remarqua l'expression crispée de Leo.

— Qu'est-ce qui se passe, Leo ? Quelqu'un t'aurait-il mordu ?

Avant que le petit garçon ait pu répondre, Paul le réprimanda.

— Arrête tes grimaces, Leo ! Ce n'est pas le moment de faire le clown !

L'enfant rougit. Marie savait qu'il s'efforçait de contenter son père, sans toujours y parvenir, hélas. Elle fut gênée par l'attitude de Paul. Pourquoi ne montrait-il pas un peu de compréhension envers son fils ? Ne sentait-il pas à quel point celui-ci en avait besoin ? Mais il semblait penser que les compliments étaient plus néfastes qu'autre chose pour les enfants, aussi était-il très économe de ses éloges.

— Tu changeras tout à l'heure de chaussures, dit Marie. Pour l'instant, garde-les, ça fait plaisir à grand-maman. C'est elle qui vous les a achetées.

— Oui, maman.

Affichant un sourire indulgent, la gouvernante déclara qu'il fallait se montrer un peu exigeant avec les enfants.

— La vie n'est pas toujours clémente, madame Melzer. Il est bon qu'ils apprennent tôt à supporter la douleur sans se plaindre.

— Si vous continuez comme ça, chère Serafina, je saute par la fenêtre, claironna Kitty. Voulez-vous éduquer ces pauvres petits à devenir des martyrs ? Nous n'avons pas besoin de saints, madame von Dobern, mais d'individus honnêtes, avec des pieds en bonne santé.

L'arrivée d'Alicia dispensa Serafina de répondre.

— Kitty, dit-elle en portant la main à son front. Tu es si bruyante ! N'oublie pas que j'ai la migraine, s'il te plaît.

— Ma chère petite maman ! s'écria Kitty en la serrant avec impétuosité dans ses bras. Il faut supporter la douleur sans se plaindre, c'est ce qu'on apprend dès l'enfance dans cette maison.

Devant l'expression ahurie d'Alicia, elle se mit à rire comme un lutin en déclarant qu'elle plaisantait.

— Ma pauvre, pauvre maman ! Ça me fait tant de peine que tu sois continuellement tourmentée par cette stupide migraine. J'aimerais tellement pouvoir faire quelque chose pour que tu ailles mieux…

Alicia l'écarta avec un sourire en lui suggérant de commencer par parler un peu moins fort et de s'asseoir pour le café.

— Où est donc ma petite Henni ? Où est mon trésor ?

Le trésor avait filé à la cuisine, dont elle revint les joues poisseuses de chocolat. Fanny Brunnenmayer avait succombé au charme de la petite flatteuse et lui avait glissé en cachette trois biscuits recouverts d'un glaçage au chocolat.

— Grand-maman, dit-elle en tendant les bras vers Alicia, je pense tout le temps à toi. C'est si triste que je ne puisse plus habiter ici.

Aussitôt rassérénée, Alicia la plaça à côté d'elle. Marie échangea un regard avec Paul et vit qu'il pensait la même chose qu'elle : Henni irait sans doute loin dans la vie.

On s'installa à table. Julius servit le thé et le café, coupa le gâteau à la crème et le kouglof, apporta des assiettes de biscuits. Kitty parla d'une exposition prévue à Munich, à laquelle elle participait avec deux collègues artistes. Gertrude raconta que Tilly se préparait déjà à l'examen. Alicia demanda des nouvelles de monsieur von Klippstein.

— Il m'a appelé, répondit Paul. Il reviendra demain au bureau.

— Nous aurions dû l'inviter pour le café, dit Alicia avec regret. C'est un homme si charmant.

Serafina veillait à ce que Dodo et Leo ne laissent pas tomber de miettes sur la nappe. Pendant ce temps, Henni décorait joyeusement les alentours de son assiette de taches de crème et de chocolat.

— A-t-on des nouvelles d'Elisabeth ? voulut savoir la gouvernante. Elle ne m'écrit que très rarement, ce qui m'inquiète beaucoup. Lisa est ma meilleure amie.

— Alors pourquoi vous écrit-elle si peu ? demanda méchamment Kitty.

— J'imagine qu'elle vous écrit plus souvent, chère madame Bräuer.

Alicia termina son café, puis pria Julius de lui apporter ses lunettes ainsi que la pile de courrier qui se trouvait sur son bureau.

Aïe, se dit Marie. *Elle va nous lire la dernière lettre de Lisa, que nous connaissons déjà tous. Et ensuite, elle nous parlera probablement de sa jeunesse dans la propriété familiale. Pauvre Leo, si je l'autorise dès maintenant à changer de chaussures, sa grand-mère le prendra mal.*

— Mes chéris, lança Kitty. Avant que nous n'écoutions les effusions de Lisa sur la vie campagnarde, je voudrais vous faire part d'une nouvelle fantastique. J'ai reçu une lettre... de France !

— Seigneur, soupira Alicia. Pas de Lyon, j'espère.

— De Paris, maman !

— De Paris ? Bon, l'essentiel, c'est qu'elle ne vienne pas de ce... Français.

Kitty fouilla dans son petit sac à main et en sortit plusieurs flacons de parfum, deux poudriers argentés, un trousseau de clés avec un pendentif, plusieurs mouchoirs en dentelle utilisés et une collection de rouges à lèvres qu'elle posa à côté de son assiette en pestant contre ce sac qui engloutissait assurément toutes les choses importantes.

— Ah, enfin ! La voilà. C'est une lettre de Gérard Duchamps, que j'ai reçue hier matin.

— Je ne me trompais pas, chuchota Alicia.

Paul fronça les sourcils et la gouvernante afficha un air extrêmement soucieux, comme si elle était la gardienne de l'honneur familial des Melzer. Gertrude Bräuer reprit du gâteau à la crème. Marie constata que la belle-mère de Kitty était la seule à rester imperturbable. Elle devait déjà connaître le contenu de la lettre.

— « Ma douce, ma ravissante Kitty, mon ange charmant auquel je pense nuit et jour », commença Kitty sans la moindre gêne en adressant un sourire radieux à ses auditeurs.

— Pas devant les enfants ! protesta Alicia.

— Maman a raison, renchérit Paul. C'est plus que déplacé, Kitty.

La jeune femme secoua la tête d'un air contrarié en protestant qu'elle avait besoin de calme pour pouvoir lire.

— Je passe le début pour en venir à ce qui est important. Donc : « À ma très grande joie, j'ai découvert dans la succession du défunt collectionneur d'art Samuel Cohn-d'Oré un grand nombre de tableaux de l'artiste allemande Luise Hofgartner... »

Marie sursauta, croyant avoir mal entendu.

— Oui, Marie, dit Kitty en voyant sa stupéfaction. Il y a plus de trente toiles peintes par ta mère. Ce Cohn-d'Oré, qui était fabuleusement riche, a collectionné toutes les tendances artistiques. Apparemment, il avait un faible pour Luise Hofgartner, quelles qu'en soient les raisons...

Marie tourna les yeux vers Paul. Aussi surpris qu'elle, il lui adressa un sourire enthousiaste. En le voyant heureux pour elle, la jeune femme fut emplie de bonheur.

— C'est... C'est vraiment une nouvelle formidable ! dit-il.

— Ça dépend, intervint Alicia. Que vont devenir ces... œuvres ?

— Elles vont être mises en vente. Les héritiers de monsieur Cohn-d'Oré s'intéressent moins à l'art qu'aux espèces sonnantes et trébuchantes. Il y aura très probablement des enchères.

— Vraiment ? s'écria Marie. Quand ? Où ?

Kitty fit un geste d'apaisement et reprit sa lecture.

— « Supposant que ta belle-sœur pourrait souhaiter acquérir les œuvres de sa mère, j'ai eu une première discussion avec l'ensemble des héritiers. Ils seraient prêts à lui céder le fonds Hofgartner à un prix raisonnable. »

— Que faut-il entendre par « un prix raisonnable » ? s'enquit Paul.

Kitty haussa les épaules. Gérard ne mentionnait pas de chiffres, en ce domaine, il était discret.

— Mais il est tout de même malin. Ce profiteur veut me soutirer de l'argent en plus pour l'emballage et le transport. Il commence par m'appeler sa ravissante Kitty et m'écrit qu'il rêve à moi nuit et jour pour ensuite tendre la main. Il rêve ou quoi ?

— Tu aurais dû t'en apercevoir tout de suite, chère Kitty, fit observer Alicia sur un ton sec. Je pense que nous ne devrions surtout pas encourager cet individu à entretenir des contacts avec nous. Je suis donc résolument opposée au fait d'accepter quelque faveur que ce soit de sa part.

Marie voulut objecter qu'elle était très reconnaissante à monsieur Duchamps de leur avoir communiqué cette information, mais Paul la devança.

— Je ne suis pas de cet avis, maman. Monsieur Duchamps nous propose tout simplement une transaction. Il est normal que nous le remboursions des frais qu'il aura engagés et que nous lui versions éventuellement une commission.

Alicia poussa un profond soupir et posa de nouveau sa main sur son front.

— Julius ! Dites à Else de m'apporter un sachet de poudre contre la migraine. Ils sont dans le tiroir de ma table de nuit.

Marie sentait Paul l'interroger du regard, mais elle était incapable d'exprimer ce qui se passait en elle. Elle ne savait pour ainsi dire rien sur la vie et le travail artistique de sa mère. On lui avait juste parlé de la dernière année de son existence et de sa mort tragique. Luise Hofgartner avait fait la connaissance du génial ingénieur Jakob Burkard à Paris. Ils s'étaient mariés religieusement à Augsbourg, mais Burkard était mort peu après. Luise était demeurée sans ressources. Pendant un temps, elle avait réussi à subvenir à ses besoins et à ceux de sa fille Marie, qui venait de naître, en réalisant de petites commandes. Cependant, elle avait attrapé une pneumonie dans leur logis glacial et succombé en quelques jours à la maladie. La petite Marie avait été placée à l'orphelinat.

— Et puis je ne pense pas que nous soyons concernés par ces tableaux, poursuivit Alicia. Marie est une Melzer, maintenant…

— Que veux-tu dire, maman ?

Kitty jeta la lettre sur les affaires qu'elle avait sorties de son sac en regardant sa mère d'un air horrifié.

Alicia prit le temps de boire tranquillement une gorgée de café avant de répondre.

— Tu es toujours si énervée, Kitty… Je disais simplement que Marie faisait maintenant partie de la famille.

— Kitty, je t'en prie, intervint Paul. Restons calmes, il ne sert à rien de se disputer.

— Paul a tout à fait raison, renchérit Gertrude.

Marie se sentait désemparée. Bien sûr qu'elle ne voulait pas de conflit, ne serait-ce que pour Leo et Dodo, qui suivaient la discussion avec un air anxieux. Cela dit, cette nouvelle l'avait bouleversée. Les tableaux que sa mère avait peints : n'était-ce pas un message surgi de son propre passé ? Ne lui raconteraient-ils pas une foule de choses sur Luise Hofgartner ? Tout ce que celle-ci n'avait pu transmettre à sa fille, ses espoirs, ses convictions, ses désirs, tout se trouvait dans ses œuvres. Certes, désormais Marie était une Melzer, mais elle était avant tout la fille de Luise Hofgartner.

— Qu'en penses-tu, Marie ? lança Kitty. Tu n'as encore rien dit. Oh, je te comprends si bien ! Tu es sous le choc, n'est-ce pas ? Ma pauvre Marie ! Je suis avec toi. Jamais je ne permettrai que ces tableaux atterrissent entre de mauvaises mains.

— C'est bon, Kitty, répondit Marie à voix basse. Paul a raison, nous devrions examiner la situation tranquillement.

Cet appel au calme ne fut pas du goût de Kitty. Furieuse, elle remit ses affaires dans son sac à main, sans oublier la lettre, puis déclara qu'elle savait ce qu'elle avait à faire.

— Je te prie instamment de ne commettre aucun acte irréfléchi, répondit Alicia en jetant un regard inquiet à Paul. Ces gens ne s'intéressent qu'à l'argent, c'est ce qui ressort de la lettre.

— L'argent ! riposta Kitty avec colère. C'est la première chose à laquelle on pense dans cette maison. Il ne faut pas gaspiller l'argent. Surtout pas pour de l'art. Avez-vous conscience que sans l'engagement exemplaire de Marie l'usine Melzer n'existerait plus ?

C'en fut trop même pour Paul. Il jeta sa serviette sur son assiette vide et adressa un regard furieux à sa sœur.

— Qu'est-ce que tu racontes, Kitty ? C'est du grand n'importe quoi, tu le sais très bien.

— N'importe quoi ? Si papa était encore là, il te remettrait les idées en place, mon petit Paul. C'est Marie qui a insisté pour qu'on produise du tissu en papier. Si l'usine a survécu, c'est grâce à ça, Papa a fini par le reconnaître. Mais les mérites des femmes intelligentes ne sont que trop vite oubliés. Attitude typiquement masculine : arrogance et ingratitude.

— Ça suffit, Kitty ! intervint Alicia sur un ton tranchant. Je ne veux plus entendre un mot sur ce sujet. D'ailleurs, il est plus qu'irrespectueux de ta part d'appeler ton défunt père à la rescousse. Laissons mon pauvre Johann reposer en paix.

Il y eut un silence. Gertrude se resservit du café, Paul regardait sombrement devant lui. Les paupières mi-closes, Kitty grignotait un biscuit, comme si ce qui se passait ne la concernait pas. Marie se sentait désemparée. Si seulement sa belle-sœur s'était montrée moins agressive ! Elle partageait largement son opinion, mais à présent la situation était bloquée.

— Est-ce qu'on peut sortir de table? demanda Dodo d'une voix étouffée.

— Demande à ta grand-mère, répondit la gouvernante.

Serafina avait écouté la dispute en silence. Il ne lui appartenait pas d'intervenir ni même de donner son point de vue. Mais elle n'en pensait pas moins.

— Dodo, tu vas nous jouer un morceau au piano, décréta Alicia. Et toi, ma petite Henni, que sais-tu faire?

— Je peux réciter un poème, fanfaronna Henni.

— Alors passons au salon. Julius, vous pouvez servir les liqueurs et, ensuite, vous débarrasserez la table. Venez, les enfants. Je suis très impatiente de t'entendre, Henni.

Marie ne put s'empêcher d'admirer Alicia. Elle en revenait avec tant d'aisance aux habitudes dominicales. On buvait un petit digestif, on bavardait de choses et d'autres et les enfants faisaient la démonstration de leurs talents. Pauvre Dodo, elle qui détestait le piano.

Dans le couloir, Paul posa un bref instant son bras sur les épaules de Marie.

— Nous en reparlerons plus tard, chérie. Courage! Nous trouverons une solution.

La jeune femme se sentit rassérénée. Elle leva les yeux vers lui avec un sourire reconnaissant.

— Bien sûr, mon amour. Tout ça est un peu précipité.

Paul l'embrassa sur la joue.

Une fois dans le salon rouge, Marie prit place à côté de Kitty sur le canapé.

— Ne t'inquiète pas, chuchota celle-ci en lui pressant la main. Je suis à ton côté, Marie.

Puis elle écouta sa fille réciter d'une traite un poème que Gertrude lui avait appris.

— « Et l'hiver peut bien encore nous menacer
Avec de grands gestes de délit... »

— « Défi », rectifia patiemment Gertrude.

— « ...En répandant neige et glace,
Un jour pourtant viendra le printemps. »

Douée d'un grand talent de comédienne, Henni accompagnait sa récitation de gestes énergiques. Elle prononça le mot «pourtant» avec tant d'ardeur que sa voix vira à l'aigu, ce qui la fit tousser. Cette petite imperfection ne l'empêcha pas d'être très applaudie. Elle s'inclina de tous côtés comme une artiste chevronnée. D'un pas traînant, Dodo se dirigea stoïquement vers l'instrument détesté, s'assit sur le tabouret et commença à marteler le clavier. Elle fut également applaudie. On félicita aussi la gouvernante, qui lui donnait des leçons. Pour finir, Leo joua un prélude de Bach. Il l'interpréta sans partition, les yeux fermés, complètement absorbé dans le monde des sons. Marie fut profondément touchée, de même que Kitty et Gertrude.

— C'était formidable, Leo! dit Kitty avec conviction. Qui t'a appris ce morceau? Pas madame von Dobern, j'imagine…

Leo rougit, jeta un regard hésitant à la gouvernante, puis expliqua que cette partition lui avait été donnée par son instituteur, monsieur Urban.

Marie savait que c'était un mensonge. Le recueil de préludes et fugues lui venait assurément de madame Ginsberg, la mère de son ami Walter.

— Nous serions ravis que tu montres autant d'ardeur à travailler à l'école qu'à apprendre le piano, Leo, déclara Paul.

Marie vit avec une peine indicible son fils se tasser sur le tabouret.

— Oui, papa.

— Allez vous promener maintenant, dit-elle promptement. Serafina, faites-leur mettre de vieux vêtements et laissez-les courir et se dépenser.

À sa grande contrariété, Henni n'eut pas le droit de les accompagner, car Kitty avait décidé de rentrer. La jeune femme paraissait avoir complètement oublié la dispute. Elle serra tendrement Alicia et Paul dans ses bras en bavardant sans discontinuer et prit très affectueusement congé de Marie. Elle l'embrassa sur les deux joues, à la française, et lui glissa à l'oreille :

— Tout se passera bien, ma douce Marie. Je me battrai pour toi, stupide petit agneau. Je te défendrai comme une lionne défend ses petits.

Le soir, alors qu'Alicia et les enfants étaient couchés depuis longtemps, Marie reprit un croquis qu'elle devait terminer pour le lendemain. Elle avait du mal à se concentrer, tant les pensées se bousculaient en elle. Trente tableaux : tout un monde, le monde de sa mère. Il fallait qu'elle les voie. Qu'elle les laisse agir. Qu'elle décrypte le message qu'ils recelaient.

Elle était si absorbée qu'elle faillit ne pas entendre Paul qui entrait. Il avait l'air fatigué, il venait de passer une heure ou deux dans son bureau à faire des calculs.

— Tu es encore debout, chérie ? lui demanda-t-il en souriant. Écoute, j'ai pris une décision. Nous allons acheter trois tableaux et les accrocher ici, à la villa. C'est toi qui détermineras leur emplacement.

Il paraissait incroyablement fier de cette initiative.

— Trois tableaux ? répéta-t-elle, espérant avoir mal entendu.

Il haussa les épaules, quatre à la rigueur. Mais pas plus. On laisserait à Gérard Duchamps le soin de les choisir : il était sur place et puis, c'était un connaisseur.

— Et maintenant, viens, mon amour, dit-il en lui caressant la nuque. Finissons ce dimanche de manière agréable. Je me languis de toi…

Marie ne voulut pas discuter. Elle était trop fatiguée. Trop déçue. Elle le suivit et s'abandonna aux douces séductions de l'amour. Mais, ensuite, quand Paul se fut endormi, elle se sentit seule comme jamais auprès de lui.

Chapitre 13

— Vous avez vu ? demanda Else avec un sourire extasié. Les jonquilles ne vont pas tarder à fleurir. Et il y a déjà une tulipe rouge qui s'est ouverte.

Else, l'éternelle aigrie, était devenue tout sourire. Depuis sa douloureuse opération dentaire, elle était comme métamorphosée. Alors qu'auparavant elle ronchonnait à la moindre occasion et s'attendait systématiquement au pire, elle affirmait à présent que c'était une grande chance d'avoir un emploi à la villa, qu'il fallait en être reconnaissant et s'en réjouir quotidiennement.

— Il était temps, répondit Fanny Brunnenmayer sur un ton bourru. Pâques est dans une semaine.

Julius débarrassa le monte-plats de la vaisselle qui s'y trouvait encore, puis la porta à la cuisine. Les maîtres avaient terminé de souper et fait savoir au personnel qu'on n'avait plus besoin de lui. Ce qui ne voulait pas dire que les domestiques étaient libres, mais ils étaient un peu plus tranquilles. On s'accorda une tasse de café au lait et on s'installa pour manger à son tour.

— Serais-tu devenue une sainte, Else ? se moqua Augusta, venue aider à nettoyer et à ranger les pièces où l'on entreposait les réserves.

Après son accouchement, en janvier, elle avait mis plusieurs semaines à récupérer. L'enfant s'était montré réticent à quitter la chaleur du ventre maternel. Comme il était né tout bleu, on l'avait cru mort. Cependant, c'était un robuste petit garçon, qui s'était remis plus rapidement que sa mère.

— Bah, répondit Else sans se fâcher. C'est que maintenant je vois les belles choses que la vie nous donne. Ça peut finir si vite. Quand j'étais à l'hôpital et qu'ils étaient en train de percer et de cogner dans ma bouche, le sang coulait à…

— Ah, tais-toi ! répliqua Hanna. Pas pendant que je mange !

— Et tout ce pus, poursuivit Else sans se démonter. Si j'avais attendu encore un jour, je serais plus là. L'os était déjà gâté, qu'ils m'ont dit ensuite.

— Ça suffit, grogna la cuisinière en prenant une tranche de pain. Tu viens pas de dire que tu voulais voir que les belles choses de la vie maintenant ?

— Je disais ça juste pour que vous croyiez pas que je *silumais.*

— Que tu quoi ? demanda Augusta en fronçant les sourcils.

Julius éclata d'un rire bêlant, qui leur parut à toutes inconvenant. Du coup, il cessa de rire et expliqua qu'il fallait dire « simuler ».

Else acquiesça d'un hochement de tête bon enfant. Augusta en fut presque effarée. Autrefois, elle aurait affiché une mine vexée, puis se serait répandue en remarques acerbes. Elle semblait vraiment avoir changé. Le monde était plein de surprises…

Julius se leva et prit un plateau sur lequel se trouvaient des petits pots à lait, des sucriers, des salières, des petites cuillères et bien d'autres objets. Il le posa au bout de la table, où il avait préalablement placé divers flacons ainsi que des chiffons doux. Il fallait nettoyer l'argenterie, car pour Pâques on attendait des invités. Julius mettait un point d'honneur à ce que tout soit étincelant sur la table dressée, éclairée par des bougies.

— Si tu veux bien m'aider, Else, dit-il. Et toi aussi, Gertie.

Celle-ci enfourna le reste de son troisième petit sandwich au saucisson d'un air maussade. Elle ingurgitait des quantités incroyables de nourriture tout en restant mince comme un fil.

— Il faut que je fasse la vaisselle, répondit-elle.

— Moi je veux bien, dit Hanna. L'argenterie, ça me plaît.

Elle termina son café, puis s'installa à l'autre bout de la table. Julius lui confia un pot à lait noirci en lui recommandant d'insister sur les ornements du bord, où les taches noires avaient tendance à s'incruster. Hanna acquiesça et se mit au travail. Le domestique avait fini par comprendre qu'il n'avait aucune chance de la séduire. Cela le contrariait et offensait sa fierté masculine, mais il s'y était résigné et la laissait désormais tranquille.

— Tu fais l'argenterie sans y être obligée ? s'étonna Augusta. Mais tu es couturière maintenant.

Hanna haussa les épaules et se mit à frotter le petit pot avec ardeur. Else se joignit à eux, prit un chiffon et attaqua les petites cuillères à sel.

— Hanna aime bien ça, hein ? dit-elle en souriant.

La jeune fille opina. Elle n'avait pas été particulièrement ravie lorsque Marie Melzer lui avait expliqué son projet de la former à la couture. Mais elle s'était inclinée, essentiellement parce que sa maîtresse lui voulait du bien. À l'usage, toutefois, la couture lui était apparue comme une épouvantable corvée. Rester assise toute la journée sur la même chaise, les yeux rivés sur le tissu, sur la danse de l'aiguille. Veiller à faire des coutures bien droites, des ourlets suffisamment larges. À actionner la pédale sans rompre le rythme ni casser le fil…

— Madame Melzer te paie comme il faut ? voulut savoir Augusta.

— Je suis encore en train d'apprendre. Et puis je loge ici et je peux y prendre mes repas.

Augusta leva les sourcils et jeta un regard à la cuisinière, qui avait commencé à noter sur un bloc les achats à effectuer en prévision de Pâques. La Brunnenmayer haussa les épaules. Elle savait ce que gagnait Hanna, mais n'avait pas l'intention d'en faire part à cette bavarde d'Augusta. Son salaire était plus élevé que celui d'une fille de cuisine, mais très inférieur à celui d'une couturière qualifiée.

— Si t'as besoin d'argent, tu peux venir garder les enfants le soir, proposa Augusta. Je te paierai quelques groschens.

Gertie rassembla les assiettes vides et les ustensiles, puis les porta dans l'évier. Elle sortit le bain-marie du fourneau, remplit un pot d'eau bouillante, versa celle-ci dans l'évier, puis ajouta un peu d'eau froide pour ne pas se brûler les mains. On faisait la vaisselle avec du savon et du bicarbonate de soude. Les planches en bois étaient récurées au moins une fois par semaine avec du sable.

— Moi aussi je gagnerais bien quelques sous, lâcha Gertie. Pourquoi vous avez besoin de quelqu'un pour garder les enfants ?

Augusta expliqua qu'en ce moment les affaires marchaient plutôt bien. Les jeunes plants se vendaient comme des petits pains chauds, parce que c'était la saison où l'on aménageait les jardins potagers. Le soir, il fallait déterrer les plants cultivés sous serre et les placer dans des pots afin de les vendre le matin suivant à la boutique ou au marché. Gustav avait construit une cabane qu'ils appelaient leur « boutique », parce qu'ils y accueillaient parfois des clients.

— La Liesel a maintenant dix ans, elle nous aide beaucoup. Maxl se débrouille aussi très bien. Mais Hansl n'a que deux ans et Fritz quatre mois.

Les enfants étaient mis au travail dès qu'ils en étaient capables. Gustav et Augusta ne leur confiaient pas de tâches difficiles, bien sûr : on leur demandait de rempoter les plantes ou d'arracher les mauvaises herbes. En général, ils étaient fiers d'avoir le droit de participer, parce qu'ils voulaient aider leur père.

— Si seulement y avait pas ce fichu pied, soupira Augusta. Gustl, il est pas du genre à se plaindre. Mais le soir, parfois, c'est difficile.

La cicatrice de son moignon s'enflammait sans arrêt, si bien qu'il avait mal en marchant. Et lorsque la douleur était particulièrement violente, il perdait courage.

« Plus d'enfants, avait-il dit récemment à sa femme. On a assez de bouches à nourrir comme ça. Et je sais pas combien de temps je vais tenir. »

N'ayant pas les moyens d'aller chez le médecin, il avait consulté l'infirmière Hedwig, qu'ils avaient connue à l'époque où la villa accueillait un hôpital de campagne. Mais celle-ci, qui travaillait désormais à l'hôpital de la ville, avait déclaré qu'il n'y avait pas grand-chose à faire. Il ne fallait pas qu'il se démène tant, sinon ça pouvait s'aggraver. Elle lui avait donné une pommade, qui n'avait pas produit beaucoup d'effet.

— C'est sa faute aussi, répliqua sèchement la Brunnenmayer. Gustav, il aurait pu rester à la villa. Monsieur Melzer a payé le médecin et l'hôpital à Else. Pas vrai, Else ?

Celle-ci hocha la tête avec empressement et assura qu'elle lui en serait reconnaissante toute sa vie.

— Il t'a même portée dans ses bras jusqu'à la voiture, lança Gertie.

Else rougit de confusion.

— Mais non, riposta Augusta. Ça va s'arranger. Quand on gagnera assez, on embauchera des gens qui feront le travail, et Gustl, il pourra se reposer. Comme la Jordan. Elle est rusée, celle-là…

— Qu'est-ce qu'elle fait ? s'enquit Hanna.

— Eh ben… dit Augusta avec un petit rire plein de sous-entendus. Notre bonne Maria Jordan, elle vend de l'épicerie fine. Enfin… C'est pas elle qui la vend.

Julius examina à la lumière le sucrier qu'il venait de polir, puis le reposa sur le plateau avec un air satisfait.

— Qu'est-ce que tu veux dire, Augusta ? demanda-t-il en enchaînant avec une théière en argent. Elle a sans doute une employée, madame Jordan ?

— C'est un jeune homme qu'elle a.

Hanna ouvrit de grands yeux. Fanny Brunnenmayer, tout occupée à établir sa liste de courses, leva la tête. Julius reposa le flacon de produit nettoyant sur la table. Seule Else n'entendit rien : la tête posée dans la main, elle s'était endormie dans cette position inconfortable.

— Un… jeune homme ? demanda la cuisinière avec incrédulité. Comment ça ?

— Ben, un jeune homme, rétorqua Augusta avec un petit sourire.

— Elle a donc engagé un vendeur, dit Julius, désireux d'en savoir plus. Et alors ? Pourquoi pas ? Madame Jordan me semble être une personne avisée, qui s'y connaît en affaires. Ce jeune vendeur est sans doute compétent.

Augusta éclata d'un rire méchant.

— C'est sûr qu'il est compétent, répliqua-t-elle avec un clin d'œil. Et ce qu'il ne sait pas, la Jordan le lui apprendra, pas de doute… Il a l'air dégourdi.

Julius fit la moue. L'idée que Maria Jordan puisse avoir une liaison avec son employé allait à l'encontre de ses projets.

— À quoi il ressemble ? demanda Hanna avec curiosité. Est-ce qu'il est… plus jeune qu'elle ?

— Plus jeune ? ricana Augusta. Il a même pas la moitié de son âge. Un gamin tout maigre avec des oreilles décollées et des grands yeux bleus. Tout juste sorti de l'école, le pauvre, et il se retrouve dans les griffes de cette sorcière.

Gertie posa les ustensiles propres sur la table, devant Else, puis se dirigea vers le placard avec une pile d'assiettes. La tête d'Else glissa de sa main, faillit choir sur les fourchettes, mais la bonne se rattrapa juste à temps. Elle se mit à ranger les ustensiles dans les différents compartiments du tiroir de la table.

— Je l'ai vu, déclara Gertie en ouvrant le placard pour y déposer les assiettes.

— Toi ?

— Ben oui, hier, je suis allée là-bas acheter du café et de la gelée de coings.

— Ah bon ?

Gertie sourit gaiement en faisant mine de ne pas remarquer le ton piqué d'Augusta. Elle ne la supportait pas, la trouvant sournoise et mauvaise langue. Elle n'éprouvait pas plus de sympathie pour Maria Jordan, mais celle-ci avait quitté son emploi à la villa depuis déjà un bon bout de temps.

— Il s'appelle Christian. Et il s'y connaît. C'est un gentil garçon, très appliqué. Je crois pas qu'il ait une histoire avec la Jordan. Mais il y a autre chose de bizarre dans ce magasin.

— Bizarre ? s'étonna Julius. Les débuts sont toujours difficiles, tout n'est pas encore en place.

— Non, non ! La boutique est joliment peinte et aménagée, tout est comme il faut. Mais il y a une porte…

Gertie approcha une chaise et s'assit à table avec les autres, qui la regardaient avec un air d'expectative.

— Une porte ? Pourquoi il y aurait pas de porte ? demanda la Brunnenmayer, perplexe.

— C'est justement ça qui est bizarre. Parce qu'une dame est passée par cette porte. Une dame d'un certain âge, qui devait être très riche, parce que son chauffeur l'attendait dehors dans son automobile.

On échangea des regards incrédules. Seule Augusta fit comme si elle était au courant depuis longtemps.

— Une arrière-boutique, c'est ça ?

Gertie opina. Elle avait demandé à Christian ce qu'il y avait derrière cette porte. Il avait rougi et s'était mis à bafouiller.

— Il a dit que cette pièce servait à des discussions.

— Tiens donc, marmonna la Brunnenmayer.

— Fallait s'y attendre, dit Augusta.

Else afficha elle aussi un air entendu, mais ne fit aucun commentaire. Julius et Hanna, eux, n'avaient toujours pas compris.

— Elle tire les cartes, cette maligne, expliqua Augusta. C'est bien ce que je me disais. L'épicerie, c'est qu'une couverture. En réalité elle se fait un argent monstre en disant la bonne aventure dans son arrière-boutique. Quelle diablesse ! J'ai toujours su qu'elle était pas née de la dernière pluie.

— Elle nous mettra tous dans sa poche, déclara la Brunnenmayer avec un rire bon enfant. Un jour, elle sera aussi riche que les Fugger et la moitié de la ville lui appartiendra.

— Manquerait plus que ça, rétorqua Augusta en se levant. Il faut que je rentre, Gustl doit déjà m'attendre.

— Tu veux prendre quelques kringels au sucre pour les petits ? Il en reste d'hier.

— Non, merci. J'en ai fait.

— Bon, comme tu voudras, répliqua la cuisinière, vexée.

Quand Julius eut refermé la porte derrière Augusta, Else décida de monter se coucher. Hanna bâilla, la nuit serait courte et, le lendemain, il lui faudrait reprendre sa place à la machine à coudre pour la journée.

— Il y a une chose dont je voulais vous parler, dit Julius. J'ai attendu qu'Augusta soit partie, parce que ça ne la regarde pas.

— Et moi, ça me regarde ? demanda Hanna, qui aurait bien voulu se mettre au lit.

— Accessoirement…

— Reste là, Hanna, ordonna la cuisinière. Et toi, Julius, vas-y et ne tourne pas autour du pot. On est tous fatigués.

Hanna se rassit sur sa chaise en soupirant et appuya sa tête sur sa main.

— Il s'agit de certains événements qui ne me plaisent pas dans cette maison, expliqua Julius. Ils concernent la gouvernante.

Sa dernière phrase ranima l'attention des trois femmes. Hanna sentit sa fatigue se dissiper.

— Elle nous tape sur les nerfs.

— Hier, elle m'a ordonné de lui apporter du papier à lettres de madame, déclara Gertie.

— Et moi, elle m'a dit que j'étais une sotte prétentieuse, renchérit Hanna.

Julius écouta ces récriminations en hochant la tête, comme si elles n'avaient rien pour le surprendre.

— Elle s'arroge des droits qu'elle n'a pas, dit-il. Je ne suis pas susceptible mais, en tant que valet de chambre, je n'ai pas à exécuter les ordres de la gouvernante. Et puis je trouve inconvenant qu'elle me tutoie.

— À quoi vous vous attendiez? répliqua la cuisinière. Après tout, elle est l'amie d'une des filles de la maison, ça la rend vaniteuse. Avec moi, elle n'a aucune chance. S'il lui venait à l'idée de me donner un ordre, je l'enverrais joliment balader.

Tout le monde en fut convaincu. Fanny Brunnenmayer était bien en place à la villa, on ne lui en imposait pas facilement.

— Malheureusement, la situation est un peu plus compliquée, reprit Julius. Ces derniers temps, madame Alicia a été souvent malade et, du coup, elle a confié quelques attributions à la gouvernante. Ainsi, hier, cette personne m'a demandé de la conduire en ville pour qu'elle puisse faire quelques courses. Et, avant-hier, elle est venue inspecter la façon dont je mettais la table pour les invités. C'est une tâche qui revient à la gouvernante de maison, pas à celle qui s'occupe des enfants.

— Vous avez raison, dit Hanna. C'est dommage que mademoiselle Schmalzler ne soit plus là, elle l'aurait envoyée sur les roses.

— Pour ça oui, répondit la cuisinière. Eleonore Schmalzler l'aurait sérieusement réprimandée.

N'ayant pas connu la légendaire gouvernante, Gertie était moins encline à penser au bon vieux temps qu'aux incertitudes du futur.

— C'est bien vrai, Julius, approuva-t-elle. Cette personne s'est insinuée dans les bonnes grâces de madame Alicia Melzer, c'est pour ça qu'elle se sent à l'aise. Vous avez vu comment elle complote contre la jeune madame Melzer ?

— Contre Marie Melzer ? s'écria Hanna en ouvrant de grands yeux effrayés.

— Ça oui ! répondit Gertie. Quand il y a eu cette grosse dispute à propos des tableaux…

— Encore ces tableaux ! gémit Hanna. Ils n'ont pas arrêté de se quereller à cause de ça. Des toiles avec un peu de couleur dessus…

— En tout cas, dit Gertie en tournant les yeux vers Julius, après la dispute, la gouvernante est allée voir madame Alicia dans sa chambre et elle a longuement parlé avec elle.

Elle hésita à poursuivre, ne voulant pas avouer qu'elle avait écouté à la porte. Mais elle céda au signe de tête encourageant de Julius.

— Elles ont dit un tas de vilaines choses sur la jeune madame Melzer : qu'elle avait pas d'éducation, que sa mère était une… une personne de mauvaise vie, que le pauvre Paul aurait mieux fait de se trouver une autre femme.

— Qui a dit ça ? Madame Alicia ? demanda Fanny Brunnenmayer.

— En fait, c'est madame von Dobern qui l'a poussée dans ce sens, répondit Gertie après un instant de réflexion. Elle est très rusée, vous savez. Pour commencer, elle fait comme si elle était d'accord avec ce que dit madame Alicia. Et puis elle va un peu plus loin. Et, si madame Alicia la suit, elle l'énerve jusqu'à ce qu'elle finisse par raconter ce qu'elle veut entendre.

Julius jugea cette description très juste.

— Si ça continue comme ça, ajouta-t-il, elle aura madame Alicia sous sa coupe. Je suis pour qu'on y mette le holà. Elle est ici pour s'occuper des enfants, pas pour jouer à la gouvernante de maison. Il faut faire savoir aux maîtres que nous n'acceptons pas cette personne.

— Et à qui vous voulez vous plaindre ? demanda la cuisinière, sceptique. À madame Alicia peut-être ? Ou à Marie Melzer ?

— Je parlerai à monsieur.

Hanna poussa un profond soupir et lui souhaita bon courage.

— Il a une foule de soucis, le pauvre, expliqua-t-elle à voix basse. Son épaule lui fait mal. Il s'est disputé avec monsieur von Klippstein. Mais c'est pas le pire...

Tous savaient ce qu'elle voulait dire. Cela faisait trois nuits que quelqu'un dormait sur le canapé dans la pièce de travail de la jeune madame Melzer. La dispute devait avoir été violente.

Chapitre 14

Mai 1924

Ma chère Lisa qui savoure les joies de la campagne si loin de nous dans la belle région de Poméranie, ma petite sœur au cœur d'or qui me manque tellement...

Avec un soupir d'agacement, Elisabeth laissa tomber sur ses genoux le courrier qu'elle venait d'ouvrir. Il n'y avait que sa sœur Kitty pour commencer une lettre de manière aussi expansive. Mais elle la connaissait bien, cela cachait quelque chose.

Comment vas-tu ? Tu écris si terriblement peu, et en général plutôt à maman. Paul s'est demandé ce qui se passait et ma chère Marie est très inquiète. Quel dommage que la Poméranie soit si loin, sinon je serais déjà venue cent fois prendre le café avec toi ou faire un brin de causette au petit déjeuner...

Il ne manquerait plus que ça, se dit Elisabeth. *Comme si je n'avais pas déjà assez de soucis comme ça. Vive l'éloignement géographique entre Augsbourg et le domaine des Maydorn.*

Ici, il s'est passé des choses importantes. Imagine un peu : mon cher Gérard a déniché trente tableaux de la mère de Marie. Tu sais, n'est-ce pas, que Luise Hofgartner était une peintre connue. Elle a vécu à Paris, où un fervent admirateur, un certain Samuel Cohn-d'Oré, a collectionné ses œuvres. Après la mort de Cohn-d'Oré, ces magnifiques tableaux ont été mis en vente et tu te doutes bien que je n'ai pas hésité à tous les acheter. Il est très rare de trouver une telle collection sur le marché, elle a une certaine valeur et je pense que cet investissement sera payant.

Comme mes moyens sont limités, j'ai prié ce cher Gérard de m'avancer l'argent, ce qu'il a fait. À présent, j'offre à ma famille et à quelques amis proches la possibilité de prendre une participation dans la collection. Cette opération sera sûrement profitable, car les tableaux gagneront indiscutablement de la valeur. Nous avons prévu des expositions à Augsbourg, à Munich et à Paris. Les recettes seront évidemment reversées aux associés.

Il te suffit de cinq cents Rentenmarks pour prendre une participation. Et il n'y a évidemment pas de limite supérieure. Fais suivre cette lettre à tante Elvira, s'il te plaît, je la compte elle aussi au nombre des élus auxquels je soumets cette proposition – sous le sceau du secret.

Elisabeth relut le dernier paragraphe, sans toutefois bien comprendre. Une chose en tout cas était sûre : Kitty avait besoin d'argent. Cinq cents Rentenmarks, c'était une jolie somme. Et pour quoi faire ? Apparemment, elle avait acquis des tableaux d'une certaine Luise Hofgartner, la défunte mère de Marie.

Cela lui évoqua de mauvais souvenirs. N'avait-on pas raconté qu'à l'époque, leur père était allé voir cette femme dans le vieux quartier d'Augsbourg, où elle vivait ? Pire : Johann Melzer avait été tenu pour responsable de sa mort prématurée. Il voulait qu'elle lui remette les plans des machines réalisés par feu Jakob Burkard. Comme elle s'y refusait, il avait fait en sorte qu'elle ne puisse plus gagner sa vie. Elle était morte d'une maladie quelconque, parce qu'elle n'avait plus les moyens de se chauffer durant l'hiver… Son pauvre père avait dû se sentir très coupable, d'ailleurs, c'était sans doute ce qui avait provoqué son infarctus. Non, Elisabeth n'avait pas envie d'acheter une œuvre de cette femme. Encore moins pour cinq cents Rentenmarks. Kitty avait de ces idées ! Elle croyait peut-être que les oies de Poméranie pondaient des œufs d'or ?

Elle lut rapidement la suite de la lettre, qui ne contenait que quelques informations insignifiantes. Leur mère souffrait de migraines fréquentes, Paul avait beaucoup de travail, les affaires avaient repris, Marie avait déjà établi une liste d'attente pour sa clientèle. Henni prenait des leçons de piano avec une certaine madame Ginsberg… Aucun intérêt. Elisabeth replia la feuille et la remit dans l'enveloppe. Le soleil de mai illuminait le salon, produisant des éclairs de lumière sur le chaudron de cuivre bien astiqué posé sur la tablette de la cheminée et piquetant la tenture sombre de points brillants. Un bruit de sabots retentit dans la cour. Lechyk sortait Gengis Khan de l'écurie. Le cheval était sellé. Apparemment, Klaus avait l'intention d'aller inspecter les champs de seigle. Ces derniers temps, les sangliers, exceptionnellement nombreux en ce printemps, avaient causé pas mal de dégâts dans les champs. Elle observa son époux monter en selle, puis se faire donner les rênes par le palefrenier. Klaus était un excellent cavalier et, même sans le coquet uniforme de sous-lieutenant qu'il portait autrefois, il avait fière allure à cheval. Ses terribles blessures faciales guérissaient à vue d'œil. Il ne retrouverait jamais son apparence normale, mais on pouvait désormais le regarder sans effroi. Il fit sortir Gengis Kahn de la cour au pas. Sans doute le lancerait-il ensuite dans un galop plein d'entrain. Lechyk n'avait pas bougé. Les poings sur les hanches, il suivait son maître du regard en clignant des yeux sous la lumière du soleil.

Au domaine des Maydorn régnait une trêve fragile. Klaus avait demandé à Elisabeth de lui pardonner son écart de Noël. Il s'était montré extrêmement contrit, avait affirmé qu'il s'agissait d'une simple passade et lui avait juré ses grands dieux qu'il ne la tromperait plus jamais. Pour preuve de ses remords, il avait congédié Pauline, la domestique, sur-le-champ. Tante Elvira avait veillé à ce que sa remplaçante soit à peu près dépourvue d'attraits physiques et estimait dès lors que justice avait été faite et que la paix du ménage était rétablie.

Elisabeth avait laissé entendre à plusieurs reprises à Sebastian qu'elle était malheureuse et avait besoin du réconfort qu'il pouvait lui apporter. Il avait répondu en paroles à ses sollicitations, exprimant sa compassion et son incompréhension devant le comportement odieux de son mari. Après tout ce qu'elle avait fait pour lui, cet adultère constituait un sommet d'ingratitude.

« Pourquoi supportez-vous cela, Elisabeth ?

— Que devrais-je faire à votre avis ? »

Il avait déclaré avec un profond soupir qu'il ne lui appartenait pas de lui donner des conseils. Les tentatives d'Elisabeth de l'amener sur le terrain d'une consolation physique avaient toutes échoué. La jeune femme avait beau être certaine qu'il la désirait comme un fou, il se montrait capable de se maîtriser. Même une apparition tardive en négligé n'avait pu vaincre les résistances de ce chaste Joseph.

Que cherchait-il ? À la pousser au divorce ? Pour qu'elle devienne sa femme ? Et de quoi vivraient-ils alors ? De son minable salaire d'instituteur – à supposer qu'il trouve un poste ? Oh, elle avait vu grand du vivant de son père ! Elle voulait devenir institutrice, faire la classe aux enfants dans les villages et vivre dans la pauvreté. Mais elle avait cessé de nourrir ce genre de rêves. Au domaine, elle était souveraine et cela lui plaisait. Quant à Klaus von Hagemann, c'était un excellent administrateur. La seule chose qui lui manquait, c'était Sebastian. Son amour. Et pas seulement en paroles et en regards. Elle voulait le sentir, de tout son corps. Et elle était sûre qu'il partageait ce désir.

Elle regarda la lettre d'un air songeur. Elle contenait tout de même quelques incohérences. Pourquoi, par exemple, Marie n'avait-elle pas acheté elle-même les tableaux de sa mère ? L'atelier devait pourtant lui rapporter de l'argent. Mais, sans l'accord de son mari, elle n'était pas en mesure d'effectuer de grandes dépenses. Elle ne pouvait donc disposer à sa guise de l'argent qu'elle gagnait. Là était la question. Paul avait-il refusé d'acquérir ces œuvres ? C'était tout à fait possible. Dans ses lettres, sa mère s'était exprimée de manière allusive, mais il semblait y avoir quelques dissensions entre Paul et sa femme. Surtout depuis que Marie avait ouvert l'atelier.

Elisabeth dut reconnaître qu'elle n'en était pas fâchée. Et même que cela lui faisait plaisir. Pourquoi aurait-elle dû être la seule à souffrir d'un amour malheureux ? Paul et Marie, dont elle avait cru le bonheur parfait, n'étaient pas non plus épargnés par le destin. Il y avait quand même une justice en ce monde.

Son humeur s'améliora. Peut-être devait-elle faire preuve de plus de ténacité ? Elle finirait bien par arriver à ses fins. L'après-midi ne faisait que commencer, c'était une magnifique journée de mai. Les arbres fruitiers étaient en pleine floraison blanche et rose, les forêts arboraient leur nouveau feuillage et, dans les champs, les céréales étaient déjà hautes. Sans parler des prés, où l'herbe arrivait à hauteur de hanche. On ferait les premiers foins au plus tard début juin.

Tante Elvira était allée faire des courses à Groß Jestin avec Riccarda von Hagemann. Elles avaient prévu de rendre visite à Eleonore Schmalzler, qui vivait là-bas dans la famille de son neveu, et ne rentreraient qu'en début de soirée. Armé de son journal, Christian von Hagemann s'était rendu au jardin, où il s'était sans doute assoupi dans sa chaise longue. Pourquoi ne pas monter à la bibliothèque proposer à Sebastian une petite promenade ? Ils longeraient la rivière jusqu'à l'orée de la forêt, puis ils emprunteraient le sentier qui traversait la prairie et ils feraient halte à la vieille cabane, où ils s'installeraient sur le banc au soleil. Ensuite, ils reprendraient la route jusqu'au domaine. L'herbe était vraiment très haute. S'il leur venait à l'idée de s'asseoir quelque part ou même de se coucher, personne ne les remarquerait.

— Une promenade ? demanda-t-il en levant les yeux de son livre.

Se trompait-elle ou son regard exprimait-il effectivement le reproche ? Elle perdit de son assurance.

— Il fait un temps magnifique. Vous ne devriez pas passer tout votre temps ici au milieu des livres, Sebastian.

Il avait effectivement l'air pâle. Avait-il maigri ? Ou bien n'était-ce qu'une impression due au fait qu'il la regardait avec un air étrange ?

— Vous avez raison, Elisabeth. Je ne devrais pas rester ici l'essentiel de mon temps.

Il parlait encore plus lentement que d'habitude. Elle eut le sentiment de devoir prendre les choses en main. Il paraissait de nouveau en proie à l'une de ces humeurs sombres qui l'accablaient assez souvent ces derniers temps.

— Mettez de bonnes chaussures, le sentier qui longe la forêt est encore un peu humide. Je vous attends au portail.

Elle lui adressa un sourire d'encouragement et se trouvait déjà à la porte quand il la héla.

— Elisabeth ! Attendez… S'il vous plaît.

Elle se retourna, saisie d'un mauvais pressentiment. Il s'était levé et lissait sa veste d'intérieur, comme s'il s'apprêtait à prononcer un discours important.

— Qu'y a-t-il ?

— J'ai décidé de quitter mon emploi ici.

Incrédule, elle le dévisagea, attendant une explication. Mais il garda le silence.

— C'est… très inattendu.

Sur le moment, elle fut incapable d'en dire plus. Elle prenait peu à peu conscience qu'il allait s'en aller. Elle l'avait perdu. Ce n'était pas un homme avec lequel on pouvait jouer longtemps à ce jeu-là. Il la voulait tout entière ou pas du tout.

— La décision n'a pas été facile à prendre, dit-il. Je vous prierai de bien vouloir m'accorder une semaine. J'ai encore un travail à terminer. Et puis j'attends des nouvelles de ma famille à Nuremberg, à laquelle j'ai annoncé ma visite.

À présent qu'il lui avait fait part de sa décision, il paraissait nettement mieux et devenait presque bavard.

— Je ne pouvais plus me regarder dans le miroir, Elisabeth. La personne qui me fixait, ce n'était plus moi. C'était un assujetti, un menteur, un poltron. Un individu qui avait perdu toute considération pour lui-même. Comment pouvais-je alors espérer que vous me respecteriez? Oh non, cette décision ne me sauve pas seulement la vie, elle sauve aussi mon amour.

Mais qu'est-ce qu'il racontait? Appuyée au chambranle de la porte, Elisabeth avait l'impression d'être face à un abîme de ténèbres. Vide. Solitude. Elle se rendait compte que la présence de Sebastian au domaine avait été son élixir de vie. Cette excitation quand elle montait le voir à la bibliothèque. Cette pensée, la nuit, qu'il ne dormait pas non plus et qu'il la désirait. Qu'il pensait à elle. Les nombreuses conversations, les regards, les contacts physiques prudents… Une fois, une seule fois, il l'avait prise dans ses bras et embrassée. À Noël. Et, à présent, il allait partir. Dès la semaine suivante, elle se retrouverait à fixer une chaise vide, une table inoccupée où s'accumulait la poussière.

Elle se ressaisit. S'il voulait qu'elle l'implore de rester, il s'était trompé. Elle aussi avait de la dignité.

— Eh bien… conclut-elle en s'interrompant pour s'éclaircir la gorge. Si votre résolution est prise, je ne peux pas vous retenir. Même si je…

Elle hésita devant son regard soudain pressant. Espérait-il entendre un aveu d'amour au moment même où il voulait s'éclipser? Son départ ne ressemblait-il pas à un chantage?

— Même si je regrette beaucoup de vous perdre.

Ils observèrent un moment de silence. Un silence lourd de ce qui n'avait pas été dit, tous deux le sentaient. Et ils désiraient ardemment entendre prononcer les paroles salvatrices, mais leur espoir demeura vain.

— Moi aussi je le regrette, dit-il à voix basse. Mais cela fait longtemps que j'ai terminé mon travail. Et je répugne à recevoir un salaire immérité.

Elle acquiesça d'un signe de tête. Il avait raison, évidemment. Au fond, il n'y avait rien pour lui au domaine.

— Vous manquerez à vos écoliers.

— Oui, ça me fait de la peine pour eux.

Ah ! pensa-t-elle avec amertume. *Il est plus affligé de quitter des morveux auxquels on lui a permis de faire la classe en remplacement que de ne plus me voir. C'est bon à savoir. Pas besoin de verser des larmes en pensant à lui…* Ce n'était qu'une stratégie de défense, elle le savait. Bien sûr qu'elle le regretterait. Elle le regretterait comme une perdue.

— Dans ce cas, je ne vous dérange pas plus longtemps. Vous disiez avoir un travail à terminer.

D'un geste, il signifia que c'était sans importance, mais Elisabeth s'en tint là.

— Je vous ferai ce soir votre fiche de salaire.

Elle sortit de la bibliothèque, referma la porte et s'adossa un instant au battant. Il fallait être forte. Ne pas retourner en courant dans la pièce lui dire qu'elle ne pouvait pas vivre sans lui. Descendre lentement l'escalier, d'un pas ferme, et s'installer un petit moment au salon pour surmonter le premier choc.

Elle regagna le rez-de-chaussée en sachant qu'il prêtait l'oreille au bruit de ses pas. Elle arriva dans le vestibule les jambes tremblantes. *Une tasse de café*, pensa-t-elle. *J'ai absolument besoin d'un remontant.*

En ouvrant la porte de la cuisine, elle constata que ni la cuisinière ni les servantes n'étaient là. Bien sûr… À peine Riccarda von Hagemann mettait-elle le pied dehors que les souris commençaient à danser. Les filles étaient sans doute allées retrouver les travailleurs saisonniers polonais dans la grange. Même pas capables d'attendre qu'on ait fait les foins, celles-là.

Sur le fourneau se trouvait tout de même une cafetière en fer-blanc contenant un fond de café tiède. Elle s'en servit une petite tasse, l'allongea avec du lait et, après quelques recherches, parvint à dénicher le sucrier. Pouah ! Trop de marc, on aurait pu le manger, ce café. Il n'en fut pas moins revigorant. Elle s'installa avec un petit soupir à la table de la cuisine. Il lui restait tout de même le domaine. Et son mari qui, depuis Noël, se montrait un compagnon attentif et agréable. Depuis son écart, elle se refusait à lui, ce qui ne l'empêchait pas de faire beaucoup d'efforts. Oui, il fallait avouer que Klaus ne s'était jamais comporté avec autant de gentillesse, même pendant leurs fiançailles. Était-ce un signe du destin ? Ne devait-elle pas rester fidèlement à son côté et oublier qu'un jour elle avait cru au grand amour ?

Elle tourna les yeux vers la fenêtre. On apercevait le jardin de plantes aromatiques dont Riccarda était très fière. La ciboulette et la bourrache étaient déjà bien parties, le persil était encore un peu maigrichon. En revanche, les groseilliers qui poussaient le long de la clôture étaient en fleurs.

— Et comment que je le sais, dit une voix de femme non loin de là. Mon frère, il a la ferme d'à côté.

— Ton frère ?

C'était Lechyk. Quant à la femme, il devait s'agir de la cuisinière. Tous deux se tenaient sans doute juste à côté de la clôture du jardin sans soupçonner qu'il y avait quelqu'un à la cuisine. Elisabeth n'était pas particulièrement curieuse d'apprendre ce qui se disait au village, mais cela la distrayait au moins un moment de ses soucis.

— L'aîné, Martin. Il s'est marié à Malzow y a trois ans. C'est lui qui me l'a dit. Y vient tous les deux jours avec des cadeaux, aussi pour les parents. Il lui a offert du parfum. Des nouvelles chaussures. Une chemisette en soie.

— C'est des mensonges.

— Non, Martin, il raconte pas de menteries. Et Else, sa femme, elle dit les choses comme c'est. Elle a vu la chemisette sur la corde à linge.

— T'as intérêt à fermer ton clapet.

— Tu me prends pour une bêtasse ? Mais ça finira par se savoir. Au plus tard quand l'enfant sera né.

Elisabeth sentit son pouls s'accélérer. N'avait-elle pas déjà surpris une conversation similaire par le passé ? À la villa aux étoffes...

Elle entendit Lechyk lancer un juron.

— Un enfant, tu dis ? Oui, dans ce cas, ça se saura...

— Et alors ? Sa femme arrive pas à tomber enceinte, c'est normal qu'il cherche ailleurs. Ce serait pas la première fois qu'un enfant comme ça deviendrait le maître du domaine...

— Ouais, un enfant qu'on sait pas trop d'où y vient...

Ils se mirent à ricaner. Lechyk ajouta que la Pauline – la servante renvoyée à Noël – était robuste et qu'elle ferait une bien meilleure mère pour un futur maître que la belle dame d'Augsbourg, qui était toujours en compagnie de l'instituteur Winkler et s'y connaissait autant en agriculture qu'une vache en calcul.

— De toute façon c'est un drôle de bazar, ici, soupira la cuisinière. Mais ça me regarde pas, je fais mon travail et basta !

Elisabeth entendit quelque chose tomber sur le sol carrelé de la cuisine, un récipient en terre cuite se brisa, du café marron clair gicla sur ses chaussures et sa jupe. La tasse lui avait échappé des mains. Elle avait tout à coup la sensation de perdre l'équilibre, elle se sentait l'esprit vide, elle avait froid, comme si l'hiver était revenu. Son corps était tout léger, elle volait.

Il y eut la porte de la cuisine, qui sembla s'ouvrir toute seule, le vestibule, la porte d'entrée. Les trois marches du perron, les regards surpris de deux personnes qui se tenaient devant la clôture du jardin. Des moineaux s'égosillaient sur le toit, un pinson chantait. À l'entrée de la grange, le chat gris tigré prenait un bain de soleil, l'oreille droite agitée de tressaillements.

— Madame, ça ne va pas ?

Il lui semblait encore planer au-dessus du sol. Son esprit était étrangement confus, ce qui n'autorisait pas la cuisinière à lui poser des questions stupides.

— Qu'est-ce que tu fiches ici ? Tu n'as pas de quoi t'occuper à la cuisine ?

La femme fit une génuflexion maladroite en marmonnant quelque chose qui ressemblait à « prendre un peu l'air ».

— Lechyk, selle-moi la jument !

— La Solianka est partie avec ces dames...

— Alors une autre, allez, allez !

Sans plus poser de questions, Lechyk s'empressa d'aller chercher une jument dans le pré du haras. Quand Elisabeth sortait à cheval, ce qui était peu fréquent, elle préférait les montures douces et paisibles.

La jeune femme attendit, appuyée contre la clôture. En elle avait surgi une pensée qui éclipsait toutes les autres : *Je veux constater ça de visu. Et si c'est vrai, j'arracherai les yeux à cette femme.*

La chemisette en soie sur la corde à linge. Flottant au-dessus du fumier et de tout un bric-à-brac crasseux. Malzow, avait dit la cuisinière. Ce n'était pas loin. Une petite demi-heure en charrette. Dix minutes à cheval – et Klaus était un bon cavalier... S'apercevant qu'elle ricanait, elle se ressaisit. Était-elle sur le point de perdre la raison ?

— Elle est un peu nerveuse, dit Lechyk, c'est le printemps. Mais sinon elle est très brave, la Cora.

Il voulut l'aider à monter, mais elle refusa d'un signe de tête. La jument à la robe cuivrée avait beau être moins grande que les autres, Elisabeth n'en eut pas moins du mal à se hisser sur la selle. Ce jour-là, toutefois, cela lui fut indifférent, tout comme le regard sceptique du palefrenier. Il pouvait se moquer tant qu'il voulait, elle s'en fichait complètement.

Cora était habituée à une main ferme. Elisabeth dut faire preuve d'autorité pour l'empêcher de grignoter les rameaux de part et d'autre du chemin. Elle lui fit adopter un trot léger en direction de Gerwin. Puis, comme elle n'avait plus besoin de surveiller sa monture à chaque pas, elle reprit peu à peu le cours de ses pensées.

Ainsi, il continuait de la tromper. Devant elle, il lui souriait, lui demandait comment elle allait, s'il pouvait lui rendre service. Puis, il prenait son cheval pour rejoindre la traînée avec laquelle il couchait. Qu'avait donc dit tante Elvira ? Santé mentale et exercice physique. Elle se remit à ricaner. Exercice physique. Étrange, elle était la seule à ne pas tomber enceinte en pratiquant ces exercices.

Elle ne valait rien en tant qu'épouse. Parce qu'elle n'avait pas d'enfants. Elle ne valait rien non plus en tant qu'amante. Parce qu'elle était incapable de séduire un homme. Elle les perdrait tous les deux. Klaus et Sebastian. Mais, en réalité, elle les avait perdus depuis longtemps. Peut-être même ne les avait-elle jamais possédés. Elle était grosse, sans attraits, la grande sœur laide de l'envoûtante Kitty. Pourquoi Klaus l'avait-il épousée ? Uniquement parce qu'il n'avait pas pu avoir Kitty. Pourquoi Sebastian était-il venu au domaine des Maydorn ? Parce qu'elle l'y avait attiré par la ruse. Quelques heures plus tôt, elle avait éprouvé de la satisfaction en apprenant les dissensions de Paul et de Marie. Le destin l'avait promptement punie de sa méchanceté.

La jument s'était remise au pas depuis un moment. Et comme sa cavalière était plongée dans ses pensées, elle broutait les touffes d'herbe vert clair sur le bord du chemin. Elisabeth la força à revenir au milieu, puis songea qu'il serait sans doute plus malin de prendre un raccourci par le petit bois. En arrivant à Malzow par les prés et non par la route, elle avait plus de chances de surprendre Klaus. Repérer la ferme ne serait pas difficile, il suffirait de chercher où se trouvait son cheval.

Cora ne fut que trop heureuse de ce changement d'itinéraire. Elle adopta de son propre chef un petit trot et ne reprit une allure plus modérée qu'en atteignant la lisière du bois. Là, elle refusa obstinément de continuer, l'étroit sentier forestier semblait l'inquiéter.

— Allez, avance… Il ne t'arrivera rien. Ne sois pas si têtue.

À deux reprises, Elisabeth voulut forcer sa monture à s'engager sous les arbres et, chaque fois, Cora fit un écart, déstabilisant sa cavalière. Puis, il se produisit quelque chose qu'Elisabeth ne comprit que rétrospectivement. Une flèche rousse traversa le chemin en un éclair. Prise de panique, la jument se cabra et Elisabeth perdit l'équilibre. La jeune femme vit les racines d'un chêne foncer droit sur elle à une vitesse vertigineuse, mais ne ressentit aucune douleur, juste un choc, puis une sensation d'engourdissement et d'obscurité.

Lorsqu'elle revint à elle, elle était étendue sur le sol. Le ciel bleu brillait à travers les branches verdoyantes du chêne. Un écureuil qui fouillait les feuilles mortes à côté d'elle remonta prestement sur le tronc et disparut dans la ramure.

Mon cheval! pensa-t-elle subitement.

Elle se redressa en toute hâte et regarda autour d'elle: la jument avait disparu. Les branches, le ciel et les troncs se mirent à tournoyer à une allure folle, si bien qu'elle dut se recoucher précipitamment sur le sol pour ne pas s'évanouir. *Ce n'est rien,* pensa-t-elle. *J'ai eu peur, c'est tout. Ça va passer dans un instant, après quoi je pourrai me relever et partir à la recherche de Cora. Elle doit être quelque part dans la prairie en train de se gaver d'herbe.*

De fait, son accès de vertige se dissipa. Cette fois, elle s'assit lentement, avec précaution, chassa de sa manche un insolent coléoptère noir et voulut se relever. Un vif élancement dans la cheville gauche la fit retomber en gémissant. Elle remarqua alors qu'elle avait la cheville enflée, sans doute une entorse. Peut-être même une fracture. Seigneur, que faire à présent?

— Cora! Cora!

Où donc était ce stupide animal? Pourquoi n'était-il pas resté à côté d'elle? La bonne vieille Solianka, elle, ne l'aurait sûrement pas abandonnée. Elle refit une tentative pour se lever en prenant appui sur un tronc, mais dès qu'elle posa le pied gauche par terre, la douleur fut terrible. Sa cheville semblait enfler à vue d'œil. Serait-elle encore en mesure de retirer sa chaussure ? Elle clopina malgré tout jusqu'à la prairie pour voir si Cora était là. Rien.

Elle prit tout à coup conscience de sa situation. La chance que quelqu'un passe par hasard à cet endroit était infime. Elle risquait de devoir rester là jusqu'au soir, peut-être même jusqu'au lendemain matin. Non, ça c'était peu probable. On finirait bien par se mettre à sa recherche. Cela dit… La perspective d'être retrouvée par Lechyk ou même par Klaus n'avait rien de plaisant. Il valait mieux qu'elle essaie de rentrer en dépit de sa cheville tordue. Les soldats blessés continuaient à marcher quelles que soient leurs souffrances et leurs blessures.

Ce n'était pas une bonne idée. Au bout de cinquante mètres à peine, la douleur fut si violente que le paysage se brouilla devant ses yeux. Le souffle court, elle se laissa tomber sur le chemin. Impossible. Elle ressentait des élancements, comme si un pivert s'acharnait sur sa cheville.

Elle se mit à pleurer de souffrance et de désespoir. Pourquoi était-elle vouée à la malchance ? Ne suffisait-il pas que personne ne puisse la supporter, que son époux la trompe et que celui qu'elle aimait veuille la quitter ? Non, il fallait encore qu'elle se blesse en tombant de ce foutu canasson. Elle s'était ridiculisée. Elle imaginait déjà les railleries : la belle dame d'Augsbourg qui n'était même pas capable de monter à cheval. Elle s'était affalée par terre du haut de son destrier, elle s'était étalée dans la boue pour avoir voulu espionner son mari…

En repensant aux discours fielleux des domestiques, elle fut submergée par le chagrin. Les événements de ce malheureux après-midi, tous ses espoirs détruits, les déceptions, les humiliations – tout se frayait un chemin.

Bouleversée, elle éclata en sanglots. Quelle importance, de toute façon personne ne l'entendrait.

— Elisabeth ! Où êtes-vous ? Elisabeth !

Une grande ombre glissa dans l'herbe haute, des insectes s'envolèrent en bourdonnant, un cheval souffla. Elisabeth eut à peine le temps de s'essuyer la figure avec sa manche qu'un museau surgit devant elle, lui arrachant un cri de frayeur. Aussitôt le cavalier sauta à terre et s'agenouilla auprès d'elle.

— Ah, comme je suis soulagé ! Êtes-vous blessée ? Vous êtes-vous cassé quelque chose ?

— Ça… Ça va, c'est juste mon pied qui… répondit-elle péniblement.

Elle avait la voix rauque à force d'avoir pleuré, les yeux et le nez gonflés – elle devait être laide à faire peur. Que faisait donc Sebastian en ces lieux ?

— Le pied ? Ah oui, je vois. J'espère que ce n'est pas une fracture.

Il lui palpa la cheville, qui parut à Elisabeth aussi grosse qu'une citrouille.

— Sentez-vous quelque chose ?

— Non, elle est totalement insensible. Mais quand j'essaie de marcher…

Elle ne l'avait jamais vu aussi agité. Il avait le front en sueur, la respiration saccadée, mais quand il la regarda, il lui sourit avec joie.

— La jument est rentrée seule au domaine. J'ai cru devenir fou d'inquiétude. C'est ma faute, Elisabeth. Je vous ai asséné ma décision sans aucun égard, c'était égoïste et sans cœur. Je n'ai pas réfléchi à la peine que je vous causais.

Elle écouta ses explications embarrassées en s'essuyant la figure. Voilà ce que c'était de pleurnicher. Si seulement son visage voulait bien dégonfler, d'autant plus que Sebastian ne la quittait pas des yeux.

— Je… Je ne savais pas que vous montiez à cheval, marmonna-t-elle.

— Moi non plus. Dans mon enfance, on m'a mis une fois ou deux sur une monture, mais guère plus. Prenez appui sur moi, je vais vous aider à monter en selle.

— C'est que je ne suis pas légère, plaisanta-t-elle avec gêne.

— Je le sais, répondit-il gravement.

Il avait plus de force qu'elle ne l'avait pensé. En dépit de sa blessure de guerre, il n'eut aucun mal à la remettre debout. Lorsqu'elle glissa son pied valide dans l'étrier, il lui enserra la taille pour la soutenir et l'aida à se hisser sur la selle, l'attrapant ainsi par une partie du corps sur laquelle il n'aurait jamais osé porter la main en temps normal. Troublée, elle chuchota un timide « merci ».

Il marcha devant, menant la jument par les rênes. De temps en temps, il se retournait pour lui demander si tout allait bien, si elle souffrait, si elle tiendrait jusqu'à leur arrivée.

— Ça ira...

— Vous êtes très courageuse, Elisabeth. Je ne me le pardonnerai jamais.

Pour un peu elle en aurait souri. Il était si honnête, si sincère, si secourable. Pourquoi lui aurait-elle dit que ce n'était pas à cause de lui qu'elle était partie à cheval, mais pour arracher les yeux à la maîtresse de son époux ? Cela l'aurait déçu. Sebastian avait une foi inébranlable en la bonté humaine. Peut-être était-ce pour cela qu'elle l'aimait tant.

Lorsqu'ils arrivèrent, Lechyk se tenait prêt à aider sa patronne à descendre de cheval. Les servantes se pressaient à la porte, Elisabeth les entendit ricaner.

— On va asseoir madame sur une petite chaise et on la transportera en haut. Un homme de chaque côté, ça suffira, proposa Lechyk.

Avait-elle eu l'air de quêter son aide ? Ou agit-il spontanément ? Lorsqu'elle mit pied à terre, Sebastian s'approcha d'elle et la prit dans ses bras. Il le fit sans le lui demander, avec le plus grand naturel.

— J'espère que ça ne vous gêne pas, dit-il, la voix étouffée, lorsqu'ils se retrouvèrent dans le vestibule, au pied de l'escalier.

— Au contraire... J'espère juste que je ne suis pas trop lourde.

La bonne nourriture de la campagne lui avait plutôt profité.

— Pas du tout...

Il monta lentement l'escalier avec elle, s'arrêtant par moments pour se stabiliser et reprendre son souffle. Il avait la respiration haletante, mais lui souriait en lui assurant tout bas qu'elle n'avait pas à s'inquiéter, il était habitué depuis sa jeunesse à porter lourd.

Il devait descendre les sacs de pommes de terre à la cave, songea-t-elle. Cependant, elle garda le silence, savourant ce moment. Comme il était fort, dur avec lui-même. Et capable d'intervenir quand il le fallait.

Elle ouvrit la porte de sa chambre. Pas celle de la chambre conjugale, qu'elle évitait depuis plusieurs mois, mais celle de la petite pièce qui avait servi auparavant de chambre d'amis. Il la porta jusqu'à son lit et la déposa précautionneusement sur la couette.

— Asseyez-vous, lui dit-elle, vous devez être épuisé.

Il s'exécuta. S'installa sur le bord du lit, sortit son mouchoir, ôta ses lunettes et s'essuya la figure.

— Je ne vous aurais jamais cru si fort.

— Il y a un certain nombre de choses de moi que vous ignorez, Elisabeth.

— Aujourd'hui, en tout cas, j'en ai appris beaucoup.

Il afficha aussitôt un air coupable.

— Vous avez découvert que j'étais un homme brutal et sans égards, dit-il, contrit. Mais je vous jure, Elisabeth...

Elle secoua la tête.

— Je trouve plutôt que vous vous êtes comporté comme un lâche.

Il accusa le coup, la regarda d'un air horrifié. Elle ne lui laissa pas le temps de répondre.

— Vous avez peur de vous ridiculiser, Sebastian. Peur de contrevenir à des règles qui n'ont plus aucun sens. Vous préférez prendre la fuite en me laissant seule à mon désespoir.

Elle s'emportait, sentait combien ses paroles l'affectaient et laissa libre cours à ses sentiments.

— Êtes-vous un homme à la fin? Qu'avez-vous dans les veines? Avez-vous le courage d'accomplir de grandes actions? Ah! Vous n'osez même pas me...

Elle éclata en sanglots. Seigneur, quelle gourde! Mais elle ne savait plus où elle en était tant elle était submergée par son amour.

— Si je suis un homme? chuchota-t-il en se penchant vers elle. Tu me le demandes?

Elle ne répondit pas. Le vit se lever et se diriger vers la porte, crut qu'il voulait quitter la pièce, indigné par sa proposition sans équivoque. Mais il tourna la clé dans la serrure.

— Tu as vaincu, Elisabeth... Je suis un homme et comme tu exiges que je te le prouve, je vais le faire.

C'était apparemment le jour des événements exceptionnels. Celui du miracle. Elisabeth, qui s'était toujours crue victime d'un destin contraire, vit ses désirs exaucés. Bien plus, même, qu'elle n'aurait pu l'espérer, car Sebastian, furieux de sa défaite, lui fit sentir sa colère. Mais cela aussi fut merveilleux et lui donna l'impression d'être emportée par un orage de printemps.

Le douloureux réveil ne survint que le lendemain.

Chapitre 15

— Bien sûr que c'est convenu avec madame Melzer ! s'écria Kitty, indignée.

Serafina von Dobern se tenait au pied de l'escalier du vestibule, dévisageant Kitty avec un air froid et méfiant. Celle-ci lui trouva quelque chose de la Reine des neiges, cette femme au cœur glacé qui ne voulait pas donner le petit garçon. De qui était ce conte, déjà ? Ah oui, Andersen.

— Dans ce cas, je suis surprise qu'on ne m'en ait pas informée.

— Je ne saurais vous dire pourquoi, répliqua Kitty avec impatience. Gertie, fais descendre les enfants, ils passeront l'après-midi chez moi. Je leur donnerai un cours de dessin.

Gertie, qui attendait les ordres devant la cuisine, fit un signe d'assentiment, mais la voix de la gouvernante la retint.

— Un instant, Gertie. Les enfants font leurs devoirs, je ne peux pas les libérer tant qu'ils n'ont pas terminé.

Kitty regarda le visage pâle de Serafina von Dobern. Incroyable : cette personne s'opposait à elle ! On était à la villa, dans la maison de ses parents, et elle croyait pouvoir lui dicter sa conduite.

— Ce que vous pouvez ou ne pouvez pas faire m'est complètement égal, chère madame von Dobern, répondit-elle en se maîtrisant avec peine. J'emmène Leo et Dodo chez moi. Gertie, va chercher les enfants !

Gertie se demanda rapidement qui avait le plus de pouvoir et opta pour madame Kitty Bräuer. Du simple fait déjà qu'elle haïssait la gouvernante. Elle s'empressa de monter.

—Je suis désolée, mais dans ce cas je dois demander confirmation.

Madame von Dobern s'engagea à son tour dans l'escalier.

Kitty attendit qu'elle soit à mi-parcours avant de l'interpeller.

—Je ne pense pas que ce soit une bonne idée de déranger ma mère pendant sa sieste pour une pareille banalité.

La gouvernante s'arrêta et se retourna à demi avec un sourire indiquant qu'elle avait un atout dans sa manche.

— Ne vous inquiétez pas, madame Bräuer. Je ne vais pas réveiller madame votre mère. J'ai l'intention d'appeler monsieur Melzer à l'usine.

Cette méchante femme voulait téléphoner à Paul. Elle ne manquerait évidemment pas de lui rappeler que madame Ginsberg donnait des leçons de piano chez Kitty. Paul n'aurait pas besoin de plus pour comprendre, il n'était pas stupide.

— Faites comme bon vous semble, dit-elle, affectant l'indifférence. Leo, Dodo ! Qu'est-ce que vous fichez ? Henni vous attend dans la voiture !

— On arrive !

Oh, ce Leo ! Voilà qu'il dévalait l'escalier, ses partitions sous le bras ! Seule la présence d'esprit de Dodo permit d'éviter que la gouvernante ne les lui confisque. La fillette, en effet, se glissa promptement entre madame von Dobern et son frère, qui, d'un bond hardi, franchit les marches restantes et courut rejoindre Kitty.

—Je ne serai pas complice de vos manigances, madame Bräuer, dit la gouvernante, furieuse. Monsieur Melzer ne souhaite pas que son fils prenne des cours avec madame Ginsberg. Vous le savez. Par votre comportement, vous ne faites pas que me mettre dans une position difficile, vous incitez également Leo à agir contre la volonté de son père. Trouvez-vous cela judicieux ?

Kitty dut reconnaître que Serafina n'avait pas tout à fait tort. Ce qui ne signifiait pas pour autant qu'elle avait raison.

— Je donne des cours de dessin aux enfants, rétorqua-t-elle avec irritation. Vous pouvez le dire à mon frère si vous jugez ça utile.

La gouvernante avait rougi, ce qui lui allait bien mieux que sa mine de papier mâché habituelle. Levant le menton, elle déclara qu'elle passerait chercher les enfants dans deux heures.

— Pas la peine, ils seront raccompagnés.

— Par qui ?

Cela commençait à bien faire. Kitty avait très envie de lancer sur cette désagréable créature un des jolis vases en porcelaine de Saxe exposés sur la commode, devant le miroir. Ce qui aurait été dommage pour le vase, sa mère y tenait beaucoup.

— Ça ne vous regarde pas ! riposta-t-elle sèchement.

Et, attrapant Dodo et Leo par la main, elle sortit du vestibule.

— Cette histoire aura des suites ! lança la gouvernante.

Kitty garda le silence pour ne pas inquiéter les enfants, mais intérieurement elle bouillait de rage. Cette dinde avec ses grands airs ! Typique ! Lisa avait toujours attiré les esprits bornés. Ses amies étaient toutes du même acabit. Autrefois, les relations avec Serafina avaient été différentes, on était même allé jusqu'à se tutoyer. Mais cette époque était loin.

— Maman, ça secoue vraiment ! lança Henni, se plaignant comme toujours de la façon heurtée dont sa mère conduisait.

Les trois enfants étaient assis sur la banquette arrière, Henni au milieu. Dans son rétroviseur Kitty voyait le visage indigné de sa fille entouré de bouclettes dorées. Un angelot. À l'école, elle avait tous les garçons à ses pieds. Ce dont elle savait tirer profit, l'adorable petite. À en croire Alicia, Kitty avait été pareille.

— C'est une sorcière, chuchota Henni.

— Oui, une méchante sorcière. Ça lui fait plaisir de punir les enfants.

Cette remarque venait de Dodo. Elle ne mâchait pas ses mots, cette sauvageonne qui grimpait aux arbres comme un garçon.

— Hier, elle m'a encore pincé l'oreille, déclara Leo.

— Montre !

— Qui te parle de montre ?

— Elle nous frappe aussi avec la règle en bois, dit tout bas Dodo. Et elle nous enferme dans le placard à balais quand on n'a pas été sages.

— Elle a le droit de faire ça ? s'étonna Henni.

Kitty trouva elle aussi que c'était un peu fort. Autrefois, il leur était arrivé de recevoir une taloche ou un petit coup de règle sur les doigts. Mais sa mère n'aurait jamais permis qu'un de ses enfants soit enfermé dans le placard à balais.

— Elle le fait, c'est tout.

— Parce que c'est une sorcière.

— Elle sait jeter des sorts ?

— Des sorts ? Non.

— Dommage, répondit Henni, déçue. La sorcière de l'opéra, elle était capable de figer les enfants. Et ensuite, elle en faisait du pain d'épice.

— J'aimerais bien assister à un opéra, dit Leo. Mais papa et maman y vont sans nous. C'est vrai qu'il y a plein d'instruments qui jouent ? Et que sur la scène on chante ?

Henni dut faire un signe de tête, car Kitty n'entendit pas sa réponse. Elle freina et s'arrêta. Le centre-ville d'Augsbourg était une fois de plus encombré par des fiacres et des automobiles. Et, pour couronner le tout, elle entendit sonner la cloche du tram derrière elle. Tant pis, elle ne pouvait rien faire d'autre qu'attendre. Dans la rue du Marché aux fruits, deux hommes déchargeaient tranquillement des caisses et des tonneaux d'une charrette garée devant un magasin. Pas étonnant que la circulation soit bloquée. Kitty sortit la tête par la fenêtre de sa voiture et se mit à pester tout haut, mais n'obtint pour toute réponse qu'un sourire aimable d'un des livreurs.

— Mamie Gertrude a dit que les sorcières, il fallait les mettre dans le four, reprit Henni.

— Madame Brunnenmayer aussi, renchérit Dodo. Malheureusement, le four de la cuisine est trop petit pour la gouvernante.

— Elle est pas si grosse que ça. En tassant un peu, ça devrait aller.

Kitty se retourna et jeta un regard sévère à sa fille.

— Tu vas vraiment trop loin, Henni.

— Je plaisantais, maman, répliqua la petite avec un air boudeur.

Dodo eut un sourire malicieux. Leo, lui, s'était plongé dans une de ses partitions. Lorsqu'il releva les yeux, Kitty comprit qu'il était dans un autre monde. Non, décidément, elle avait raison d'agir comme elle le faisait. Ce garçon était très doué pour la musique. C'était aussi l'avis de madame Ginsberg. Un jour, Paul lui en serait reconnaissant.

La charrette finit par repartir lentement et Kitty put rejoindre la rue de la Porte des femmes. L'automobile lui avait été offerte par Klippi. L'été, elle faisait vaillamment entendre son brave ronronnement. En automne et en hiver, en revanche, elle rouspétait. Le froid et l'humidité ne lui réussissaient pas, après tout elle n'était plus de première jeunesse. Kitty lui prodiguait alors des paroles d'encouragement et tapotait doucement le volant en bois. Quand elle était forcée de descendre pour ouvrir le capot, elle se retrouvait vite entourée de jeunes gens prêts à l'aider. Ah, comme elle l'aimait, ce vieux clou !

Elle déposa les enfants devant la porte, puis continua jusqu'au garage, qui était en fait une remise de jardin reconvertie. Lorsqu'elle eut coupé le moteur, elle entendit jouer du piano. Ah ! Madame Ginsberg était déjà là. Leo attendait impatiemment sur le seuil, Dodo et Henni s'étaient éclipsées au jardin. Si l'on pouvait appeler jardin la jungle qui entourait sa maison en été.

— Doucement, Leo, dit-elle en ouvrant. Il y a des tableaux par terre, dans le vestibule, fais attention.

— Oui, oui.

On ne pouvait plus l'arrêter, il faillit même renverser son ami. Quel spectacle ! Le grand et blond Leo, et Walter, tout mince avec une masse de boucles brunes, l'air toujours si sérieux. Kitty fut émue jusqu'aux larmes en voyant comme ils s'entendaient bien. Ils se retirèrent au salon, s'assirent sur le canapé et ouvrirent des partitions. Radieux, ils restèrent un moment à se désigner tel ou tel passage, riant, s'échauffant, se disputant puis tombant d'accord.

— Je peux y aller ? demanda Leo.

On aurait dit que sa vie en dépendait. Kitty acquiesça en souriant. Le gamin fonça dans la pièce voisine, où se trouvait le piano, suivi plus lentement par Walter. Kitty entendit la voix basse et calme de madame Ginsberg. Puis quelqu'un joua un prélude de Bach. Avec un toucher régulier, énergique. On pouvait suivre chaque voix, on entendait chaque ligne mélodique, chaque son. Quand le petit avait-il travaillé ? Chez lui, il avait tout juste droit à une demi-heure par jour.

— Ici, ça sonne beaucoup plus fort que chez nous.

Cela n'avait rien de surprenant. Alicia avait demandé à l'accordeur de piano d'assourdir les sons. À cause de ses migraines. Ah, la pauvre maman... Dans leur enfance, elle avait les nerfs plus solides.

— Voulez-vous bien descendre de là ? Henni ! Dodo ! Je vous attends dans cinq minutes à la cuisine. Sinon, on mangera le gâteau sans vous !

La voix de Gertrude. Kitty s'approcha de la fenêtre et découvrit sa fille sur le toit de la cabane de jardin. À côté d'elle, Dodo se tenait en équilibre sur la gouttière. Elle avait essayé de grimper sur le chêne voisin en se servant d'une longue branche.

— C'est toujours la même chose quand Dodo est là, pesta Gertrude. Lorsque je suis seule avec Henni, elle est d'une sagesse exemplaire.

— Un vrai petit agneau, commenta Kitty avec ironie.

Les poings sur les hanches, Gertrude suivait les faits et gestes des fillettes par la fenêtre ouverte. À en juger par l'état de son tablier, il y avait du gâteau aux cerises avec de la crème et des copeaux de chocolat. Du vivant de son mari, elle avait dirigé une grande maison avec des domestiques, dont une cuisinière, comme il était d'usage. À présent qu'on n'avait plus les moyens d'avoir du personnel, elle s'était découvert une passion pour la cuisine et la pâtisserie. Avec un succès variable.

— De quoi vous avez l'air ? lança-t-elle lorsque les fillettes arrivèrent, rouges et échevelées. Comment se fait-il que dans cette famille les filles grimpent aux arbres et les garçons restent au salon ? Jésus Marie, c'était pareil avec ma Tilly et ce pauvre Alfons.

Kitty s'abstint de tout commentaire et envoya Dodo et Henni à la salle de bains en leur ordonnant de se laver les mains, les genoux, les bras et la figure, et de se brosser les cheveux.

— Tu entends, Henni ? demanda Dodo avec fierté. C'est mon frère Leo qui joue. Un jour, il sera pianiste.

Henni ouvrit le robinet et plaça ses mains sous le jet d'eau de manière à inonder la pièce carrelée.

— Moi aussi, je joue très bien, répliqua-t-elle avec une moue dédaigneuse. Madame Ginsberg a dit que j'étais douée.

Dodo la poussa pour pouvoir se savonner les doigts sous le robinet.

— Douée, et alors ? Leo est un génie, c'est pas pareil !
— C'est quoi, un génie ?
Dodo n'était pas très sûre. Quelque chose de grand en tout cas, d'inaccessible, un peu comme l'empereur.
Kitty distribua des essuie-mains, ordonna aux fillettes de faire attention aux tableaux emballés et placés contre les murs du vestibule. Puis, elle monta dans son petit atelier afin de se remettre à travailler. Elle avait commencé une série de paysages sans prétention, des toiles fleuries, colorées, vibrations du soleil, branches délicates, groupes de promeneurs, petites histoires à découvrir par le spectateur. Ce genre de choses se vendaient bien, les gens étaient avides de saynètes idylliques et joyeuses baignées de lumière estivale. Kitty réalisait ces œuvres sans déplaisir, mais sans enthousiasme. Il fallait gagner sa vie. Elle ne subvenait pas seulement aux besoins de Henni, mais aussi à ceux de Gertrude et de Tilly. Et elle en était fière.
Le son du piano se mêlait aux voix des fillettes, aux remontrances de Gertrude et au bruit du robinet dans la salle de bain. Kitty se sentait bien dans cet environnement sonore. Elle étala des couleurs sur sa palette, examina le tableau en cours d'un œil critique, fit un mélange afin d'obtenir la bonne teinte. Quelques taches, puis elle recula pour évaluer leur effet.
Les paroles de Gertrude lui revinrent tout à coup à l'esprit : « Avec ma Tilly et ce pauvre Alfons. » Curieux, ces derniers temps elle pensait beaucoup à lui. Peut-être parce qu'elle avait cessé depuis longtemps de croire aux promesses de Gérard. Quant aux autres jeunes gens qu'elle rencontrait en diverses occasions et qui lui faisaient des avances ou des propositions honorables, ils ne l'intéressaient plus. Elle allait de temps à autre voir des expositions, sortait à l'opéra, retrouvait des amis chez madame le directeur Wiesler ou d'autres mécènes passionnés d'art, mais constatait chez elle un ennui croissant. Il n'y avait personne qui puisse toucher son cœur comme Alfons l'avait fait.

Pourtant, il n'avait été qu'un bouche-trou, ce charmant garçon, un peu gauche, qui l'avait épousée en dépit du scandale provoqué par sa fuite à Paris avec Gérard. Cet homme étrange, banquier rusé, homme d'affaires coriace, mais aussi époux timide et amoureux. Comme il s'était montré maladroit lors de leur nuit de noces, pour un peu elle se serait moquée. Mais, ensuite, il avait prononcé des paroles si merveilleuses. Qu'il était amoureux d'elle depuis longtemps, qu'il n'arrivait pas à croire qu'elle était devenue sa femme. Qu'il était nerveux et que c'était pour cela qu'il se montrait si stupide…

Elle poussa un profond soupir. Non, elle ne rencontrerait sans doute plus jamais un homme capable de l'aimer avec autant de sincérité. Il avait été si heureux de la naissance de sa fille. Fou de bonheur. Pourquoi le destin était-il si cruel ? Alfons avait d'emblée condamné cette guerre. Mais qui cela intéressait-il ? Il avait été envoyé au front comme les autres, elle ne savait même pas où ni comment il était mort. Cela valait peut-être mieux. Ce qui était triste, c'était que Henni n'avait aucun souvenir de son papa.

— Kitty ! appela Gertrude en bas de l'escalier. Pause-café avec gâteau. Descends, nous t'attendons !

— Un instant !

C'était toujours pareil ! À peine avait-elle fait ses mélanges de couleurs qu'on venait la déranger. Elle aimait avoir une maison pleine de monde, mais voulait qu'on la laisse peindre en paix. Et puis cela pouvait attendre, les musiciens travaillaient encore.

Elle posa quelques touches sur sa toile, traça les contours avec un pinceau fin, recula – non, ça n'allait pas. Elle repensa aux tableaux emballés posés un peu partout dans la maison. Les œuvres de Luise Hofgartner. Gérard les lui avait bien gentiment envoyées après avoir reçu l'argent. Dans un premier mouvement d'enthousiasme, elle avait accroché les vingt toiles et les dix sanguines, si bien qu'il n'y avait plus un mur de libre. Elle avait passé plusieurs soirées et deux dimanches entiers avec Marie en compagnie de ces tableaux. Elles les avaient contemplés, essayant de deviner pourquoi et dans quel contexte ils avaient été peints. Sa chère Marie était bouleversée, elle avait pleuré à la pensée que sa mère aurait été une grande artiste si elle avait vécu. Kitty avait été très impressionnée par ces toiles elle aussi, d'ailleurs. Du reste elle n'avait pas supporté la supériorité écrasante de Luise Hofgartner plus de trois semaines. Elle avait décroché les tableaux et les avait remis dans leur emballage. À présent, ils étaient rassemblés dans le vestibule, car Marie ne voulait pas les faire transporter à la villa.

Oui, cela avait été une grosse déception. Paul, qu'elle considérait comme le meilleur des époux, son petit Paul, son frère adoré, avait refusé d'en acheter plus de trois. Il n'était venu qu'une seule fois, une petite demi-heure, jeter un coup d'œil sur la collection, puis avait déclaré qu'il ne voulait voir aucune de ces œuvres chez lui. Surtout pas les études de nu, qu'il jugeait trop osées pour les exposer à la vue des enfants, sans parler de sa mère et de leurs invités. Lors de sa visite, il s'était montré très brusque. D'ailleurs, Kitty avait le sentiment qu'il devenait de plus en plus étrange. Étaient-ce les soucis que lui causait l'usine ? Ou la guerre et sa longue captivité en Russie qui l'avaient changé ? Mais non, lorsqu'il était revenu, il s'était montré aussi affectueux qu'auparavant. Cela tenait simplement au fait qu'il occupait désormais la place de leur père : il était devenu le chef de famille, monsieur le directeur Melzer. Cela lui était sans doute monté à la tête et il s'était bêtement mis à adopter les manières de Johann Melzer. La pauvre Marie faisait beaucoup de peine à Kitty.

— Maman, tu viens ? Mamie Gertrude ne veut pas couper le gâteau tant que tu n'es pas là !

— Oui, oui ! lança-t-elle, agacée, en mettant son pinceau dans le récipient d'eau.

Leo et Walter, déjà installés à la table du salon, n'avaient visiblement qu'une envie : avaler leur gâteau pour se remettre immédiatement au piano. Walter avait apporté son violon, Leo voulait l'essayer. Kitty trouvait cela très bien : plus il connaîtrait d'instruments, mieux ce serait. Elle était persuadée qu'un jour Leo composerait des symphonies et des opéras. Leo Melzer, le célèbre compositeur d'Augsbourg. Non : Leopold Melzer. Ou, mieux encore : Leopold von Melzer. Ça sonnait bien. Pour un nom d'artiste, on pouvait faire preuve d'un peu de fantaisie. Peut-être aussi deviendrait-il chef d'orchestre ? Paul Leopold von Melzer.

— Le gâteau a un goût de… de… hésita Henni.

Dodo fut moins diplomate :

— De schnaps.

Madame Ginsberg, assise entre les deux garçons, secoua énergiquement la tête.

— Le gâteau est excellent, madame Bräuer. Avez-vous mis du sucre vanillé ?

— Un peu. Et une bonne rasade de kirsch. Pour la digestion.

— Oh…

Les garçons furent ravis. Walter fit aussitôt semblant d'être ivre. Leo s'y essaya aussi, mais fut moins convaincant. La palme revint à Dodo, qui parvint à produire un vrai hoquet.

— J'en voudrais… hic… encore un… hic… morceau… hic… s'il vous plaît.

Henni trouva ce numéro pitoyable et prit sa mère à témoin en levant les yeux au ciel. À cet instant, on sonna à la porte. Dodo se tut.

— Ça doit être un de tes amis, Kitty, déclara Gertrude. Ces artistes, ils vont et viennent comme ça leur chante.

— Henni, va donc ouvrir.

Mais ce n'était pas un des amoureux de Kitty qui venaient de temps à autre lui rendre visite. La personne qui se trouvait à la porte était Marie.

— Ça alors, quelle surprise !

Kitty se leva d'un bond pour la serrer dans ses bras. Elle l'embrassa sur les deux joues, puis la poussa vers une chaise.

— Tu arrives au bon moment, ma chère Marie. Gertrude a fait un gâteau à la crème. Prends-en une bonne part. Tu as terriblement minci ces derniers temps.

Quand elle était nerveuse, les mots jaillissaient d'elle de façon incontrôlée. Dans sa tête, c'était une incroyable pagaille ; une volière dans laquelle une bande d'oiseaux affolés se seraient mis à voler en tous sens. Cette visite surprise ne lui plaisait pas du tout. Elle avait parlé à Marie des cours de dessin qu'elle voulait donner aux jumeaux. Et sa chère belle-sœur savait que Henni prenait des leçons de piano avec madame Ginsberg. Mais elle s'était bien gardée de lui dire que tout cela se passait en même temps.

— Je suis ravie de vous voir, madame Ginsberg, dit Marie en lui tendant la main. J'espère que vous allez bien. Bonjour, Walter. Je suis contente que Leo et toi vous puissiez vous voir aujourd'hui en dehors de l'école.

Son arrivée avait chassé la gaieté exubérante qui avait régné jusque-là. Les enfants se tenaient droits, comme on le leur avait appris. Ils utilisaient la fourchette à gâteau et la serviette, et veillaient à ne pas répandre de miettes en dehors de leur assiette. On parla de la chaleur estivale et des travaux qui avaient lieu entre les rues Fugger et Anna pour la construction du nouveau marché couvert. Marie s'enquit des enfants qu'elle avait envoyés à madame Ginsberg pour des cours de piano. Kitty parla d'une exposition organisée par la Société des arts où l'on pouvait voir des œuvres de Slevogt et de Schmidt-Rottluff. Puis, madame Ginsberg fit remarquer qu'il était temps que Henni prenne sa leçon.

Tout le monde joua parfaitement son rôle. Henni accompagna sagement madame Ginsberg au salon de musique. Dodo déclara qu'elle voulait aider tante Gertrude à faire la vaisselle et les garçons demandèrent poliment l'autorisation de jouer encore un peu au jardin, ce que Marie leur accorda.

— Kitty ! s'exclama Marie avec un profond soupir lorsqu'elles furent seules. Qu'est-ce que tu as fait ? Paul sera furieux.

Incroyable ! Au lieu de la remercier d'encourager le talent de son fils, elle lui faisait des reproches.

— Ma chère Marie, commença-t-elle, je me fais du souci pour toi. Autrefois, tu étais une fille intelligente, tu savais ce que tu voulais et je t'ai souvent admirée. Mais depuis que Paul est rentré, tu deviens de plus en plus timorée.

C'était exagéré, aussi Marie protesta-t-elle, évidemment. Elle était une femme d'affaires, dirigeait un atelier, avait une foule de clientes importantes.

— Et qui décide de l'emploi de l'argent que tu as gagné ? l'interrompit Kitty. Paul. Or je trouve qu'il n'en a pas le droit. Qu'il dispose de son usine, mais pas de toi.

Marie baissa la tête. On en avait déjà longuement discuté : les lois étaient ainsi faites. En contrepartie, Paul devait se porter garant financièrement pour le cas où elle se retrouverait endettée.

— Ce n'est pas juste, rétorqua Kitty.

Cependant, elle n'insista pas. La mort dans l'âme, Marie avait dû renoncer à acheter les tableaux de sa mère parce que Paul y était opposé. Kitty savait combien cela lui avait été douloureux. C'était la raison pour laquelle elle était venue à la rescousse. Elle lui avait toutefois caché qu'Ernst von Klippstein avait apporté une énorme contribution, évoquant simplement quelques amis proches. Elisabeth avait elle aussi envoyé une petite somme. Kitty avait été très surprise que sa sœur se manifeste, certes tardivement, mais à temps. Cette chère Lisa ! Quelle chance qu'elle soit si généreuse !

— Pourquoi te crois-tu obligée d'intervenir, Kitty ? Madame von Dobern donne des leçons de piano à Leo, c'est suffisant, non ? Il est déjà bien assez difficile pour moi de tout concilier : les enfants, Paul, votre mère. Ajoute à ça l'atelier. Parfois, je suis tout simplement à bout de forces.

Il m'est arrivé de penser qu'il vaudrait sans doute mieux fermer l'atelier.

— Surtout pas ! se récria Kitty, horrifiée. Pas après tout ce que tu as déjà accompli, Marie. Tes belles créations, tes dessins...

Marie secoua tristement la tête. Les dessins... Elle n'était pas une artiste, comme sa mère. Elle avait une famille. Deux enfants merveilleux. Et Paul.

— Je l'aime, Kitty. Je ne veux pas le blesser.

Mais Kitty voyait les choses autrement. Marie se faisait des idées : c'était Paul qui la blessait et elle avait du mal à reconnaître que l'homme qu'elle aimait n'était pas un ange. Paul avait un cœur d'or, mais il pouvait se montrer extrêmement têtu.

— Tu es surmenée. Dans quelques jours, ce sera les vacances scolaires. Pourquoi ne fermes-tu pas l'atelier une semaine ou deux pour aller te reposer quelque part ? Paul passerait les samedis et dimanches avec vous.

— Non, non. Mais je vais lever un peu le pied et rester désormais trois après-midi par semaine à la maison.

Kitty haussa les épaules. On aurait presque dit une cessation d'activité par anticipation. Marie voulut aussi lui arracher la promesse qu'elle ne ferait plus donner de cours en cachette à Leo.

— Je ne veux pas de ça, Kitty. Essaie de me comprendre !

— Un jour, ton fils te le reprochera !

Voilà qu'elle souriait, Marie, adorable sotte ! Parce qu'elle ne croyait pas en son fils. Et, plus tard, elle forcerait ce pauvre gosse à reprendre l'usine. Gâcher ainsi un talent si exceptionnel...

Pourtant, Kitty s'inclina. Même si cela lui fut très pénible. Et elle resta douce comme un agneau lorsque Marie déclara qu'elle allait rentrer avec les jumeaux.

— Si tu as encore un peu de temps, Klippi passera dans une petite demi-heure pour reconduire les enfants à la villa.

— Surtout pas. En ce moment, Paul et lui ont malheureusement quelques désaccords et je ne voudrais pas froisser Paul.

Voilà qu'elle se résignait de nouveau, qu'elle s'écrasait, agissait de manière inepte uniquement pour ne pas fâcher son cher Paul. C'en fut fait de la patience de Kitty.

— Ah ! Une dernière chose : cet automne, la Société des arts va organiser une grande exposition des tableaux de ta mère. Tout Augsbourg les verra. Ce n'est pas formidable ?

Marie blêmit et garda le silence.

Chapitre 16

Juillet 1924

Ottilie Lüders portait une de ces robes réforme modernes qui ressemblaient à des sacs. Paul n'aimait pas cette mode. Il trouvait qu'avant la guerre les femmes étaient plus jolies. Leurs longs cheveux, surtout, mais aussi leur taille étroitement lacée, les élégantes robes de soirée et les jupes très longues… Sans doute était-il totalement vieux jeu !

— Qu'y a-t-il, mademoiselle Lüders ?

Il lui sourit afin de ne pas lui laisser voir combien sa robe lui déplaisait. Cependant, elle l'avait senti. En ce domaine, les femmes étaient douées d'un sixième sens.

— Il y a une dame qui souhaiterait vous parler. En privé.

Il fronça les sourcils. Encore une solliciteuse. Elles effectuaient des collectes pour une bonne cause, l'imploraient d'intercéder en faveur d'un mari chômeur, apportaient des affiches pour une manifestation artistique quelconque en espérant un don.

— Est-elle jolie ? plaisanta-t-il.

La Lüders rougit, bien entendu.

— Question de goût. Voici sa carte.

Il jeta un rapide coup d'œil sur la petite carte jaunie portant un nom en lettres arrondies à l'ancienne. L'adresse n'était plus bonne depuis longtemps. Il soupira, il avait bien besoin de cela... D'ailleurs pourquoi venait-elle le trouver à son bureau ?

— Faites-la entrer.

— Bien, monsieur le directeur.

Serafina se mouvait avec une certaine raideur, mais n'en possédait pas moins l'aisance d'une jeune femme issue des cercles de l'aristocratie. Elle n'avait jamais été jolie – c'était du moins l'opinion de Paul. Insignifiante. Effacée. Le genre à faire tapisserie. Cependant, elle avait des principes. Les enfants ne l'aimaient pas, mais Alicia trouvait qu'elle faisait une éducatrice remarquable.

— Excusez-moi de venir ici, cher monsieur Melzer. Je ne le fais pas de bon cœur. Vous êtes un homme très occupé.

Comme elle restait debout, il se sentit obligé de lui proposer un des petits fauteuils en cuir.

— Oh, je ne vous retiendrai pas longtemps. Il s'agit d'une affaire qu'il vaut mieux discuter en privé. À cause des enfants, vous comprenez.

Il ne comprenait pas, mais devina qu'il s'agissait une fois de plus de problèmes familiaux. Pourquoi Marie ne s'en occupait-elle pas ? La réponse était simple : sa femme était accaparée par son atelier. L'avertissement que sa mère lui avait adressé à l'époque et dont il avait fait fi s'était malheureusement révélé juste. L'atelier provoquait des dissensions dans son couple.

Il attendit qu'elle soit assise, mais demeura à son bureau.

— Bien, allez-y, madame von Dobern, je vous écoute.

Il essayait de détendre l'atmosphère, ce qui eut peu d'effet. Cela tenait peut-être à la mine grave de son interlocutrice. Le fait était, toutefois, que sa propre spontanéité, qui avait contrasté si agréablement avec les manières revêches de son défunt père, abandonnait Paul chaque jour un peu plus. À trente-six ans, était-il déjà devenu un vieux grincheux ?

Madame von Dobern hésitait, faisait des manières, on voyait que cette histoire lui était désagréable. Paul éprouva soudain de la compassion. Dans le temps, on s'était tutoyé, croisé à des réceptions ou à l'opéra. Mais la guerre et les années d'inflation avaient privé bon nombre de gens de leur fortune et de la considération sociale dont ils avaient joui auparavant.

— Il s'agit de votre sœur Katharina. Ce n'est pas de bon gré que je fais cette démarche, monsieur Melzer. Mais je me sens tenue de vous rendre personnellement des comptes. Hier après-midi, votre sœur a emmené les enfants chez elle contre ma volonté. Madame Ginsberg était là, elle a donné une leçon de piano à Leo.

Kitty ! Toujours aussi têtue ! Il se sentit pris de colère. Elle s'arrangeait derrière son dos pour que Leo puisse s'adonner à sa funeste passion.

Serafina l'observait attentivement, évaluant l'effet de ses paroles.

Sans doute a-t-elle mauvaise conscience, la malheureuse, songea Paul.

— Ne vous méprenez pas, cher monsieur Melzer. Je sais combien vous aimez votre sœur. Mais elle m'a placée dans une situation très difficile.

En effet, Kitty était vraiment insupportable.

— Vous avez bien fait de m'en informer, chère madame von Dobern. Je vous en suis même très reconnaissant.

Elle parut soulagée et se risqua à sourire. Quand son teint se colorait un peu, elle devenait presque jolie. Ou du moins regardable.

— J'ai fermement refusé de libérer les enfants, mais votre sœur a passé outre mes protestations.

Évidemment. Seul un rouleau compresseur aurait pu forcer Kitty à revenir sur une décision.

— J'espérais trouver un appui auprès de votre femme. Malheureusement, elle n'était pas à la villa à ce moment-là.

Paul garda le silence. Marie était donc allée à l'atelier. Alors même qu'elle lui avait assuré récemment qu'elle resterait à la maison trois après-midi par semaine.

— Votre femme est rentrée avec les enfants en début de soirée. Ils étaient très fatigués et n'avaient pas terminé leurs devoirs.

Paul aurait souhaité laisser Marie en dehors de cette histoire, mais il ne put s'empêcher de demander :

— Ma femme est allée récupérer les enfants, dites-vous ? Dans la soirée ?

Serafina eut l'air sincèrement effrayée. Non, elle s'était mal exprimée, madame Melzer n'était assurément pas au courant de cet arrangement.

— Votre femme a passé l'après-midi chez sa belle-sœur, comme elle le fait de temps en temps. Elle se rend aussi chez elle en fin de semaine. Elles ont d'excellentes relations, c'est une chance. Après tout, ce sont toutes les deux des artistes.

— En effet, répondit-il avec brusquerie.

Ces dernières semaines, il avait eu de violentes disputes avec Marie au sujet de ces maudits tableaux. Cela lui faisait beaucoup de peine, mais il les trouvait vraiment affreux. Il ne voulait pas de ces croûtes dans la salle à manger ni au salon rouge. Ni au fumoir, où, d'ailleurs, les grandes bibliothèques tenaient quasiment toute la place. Et encore moins dans le vestibule. Que penseraient leurs visiteurs ? Il avait certes promis d'acheter trois tableaux et tiendrait parole. Mais pas un de plus ! Et puis, que Marie passe son temps chez Kitty lui déplaisait. Surtout si elle y emmenait les enfants.

— Comme je l'ai appris entre-temps de madame votre mère, monsieur von Klippstein avait prévu d'aller chercher Dodo et Leo. Cette nouvelle m'a tranquillisée, je me demandais comment ils étaient censés rentrer, puisqu'on m'avait interdit de passer les récupérer.

L'allusion à Klippstein porta un nouveau coup à Paul. Au cours des derniers mois, son ami Ernst s'était révélé un grippe-sou à l'esprit borné. Ils n'avaient cessé de se disputer à propos des investissements que Paul voulait faire pour améliorer l'impression des tissus. Des heures de travail. Des salaires. Paul avait finalement obtenu gain de cause, parce que les commandes affluaient et qu'ils étaient compétitifs, offrant une marchandise de qualité à un bon prix. Mais Ernst, ce petit boutiquier, tremblait pour ses sous. Paul était fermement résolu à rembourser son associé le plus tôt possible et à se séparer de lui. En lui offrant une somme convenable, bien entendu ; il n'était pas un escroc.

Cependant, autre chose le dérangeait chez son vieil ami. Sa façon de s'imposer dans la vie de la famille Melzer. C'était en grande partie la faute d'Alicia. Mais Marie se montrait elle aussi beaucoup trop obligeante. Elle acceptait qu'il vienne la chercher en voiture à l'atelier, qu'il l'emmène chez Kitty. Avait-il bien compris ? Hier, Ernst était allé chercher Marie et les enfants. Sans doute les avait-il également conduits rue de la Porte des femmes, après quoi il avait pris le café avec ces dames pendant que Leo faisait du piano avec madame Ginsberg. Ce n'était pas une façon de se comporter entre amis. Klippstein n'avait pas été épargné par le sort, mais cela ne l'autorisait pas à s'immiscer dans son couple. Marie devait pouvoir comprendre cela. Quant à Alicia, sa sollicitude maternelle était pardonnable.

— Je suis soulagée d'avoir pu vous faire part de mes inquiétudes en toute franchise, cher monsieur Melzer. Il le fallait. Je ne supporterais pas d'avoir des secrets pour vous ou de devoir vous mentir. J'aimerais encore mieux quitter ma place malgré mon profond attachement pour vos enfants.

Il lui assura aussitôt qu'elle avait bien fait, qu'il la remerciait de sa confiance et garderait pour lui la teneur de leur entretien. Elle sourit comme si elle avait été libérée d'un poids, se leva et lui souhaita une agréable journée.

Paul fut content de la voir partir.

— Apportez-moi un café, mademoiselle Lüders.

Il eut du mal à se remettre au travail, à réfléchir aux décisions importantes qu'il avait à prendre, à se plonger dans des évaluations de coûts de production. Dans sa tête se bousculaient des pensées qui le détournaient de sa tâche et qu'il avait du mal à repousser. Marie. Pourtant, il l'aimait. Mais il avait le sentiment qu'elle lui échappait. Qu'elle devenait une autre. Qu'elle s'éloignait de lui. Tout comme Leo. Il avait plusieurs fois amené son fils à l'usine, lui avait montré les ateliers, expliqué à quoi servaient les machines. Mais le gamin s'était bouché les oreilles pendant toute la durée de la visite, ne supportant visiblement pas le vacarme ambiant. Seul le dîner qu'ils avaient pris ensemble au réfectoire lui avait plu. Surtout parce qu'ils avaient été le point de mire des ouvriers. Leur directeur, qui rentrait d'ordinaire manger à la villa, se trouvait parmi eux en compagnie de l'enfant qui lui succéderait un jour à la tête de l'usine. Paul s'était aperçu que son fils lorgnait avec intérêt les jeunes ouvrières. À huit ans ! Au même âge, c'est tout juste si lui avait eu conscience que les filles existaient.

Lorsqu'il rentra en voiture dîner à la villa, il repensa à la façon dont son père avait réussi à l'intéresser à l'usine. Paul n'avait pas eu droit à des visites guidées durant son enfance. Il n'avait découvert les ateliers et les bâtiments administratifs qu'à l'époque de ses études. Et, à ce moment-là, pas question de se borner à y jeter un coup d'œil : il avait fallu travailler. Il s'y était mis avec enthousiasme et fierté, croyant en savoir plus que les autres en sa qualité de fils du directeur, mais il s'était trompé. Un jour, même, son père l'avait réprimandé devant tout le monde. Un moment pénible. Après cet épisode, ils avaient été longtemps en froid. Cependant l'objectif de Paul avait toujours été de lui succéder un jour. Parce que son père lui avait rendu la tâche extrêmement difficile ? Parce qu'il avait dû se battre pour y arriver ? Était-ce pour cette raison ? Valait-il mieux qu'il laisse Leo tranquille et observe son évolution de loin ? Peut-être. Cependant, il fallait veiller à ce que le gamin ne s'engage pas dans une mauvaise direction. Un musicien ne pourrait jamais prendre sa suite.

La chaleur suffocante du mois d'août l'indisposait, même le trajet en coupé cabriolet ne lui apporta pas de réel soulagement. Des nuages de poussière s'élevaient des rues pavées et des chemins de terre, l'obligeant à baisser sa casquette sur son front. Il n'en avait pas moins l'impression d'avaler toute la saleté de la route. Il ne se sentit mieux qu'en pénétrant dans l'agréable fraîcheur du vestibule de la villa.

Gertie vint le débarrasser de ses affaires.

— Je vous ai préparé de quoi vous changer, monsieur Melzer. Quelle chaleur ! C'est tout juste si on arrive à respirer.

— Merci, Gertie. Ma mère est-elle encore dans sa chambre ?

Quand il était parti, ce matin-là, Alicia avait une de ses terribles migraines.

— Non, monsieur Melzer, elle va mieux. Je crois qu'elle est dans le bureau en train de téléphoner.

C'était une bonne nouvelle. Il monta rapidement se rafraîchir dans la salle de bain et enfiler les vêtements propres que Gertie lui avait sortis, comme chaque midi. Un vrai plaisir quand on rentrait de l'usine en sueur et couvert de poussière.

Lorsqu'il se fut lavé et changé, il se sentit tout ragaillardi. Il suffisait vraiment de peu de choses pour chasser les idées noires. Les problèmes qui l'accablaient encore un instant plus tôt lui apparaissaient soudain sans importance. Pourquoi s'énervait-il ainsi ? À l'usine, les perspectives étaient encourageantes. Il avait une femme qu'il aimait et deux enfants en bonne santé. Sa mère se sentait mieux et, cerise sur le gâteau, une odeur de boulettes de foie et de spätzle au fromage avec des oignons frits venait lui chatouiller les narines. Non, il n'avait aucune raison de se plaindre. Des problèmes, il y en avait dans chaque famille, ils étaient là pour être traités et résolus.

Dans la salle à manger, Julius essayait de caser un énorme bouquet sur le buffet. Une composition de fleurs blanches mêlées de quelques rouges. Essentiellement des roses, pour autant qu'il puisse en juger.

— D'où vient ce monstre, Julius ?

— On l'a apporté pour madame, monsieur Melzer.

— Pour ma mère ?

— Non, monsieur Melzer, pour votre femme.

— Ah ?

Qui pouvait bien envoyer un bouquet si imposant à Marie ? Il attendit que Julius ait quitté la pièce pour faire une chose que lui-même trouva indigne. Mais la jalousie s'était emparée de lui et, lorsqu'il eut déchiffré la petite carte ornée de fleurs, elle embrasa son âme.

Avec tout mon respect et ma gratitude

Votre Ernst von Klippstein

Il eut tout juste le temps de remettre le carton dans l'enveloppe et de glisser celle-ci parmi les fleurs avant que Serafina n'entre avec les enfants.

— Tu as acheté des fleurs pour maman ? lui demanda Dodo avec un grand sourire.

— Non, Dodo, c'est un ami qui les lui a offertes.

La mine déçue de sa fille l'irrita. Sentant soudain de nouveau la poussière de la rue, il se racla la gorge. Serafina sauva la situation en ordonnant aux jumeaux d'aller se placer devant leurs chaises jusqu'à l'arrivée de leur grand-mère. Les enfants ne se mettaient à table que sur l'autorisation des adultes.

Alicia fit son apparition quelques minutes plus tard. Elle était très calme, sourit à tout le monde, s'assit et récita la prière. Puis, elle ordonna à Julius de servir la soupe.

— Où est Marie ? s'enquit Paul.

Le regard que lui lança sa mère était éloquent. *Misère*, pensa-t-il, envahi par un sentiment de désarroi face à ces interminables dissensions familiales.

— Ta femme a appelé. Elle s'excuse, une cliente difficile. Elle ne sera probablement pas de retour avant l'après-midi.

Quand Alicia disait « ta femme » et non « Marie », la situation était grave. Les enfants percevaient eux aussi ce genre de signal, peut-être mieux que lui, du reste.

— Maman a promis de m'emmener à l'aérodrome, déclara Dodo.

La gouvernante lui expliqua avec une aimable fermeté que le temps était trop chaud et trop poussiéreux pour ce genre d'excursion.

— Que veux-tu faire à l'aérodrome, Dodo ? demanda Paul, agacé.

Les passions de ses enfants le perturbaient. Dodo était une fille, elle devait jouer à la poupée. Ne lui avait-on pas offert pour Noël une ravissante cuisine de poupée avec un fourneau sur lequel on pouvait faire cuire des aliments pour de vrai ?

— Voir les avions. De tout près.

Il semblait tout de même y avoir là un intérêt pour la technique moderne. Dommage que cela vienne de Dodo…

— Et toi, Leo ? Tu veux aussi voir les avions ?

Leo mâchait énergiquement un morceau de boulette. Il l'avala et secoua la tête.

— Non, Papa, je n'aime pas le bruit que font leurs moteurs.

Alicia participait peu à la conversation, elle semblait plongée dans ses pensées. Du coup, Serafina, d'ordinaire peu loquace, s'efforça de détendre l'atmosphère. Elle encouragea Dodo à réciter un poème qu'elle venait d'apprendre, dans lequel le printemps faisait voleter son ruban bleu. Leo fut autorisé à parler du quartier de la Fuggerei, qu'il avait visité avec sa classe la semaine précédente. Paul les écouta avec patience, les félicita, ajouta quelques compléments, tout en échangeant des regards enjoués avec Serafina, visiblement ravie de l'attention qu'il lui manifestait.

Après le dessert, Alicia permit aux enfants de se lever de table. La gouvernante sortit elle aussi, laissant Paul seul avec sa mère.

— Veux-tu un moka, maman ?

— Merci, Paul, ma tension est en ébullition.

Il s'exhorta mentalement au calme, se servit un petit moka, ajouta du sucre, remua.

— J'ai eu une conversation avec madame le directeur Wiesler.

Cette vieille commère avait ouvert une nouvelle boîte de Pandore. Elle devait en avoir un plein placard.

— Maman, sois brève, s'il te plaît. Tu sais que je dois retourner travailler.

Il aurait mieux fait de se taire. Alicia l'accusa aussitôt d'être comme son père : jamais le temps pour la famille, il ne s'intéressait qu'à l'usine.

— Maman, je t'en prie… Raconte-moi donc ce qui te préoccupe.

Elle prit une grande inspiration et tourna les yeux vers le buffet, sur lequel trônait le funeste bouquet.

— Madame Wiesler m'a informée que la Société des arts avait prévu d'organiser une exposition des tableaux de Luise Hofgartner à l'automne prochain. Une rétrospective. Elle souhaite se charger du discours d'inauguration, pour lequel elle a déjà collecté des informations en France.

Alicia s'interrompit, car elle avait du mal à respirer. Ses joues rougies montraient par endroits des taches plus sombres, ce qui apparut comme un mauvais signe à Paul. Grands dieux, quelle nouvelle ! Pas étonnant que sa mère soit bouleversée.

— Tu lui as bien dit que nous étions strictement opposés à ce que ces… tableaux soient montrés publiquement?

— Évidemment!

Alicia rejeta la tête en arrière avec un rire hystérique.

— Mais cette femme est si têtue… Elle a affirmé qu'il n'y avait aucune raison de ne pas les exposer. Luise Hofgartner a vécu et travaillé à Augsbourg, on a même découvert d'autres œuvres de sa main. Notre ville peut s'enorgueillir d'avoir accueilli une artiste aussi exceptionnelle dans ses murs.

Quel ramassis de sottises! Et tout ça pour ces horribles tableaux. Une artiste! Paul pensait plutôt que cette femme – avec tout le respect qu'il devait à Marie – n'avait été ni plus ni moins qu'une folle.

— Ne t'énerve pas, maman. Je vais m'occuper de ça. Les Melzer ont tout de même conservé un peu d'influence dans cette ville.

Alicia parut soulagée. Elle avait effectivement compté sur son soutien, on ne pouvait pas leur forcer ainsi la main. Sans même parler de la mémoire de Johann, qui ne manquerait pas d'être traînée dans la boue à cette occasion.

— Il y a partout de l'envie et de la jalousie, même ici, à Augsbourg. Je suis sûre qu'on racontera toutes sortes d'inepties, notamment sur les relations de ton père avec cette femme.

— Marie en a-t-elle été informée?

— Je crois, oui. En tout cas, Kitty est enthousiaste. Et elles sont toujours ensemble, comme tu le sais.

Paul se leva et se mit à faire les cent pas, les mains dans les poches de son pantalon. Se pouvait-il que Marie ait été au courant de ce projet depuis le début? Qu'elle en ait peut-être même été l'instigatrice? Non, c'était difficile à croire. L'initiative venait probablement de sa sœur.

— Je parlerai à Kitty, maman.

— Ce n'est pas seulement à elle que tu devras parler, Paul.

Il ne l'ignorait pas. C'était surtout avec Marie qu'il devrait en discuter. En la ménageant, bien sûr. Il ne voulait pas lui faire de peine. Mais il faudrait bien qu'elle comprenne que...

— Kitty ne possède qu'une faible part de la collection. L'essentiel appartient à Ernst von Klippstein.

— Quoi?

Paul s'immobilisa et regarda sa mère d'un air horrifié. Avait-il bien entendu? Ernst avait financé cette opération douteuse? Il n'en revenait pas. À l'usine, son associé lésinait sur le moindre sou et voilà qu'il gaspillait son argent pour une imbécillité de ce genre? Mais oui: il voulait impressionner Marie. La vérité éclatait enfin au grand jour: son honnête ami Ernst avait jeté son dévolu sur sa femme. Et Marie, que faisait-elle? Le remettait-elle à sa place?

Il tourna les yeux vers le bouquet, dont le parfum douceâtre éclipsait jusqu'à l'odeur corsée du moka. *Avec tout mon respect et ma gratitude,* disait la carte d'accompagnement.

— Je vais demander à Julius de mettre les fleurs sur la terrasse, dit Alicia, qui avait suivi son regard. Cette odeur me donne mal à la tête.

Savait-elle qui était l'expéditeur de ce bouquet? Sans doute. Elle aussi était curieuse, même si elle ne l'aurait admis pour rien au monde.

— On se voit ce soir, dit Paul en lui déposant un baiser sur le front.

Elle garda sa main dans la sienne un court instant en fermant les yeux.

— Oui, Paul. Je suis vraiment désolée pour toi.

La journée serait difficile, il l'avait pressenti. Et le malheur qui planait au-dessus de la villa tel un sombre nuage suivait déjà son cours. Paul était agité et furieux, il se sentait honteusement trompé par celui qu'il avait considéré autrefois comme son meilleur ami. Mais, ce qui le mettait véritablement hors de lui, c'était la complicité manifeste de Marie. Elle était clairement de connivence avec Ernst. Elle avait élaboré ce projet d'exposition en secret avec lui et Kitty, sans penser à ce qui en résulterait pour son époux et sa famille.

Il descendit en hâte dans le vestibule, saisit son chapeau sans se soucier de Gertie, qui accourait pour l'aider, et sortait déjà sa clé de voiture de sa poche quand la porte s'ouvrit, livrant passage à Marie.

— Ah, Paul ! s'écria-t-elle. Je suis vraiment désolée d'avoir été retenue.

Elle était si jolie quand elle était ainsi tout essoufflée. Elle lui sourit, quêtant son pardon du regard. Avec tendresse et un brin d'espièglerie.

Cependant, il n'était pas d'humeur à se laisser attendrir.

— Je suis ravi de voir que tu sais encore où tu habites ! Entre-temps, j'ai découvert vos agissements.

Effrayée, elle s'immobilisa, le regarda de ses grands yeux sombres. Ces yeux qu'il aimait tant. Qui savaient si bien mentir.

— Qu'est-ce que tu racontes ? De quels agissements parles-tu ?

— Tu le sais très bien. Mais je te jure que j'interdirai cette exposition. On devrait brûler ces croûtes au lieu de les exposer.

Il vit son visage se figer. Elle le fixait, comme si elle ne pouvait croire que c'était lui qui venait de prononcer ces paroles. Il avait honte de lui-même, mais un démon le poussa à décocher une flèche de plus.

— Tu peux dire à ton amant, à ton chevalier à la rose, que je ne veux plus le voir ici. Le reste, je le réglerai moi-même avec lui.

La fureur qui le dominait se dissipa d'un coup. Il sentit confusément qu'il venait de prononcer des paroles irréparables. Il passa devant elle sans oser la regarder, enfonça son chapeau sur son front et descendit le perron.

Chapitre 17

Marie ressentit une douleur. Elle connaissait cette sensation, cette chose brûlante, corrosive, qui prenait naissance dans son estomac, remontait dans la gorge, puis se répandait dans tout son corps. Dans son enfance, celle-ci survenait fréquemment lorsqu'elle se sentait désemparée et injustement traitée. Elle l'avait également éprouvée en apprenant que Paul était prisonnier en Russie. Elle avait craint alors de ne jamais le revoir.

Ce ne sont que de simples paroles, auxquelles il ne faut pas accorder trop d'importance, se dit-elle. Paul était énervé. Cette idée stupide à propos de l'exposition…

Mais la douleur persistait, s'intensifiait, voulait la remplir tout entière. Elle n'avait jamais été si violente.

Qu'avait-il dit ? Qu'on devrait brûler ces tableaux ? Ne savait-il donc pas que les mots pouvaient blesser ? Tuer ? Quel amour était capable de leur résister ?

— Maman !

Elle prit soudain conscience qu'elle était toujours dans le vestibule, où il lui avait asséné ces paroles meurtrières. Il avait pris la fuite en l'abandonnant. Paul, l'homme qu'elle aimait.

— Maman !

Dodo dévala l'escalier, les doigts maculés d'encre. Son col blanc affichait une tache bleu foncé.

— Maman, tu avais promis de m'emmener à l'aérodrome aujourd'hui !

Hors d'haleine, la fillette se planta devant elle avec un regard d'expectative.

— Aujourd'hui... Je crois qu'aujourd'hui il fait trop chaud pour ça, Dodo.

Une profonde déception se peignit sur les traits de la petite, qui parut sur le point de fondre en larmes. Marie savait avec quelle opiniâtreté Dodo avait lutté pour lui arracher cette promesse, elle avait quémandé, imploré. La décevoir lui fendait le cœur.

— Mais tu avais promis !

Marie sentit venir le moment où la fillette allait trépigner. Elle hésita. Certes, elle était profondément secouée et brûlait de se retrouver seule. Mais pourquoi Dodo aurait-elle dû en pâtir ?

— Laisse maman tranquille !

Leo était accouru. Saisissant sa sœur par le bras, il essaya de l'éloigner.

— Mais pourquoi ? répliqua Dodo en résistant. Lâche-moi !

— Papa a été très méchant avec elle, répondit-il tout bas.

— Bah, il est toujours en train de râler.

— Oui, mais là encore plus que d'habitude.

— Et alors ?

Ils avaient entendu, évidemment. Paul avait parlé très fort. Ignorait-il que les bruits du vestibule étaient perceptibles jusqu'au deuxième étage ? Bien sûr que non, il avait grandi dans cette maison. Marie prit brusquement conscience que leur dispute avait dû également parvenir aux oreilles des domestiques, dans la cuisine. Ainsi que de sa belle-mère et de...

— Dépêchez-vous de remonter, vous deux, vous n'avez pas terminé vos devoirs.

Serafina von Dobern se tenait sur le palier du premier étage. Marie crut lui voir une expression d'intense satisfaction, mais c'était sans doute l'effet de son imagination. La gouvernante se montrait toujours courtoise à son égard, tout en sachant que Marie n'approuvait pas ses méthodes d'éducation et avait même demandé son renvoi. Serafina la considérait assurément comme une ennemie, aussi les insultes de Paul avaient-elles dû la réjouir.

— C'est bon, madame von Dobern, je repars en ville avec eux.

La silhouette maigre de Serafina se raidit. La gouvernante leva le menton et toisa Marie à travers ses lunettes.

— Je suis navrée, madame Melzer, mais je suis obligée de m'y opposer. Dodo a une punition à effectuer et Leo doit rattraper les devoirs qu'il a omis de faire hier. De plus, votre belle-mère souhaite que les enfants aient un emploi du temps régulier afin d'apprendre l'ordre et l'autodiscipline.

Elle parlait sans élever la voix, mais avec fermeté. Sous la surface lisse, Marie sentit l'assurance d'une personne qui exerçait son pouvoir. Le maître de maison avait humilié son épouse, la gouvernante croyait désormais pouvoir la contredire. Marie avait-elle encore son mot à dire dans cette maison ? Ou voulait-on dorénavant la rappeler à l'ordre comme une domestique ? Elle se sentit trembler de tout son corps.

— Je vous donne une demi-heure, pas plus ! répliqua-t-elle en se maîtrisant avec peine.

Elle ôta son chapeau et le jeta sur une commode, invita d'un signe de tête les jumeaux à s'exécuter et s'empressa de monter au premier. À bout de forces, elle entra dans la pièce où elle effectuait ses travaux de couture, se laissa tomber sur le canapé et ferma les yeux en soufflant.

Qu'est-ce qui se passe ? se demanda-t-elle, affligée. *Ce n'est pas notre première dispute. Paul doit déjà regretter ses paroles. Ce soir, il me présentera des excuses.*

Pourtant, elle se sentait comme paralysée de souffrance. Une limite avait été franchie. Paul lui avait révélé tout le mépris qu'il éprouvait pour elle et pour ses origines. Lui, Paul Melzer, avait hissé l'orpheline Marie jusqu'à lui, il avait eu l'infinie bonté de faire d'elle sa femme. En échange, elle lui devait obéissance et était tenue de renier ses origines. L'œuvre de sa mère, estimait-il, était bonne à jeter au feu.

N'avait-il pas compris que sa mère était une partie d'elle-même ? Peu importait ce que Luise Hofgartner avait fait au cours de sa brève et turbulente existence, Marie l'aimait par-dessus tout. Ces tableaux, qui lui apprenaient tant de choses sur elle, constituaient un legs précieux, un message par-delà la mort. Comment supporter que Paul leur manifeste un tel dédain ?

C'était son père qui avait causé la mort prématurée de Luise Hofgartner. Pire : Johann Melzer avait également frustré Jakob Burkard de ce qui lui appartenait. Il s'était servi des machines géniales de son associé pour, ensuite, le dépouiller frauduleusement de ses parts dans l'usine. Elle, Marie, avait eu la générosité de pardonner cette faute aux Melzer. Elle l'avait fait par amour pour Paul, convaincue que leurs sentiments seraient plus forts que les ombres du passé.

Elle se redressa en gémissant. Comme cette pièce était exiguë et confinée, encombrée de placards et d'étagères remplies de dossiers. De souvenirs. On y respirait mal. Elle porta les mains à son visage et sentit qu'elle avait les joues en feu. Non, elle ne devait pas laisser ces ombres détruire sa vie. Ni faire du mal à Paul. Mais, surtout, elle devait protéger les enfants de ces sinistres fantômes.

Il fallait qu'elle trouve sa voie. Qu'elle se calme. Qu'elle laisse parler l'amour et non la colère.

Elle se leva et prit le téléphone, indiqua le numéro de Kitty à l'opératrice.

— Marie ? Tu as de la chance, j'allais sortir. Est-ce que tu es au courant ? Madame le directeur Wiesler a découvert une biographie de ta mère, dans la succession de Samuel Cohn-d'Oré, tu te rends compte ?

Quelle incroyable nouvelle ! En temps normal, Marie aurait été folle d'excitation, mais elle écouta le bavardage de sa belle-sœur d'une oreille distraite.

— Kitty, je ne me sens pas bien. Tu pourrais passer chercher les enfants, puis les conduire à l'aérodrome de la rue Haunstetten ? Dodo veut absolument voir les avions.

Son interlocutrice marqua un temps de surprise.

— Quoi ? Par cette chaleur ? Aller voir cet aérodrome dégoûtant, où de toute façon il ne se passe rien parce qu'ils ont mis la clé sous la porte ? Je m'apprêtais à rejoindre trois collègues à la pâtisserie Zeiler pour une petite causette.

— S'il te plaît, Kitty !

Elle avait parlé sur un ton si grave, si implorant, que Kitty fut désarçonnée.

— Mais je… C'est… Oh là là, tu n'as vraiment pas l'air bien, Marie. Qu'y a-t-il ? La grippe estivale ? La rougeole ? Figure-toi qu'il y a des cas à l'école.

Marie dut une fois de plus couper court au flot de paroles de Kitty, ce qui lui demanda un gros effort.

— J'ai besoin de réfléchir, Kitty. Seule. Je t'en prie, essaie de comprendre.

— De réfléchir ?

Marie l'imagina repousser une mèche derrière son oreille et laisser vagabonder son regard en essayant de saisir ce qui se passait. Son intuition l'amena aussitôt sur la bonne piste.

— Paul s'est mal comporté ?

— On en parlera plus tard, si tu veux bien.

— Je suis chez toi dans dix minutes. Non, attends, il faut que je prenne de l'essence. Dans vingt minutes. Si ma petite bagnole veut bien être sage. Tu tiendras jusque-là ?

— Il s'agit simplement des enfants, Kitty.

— L'aérodrome ? C'est vraiment indispensable ? On ne pourrait pas tous aller à la pâtisserie ? Bon, d'accord. Je mets le carrosse en route. Henni ! Où es-tu encore ? Henni, on va à l'aérodrome.

— Merci, Kitty.

Elle reposa le combiné noir avec un sentiment de soulagement. Elle s'était ménagé l'espace dont elle avait besoin. Il fallait qu'elle clarifie ses pensées, qu'elle trouve le moyen d'être sincère, tout en préservant son amour. C'était la condition même pour pouvoir continuer à vivre.

Alors qu'elle s'apprêtait à quitter la pièce, le téléphone sonna. Elle sursauta, fut tentée de décrocher, puis se ravisa. Elle sortit et se hâta de rejoindre l'escalier. Pour un peu, elle se serait bouché les oreilles afin de ne plus entendre cette sonnerie tenace. Else et Gertie se trouvaient dans le vestibule. En voyant surgir Marie, elles s'écartèrent l'une de l'autre comme des conspiratrices prises sur le fait.

— Madame Brunnenmayer voudrait savoir si elle doit garder votre repas au chaud.

La voix de Gertie trahissait une sympathie contenue. Else s'éloigna de quelques pas et fit comme si elle était occupée à jouer du plumeau.

— Merci, Gertie. Dis à madame Brunnenmayer que je ne dînerai pas.

— Bien, madame Melzer.

— Madame Bräuer passera dans une vingtaine de minutes chercher les enfants. Tu expliqueras à madame von Dobern que je le lui ai demandé.

Gertie acquiesça docilement. Sans doute voyait-elle poindre de nouveaux ennuis à l'horizon : la gouvernante s'était déjà plainte à plusieurs reprises auprès d'Alicia de sa prétendue insolence.

— Apporte-moi mon chapeau, s'il te plaît.

Marie n'avait aucun but précis en tête, elle savait juste que la villa ne lui offrait aucun espace pour se retrouver. Cette maison respirait le sentiment de supériorité des Melzer, l'arrogance d'une dynastie qui croyait valoir plus que les autres. Comment avaient-ils acquis leur rang, ces magnats du textile imbus d'eux-mêmes ? Sur quoi reposait leur fortune ? Leur influence ? Pour l'essentiel sur les inventions de son père. Sans Jakob Burkard, l'usine Melzer n'aurait pas existé.

Elle mit son chapeau, jeta un bref coup d'œil dans le miroir et constata qu'elle était très pâle. Ses tremblements avaient repris, mais elle n'y prêta pas attention. Lorsque Gertie ouvrit la porte, le soleil de midi pénétra dans le vestibule, dessinant un rectangle aveuglant sur le sol en marbre. Marie sortit dans la lumière, cligna des yeux et descendit rapidement le perron, le souffle coupé par la chaleur estivale. L'allée qui menait au portail était poussiéreuse. Voitures et charrettes avaient creusé des ornières qui se remplissaient d'eau par temps de pluie. À présent desséchées, elles étaient pleines de sable et de poussière. Autrefois, le jardinier avait entretenu l'allée, mais depuis que Gustav Bliefert ne travaillait plus que de manière épisodique pour la villa, le parc et les chemins étaient laissés à l'abandon.

Qu'est-ce que ça peut me faire ? se dit Marie. *Ma belle-mère et mon mari décident de tout; on ne me demande pas mon avis.* Afin de ne pas tomber sur Kitty, elle rejoignit le portail en passant par les pelouses. Son esprit exhuma alors du tréfonds de sa mémoire un souvenir marquant. C'était à cet endroit que, quelques années plus tôt, elle avait aperçu une silhouette dans le brouillard. D'abord effrayée, elle avait fini par reconnaître Paul, qui rentrait de captivité. À l'époque, un bonheur fou l'avait envahie.

Elle s'empressa de chasser cette réminiscence. Après avoir traversé la route, elle prit un des sentiers de la prairie conduisant à la ville entre hangars, bâtisses abandonnées et nouvelles usines. Elle se sentait mieux, respirait avec régularité, ses tremblements avaient presque disparu. C'était sans doute parce qu'elle s'était éloignée de la villa.

En suis-je déjà là ? se demanda-t-elle avec effroi. *Non, non, je trouverai une solution. Nous nous arrangerons. Ne serait-ce que pour les enfants.*

Des souris grises détalaient à son approche. Dans le ciel tournoyaient deux éperviers dont on entendait les longs cris aigus. Marie passa devant l'usine à gaz en jetant un regard timide sur les conteneurs sphériques, puis devant la filature de coton au bord de la Fichtel. Partout on construisait et bricolait. Le Rentenmark avait prouvé son efficacité, le peuple reprenait confiance dans l'économie. Étrange que, au moment même où l'on pouvait de nouveau regarder vers l'avenir, son bonheur à elle menace de s'effondrer.

Les rivières étaient basses, deux fois elle osa traverser un petit cours d'eau en sautant de pierre en pierre. Paul n'avait-il pas raconté que, dans son enfance, il était venu pêcher ici avec ses amis ? Il n'accordait pas ce genre de liberté à son propre fils. Marie remonta la rue de la Montagne de lait en restant à l'ombre des petites maisons de la vieille ville pour échapper aux ardeurs du soleil. Leurs toits enfoncés et leur crépi qui s'écaillait lui étaient familiers. Et elle avait encore de son enfance le souvenir des odeurs du vieux quartier : l'humidité, le moisi, et ces effluves d'urine sous les porches sombres. Des chiens rôdaient, des chats abandonnés, installés près des soupiraux des caves, guettaient rats et souris. Le quartier n'avait pas beaucoup changé, seules quelques rares bâtisses étaient en meilleur état. Celles dont Maria Jordan était propriétaire en faisaient partie. L'une des deux possédait au rez-de-chaussée une grande vitrine, devant laquelle on avait installé une table basse chargée de toutes sortes d'objets : un ensemble hétéroclite de fruits et légumes, de cassettes en bois peintes de couleurs vives, de vases, de cuillères en fer-blanc et de colliers de fausses perles. En passant, Marie aperçut le jeune employé aux oreilles en feuilles de chou qui servait avec empressement une cliente. Tout compte fait, le sort de la Jordan était enviable. Elle avait su saisir l'occasion et se construire une existence à elle. Comme elle était seule, elle pouvait réaliser des affaires pour son propre compte sans l'autorisation de quiconque.

Ce n'était certes pas quelqu'un d'agréable, mais elle était extrêmement capable.

Trois ruelles plus loin, Marie se retrouva devant le lieu vers lequel elle s'était inconsciemment dirigée. Mis à part le toit, qui avait été refait, tout était demeuré comme autrefois. Au rez-de-chaussée, on voyait toujours l'enseigne en bois À l'arbre vert. Un rayon de soleil qui s'était faufilé entre deux maisons se reflétait sur une des vitres sales. Marie s'adossa à une façade pour contempler le bâtiment. C'était là qu'elle était venue au monde et avait passé les deux premières années de sa vie avec sa mère. Luise Hofgartner avait lutté, subsistant grâce à de petits travaux de commande ; elle s'était endettée, avait probablement souffert de la faim. Mais elle avait refusé de vendre à l'homme qui avait dépossédé son époux les plans de construction que ce dernier lui avait légués. Quelle opiniâtreté ! Quelle dureté envers elle-même ! Une femme qui fonçait tête baissée, au risque de mettre son enfant en danger.

Marie sentit son cœur battre à grands coups irréguliers. Les jambes tremblantes, elle craignit soudain de s'évanouir dans cette ruelle, ou pire. Elle se rappela avec épouvante cette nuit, à l'orphelinat, où elle s'était réveillée tout ensanglantée sans réaliser tout de suite que ce sang venait d'elle. Une hémorragie. Elle avait bien failli en mourir.

Non, pensa-t-elle en respirant profondément pour calmer les battements de son cœur. Elle n'obligerait pas ses enfants à grandir sans mère. Mieux valait… Oui, quoi ? Se renier soi-même ? En était-elle capable ? Était-ce ce qu'elle voulait être pour ses enfants ? Une femme qui se sacrifiait ? Qui renonçait ? Plaçait le bonheur familial au-dessus de son propre bien-être ? Il existait une foule de romans et de récits incitant les jeunes filles à souscrire à cette noble vocation féminine. L'orphelinat avait possédé un certain nombre d'ouvrages de cette nature et il s'en trouvait aussi dans la bibliothèque de la villa. Luise Hofgartner en aurait probablement ri.

Marie quitta l'appui du mur et constata qu'elle n'avait aucune peine à se remettre en route. Ses troubles n'avaient sans doute été que le fruit de son imagination. Le mouvement lui faisait du bien. Elle se dirigea vers la rue de la Salle de douane, puis prit le chemin de la gare, le long du cimetière Herman, où les morts dormaient de leur dernier sommeil dans le vacarme des trains et le sifflement des locomotives.

Je suis folle, songea-t-elle. *Pourquoi vais-je là-bas ? Les miracles ne se répètent pas. Le curé Leutwien, qui m'avait consolée et accueillie sous son toit, n'exerce plus depuis longtemps.*

Pourtant, ses pas la portaient vers le cimetière, elle y était attirée comme par une force magique. Ce n'était pas le luxueux caveau de famille des Melzer qu'elle venait voir ni la dernière demeure du malheureux Edgar Bräuer, qui s'était suicidé après la faillite de sa banque. Mais, tout près du mur, la petite pierre tombale envahie par la végétation, sur laquelle figurait le nom de sa mère. Luise Hofgartner. De temps en temps, Marie venait y déposer une gerbe de fleurs. En été, aux fleurs elle préférait une couronne de lierre, plus résistant à la chaleur.

À cette heure, le cimetière était presque désert. Deux femmes vêtues de noir se déplaçaient entre les rangées de tombes, plantaient des impatientes et les arrosaient. À côté de l'église, trois enfants accroupis par terre jouaient aux billes. Marie s'assit sur le gazon, caressa la modeste pierre, en suivit tendrement les contours, puis promena son doigt sur l'inscription.

Que dois-je faire ? pensa-t-elle. *Donne-moi un conseil. Dis-moi comment tu aurais agi à ma place.*

Le soleil dardait ses rayons sur elle. À l'abri du mur, il n'y avait pas un souffle de vent, ce qui rendait la chaleur encore plus insupportable. On n'entendait même pas chanter les oiseaux, seule une colonie de petites fourmis brunes transportait avec énergie ses cocons blancs dans l'herbe.

Marie comprit que personne, pas même sa mère, ne pouvait lui donner de conseil. Elle se remémora les reproches de Paul, réfléchit aux réponses qu'elle pouvait leur apporter. Il avait évoqué ses « agissements », était persuadé qu'elle avait élaboré ce projet d'exposition avec Kitty à son insu. Comment pouvait-il croire une chose pareille ?

Et qu'avait-il voulu dire en parlant d'« amant » et de « chevalier à la rose » ? Indignée par le mépris qu'il manifestait à sa mère, elle n'avait pas prêté attention à cette phrase. Était-ce de l'ironie ? Il ne pensait tout de même pas sérieusement qu'elle avait un amant ? Ou bien... Parlait-il de Klippi, qui en effet lui envoyait parfois des fleurs ? Mais il faisait de même avec Kitty et, pour Pâques, Tilly avait également reçu un bouquet de sa part. Paul devait pourtant savoir qu'Ernst von Klippstein n'aurait jamais osé lui faire des avances !

Épuisée, elle chercha du regard un endroit ombragé et se réfugia sous un vieux hêtre. Un écureuil escalada prestement le tronc et disparut dans la ramure, où elle l'entendit glapir et se démener parmi les feuilles : sans doute était-il tombé sur un concurrent.

Elle ôta son chapeau et s'en servit pour s'éventer. Quand il rentrerait, Paul serait assurément revenu à la raison. Elle n'en reprendrait pas moins les accusations qu'il avait formulées, lui expliquerait que, la veille encore, les projets de Kitty lui étaient inconnus. Qu'Ernst von Klippstein s'était toujours comporté en parfait gentleman. Et qu'à ses yeux les tableaux de sa mère étaient tout sauf des « croûtes ».

Elle appuya sa tête contre le tronc lisse et leva le regard. Quelques rares rayons de soleil traversaient le toit feuillu telles des flèches de lumière vive. Marie ferma les yeux.

Non, dit en elle une voix. *Ce n'est plus possible. Une limite a été franchie. Personne ne peut passer son temps à se défendre contre des accusations injustes. Où il y a de l'amour, il devrait y avoir de la confiance. S'il n'y a pas de confiance, c'est que l'amour est mort.*

— Il ne m'aime plus.

Elle prononça cette phrase à voix basse, sans même s'en rendre compte. De l'eau coula quelque part, peut-être étaient-ce les femmes qui remplissaient leurs arrosoirs à la fontaine. Ou un ruisseau, une rivière. Son cœur cognait dans sa poitrine, un vertige la prit. *Ne pas m'évanouir*, pensa-t-elle. *Surtout ne pas m'évanouir…*

— Marie ! Oh là là, je me disais bien… Marie, qu'est-ce qui t'arrive ? Marie, ma chère, mon adorable Marie !

La jeune femme vit un visage se pencher vers elle comme à travers un brouillard vibrant et lumineux. De grands yeux bleus effrayés, des cheveux courts qui tombaient sur le front et les joues.

— Kitty ? J'ai… un peu… le vertige.

— Le vertige ? Ah, tant mieux ! J'ai cru que tu étais morte.

Le brouillard se dissipa. Marie s'aperçut qu'elle était étendue par terre sur le dos, juste sous le hêtre contre lequel elle s'était assise.

— Je me doutais bien que tu étais venue ici ! Tu peux te lever ? Non, attends, je vais t'aider… Ou préfères-tu que j'appelle un médecin ? Là-bas, il y a un couple qui pourra nous aider.

— Non, ça va aller. C'est la chaleur. Où sont les enfants ?

À présent qu'elle s'était rassise, elle éprouvait de nouveau un léger vertige. Kitty l'observa avec inquiétude.

— Les petits sont chez Gertrude. Je t'emmène là-bas.

Marie se releva péniblement, porta la main à son front et sentit Kitty lui entourer les épaules de son bras.

— Chez toi ? marmonna-t-elle. Kitty… Je…

— Chez moi, répondit Kitty sur un ton énergique. Et vous resterez tant que vous voudrez. Jusqu'au jour du jugement dernier si ça vous chante. Ou encore plus longtemps.

Chapitre 18

Il avait fermé les rideaux, mais cela ne servait pas à grand-chose. Le bureau était si étouffant qu'il avait dû se défaire de sa veste et de son gilet. Par chance, aucun visiteur ne s'était annoncé, si bien que monsieur le directeur pouvait être en chemise sans que cela ne dérange personne. Paul travaillait comme un forcené, sans s'accorder la moindre pause. Il en était à sa sixième tasse de café et se sentait de plus en plus nerveux.

Il avait perdu le contrôle de lui-même. C'était ce qu'il regrettait le plus. Marie l'avait poussé à bout. Du coup, il s'était exprimé avec tant d'excès qu'elle avait dû en être profondément affectée. Il n'était pas nécessaire d'en arriver là. À présent, c'était lui qui se retrouvait en faute, contraint d'en rabattre et de s'excuser. En bon imbécile qu'il était, il s'était lui-même placé dans la position de faiblesse.

Il avait essayé à trois reprises de joindre la villa. Autre motif de regret. La première fois, personne n'avait répondu. Il aurait dû en rester là. Mais non, il voulait à tout prix apaiser sa mauvaise conscience et dire à Marie combien il était navré. Or elle n'était pas là. Mais il ne l'avait appris qu'à son deuxième appel.

— Maison Melzer. Ici madame von Dobern.

La gouvernante ! Que faisait-elle dans le bureau de Marie ? Et pourquoi prenait-elle les appels téléphoniques ?

— Melzer à l'appareil, avait-il répondu sur un ton peu aimable. Je souhaiterais parler à ma femme, s'il vous plaît.

— Je regrette, monsieur Melzer, elle est sortie.

L'espace d'un instant, il avait cru que Marie s'était mise en route pour venir le voir à l'usine. Il en avait presque été ému, car si quelqu'un devait présenter ses excuses, c'était bien lui.

— Par ailleurs, les enfants sont allés une fois de plus chez madame Bräuer avec l'accord de votre femme. Soyez certain que je me suis opposée à…

— A-t-elle dit où elle allait ? l'avait-il coupée, peu désireux d'écouter ses jérémiades.

— Malheureusement pas, monsieur Melzer. Je l'ai vue dans le parc et j'ai supposé qu'elle avait rendez-vous avec quelqu'un.

Il avait compris que son espoir de voir Marie arriver dans son bureau avait été une illusion. Elle s'était rendue dans le parc. Pour quelle raison ?

— Vous supposez, dites-vous. Qu'entendez-vous par là, madame von Dobern ?

— Eh bien… Je regardais tout à fait par hasard par la fenêtre et, en la voyant se dissimuler derrière les buissons, j'ai supposé qu'elle devait avoir une bonne raison de le faire.

Des images surgirent dans l'esprit de Paul : Ernst von Klippstein attendant Marie et la prenant dans ses bras… Mais il fit appel à toute sa raison pour chasser ces chimères. Ernst se trouvait dans le bureau d'à côté, en train d'évaluer les coûts de quelque commande.

— Je vous demande instamment de ne pas répandre de rumeurs sur le compte de ma femme, madame von Dobern, avait-il répliqué sur un ton tranchant.

— Je vous prie de m'excuser, monsieur Melzer. Ce n'était vraiment pas mon intention. Je suis inquiète, c'est tout.

Cette femme était une intrigante. Comment avait-il pu ne pas s'en apercevoir ? Elle lui avait déplu dès le début, à l'époque où elle faisait partie des amies intimes d'Elisabeth.

— Occupez-vous plutôt de l'éducation de mes enfants. Et laissez ce téléphone tranquille. Ce n'est pas à vous de prendre les appels !

Et il raccrocha sans attendre sa réponse. Marie était donc sortie dans le parc de la villa. Bon… Une promenade l'aiderait peut-être à recouvrer son calme.

La troisième fois, il eut sa mère au bout du fil.

— Marie ? Elle n'est pas encore rentrée. Les enfants non plus.

Il était déjà 5 heures passées. Que pouvait-elle bien fabriquer dans le parc ? Quelqu'un était-il finalement venu la chercher ?

— Tu as appelé chez Kitty ?

— Oui, mais personne ne répond. Je trouve ça inconvenant de la part de Kitty, la pauvre madame von Dobern en est profondément blessée. Ça ne peut pas continuer comme ça, Paul, il faut que tu aies une petite discussion avec ta sœur.

— Dimanche, peut-être, grommela-t-il. Là, je suis occupé.

— Bien sûr, tu es occupé. Quelle chance tu as de pouvoir te tenir à l'écart de tout !

— À ce soir, maman.

Ce dernier appel avait sans doute été le plus inutile des trois. Il travailla jusqu'à 6 heures et demie, puis remit son gilet et sa veste, se coiffa de son chapeau de paille et pria la secrétaire d'informer Klippstein qu'il rentrait chez lui.

En proie à une tension extrême, il faillit percuter une charrette en s'engageant dans la rue Lechhausen à la sortie de l'usine. Cela ne pouvait effectivement pas continuer ainsi. Ces disputes continuelles l'horripilaient. Il n'était plus lui-même, se découvrait soudain des traits de caractère qu'il avait détestés autrefois chez son père. Impatience. Irascibilité. Injustice. Orgueil. Dureté. Oui, le pire, c'était cette dureté. Qu'était devenu leur amour? Toutes ces difficultés ne devaient en rien le broyer. N'avait-il pas vu le mariage de ses parents devenir une union de pure forme? Deux êtres vivant l'un à côté de l'autre sans se rencontrer, emplois du temps séparés, chambres séparées. Sa mère, surtout, en avait beaucoup souffert. Non, il ne voulait pas que Marie et lui connaissent le même sort.

Il gara la voiture juste devant le perron, Julius la rangerait plus tard au garage. Il monta les marches le cœur battant et entra dans le vestibule avec une lenteur circonspecte. Il y régnait une agréable fraîcheur. Au fond, on avait ouvert les portes-fenêtres donnant sur la terrasse, si bien qu'un petit souffle d'air aérait le hall.

Il tendit son chapeau à Else, hésitant à poser la question qui lui brûlait les lèvres. Ses yeux se tournèrent vers les patères, auxquelles étaient suspendus deux chapeaux: l'un, de couleur claire à large bord, appartenait assurément à Alicia; l'autre, une chose grise en forme de cloche, sans doute à la gouvernante, en tout cas c'était son style.

— Madame votre mère vous attend au salon rouge.

Le sourire d'Else était devenu encore plus mince à la suite de son opération dentaire: sans doute ne voulait-elle pas laisser voir sa dent manquante. En revanche, elle avait gagné en cordialité. En cet instant, elle le regardait avec compassion.

Marie n'est pas là, se dit-il en essayant de dissimuler son affolement. *Que s'était-il passé? Un accident? Mon Dieu, faites qu'il ne lui soit rien arrivé. Et les enfants?*

Alicia Melzer était étendue sur le canapé, la tête soutenue par un épais coussin de plumes, une compresse froide sur le front. Assise à côté d'elle dans un fauteuil, Serafina était chargée de plonger de temps en temps le tissu dans un bol rempli d'eau glacée, puis de le replacer sur le front d'Alicia.

Paul entra, referma doucement la porte et s'approcha du canapé sur la pointe des pieds. Sa mère tourna péniblement la tête vers lui, repoussa la compresse et ouvrit les yeux.

— Vous pouvez vous retirer, madame von Dobern.

— Merci, madame Melzer. J'espère que ça ira mieux. Je suis là si vous avez besoin de moi.

La gouvernante adressa à Paul un simple signe de tête empli de dignité. Sans doute lui en voulait-elle après leur échange téléphonique. Alicia attendit qu'elle soit sortie, puis jeta la compresse dans le bol et se redressa.

— Je suis contente que tu sois là, Paul, gémit-elle. Il se passe des choses terribles. La terre tremble sous nos pieds. Le ciel s'écroule sur nos têtes.

— Maman, je t'en prie !

Elle passa sa main sur son front humide en respirant lourdement.

— Kitty a appelé il y a une demi-heure. Marie et les enfants sont chez elle.

— Dieu soit loué ! s'écria-t-il involontairement. Je craignais déjà qu'il leur soit arrivé quelque chose.

— Laisse-moi terminer, Paul. Ma fille Kitty m'a informée en quelques mots que Marie ne comptait pas rentrer à la villa. Elle veut rester chez elle, avec les enfants.

Paul crut que son cœur s'arrêtait de battre. Avait-il bien entendu ? Ce n'était pas possible. La place de Marie était à la villa. Marie était sa femme. Encore une des idées absurdes de Kitty ?

— J'espère que tu ne l'as pas crue, Maman ?

Épuisée, Alicia fit un geste de désarroi.

— Sur le coup, non. Mais maintenant je pense qu'elle était sérieuse.

Elle sortit son mouchoir pour sécher les larmes qui lui montaient aux yeux.

— Cette sournoise de Hanna s'est introduite dans la villa sans se faire remarquer. Elle a rassemblé les affaires scolaires des enfants, pris quelques vêtements, puis est repartie.

Elle fut submergée par le désespoir. Alicia aurait pu à la rigueur se passer de sa belle-fille. Mais pas de ses petits-enfants adorés !

— Marie nous a abandonnés en emmenant les enfants. Je ne l'aurais jamais crue capable de ça. Voilà ce que c'est d'épouser une femme qui n'a pas reçu une éducation correcte. Sainte mère de Dieu ! Avec Johann, j'ai traversé des moments difficiles, mais il ne me serait jamais venu à l'idée de le quitter.

— Mais c'est totalement absurde ! s'écria Paul. C'est Kitty qui a imaginé ça pour me faire peur. Tu sais bien comment elle est.

Alicia poussa un profond soupir, essora la compresse dans le bol, puis la reposa sur son front.

— Ma fille, je la connais. Marie, elle, est une énigme pour moi. Elle est si indulgente, si patiente. Toujours disponible et secourable. Elle a vraiment des qualités, ta femme. Et puis, tout à coup, elle agit de manière incompréhensible, elle se montre froide et impitoyable.

Paul s'était levé pour la prendre dans ses bras. Il réglerait cette histoire, lui promit-il. Ce soir même.

— Ne t'inquiète pas, maman. Je vais aller chez Kitty, nous nous expliquerons, Marie et moi. Nous serons rentrés d'ici deux heures au plus tard.

— Que Dieu t'entende.

En ouvrant la porte du salon, il aperçut Gertie, qui échangeait visiblement les dernières nouvelles avec Julius. Le valet adopta aussitôt une attitude zélée, tandis que la jeune fille s'écartait avec un air gêné, car elle aurait dû se trouver à la cuisine.

— Dois-je mettre la voiture au garage, monsieur Melzer ?

— Non, j'en ai encore besoin.

Julius s'inclina légèrement, il ne lui serait pas venu à l'idée de poser des questions. Quelques mois plus tôt, Paul avait eu avec lui une assez longue discussion au sujet de la gouvernante. Il lui avait promis de limiter ses attributions. Et il avait tenu parole. Malheureusement, sa mère avait systématiquement torpillé ces nouvelles dispositions, et contre cela il n'avait rien pu faire.

— Gertie, puisque tu es là, informe madame Brunnenmayer que nous souperons plus tard. Et vois avec ma mère si elle a besoin de quelque chose.

— Bien, monsieur Melzer.

Elle fila, vive comme un écureuil. Une débrouillarde, cette Gertie. Dommage, elle ne resterait sans doute pas longtemps, elle avait probablement envie de trouver mieux. Peut-être devrait-on l'encourager, lui permettre de se former pour devenir cuisinière. Ou femme de chambre.

Il fut surpris de s'inquiéter de l'avenir de Gertie en un moment si difficile pour lui. Il aurait mieux valu réfléchir à une stratégie en vue de sa rencontre avec Marie. Mais il ne lui venait rien de concluant. Il discuterait avec elle. Sans acrimonie. Pas de récriminations. Rester calme, surtout ne pas céder à la colère. Écouter ce qu'elle avait à dire. Oui, c'était probablement la meilleure manière de procéder. Il la laisserait parler, écouterait ses reproches en silence, ce qui serait sacrément difficile, et attendrait qu'elle ait recouvré son calme. Quand elle se serait défoulée, ce serait plus facile. Avant toute chose, il devait les ramener à la villa. C'était le plus important. Ensuite, on pourrait toujours continuer à argumenter et trouver une solution. Et se disputer un peu si vraiment il le fallait. Mais uniquement si on ne pouvait pas faire autrement. Il commencerait par céder sur tout pour reprendre par la suite chaque problème séparément – l'éducation de Leo, par exemple – afin d'imposer sa volonté.

Le soleil était déjà bas, ses rayons avaient perdu leur force, mais la chaleur persistait. En ville, les maisons et les pavés paraissaient avoir emmagasiné la chaleur reçue dans la journée. Quelques restaurants avaient installé des tables et des chaises à l'extérieur. La clientèle était surtout composée de jeunes gens qui buvaient un café ou une bière. En passant en voiture, Paul constata que, parmi les femmes attablées, un bon nombre n'étaient pas accompagnées d'un homme, ce qui, avant la guerre, aurait été impensable. Quelques-unes, même, fumaient sans se gêner.

De temps en temps, un ami ou une relation l'ayant reconnu au volant de sa voiture ouverte le saluait. Paul répondait avec une gaieté feinte, soulevant son chapeau avec un sourire poli lorsqu'il s'agissait d'une femme.

Il fut soulagé d'arriver rue de la Porte des femmes. Comment ces gens trouvaient-ils le temps et les moyens d'aller au restaurant un jour de semaine normal ? De nombreux chômeurs ne savaient pas comment nourrir leurs familles, tandis que d'autres gaspillaient leur argent à boire du vin et à bavarder.

Il se gara devant la cabane de jardin servant de garage à Kitty. On entendait jouer au piano. Leo, probablement, qui s'acharnait sur un morceau beaucoup trop difficile : l'*Appassionata* de Beethoven, sauf erreur. Le début était déjà pas mal. La suite, en revanche, n'était encore qu'un laborieux bégaiement. Si ce gamin voulait bien se montrer aussi tenace dans d'autres domaines, il pourrait aller loin...

Paul lissa sa veste et s'éclaircit la gorge avant de sonner. Comme on tardait un peu à ouvrir – Kitty n'avait pas de bonne –, il en profita pour ôter son chapeau. Il ne voulait pas donner l'impression d'arriver de manière impérieuse et revendicative.

On le faisait attendre. Sans doute avait-on aperçu sa voiture par la fenêtre, peut-être aussi l'avait-on observé tandis qu'il descendait du véhicule et se dirigeait vers la porte. Il entendait parler à l'intérieur, la voix de Kitty, notamment, était reconnaissable entre toutes. Le piano s'arrêta. Puis la porte s'ouvrit enfin.

Ou plutôt s'entrouvrit. Gertrude lui jeta un regard méfiant. Craignait-elle qu'il lui saute au visage ?

— Bonsoir, Gertrude, dit-il sur un ton conciliant. Puis-je entrer ?

— Vaudrait mieux pas.

On l'avait visiblement envoyée jouer les cerbères. Mais il en fallait plus pour le décourager.

— Je voudrais voir ma femme et mes enfants, déclara-t-il avec plus de fermeté. Je pense en avoir le droit.

— Et moi je ne le pense pas.

Ça alors ! Gertrude Bräuer avait toujours été une personne singulière. Du vivant de son mari, sa franchise lors des soirées était redoutée, car elle disait sans fard le fond de sa pensée.

— Je suis désolé, Gertrude, répliqua-t-il en glissant un pied dans l'entrebâillement de la porte, mais je ne suis pas disposé à me faire éconduire. Laisse-moi entrer ou je reviens avec la police !

Excédé, il poussa le battant de l'épaule et pénétra dans le vestibule. Prise de court, Gertrude avait reculé. À cet instant, Kitty fit son apparition. Elle était très pâle et d'une gravité inhabituelle.

— Il vaut mieux que tu t'en ailles, Paul, dit-elle à voix basse. Marie est malade. Le Dr Greiner a dit qu'il fallait lui éviter toute émotion.

— Malade ? demanda-t-il, incrédule. Qu'a-t-elle donc ?

— Elle s'est effondrée. Tu n'ignores pas qu'autrefois elle a eu une hémorragie.

Il ne voulut pas le croire, exigea qu'on le conduise auprès d'elle. Pour la voir, rien de plus. Il était tout de même son époux.

— Bon, mais ne la réveille pas. Le médecin lui a donné un somnifère.

Marie était couchée dans le lit de Kitty, toute menue et très pâle, les yeux clos. Il pensa à Blanche-Neige endormie dans son cercueil et se sentit malade de peur.

— Demain, dit Kitty en refermant la porte. Demain, peut-être.

Il rentra bredouille à la villa. Il n'avait même pas insisté pour reprendre les enfants, ne voulant pas créer une agitation qui aurait pu être néfaste à Marie.

Chapitre 19

Août 1924

Eleonore Schmalzler n'avait quasiment pas changé. Elisabeth eut même l'impression que l'ancienne gouvernante avait rajeuni de quelques années. C'était peut-être le bon air de la campagne et les repas copieux, mais sans doute aussi le fait qu'elle n'avait plus la responsabilité d'une grande maison. Dans son petit salon avec ses meubles démodés et les rideaux de couleurs vives rapportés d'Augsbourg, elle menait une existence qu'Elisabeth trouva enviable.

— Je suis heureuse que tu viennes me voir, chère Lisa. Tu me permets encore de t'appeler ainsi quand nous sommes seules ?

— Bien sûr, s'empressa de répondre Elisabeth.

La ferme de la famille Maslov était située à l'est du domaine des Maydorn, non loin de Ramelow. Quatre petites fermes avaient donné lieu à la création d'un bourg paysan. Trois d'entre elles vivotaient. La quatrième, en revanche, celle des Maslov, était en excellent état. Les toits neufs et le joli bâtiment annexe avaient évidemment été financés par les économies de mademoiselle Schmalzler, un investissement judicieux. Tante « Ella », comme on l'appelait ici, jouait un rôle important dans la famille.

Les Maslov étaient originaires de Russie. Ils étaient venus s'installer en ces lieux à l'époque de Napoléon et s'étaient imposés à force de travail et de ténacité. Tante Elvira avait dit un jour à Elisabeth qu'Eleonore Schmalzler s'appelait en réalité « Elena Maslova », nom qui figurait sur ses papiers. Alicia l'avait rebaptisée « Eleonore Schmalzler », ne voulant pas avoir à Augsbourg une femme de chambre au nom russe.

— Autrefois, c'était un événement de pouvoir travailler au domaine des Maydorn, expliqua la Schmalzler en servant le café. Il n'était pas difficile de se faire embaucher pour la moisson, mais cela ne durait que quelques semaines et on dormait dans la grange. Ils engageaient aussi des filles de ferme. Mais pouvoir travailler là où vivaient les propriétaires, dans le saint des saints en quelque sorte, ce n'était pas fréquent. Et souvent on ne restait que quelques mois, parce que ta grand-mère était très autoritaire.

Elisabeth acquiesça en repensant à ce que tante Elvira avait dit au sujet de l'« exercice physique ». Les filles du village n'avaient pas toujours la vie facile dans la maison des maîtres. Cependant, Elisabeth préféra éviter le sujet, et du reste, mademoiselle Schmalzler n'en dit pas davantage.

— Comment avez-vous fait pour devenir femme de chambre ?

Eleonore Schmalzler eut un sourire non dépourvu de fierté.

— Eh bien, je suis arrivée au domaine à treize ans, expliqua-t-elle en donnant à son invitée une part de gâteau à la crème. Ta mère et moi avons tout de suite été comme des sœurs. Avec toute la distance requise, bien sûr. Mais il y avait une grande affection entre nous. Tu sais sûrement que ta mère a eu un grave accident de cheval. C'était en 1870, juste après la mort de son frère préféré dans la guerre contre la France. Je suis restée nuit et jour à son chevet. Je la consolais, alors que j'étais moi-même désespérée.

Elisabeth but une gorgée de café. Heureusement, il était allongé avec du lait. Sa mère ne parlait pas souvent de son frère aîné, Otto, mais Lisa était au courant des circonstances de sa mort. Cela expliquait aussi la haine d'Alicia contre tout ce qui était français.

— C'était un jeune homme qui paraissait bien, poursuivit Eleonore Schmalzler en tournant les yeux vers la fenêtre avec un air rêveur. Grand, brun, petite moustache. Il riait si volontiers, il aimait la vie. Et il est mort si jeune.

Tiens donc, pensa Elisabeth. *La petite Ella s'était-elle éprise du sous-lieutenant Otto von Maydorn ?* Cette idée avait quelque chose de charmant à présent qu'il était mort depuis tant d'années et que la jeune fille d'autrefois était devenue une vieille femme.

— Tu ne manges rien, Lisa ! Sers-toi, il me semble que tu as maigri ces derniers temps. Tu n'es pas bien ? La vie à la campagne ne te réussit pas ? Ce serait dommage, j'espère vraiment qu'un jour tu reprendras ce beau domaine.

Elisabeth se ressaisit et avala quelques bouchées. La bonne nourriture de la campagne… Beaucoup de beurre et de saindoux, de crème et de farine, d'œufs, de saucisse fumée, de rôti de porc et de pommes de terre. Sans oublier l'oie rôtie, qu'on ne servait pas seulement à Noël. Prise de nausée, elle reposa promptement son assiette sur la table. Heureusement, au même instant, l'attention de la Schmalzler fut détournée par l'arrivée d'un char à foin tiré par deux chevaux. Les trois gamins qui trônaient en haut des meules, fils de son neveu, lui firent signe de la main avec fierté. C'était déjà la deuxième coupe. Si le beau temps persistait et qu'il y avait encore un peu de pluie, on pourrait peut-être même en faire une troisième.

— Regarde-les ! s'écria la Schmalzler en frappant dans ses mains. Gottlieb et Krischan sont déjà capables de charger le foin sur le chariot et Martin a désormais l'autorisation d'aider les femmes à ratisser. Ils grandissent, ces petits.

— Oui, ça pousse vite, répondit Elisabeth.

Elle reprit un peu de café dans l'espoir d'apaiser son estomac, ce qui ne fut pas une très bonne idée.

Quel âge avaient-ils au juste ? Quand elle était arrivée, Gottlieb avait neuf ans. Et Krischan, qui s'appelait en réalité Christian, deux ans de moins. Martin n'allait pas encore à l'école. Pourquoi s'excitait-on ainsi à l'usine quand une ouvrière avait moins de quatorze ans ? À la campagne, les enfants étaient mis à l'ouvrage dès qu'ils étaient capables de tenir un râteau. Certains dès l'âge de cinq ans, en général plutôt à six ou sept ans. Or, les travaux des champs, ce n'était pas une mince affaire.

Des mains d'enfant cognèrent énergiquement à la vitre.

— Tante Ella, tante Ella, je monte déjà à cheval, Gottlieb m'a appris !

— Tante Ella, tu nous feras un gâteau aux prunes pour ce soir ?

Eleonore Schmalzler ouvrit la fenêtre et expliqua, aimable mais ferme, qu'elle avait de la visite et ne voulait pas être dérangée. Quant au gâteau aux prunes, on verrait ça dimanche. Mais les enfants qui viendraient frapper à sa porte après s'être lavé les mains et peignés auraient droit à une petite part de gâteau à la crème.

Les trois garçons filèrent rejoindre leur père, qui avait commencé à décharger le foin. Gottlieb et Krischan furent chargés de dételer les chevaux et de les conduire à l'écurie. Martin reçut la mission de balayer le sol de la grange.

Elisabeth se décida alors à exposer sa requête. Quand les enfants reviendraient pour le gâteau, il serait trop tard.

— J'aurais une question, mademoiselle Schmalzler.

Celle-ci n'eut pas l'air surprise, sans doute s'était-elle attendue à cette démarche. Elle referma soigneusement la fenêtre et revint s'asseoir à la table.

— Ça devra rester entre nous.

Son interlocutrice acquiesça d'un signe de tête et Elisabeth sut qu'elle pouvait lui faire confiance. La discrétion avait toujours été une de ses principales qualités.

— Il s'agit de… monsieur Winkler.

Elisabeth marqua une pause, espérant que la Schmalzler enchaînerait d'elle-même. Mais l'ancienne gouvernante la regarda attentivement sans rien dire.

— J'ai appris par ma tante qu'il avait passé une nuit ici en mai dernier, lorsqu'il a quitté le domaine.

— C'est exact.

Pourquoi fallait-il ainsi lui tirer les vers du nez ? Elle devait pourtant avoir compris où Lisa voulait en venir.

— A-t-il… A-t-il raconté…

Elle s'interrompit. Il était difficile de trouver les mots justes. Sebastian n'était pas un bavard, il n'avait très certainement rien dit de leurs relations. Mais…

— Qu'aurait-il raconté ?

— Eh bien, ce qu'il comptait faire : quels étaient ses plans et où il avait l'intention de vivre.

La Schmalzler se renfonça sur sa chaise en croisant les mains sur ses genoux. Sur l'étoffe de laine sombre, celles-ci avaient l'air très blanches, lisses, sans callosités ni crevasses. Les mains d'une femme qui n'avait jamais eu à travailler aux champs.

— Il y a quatre ans, lorsque nous avons fait ensemble le voyage en Poméranie, j'ai longuement discuté avec monsieur Winkler. Un homme de principes.

Elle fit une pause, regardant avec un air scrutateur Elisabeth, qui s'empressa de répondre que c'était aussi son impression.

— Il était alors dans une situation difficile. Nous étions tous au courant de sa participation à la république des conseils et de son emprisonnement. Pendant le trajet, nous en avons parlé très ouvertement et j'en ai retiré la conviction que monsieur Winkler était un idéaliste, qui ne souhaitait que le bien de l'humanité.

Elisabeth opina. Qu'avait-il pu lui raconter ?

— Il t'était extrêmement reconnaissant de lui avoir offert une place au domaine des Maydorn, dit la Schmalzler avec un sourire. Et encore plus lorsqu'il a appris ensuite que tu allais t'installer en Poméranie avec ton mari.

Elisabeth se sentit rougir. La Schmalzler l'avait percée à jour, cela n'avait rien d'étonnant. Elle aurait préféré ne pas avoir à lui parler, mais c'était malheureusement sa seule possibilité d'apprendre où vivait Sebastian.

— Ça… Ça s'est trouvé comme ça. L'état de mon mari exigeait des mesures particulières. Ici, il lui était plus facile de prendre un nouveau départ.

— Assurément.

La Schmalzler but une gorgée de café, puis reposa soigneusement sa tasse sur la soucoupe.

Elisabeth bouillait d'impatience. N'entendait-on pas déjà la voix des enfants affamés ?

— En mai dernier, monsieur Winkler est arrivé en fin de journée à la ferme. Nous avons tous été très surpris, car il était à pied et portait un sac de voyage. Il nous a demandé l'hospitalité pour la nuit. Il n'a pas expliqué la raison de sa visite tardive, mais nous a fait part de son intention de se rendre à Nuremberg. Aussi mon neveu l'a-t-il conduit le lendemain à Kolberg avec la charrette.

C'était à peu près ce qu'Elisabeth avait imaginé. Cet idiot s'était enfui dans la nuit sans demander son reste. Par colère de s'être montré « faible » et de lui avoir cédé. Pourtant, il en avait retiré au moins autant de plaisir qu'elle. Mais non, monsieur Winkler était un homme de principes.

— Nuremberg. A-t-il indiqué une adresse précise ?

— Il a dit qu'il n'était pas sûr de pouvoir y être hébergé.

Reprise par la nausée, Elisabeth respira profondément. Il était si humiliant de devoir jouer les espionnes pour le retrouver. Pourquoi ne lui avait-il jamais donné de nouvelles ? Quoi qu'elle fasse, ses actions étaient vouées à l'échec. Surtout en amour, où elle avait toujours joué de malchance.

À cet instant, on frappa à la porte.

— Tante Ella !

Le cadet des enfants glissa un œil dans l'entrebâillement de la porte et fit un grand sourire en apercevant le gâteau sur la table.

— Entre, Martin. Dis bonjour à madame von Hagemann et fais-lui une révérence. Voilà, parfait. Montre-moi tes mains. Très bien, tu peux t'asseoir.

Elisabeth mit autant de soin que le petit Martin à se plier dignement au rituel des salutations. C'était un joli garçon avec des boucles brunes, des yeux clairs et un sourire espiègle. Elle le regarda se jeter sur le gâteau. Quelle joie cela devait être d'avoir un pareil enfant !

— Ça m'a fait très plaisir de bavarder avec vous, mademoiselle Schmalzler. J'espère que vous viendrez bientôt nous voir au domaine.

Eleonore Schmalzler se leva pour la raccompagner. À la porte, elle eut un instant d'hésitation, puis retint Elisabeth par le bras.

— Attends, dit-elle à voix basse. Je ne sais pas si j'ai raison de faire ça, mais je m'y sens obligée.

Elle ouvrit un placard et en sortit une lettre rangée parmi des tasses et des vases.

— Il m'a écrit en juin en me priant de lui donner des nouvelles du domaine, ce que j'ai fait succinctement. Je me suis abstenue de tout autre contact épistolaire et il a fait de même.

La lettre avait été postée à Guntzbourg et portait l'adresse de l'expéditeur : Sebastian Winkler, c/o Joseph Winkler, 2, rue de la Charrue. Il logeait donc chez son frère. Oh, cette Schmalzler ! Elle l'avait bien tenue en haleine !

— Je prierai pour toi, Lisa, dit-elle gravement. La vie n'a pas toujours été tendre avec toi. Mais tu es forte, et, un jour, tu trouveras le bonheur, j'en suis certaine.

Elle prit Elisabeth dans ses bras et la serra contre elle, ce qu'elle n'aurait jamais osé faire avant. La jeune femme en fut aussi émue que si sa mère l'avait embrassée tendrement.

— Je vous remercie, du fond du cœur.

Une fois dehors, sur le siège du cocher, elle se sentit mieux. Les soubresauts du véhicule et l'odeur de la jument lui firent du bien. Cependant, c'était surtout la lettre dans son sac qui contribuait à son soulagement. Il se pouvait évidemment que, depuis, Sebastian ait trouvé un autre logement mais, dans ce cas, son frère lui ferait suivre le courrier.

Ainsi, il avait demandé des nouvelles du domaine. C'était toujours ça. S'était-il fait du souci à son sujet ? Bah, sans doute avait-il voulu savoir si elle avait cédé à ses injonctions et demandé le divorce. Et, en lisant qu'il n'en était rien, il n'avait plus réécrit. Oh, quelle tête de mule !

Cette nuit-là, en mai, ils avaient eu une violente dispute. Pas tout de suite. Dans un premier temps, ils avaient tous deux éprouvé un bonheur indicible. Ils avaient été comme saisis d'ivresse, cela avait été l'explosion d'une passion longtemps réprimée, une rencontre bouleversante. Puis était venu l'épuisement. Et, enfin, la prise de conscience. C'était ce qui avait dû se passer autrefois, au paradis. On avait mangé le fruit défendu et l'ange avait surgi, armé de l'épée du châtiment.

Dans leur cas, c'était Sebastian qui avait endossé ce rôle. « Il n'y a qu'une solution, avait-il dit. Je veux que tu deviennes ma femme. Que tu me choisisses au vu et au su de tous. Et je te jure que je ferai tout pour toi. »

Il trouverait un emploi. Un petit logement à proximité de l'école du village. Une existence modeste, honnête et heureuse. Non, il n'était pas disposé à aller vivre à la villa avec elle. Et il ne voulait pas non plus de la protection de sa famille. Sur ce point, il était très vieux jeu. Si elle n'était pas prête à partager son sort, c'était qu'elle ne l'aimait pas.

Comme elle s'était objectée à cette accusation ! Elle n'était pas habituée à la pauvreté ; il était absurde de renoncer au soutien de sa famille ; il n'était pas sûr de trouver un emploi, sa participation à la république des conseils remontait tout juste à cinq ans. Mais il s'était montré sourd à tout argument. Elle lui avait trop longtemps tenu la dragée haute. Ne comprenait-elle pas à quel point elle l'avait blessé ? Il voulait un mariage, une union bénie par Dieu entre deux personnes désireuses de fonder une famille. Il n'avait cessé d'espérer qu'elle finirait par demander le divorce. Il comprenait sa compassion pour son époux, défiguré par de terribles blessures. Mais, désormais, celui-ci allait très bien tandis que lui désespérait, nourrissant quotidiennement des pensées de mort.

Lui avait-elle rétorqué quelque chose comme « Ne fais pas tant de chichis » ? Impossible de s'en souvenir, de toute façon, ils étaient tous les deux furieux. Quoi qu'il en soit, il avait bondi hors du lit, s'était rhabillé et avait filé. Sa maudite entorse l'avait empêchée de le rattraper.

Il finira bien par se calmer, avait-elle pensé. Nous avons fait l'amour, il restera. Or, elle s'était trompée. Le matin suivant, la servante l'avait informée que monsieur Winkler était parti dans la nuit sans même emporter la grande valise qu'il avait préparée.

Ni lettre d'adieu ni adresse : il ne lui avait laissé aucune chance. Les premières semaines avaient été épouvantables. Le médecin lui avait trituré le pied dans tous les sens au point qu'elle en avait failli s'évanouir. Puis, il avait déclaré qu'il s'agissait d'une fracture simple, elle avait eu de la chance. Six semaines sans forcer, un bandage avec deux attelles, et elle se remettrait sans problème. Elle était restée nuit et jour dans sa chambre, oscillant entre colère, désespoir et nostalgie, écrivant d'innombrables lettres qu'elle demandait ensuite à la servante de brûler sous ses yeux dans le poêle. Elle essayait de lire, réalisait d'absurdes housses de canapé au crochet et jouait avec le chat gris, qui s'était installé dans son lit et partageait ses repas. De temps en temps, elle demandait s'il y avait du courrier. Kitty lui écrivait. Serafina aussi. Sa mère lui envoyait des lettres affectueuses. Marie la réconfortait et lui souhaitait un prompt rétablissement. Seul celui dont elle attendait si désespérément des nouvelles gardait le silence.

Quand elle put enfin se lever et clopiner dans la maison, elle fut si accaparée par son pied qu'elle ne remarqua pas tout de suite les changements physiques survenus en elle. Certes, le fait de rester longtemps couchée lui avait fait prendre du poids. Mais pourquoi avait-elle les seins gonflés au point de faire craquer son léger corset ? Et pour quelle raison passait-elle son temps aux toilettes ? Avait-elle un problème de vessie ? Cela faisait deux mois qu'elle n'avait plus ses règles, mais elle en avait toujours connu des irrégulières. Elle ne commença à s'interroger que lorsqu'elle se mit à avoir des nausées matinales très désagréables. Et pour couronner le tout, ses crises de foie étaient devenues permanentes et troublaient même son sommeil. C'était tout bonnement épouvantable : à peine avait-elle mangé quelque chose qu'elle le rendait.

— Brrr !

Elle eut juste le temps d'arrêter la jument avant de vomir les quelques bouchées de gâteau qu'elle avait avalées. Soit elle avait attrapé un ver solitaire, comme le soutenait tante Elvira, soit elle était enceinte. Mais cette deuxième hypothèse lui paraissait improbable. Elle était mariée avec Klaus depuis neuf ans et, dans les premiers temps du moins, il avait rempli ses devoirs conjugaux avec zèle. Elle avait tant espéré tomber enceinte, mais rien. Et voilà qu'une seule nuit aurait suffi ?

Et quelle nuit ! Son désir pour lui était d'une violence incroyable. Ces derniers temps, surtout, il lui arrivait souvent de rester étendue sans dormir à rêver à lui. Et de faire des choses dont elle avait profondément honte. Mais elle ne pouvait résister aux exigences de son corps.

Une chose était sûre, en tout cas. Si effectivement elle était enceinte, alors c'était de Sebastian, car Klaus ne l'avait plus touchée depuis Noël. Oh, quelle vengeance grandiose ce serait de lui attribuer l'enfant d'un autre !

Était-ce ce qu'elle voulait ? Klaus l'aurait plus que mérité. Mais sans doute s'agissait-il d'un ver solitaire, auquel cas il suffirait d'avaler le remède approprié pour se débarrasser de la bestiole. Peut-être aussi était-ce sa vésicule biliaire qui renâclait. On mangeait très gras dans la région, il fallait y être habitué depuis l'enfance. Le mieux serait d'éviter certains aliments, ainsi que le beurre et les gâteaux. Peut-être son estomac cesserait-il de se rebeller.

Elle remonta sur le siège du cocher et remit la jument en marche. Il soufflait une petite brise qui caressait doucement la chevelure sans la déranger. Songeuse, elle regarda les prés sur lesquels l'herbe vert foncé fraîchement coupée était étalée au soleil. Si elle devenait la femme de Sebastian, elle devrait porter des vêtements et des chaussures démodés. Ne plus jamais avoir les cheveux courts. Cuisiner quotidiennement pour lui. Le réconforter quand la vie le malmènerait. Lui préparer un bain le samedi soir. Le choyer. Partager son sort. La baignoire. Le lit. Surtout le lit. Chaque nuit. Et le dimanche peut-être même…

Arrête, se dit-elle, *ça ne marchera pas. Au bout de quelques mois, ce petit logis me donnerait la claustrophobie. Et la fumée du poêle dans la cuisine, qui vous rougit les yeux. L'éternelle soupe d'orge à midi. Grelotter de froid en hiver. La femme du pauvre petit maître d'école. Et s'il ne trouve pas de travail ? Devrai-je habiter avec lui dans un sous-sol ? Être à la rue ? Comment peut-il exiger cela de moi ? Est-ce là l'amour dont il a parlé ? Moi je vois de l'entêtement. Oh non, Sebastian Winkler, ce n'est pas si simple. T'enfuir en croyant que je te courrai après. Poser un ultimatum, puis disparaître. Me faire du chantage. Qu'est-ce que tu crois ?*

De toute façon, elle n'était pas enceinte. Pas du tout. Elle se sentait en pleine forme. Une simple petite indigestion, rien de plus.

Pourquoi me suis-je ridiculisée devant Eleonore Schmalzler ? se demanda-t-elle, irritée. *Que doit-elle penser de moi à présent ? Je n'ai pas besoin de cette stupide adresse. Mais ça ne fait tout de même pas de mal de l'avoir…*

C'était maintenant l'été, le domaine était presque caché par le feuillage des chênes et des hêtres. Seul le toit rouge du bâtiment d'habitation brillait parmi les arbres. Des oies blanches et des canards bruns se promenaient dans le pré, nageaient dans l'étang alimenté par un cours d'eau. Quelques vaches broutaient avec leurs veaux. Les prairies réservées aux chevaux étaient situées de l'autre côté. De nombreux poulains nés au printemps s'y ébattaient. À l'automne, il faudrait sans doute vendre une grande partie des étalons et des juments, désormais âgés de trois ans. Cette perspective déplaisait à Elisabeth, qui les avait vus grandir. En dépit de sa passion pour les chevaux, tante Elvira se montrait moins sentimentale : on ne pouvait pas assurer la subsistance de tous les animaux pendant l'hiver. On traitait les chevaux comme les plants : on gardait les meilleurs et on se débarrassait des autres. Personne ne se faisait du souci à ce sujet, sans compter que la vente était fructueuse.

Elisabeth dut réfréner la jument, qui, à l'approche de la prairie, avait adopté un léger galop. Dans la cour, on déchargeait du foin devant la grange. De loin, déjà, Elisabeth entendait la voix claire et énergique de son époux :

— Étendez le foin sur l'aire de battage ! Et, la prochaine fois, vérifiez qu'il soit bien sec. Mes chevaux ne mangeront pas de foin pourri !

À la vue d'Elisabeth, il descendit de l'aire à battre.

— Où étais-tu partie ? demanda-t-il en saisissant la jument par son harnais. Je t'attendais.

Il était coiffé d'une casquette bleu foncé passablement crasseuse qu'il portait comme toujours enfoncée sur le front. Souriait-il ? Probablement. Il n'était pas facile de le savoir, car ses lèvres et ses joues étaient couvertes de cicatrices laissées par les opérations.

— Tu m'attendais ?

— Oui, Lisa. J'avais quelque chose à te dire.

Aussitôt reprise par sa pénible indisposition, elle dut recourir au bras de son époux pour descendre de la charrette. Il n'était pas difficile de deviner ce dont il souhaitait lui parler. Sans doute voulait-il reconnaître l'enfant que cette Pauline avait mis au monde deux mois plus tôt, un garçon.

— Qu'est-ce que tu as? demanda-t-il quand elle fut devant lui, le souffle court.

— Rien. Attends-moi au salon.

Elle eut tout juste le temps d'arriver jusqu'au tas de compost du petit jardin paysan, où elle resta un moment à vomir.

— Ce sera un garçon, dit la vieille servante Berta depuis la haie de framboisiers. Quand on crache comme ça, c'est que ce sera un garçon, maîtresse. Tu peux me croire.

Elisabeth la salua d'un rapide hochement de tête et se hâta de rentrer. Plus de graisse. Plus de sucreries. Terminé, tout ça!

Assis devant la cheminée du salon, Klaus lui fit signe de s'installer sur le canapé.

— Sois bref, dit-elle. Je ne me sens pas bien. Et puis je sais ce que tu veux me dire. C'est tout à fait inutile, puisque tout le monde sait qui est le père.

— Ah oui? répliqua-t-il avec une certaine ironie. Laisse-moi deviner. Sebastian Winkler?

Elisabeth sursauta et le regarda avec effroi.

— Quoi? chuchota-t-elle. De quoi parles-tu?

Lorsqu'il retira sa casquette, elle le vit effectivement sourire.

— Je voudrais divorcer, Lisa. Et je pense que c'est aussi dans ton intérêt.

— Toi? bredouilla-t-elle. Tu veux… le divorce?

Elle n'arrivait pas à le croire. C'était lui qui, d'un coup hardi, tranchait le nœud, lui qui provoquait la décision: le divorce, la fin, mais peut-être aussi un nouveau départ.

— Ne nous séparons pas dans la colère, Elisabeth, dit-il doucement. Je te dois énormément, je ne l'oublierai jamais.

Chapitre 20

Ce dimanche n'en finissait plus. Peut-être était-ce le fait de la chaleur, qui accablait de fatigue les habitants de la villa. Ou plutôt du silence. Cela faisait plusieurs jours qu'il régnait dans la maison une tristesse inhabituelle.

— Du thé pour trois. Quelques biscuits. Pas de macarons, madame les trouve trop durs.

Julius sortit son mouchoir et s'essuya le front. La livrée sombre du domestique était en laine fine, une vraie torture par ces températures de fin d'été. D'autant qu'à la cuisine le fourneau était allumé.

— Trop durs ? grommela la cuisinière. Tu n'as pas mis de pommes dans la boîte, Gertie ?

Arrachée à sa rêverie, la jeune fille sursauta.

— Oui, bien sûr, mais elles sont déjà toutes petites et ratatinées.

— Alors prends des petits-beurre et ajoute quelques macarons pour Leo, il adore…

La Brunnenmayer s'interrompit avec un soupir. Elle oubliait sans cesse que les enfants n'étaient plus à la villa mais chez Kitty, dans sa maison de la rue de la Porte des femmes. Cela faisait déjà presque trois semaines.

— Ça ne durera pas, intervint Else avec un pâle sourire. Le Seigneur se montrera compréhensif et les réconciliera. J'en suis sûre et certaine.

Fanny Brunnenmayer lui lança un regard peu amène et se leva pour préparer le thé. Depuis quelque temps, les Melzer préféraient boire du thé l'après-midi. La gouvernante, qui en était une adepte enthousiaste, avait réussi à convaincre Alicia que le café provoquait un rétrécissement de l'estomac et des coliques hépatiques.

— C'est pas normal que cette personne soit au salon rouge avec madame et le jeune monsieur, lança Gertie, irritée. C'est une employée, exactement comme nous. Elle n'a pas à prendre le thé avec les maîtres.

Julius opina de la tête, Gertie exprimait le fond de sa pensée. Depuis que la jeune madame Melzer n'était plus là, la situation ne cessait d'empirer. La gouvernante se montrait obséquieuse avec Alicia, elle la flattait, lui disait ce qu'elle avait envie d'entendre et donnait de son propre chef des ordres à Julius. Elle y mettait du zèle et de la dérision, sans doute lui avait-on rapporté qu'il s'était plaint d'elle.

— Si monsieur était pas si mal en point, ça se passerait pas comme ça avec cette vilaine tique, poursuivit Gertie, qui avait son franc-parler. Mais le pauvre est l'ombre de lui-même. Il erre comme une âme en peine. Quand il rentre de l'usine, il passe la moitié de la nuit tout seul dans son bureau à lire des dossiers et à fumer le cigare.

— Et c'est pas tout, ajouta Else en hochant la tête avec un air soucieux. Il boit. Hier, une bouteille entière de beaujolais.

La cuisinière remplit la boule à thé en argent et la plongea dans la théière en porcelaine de Saxe motif « oignon bleu ». Le service préféré d'Alicia Melzer. Il lui avait été offert en cadeau de noces par son frère, Rudolf von Maydorn, mort depuis quelques années, d'où l'affection particulière que madame vouait désormais à ce service.

— Au lieu de boire, il devrait flanquer la gouvernante dehors et courir chez madame Bräuer pour ramener sa femme, répliqua la cuisinière.

Julius approuva d'un signe de tête.

— Il paraît qu'elle est malade, objecta Gertie.

— Comment tu le sais ?

La jeune fille haussa les épaules. La veille, elle avait rencontré Hanna au marché. Celle-ci vivait à présent chez madame Bräuer pour pouvoir soigner la jeune madame Melzer.

— Elle fait une dépression nerveuse. Elle a dû garder le lit pendant des jours parce qu'elle était trop faible pour se lever. Hanna s'est occupée d'elle, elle l'a lavée, elle l'a fait manger et a essayé de lui donner du courage. Elle s'est aussi chargée des enfants.

— Celle-là, tout de même ! lâcha Else en secouant la tête. Au lieu de rester fidèle à la villa, elle s'en va et nous laisse tous en plan !

— Elle dit qu'elle a eu très peur pour la jeune madame Melzer. Parce que, dans sa jeunesse, elle a failli mourir d'une terrible hémorragie.

— Jésus Marie ! s'écria Else en claquant des mains. Elle va tout de même pas nous quitter !

La Brunnenmayer frappa du poing sur la table.

— Parlez pas de malheur ! Marie Melzer, elle guérira que quand elle sera de retour ici !

Sur quoi elle se détourna, prit la bouilloire sur le fourneau et remplit la théière d'eau bouillante.

— T'as vérifié que la crème avait pas tourné, Gertie ?

La jeune fille avait posé les tasses et les soucoupes sur un plateau, ainsi qu'un petit pot de crème et le sucrier. Les biscuits, joliment décorés, attendaient dans une coupe. Gertie préleva un peu de crème avec son petit doigt et la goûta. Par cette chaleur, elle rancissait vite, la cuisinière avait raison.

— Elle est bonne.

— Bon, alors allez-y, dit la Brunnenmayer en ajoutant la théière.

Julius prit le plateau avec un geste expert et se dirigea vers le fond de la cuisine, où le monte-plats et l'escalier de service conduisaient aux appartements des maîtres.

— Comment qu'on peut boire du thé bouillant par cette chaleur ? demanda Gertie en se servant de l'eau glacée.

Entendant frapper à la porte, elle dut reposer son gobelet pour aller ouvrir.

— Bien le bonjour à tous.

Augusta était tout en sueur après sa marche rapide dans le parc. Sa peau claire supportait mal le soleil, elle avait le nez qui pelait et les joues parsemées de taches rouges.

— Serait-ce que tu t'ennuyais ? demanda Fanny Brunnenmayer, qui s'était rassise et avait sorti ses lunettes pour lire le *Wochenblatt*.

— M'ennuyer ? C'est sûr, avec quatre enfants on n'a rien à faire ! Voilà des légumes pour la soupe et du céleri. Et au jardin on a des asters et des dahlias, ça décorerait la table pour l'anniversaire de madame.

Elle déposa son panier sur la table, puis se laissa tomber sur une chaise. Depuis son accouchement, en janvier, elle n'avait guère maigri, tout en mangeant peu. C'était surtout son ventre qu'elle n'avait pas réussi à perdre. Augusta n'avait que le début de la trentaine, mais avec quatre grossesses et les soucis constants du quotidien, elle paraissait avoir ses meilleures années derrière elle.

— Des légumes pour la soupe ? répéta la cuisinière en dodelinant de la tête. On a déjà mis trois grands pots en saumure pour l'hiver. Et pour les asters, faut que tu voies avec madame.

— T'as qu'à faire un bon bouillon de veau avec des boulettes de foie, suggéra Augusta. T'en auras jamais d'aussi frais, des légumes. Ils sortent tout juste de terre.

— Bon, d'accord, laisse ça là.

La Brunnenmayer sortit son porte-monnaie du tiroir du placard et posa un mark et vingt pfennigs sur la table.

Augusta ne se plaignit pas. C'était un bon prix pour quelques bottes de légumes flétris dont la Liesel n'avait pas réussi à se débarrasser au marché le jour précédent. Elle fit promptement glisser l'argent dans la poche de sa jupe.

— Un Reichsmark tout neuf, dit-elle presque avec tendresse. Il paraît qu'il y a de l'or dedans. Les pfennigs, c'est encore les anciens.

Gertie sortit du panier les trois bottes les mieux conservées et les porta au garde-manger. La cuisinière avait vraiment bon cœur. Pour sa part, elle n'aurait pas acheté le moindre légume à Augusta, qu'elle trouvait parfois sournoise. Mais leur affaire marchait mal et les quatre enfants n'y pouvaient rien si leur mère était une vraie garce.

— On trime du matin au soir, dit Augusta après avoir bu une grande gorgée d'eau fraîche dans le gobelet qu'Else avait posé devant elle. Mais l'argent sort plus vite qu'il ne rentre. Impôts, salaires des ouvriers, frais de scolarité, droit d'étalage sur le marché… La Liesel a besoin d'une nouvelle jupe, Maxl n'a pas de veste chaude et aucun des quatre n'a de chaussures pour l'hiver. Et c'est le moment que Gustl choisit pour commencer à picoler. Le soir, il sort en ville boire de la bière au bistrot avec ses vieux copains de la guerre.

Elle reposa le gobelet et prit avidement un des biscuits posés sur une assiette au milieu de la table. Les domestiques avaient le droit de manger les moins réussis, ceux qui avaient noirci ou s'étaient cassés quand on les avait décollés de la plaque. On récupérait aussi ce qui restait sur les assiettes des maîtres, bien sûr.

— J'aurais jamais cru que Gustav commencerait à boire, dit Else en secouant la tête. Il a toujours été si brave homme.

Augusta garda le silence. Elle aurait mieux fait de ne pas en parler, mais il avait fallu que ça sorte. Dans quelques mois, ce serait l'hiver. Les rentrées seraient maigres, or elle n'avait pas réussi à mettre de l'argent de côté. Si elle n'avait pas travaillé de temps à autre à la villa, ils seraient tous morts de faim depuis longtemps.

On entendit des pas dans l'escalier de service : Julius redescendait du salon avec son plateau.

— Je le savais, dit-il d'une voix hachée. Mon intuition ne me trompe jamais. Je savais qu'elle mijotait quelque chose pour m'humilier, cette sale petite intrigante.

Tout le monde fut surpris de cet éclat, dont il n'était pas coutumier.

— Qu'est-ce qu'elle a fait ? demanda Gertie.

On savait évidemment de qui il voulait parler.

Les mains tremblantes, le domestique se débarrassa du plateau, sur lequel ne se trouvait plus que le sucrier.

— Pour commencer, elle a prétendu que ce sucre ne convenait pas pour le thé. Il fallait du sucre candi, comme elle l'avait vu à Londres. Elle a dit que les Anglais étaient de fins connaisseurs en matière de thé.

— Elle n'a qu'à y aller, cette mégère, lança Augusta sur un ton mordant. En Angleterre. Et même à Londres si elle veut.

— C'est tout ? demanda Gertie, déçue. C'est pour ça que vous vous énervez comme ça ?

Julius dut s'asseoir. Il était pâle à faire peur. Non, cela n'avait été que le début.

— Quand j'ai servi le thé, poursuivit-il avec une voix cassée, je me trouvais bien à un mètre d'elle. Mais elle a dit… Elle a eu l'incroyable culot de…

Il renifla bruyamment, s'essuya fébrilement le front de ses doigts. Le malheureux donnait l'impression d'être sur le point de fondre en larmes.

— Elle me dit : « Est-ce que vous vous lavez, Julius ? Vous sentez mauvais. »

Il y eut un silence. Voilà qui était violent. À supposer qu'elle ait eu raison, ce genre de chose ne se disait pas devant les maîtres. À la villa, on avait pour habitude de régler les problèmes de cette nature en privé, à la faveur d'un entretien discret avec la gouvernante de maison.

— Et madame ? bafouilla Gertie. Elle l'a pas rappelée à l'ordre ?

Julius n'était plus en état de répondre. Il se borna à secouer la tête et se couvrit le visage de ses mains.

— C'est de la pure méchanceté ! s'exclama la cuisinière avec force. Vous vous êtes attaqué à un serpent venimeux, Julius, et maintenant il mord.

À cet instant, on frappa à la porte de la cuisine. Mais l'agitation déclenchée par le récit de Julius était telle que personne n'alla ouvrir.

— Il faudrait la mettre en cage !

— L'exposer empaillée dans un musée !

— Lui arracher son crochet à venin !

On frappa un peu plus fort. Cette fois, Gertie se leva.

— Jésus Marie ! lâcha-t-elle. Maria Jordan ! On peut dire que vous tombez bien !

— Comment ça, Gertie ?

Très à l'aise, Maria Jordan adressa un sourire à la ronde et salua tout le monde avec un air condescendant. Désormais, elle n'était plus une domestique contrainte d'obéir, mais une femme d'affaires indépendante. Et sa tenue reflétait son nouveau statut : elle portait un chemisier en soie claire et une jupe crème qui lui arrivait au mollet, ainsi que des souliers d'été de couleur claire pourvus d'une petite bride sur le dessus. Les deux boutons supérieurs de son haut étaient ouverts, laissant voir la chaîne dorée qui entourait son cou mince.

— Euh… bredouilla Gertie. On… On parlait… de dents.

— Et quel rapport avec moi ? demanda la Jordan, légèrement piquée.

— Eh bien, vous vous êtes fait faire une jolie dent en or, répliqua la jeune fille sans se démonter.

Depuis quelques mois, en effet, Maria Jordan arborait une canine en or sur la mâchoire supérieure. Un témoignage supplémentaire de sa réussite professionnelle.

— Et c'est ça qui vous agite ? répliqua-t-elle en haussant les épaules.

Sur quoi elle fit un nouveau sourire afin de montrer à tous sa coûteuse acquisition.

— J'ai une clientèle distinguée, fit-elle remarquer. Je me dois d'offrir une apparence soignée.

— Bien sûr, bien sûr, répondit Else, admirative. Vous avez beaucoup gagné, mademoiselle Jordan. Vous ne voulez pas vous asseoir avec nous ?

Depuis que la Jordan était propriétaire de deux maisons et d'un magasin, Else avait décidé de la vouvoyer. Julius se ressaisit et abandonna sa mine d'enterrement, tandis qu'Augusta observait la visiteuse avec jalousie. Cette perfide créature s'était rendue indépendante, tout comme elle-même. Mais, alors que le jardin maraîcher était proche de la faillite et qu'elle se demandait comment passer l'hiver, le commerce de la Jordan paraissait prospère. On savait désormais de quelle manière cette charlatane gagnait sa vie. Elle prédisait l'avenir à des clients, qui ignoraient à qui ils avaient affaire. On disait qu'elle officiait dans une pièce, au milieu de chouettes empaillées et d'images représentant des esprits. Outre les cartes, elle se servait à présent d'une boule de cristal remplie d'eau qu'elle avait achetée à un vieux cordonnier ayant mis fin à son activité.

— Je suis toujours ravie de bavarder un peu avec mes vieux amis et collègues, dit Maria Jordan. Nous formons encore une petite communauté, n'est-ce pas, même si quelques-uns d'entre nous ont quitté la villa. Comment va notre cher Humbert, Fanny ? Il t'écrit régulièrement ?

— De temps en temps, grommela la cuisinière, qui se replongea dans son journal.

— Quel talent il avait, ce garçon ! Il imitait les gens à s'y tromper. C'est de l'eau glacée qu'il y a dans cette cruche ?

— Oui, avec un peu de menthe.

Julius s'empressa de servir leur invitée. Hanna s'étant révélée une forteresse imprenable et Gertie une petite personne revêche, il faisait à présent la cour à la Jordan, ce à quoi elle se prêtait plus que volontiers.

— Merci, Julius, vous êtes très prévenant. Vous paraissez un peu surmené, mon bon. Ou est-ce cette fin d'été qui vous fatigue ?

Le domestique prétendit avoir mal dormi. Dans les chambres situées sous les toits, les nuits étaient elles aussi d'une chaleur insupportable en ce moment.

— À qui le dites-vous, soupira la Jordan. Je me souviens de longues nuits d'été pendant lesquelles je n'arrivais pas à dormir. J'étais même obligée d'ôter ma chemise pour ne pas étouffer.

Gertie pouffa et déguisa son hilarité en quinte de toux. Augusta leva les yeux au ciel. Else eut un sourire indulgent, Julius, un rictus grivois. La Brunnenmayer, elle, poursuivit sa lecture comme si de rien n'était.

— Et une fois qu'on est réveillé, continua la Jordan sans se gêner, les soucis surgissent, on s'inquiète à propos de tout et de rien. Nous sommes tous pareils, n'est-ce pas ?

Julius en convint. Augusta fit remarquer qu'il y avait cette année un nombre exceptionnellement élevé de méchants moustiques. Un silence s'installa, on n'entendait plus que les grignotements d'Else, qui mangeait un biscuit. Contrariée, la Jordan se renfonça sur son siège. Elle avait espéré que ce petit coup d'envoi suffirait à ouvrir les vannes. Mais, apparemment, il fallait se montrer plus offensive.

— Les choses ne vont pas toujours comme on le voudrait, fit-elle observer avec un soupir. L'atelier de madame Melzer est fermé depuis deux bonnes semaines. Elle n'est pas malade au moins ?

Tous savaient qu'elle détestait Marie Melzer. Cette animosité datait de l'époque où celle-ci était passée de fille de cuisine à femme de chambre. La Jordan ne lui avait jamais pardonné de l'avoir évincée.

— Madame est effectivement malade, répondit la Brunnenmayer. Rien de grave, mais elle doit garder le lit.

Maria Jordan afficha une mine affligée et les pria de lui transmettre ses vœux de prompt rétablissement.

— Qu'est-ce qu'elle a ? J'espère que ce n'est pas une hémorragie. Elle a toujours été de santé fragile.

Même Augusta, qui médisait pourtant volontiers de la jeune madame Melzer, n'eut pas envie d'attiser la curiosité de leur interlocutrice.

— Elle sera bientôt remise, répondit Gertie de manière évasive.

— Bon, bon, j'en suis ravie. Vraiment. Dernièrement, j'ai vu madame Kitty Bräuer en voiture avec les deux enfants. Ils s'engageaient dans la rue de la Porte des femmes.

Julius ouvrait déjà la bouche pour répondre quand un regard d'avertissement de la cuisinière l'arrêta.

— Si t'es venue nous tirer les vers du nez, Jordan, tu seras déçue, répliqua la Brunnenmayer. Personne te dira quoi que ce soit sur les maîtres, c'est fini. Par le passé, quand tu travaillais ici, on parlait ensemble de tout. Maintenant, t'es une riche propriétaire, tu portes des chaussures chères et un gros paquet d'or autour du cou et dans la bouche. T'as pas besoin de venir nous voir hypocritement pour laisser traîner tes oreilles !

— Ah, c'est comme ça ! C'est bon à savoir, rétorqua la Jordan sur un ton cinglant. Personne, ici, ne semble faire cas des vieux amis. Dommage, c'est tout ce que je peux dire. Très dommage. Mais on apprend à connaître les gens.

Julius leva les mains en un geste d'apaisement : il ne fallait pas qu'elle le prenne mal, la cuisinière était de mauvaise humeur, la faute à la chaleur.

— La faute à la jalousie, riposta Maria Jordan en se levant avec détermination. Vous crevez tous d'envie parce que j'ai réussi alors que vous, vous continuez à végéter dans cette cuisine et à lécher les bottes de vos maîtres pour un salaire de misère. Vous ne me le pardonnez pas, hein ?

Pour toute réponse, la Brunnenmayer lui montra la porte.

— Parce que vous croyez que je ne sais pas ce qui se passe ici ? poursuivit la Jordan avec dérision. Séparation de corps. On entend dire partout qu'il serait question de divorce. Elle ne va pas en revenir, la fière Marie Melzer. Plus on s'élève, plus on tombe de haut.

— Faites attention, des fois que vous pourriez atterrir vous-même dans la boue ! lança Augusta, que cette accusation de jalousie, hélas méritée, avait violemment irritée.

Maria Jordan était déjà à la porte. Repoussant Julius, qui voulait lui poser la main sur le bras pour la calmer, elle se retourna vers Augusta.

— Tu es bien la dernière à pouvoir dire du mal de moi, Augusta, répliqua-t-elle, fâchée. Hier encore, tu étais dans mon magasin à me demander un service. J'aurais accepté, mais tu es partie avant que je puisse le faire.

Augusta rougit en voyant tous les regards se tourner vers elle. Mais en cas de besoin elle était rarement à court de mensonges.

— Ça t'étonne ? demanda-t-elle en haussant les épaules. Tu es trop chère, Jordan. Qui pourrait payer deux marks pour cent grammes de café ?

La riposte n'était pas très bien trouvée. Tout le monde savait que la famille du jardinier Bliefert n'aurait jamais pu s'offrir du café en grains.

— Repasse demain matin, on s'arrangera, répondit la Jordan.

Puis, se tournant avec un sourire hypocrite vers la Brunnenmayer :

— Je vous souhaite à tous un agréable dimanche. Ne travaillez pas trop, mes chers amis. Par une chaleur pareille, ce n'est pas bon.

Julius lui ouvrit la porte et patienta pendant qu'elle sortait avec une lenteur marquée.

— Un bon dimanche, et sans rancune. À bientôt…

Lorsqu'il revint s'asseoir, la cuisinière lui lança un regard peu aimable, auquel il répondit par un haussement d'épaules.

— Ça m'étonne tout de même, dit Gertie.

— Qu'est-ce qui t'étonne ?

— Que vous vous entendiez pas avec la Dobern, Julius, repartit-elle avec un air innocent. Vous qui aimez tant les serpents.

Julius se contenta de souffler en faisant un geste de mépris à l'adresse de Gertie. Augusta partit d'un rire hystérique.

— Il est temps que je rentre, dit-elle en se levant et en reprenant son panier. Demain, je viendrai deux heures pour battre les tapis.

— Augusta…

La jeune femme se retourna de mauvaise grâce vers la cuisinière.

— Quoi encore ?

Fanny Brunnenmayer ôta ses lunettes, cligna deux fois des yeux, puis la regarda avec un air inquisiteur.

— Tu gaspilles quand même pas ton argent pour ce genre de bêtises, hein ? Les cartes, la boule de cristal et je ne sais quoi ?

Augusta lui rit au nez. La croyait-elle folle ? Elle avait mieux à faire de son argent – encore fallait-il qu'elle en ait.

— Alors ça va.

La jeune femme se dirigea vers la porte en secouant la tête et fit à Else un bref signe de la main afin de la maintenir dans de bonnes dispositions : elle l'avait chargée d'annoncer le lendemain aux Melzer qu'on avait absolument besoin d'elle pour le grand ménage d'automne.

Elle faisait aussi peu de cas des prédictions de la Jordan que la Brunnenmayer. Non, il s'agissait de tout autre chose.

Chapitre 21

Dans les rêves suscités par la fièvre, elle voyait des choses longtemps restées en sommeil dans les tréfonds de sa conscience, telles des feuilles mortes s'abîmant dans un étang. Les images étaient floues, oscillaient à la manière de reflets sur une surface liquide mouvante. Parfois, ce n'était qu'une image isolée, un souvenir, qu'elle contemplait avec tendresse, avec lequel elle parlait ou pleurait. Puis, de nouveau une déferlante de scènes terrifiantes, aussi insaisissables et vertigineuses que si elles avaient défilé par la fenêtre d'un train express et qui la laissaient pantelante dans son lit, livrée sans défense aux hallucinations de la fièvre.

Ça commençait par sa mère. C'étaient des images pâlies, plutôt des dessins au crayon, pas de couleurs. Une jeune femme devant un chevalet, les épaules couvertes d'un fichu de laine sur lequel tombaient ses longs cheveux dénoués. Le visage était anguleux, le nez et le menton saillants, les lèvres serrées. Sa main droite passait et repassait sur la toile avec des gestes énergiques, puissants. Des lignes et des surfaces noires. Elle travaillait au fusain.

Puis, le visage de sa mère lui apparaissait tout proche, penché sur elle, et alors elle était différente. Tendre. Elle riait avec elle. La taquinait. Opinait de la tête. Penchait la tête de côté, rejetait ses longs cheveux en arrière. Marie…

*Ma fille**[1]. Mariechen… Mon enfant… Ma petite Maria… *Que je t'aime**. Ma petite sainte… *Ma petite, mon trésor**…

Ces petits noms affectueux, Marie les reconnaissait. Chacun d'eux. Ses mains minuscules tripotaient le visage de sa mère, attrapaient son nez. Elle l'entendait rire et gronder : « Lâche-moi, petite sauvage. Tu me fais mal ! » Elle sentait dans son poing une des épaisses mèches auburn, la fourrait dans sa bouche et ne voulait plus la lâcher.

Quand elle émergeait un instant de son délire, elle voyait Hanna à son chevet, une tasse à la main. La jeune fille essayait de lui faire prendre un peu d'infusion de camomille. Elle buvait avidement, toussait, puis retombait sur ses oreillers, épuisée.

« Il faut manger un peu, madame Melzer. Rien qu'une cuillerée. Gertrude a fait du bouillon de bœuf à l'œuf exprès pour vous. C'est bien… Encore une cuillerée. Et ce tout petit bout de pain blanc. »

Manger lui levait le cœur. Elle voulait juste boire, humecter ses lèvres et sa langue desséchées, donner de l'eau fraîche à son corps brûlant de fièvre. Mais le moindre mouvement était épuisant, elle parvenait tout juste à lever la tête. Son pouls était très rapide, sa respiration précipitée. Parfois, elle avait l'impression de voler.

Elle entendait jouer au piano. C'était Leo, son petit Leo. Dodo était également à son côté, elle l'entendait chuchoter avec Hanna. Ses enfants étaient auprès d'elle. Dodo passait des compresses humides à Hanna et lui parlait tout bas. Hanna les lui enroulait autour des chevilles et des poignets, et la fièvre diminuait temporairement. Souvent, elle percevait une voix qu'elle connaissait bien. La voix de sa belle-sœur Kitty.

---

1. Les mots en italique suivis d'un astérisque sont en français dans le texte. [NdT]

« Non, Maman. C'est tout à fait hors de question. Elle a beaucoup de fièvre. Le Dr Greiner passe la voir tous les jours… Les enfants ? En aucun cas. Pas tant que cette mégère sévira à la villa… Tu sais très bien de qui je veux parler. »

Alors Marie prit soudain conscience qu'elle était malade et se trouvait chez Kitty. Loin de la villa. Loin de Paul, avec qui elle s'était disputée. Un abîme s'ouvrit devant elle comme une gueule béante qui aurait voulu l'engloutir. La séparation. Peut-être le divorce. On lui prenait les enfants. On la chassait. Elle était contrainte d'abandonner tout ce qu'elle aimait. De s'enfoncer dans l'obscurité. Seule.

La fièvre s'élevait comme un brasier, la cernant de ses flammes. Elle vit une pièce familière, hideuse, lit contre lit, des murs dont le crépi s'écaillait, des pots de chambre non vidés. Il y avait toujours un enfant malade, généralement parmi les petits. Souvent, ils se contaminaient les uns les autres. Quand l'un d'eux mourait, on le transportait à l'extérieur, enveloppé dans son drap. Où, elle ne l'avait jamais su. Elle vit son amie, Dodo, comme sa fille. Sa petite figure pâle, ses mains maigres, la longue chemise de nuit déchirée sur le côté. Elle entendit ses chuchotements, son petit rire, sentit un bref instant la présence de son corps chétif à côté d'elle, dans le lit. Dodo avait été conduite dans un hôpital, elle ne l'avait jamais revue. Quand on était en bonne santé, on devait travailler à la cuisine ou trier des pommes de terre à la cave.

« Tu ne nous causes que des ennuis. Tu te crois sans doute trop bien pour l'usine ? Tu vises plus haut, hein ? Lire des livres. Peindre. »

C'était la Pappert, la directrice de l'orphelinat des Sept-Martyres. Jamais elle n'oublierait cette femme, qui l'avait torturée pendant des années. Cette sorcière avait un nombre incalculable de pauvres petits sur la conscience. Elle économisait sur la nourriture et les vêtements, ne chauffait pas, détournait l'argent de la fondation. Qu'en avait-elle à faire que des enfants meurent? Il en arrivait toujours de nouveaux et l'Église payait pour eux.

— Mais pas plus de quelques minutes, concéda Kitty. Tu ne peux pas lui parler, elle a encore de la fièvre. Attention de ne pas renverser la théière.

Elle sentit une main sur son front, lourde et fraîche. Quelqu'un lui caressa maladroitement les joues, effleura ses lèvres.

— Marie, tu m'entends? Marie?

Elle fut prise d'une grande nostalgie. Elle ouvrit les yeux, aperçut un visage, flou, mouvant. Paul. Il était venu la voir. Tout allait bien. Mais oui, elle l'aimait. Elle l'aimait plus que tout au monde.

— Il faut que tu guérisses, Marie. Promets-le-moi. Il n'y aura plus jamais de disputes. Tu dois revenir à la maison. Ces stupides querelles n'ont pas de raison d'être. Tout pourrait être si simple.

— Oui, s'entendit-elle chuchoter. Oui, tout est si simple.

L'avait-il embrassée? Elle respira un bref instant l'odeur de sa veste, huma le mélange habituel de tabac, d'usine, de voiture et de savon fleuri, sentit son menton non rasé lui piquer la joue. Puis, il ne fut plus là, et dans le couloir s'élevèrent des voix furieuses.

— Où veux-tu qu'ils soient? À l'école, bien sûr!

— J'enverrai Julius les récupérer à la sortie. Leur place est à la villa.

— Tu veux que Marie guérisse?

— Qu'est-ce que c'est que cette question?

— Alors laisse les enfants ici, Paul.

— Mais c'est absurde! D'ici deux ou trois jours, nous pourrons ramener Marie à la villa. J'ai parlé au Dr Greiner. J'engagerai une infirmière qui l'aidera à se rétablir.

— Tu ne peux pas la rapatrier là-bas contre sa volonté, Paul. Je ne le permettrai pas! Ce serait un enlèvement.

— Qu'est-ce que tu racontes, Kitty? Un enlèvement! Marie est ma femme.

— Quel rapport ?

— Tu es complètement folle. C'est comme ça que pensent les femmes d'aujourd'hui ? Ferais-tu partie de ces gourgandines qui fument en public, prêchent l'amour libre et jugent le mariage superflu ?

— Marie ne quittera ma maison que de son plein gré et de sa propre initiative, Paul. Sache-le !

Il y eut un bruit violent, comme si l'on avait claqué une porte. Marie sentit qu'elle pleurait. Les larmes jaillissaient sans relâche de sous ses paupières closes, coulaient le long de ses tempes jusqu'à l'oreiller, où leur humidité lui procurait une sensation de fraîcheur. Quelque chose qui lui avait été cher et précieux, un grand espoir heureux, avait explosé et ses éclats bruissaient autour d'elle comme des aiguilles de glace.

— Maman, il faut que tu arrêtes de pleurer. Je veux que tu guérisses, d'accord ? S'il te plaît.

— Dodo ? Comme tes doigts sont frais.

— Maman, tante Kitty est allée avec nous à l'aérodrome. Leo s'est terriblement ennuyé. Moi j'ai trouvé ça formidable. On a vu les ateliers. Et un gentil monsieur nous a laissés entrer, parce que tante Kitty le lui a demandé. À l'intérieur, il y avait un avion et j'ai eu le droit de monter dedans. Et alors j'ai volé. Pas vraiment, j'ai juste fait semblant. Plus vite, encore plus vite, très très vite. Et hop ! J'ai décollé. Maman, quand je serai grande, je veux être pilote d'avion.

Marie regarda sa fille en clignant des yeux. Tout excitée, Dodo montrait avec ses bras la façon dont l'avion s'élevait dans les airs. Ses yeux gris étincelaient. Les yeux de Paul. Il y avait tant de force et de volonté chez cette enfant.

— Donne-moi un mouchoir, Dodo, s'il te plaît.

— Henni ! Va chercher un mouchoir propre !

Henni glissa un regard peu enthousiaste par l'entrebâillement de la porte.

— D'accord pour cette fois, parce que c'est pour ta maman.

Marie reçut un fin carré de lin bordé de dentelle imprégné d'un parfum coûteux. Henni l'avait sans doute pris dans la commode de Kitty.

La fièvre avait encore de l'ardeur, de temps à autre ses flammes se ranimaient. Cependant sa force était brisée. Marie était désormais capable d'écouter les bruits autour d'elle, les chuchotements et les petits rires des femmes, auxquels se mêlaient les braillements de Henni ; les claquements de casserole qui s'échappaient de la cuisine ; les voix assourdies des deux garçons en bas, dans le salon de musique. Elle les écoutait jouer, suivait la mélodie, souffrait lorsqu'ils s'interrompaient, partageait leur félicité quand ils parvenaient jusqu'au bout de la phrase.

— Maman ? Tu as l'air mieux. On a joué du Mozart pour toi. Madame Ginsberg a dit que, quand on est malade, c'est mieux que Beethoven. Beethoven provoque de l'agitation, Schubert rend triste, on a envie de pleurer. Mais Mozart… Mozart guérit tous les soucis et donne de la joie. Est-ce que c'est vrai, maman ? Tu es heureuse, maintenant ?

Son fils, lui, semblait nager dans le bonheur. Il parlait d'accords et de cadences, de *do* majeur et de *la* mineur, de piano et pianissimo, moderato et allegro.

Un instant, elle eut le sentiment que son expression enthousiaste lui rappelait quelqu'un, mais cette image sombra de nouveau dans l'oubli. Comme ses cheveux avaient foncé ! Quand la lumière tombait sur eux, ils semblaient presque avoir un éclat roux.

— Vous avez merveilleusement joué, Walter et toi. Mais il faut que tu te fasses couper les cheveux. Tu vas bientôt ressembler à une fille.

Il passa négligemment quatre doigts dans la touffe qu'il avait sur le front.

— Tante Gertrude a dit qu'elle s'en occuperait tout à l'heure.

Ce soir-là, à l'heure où la fièvre avait généralement tendance à remonter, elle se sentit mieux. Elle plaisanta avec Hanna à propos de la liseuse rose que Kitty lui avait prêtée pour qu'on puisse la peigner en position assise.

— C'est absolument impossible, madame Melzer, se plaignit Hanna, qui faisait de son mieux pour démêler la longue chevelure de Marie à l'aide du peigne et de la brosse. Je n'y arrive pas.

Kitty s'y essaya également, quoique avec moins d'égards que Hanna.

— Là, tu vois à quel point c'est peu pratique, dit-elle en reposant la brosse d'un air résigné. Qui porte encore les cheveux longs de nos jours ? Quelques arriérés qui vivent au fin fond des fermes de montagne.

— Kitty !

— Il faut les couper ! décréta Kitty.

Marie y avait déjà pensé plus d'une fois, mais avait finalement décidé de n'en rien faire. Paul était contre et les enfants aussi.

— Tu veux te balader coiffée d'un matelas en feutre qui donne l'impression d'abriter des souris ?

Marie tirailla ses cheveux : effectivement, on ne pouvait plus les démêler.

— Bon… d'accord.

Gertrude prépara tout ce qu'il fallait, puis se mit à l'œuvre avec ardeur, expliquant que, lorsqu'elle était petite, elle avait voulu devenir coiffeuse mais que, par la suite, elle avait préféré épouser un banquier. On aurait dit qu'elle coupait des fils de verre. Par prudence, Marie garda les yeux fermés pendant toute la durée de l'opération. Ensuite, elle s'inspecta dans le miroir à main en argent de Kitty et trouva sa coupe à la garçonne très réussie.

— Il reste encore quelques petites pointes, Gertrude, chipota Kitty. Fais attention, Marie a les cheveux épais. Mais c'est superbe ! Une Marie toute neuve ! Oh, comme ça tu me plais deux fois plus. Et, maintenant, on va faire un pique-nique.

— Dehors, dans le jardin ? demanda Gertrude en riant. Il est tard.

— Non, ici, avec Marie.

— Avec… avec moi ?

La vie lui revenait avec force, elle déferlait avec un joyeux désordre dans l'ancienne chambre de malade, chassant fièvre et faiblesse pour s'installer solidement. On jeta une nappe à carreaux bleus et blancs sur sa couette, Hanna lui glissa trois gros coussins derrière le dos, tandis que Gertrude apportait une imposante salade de pommes de terre avec de grands raviolis. Assiettes, ustensiles, une corbeille de pain frais, du beurre et, touche finale de cette offre culinaire : la première tarte aux prunes de l'année !

Tous prirent place autour d'elle, les enfants s'assirent sur le lit. Gertrude déclara qu'elle ne voulait pas de taches de jus de pomme sur les draps blancs, mais son avertissement se perdit dans l'agitation générale.

— Maman, tu es horrible avec les cheveux courts !

— Leo, tu es bête comme tes pieds ! Tante Marie est très belle comme ça.

— Oui, cette coiffure est formidable ! Quand je serai pilote, je couperai ces stupides nattes.

Hanna tendit une assiette pleine à Marie. Celle-ci s'aperçut avec surprise qu'elle avait faim. On faillit ne pas entendre la sonnette de la porte d'entrée. Mais Leo, qui avait l'ouïe fine, descendit ouvrir. Il reparut quelques instants plus tard, fit une révérence théâtrale et annonça, tel un héraut :

— Monsieur von Klippstein !

— Klippi ? dit Kitty. Comme c'est gentil de sa part. Qu'il entre et apporte une chaise. Est-ce qu'il reste une part de tarte aux prunes ? Hanna, passe-moi le coussin, il n'y a plus que des chaises de cuisine.

Il posa un gros bouquet de roses sur la commode. Kitty déclara plus tard que Klippi avait été à mourir de rire. Affreusement gêné en entrant dans la chambre à coucher de Marie, raide comme un piquet sur sa chaise de cuisine bancale, ne sachant comment se débrouiller avec son gobelet de jus de pomme et son assiette de tarte sur les genoux.

— Savez-vous que Tilly a annoncé sa visite pour la semaine prochaine ? Elle veut passer voir sa mère avant le début du prochain semestre. Pauvre Tilly, elle n'a pas la tâche facile avec tous ces vieux professeurs bornés.

— J'en suis navré pour mademoiselle Bräuer. C'est une jeune femme si intelligente et si douée, je lui voue une grande admiration. Quand sera-t-elle là ?

— Il n'y a plus de tarte, Gertrude ?

— Hanna, tu as fait une tache !

— Maman, je peux dormir avec toi cette nuit ?

Marie se sentait lasse et rassasiée. Quoique ayant du mal à suivre les conversations, elle écoutait, savourait la gaieté bruyante qui l'entourait, répondait de temps à autre et souriait avec bonheur. Par moments, ses paupières se fermaient, des rêves clairs se mêlaient à la réalité, le sommeil voulait la prendre doucement dans ses bras.

— Si Dodo dort avec sa maman, moi, je veux dormir chez Leo ! claironna Henni.

— Jamais de la vie ! riposta celui-ci, épouvanté.

— Pourrais-je avoir encore un peu de salade de pommes de terre ? Elle est délicieuse, chère madame.

— Vous me gênez, monsieur von Klippstein. C'est une salade de pommes de terre tout ce qu'il y a de classique. Vous les faites cuire, coupez des petits oignons, des petits cornichons, ajoutez un peu d'huile et de vinaigre…

— Klippi n'en demandait pas tant, Gertrude.

— Et pourquoi pas ? Ça ne peut pas faire de mal à un homme d'avoir quelques connaissances en cuisine. Dans le temps, les croisés se faisaient bien leur petite soupe.

— Je crois que Marie voudrait dormir, madame Bräuer.

— Tu as raison, Hanna. Tu es une fille intelligente. Que ferions-nous sans toi ? Mes amis, le pique-nique est terminé. Chacun redescend quelque chose à la cuisine. Les enfants aussi. Ne faites pas de bruit, Marie veut dormir, maintenant... Oh là, je crois qu'elle dort déjà. Henni, le saladier est trop lourd pour toi. Leo, tu fais des miettes sur le tapis. Klippi, vous voulez bien prendre les fleurs ?

Marie ne sut pas comment ils avaient tous quitté la petite chambre avec la vaisselle et les chaises. Elle était tombée dans un puits frais et profond, où le sommeil la tenait dans ses bras. Rien qu'une douce obscurité et un silence réparateur. Pas de rêves. Pas d'images. Les portes du souvenir s'étaient refermées.

Le lendemain matin, elle se réveilla avec le chant des oiseaux et se sentit rétablie. Elle se leva sans faire de bruit, se rendit dans la salle de bain, se lava à l'eau froide, peigna ses cheveux courts et enfila une robe de chambre de Kitty. Puis elle descendit à la cuisine.

— Je suis revenue à la vie, dit-elle avec un sourire à Gertrude.

— Il était temps ! répondit celle-ci en lui servant du café chaud. Ton mari a dit qu'il passerait ce matin.

Marie sentit son cœur faire un bond, mais ne s'en émut pas.

— C'est bien, répondit-elle lentement en prenant une gorgée de café. Nous pourrons enfin nous expliquer. Et nous réconcilier.

Gertrude garda le silence. Devant la fenêtre, un merle lançait son chant matinal. Quelques minutes plus tard, Hanna fit son apparition. Elle adressa un sourire joyeux à Marie et annonça qu'elle allait réveiller les enfants pour l'école. Peu après, des voix claires emplirent la maison. Henni et Dodo prirent d'assaut la salle de bain et provoquèrent une petite inondation. Leo, le lève-tard, dut être réveillé à trois reprises avant de s'extirper enfin de sous ses draps.

Un petit déjeuner rapide à la cuisine, rires et joyeux bavardages. Hanna prépara des sandwichs, Gertrude les emballa et les plaça dans les sacs à pain. Henni remonta en toute hâte chercher le cahier qu'elle avait oublié. Dodo renversa son verre de lait, Leo était déjà au piano.

— J'ai rêvé toute la nuit de cette musique, mamie Gertrude. Il faut que je voie ce que ça donne.

— Doucement, lança Henni, fâchée. Maman dort encore.

Avant de partir, ils se jetèrent au cou de Marie, des doigts poisseux de miel lui caressèrent les joues.

— Maintenant que tu es guérie, maman, on est vraiment bien, ici. Il ne manque plus que papa et grand-maman. Madame von Dobern n'a qu'à rester toute seule à la villa.

Hanna attendait les enfants pour les conduire à leurs écoles respectives. Une fois qu'ils furent partis, la maison recouvra subitement son calme. Gertrude débarrassa la table, tandis que Marie remontait s'habiller. Hanna, cette bonne âme, avait lavé et repassé ses affaires. Marie soupira. Non, la jeune fille n'était pas faite pour devenir couturière, elle était trop maladroite. Chez Kitty, en revanche, elle paraissait pleinement satisfaite. Elle aidait à la cuisine, faisait le ménage, s'occupait affectueusement des enfants. Et elle l'avait soignée avec dévouement. Elle était le bon génie des lieux. Quel malheur qu'elle ait frayé avec ce Russe, puis avorté. Depuis cette terrible expérience, elle évitait avec crainte tous les hommes qui l'approchaient. Alors qu'elle aurait sans doute fait une épouse et une mère excellentes.

Épouse et mère, pensa Marie. *C'est ce que je suis. N'est-ce pas la principale vocation de la femme ? Pourquoi avoir ouvert cet atelier si c'est pour négliger mon mari et mes enfants ? Non, je peux facilement m'en passer.*

Paul arriva vers 10 heures. Kitty n'étant pas encore levée, ce fut Gertrude qui lui ouvrit. Marie se tenait au salon. Postée à la fenêtre, elle contemplait le jardin à l'abandon. Son cœur battait si fort qu'elle en avait la tête qui tournait.

— Elle va mieux ? Elle s'est levée ? se fit entendre la voix impatiente de Paul dans le vestibule.

— Elle est encore faible, Paul. Il ne faut surtout pas l'énerver.

— Seigneur, comme je suis soulagé !

Elle l'entendit rire tout bas et fut submergée par l'envie de le revoir. Paul. Son bien-aimé. Comme elle aimait ce rire insolent, juvénile ! Son humour pince-sans-rire. Ce bref regard en coulisse quand il voulait la provoquer.

Il frappa à la porte. Sans grande douceur, mais pas non plus de manière insistante.

— Entre, Paul.

Il ouvrit et, la main sur la poignée, regarda Marie avec un sourire. Les joues en feu, la jeune femme se sentit envahie par l'émotion. Il lui avait tellement manqué.

Un court instant, ils restèrent sans bouger, conscients de l'attirance physique qu'ils ressentaient l'un pour l'autre. Marie songea soudain que ce moment ne se répéterait pas. Jamais plus ils n'éprouveraient autant d'amour et de désir que durant ces quelques secondes.

Ce fut Paul qui dissipa la tension. Il referma la porte et se dirigea vers Marie, s'arrêta un instant devant elle, puis la prit impulsivement dans ses bras.

— Enfin je te retrouve, murmura-t-il. Tu m'as causé une telle frayeur, mon amour.

Blottie contre lui, Marie ressentit un sentiment confus de bonheur, une impression de retour et de sécurité. En même temps, cette étreinte étouffante lui procura un vertige.

— Fais attention, chéri. Je ne suis pas encore très ferme sur mes jambes.

Il l'embrassa tendrement, la conduisit jusqu'au canapé pour qu'elle puisse s'asseoir et l'entoura de son bras.

— Ce que j'ai dit sur ta mère est inexcusable, Marie. Pardonne-moi. J'en ai éprouvé de grands remords. C'était une artiste, une femme courageuse, mais avant tout c'était ta mère. Je serai toute ma vie reconnaissant à Luise Hofgartner de t'avoir mise au monde, ma chère, mon irremplaçable Marie.

L'entendre parler ainsi était si doux. Le revoir si plein de culpabilité et d'affection. Il lui demandait pardon, c'était plus qu'elle n'en avait espéré. Et elle ne voulait pas être en reste. Elle n'était pas femme à recevoir sans contrepartie les concessions que lui faisait l'amour de Paul. Elle voulait lui montrer qu'elle était capable de céder elle aussi.

— J'ai réfléchi, Paul. Je n'ai pas besoin de l'atelier pour être heureuse. Au contraire, il ne nous cause à tous que du chagrin. Aussi, je suis décidée à arrêter et à me consacrer dorénavant à toi et à la famille.

Il l'embrassa et ils s'abandonnèrent un instant au sentiment bienheureux de s'être retrouvés.

— C'est une décision intelligente, mon amour. Même si je regrette vraiment que ce soit fini. Tu sais que je t'ai moi-même encouragée à ouvrir cet atelier. Mais tu as complètement raison : il vaut mieux que tu mettes fin à cette activité.

Elle acquiesça, l'écoutant poursuivre sur sa lancée. Alicia, surtout, en serait très soulagée, elle n'aurait plus à porter seule le poids de la maisonnée. Les enfants en retireraient eux aussi un bénéfice en voyant davantage leur mère. Sans parler de lui-même.

Il prend ce sacrifice comme allant de soi, pensa Marie avec déception. *Comprend-il vraiment ce que cela signifie pour moi ? Sait-il que je ne m'y résous que par amour pour lui ?*

— Si tu en as le temps, tu pourras sûrement peindre un peu ou créer quelques vêtements. J'ai fait en sorte que tu sois désormais seule à t'occuper des enfants. Tu seras secondée par Hanna.

— Tu as renvoyé madame von Dobern ?

Avec un sourire malicieux, il expliqua qu'il avait trouvé une excellente solution.

— À compter de maintenant, madame von Dobern occupera les fonctions de gouvernante de maison à la villa.

C'est une suggestion de maman que je me suis empressé de…

— De gouvernante de maison ? l'interrompit Marie, horrifiée. Mais, Paul, c'est une très mauvaise idée.

Il la serra plus étroitement contre lui en lui caressant les cheveux. En lui disant tout bas que cette nouvelle coiffure lui allait à ravir, qu'elle n'avait jamais été aussi jolie.

— Ça n'ira pas, Paul, les domestiques la détestent. Ça provoquera leur mécontentement. Certains pourraient même décider de partir.

— Nous verrons, Marie. Essayons. Je ne voulais pas blesser maman, elle tient beaucoup à madame von Dobern.

Marie garda le silence. Il fallait s'arranger, se réconcilier, trouver un terrain d'entente. Il n'aurait servi à rien de faire la part des concessions réciproques. Cependant, jusqu'à présent, son ouverture sincère n'avait guère été payée de retour. Madame von Dobern resterait donc à la villa, et, même si elle n'avait plus affaire aux enfants, il faudrait continuer à s'accommoder de sa présence. Paul, fin renard…

— Mais, avant tout, je suis heureux que tu reviennes, mon amour. Ces semaines de solitude et d'abandon ont été terribles pour moi. Tu comptes tellement dans ma vie, j'avais l'impression qu'on m'avait arraché une partie du corps…

Émue, elle se blottit contre lui. Oui, elle allait rassembler ses affaires. Hanna s'occuperait des bagages des enfants, après quoi on rentrerait ensemble à la villa. Elle voulait réintégrer leur maison… et leur chambre.

Il se montra si passionné qu'elle craignit de le voir céder à l'envie d'accomplir son devoir conjugal sur-le-champ, sans se soucier de Hanna, Gertrude ou Kitty. Cependant, il se contenta de la tenir étroitement serrée contre lui et de lui parler tout bas avec tendresse.

— Je te promets de m'occuper davantage des enfants. Notamment de Leo. Fini, le piano. Mon fils commencera à s'initier aux tâches de l'usine et au fonctionnement des machines. En revanche, je ne vois pas d'inconvénient à ce que Dodo apprenne le piano. Après tout, c'est une fille, savoir faire un peu de musique ne peut que lui être profitable.

— Mais, Paul, c'est elle qui s'intéresse aux machines et à la technique, pas Leo.

— D'accord, pourquoi pas ? Mais il faut remettre Leo sur le droit chemin. Tu verras, Marie, je saurai me montrer un père attentif.

Tout continuerait donc comme avant. Étrange, Paul ne remarquait pas à quel point il ressemblait à son père. Il s'accrochait obstinément à une conviction qui avait fait depuis longtemps la preuve de son absurdité. S'il forçait Leo à reprendre l'usine, il ferait son malheur.

— J'ai également réfléchi à cette histoire de tableaux, poursuivit-il. Je vais les acheter, quel qu'en soit le prix. Il n'est pas acceptable que Klippstein soit le propriétaire des œuvres de ta mère. Nous les emballerons soigneusement, puis nous les monterons au grenier afin qu'elles restent en bon état.

En réalité, il voulait les retirer de la circulation et empêcher toute possibilité d'exposition. Paul était certes malin mais, cette fois, il allait trop loin.

— Non, Paul, répondit Marie en se dégageant. Ces tableaux n'ont rien à faire au grenier. Ma mère les a peints et je souhaiterais qu'un jour le public puisse les voir. Je lui dois de faire connaître ses toiles.

Il poussa un soupir exaspéré, mais parvint à se contenir. Pourquoi avait-elle dit cela ? Il aurait suffi de lui expliquer qu'il n'avait pas besoin de racheter les tableaux.

— Tu sais qu'une exposition créerait un préjudice considérable à la réputation de notre famille et donc à l'usine.

— Pourquoi ? Il s'agit de la peintre Luise Hofgartner, de son évolution, de sa place dans un courant artistique.

— Inutile de faire de beaux discours, Marie, on ne sera que trop prompt à parler de Jakob Burkard et de mon père.

Bien sûr, là était le problème. Le clan Melzer était trop fier pour accepter que l'on sache que sa prospérité reposait sur les inventions d'un génie démuni et alcoolique. On avait demandé pardon à Marie. Paul l'avait épousée – pas sous l'effet de la culpabilité, mais parce qu'il l'aimait. Pourtant, voilà que le destin de ses parents ressurgissait. L'histoire n'était-elle pas en train de se répéter ? Un autre Melzer voulait contraindre la fille de Burkard à se plier à sa volonté. À se soumettre.

— Je suis navrée, Paul, mais je m'arrangerai pour empêcher qu'Ernst von Klippstein te vende sa part des tableaux.

Elle le sentit se raidir. Les muscles de sa mâchoire se contractèrent, lui donnant une expression de dureté.

— Tu organiserais cette exposition contre ma volonté formelle ?

Son ton menaçant effraya Marie. Mais elle portait en elle l'héritage de Luise Hofgartner, cette femme qui avait su tenir tête au riche industriel Melzer.

— Dans l'immédiat, ce n'est pas la question, Paul. Ce qui me semble le plus important, c'est que madame von Dobern quitte la villa. Je me vois malheureusement obligée d'insister sur ce point.

— Je viens de te dire que je ne voulais pas faire ça à maman.

— Mais à moi ça ne te gêne pas ?

Excédé, il se leva pour s'approcher de la fenêtre. Elle vit qu'il serrait les poings, entendit sa respiration s'accélérer.

— Je ne peux tout de même pas la renvoyer du jour au lendemain !

— Ce n'est pas nécessaire, je peux attendre. Mais je ne rentrerai que lorsque madame von Dobern sera partie.

À présent, il était en colère. Ou était-ce du désespoir ? Du désarroi ? Il donna un coup de pied dans la chaise à bascule, qui se mit à osciller rapidement. Ses patins évoquèrent soudain à Marie le hachoir semi-circulaire avec lequel Gertrude hachait les herbes à la cuisine.

— C'est ton dernier mot ?

— Je suis désolée, Paul, je ne peux pas faire autrement.

De sa main droite il saisit le bord de la tablette d'appui comme pour s'y cramponner.

— Tu sais que je peux user de la contrainte, Marie. Je ne veux pas en arriver là. Mais les enfants rentreront à la villa. Aujourd'hui même. Cette fois, c'est moi qui insiste.

Elle garda le silence. Il pouvait déposer une demande de divorce et lui prendre les enfants. Fermer l'atelier, qui était à son nom à lui. La dépouiller de tout.

— Tant que je logerai chez Kitty, les enfants resteront avec moi.

D'un mouvement brusque, il se tourna vers elle, son regard gris étincelant de fureur. Oh, comme il ressemblait à son père, à présent ! Têtu, inflexible. Un Melzer. Un homme habitué à vaincre. Qu'était devenu l'amour qu'elle éprouvait pour lui ? Elle n'en trouvait plus trace. Comment avait-elle pu aimer cet homme ?

— Dans ce cas, tu me forces malheureusement à prendre d'autres mesures, Marie !

Il se dirigea vers la porte, l'ouvrit brutalement, se retourna comme pour ajouter quelque chose, puis se ravisa.

— Paul, dit Marie à voix basse. Paul.

Cependant, elle sentit elle aussi qu'en cet instant ils n'avaient plus rien à se dire.

Quelques secondes plus tard, on entendit claquer la porte d'entrée. Le moteur de la voiture de Paul démarra en toussant.

Chapitre 22

Octobre 1924

— Saleté de sort, il y a des asticots dans le chou !

Gustav traversa péniblement le champ, un panier rempli de choux dans chaque main. Ils étaient petits, car il avait dû couper les feuilles extérieures afin de sauver ce qui pouvait l'être. Des gros choux blancs prometteurs, il ne restait pour la plupart que des feuilles rongées et des trognons pourris. Et, pour couronner le tout, la pluie était venue. Beaucoup trop tard, hélas. Si elle était arrivée quelques semaines plus tôt, elle les aurait probablement débarrassés de ces maudites mouches. Moyennant quoi celles-ci avaient pu pondre en toute tranquillité.

— Ce qu'on vendra pas, on en fera de la choucroute, le consola Augusta. J'emprunterai la râpe et un ou deux grands pots à la villa.

Gustav opina de la tête. Il n'y avait sans doute rien d'autre à faire. Il héla la Liesel et Maxl, qui confectionnaient des petites bottes de légumes pour la soupe à l'abri de la remise.

— Empilez-moi ça dans la charrette. Mais en faisant attention. Et couvrez-les avec la bâche, qu'ils soient pas mouillés.

— Oui, papa.

Il tombait une petite pluie fine qui transperçait les vêtements. Et la température avait rafraîchi. Au petit matin, le champ avait été enveloppé d'une mince brume blanche. Pourtant, on n'était qu'en octobre, l'hiver était loin.

— Comment va ton pied? demanda Augusta, qui avait vu Gustav clopiner.

— Très bien. Encore un peu douloureux, mais ça commence à guérir. Passe-moi les paniers, je vais ramasser des carottes et du céleri. Les choux de Bruxelles, on les récoltera après la première gelée.

Augusta acquiesça d'un signe de tête et regagna l'abri où l'on pouvait au moins travailler au sec. Hansl, trois ans, était accroupi par terre et tapait des deux mains dans la boue grise. Il faudrait lui laver son pantalon, mais au moins il se tenait tranquille. Fritzchen, à neuf mois, était un petit bonhomme rondouillard, vigoureux, qui essayait de se redresser en s'aidant de tout ce qui était à sa portée. Encore une semaine ou deux et il ferait ses premiers pas. Augusta se mit à lier des bottes de légumes tout en contemplant les asters et les dahlias que la Liesel avait coupés et mis dans des boîtes en fer-blanc remplies d'eau. On les emporterait au marché. Malheureusement, la petite ne savait pas faire d'aussi jolis bouquets que les marchandes de fleurs, qui gagnaient au moins le double pour la même chose.

Les yeux plissés, elle regarda en direction du grand parc des Melzer. *Quel gaspillage*, songea-t-elle. C'était de la bonne terre, sur laquelle on aurait pu cultiver des pommes de terre et des betteraves, aménager des carrés d'herbes aromatiques et planter du chou-fleur. Mais les riches Melzer n'en avaient pas besoin. Ils gagnaient un monceau d'argent avec leur usine et s'entouraient d'un parc. Des arbres, des pelouses, des fleurs, rien que pour le plaisir des yeux. Il fallait en avoir les moyens.

Cela dit, elle n'avait aucune raison de se plaindre d'eux. Ils mettaient gracieusement la maisonnette du jardinier à leur disposition. C'était une construction exiguë et, l'hiver, on ne pouvait pas chauffer les deux mansardes. Mais le fait de ne pas avoir de loyer permettait aux Bliefert de ne pas mourir de faim.

Augusta se pencha en avant pour vérifier où en étaient Gustav et les deux aînés. Ils en mettaient du temps à ramasser le céleri et les quelques carottes ! Il fallait partir sans tarder, monter l'étal avant qu'un autre leur dispute l'emplacement. Et, quand ce serait fait, elle devrait décrasser Liesel et Maxl à l'aide d'un chiffon humide, afin qu'ils ne se fassent pas gronder par le maître. Il en avait de bonnes, celui-là ! Des mains propres, c'était bon pour les riches. Gustav et elle étaient obligés de mettre leurs enfants à l'ouvrage, autrement on n'aurait pu gagner de quoi vivre. C'est comme ça, monsieur l'instituteur. Et si vous ne voulez pas le croire, venez donc déterrer quelques carottes. On verra à quoi ressemblent vos doigts ensuite !

— Gustav ! Grouille-toi ! Il faut qu'on y aille ! lança-t-elle en se hâtant de ranger les herbes dans des petites corbeilles.

Tous les marchands ou presque proposaient du persil, de l'aneth et de la ciboulette. Mais eux, ils avaient aussi de la marjolaine et de l'estragon, du thym et du romarin, que les cuisinières des riches maisons leur achetaient pour leurs sauces et leurs rôtis. Cela rapportait au moins un peu d'argent.

Dehors, Gustav et les enfants se dirigeaient à présent vers la charrette bâchée, qui attendait sous la pluie. Si seulement on avait eu un cheval ! Ou mieux encore : une automobile. Mais elle pouvait faire une croix sur ce genre de rêves. Encore une semaine ou deux et leurs rentrées d'argent se réduiraient comme peau de chagrin, leur permettant tout juste de payer l'étal. Fin novembre, c'en serait fini des fleurs. Il ne resterait plus que les choux de Bruxelles, les oignons et les carottes. Ces dernières étaient entreposées à la cave, dans des jarres remplies de sable, où elles conserveraient leur fraîcheur et leur saveur pendant tout l'hiver.

Une serre, voilà ce qu'il aurait fallu. Une grande serre, qui laisserait entrer la lumière et qu'on pourrait chauffer en hiver. Cela permettrait de cultiver des fleurs et des herbes aromatiques toute l'année.

— Bien joué, vous deux, entendit-elle dire Gustav. Vous avez fait du bon travail. Courez voir maman, elle vous donnera votre petit déjeuner.

Il tapota affectueusement le bonnet de la Liesel et donna à Maxl une claque affectueuse sur les fesses. Augusta sortit les tranches de pain et versa du lait dans les gobelets. Il n'y avait pas de beurre, juste un peu de confiture, trop liquide pour qu'on puisse la vendre.

— Maman, j'ai mal aux pieds, se plaignit la Liesel. Je suis obligée de replier les orteils.

Ses chaussures étaient depuis longtemps trop petites. Et Maxl avait de si grands pieds que les vieux souliers de sa sœur ne lui allaient pas. Il faudrait leur acheter des chaussures à tous les deux, car celles de Maxl avaient également fait leur temps. Par le passé, les Melzer lui avaient parfois donné de quoi vêtir et chausser les petits, mais depuis le départ de Marie Melzer, on ne pouvait plus rien demander. Dès qu'on faisait ne serait-ce que mentionner ses petits-enfants, madame Alicia fondait aussitôt en larmes.

Sous l'abri, Fritz braillait de colère. Sa mère l'avait attaché à la porte avec un ruban pour éviter qu'il ne parte en exploration. Sinon, elle le récupérerait crotté de la tête aux pieds comme une betterave tout juste déterrée.

— Prêts? demanda Gustav en déposant les corbeilles d'herbes et de légumes dans la charrette.

— Tiens, prends ça, y aura rien d'autre jusqu'à ce soir, dit Augusta en lui tendant une tranche de pain tartinée de confiture.

Il en avala sans entrain quelques bouchées, puis la détailla en petits morceaux afin de les donner à Hansl, qui le fixait d'un air affamé. On pouvait dire ce qu'on voulait, mais les trois enfants n'avaient pas franchement l'air de mourir de faim. Bien au contraire. Seule la Liesel était toute mince. Elle avait à présent onze ans et grandissait beaucoup.

Augusta plaça son cadet dans le vieux landau que les Melzer lui avaient offert et qui avait accueilli en son temps Paul, Kitty et Elisabeth. Il suffisait à Hansl de s'asseoir sur le bord, devant son petit frère. Gustav s'attela au chariot de légumes, Liesel et Maxl se placèrent derrière pour pousser et le convoi s'ébranla lentement. C'était un travail éreintant. Sans compter que, la nuit, il avait plu, aussi le chemin conduisant à la route était-il couvert de boue.

Ça ne peut pas continuer, songea Augusta. *Gustav est un brave homme, un gars travailleur et honnête, qui n'irait jamais rouler qui que ce soit. C'est pour ça qu'il n'arrivera jamais à rien. C'est ça, la vie. Les petites gens ne résistent pas. Ceux qui réussissent, ce sont les grandes gueules qui osent agir.*

Ils devaient passer par la rue Jakob, puis prendre par Perlach pour arriver dans la rue Caroline, où se trouvait le marché. Le trajet paraissait interminable sur les pavés irréguliers et les trottoirs humides. Le vieux landau, notamment, grinçait et gémissait au point qu'on pouvait craindre de le voir se briser. Évidemment, leur emplacement préféré était déjà pris. Ils durent se contenter d'un coin mal situé, juste à côté du crémier, ce qui leur permit toutefois d'être à l'abri de la pluie, Gustav ayant pu fixer la bâche à un crochet dans le mur.

— Aujourd'hui, faut pas s'attendre à avoir de la clientèle, déclara leur voisin, qui vendait des pommes de terre, des prunes et des pommes. Quand il pleut comme ça, les gens, ils restent chez eux.

— Ça se lèvera à midi, répliqua Augusta.

Elle ne savait pas d'où elle tirait cette certitude, mais il fallait bien lutter contre cette morosité. Elle vendit deux petites bottes de légumes à une fille de cuisine trempée.

Puis, quelques femmes examinèrent les choux, mais préférèrent acheter ailleurs. Augusta était gelée, les enfants grelottaient, Maxl avait déjà les lèvres bleues.

— Nettoyez-vous les mains.

La classe n'avait pas encore commencé, mais si le concierge de l'école voulait bien les faire entrer, ils pourraient se mettre à l'abri. Augusta laissa Maxl auprès de Gustav et emballa des herbes et des fleurs qu'elle plaça dans le landau.

— Je vais chez la Jordan, annonça-t-elle à Gustav. Elle choisira ce qu'elle veut prendre.

Gustav était assis sur une caisse. Il souleva le petit pour l'asseoir sur ses genoux.

— Vas-y, de toute façon il se passe pas grand-chose.

Il avait toujours l'air content, Gustav. C'était rare qu'il se plaigne et il ne se mettait jamais en rogne. Mais, le soir, il avait besoin de sa bière. Histoire de rincer les soucis, avait-il dit un jour. Parfois, elle aurait presque préféré qu'il ait des opinions à lui, qu'il tape du poing sur la table et dise ce qu'il fallait faire. Mais ce n'était pas dans son tempérament. Il attendait sagement qu'elle se prononce, puis se conformait à sa décision.

La pluie se calma effectivement un peu. La brume qui enveloppait les toits se dissipa, donnant aussitôt à la ville un aspect plus riant. Les rues s'animèrent, des charrettes passèrent en cahotant, chargées de tonneaux et de caisses. Les premières automobiles firent leur apparition. Il y eut aussi un fiacre bruyant. Les employés qui rejoignaient leurs bureaux ou leurs magasins se pressaient dans le tramway. En temps normal, ils étaient nombreux à effectuer le trajet à pied afin d'économiser le prix du ticket. Mais, par cette pluie, on préférait arriver sec. Augusta regardait d'un air envieux les femmes bien habillées qui descendaient à l'arrêt de tram, ouvraient en hâte leur parapluie et se mettaient en route. Elles ne s'embêtaient pas avec des choux souillés de terre et quatre enfants. Elles tapaient à la machine bien au sec dans un bureau agréable, travaillaient comme demoiselles des postes ou comme vendeuses dans un joli magasin. Sur l'autre trottoir apparut l'atelier de madame Melzer. Il avait rouvert depuis trois bonnes semaines, c'était un défilé de clientes fortunées. On disait même que la femme ou la fille du maire se fournissait chez elle. Comme Fritz commençait à brailler, Augusta le prit dans ses bras. Les yeux plissés, elle essaya de distinguer ce qui se passait à l'intérieur. N'était-ce pas Hanna, les bras chargés d'étoffes ? Non, c'était la femme qui était venue une fois avec son fils à la villa. Un camarade d'école de Leo, un Juif. La gouvernante les avait renvoyés. Cette Juive travaillait-elle à présent pour madame Melzer ? Eh bien, celle-ci n'avait peur de rien.

Augusta cajola Fritz pour lui faire recouvrer sa bonne humeur, puis elle le remit dans le landau et pressa le pas. Elle descendit la rue Maximilien jusqu'à la rue de la Montagne de lait, où la Jordan avait son épicerie. Le quartier n'était pas des plus chics ni des plus centraux, mais sa situation était plutôt adaptée à ses activités. Ceux qui venaient se faire prédire l'avenir n'avaient pas nécessairement envie qu'on les voie. Augusta dut s'arrêter, car le petit s'était remis à hurler et gigotait tant et plus. Elle craignait qu'il abîme les herbes et les fleurs. Aussi acheta-t-elle deux bretzels à une marchande, donna l'un à Fritz et mangea l'autre, payés avec de l'argent que lui avaient rapporté les bottes de légumes.

Elle se consola en pensant que les Melzer, en dépit de leur fortune, avaient eux aussi leurs problèmes. La jeune madame Melzer continuait d'habiter avec les enfants chez madame Bräuer. On entendait parler de divorce et de décision judiciaire visant à ramener les jumeaux à la villa, mais pour l'instant, monsieur Melzer ne paraissait pas prendre de mesures en ce sens. Pourtant, sa mère était très malheureuse de ne plus voir ses petits-enfants. Mais, le pire, c'était cette mégère, la nouvelle gouvernante de maison, Serafina von Dobern. Une vraie plaie. À la villa, on n'avait jamais vu pareille méchanceté, elle battait la

Jordan à plates coutures. Elle avait réquisitionné le bureau de la Schmalzler et s'y était installée. Le matin, Gertie lui apportait le petit déjeuner dans cette pièce, car elle ne se joignait aux domestiques que pour le souper. Ensuite, madame von Dobern faisait son apparition à la cuisine, où elle donnait des ordres, rouspétait, exhortait, exigeait, se montrait blessante et poussait le bouchon si loin que tout le monde était content de la voir enfin s'en aller de sa démarche d'échassier. Elle en avait particulièrement après Gertie, qui la contredisait facilement. Une fois, même, elle avait réussi à débiner la pauvre fille auprès de madame Alicia, laquelle l'avait convoquée dans la salle à manger pour la réprimander. Alors qu'il s'agissait bien sûr d'une pure calomnie. Elle l'avait accusée d'avoir cassé des verres et volé une assiette du beau service. En réalité, l'assiette en question se trouvait dans son bureau, madame von Dobern se servant régulièrement dans la boîte de biscuits de la cuisinière. Else se rangeait comme toujours du côté du plus fort, c'est-à-dire en l'occurrence de la gouvernante. Julius avait commencé à chercher une autre place, jusque-là sans succès. Il s'efforçait de l'ignorer et de ne pas répondre à ses méchants discours, mais on voyait que cela lui coûtait. Le malheureux était souvent vert de rage. Seule la Brunnenmayer lui tenait tête. Face à elle, la Dobern n'arrivait pas à s'imposer. Quand elle lui donnait des ordres, la cuisinière faisait comme si de rien n'était. Elle vaquait à ses tâches comme d'habitude, sans lui accorder plus d'attention qu'à une mouche sur le mur. Elle s'était juste permis une plaisanterie : lorsque la Dobern avait réclamé du sucre candi pour son thé du matin, elle avait rempli le sucrier de billes en verre que Gertie était allée chercher dans la chambre d'enfants. Jésus Marie, quelle scène elle avait fait ! C'était un attentat ! Elle voulait appeler la police. La Brunnenmayer terminerait sa vie en prison. Sous le règne de l'empereur, on l'aurait pendue haut et court.

Augusta s'arrêta si brusquement qu'elle faillit faire tomber un petit panier d'estragon. N'était-ce pas Gertie, là-bas, devant la colonne d'affiches ? Mais oui. Un panier au bras, coiffée d'un foulard contre la pluie. Augusta l'avait reconnue à sa jupe imprimée de motifs rouge foncé. Un ancien vêtement de la demoiselle Elisabeth, qui avait épousé le sous-lieutenant von Hagemann et vivait à présent avec lui dans le domaine de sa famille maternelle en Poméranie. Pauvre gars, ce Hagemann. Il avait été si beau garçon, autrefois. Mais Augusta se força à ne plus penser au passé et se dirigea vers Gertie, qui ne l'avait pas vue.

— Tiens donc, voilà Gertie. T'es tout absorbée.

À sa grande déception, la jeune fille ne sursauta même pas. Elle tourna lentement la tête et lui adressa un joyeux sourire.

— Bien le bonjour, Augusta ! Je vous ai entendus venir de loin. Ce landau, il couine autant qu'une porcherie pleine de porcelets. Tu vas au marché avec ces herbes ?

— Non, elles sont pour la Jordan.

— Ah.

Augusta jeta un regard sur l'affiche que Gertie avait sous le nez, mais ne put lire que « Association de dames chrétiennes », le reste étant imprimé en tout petits caractères.

— Est-ce que tu voudrais entrer au couvent ?

Gertie éclata de rire. La gouvernante lui causait une foule d'ennuis, mais ce n'était pas pour autant qu'elle voulait dire adieu au monde.

— Elles proposent des cours. Là, regarde. Pour devenir bonne, ça dure deux mois et demi. Et pour être femme de chambre, trois mois. Et ça coûte rien.

Voyez-vous ça ! Elle visait haut, Gertie. Femme de chambre ! Bah, si c'était dans ses cordes…

— Et qu'est-ce qu'on y apprend ? C'est indiqué ?

Gertie lui lut la phrase concernée en suivant les mots du doigt.

— Là : apprentissage des principes de bienséance et de politesse. Acquisition des bonnes manières. Servir et dresser la table. Coiffer. Repasser au fer à glacer. Faire de la couture. Entretien du linge et nettoyage des lampes.

— La plupart, tu sais déjà le faire.

La jeune fille recula d'un pas et haussa les épaules.

— Oui, sauf la politesse et les bonnes manières. Mais, à la fin du cours, on reçoit un diplôme. Et on peut le montrer quand on se présente pour une place. Tu comprends ?

Augusta opina. Gertie ne resterait pas longtemps fille de cuisine. Elle voulait aller plus loin et en avait l'étoffe. Et elle-même, pourquoi était-elle restée deuxième bonne ? Ah, il y avait eu des liaisons. Avec le domestique Robert. Le sous-lieutenant von Hagemann. L'enfant, pour lequel il lui avait fallu un père. Le mariage avec Gustav. Et ensuite, elle avait enchaîné les grossesses. Mais Gertie était trop maligne pour s'embarquer avec un type.

— Ce serait dommage que tu t'en ailles de la villa, dit-elle avec sincérité.

Avec un petit soupir, Gertie répondit que ce n'était pas de gaieté de cœur. Mais, depuis que cette mauvaise femme passait son temps en manigances, la vie à la villa s'était considérablement dégradée.

— Toi, tu as ton jardin et ta famille. Nous, on a tout le temps affaire à cette sale bique. C'est dur.

Augusta hocha la tête. Cette jeunesse n'avait aucune idée des réalités de la vie. Elle semblait croire qu'avec une famille et un jardin maraîcher on se la coulait douce et qu'on n'avait pas de peine à gagner sa croûte. Elle ramassa la moitié de bretzel que Fritz avait jetée par terre, l'essuya sur sa jupe et la mit dans sa poche.

— Bon, il faut que j'y aille, dit-elle en jetant un coup d'œil sur la tour de l'hôtel de ville éclairée par le soleil.

Elle avait vu juste, le ciel se découvrait.

— Oui, moi aussi. La Brunnenmayer m'a fait une longue liste de courses. À bientôt, Augusta.

Les deux maisons de la Jordan se remarquaient de loin, car leur façade avait été restaurée et peinte en clair. Elles étaient petites et basses, mais cela valait toujours mieux qu'une cabane de jardin où l'on était juste toléré. Christian, le jeune employé, sortit une table sur le trottoir et posa dessus toutes sortes d'objets: des petits pots de remèdes miracles, des flacons d'épices orientales, des couronnes de fleurs artificielles, des petits cadres en argent, un foulard en soie, une danseuse nue en bronze.

— Bien le bonjour, Christian. Mademoiselle Jordan est là?

Il rougit en s'entendant saluer. Sans doute parce qu'il était en train de suivre du doigt les contours de la statuette. Un gentil garçon, avec de grands yeux bleus. Il fallait espérer que cette garce de Jordan ne le séduirait pas.

— Oui. Attendez, je vais vous aider.

Il abandonna son étalage et saisit l'avant du landau afin de l'aider à franchir le seuil du magasin. Il eut l'air ravi quand Fritz le regarda en riant et attrapa sa blouse grise de ses menottes.

— J'avais un petit frère, dit-il à Augusta. Il est mort de la scarlatine, ça fait déjà cinq ans.

— Ah, quelle pitié…

Elle avait de la chance. Jusque-là, ses quatre petits avaient été largement épargnés par la maladie. De nombreux enfants mouraient, surtout dans les quartiers pauvres. C'était terrible de devoir enterrer une petite créature innocente. Mais cela n'arriverait pas. Elle savait se battre. Tout comme Gertie, elle ne voulait pas rester tout en bas.

La porte de l'arrière-boutique s'ouvrit, livrant passage à Maria Jordan. Elle s'habillait bien, il faut dire qu'elle en avait les moyens. Une robe sombre avec un col blanc brodé. De loin, elle avait l'air d'une jeune fille. De près, toutefois, on distinguait ses rides. Elle devait déjà avoir la cinquantaine.

— Bien le bonjour, Augusta. Qu'est-ce que tu apportes de beau ?

Elle examina les herbes et les fleurs, haussa les sourcils, déclara qu'elle n'avait besoin que d'un peu d'estragon et de marjolaine. Peut-être aussi de thym. Augusta avait-elle également du romarin ?

C'était une maligne, la Jordan. Elle faisait généralement sécher les herbes pour en tirer de quoi garnir des sachets parfumés ou confectionner des sels de bain. À vertu curative, évidemment. Autrement, personne n'aurait acheté ces trucs nauséabonds au prix où elle les vendait.

— Et les fleurs ?

Maria Jordan dodelina de la tête. En ce moment, elles ne trouveraient pas preneur.

— Tu as réfléchi ? demanda-t-elle en baissant la voix.

— Oui. Mais pas pour trente pour cent. C'est presque un tiers !

— Bon, entre. On devrait arriver à s'arranger.

Elle chargea son employé de s'occuper du magasin et du landau, puis fit signe à Augusta de la suivre dans l'arrière-boutique.

La jeune femme pénétra pour la première fois dans cette pièce qui faisait l'objet de tant de rumeurs et de spéculations. Les murs étaient normalement recouverts de papier peint. Elle comportait une commode, un divan et une petite table avec une lampe à abat-jour vert qui répandait une lumière paisible. Il y avait certes un tapis aux motifs orientaux et un ensemble de coussins en soie sur le divan. Mais rien de tout cela n'était inquiétant. On pouvait juste juger un peu étranges les tableaux exposés dans cet endroit dépourvu de fenêtres : un sultan coiffé d'un turban vert, les yeux rivés sur des femmes nues au bain ; un dessin représentant une tête de jeune fille au visage masqué par un voile noir. Et un paysage avec des pics rocheux au clair de lune, qui, lui, donnait effectivement un peu le frisson.

— Assieds-toi.

Augusta prit place en face de la Jordan. Elle constata que la petite table comportait de belles incrustations. Il y en avait une du même style dans le fumoir de la villa. Maria Jordan devait vraiment bien gagner sa vie pour pouvoir s'offrir des meubles aussi chers.

— Bon, c'est parce que c'est toi, Augusta, et qu'on se connaît depuis longtemps. Vingt-huit...

— C'est encore trop. Ça rapportera pas tout de suite quand on aura construit la serre. Faut compter mars pour que les plantes elles aient poussé.

La Jordan acquiesça d'un signe de tête, elle ne l'ignorait pas.

— C'est pour ça que je ne te demande pas de rembourser tout de suite. Tu paieras chaque mois. Pour commencer, une petite somme. Et quand vous gagnerez de l'argent, vous paierez davantage. Je vais écrire tout ça sur un papier que tu signeras.

— Vingt-cinq.

— Autant t'en faire cadeau dans ces conditions !

— Vingt-cinq pour cent. Et dans un an, au plus, tu auras récupéré ton argent. Avec les intérêts.

— Vingt-six pour cent, c'est mon dernier mot. N'oublie pas l'inflation.

— Ça, c'est fini. Maintenant on a un nouveau Reichsmark et plus d'inflation.

Maria Jordan poussa un profond soupir et se déclara d'accord : vingt-cinq pour cent d'intérêts sur un an. Cinq mille marks au comptant.

— C'est d'accord, répondit Augusta, le cœur battant jusque dans la gorge.

Elle regarda la Jordan sortir une écritoire en cuir du tiroir de la commode, poser un encrier sur la petite table et y plonger sa plume. Celle-ci gratta le papier, inscrivant des dates, des échéances, des chiffres. Les versements mensuels ne commenceraient qu'en janvier. Si elle avait plus de deux mois de retard, la Jordan s'arrogeait le droit de réclamer sur-le-champ l'intégralité de la somme encore due et, au besoin, de recourir à une saisie.

— Prends le temps de lire. Ensuite, tu signeras là, en bas.

La Jordan fit glisser la feuille dans sa direction. Augusta employa tous ses efforts à déchiffrer ce que son interlocutrice avait écrit. Lire n'avait jamais été son fort et la minuscule écriture de la Jordan ne lui facilitait pas la tâche. Des clients étaient entrés dans le magasin. Elle entendit Fritz pleurnicher et craignit qu'il ne tombe du landau.

— C'est bien. Et puis la sainte Vierge est avec moi.

D'une écriture raide et maladroite elle signa « Augusta Bliefert », puis rendit le papier à la Jordan.

— Là, tu vois. C'était pas si difficile ! Et maintenant, je vais te donner l'argent.

Maria Jordan se leva et décrocha le dessin représentant la tête de jeune fille. Augusta n'en crut pas ses yeux : derrière le tableau se trouvait une petite porte en fer avec une serrure surmontée d'une chose ronde qui ressemblait à une grande vis. La Jordan plongea la main dans son chemisier et en sortit une petite clé qu'elle portait autour du cou, attachée à une chaîne d'argent. Elle introduisit la clé dans la serrure et fit tourner la grande vis. La porte métallique s'ouvrit, mais la Jordan se plaça de telle manière qu'Augusta ne put voir ce qu'il y avait à l'intérieur.

— Recompte, ordonna Maria Jordan en posant sur la table un petit paquet enveloppé de papier marron.

Elle avait tout préparé, cette finaude. Les mains tremblantes, Augusta dénoua la ficelle et déplia le papier. C'était la première fois qu'elle voyait autant d'argent, elle osait à peine toucher les billets.

— Ce sont rien que des billets neufs, de bons vrais Reichsmarks, déclara la Jordan, qui regardait par-dessus son épaule. Je suis allée les chercher ce matin à la banque.

Il y avait des billets de dix, vingt et cinquante Reichsmarks. Et quelques billets de cent. Augusta prit son courage à deux mains, se mit à empiler les billets en fonction de leur valeur, additionna le tout, se trompa deux fois, puis finit par établir que le compte était bon.

— Fais attention quand tu seras dans la rue, lui recommanda la Jordan. Il y a partout des voyous qui ne reculent devant rien.

Augusta replaça soigneusement son trésor dans le papier brun et remit la ficelle.

— Oui, je cacherai ça sous le matelas du landau.

Maria Jordan trouva l'idée excellente.

— Mais fais attention à ce que les billets ne soient pas mouillés !

— Bah… L'argent n'a pas d'odeur.

Chapitre 23

— Je suis vraiment désolé de t'avoir fait attendre, mon vieux, dit l'avocat Grünling en tendant la main à Paul avec jovialité. Tu sais ce que c'est : une urgence imprévue. Une mandante que je ne pouvais pas envoyer promener.

— Bien sûr, bien sûr.

Paul lui serra la main en essayant de faire bonne figure. Avait-il le choix ? Tandis qu'il patientait dans l'antichambre sur un siège tendu de velours, il avait entendu une partie de la conversation téléphonique de Grünling. Une mandante... Peut-être. Effectivement, il ne l'avait pas envoyée promener. Mais la prétendue urgence était indiscutablement de nature privée. Ce scélérat lui avait fixé un rendez-vous galant.

— Assieds-toi, mon cher. Mademoiselle Cordula t'a-t-elle servi un café ? Non ? Mais c'est inexcusable.

Paul intervint juste à temps pour l'empêcher de réprimander la jolie secrétaire. Elle le lui avait proposé, mais il avait refusé.

— J'en ai pris deux à la villa, puis un troisième à l'usine. Ça devrait suffire pour le moment.

Avec un hochement de tête satisfait, Grünling retourna s'asseoir à son bureau. Un meuble splendide, du plus beau baroque de Danzig, cuir vert foncé, sous-main imprimé de motifs orientaux. Derrière, Grünling avait l'air d'un petit singe à lunettes. Surtout lorsqu'il joignait les mains sur le ventre, comme en ce moment.

— Que puis-je faire pour toi, Paul ?

Paul s'efforça d'adopter une attitude détendue. Grünling était depuis de nombreuses années le conseiller et le soutien juridique de l'usine Melzer. Son père l'avait choisi, parce qu'il était – disait-il – un fin renard. Et discret, ce qui était particulièrement important.

— J'ai besoin d'un conseil, Alois. Dans une affaire d'ordre privé.

— Je comprends, répondit l'avocat sans manifester la moindre surprise.

Bien sûr qu'il n'était pas étonné : les déboires conjugaux de l'industriel Melzer étaient de notoriété publique.

— J'aurais besoin de quelques détails sur la... la procédure de divorce. Juste à titre d'information. Pour parer à toute éventualité.

Toujours imperturbable, Grünling se redressa sur son fauteuil et appuya ses bras sur son bureau.

— Eh bien, commença-t-il, la procédure de divorce a été modifiée cette année par une loi du Reichstag. L'idée a été de préserver le mariage le plus longtemps possible et de ne considérer le divorce que comme le recours ultime.

— Certes.

— Mais la plus grande nouveauté c'est l'égalité entre homme et femme. Ces dernières années, malheureusement, un nombre croissant de femmes ont fait usage de la possibilité de divorcer. Une triste conséquence de leur accès à l'activité professionnelle.

Grünling rajusta ses lunettes et se leva pour consulter les nouveaux textes de loi, qui étaient rangés dans un classeur.

— La juridiction compétente reste le tribunal de grande instance. Il faut un motif grave pour pouvoir demander la séparation. Il n'y aura pas non plus de divorce par consentement mutuel, comme le réclamaient des députés de gauche.

— Et qu'est-ce qui constitue un motif grave ? L'adultère ?

L'avocat feuilleta le classeur, posant ici et là son doigt sur une ligne en remuant silencieusement les lèvres.

— Pardon ? Euh, oui, bien entendu. Mais il doit être prouvé et confirmé par des témoignages. Cependant, on commence par organiser au tribunal une audience de conciliation à laquelle les deux parties doivent être présentes en personne. Là, on détermine s'il reste une chance de trouver un accord ou si les résistances sont telles que tout espoir est désormais vain. S'il n'y a pas de conciliation possible, alors on engage la demande de divorce.

— Et combien de temps dure en général ce genre de procédure ?

Grünling haussa les épaules.

— C'est difficile à dire, mais il faut à coup sûr compter quelques mois.

L'avocat quitta son fauteuil pour venir s'asseoir sur le bord de son bureau.

— Si tu envisages sérieusement cette démarche, poursuivit-il, il y a quelques détails à prendre en considération. Pour éviter les complications, si tu vois ce que je veux dire.

Paul n'aimait pas cette familiarité condescendante. D'ailleurs, il n'avait jamais pu supporter ce Grünling. Un affreux nabot qui, après la guerre, s'était enrichi par d'habiles opérations financières. Mais sans doute était-ce cette question de divorce qui mettait Paul de mauvaise humeur et lui faisait voir l'avocat sous un jour moins favorable qu'il ne le méritait.

— Je n'y songe pas réellement, Alois, mais je suis en quête de conseils.

— À ta disposition, mon cher. Après tout, j'ai déjà sorti ton père de quelques mauvais pas. Il y a d'abord l'atelier que ta femme dirige rue Caroline. Très généreux de ta part. Tu sais qu'elle ne peut travailler qu'avec ton accord. Par conséquent, en cas de besoin, il faudrait le fermer et le faire rayer du registre du commerce.

Paul garda le silence. Grünling ne lui apprenait rien, mais jusque-là, il avait reculé devant cette mesure. S'il la mettait en œuvre, il priverait assurément Marie de son assise financière, mais qu'y gagnerait-il ? Reviendrait-elle à la villa en admettant sa culpabilité ? Probablement pas. Il ne ferait que renforcer leur antagonisme.

— De quel recours est-ce que je dispose pour récupérer mes enfants ?

Grünling parut peu optimiste.

— Eh bien, si ta chère et tendre épouse se retrouvait privée d'argent, on pourrait démontrer que, dans leur lieu de vie actuel, les enfants sont victimes de négligence, voire d'abandon.

— Ils sont pervertis, l'interrompit Paul avec colère. On les engage dans une voie qui leur est néfaste. On fait d'eux des inadaptés.

S'apercevant qu'il avait haussé le ton, il se tut.

Grünling quitta le bord de son bureau pour regagner son fauteuil.

— Ce qu'il faudrait, c'est rassembler des preuves, dit-il avec un sourire apaisant. Mettre par écrit les témoignages, datés et signés, afin de pouvoir les produire au tribunal. Tant en ce qui concerne la situation de tes enfants que la fidélité de ton épouse.

Paul eut du mal à se maîtriser. Quoique soupçonnant encore Ernst von Klippstein de faire des avances à sa femme, il n'avait pas prévu d'aborder le sujet avec Grünling.

— Ce ne sera pas facile, répondit-il sans s'avancer.

— En pareil cas, on peut recourir à des professionnels. Cela coûte de l'argent, mais ils font du bon travail.

Paul comprit que son interlocuteur voulait parler d'une filature par une agence de détectives privés. Quelle idée ! Digne de l'esprit froid d'un juriste ! Grünling le croyait-il donc prêt à faire suivre ses enfants, ou même Marie, par un fouineur de cette espèce ?

— Merci pour tes conseils amicaux, j'y reviendrai peut-être à l'occasion. Je ne veux pas te déranger plus longtemps.

Le « fin renard » ne montra pas le moindre signe d'embarras. Au contraire, il lui serra la main par-dessus le bureau avec un sourire complice et lui assura qu'il était à sa disposition si nécessaire.

— Les relations avec le beau sexe ne sont pas toujours faciles, ajouta-t-il. Surtout quand il s'agit de dames qui nous tiennent à cœur. Crois-moi, mon cher Paul, tu as devant toi un homme qui parle d'expérience.

— Assurément, répliqua sèchement Paul.

Il fut grandement soulagé de quitter ces locaux pompeux. « …un homme qui parle d'expérience. » Quel niais, quel ignorant ! Paul était convaincu que l'avocat Grünling ignorait ce que c'était qu'aimer. Quoi d'étonnant ? Il avait un portefeuille bien garni à la place du cœur.

Ce ne fut qu'après avoir regagné son bureau, alors qu'il se replongeait dans le travail en buvant son propre café, qu'il se calma et commença à voir la situation avec d'autres yeux. Il avait tout de même obtenu quelques informations qui lui seraient peut-être utiles dans une discussion avec Marie. Il n'y avait malheureusement eu aucun rapprochement au cours des semaines passées. On s'en tenait au statu quo, l'antagonisme avait plutôt tendance à se renforcer. Pour la centième fois, il se demanda s'il ne valait pas la peine de lui écrire. Une lettre réfléchie, raisonnable, dans laquelle il lui soumettrait des propositions en vue d'une réconciliation. Lui aussi pouvait accepter un compromis. Si Marie était disposée à rentrer à la villa, il parlerait à sa mère, et madame von Dobern devrait quitter les lieux sans délai. Cela dit, il ne mettrait les choses en route qu'après avoir obtenu de Marie l'assurance de son retour. Pas à titre de condition préalable. Il n'avait pas l'intention de se laisser faire. Si elle voulait pour mari un brave toutou, elle s'était trompée d'adresse. Elle n'avait qu'à se tourner vers Ernst von Klippstein. Kitty, qui parlait très librement avec sa mère au téléphone, avait rapporté que Klippstein était un hôte fréquent et bienvenu rue de la Porte des femmes.

Sur quoi Alicia avait aussitôt signifié à ce dernier qu'il était désormais indésirable à la villa.

« Cet individu que tu appelais ton ami avait déjà jeté son dévolu sur Marie au temps de son hospitalisation à la villa. Kitty m'a dit qu'il lui avait adressé une déclaration d'amour. »

Étonnant, la versatilité des femmes. Sa mère ne l'avait-elle pas pendant des années qualifié d'« homme charmant et malheureux » et invité à la moindre occasion ? Il repoussa énergiquement la crainte qui venait de temps à autre le tourmenter. Non, Marie lui était fidèle. Elle ne l'avait jamais trompé. Ni à l'époque où il était prisonnier en Russie et où Ernst – à ce que prétendait sa mère – lui avait déclaré son amour, ni par la suite.

Dans sa famille, il n'y avait jamais eu et il n'y aurait jamais d'adultère, de double vie ou de divorce. Marie et lui traversaient une brouille sérieuse, qui serait réglée sous peu. Voilà tout.

Il décida de ne pas prendre la voiture pour rentrer dîner à la villa. Le temps était sec et ensoleillé. Seul le vent était un peu dérangeant, mais l'air frais et le mouvement lui feraient du bien. Ce n'était pas pour rien que son père avait toujours fait le trajet à pied, sauf au cours des derniers mois de sa vie. Au secrétariat, où la Lüders et la Hoffmann mangeaient les sandwichs qu'elles avaient apportés, il jeta un coup d'œil en direction du bureau de Klippstein.

— Monsieur von Klippstein est sorti dîner, lui dit la Hoffmann, la bouche pleine, avant de s'excuser en rougissant.

— Bien, répondit-il, et il enchaîna sur un ton ironiquement martial : Reculez d'un pas, repos, continuez à manger !

Elles gloussèrent, égayées par cette plaisanterie.

Il arriva revigoré à la villa, le manteau flottant au vent. Cette promenade lui avait aussi permis de constater que le vent avait arraché un grand nombre de branches dans le parc. Il était grand temps de s'occuper des arbres. Depuis qu'il avait recours à des employés occasionnels, le jardin était passablement négligé. Il allait falloir engager un jardinier, un point à discuter avec sa mère.

Else vint lui ouvrir, fit une génuflexion et le débarrassa de son manteau et de son chapeau.

— Comment va ma mère ?

Cette question était devenue rituelle, Alicia souffrant fréquemment de migraines ou d'autres affections. Ce qui ne l'empêchait généralement pas de se joindre à lui pour le dîner.

— Pas très bien, monsieur Melzer. Elle est dans sa chambre.

Else lui adressa un sourire de regret bouche fermée. Cette mimique produisait une impression bizarre, mais on s'y était habitué.

— Madame von Dobern souhaiterait vous parler.

Il n'en avait guère envie, mais il n'y avait pas moyen d'éviter cette entrevue. Depuis que Serafina von Dobern était devenue une source de discorde dans son couple et dans sa famille, sa présence lui tapait sur les nerfs. Cela dit, elle n'y pouvait rien. La pauvre avait bien du mal à assurer ses nouvelles fonctions. Marie avait, hélas, vu juste.

— Elle vous attend au salon rouge.

Elle voulait donc le voir avant le repas. Bon, après tout, il valait mieux régler ça au plus vite. Sans doute avait-elle une fois de plus l'intention de se plaindre des employés. Et, comme sa mère était indisposée, c'était vers lui qu'elle se tournait. Cependant, il n'apprécia guère qu'elle se soit approprié le salon. Mademoiselle Schmalzler ne se serait jamais permis ce genre de choses.

— Dites-lui de venir me retrouver dans mon bureau.

Elle le fit attendre un petit moment, ce qui l'agaça, car il avait faim. Enfin, il entendit claquer la porte du salon rouge. La dame était vexée qu'il n'ait pas répondu à son invitation à le rejoindre dans le salon des maîtres. Il se promit de lui rabattre un peu de sa superbe.

— Je suis désolée de vous avoir fait attendre, dit-elle en entrant. Je mettais au propre une lettre que votre mère m'a dictée en urgence.

Il hocha la tête et lui désigna silencieusement un siège. Lui-même était comme à son habitude assis à son bureau, celui-là même dans lequel Jakob Burkard avait autrefois caché les plans de ses machines. Cela faisait désormais dix ans que Marie et lui les avaient retrouvés. Marie… Comme il l'aimait, alors ! Comme il avait été heureux qu'elle accepte de l'épouser ! Les ombres du passé étaient-elles devenues plus fortes que leur amour ? La faute de son père allait-elle détruire leur bonheur ?

— Votre mère m'a priée de vous informer d'un événement inattendu, déclara Serafina von Dobern avec un sourire poli.

Paul se ressaisit. Il ne servait à rien de s'abandonner à de sombres spéculations.

— Pourquoi ne s'adresse-t-elle pas directement à moi ?

Le sourire de Serafina se teinta de regret.

— Votre mère a reçu ce matin un appel téléphonique qui a sérieusement ébranlé ses nerfs déjà fragiles. Je lui ai donné un calmant. Elle descendra pour le dîner mais, pour le moment, elle n'est pas en état de mener une longue discussion.

Avec l'accord du Dr Greiner, Serafina administrait de temps en temps un peu de valériane à Alicia. Absolument sans danger, lui avait expliqué le médecin. D'autant que la dose qu'il avait prescrite était faible.

Paul se raidit. S'agissait-il d'un appel de Marie ? Avait-elle demandé le divorce ? Grünling avait affirmé qu'un nombre croissant de femmes y avaient recours. Une conséquence de leur accès à l'activité professionnelle.

— Il y aura malheureusement un divorce, poursuivit Serafina.

Alors c'était bien ça. Il sentit un abîme s'ouvrir sous ses pieds : il allait perdre Marie, elle ne l'aimait plus.

— Un… divorce ? articula-t-il péniblement.

Serafina retarda légèrement sa réponse pour observer avec attention l'effet de ses paroles.

— Oui, malheureusement. Votre sœur Elisabeth a appelé de Kolberg pour nous dire qu'elle avait déposé une demande de divorce. Son époux a souhaité que la procédure ait lieu au tribunal de grande instance d'Augsbourg.

Lisa ! C'était Lisa qui divorçait. Quelle qu'en soit la raison. Lisa et non Marie. Il éprouva un soulagement indicible, tout en étant irrité d'avoir révélé aussi ouvertement ses sentiments à Serafina.

— Ah… marmonna-t-il. A-t-elle également précisé quels étaient ses projets ?

— Dans un premier temps, elle viendra s'installer à la villa. Nous n'en savons pas davantage.

Il imaginait sans peine la catastrophe qu'avait dû représenter pour Alicia cette nouvelle, qu'Elisabeth lui avait sans doute annoncée avec sa brusquerie habituelle. Quel scandale ! La bonne société d'Augsbourg faisait encore ses choux gras du départ de la femme du directeur Melzer, et voilà que sa sœur divorçait et réintégrait le domicile familial. À quoi s'ajoutaient les ragots permanents sur l'existence prétendument dissolue de la jeune veuve Kitty Bräuer, qui fréquentait sans se cacher divers jeunes artistes. Les péripéties familiales des Melzer raviraient une fois de plus toutes les mauvaises langues d'Augsbourg.

— Puis-je me permettre une remarque ?

— Je vous en prie.

Serafina avait à présent l'air embarrassé, ce qui lui allait nettement mieux que son sourire forcé. Il était vrai qu'elle venait d'une famille noble et, dans l'aristocratie, on montrait rarement ses véritables sentiments. Il savait cela de sa mère.

— Pour ma part, je suis très contente que Lisa revienne. Vous vous souvenez peut-être que nous sommes amies. Je crois qu'elle a pris une décision difficile mais juste.

— C'est possible, admit-il. Lisa est évidemment la bienvenue à la villa et elle peut compter sur mon aide.

Serafina parut sincèrement touchée. Elle avait aussi ses bons côtés, cette fatigante créature, et elle n'était pas responsable de son aspect insignifiant.

— C'est une grande chance pour elle d'avoir un frère qui lui apporte un soutien inconditionnel, dit-elle à voix basse.

— Je vous remercie, répondit-il, essayant de prendre la chose à la plaisanterie. En cas de nécessité, les Melzer se serrent les coudes.

Elle acquiesça en lui jetant un regard langoureux. Aïe, c'était celui qu'elle avait autrefois lorsqu'ils se rencontraient à l'occasion de soirées ou de bals.

— Nous devrions aller dîner, déclara-t-il avec prosaïsme. On m'attend à l'usine.

Alicia était déjà à table, assise très droite comme à son habitude, mais le teint pâle. À son expression, on aurait pu croire que le monde venait de s'effondrer. Paul l'entoura de son bras et lui déposa un léger baiser sur le front.

— Paul... Tu es au courant? Seigneur... On dirait que rien ne nous sera épargné.

Il employa tous ses efforts à la réconforter, ce qui ne lui réussit qu'à moitié. Enfin, elle fut en état de réciter le bénédicité. L'air sombre, Julius servit le potage en silence. Comme Paul lui demandait s'il se sentait bien, le domestique répondit qu'il n'avait jamais été en meilleure forme. Ce disant, il regarda madame von Dobern comme s'il voulait l'assommer à coups de louche.

— Ce monsieur Winkler, reprit Alicia d'un air songeur, quand Julius eut quitté la pièce. Je suis un peu étonnée que Lisa ne l'ait pas mentionné.

— C'est sans doute sans importance, répondit Serafina avec un sourire indulgent. Attendons de voir. Elle s'épanchera sûrement une fois qu'elle sera revenue.

À la surprise de Paul, Alicia eut l'air soulagée. Sa sœur ne se confiait pour ainsi dire jamais à personne. Elle se débrouillait toute seule et prenait sans prévenir des décisions surprenantes. Sa mère était la mieux placée pour le savoir. Mais sans doute préférait-elle se cramponner à ce que disait madame von Dobern.

— Il me semble que le chou est trop salé, déclara la gouvernante en se tapotant les lèvres avec sa serviette.

— Vous avez raison, madame von Dobern, répondit Alicia. Un peu trop de sel.

— Vraiment ? s'étonna Paul en fronçant les sourcils. Je le trouve excellent.

Faisant comme si elle n'avait pas entendu la remarque de Paul, madame von Dobern chargea Julius de dire à la cuisinière qu'elle avait trop salé les légumes. Le domestique inclina légèrement la tête pour indiquer qu'il avait entendu, mais ne répondit pas.

— Il est important que le personnel sente une main ferme, expliqua madame von Dobern. L'indulgence passe toujours pour de la faiblesse. Ce sont surtout les femmes – vous m'excuserez, chère Alicia – qui pensent ainsi. L'indulgence d'un homme leur inspire du mépris, car elles veulent pouvoir le respecter.

Paul fut quelque peu surpris d'entendre une femme énoncer ce genre de théories. Cela dit, Serafina était fille d'officier. Quoi qu'il en soit, ce qu'elle disait n'était pas totalement faux, mais tout de même exagéré.

Alicia acquiesça avec empressement et fit remarquer qu'elle avait toujours respecté, et aimé, feu son cher Johann.

— Il avait son caractère, dit-elle avec un sourire en tournant les yeux vers Paul. Et c'était très bien comme ça.

Manifestement, elle avait oublié leurs longues et épuisantes querelles. Paul se rappelait très bien que sa mère n'appréciait pas du tout le « caractère » de son époux. Mais peut-être cet oubli était-il une forme d'amour ? Tous deux s'étaient aimés à leur manière.

— Johann Melzer n'aurait probablement pas permis à sa femme d'avoir sa propre affaire, n'est-ce pas ? demanda Serafina à Alicia.

— Johann ? Oh, non. Il pensait que la place d'une femme était au foyer. En ce qui me concerne, j'avais amplement de quoi m'occuper à la villa.

— Certes, mais votre belle-fille a prouvé avec son atelier qu'une femme pouvait à la fois tenir une maison et travailler. Ou bien est-ce que je me trompe ?

— Vous vous trompez effectivement, chère Serafina. Marie a, hélas, négligé tout autant ses enfants que la maison. À mon avis, l'atelier a fait beaucoup de mal à ton mariage, Paul.

Concentré sur son goulasch, Paul fit comme s'il n'avait pas entendu. Quoique mal à l'aise, il préférait ne pas intervenir dans la discussion pour ne pas irriter sa mère. Cependant, il n'appréciait guère de voir ses difficultés conjugales discutées à table avec la gouvernante. Quelle mouche avait donc piqué Alicia ?

— Oh, je trouve que monsieur Melzer se montre extrêmement généreux à l'égard de sa femme, reprit Serafina. Que se passerait-il s'il faisait fermer l'atelier ? De quoi sa femme vivrait-elle alors avec les enfants ?

Alicia attendit que Julius ait servi le dessert – un gâteau de semoule nappé d'un coulis de framboise – pour répondre.

— Vous mettez le doigt sur la plaie, chère Serafina, dit-elle avec un grand sourire. Tu as entendu, Paul ? Je t'ai averti dès le départ, mais tu n'as rien voulu savoir. Son travail à l'atelier lui est monté à la tête, voilà pourquoi tu devrais lui faire comprendre au plus vite ce qu'il en est vraiment. Tu n'obtiendras rien avec de l'indulgence, bien au contraire : Marie perdra tout respect pour toi.

Paul n'ignorait pas ce que pensait sa mère, mais jusque-là, elle s'était abstenue de le lui dire en face.

— Je te remercie de ce conseil, maman. Il faut que je retourne à l'usine.

Le gâteau de semoule était un de ses desserts favoris, mais il préféra le laisser plutôt que d'entendre sa mère se plaindre une fois de plus de sa propension à utiliser son travail comme un alibi. Se trompait-il ou Serafina s'était-elle arrangée pour amener Alicia là où elle le souhaitait ? Il fallait qu'il garde un œil sur cette femme.

Comme sa voiture était à l'usine, il dut repartir à pied. Ce qu'il trouva nettement moins agréable qu'à l'aller. Il se mit à ruminer, s'abandonna à la colère et se demanda sérieusement si le conseil de sa mère ne constituait pas la solution à tous ses problèmes. Si Marie n'avait plus les moyens de subvenir aux besoins des enfants, il aurait rapidement le levier nécessaire pour ramener ces derniers à la villa. Elle comprendrait alors que sa qualité d'homme lui conférait la position de force. L'indulgence dont il avait fait preuve n'était-elle pas la cause de tous leurs maux ?

L'après-midi, il fut d'excellente humeur. Il discuta même des projets en attente avec son associé, qu'il avait jusque-là délibérément ignoré. Il dut cependant se faire violence, car Klippstein lui avait déclaré qu'il n'entendait pas renoncer aux parts qu'il avait dans l'affaire. Il fallait donc se faire une raison dans l'intérêt de l'entreprise.

Mais, le soir, lorsqu'il se retrouva dans son bureau à la villa à noyer son chagrin dans l'alcool, il comprit qu'il faisait fausse route. Il ne pouvait pas contraindre Marie. Elle devait revenir de son plein gré. Sinon, cela n'aurait aucun sens.

Que veut-elle de plus ? se demanda-t-il, désespéré. *Je lui ai demandé pardon. Je suis prêt à renvoyer madame von Dobern. Je serais même disposé, sous certaines conditions, à autoriser Leo à faire du piano... Reste cette exposition, dont je préférerais me passer.*

Il commença plusieurs fois une lettre, s'interrompant, puis jetant la feuille à la poubelle.

Kitty, se dit-il. *Il faut qu'elle m'aide. Pourquoi n'ai-je pas pensé à elle plus tôt ?*

Il l'appellerait le lendemain du bureau. Cette décision lui donna enfin le courage d'aller se coucher. Il avait pris en haine cette chambre dans laquelle il était désormais seul à passer la nuit. Le lit, dont l'autre moitié était désormais inoccupée, le silence, le froid, l'oreiller intouché à côté du sien… Marie lui manquait tellement qu'il ne savait comment faire pour vivre sans elle.

Chapitre 24

J'aurais dû le savoir, pensa Marie. Elle avait honte de s'être sciemment jetée dans la gueule du loup. Qu'avait-on bien pu penser en la voyant arriver seule de bon matin à la messe à Saint-Maximilien ? Elle n'était pas allée s'asseoir sur le banc des Melzer, qui se trouvait au deuxième rang à droite. Ne s'en sentant pas le droit, elle s'était réfugiée tout au fond sur la gauche. De sa place bien cachée, elle avait essayé d'apercevoir les Melzer au milieu des fidèles. Le banc de la famille n'était occupé que par trois personnes : Alicia, Paul et Serafina von Dobern.

Pourquoi avait-elle été aussi affectée de les voir assis dans cet ordre ? Ce n'était pas la première fois que Serafina assistait à la messe en compagnie de la famille et des enfants. Mais, ce matin-là, les jumeaux étaient absents. Sur la recommandation de Kitty, Hanna les emmenait à Saint-Ulrich-et-Sainte-Affre afin d'éviter les problèmes. Entre-temps, Serafina avait été promue gouvernante de maison. Et, à présent, elle était assise à côté de Paul, occupant la place qui était la sienne.

Alors que l'organiste entamait un prélude et que le sacristain fermait les portes, Marie avait été saisie d'une envie folle de s'enfuir. Qu'est-ce qui lui avait pris de venir ? Ce n'était assurément pas la piété qui l'avait guidée : à l'orphelinat, on lui en avait fait passer radicalement l'envie. Non, elle avait nourri le projet absurde d'échanger quelques mots avec Paul après la messe. De rectifier des malentendus. De s'expliquer, d'essayer d'éveiller sa compréhension. Ou tout simplement… de le voir… le regarder dans les yeux. Lui faire sentir que son amour n'était pas mort. Bien au contraire.

Mais ce n'était ni le bon moment ni le bon endroit. Pendant que le prêtre et les enfants de chœur entraient et que la messe commençait, elle s'était sentie le point de mire des curieux. On la regardait : Marie Melzer, la fille de cuisine qui s'était hissée au rang de femme du directeur. Sa chance n'avait duré que quelques années. Dommage pour elle, mais cela n'avait rien d'étonnant. Paul Melzer méritait mieux qu'une pensionnaire de l'orphelinat.

Oui, avait-elle pensé avec amertume. *Serafina avait perdu sa fortune, mais sa famille faisait partie de l'aristocratie. Son père, le colonel von Sontheim, était mort à la guerre en défendant sa patrie. Noblesse appauvrie et riches industriels – cela s'accordait nettement mieux.*

Elle avait aperçu Paul se pencher vers Serafina pour lui glisser quelque chose à l'oreille en souriant. Cette dernière avait rougi en lui répondant à voix basse.

Marie avait été envahie par le poison paralysant d'une jalousie impuissante. *Qui va à la chasse perd sa place*, avait-elle songé. *C'est ta faute, tu l'as abandonné, tu lui as rendu sa liberté. Croyais-tu qu'un Paul Melzer aurait du mal à trouver une autre femme ? Il est riche, beau, il possède un charme incroyable… Toutes celles qui cherchent désespérément un mari se l'arracheront dès qu'il aura divorcé.*

Pensait-il au divorce ? En était-on déjà là ?

Elle avait trouvé la force de rester jusqu'à la fin de la messe, soutenue par les vieux textes latins, qui l'avaient apaisée et protégée du tumulte de ses sentiments. L'organiste avait à peine entamé son dernier morceau qu'elle s'était levée et faufilée dans la rangée pour être parmi les premiers à sortir. Elle espérait que ni Paul ni ses deux compagnes n'avaient remarqué sa présence. Cela aurait été trop embarrassant.

Elle avait pris un fiacre pour rentrer au plus vite. Arrivée rue de la Porte des femmes, elle était montée au premier à l'insu de Gertrude, qui se trouvait à la cuisine, s'était débarrassée de son manteau, avait ôté ses bottines et s'était assise à son bureau.

Et quand bien même, pensa-t-elle avec fierté en se frottant les mains pour les réchauffer. *J'ai mon travail, il ne peut pas me l'enlever. J'ai les enfants. Et Kitty. Gertrude. Je peux vivre et travailler dans cette jolie petite maison. Même si j'ai perdu Paul, il me reste encore une foule de choses… Qu'il vive heureux avec une autre… Je le lui souhaite. Oui, je veux qu'il soit heureux. Puisque je l'aime…*

Les yeux tournés vers la fenêtre, elle observa le jeu du vent d'automne, qui arrachait les dernières feuilles de hêtre. *Il faut travailler*, pensa-t-elle. Le travail l'aiderait à oublier. Elle se remit à son croquis, une première esquisse de manteau évasé bordé de fourrure pour une cliente. Un col tout simple, une garniture d'autant plus fournie aux manches et en bas. Et un petit chapeau en velours. Peut-être en forme de tube, comme le voulait la dernière mode ? Non, elle n'aimait pas ces couvre-chefs ressemblant à des vers de terre coupés. Plutôt une création avec un bord relevé et une garniture de fourrure pour parfaire l'ensemble ? Elle essaya, rejeta, changea, réfléchit, laissant venir les idées.

— Maman, nous en avons déjà parlé un nombre incalculable de fois.

Marie s'interrompit et tendit l'oreille. La veille, Tilly était arrivée de Munich pour quelques jours. Très fatiguée, elle s'était contentée de grignoter un morceau, puis s'était retirée dans sa chambre sous les toits. La pauvre, elle paraissait déjà en piètre forme, et voilà que Gertrude lui tombait dessus.

— Ma chère enfant, il est toujours bon d'en revenir à la vérité. J'ai tellement espéré que tu te rendrais enfin à la raison.

Les deux femmes semblaient se trouver en bas, au salon. La maison était malheureusement très sonore, si bien que la voix forte de Gertrude s'entendait partout.

— Maman, s'il te plaît, je n'ai pas envie de parler de ça.

— Tilly, je suis ta mère et je refuse de me taire. Est-ce que tu t'es regardée? Tu as une mine épouvantable: les yeux cernés, le visage maigre, les joues creuses. Ça me fait mal rien que de te voir.

— Alors regarde ailleurs.

Marie vit en pensée Gertrude indignée reprendre haleine et mettre ses poings sur ses hanches. Tilly la connaissait, pourtant, elle savait bien que sa mère ne se contenterait pas d'une réponse de ce genre.

— Regarder ailleurs? Quand le seul enfant qui me reste détruit sa santé sous mes yeux? Faire des études! Devenir médecin! Des élucubrations, tout ça! Débrouille-toi plutôt pour trouver un mari qui puisse subvenir à tes besoins tant qu'il en est encore temps. Mais pour ça, il faut que tu t'occupes davantage de toi. Personne n'a envie d'épouser un épouvantail.

Marie posa son crayon d'un geste résolu et se leva pour aller à la rescousse de Tilly. Gertrude se faisait du souci, cela allait de soi, elle voulait le bien de sa fille. À sa manière.

— Et, pour la centième fois: je ne me marierai jamais. Il est temps que tu le comprennes, maman.

Marie se hâta de descendre. La voix tremblante de Tilly lui faisait craindre que la jeune femme ne fonde en larmes.

— Gertrude! lança-t-elle en ouvrant la porte du salon. Je crois que Hanna rentre de l'église avec les enfants.

La manœuvre était habile: Gertrude jeta un regard sur l'horloge et courut à la fenêtre.

— Oh là là! Tu les as vus d'en haut? Ils rentrent tôt, dis donc. Je vais préparer du chocolat chaud, le vent est froid. Et j'imagine qu'il devait faire frisquet dans l'église.

— Bonne idée ! Un chocolat chaud, c'est exactement ce qu'il faut par ce temps.

Munie de ces encouragements, Gertrude fila à la cuisine mélanger le cacao amer avec du sucre et un peu de crème pour en faire une pâte épaisse sur laquelle elle verserait ensuite du lait chaud. Son enthousiasme pour la cuisine ne faiblissait pas, mais désormais, Hanna la secondait avec intelligence.

Tilly repoussa ses longs cheveux sur le côté en lançant à Marie un regard reconnaissant. À la lumière du matin, Marie la trouva encore plus maigre que le soir précédent. Sa robe était passablement usée, la manche droite laissait même apparaître la trame du tissu.

— Tu es arrivée pile au bon moment, Marie. Une phrase de plus et je sautais à la gorge de maman !

— Je sais…

— C'était une opération programmée ?

Marie opina de la tête avec un petit rire. Tilly ne put s'empêcher de sourire. Dans la cuisine, on entendit une casserole tomber à grand fracas sur le sol dallé. Gertrude était parfois un peu maladroite.

— Jésus Marie ! pesta Kitty dans le couloir. Pourquoi fais-tu un boucan pareil en pleine nuit, Gertrude ? On ne peut plus fermer l'œil dans cette maison !

— Il est presque midi, jeune dame ! répondit tranquillement Gertrude. Mais les gens qui vivent la nuit ont évidemment besoin du jour pour dormir !

Un grognement contrarié lui répondit, puis la porte du salon s'ouvrit. Kitty était en robe de chambre, la chevelure en bataille, les yeux lourds de sommeil.

— Elle me rend folle. Fait tomber les casseroles à tour de bras. Ah, Tilly ! Tu as bien dormi, ma chère ? Tu as l'air d'une tulipe fanée. Il va falloir qu'on te retape vite fait, hein, Marie ? Tu peux compter sur nous. Seigneur, je suis encore tout endormie. On est bien dimanche, non ?

Elle se passa la main dans les cheveux, se mit à rire, s'essuya le front, fit la grimace et recommença à rire.

— Dimanche, c'est ça. Assieds-toi, Kitty. Je crois qu'il reste du café.

Marie savait que Gertrude avait l'habitude de mettre de côté une tasse de café pour Kitty, qui se levait rarement avant 10 heures.

— Oh oui ! Du café tiède, exactement ce dont j'ai besoin, se moqua l'ingrate Kitty.

Puis elle fit son numéro coutumier. Se laissa tomber sur le canapé avec un léger gémissement, prit la tasse de bonne grâce et la garda à la main tandis qu'elle continuait à parler.

— Pouah, quel goût épouvantable, mais ça vous remet sur pied ! Ça y est, je suis réveillée. La Société des arts a organisé une de ces fêtes, hier soir ! Tiens-toi bien, Tilly, il était tout excité quand je lui ai appris que tu étais arrivée… Il viendra dès ce soir. Ah oui ! Et il y aura aussi Marc et Roberto. Et Nele, je crois. Il faut que je prévienne Gertrude et Hanna. Roberto adore leur gâteau aux amandes.

Marie avait un peu de mal à s'y retrouver dans ce flot de paroles. Voyant l'air perplexe de Tilly, elle intervint.

— De qui parles-tu, Kitty ?

— Mais de Roberto, chère Marie. Roberto Kroll, un joli garçon, malheureusement il insiste pour porter la barbe, parce qu'il se prend pour un artiste géni…

— C'est Roberto qui était tout excité par le retour de Tilly ?

Kitty la regarda avec de grands yeux.

— Mais qu'est-ce que tu racontes, Marie ? Non, je parlais de Klippi, du brave, du fidèle Klippi.

Tilly rougit et détourna les yeux avec un air contrarié. Kitty vida sa tasse, se cala dans un coin du canapé et releva les pieds.

— Nous savons tous que le pauvre Klippi est éperdument amoureux de notre Marie, continua-t-elle avec entrain.

Mais comme ma très chère Marie ne veut absolument pas de lui – ce dont je suis ravie, car elle appartient à mon petit Paul –, Klippi devra se tourner ailleurs. C'est un trésor, Tilly, tu peux me croire.

Tilly se boucha les oreilles en gémissant.

— Je t'en prie, Kitty ! Tu ne vas pas t'y mettre, toi aussi ! Maman m'a déjà tenu son discours habituel.

— Je disais juste que monsieur von Klippstein sera notre invité ce soir et qu'il est heureux de te revoir, c'est tout. C'est un homme absolument charmant et très généreux, comme tu le sais déjà. Il ne lui viendrait jamais à l'idée de dicter sa conduite à sa femme. Tu pourrais tranquillement faire tes études et devenir médecin, il t'épaulerait et…

— Tu perds ton temps, Kitty, la coupa Tilly. Je ne me marierai jamais. S'il y a quelqu'un qui peut me comprendre, c'est bien toi, pourtant.

Pour une fois, Kitty resta coite. Elle entoura ses genoux de ses bras en quêtant du regard le soutien de Marie.

— À cause… du Dr Moebius ? demanda celle-ci à voix basse.

Tilly se borna à acquiescer d'un signe de tête. Elle avala sa salive en rejetant ses longs cheveux derrière ses oreilles. Étrange de voir une jeune femme qui apprenait si courageusement un métier exercé par des hommes porter cette coiffure démodée.

— Tu espères toujours qu'il finira par rentrer de captivité ?

Tilly secoua la tête. Il y eut un moment de silence. On entendait le battement régulier de l'horloge et les tintements de vaisselle dans la cuisine. Puis, Tilly reprit la parole, sur un ton hésitant, à voix très basse.

— Je sais de source sûre qu'Ulrich est mort. Il a été tué dans un petit patelin d'Ukraine. Ils avaient installé l'hôpital de campagne juste derrière la ligne de front, comme ils faisaient toujours. Pour que les blessés puissent être soignés le plus vite possible. Dans le village se cachaient des partisans qui tiraient sur tout ce qui bougeait. Ulrich est mort alors qu'il essayait de sauver la vie d'un jeune soldat.

Marie ne sut que répondre. Kitty avait l'air d'une enfant craintive recroquevillée sur elle-même.

— Comment le sais-tu ? demanda-t-elle d'une voix étranglée.

— Un de ses camarades a écrit à ses parents. Ce sont eux qui me l'ont appris… Ulrich avait voulu que je sois informée si jamais il mourrait.

Un destin comme des milliers d'autres, se dit Marie avec tristesse. *Et pourtant si cruel quand on en fait l'expérience dans sa propre vie. C'est étrange, on évite désormais de se remémorer la guerre. On se précipite dans une existence nouvelle, moderne, sans plus vouloir voir les mutilés qui mendient dans la rue. Tout comme nous voudrions oublier nos propres blessures et cicatrices.*

— Il est vrai que nous n'étions pas fiancés, reprit Tilly d'une voix changée. Nous n'en avons pas eu le temps. Je n'ai cessé de me reprocher mon attitude distante envers lui. J'aurais dû l'encourager, mais nous les femmes, nous avons été éduquées à ne jamais faire le premier pas. Ulrich et moi n'avons eu que quelques minutes ensemble, pas plus. Un baiser, une étreinte, une promesse.

Submergée par l'émotion, elle s'interrompit. Kitty se leva d'un bond et la prit dans ses bras.

— Je te comprends ! s'écria-t-elle. Si tu savais comme je te comprends ! Au moins, tu sais comment il est mort. Moi, je n'apprendrai jamais ce qui est arrivé à mon pauvre Alfons. Ah, Tilly ! Je n'arrête pas de faire des rêves épouvantables, dans lesquels je le vois étendu par terre en train de se vider de son sang. Si loin de moi, complètement seul. La guerre… Connais-tu quelqu'un qui ait voulu cette guerre ? Amène-le-moi, que je la réduise en charpie !

Marie se taisait. Elle se sentait ingrate et égoïste. Son mari, lui, était revenu. Combien de femmes ne lui avaient-elles pas envié sa chance ! Pourtant, elle avait quitté Paul, incapable de lui pardonner ses torts envers elle. La joie de se retrouver et la vie commune au quotidien étaient deux choses différentes.

— J'apprécie Ernst von Klippstein, reprit Tilly. Tu as raison, Kitty, c'est quelqu'un de formidable. Il en a vécu des choses terribles. Il y a eu un moment où sa vie ne tenait plus qu'à un fil.

— En effet, répondit Kitty, qui continuait de lui caresser l'épaule. C'est toi qui l'as soigné à la villa. Dis-moi, ma petite Tilly… personne n'en parle, mais ça restera entre nous, d'accord ? À titre purement confidentiel : est-ce qu'il peut… Est-ce que Klippi est en mesure de… Tu sais bien… De fonder une famille ?

Tilly tourna les yeux vers la fenêtre, où apparaissaient à présent les visages riants des enfants. Ils sautaient pour mieux voir à l'intérieur du salon et saluèrent les trois femmes de la main. Puis, ils retournèrent en courant jusqu'à la porte d'entrée, où Hanna les attendait.

— Je ne veux surtout pas que ça se sache, d'accord ? répondit précipitamment Tilly. Pour ma part, je ne l'ai appris que récemment. Nous avons eu un cas similaire à la faculté. Quand je travaillais à l'hôpital de la villa, je ne savais rien de ces fonctions corporelles.

— Donc il ne peut pas, déclara sèchement Kitty. Pauvre homme…

Marie s'en était plus ou moins doutée, à présent c'était une certitude. Quelle tragédie ! Il avait un fils, mais celui-ci vivait avec son ex-femme. Il n'aurait plus d'autres enfants. La jalousie de Paul était vraiment puérile. Qu'avait-il dit déjà ? « Ton amant », « ton chevalier à la rose »… Un propos méchant et injuste.

Les voix joyeuses des enfants dans le vestibule dissipèrent leur tristesse. Kitty croisa ses mains derrière sa nuque et s'étira.

— Allez, la vie continue. Une nouvelle époque a commencé et nous sommes en plein dedans, toutes les trois.

Moi avec mes tableaux, Marie avec son atelier. Et toi, Tilly, tu deviendras un médecin formidable.

Elle se tenait sur la pointe des pieds, les mains toujours derrière la nuque, et son regard passait de l'une à l'autre comme pour les encourager à relever le défi. Marie eut un sourire réservé. Tilly essaya elle aussi de prendre un air enjoué, mais le résultat ne fut pas très convaincant.

— Bon, les filles, reprit Kitty avec indulgence, je vais m'habiller. Sinon, Henni racontera de nouveau à l'école que sa maman passe la journée en chemise de nuit.

Tilly regagna sa chambre pour se coiffer, faire son lit et un peu de ménage. L'époque où elle avait encore une bonne et une femme de chambre était loin. Elle était désormais habituée à s'occuper d'elle-même. En outre, elle ne voulait pas imposer un travail supplémentaire à Hanna, qui avait déjà suffisamment à faire.

— Tante Tilly, lança la voix perçante de Dodo. Tante Tilly ! Attends, je veux monter avec toi.

— Alors viens, Dodo. Mais il faut que je range ma chambre.

— Je vais t'aider. Je sais le faire, madame von Dobern nous l'a appris. Est-ce que je peux te peigner les cheveux ? S'il te plaît ! ! Je ferai très attention.

Pourquoi la fillette s'attachait-elle ainsi aux pas de Tilly ? se demanda Marie. Dodo voulait-elle aussi devenir médecin plus tard ? Ce serait toujours mieux que pilote. Marie se moqua intérieurement d'elle-même. Les enfants avaient le temps, pas la peine de commencer à s'inquiéter. Cependant, on disait aussi qu'il fallait encourager les vocations précoces.

Leo fit irruption dans le salon, son gobelet à la main, la lèvre supérieure surmontée d'une moustache de chocolat.

— Maman, j'ai une nouvelle formidable pour toi ! lança-t-il en gesticulant, manquant renverser son lait au chocolat sur le tapis.

— Magnifique, mon chéri. Pose ce gobelet, sinon tu vas causer une inondation.

— J'ai l'oreille absolue, maman !

Il la regarda, comme s'il venait d'être fait chevalier. Marie fouilla dans sa mémoire. Qu'était-ce donc que l'« oreille absolue », déjà ?

— Quelle bonne nouvelle ! Et qui te l'a dit ?

— Après la messe, on est monté voir l'orgue, Walter et moi. On voulait pouvoir en jouer. Et alors l'organiste a remarqué que j'étais capable de reconnaître les tons, et aussi les demi-tons. Jusque dans les aigus et les graves. Sur tous les jeux de l'orgue. J'entends tout, maman. Walter, lui, il n'y arrivait pas, il était tout triste. L'organiste s'appelle monsieur Klingelbiel, il a dit que c'était très rare. Un don de Dieu. Madame Ginsberg me l'avait déjà dit, mais là c'est sûr !

— Mais c'est fantastique, Leo !

Comme ils étaient seuls dans la pièce, il accepta qu'elle le prenne dans ses bras et lui caresse les cheveux. Mais, lorsque la porte s'ouvrit et que Henni jeta un coup d'œil par l'entrebâillement, il se dégagea et fila dans la salle de musique.

— Tante Marie.

Henni donna au mot « Marie » une inflexion particulière, l'accompagnant d'un sourire au moins aussi ensorcelant que celui de sa mère. *Ah,* songea Marie, *offensive en vue.*

— Qu'y a-t-il, Henni ?

La petite lui adressa une œillade tout en faisant tourner l'extrémité d'une de ses nattes blondes entre ses doigts.

— Je pourrais t'aider à l'atelier. L'après-midi, après avoir fait mes devoirs.

Il n'était guère dans les habitudes de Henni de proposer ses services. Cependant, Marie décida de répondre positivement.

— Si tu en as envie, pourquoi pas ? Je pourrais avoir besoin de toi. Pour trier les boutons, enrouler les bobines de fil, arroser les fleurs.

Henni hocha la tête avec un air satisfait.

— Est-ce que je recevrai un salaire ?

C'était donc ça ! Marie ne s'était pas trompée en subodorant que la fillette avait une idée derrière la tête. Réprimant un sourire, elle lui expliqua qu'à huit ans elle n'avait pas encore le droit de travailler et d'être payée.

— Mais… mais ce n'est pas du travail. Je me contenterai juste de t'aider. Et en échange tu pourrais me donner dix pfennigs. Parce que tu es ma tante chérie.

La petite maligne. Gagner élégamment de l'argent. Je te rends service, tu me rends service.

— Et pour quelle raison as-tu besoin de cette somme ?

Henni rejeta sa natte par-dessus son épaule et fit la moue. Son expression indiquait clairement qu'elle jugeait la question stupide.

— Oh, juste comme ça, pour mettre de l'argent de côté. C'est bientôt Noël.

Comme c'est touchant, pensa Marie. *Elle veut travailler pour pouvoir acheter des cadeaux.* Elle devait tenir ce sens de l'argent de son père.

— On en parlera avec ta maman, d'accord ?

Henni s'assombrit, mais elle hocha sagement la tête et repartit. *Elle mijote quelque chose,* se dit Marie, hésitante. Il était peut-être plus judicieux de ne pas accéder à sa demande et surtout d'en aviser Kitty.

Vers le soir, une pluie violente se mit à tomber, accompagnée d'un vent froid qui malmenait les arbres et les buissons du jardin, projetant les branches contre la façade et emportant des feuilles jaunes et marron. Pour couronner le tout, Hanna signala que deux des fenêtres du haut laissaient passer l'eau.

— Mets quelques vieilles serviettes sur le rebord des fenêtres, conseilla Tilly. Ça empêchera le bois de moisir.

— Cette maison est un gouffre financier, se lamenta Kitty. Cet été, j'ai fait rafistoler le toit, ce qui a failli causer ma ruine. Dans ma prochaine vie, je serai couvreur.

Ernst von Klippstein arriva trempé. Le vent avait retourné son parapluie à plusieurs reprises, si bien qu'il avait fini par le refermer et préféré s'accrocher à son chapeau. Au lieu de fleurs, il offrit à ces dames des boîtes de friandises mouillées et se montra débordant de gratitude lorsque Hanna lui apporta des pantoufles chaudes.

— Excusez mon apparence, dit-il à Tilly en passant la main dans ses cheveux humides.

— Mais pourquoi, cher Ernst ? Vous avez le teint frais et rose, comme après une bonne toilette !

— C'est assez juste, confirma Kitty en riant. Désormais, nous vous mettrons sous la pluie avant de vous laisser entrer, cher Klippi. Mais venez donc, on est en train de servir le souper.

Marie constata avec soulagement qu'il accordait l'essentiel de ses attentions à Tilly. Durant les premiers temps de sa séparation avec Paul, il était venu presque chaque jour et s'était donné le plus grand mal pour la réconforter. L'intention était bonne, mais elle avait ressenti cela comme un fardeau.

— Tu vois, Marie, lui chuchota Kitty avec malice, l'intimité qui règne déjà entre eux ? Ils ne tarderont pas à se prendre la main et à s'avouer leurs sentiments.

Kitty portait une de ses petites robes raffinées en soie claire qui lui couvraient tout juste les genoux et soulignaient sa silhouette redevenue celle d'une jeune fille. Une créature mi-enfant mi-femme qui rayonnait, attirait, faisait du charme : aucun homme ne pouvait lui résister. Le regard de ses yeux bleu foncé les jetait en pleine confusion de sentiments. Cependant, Marie avait remarqué que Kitty s'était lassée de ce jeu et ne l'exerçait plus que pour s'assurer de son pouvoir. Roberto, le peintre barbu, et Marc, le galeriste, faisaient partie de ses dociles admirateurs. Jusqu'où allait-elle dans l'octroi de ses faveurs, Marie l'ignorait. En tout cas, si sa jolie belle-sœur avait des liaisons, elle n'en laissait rien paraître.

— Nele, très chère ! Tu as osé sortir par ce temps !

Nele Bromberg fut chaleureusement accueillie. D'une maigreur de chevreau, sa chevelure courte soigneusement teinte en noir ; elle avait soixante-dix ans passés. Avant la guerre, ses tableaux avaient connu un très grand succès. Depuis, sa gloire avait pâli, ce qui ne l'empêchait pas de se consacrer corps et âme à l'art. Marie appréciait l'excentrique vieille dame et se disait souvent que, si sa mère avait été encore en vie, elle lui aurait peut-être beaucoup ressemblé.

— Oh, pluie et tempête, c'est le temps idéal pour nous autres sorcières ! s'exclama Nele. J'ai eu grand plaisir à enfourcher mon balai pour venir te voir, mon petit elfe.

Elle parlait généralement trop fort car, avec les années, elle devenait de plus en plus sourde. Cela ne dérangeait personne. Même les enfants trouvaient « tante Broumberg » très gentille et ils se disputaient souvent la place voisine de la sienne à table.

Ah, ces repas qu'on organisait chez Kitty ! Les convives se montraient d'une gaieté si naturelle ! Pas de règles strictes de savoir-vivre comme à la villa, personne n'exigeait des enfants qu'ils se tiennent droits et ne fassent pas de taches. Il n'y avait pas non plus de maîtres ni de serviteurs, car Gertrude attribuait aux invités des tâches qu'ils exécutaient avec empressement. Mettre la table, dresser un arrangement floral, servir les plats, s'occuper des boissons. Klippstein se rendit volontiers utile. Marc apporta de bon gré le plat de nouilles roulées et le peintre Roberto disposa les couverts à égale distance à côté des assiettes. Puis, quand tout fut prêt, on s'installa à table, où l'on était si à l'étroit qu'il fallait veiller à ne pas donner à son voisin un coup de fourchette malencontreux. Hanna accepta bon gré mal gré de se joindre à eux. Elle se montrait très gênée chaque fois que les amis de Kitty lui donnaient du « mademoiselle Johanna ».

On mangea, on complimenta la cuisinière, on plaisanta avec les enfants, on raconta des blagues, on trinqua. On parla surtout d'art. Marc Boettger assura l'essentiel de la conversation, condamnant untel, portant tel autre aux nues, parlant d'artistes devenus célèbres du jour au lendemain et de génies qui resteraient à tout jamais méconnus. Nele l'exhortait par moments à hausser la voix, car elle ne comprenait pas ce qu'il disait. Dodo finit par se charger de lui répéter l'essentiel des échanges.

— Tu as une fille intelligente, Marie. Un jour, elle étonnera son monde.

Par principe, Nele tutoyait tous ses amis. Elle s'était d'emblée prise d'affection pour Marie, se montrait très élogieuse pour le travail de sa mère et regrettait fort de n'avoir jamais rencontré Luise Hofgartner.

Quand on eut bien mangé et bien parlé, ce fut l'heure de Leo. Celui-ci se rendit au salon de musique pour jouer quelques morceaux, chose qu'il adorait faire. Sur un signe de Marie, de chaleureux applaudissements mirent fin au concert. Hanna monta ensuite coucher les enfants, qui auraient bien voulu s'attarder.

Les adultes se répartirent en petits groupes dans le salon, s'installant confortablement sur le canapé et les fauteuils. Roberto, lui, aimait particulièrement s'asseoir en tailleur sur le tapis. C'était un gymnaste passionné. Un jour, il avait fait une démonstration de roue, endommageant au passage un vase en cristal ainsi que le grand fauteuil en rotin, si bien que Kitty l'avait prié de s'abstenir désormais de ces fantaisies.

— J'aime ce fauteuil ! C'est là que j'ai accouché de ma fille !

— Dans ce fauteuil ? demanda Marc, inquiet.

— En fait, non, sur le canapé. À l'endroit exact où tu es assis, mon ami.

Marie s'associa aux rieurs. Elle se sentait un peu fatiguée et avait du mal à se concentrer sur les conversations. C'était peut-être le vin, un puissant vin du Rhin. Elle n'aurait pas dû en boire un second verre.

Elle écouta poliment le jeune galeriste en souriant aux moments appropriés et fut contente de voir revenir Hanna, qui annonça que les enfants étaient au lit. Comme Marc se tournait vers « mademoiselle Johanna » pour l'inviter une fois de plus dans sa galerie de la rue Anna, Marie put porter son attention sur un autre échange.

Tilly se trouvait en compagnie d'Ernst von Klippstein, à qui elle semblait effectivement parler à cœur ouvert. En tout cas, l'expression de son interlocuteur trahissait une grande sollicitude.

— Quelle méchanceté ! Pure jalousie, j'imagine.

— C'est possible. Je travaille beaucoup et suis une des meilleures. Il est important pour une étudiante de pouvoir faire état de bons résultats si elle veut être appréciée par les professeurs. Mais certains de mes condisciples m'en tiennent rigueur.

— Et donc ces types ont fait irruption ivres morts devant la maison de votre logeuse en exigeant qu'elle les fasse entrer ?

— Oui. En plus, ils ont affirmé avoir déjà passé la nuit chez moi à plusieurs reprises. Du coup, elle m'a donné congé.

Klippstein poussa un profond soupir de commisération. Sans doute aurait-il aimé prendre la main de Tilly, mais il n'osa pas.

— Et avez-vous trouvé un nouveau logement ?

— Pas encore. J'ai laissé mes affaires chez une connaissance, je n'ai qu'une valise et un sac avec mes livres.

— Si je peux vous être utile en quelque manière que ce soit, mademoiselle Bräuer, n'hésitez pas. J'ai des amis à Munich.

Marie n'entendit pas la réponse de Tilly, car Nele choisit ce moment pour fondre sur elle.

— Ma chère Marie, tu as deux merveilleux enfants, je t'envie terriblement. Ce garçon est un petit Mozart. Et il est si mignon avec son toupet blond ! On dirait un ange, un archange.

— Oui, je suis très fière d'eux.

Marie fit la conversation, sourit, écouta, répondit. Il était agréable d'être dans cette pièce, à l'abri et au chaud, entourée de gaieté, pendant qu'à l'extérieur le vent maltraitait les branches et que la pluie frappait les vitres. Alors pourquoi se sentait-elle si incroyablement seule ?

Pour quelle raison nous disputons-nous ? songea-t-elle. *Ce que je lui reproche n'est-il pas futile ? Pur fruit de mon imagination ? Manifestation d'un égoïsme condamnable ?*

Et si elle allait le voir le lendemain à l'usine pour lui dire qu'elle l'aimait ? Que tout le reste était sans importance ? Que seul comptait leur amour ?

Mais alors elle repensa à la messe. Au banc de la famille Melzer à Saint-Maximilien. Paul assis entre sa mère et Serafina von Dobern. Son profil souriant, Serafina qui se penchait vers lui pour mieux entendre ce qu'il lui chuchotait à l'oreille…

Non. L'amour ne remplaçait pas tout dans la vie. À plus forte raison, un amour fondé sur le mensonge.

Chapitre 25

Décembre 1924

— Ah, doux Jésus ! Battez-moi si vous voulez, madame, mais je monterai pas dans cet engin !

Elisabeth poussa un soupir d'irritation. Cette servante ne lui causait que des tracas, elle aurait dû la laisser au domaine. Une fille de la campagne, rousse et plantureuse, qui avait la nausée en train, n'était bonne à rien, et pour comble avait peur de monter dans une automobile.

— Reprends-toi, Dörthe ! La nuit est déjà là et je n'ai aucune envie de faire le trajet dans un vieux fiacre, secouée comme un sac de pommes de terre.

Elles se trouvaient devant la gare d'Augsbourg, au milieu de leurs sacs et de leurs valises que le porteur avait obligeamment déposés dans une flaque. Il faisait froid dans la ville natale d'Elisabeth. Les petits flocons de neige chassés par le vent dansaient dans la lumière des réverbères. Quelques mutilés de guerre installés contre le mur du bâtiment demandaient l'aumône aux derniers voyageurs.

— J'en tomberai raide morte, madame, se lamenta Dörthe. À Kolberg, il y a comme ça une automobile qui a explosé. Il y a eu un grand choc : les vitres ont volé en éclats.

Elisabeth était si épuisée par les deux jours de voyage qu'elle n'avait plus la force de lutter contre la stupide obstination de la servante. Mais, dès leur arrivée à la villa, la petite se ferait réprimander : si elle continuait comme ça, elle rentrerait tout droit au domaine. À pied, si c'était ce qu'elle voulait.

Ignorant donc les taxis, elle fit signe à un fiacre. Au moins, le cocher fut prompt à hisser leurs bagages et il l'aida à monter. La jeune femme, qui en était à son septième mois de grossesse, se sentait lourde et maladroite et, après avoir passé un long moment assise dans le train, elle avait les jambes gonflées.

— Quelle grande ville, madame ! Et toutes ces lumières ! Et ces maisons, qu'elles montent jusqu'au ciel.

— Pousse-toi sur le côté, que je puisse relever mes pieds.

— Oui, madame. Oh, on dirait des petits tonneaux ! On fera des compresses froides avec du vinaigre.

Elisabeth ne répondit pas. Le cocher fit entendre un claquement de langue, les fers du cheval cognèrent sur le pavé et le fiacre prit lentement la direction de la porte de Jakob. Elisabeth appuya sa tête contre la paroi en bois et ferma un moment les paupières : de retour à la maison. Elle connaissait chaque immeuble, chaque ruelle, aurait pu faire le trajet les yeux fermés. Ce sentiment était agréable et surprenant. La grossesse lui faisait sans doute voir les difficultés à venir sous un jour optimiste. C'était étrange. Par moments, elle avait l'impression de vivre sous une cloche de verre qui atténuait l'agitation et les soucis et lui procurait un agréable sentiment de sécurité. Cependant, cet état plaisant n'était généralement que de courte durée. Elle replongeait très vite dans la triste réalité.

Au cours des semaines précédentes, elle avait découvert avec accablement que son départ ne causait de regret à personne. Pas même à la tante Elvira, qui lui avait pourtant toujours témoigné de l'affection.

« Ah, ma fille, tu es faite pour la ville, je l'ai vite compris. Que Dieu te protège et t'accorde de trouver le bonheur, Lisa. »

Elle la laissait partir sans manifester d'émotion. Christian von Hagemann avait accueilli sa décision d'un simple haussement d'épaules. Seule Riccarda von Hagemann, qu'elle n'avait jamais pu supporter, avait paru affectée.

« Et nous, qu'est-ce que nous allons devenir ? »

Elisabeth l'avait tranquillisée. Klaus conserverait son poste de régisseur, tante Elvira avait insisté sur ce point. Elle était très satisfaite de lui et n'avait guère envie de se mettre en quête d'un remplaçant. Pauline viendrait s'installer au domaine avec son enfant illégitime, car Klaus avait l'intention d'adopter le gamin. Peut-être aurait-il d'autres enfants, mais ça, c'était son affaire, cela ne la regardait plus. Avec Klaus, les adieux avaient été affectueux. Il l'avait serrée dans ses bras et remerciée.

« Je t'ai toujours appréciée, Lisa. Comme une amie, une fidèle camarade. »

Elle s'était sentie passablement ridicule, car l'enfant de Sebastian avait choisi ce moment pour se manifester énergiquement, comme s'il voulait se faire remarquer.

« J'en veux à ce type fade et ennuyeux d'avoir été capable de mettre dans le mille, avait-il ajouté avec un sourire. Mais personne ne pourra dire que je n'ai pas essayé, n'est-ce pas ? »

Elisabeth n'avait fait aucun commentaire, se bornant à lui assurer qu'elle n'éprouvait aucune rancœur et souhaitait qu'ils se quittent en bons termes. Il avait opiné, mais au moment où elle se détournait, il l'avait retenue par le bras.

« Écoute, Lisa, si tu le juges préférable, je suis prêt à endosser la paternité de cet enfant.

— Merci, Klaus, ce ne sera pas nécessaire. »

Elisabeth rouvrit les yeux et se redressa. Les cahots du fiacre sur les pavés lui donnaient mal à la tête. Dörthe, qui l'avait implorée à longueur de journée de la prendre avec elle à Augsbourg, était assise, raide comme un piquet, le regard tourné en dehors. Lorsqu'ils passaient devant un réverbère, les immeubles et les gens leur apparaissaient dans une lumière grise, puis se fondaient de nouveau dans l'obscurité. Seules les vitrines de magasin étaient brillamment éclairées, on distinguait même les marchandises exposées. Il s'était passé beaucoup de choses à Augsbourg depuis son départ. La terrible époque de l'inflation paraissait révolue, les commerces et les entreprises remontaient la pente et sans doute en irait-il de même avec l'usine Melzer. Curieusement, sa mère avait très peu abordé le sujet dans ses lettres. Au cours des derniers mois, celles-ci s'étaient raréfiées. Quant à Kitty, elle avait complètement cessé de lui écrire. Sans doute lui tenait-on rigueur d'avoir finalement demandé le divorce et de vouloir retourner vivre dans la maison familiale. Que sa mère en soit affligée, cela pouvait encore se comprendre. Mais le comportement de Kitty passait les bornes. Sa petite sœur menait une vie des plus immorales, ainsi qu'il ressortait des comptes rendus de Serafina : elle fréquentait ouvertement un certain nombre d'hommes et entretenait des liaisons. De fait, elle avait toujours eu une tendance pour la bohème, comme l'avait montré sa fuite à Paris avec ce Français. Quoi qu'il en soit, Kitty était bien la dernière à pouvoir se montrer méprisante à son égard. La seule qui, à la rigueur, en aurait eu le droit, c'était Marie. Or ni sa mère ni Serafina ne la mentionnaient dans leurs lettres.

Le fiacre franchit la porte de Jakob et poursuivit sa route dans le quartier industriel.

— Voilà qu'il fait tout sombre, madame. Aussi noir qu'en enfer. Ah, doux Jésus, c'est quoi cette lumière, là-bas ? Elle tremblote, qu'on dirait des milliers de petits vers luisants.

— Il n'y a rien qui tremblote, Dörthe, répliqua Elisabeth avec irritation. Ce sont des fenêtres d'usine. Probablement la filature de coton et de mécanique de tissage. Apparemment, ils ont réinstauré une équipe de nuit. Ils doivent avoir une foule de commandes.

Lorsqu'elle avait quitté Augsbourg, les usines textiles étaient encore exsangues; on trouvait tout juste de la laine. Quant au coton, il ne fallait même pas y songer. Elle plissa les yeux, essayant de distinguer au loin les lumières de l'usine Melzer, mais impossible. Celle-ci était sans doute masquée par de nouveaux bâtiments.

— Je me sens vraiment pas bien, madame. J'espère qu'on arrive bientôt, sinon faudra que je demande au cocher de s'arrêter.

— Dans quelques minutes. Tu devrais pouvoir tenir jusque-là, non?

Dörthe opina plusieurs fois de la tête avec une grande détermination et continua de regarder dehors. La pauvre fille était effectivement blanche comme un drap. Sans doute n'avait-elle jamais rien connu d'aussi excitant que ce voyage et le spectacle nocturne d'une ville.

Le vieux portail de la villa était toujours faussé. Lorsque le fiacre tourna pour s'engager dans la propriété, Dörthe se cramponna à son siège de cuir. Au bout de l'allée, tout au fond, on apercevait les lumières de la villa. La cour était éclairée, on les attendait. Dans la matinée, Elisabeth avait appelé sa mère de Berlin pour la prier de ne pas déranger Paul. Il était inutile qu'il vienne les chercher à la gare, elles prendraient un taxi.

— On y est. Tu vois les lumières?

Le cocher s'arrêta devant l'escalier principal. Dörthe eut juste le temps de bondir du fiacre et vomit à côté du parterre couvert de branches de sapin. En haut du perron, la porte s'ouvrit et Elisabeth eut la joie de voir apparaître Gertie, qui avait autrefois été sa bonne. En revanche, elle n'avait qu'un vague souvenir du domestique qui descendait rapidement les marches pour s'occuper de leurs valises. Comment s'appelait-il déjà? Johann? Jonathan? Il donnait l'impression d'être hautain, mais ce n'était peut-être qu'une apparence.

— Bienvenue, madame von Hagemann, dit-il en s'inclinant. Mon nom est Julius. Je suis ravi de pouvoir vous être utile.

Il l'aida à descendre du fiacre. Il était vigoureux, il fallait le reconnaître. Et moins inhibé que Humbert, qui avait toujours évité le contact physique.

Elle lui indiqua où porter tel bagage tout en se demandant dans quelle pièce on l'installerait. Kitty ne lui avait-elle pas écrit que Marie avait transformé son ancienne chambre en bureau ? Elle espérait qu'on ne lui donnerait pas la chambre de son père. On y était à l'étroit, et puis elle ne cesserait de penser à lui.

— Lisa ! Viens que je te regarde, petite sœur ! Tu as bonne mine. Un peu pâlotte, mais le voyage est long.

Paul avait dévalé l'escalier pour venir la saluer. Il se montra affectueux et sa joie de la revoir paraissait sincère. Cela lui fit du bien. Cependant, lorsqu'il la prit dans ses bras, il ne put manquer de remarquer ce que dissimulait l'ample manteau de sa sœur.

— Dis-moi, serais-tu… demanda-t-il à voix basse.

— De sept mois. Je devrais accoucher en février.

Il fut stupéfait, car dans ses lettres elle avait omis d'évoquer sa grossesse. Gêné, il se passa la main dans les cheveux, inspira à fond, puis sourit. Du sourire espiègle et juvénile qui lui était coutumier.

— Félicitations ! Ça ramènera de la vie dans cette maison. Maman est-elle au courant ?

— Je le lui dirai aujourd'hui.

Il siffla légèrement entre ses dents – une autre de ses habitudes.

— Montre-toi diplomate, Lisa. Essaie, au moins. Maman a les nerfs un peu tendus en ce moment.

— Ah ?

— Elle est couchée. Elle nous rejoindra pour le souper.

Elisabeth ignora le bras qu'il lui offrait pour monter l'escalier. Elle n'était pas malade, quand même ! C'était déjà bien assez que sa mère soit en mauvaise forme. Cela expliquait aussi la rareté de ses lettres.

Dans le vestibule, elle vit Else et la Brunnenmayer postées à la porte de la cuisine. Gertie et Julius s'occupaient de monter les bagages. Elisabeth fut touchée. Grands dieux, voilà que Else avait les larmes aux yeux. Et la Brunnenmayer lui adressa un grand sourire.

— C'est bien que vous soyez de retour, madame von Hagemann. Ah ça, c'est que j'ai aidé à l'élever, la petite Elisabeth.

Lisa serra la main à la cuisinière, il n'aurait pas fallu grand-chose pour qu'elle lui saute au cou. Elle fit de même avec Else. L'affection inaltérable de ces deux fidèles créatures lui faisait vraiment du bien après la froideur des adieux au domaine des Maydorn.

Serafina von Dobern l'attendait sur le palier du premier étage. Elisabeth gravit les marches en soufflant. Else lui ayant pris son manteau et son chapeau, son état était désormais visible.

Serafina fit comme si de rien n'était.

— Lisa, ma très chère amie ! Quel plaisir de te revoir ! As-tu fait bon voyage ?

L'étreinte fut brève et distante, et les baisers échangés n'effleurèrent pas la peau. Serafina avait reçu une éducation puritaine : il lui fallait d'abord digérer le fait que son amie divorce tout en étant enceinte. Elisabeth lui pardonna volontiers son attitude.

— Merci, ma chère. Le voyage a été supportable. Les désagréments habituels du train, tu connais ça… On ouvre la fenêtre, on ferme la fenêtre… On ne peut pas étendre les jambes. Et il y a toujours quelqu'un qui fait du bruit avec son journal. Mais toi, Finchen, comment vas-tu ? Es-tu heureuse ici ? Tu n'aurais pas perdu du poids ?

Serafina lui paraissait avoir encore minci. Et son teint ne s'était pas amélioré, sinon qu'elle semblait désormais se mettre une touche de fard sur les joues.

— Perdu du poids ? Ce n'est pas impossible. La nourriture de la maison ne me réussit pas.

Elisabeth comprit qu'elle avait commis un faux pas. Serafina avait toujours souffert de sa maigreur.

— Oui, c'est vrai, tu as l'estomac sensible. Pourtant notre Brunnenmayer est une excellente cuisinière.

Curieux, tout de même. Elle s'était réjouie à l'idée de revoir son amie. Toutes deux s'étaient connues à l'école et avaient conservé par la suite de nombreux points communs. Or, Elisabeth sentait entre elles une distance inhabituelle. Serafina lui en voulait-elle à ce point de sa grossesse ?

— Je vais te montrer la chambre que je t'ai fait préparer.

Encore un escalier. Elisabeth suivit son amie au deuxième étage en s'interrogeant sur ce que Serafina venait de dire : « la chambre que je t'ai fait préparer ». Normalement, cela n'entrait pas dans ses attributions de gouvernante en charge des enfants.

On lui avait aménagé l'ancienne chambre de Kitty. C'était un excellent choix, d'autant que la pièce possédait un placard. La perspective de dormir dans le lit de sa sœur parut tout de même un peu angoissante à Elisabeth. Les autres meubles, en revanche, avaient été enlevés et remplacés. Serafina expliqua qu'elle avait choisi le mobilier et aménagé la chambre à son intention, ouvrit les portes et les tiroirs de la commode et disposa les coussins en bon ordre sur le canapé vert, qu'on avait dû descendre du grenier. Elisabeth se souvenait confusément qu'il s'était jadis trouvé au fumoir, mais qu'on lui avait ensuite substitué deux fauteuils capitonnés.

— Mais dis-moi, tu n'as pas été engagée pour t'occuper des enfants ?

— Ah, tu n'es pas au courant ? J'occupe depuis quelque temps les fonctions de gouvernante de maison.

Elisabeth s'assit sur le canapé.

— De gouvernante de maison ?

Serafina eut un sourire de fierté. La stupéfaction de son amie paraissait l'amuser.

— Tout à fait. Comme ta belle-sœur n'est plus là...

Elisabeth ne comprenait plus. Pendant son absence, il semblait s'être produit une sorte de raz-de-marée qu'on lui avait complètement caché.

— Marie n'est plus là ?

Elle prit alors conscience du fait que celle-ci n'était pas descendue la saluer.

— Serait-elle malade ?

Serafina haussa les sourcils et pinça les lèvres, visiblement ravie de pouvoir communiquer à son amie la palpitante nouvelle.

— La jeune madame Melzer a déménagé avec ses enfants rue de la Porte des femmes. Nous avons observé la plus grande discrétion sur ce sujet, ce qui explique que nous ne t'en ayons rien dit. Notamment à cause de tante Elvira. Sa franchise égratigne parfois la réputation de la famille.

Elisabeth en resta coite. Cette annonce inattendue suscitait en elle un flot de pensées et de sentiments qu'il lui fallait démêler. Marie avait quitté son frère. Chapeau ! En emmenant les jumeaux ! Kitty devait avoir été complice de la chose, puisque Marie logeait chez elle. Ce qui, au fond, n'était pas une surprise. Mon Dieu, le pauvre Paul ! Et Alicia, ses petits-enfants devaient terriblement lui manquer. Cela expliquait son état.

— Je voudrais te prier, chère Lisa, de montrer le plus de tact possible à l'égard de ta mère. Au sujet de ton... état, je veux dire. Elle a traversé des moments si difficiles...

— Bien sûr, cela va de soi.

Absorbée par ses pensées, Elisabeth avait répondu machinalement. Cependant, elle fut agacée qu'on l'exhorte pour la seconde fois à ménager sa mère. La prenait-on pour une personne dépourvue d'égards ? La croyait-on indifférente aux sentiments de ses interlocuteurs ? Elle ressentit une certaine irritation envers son amie, tout en sachant que celle-ci n'était pas en faute.

— Demande à Gertie de monter me voir, s'il te plaît, dit-elle avec une froideur inhabituelle. Et dis à madame Brunnenmayer que Dörthe, la fille que j'ai emmenée, pourra aider en cuisine.

— Repose-toi, ma chère, répondit Serafina sur un ton compatissant. Les derniers temps ont été durs pour toi. Tu peux compter sur moi, je suis à ta disposition.

— C'est gentil, Finchen.

Serafina ferma la porte derrière elle avec autant de précaution que si elle avait quitté une malade. Elisabeth entendit à peine le bruit de ses pas dans le couloir, elle devait planer au-dessus du tapis. Une source d'agacement supplémentaire pour elle, qui se déplaçait pour l'instant comme un éléphant. Sans compter que sa prise de poids la mettait rapidement hors d'haleine, on l'entendait souffler tant et plus. Elle avait encore tiré la mauvaise carte. Elle se souvenait que la grossesse de Kitty avait été à peine visible. Et Marie, quoique enceinte de jumeaux, n'avait pas non plus beaucoup grossi. Elle, en revanche, avait gagné partout en volume : sur les hanches, les bras et les jambes, le dos et surtout les seins. Elle avait toujours eu une poitrine opulente, mais celle-ci avait désormais pris des proportions inédites. Grands dieux, si l'accouchement se passait bien, elle ne se nourrirait plus que de légumes vapeur et de pain sec. Elle n'avait pas envie de passer le reste de son existence à jouer les tonneaux ambulants.

L'arrivée de Gertie améliora instantanément son humeur. C'était vraiment une gentille fille. Pas un mot sur sa grossesse, pas de sottes questions sur ses jambes gonflées ou autres désagréments. Elle avait allumé le chauffe-bain, lui apporta son ample robe de chambre et l'aida à se déshabiller en bavardant sans interruption pour la mettre au courant des dernières nouvelles.

— Augusta, on la voit plus du tout. Avant, il fallait qu'elle gagne de l'argent, parce que le jardin rapportait pas. La Brunni, elle lui donnait souvent un petit quelque chose pour que les enfants aient de quoi manger. Mais voilà qu'elle est devenue riche comme tout, elle a pas voulu dire comment. Ils construisent une serre aussi grande qu'un marché couvert. Faut croire que le ciel a lâché quelques pièces.

Elisabeth se demanda si son futur ex-époux y était pour quelque chose. N'était-il pas le père de Liesel ? Mais où aurait-il trouvé tant d'argent ? Elle s'étira voluptueusement dans l'eau chaude, puis prit le savon à la rose. Le parfum de son enfance… On était resté fidèle à la marque. Elle le fit mousser entre ses mains, se savonna le cou et les bras. Puis, elle le passa à Gertie, afin que celle-ci lui lave le dos. La jeune fille s'y prenait merveilleusement bien, massant les points de tension, lui faisant couler de l'eau chaude sur les épaules. Elisabeth apprit aussi que Humbert, leur ancien domestique, vivait toujours à Berlin, où il se produisait sur scène, mais que ses lettres se faisaient plus rares, ce qui inquiétait la cuisinière.

— Elle en parle pas, mais je le vois bien. Je crois qu'entre eux c'est une vraie amitié. Y a aussi cette traîtresse de Hanna, qui s'est taillée chez madame Bräuer. Mais je commence par Maria Jordan. Elle est riche, maintenant, elle possède des maisons. Et aussi un jeunot.

— La Jordan a un enfant ?

Gertie partit d'un tel éclat de rire qu'Elisabeth l'imita.

— Non, elle a pas d'enfants, mais un très jeune amant. Si c'est vrai ce qu'on raconte.

Elle l'aida à sortir de la baignoire, lui enveloppa les épaules de la grande serviette de bain qui sentait le lilas et la bergamote et lui sécha le dos.

— Jésus Marie, la fille que vous avez amenée de Poméranie, c'est pas une maligne ! Elle fait que manger. Les pommes de terre, elle les épluche qu'il reste plus grand-chose. Et la pile de bois, dehors, elle a pas réussi à la trouver, alors que la Brunnenmayer, elle lui a expliqué trois fois où elle était. Tout à l'heure, elle fera la vaisselle, va sans doute y avoir de la casse. La cuisinière dit qu'elle a jamais eu affaire à une malhabile pareille.

— Elle finira bien par apprendre.

Gertie lui avait préparé du linge propre et une robe d'intérieur confortable qu'elle avait sortis d'une des valises.

— Est-ce que je peux vous peigner ? Et vous coiffer ? J'aimerais beaucoup, parce que je prends un cours pour devenir femme de chambre et que j'ai déjà appris une foule de choses.

Elisabeth avait laissé repousser ses cheveux et les portait relevés comme autrefois. Pas parce que sa coupe courte avait déplu à Sebastian, ça non. Qu'en avait-elle à faire ? C'était juste que son visage ne se prêtait pas à cette coiffure moderne.

Le bain l'avait détendue et lui avait donné envie de dormir. Elle clignait des paupières devant le miroir, tandis que Gertie démêlait et peignait ses cheveux humides. De fait, la petite les lui releva d'une manière très habile, qui amincissait un peu la lune rose de sa figure. Une fille très adroite, cette Gertie. Elle lui rappelait un peu Marie à l'époque où, jolie femme de chambre, elle la coiffait et lui confectionnait des robes ravissantes. Seigneur, cela faisait déjà dix ans. Incroyable que cette fille qui avait réalisé une telle ascension sociale mette en péril tout ce qu'elle avait acquis.

Else frappa à la porte : le souper était prêt.

— Monsieur Melzer vous prie de bien vouloir descendre sans attendre.

— Merci, Else.

Qu'y avait-il de si pressé ? Ah, qu'importe ! Il valait mieux ne pas s'attarder, sinon elle s'endormirait sur sa chaise.

— C'est vraiment très bien, Gertie, dit-elle en se levant avec peine.

Ravie du compliment, la jeune fille fit une génuflexion.

— J'aimerais beaucoup être à votre service, madame von Hagemann. Je sais aussi coudre et repasser… Et puisque Dörthe aide maintenant à la cuisine…

Ah! se dit Elisabeth, amusée, *c'était donc ça.* Malheureusement, la décision ne lui appartenait pas. Mais il lui serait assurément utile d'avoir une fille aussi futée à son côté au cours des mois à venir.

Dans la salle à manger, la table était mise suivant les règles de l'art – ce Julius connaissait son métier. Partout la même distance, au millimètre près, entre les ustensiles et les assiettes ; en haut à droite, les verres rangés dans le bon ordre ; à gauche, la salière en argent impeccablement polie avec sa petite cuillère ; les serviettes amidonnées pliées en forme de joli papillon.

— Je propose que tu t'asseyes à côté de moi, Lisa, déclara Paul, entré au même instant qu'elle. Madame von Dobern a sa place auprès de maman.

Il recula la chaise pour qu'elle puisse s'installer, puis s'assit à son tour. Elisabeth fut surprise.

— Serafina, je veux dire madame von Dobern, mange avec nous ?

Cette question fut visiblement désagréable à Paul.

— C'est maman qui l'a souhaité.

Certes, comme Marie et les enfants ne logeaient plus à la villa et que Kitty était partie elle aussi, il n'y avait plus que sa mère et Paul. Alicia se sentait probablement un peu seule. Mais convier la gouvernante à partager les repas des maîtres n'en restait pas moins très inhabituel. Cela n'aurait jamais traversé l'esprit de mademoiselle Schmalzler.

— Tu ne veux pas te couvrir, Lisa ? Il fait un peu frais, ici.

Paul lui tendit un ample châle en soie rouge foncé qui appartenait à sa mère.

— Non, merci, il fait suffisamment chaud dans la pièce.

— Allons, mets-le, insista-t-il. Il n'est pas nécessaire que maman sache immédiatement à quoi s'en tenir.

Elisabeth commençait à trouver ce cirque plutôt pénible. Pour quelle raison devait-elle cacher sa grossesse ? Sa mère finirait bien par l'apprendre, alors pourquoi pas tout de suite ?

— Laisse-lui au moins le temps de manger un morceau. Avec ses migraines, elle a terriblement maigri.

Elisabeth céda avec un soupir d'irritation. Que ce châle était laid ! Mais, puisqu'Alicia n'allait pas bien, elle la ménagerait.

Elle lui trouva effectivement l'air très frêle lorsqu'elle entra au bras de Serafina. Son visage s'était ridé, elle ne se teignait plus les cheveux et les os de ses jointures transparaissaient sur ses mains amaigries.

— Lisa ! Comme tu es bien en chair ! L'air de la campagne t'a réussi.

Elisabeth voulut se lever pour l'embrasser. Cependant, sentant la main de Paul sur son bras, elle comprit qu'il valait mieux qu'elle demeure assise. De son côté, Alicia sembla vouloir s'approcher de sa fille, mais Serafina la prit doucement par les épaules et la conduisit à sa place.

— Asseyez-vous, chère Alicia. Nous sommes tous très heureux que notre chère Lisa soit de retour parmi nous, n'est-ce pas ? Récitons la prière.

Tout de suite après, Julius entra pour servir la soupe. Un bouillon de bœuf avec de grands raviolis. Ah, il y avait si longtemps qu'elle n'en avait pas mangé ! Et saupoudré de persil en plus, en plein mois de décembre !

On déplia les serviettes et on se concentra sur son potage. Pendant un moment, on n'entendit plus que le tintement des cuillères dans les bols.

— Que va-t-il se passer, Lisa ? dit enfin Alicia, rompant le silence. Tu es toujours décidée à demander le divorce ?

— Oui, maman. La procédure est en cours, ça ne devrait plus être très long.

Prenant la parole à son tour, Serafina déclara que le divorce était devenu monnaie courante.

— Il est bien plus intelligent de se séparer que de rester malheureux en ménage. On a ainsi la possibilité de faire un nouveau mariage plus satisfaisant.

En disant ces mots, elle tourna les yeux en direction d'Elisabeth, tandis que la lumière des appliques murales faisait étinceler ses verres de lunettes. Mais n'était-ce pas plutôt Paul qu'elle avait regardé à cet instant ?

Alicia repoussa son bol à moitié vide et se tapota les lèvres avec sa serviette.

— De mon temps, il n'était guère courant de divorcer. Et, lorsqu'on le faisait, c'était généralement qu'il y avait un scandale derrière.

Comme elle jetait à sa fille un regard inquisiteur, Paul intervint.

— Comment envisages-tu la situation une fois que le divorce sera prononcé, Lisa ?

Celle-ci faillit laisser échapper que, pour commencer, elle avait un enfant à mettre au monde. Elle se retint juste à temps.

— Oh, je pense que j'aurai besoin de prendre un peu de recul. Je me rendrai utile à la villa. Si tu le permets, maman, je te donnerai volontiers un coup de main dans la tenue de la maison.

Avec un sourire empressé, Serafina fit observer que c'était une bonne idée, mais que, pour l'instant, l'organisation des tâches domestiques était parfaitement réglée et ne nécessitait pas d'aide supplémentaire.

— N'est-ce pas, chère Alicia ? Nous nous en sortons très bien.

Alicia en convint et la conversation s'interrompit avec l'entrée de Julius, qui venait débarrasser les bols pour apporter le plat suivant : du rôti de veau avec des petits pois et des carottes, accompagné de boulettes de pain et d'une sauce à la crème. Elisabeth oublia la contrariété que lui avaient inspirée les paroles de Serafina et se fit servir d'emblée trois tranches de rôti. L'assaisonnement de la sauce était un poème, la viande fondait dans la bouche et les boulettes se révélèrent incomparables.

— Qu'est devenu ce monsieur Winkler? lâcha Paul, arrachant Elisabeth aux plaisirs de la dégustation. N'y avait-il pas une certaine attirance entre vous?

— Paul, je t'en prie ! se récria Alicia. Un instituteur. Qui a fait de la prison en plus !

— Peu importe, il m'a semblé être un homme honnête et intelligent.

— Un communiste, n'est-ce pas? demanda suavement Serafina. N'a-t-il pas été un des meneurs de la « république des conseils », comme ils l'appelaient? Quand le peuple se croyait capable de prendre le pouvoir à Augsbourg?

Sans prêter attention à la remarque de Serafina, Paul poursuivit innocemment son interrogatoire.

— Est-il toujours bibliothécaire au domaine des Maydorn?

Elisabeth se sentit rougir. Ce petit malin de Paul l'avait percée à jour depuis belle lurette. Si cela se trouvait, il se doutait aussi de l'identité du père de son enfant.

— Plus depuis longtemps, se hâta-t-elle de répondre. Monsieur Winkler a démissionné en mai et a quitté le domaine. Pour autant que je sache, il voulait essayer de trouver un emploi d'instituteur.

— Grands dieux ! gémit Alicia. Lâcher un révolutionnaire dans une classe d'enfants innocents ! On ne lui a pas donné de poste au moins?

Voulant dissiper toute équivoque, Elisabeth posa ses ustensiles sur le bord de son assiette et prit une grande inspiration.

— Que les choses soient claires, maman : je ne sais pas ce que monsieur Winkler fait en ce moment ni où il se trouve. Et d'ailleurs, ça ne m'intéresse pas.

Il y eut un bref silence. Elisabeth reprit ses couverts avec tant de précipitation qu'elle laissa échapper sa fourchette, causant une tache de graisse sur la nappe en damas blanc. Serafina afficha un sourire compatissant et se tourna vers Alicia.

— Notre Lisa est épuisée par son voyage. Il n'est pas étonnant qu'elle ait les nerfs qui lâchent. Demain, elle se sera ressaisie, chère Alicia.

Elisabeth jeta un regard à Paul, qui piquait sa fourchette dans ses petits pois comme si de rien n'était. Incroyable ce que se permettait cette personne qu'elle avait crue son amie! «Notre Lisa», «pas étonnant qu'elle ait les nerfs qui lâchent». Était-elle tributaire de l'intercession de la gouvernante dans ses relations avec sa mère?

— Ma petite Lisa, dit Alicia en la regardant avec un sourire. Tu n'as pas changé. Toujours aussi prompte à te vexer et à te croire désavantagée.

— Maman… intervint Paul.

Alicia l'interrompit d'un geste et poursuivit:

— Il est temps, Lisa, que je te dise toute la joie que me cause ton retour. Surtout en cette période de grande solitude pour nous.

Elle jeta un regard accusateur à Paul, qui baissa la tête.

— Tu es mon enfant, Lisa, et, tant que je vivrai, tu auras ta place à la villa. Et je suis particulièrement heureuse de voir arriver sous peu une nouvelle existence en ces lieux. Quand dois-tu accoucher?

On aurait dit que Paul venait de recevoir un verre d'eau glacée en pleine figure. Elisabeth mit quelques secondes à comprendre: sa mère était au courant de sa grossesse!

— En… En février, bafouilla-t-elle. Tu le savais?

Alicia secoua la tête, comme si cette question était passablement stupide.

— C'est ma chère Serafina qui me l'a glissé à l'oreille, répondit-elle en posant avec confiance sa main sur le bras de la gouvernante.

Chapitre 26

Durant la nuit, il avait abondamment neigé, si bien que Paul préféra laisser sa voiture à la villa et se rendre à pied à l'usine. Ces derniers temps, il avait souvent privilégié la marche, non pour suivre l'exemple de son père, qui ne prenait son véhicule qu'en cas de nécessité, mais parce que cela lui aérait l'esprit. Les pensées sombres qui l'envahissaient au petit matin se dissipaient, la bise lui pinçait les oreilles et les joues, et l'obscurité matinale l'obligeait à concentrer son attention sur la route. Comme à son habitude, il s'arrêta un instant à la loge, retira ses gants et salua le concierge.

— Bonjour, Gruber. Alors, que pensez-vous des élections au Reichstag ?

Le journal du matin était ouvert sur la table, éclairée par une lampe. Le gros titre en gras, « Les communistes reçoivent une raclée », sautait littéralement aux yeux. Paul avait lu l'article au petit déjeuner.

— Rien du tout, monsieur le directeur, répondit Gruber en repoussant sa casquette en laine. Il n'en sortira rien, comme d'habitude. Trop de marmitons gâtent la sauce, c'est bien connu. On a trop de partis qui s'insultent les uns les autres.

Paul avait fini par s'accommoder de la république, mais partageait largement le point de vue de son concierge.

Quinze jours plus tôt, le président Ebert avait une nouvelle fois dissous le Reichstag. Et pourquoi ? Parce que ces messieurs n'étaient pas parvenus à se mettre d'accord. Ils s'étaient disputés des mois sur l'opportunité de faire entrer au gouvernement le Parti national du peuple allemand. Finalement, le chancelier – comment s'appelait-il déjà ? Ah oui, Marx –, le chancelier Marx, donc, avait jeté l'éponge. Et voilà que les dernières élections n'avaient toujours pas permis de dégager une majorité.

— Qui est-ce qui nous gouverne, d'ailleurs ? poursuivit Gruber avec mauvaise humeur. Ils n'ont pas le temps, ils sont trop occupés à se fracasser mutuellement le crâne. Et à peine s'est-on habitué à un gouvernement qu'il faut en changer.

— La situation n'est pas si grave, Gruber, objecta Paul. Ils ont fait passer le plan Dawes négocié avec les Anglais, et les Français ont évacué quelques zones de la Ruhr. Et, depuis octobre, on a le Reichsmark, qui tient le choc.

Gruber opina, mais Paul comprit que c'était pour lui faire plaisir. En réalité, le vieux concierge, comme beaucoup d'autres, aurait voulu en revenir au temps de l'Empire.

— Bon, allons-y, Gruber. Bonne journée.

— Bonne journée, monsieur le directeur.

Paul salua d'un signe de tête les deux jeunes gars qui déblayaient la neige dans la cour, puis entama sa tournée matinale des ateliers. On produisait assidûment, le carnet de commandes se remplissait à vue d'œil, ce qui confortait sa règle de conduite : « La qualité au prix le plus juste. » Il était content que Klippstein ait fini par lui donner raison, sur ce point comme sur d'autres. Ils avaient instauré une trêve, c'était une nécessité pour les intérêts de l'usine, mais il ne restait plus trace de leur vieille amitié. Paul le regrettait. D'ailleurs, avait-il encore des amis ? Pendant la guerre, alors qu'on était dans les tranchées sans savoir si on serait encore en vie le lendemain, on avait noué des camaraderies et des amitiés. Personne ne souhaitait le retour de cet horrible conflit, mais de fait, avec la reprise de l'activité économique, les vraies amitiés s'étaient raréfiées. Peut-être parce que chacun s'occupait avant tout de lui-même.

Il inspecta une des machines à filer à anneaux qui se montrait capricieuse et décida de la faire réviser. Puis, il examina les nouveaux tissus de coton, vérifia leur résistance, leur coefficient de drapé, et donna son accord. Ils continuaient de vendre les anciens motifs d'impression. Ceux-ci avaient du succès, mais il était temps d'en créer de plus modernes et de les faire graver. Il repensa soudain à Marie, qui avait élaboré ces entrelacements de feuilles et d'oiseaux alors que lui-même était prisonnier en Russie. Il en ressentit un douloureux pincement au cœur, comme chaque fois qu'il pensait à elle, et fit la grimace. Elle passait régulièrement une commande de tissus à l'usine et les payait, ce qui l'irritait. C'était son argent à lui qu'elle dépensait puisqu'il était le propriétaire de l'atelier ! Il retardait les livraisons, mais n'osait pas ignorer ses commandes. Il n'aurait plus manqué qu'elle aille se fournir chez la concurrence !

Avec l'arrivée du jour, on put commencer à éteindre l'éclairage électrique dans les ateliers. Durant les mois d'hiver, les lampes consommaient malheureusement beaucoup d'énergie, sans compter qu'il fallait aussi chauffer les ateliers. Ces frais grugeaient le chiffre d'affaires, de sorte qu'on devait rattraper les pertes pendant l'été.

Paul complimenta son contremaître, Alfons Dinter, dans l'atelier d'impression, salua les ouvrières fileuses d'un signe de tête enjoué et donna une claque sur l'épaule du vieux Huntzinger. Puis, il traversa la cour à présent dégagée pour se rendre dans le bâtiment administratif. Il se borna à un rapide coup d'œil – études et comptabilité étaient du ressort de Klippstein – et monta rapidement à son bureau. Il fut accueilli par l'odeur du café. Ses secrétaires avaient déjà fait le nécessaire, bien sûr : le plateau avec la tasse et l'assiette de biscuits l'attendait.

— Bonjour, mademoiselle Lüders. Vous êtes toute seule, aujourd'hui ?

La Hoffmann s'était fait excuser, elle était au lit avec la grippe. Et monsieur von Klippstein avait appelé pour dire qu'il était indisposé et ne viendrait que l'après-midi.

Paul ne laissa rien paraître de son agacement, mais il trouvait qu'une petite « indisposition » ne justifiait pas de s'absenter toute une matinée. Mais bon, Ernst souffrait encore des séquelles de sa blessure, il fallait être indulgent.

— C'est donc nous qui garderons la boutique aujourd'hui, n'est-ce pas ? lança-t-il avec un clin d'œil à la Lüders.

—Vous pouvez compter sur moi, monsieur le directeur, répondit-elle, flattée.

— Je n'en doute pas ! Commencez donc par m'apporter mon café !

— Bien, monsieur le directeur. Ah, j'oubliais : votre sœur a appelé.

Surpris, il s'immobilisa sur le seuil de son bureau et se retourna.

— Ma sœur ? Madame von Hagemann ?

— Non, non, madame Bräuer. Elle passera vous voir tout à l'heure.

Kitty ! Enfin une bonne nouvelle. Il avait téléphoné à plusieurs reprises à son domicile, mais n'avait réussi à joindre que Gertrude. Celle-ci avait pesté contre le téléphone, qu'elle accusait d'être une invention diabolique qui la dérangeait systématiquement pendant qu'elle faisait des gâteaux. Cependant, elle avait accepté de transmettre sa requête à Kitty.

— Madame Bräuer a-t-elle dit à quel moment elle viendrait ?

La Lüders haussa les épaules. En réalité, la question était superflue : Kitty ne regardait jamais la montre, elle se fiait uniquement à son propre sens du temps. « Tout à l'heure » pouvait signifier midi ou en fin d'après-midi.

À peine avait-il pris une première gorgée de café qu'il entendit la voix claire de sa petite sœur dans la pièce voisine.

— Ah, mademoiselle Lüders ! Vous n'avez absolument pas changé depuis le temps où je venais rendre visite à papa, à l'époque j'avais onze ou douze ans. Seigneur, comme le temps passe ! Est-ce la porte de droite ou de gauche ? Ça y est, je me souviens, c'est celle de droite, là où était le bureau de papa. Je ne me trompe pas ?

— C'est bien ça, madame Bräuer. Je vais vous annoncer.

— Pas la peine, je m'en charge, vous pouvez continuer à taper à la machine. Je vous admire d'arriver à tomber sur la bonne lettre parmi toutes ces touches, ça ne doit pas être facile.

Paul eut tout juste le temps de poser sa tasse et de se lever pour l'accueillir. Elle lui fit l'effet d'un oiseau exotique avec son manteau rouge garni de fourrure blanche, ses bottines blanches fourrées et son drôle de chapeau en forme de tuyau qui ressemblait à un ver de terre coupé. Les couleurs de sa tenue lui rappelèrent que, dans quelques semaines, on fêterait Noël.

— Tu peux te rasseoir, mon petit Paul. Je ne fais que passer, je dois me rendre chez Marc, qui a vendu trois de mes tableaux. Tu crois que je pourrais avoir un café moi aussi ? Avec du sucre. Pas de lait.

Il la débarrassa de son manteau, lui avança un des petits fauteuils en cuir et pria la secrétaire d'apporter une tasse de café avec des biscuits.

— Je suis très heureux que tu sois venue, Kitty. Non, sérieusement : tu représentes mon dernier espoir.

Kitty s'était calmée. Elle remua son café et regarda son frère avec compassion.

— Je sais, Paul. Tu as l'air pâle et fatigué. Je souhaiterais vraiment pouvoir vous aider, j'essaierai. Mais, surtout, je vais te remettre les idées à l'endroit, petit frère, parce que j'ai l'impression que tu as le cerveau muré et que tu ne te rends absolument pas compte de ce que tu infliges à la pauvre Marie.

Cela commençait bien. Il encaissa ce préambule en silence et se promit de faire taire toute susceptibilité personnelle. Sans doute avait-il effectivement quelques légers torts. Cependant, il n'avait jamais eu l'intention de blesser Marie. Il devait s'agir de stupides malentendus, que l'on pourrait dissiper. Les tiers étaient souvent plus perspicaces que les principaux intéressés.

— Bon, alors explique-moi pour quelle raison Marie m'en veut à ce point. Que cherche-t-elle ? Je lui ai présenté des excuses. Je lui laisse l'atelier. Je n'ai pour l'instant fait aucune démarche pour récupérer mes enfants, alors que j'en aurais la possibilité.

Kitty but quelques gorgées de café, reposa sa tasse et fit la moue.

— Tu as dit « mes enfants » ?

Il la regarda fixement, puis comprit.

— D'accord, « nos » enfants, soyons précis. J'ai même confié à madame von Dobern la responsabilité de la maison, elle ne s'occupera plus des jumeaux.

Kitty ne parut guère impressionnée.

— L'as-tu fait pour Marie ou simplement parce que ça n'avait aucun sens de continuer à employer une gouvernante en l'absence d'enfants ?

— Quelle importance ? J'ai répondu au souhait de Marie.

Avec un profond soupir Kitty se débarrassa de son tuyau rouge. Elle secoua la tête, et, de la main, remit ses cheveux en place. La coupe à la garçonne lui allait incroyablement bien. Il détestait cette coiffure, mais on l'aurait dite faite pour elle.

— Tu sais, Paul, tant que cette personne sévira à la villa, je ne remettrai pas les pieds là-bas. Et je suis à peu près sûre que Marie pense de même.

Paul en fut irrité. Pourquoi les femmes se montraient-elles si têtues ? Il n'était pas non plus un fervent partisan de la dame, mais dans l'immédiat elle représentait une aide précieuse pour Alicia. Ce dont Kitty et Marie semblaient peu se soucier.

— Oublions « Finchen », comme dit Lisa. Si vraiment tu n'as pas encore compris à quel point tu as blessé Marie, je vais te le dire : tu t'es montré irrespectueux à l'égard de sa mère. Et, ce qui est pire, tu l'as offensée et tu t'es moqué d'elle. Par là tu as fait beaucoup de mal à Marie, mon cher Paul.

Voilà donc ce qu'elle appelait l'« aider ». Au fond, il aurait tout aussi bien pu continuer à se disputer avec Marie. Et le regard réprobateur de sa sœur ne lui était d'aucun bénéfice.

— Mais je me suis excusé, enfin ! Pourquoi ne le prend-elle pas en compte ?

Kitty secoua lentement la tête, comme si elle avait affaire à un enfant.

— Tu ne comprends pas, Paul. Il ne suffit pas de dire : « Ah, je suis vraiment désolé ! » Derrière tout ça il y a bien plus : à l'époque, Marie a été forcée de tirer un trait sur le mal que papa avait causé à sa mère, mais aussi à son père.

— Mais bon sang ! s'exclama-t-il en prenant sa tête entre ses mains. Ce qui est fait est fait. Et je n'y suis pour rien. J'en ai vraiment assez de devoir payer pour quelqu'un d'autre.

Il se tut, prenant soudain conscience que la Lüders pouvait l'entendre.

— Je comprends ce que tu veux dire, mon petit Paul, répondit Kitty avec douceur. J'aimais terriblement papa et je sais que c'est pour l'usine qu'il a fait ça. Et puis, il ne pouvait pas deviner que Luise Hofgartner allait mourir. Mais Marie a perdu sa mère et on l'a placée dans un affreux orphelinat.

— Je sais bien, grogna-t-il. Et j'ai vraiment fait tout ce que j'ai pu pour la rendre heureuse, je te le jure, Kitty. Pourquoi aurais-je quelque chose contre sa mère ? Je ne l'ai pas connue. Mais je ne peux accepter que la famille Melzer soit traînée dans la boue à cause de cette exposition. Ma pitié envers Luise Hofgartner ne va pas jusque-là. Pense à maman !

Kitty leva les yeux au ciel. Paul s'attendit qu'elle lui rappelle la nécessité de rendre justice à l'artiste. Surtout de la part de la famille Melzer. Mais elle changea inopinément de sujet.

— As-tu remarqué que, depuis quelque temps, il n'est plus question que de maman ? Maman a la migraine, il faut éviter à maman tout sujet de contrariété, ménagez les nerfs de maman…

Qu'est-ce que c'était que ça, encore ? Il aurait mieux fait de s'épargner cette discussion. Kitty était comme toujours complètement irrationnelle.

— Sa santé s'est considérablement dégradée depuis que l'entretien de la villa repose entièrement sur ses épaules.

— Bizarre, répliqua Kitty sans s'émouvoir. Dans le temps, ça ne lui a jamais posé de problème.

— Tu oublies qu'elle n'est plus de première jeunesse.

— Et tu ne t'es pas aperçu qu'elle s'est tout de suite montrée hostile à ce projet d'atelier ? Et qu'elle a saisi toutes les occasions de poignarder Marie dans le dos ?

— Si tu continues sur ce ton, nous allons devoir mettre fin à la discussion !

— Mais ne te gêne pas, répliqua-t-elle sèchement en balançant le pied. C'est toi qui m'as demandé de venir, et de toute façon je n'ai pas beaucoup de temps.

L'air sombre, il garda le silence avec l'impression de se heurter à un mur, de n'entrevoir aucune issue. Où donc était le chemin ? Tout ce qu'il voulait, c'était découvrir un accès à Marie.

— Ah oui! poursuivit Kitty avec un léger soupir. Lisa est de retour. Elle va donner un coup de main à maman avec Finchen, son amie de cœur.

Comment savait-elle qu'Elisabeth était rentrée à Augsbourg quelques jours plus tôt? Celle-ci l'avait-elle appelée? Ou étaient-ce les domestiques qui avaient bavardé?

— Lisa a ses propres soucis.

— Elle est en train de divorcer, je sais.

Il était heureux de cette reprise de la discussion. Par chance, Kitty ne restait jamais longtemps fâchée, contrairement à Lisa. Elle s'emportait rapidement et se calmait tout aussi vite.

— Il n'y a pas que ça, répondit-il à voix basse en lui jetant un regard entendu. Lisa attend un enfant, elle accouchera en février.

Kitty écarquilla les yeux, comme autrefois, lorsqu'il lui mettait sous le nez une de ces petites araignées qu'il dénichait dans les buissons du jardin.

— Non! chuchota-t-elle en battant des paupières. C'est… Redis-moi ça, mon petit Paul, je crains d'avoir mal entendu.

— Lisa est enceinte. Très enceinte, même, elle a presque doublé de volume.

Kitty pouffa, rejeta la tête en arrière, agita les jambes, haleta, essaya de reprendre son souffle, faillit s'étouffer, puis saisit la main de son frère avec tant de force qu'elle lui fit mal.

— Lisa est enceinte, gémit-elle. Mais c'est merveilleux! Seigneur Jésus, elle est enceinte! Et je serai la tante de son enfant! Comme je suis contente pour elle!

Elle sortit de son sac à main un petit miroir et un mouchoir, se tamponna le coin des yeux et essuya les traces de mascara. Alors qu'elle dévissait son tube de rouge à lèvres couleur cerise, une pensée sembla soudain lui traverser l'esprit.

— De qui peut bien être l'enfant?

— Comment ça? De son époux, j'imagine.

Il se sentit naïf devant le regard dubitatif que lui lança Kitty. Cela dit, lui aussi avait son idée sur la question.

— Mon petit Paul, reprit Kitty en passant le bâton sur sa lèvre supérieure, si Lisa était enceinte de Klaus, pourquoi aurait-elle voulu se séparer de lui ?

Il ne répondit pas, préférant la laisser poursuivre. Elle termina l'opération, pressa ses lèvres l'une contre l'autre et examina le résultat dans son miroir.

— Puisqu'elle veut absolument divorcer, dit-elle en refermant le boîtier, il se pourrait qu'elle soit enceinte de quelqu'un d'autre.

Tous deux observèrent un instant de silence. Dans la pièce voisine, on entendit la Lüders se mettre à taper à la machine. Le téléphone sonna. La secrétaire s'interrompit pour prendre la communication.

— Et qu'en est-il de ce… Sebastian ?

— Tu veux parler de monsieur Winkler ?

— Tout à fait. Elle l'avait emmené au domaine des Maydorn, comme bibliothécaire, je crois. Il y avait sûrement quelque chose entre eux.

C'était aussi ce que Paul avait supposé, mais il se montrait prudent dans ses soupçons. Lisa était une femme mariée, elle devait savoir ce qu'elle faisait.

— Monsieur Winkler a démissionné et quitté le domaine.

Kitty avait à présent l'air d'une rusée petite renarde.

— Quand ?

Il la regarda avec surprise.

— Quoi ?

— Quand est-il parti ?

— En mai, je crois. Oui, c'est ce qu'elle a dit, en mai.

Kitty écarta les doigts et compta, recompta, puis hocha la tête.

— Ça tombe pile, dit-elle d'un air satisfait. De justesse, mais ça tombe pile.

Son expression malicieuse le fit rire. Elle se jugeait sans doute très maligne. Et il se pouvait bien qu'elle ait raison.

— Ah, Kitty !

Avec un petit rire, elle déclara qu'en ce domaine les hommes étaient souvent un peu lents à la détente.

— Je me demande si ce brave Sebastian est au courant des suites de l'affaire, poursuivit-elle.

— En tout cas, Lisa ne veut plus entendre parler de lui.

— Seigneur ! soupira Kitty en se penchant en avant pour rajuster un de ses bas de soie. Lisa est parfois terriblement têtue. D'ailleurs le monde irait beaucoup mieux si certains n'étaient pas d'abominables têtes de mule.

Et elle lui lança un regard éloquent. Paul dut prendre sur lui pour ne pas la renvoyer dans ses buts. Qui était la tête de mule en l'occurrence ? Certainement pas lui. C'était Marie qui s'obstinait.

— J'ai aussi eu une longue conversation avec ma chère Marie et je lui ai fait part de mon opinion, poursuivit-elle à sa grande surprise.

Ah, tout de même ! Il n'en était malheureusement pas sorti grand-chose, mais c'était déjà ça.

— J'ai pu lui arracher quelques concessions, surtout dans l'intérêt des enfants. Noël approche et il serait cruel de ne pas passer cette fête en famille.

Paul ne fut guère enthousiaste. À quoi bon une idylle familiale de façade s'il n'y avait aucun changement ? Cependant, il garda le silence pour laisser parler Kitty.

— Je propose qu'on se retrouve tous à la villa pour fêter ensemble la première journée de Noël.

C'était bien une idée à la Kitty, ça !

— Pour que vous retourniez ensuite chez toi ? rétorqua-t-il. Non, ne compte pas sur moi pour me prêter à cette mascarade. Soit Marie vient à la villa pour y rester, soit elle n'y met pas les pieds. Suis-je clair ?

Kitty se renfonça dans son fauteuil en poussant un soupir irrité et leva les yeux vers le plafond. Elle continuait de balancer le pied, ce qui l'agaçait terriblement. Il ne supportait pas de voir une femme assise jambes croisées face à lui.

— Je te croyais inquiet de la santé de maman, répondit-elle perfidement. Et tu voudrais lui interdire de revoir ses petits-enfants ? Ce n'est vraiment pas gentil de ta part !

Il faillit rétorquer qu'il entendait tout à fait lui permettre de les revoir, mais pas seulement l'espace d'une soirée. Cependant il préféra s'abstenir, Kitty n'aurait pas écouté.

— Dans ce cas, il ne t'intéressera sans doute pas de savoir quelle autre concession j'ai obtenue de Marie.

— Si c'est du même ordre…

— Tu sais quoi ? le rabroua-t-elle. Parfois j'aurais bien envie de vous empoigner tous les deux et de vous secouer comme des pruniers.

Paul comprit que Marie s'était elle aussi élevée contre cette suggestion. Pourtant, elle avait fini par céder. N'était-il pas plus intelligent de faire un pas vers elle que de défendre avec obstination le principe du tout ou rien ?

— Allez, vas-y, je t'écoute.

Il ressentait de la mauvaise conscience. Elle s'était donné du mal, sa petite sœur. À sa façon. Il était injuste de se montrer aussi brusque avec elle.

— Je lui ai expliqué qu'elle n'avait pas le droit de priver les enfants de leur père. Je suis bien placée pour savoir à quel point ma petite Henni aurait besoin d'un papa. Mais mon cher Alfons n'est plus de ce monde. Or toi, mon petit Paul, tu es là, tout près, et tu peux t'occuper de Dodo et Leo.

Il la regarda avec un air de doute. Bien sûr qu'elle avait raison, ô combien. Mais il craignait qu'elle n'en tire pas les mêmes conclusions que lui, à savoir que Marie devait rentrer à la villa avec les enfants.

— Aussi, j'ai fait une proposition qui a été acceptée. Hanna conduira les jumeaux à la villa un dimanche sur deux et les récupérera le soir. Comme ça, tu auras le temps de t'occuper d'eux, d'organiser une activité agréable ou de les confier tout simplement à maman. Comme tu le souhaites.

Il mit un moment à comprendre qu'en fait on lui prêtait ses enfants deux fois par mois. Une situation insupportable.

— Oh, quelle confiance ! commenta-t-il avec ironie. Et qu'est-ce qui se passerait si je les empêchais de repartir ?

Elle lui jeta un regard si furieux qu'il fut près de rire. Ce dont il se garda bien, la situation étant assez compliquée de la sorte.

— Ça ne pourra évidemment se faire que si tu donnes ta parole d'honneur, rétorqua-t-elle.

— À qui ? À Marie ?

— Non, à moi !

Il en fut presque ému. Kitty lui faisait confiance. Elle avait foi en sa parole d'honneur tout comme elle avait eu foi en son grand frère lorsqu'elle avait été enfant.

— Une promesse est une promesse.

— Ça ne me plaît pas vraiment, Kitty, avoua-t-il. Il faut que je réfléchisse. Mais je te remercie, je sais que tu as sincèrement essayé de nous aider.

— Et comment !

Elle se leva avec aisance, rajusta sa robe et enfila le manteau qu'il lui tendait. Puis, il la regarda remettre son tuyau de tissu rouge et reprendre son petit sac à main.

— Ah, mon cher Paul ! dit-elle en se jetant dans ses bras. Tout s'arrangera, j'en suis certaine.

Peu convaincu par ces paroles rassurantes, il la serra tout de même contre lui et se laissa embrasser tendrement sur les deux joues.

— À bientôt. Appelle-nous ! Parle à maman et salue Lisa de ma part.

La porte se referma derrière elle. Seuls demeurèrent l'odeur de son parfum ainsi que la tasse vide portant les traces de son rouge à lèvres. Paul sortit son mouchoir et se dirigea vers le petit cabinet de toilette pour essuyer devant le miroir les vestiges de ces baisers. *Elle est seule,* pensa-t-il. *Depuis la mort d'Alfons, elle est privée de soutien. Peut-être a-t-elle effectivement des liaisons, mais il s'agit d'histoires sans lendemain. Et, avec la vie qu'elle mène, elle n'a aucune chance de rencontrer quelqu'un avec qui elle puisse se sentir heureuse et en sécurité. Il faut que je m'occupe d'elle…*

Il y avait aussi Elisabeth. Sa mère. L'usine. Ses ouvriers et ouvrières. La villa. Les domestiques.

Comment Marie a-t-elle fait autrefois pour porter seule ce fardeau sur ses épaules ? se demanda-t-il. *Il devait être écrasant. Et, moi, je n'en ai absolument pas tenu compte à mon retour de la guerre.*

Il décida de remettre à plus tard l'examen des étranges propositions de Kitty et de reprendre le travail, ce qui fut étonnamment facile. Vers midi, il retourna à la villa pour dîner avec sa mère, madame von Dobern et Elisabeth. Il ne mentionna pas la visite de Kitty. Au cours du repas, il constata que la grande amitié entre sa sœur et Serafina semblait battre de l'aile et que toutes deux paraissaient se disputer les faveurs d'Alicia. Mais il pouvait se tromper, il était un peu distrait, ce qui était compréhensible étant donné les circonstances.

L'après-midi, Klippstein fit son apparition au bureau. Il était effectivement en piètre forme, avait une fois de plus attrapé un coup de froid et souffrait d'une toux persistante.

— Il arrive qu'une de mes cicatrices se rouvre, expliqua-t-il avec un demi-sourire. Je suis un estropié, Paul, une loque. Autant dire les choses comme elles sont.

Paul se montra mesuré dans l'expression de sa compassion. Il subodorait que l'autoapitoiement de Klippstein tenait au peu de succès qu'il rencontrait rue de la Porte des femmes. Quel imbécile il avait été de se montrer jaloux ! Si Marie avait un autre homme en tête, ce n'était assurément pas Ernst von Klippstein. Celui-ci avait nourri des espoirs inutiles, et dépensé beaucoup d'argent pour acheter ces horribles tableaux. Ce dont Paul continuait de lui tenir rigueur.

— Allons, allons, lui dit-il en lui posant la main sur l'épaule. Je suis ravi de pouvoir te refiler toute cette maudite paperasserie, cher associé !

Klippstein opina, l'air rasséréné, et se rendit dans son bureau. La trêve. Peut-être en résulterait-il une vraie paix. Même si l'amitié était morte. Paul se replongea dans ses tâches et attendit la fin de sa journée de travail pour repenser à sa discussion avec Kitty.

Il n'en avait pas retiré le sentiment que Marie souhaitait une prompte réconciliation. Au contraire, elle semblait se préparer à une assez longue séparation. Ce qui ne lui plaisait pas du tout. Plus la situation durait, plus ils s'éloignaient l'un de l'autre. Surtout avec les enfants. Il était taraudé par l'idée que Marie puisse sérieusement envisager le divorce. Mais, alors, elle perdrait l'atelier, et donc aussi les jumeaux. Ou peut-être pas? Pouvait-elle en tant que femme divorcée avoir sa propre affaire? Ou s'associer avec Kitty?

Cela n'en demeurait pas moins une voie sans issue. Lorsqu'ils se retrouveraient devant le juge, il ne lui serait plus possible de la reconquérir. La guerre serait déclarée, or, la guerre était toujours la pire des possibilités.

Au crépuscule, il se remit à neiger. Paul informa Klippstein qu'il rentrait plus tôt, puis il enfila son manteau et repartit à pied. Le froid lui mordait le visage et les mains, mais, au lieu de s'engager dans l'allée qui menait à la villa, il continua en direction de la ville. S'imposer face au vent et au froid, avancer par ses propres moyens sans se laisser démonter par les regards étonnés des conducteurs qui le dépassaient ni par ses orteils gelés lui faisait du bien.

Il suivit la rue des Pieds nus, puis tourna dans la rue Caroline. Là, il s'arrêta devant une vitrine et enleva son chapeau pour en ôter la neige. Des silhouettes emmitouflées passaient d'un pas rapide sur le trottoir, pour l'essentiel des employés rentrant chez eux profiter du peu de temps libre dont ils disposaient. Les femmes s'étaient enveloppé la tête dans des écharpes en laine afin de protéger de la neige leur chapeau et leur coiffure, les hommes marchaient arc-boutés contre le vent, le couvre-chef baissé sur le front.

Paul fit quelques pas qui l'amenèrent devant les vitrines de l'atelier de Marie, sur le trottoir d'en face. Elles étaient vivement éclairées, mais la circulation des passants et les gros flocons lui brouillaient la vue. Il demeura un moment les yeux plissés, à fixer les ombres qui se mouvaient à l'intérieur, puis décida de traverser.

La chaussée était glissante, il faillit tomber et se rattrapa de justesse à un réverbère. Il resta là un instant, la respiration haletante, la main sur le métal froid du poteau. Il aperçut une ombre derrière une des vitrines, crut qu'il s'agissait d'un des mannequins de couture, puis comprit son erreur. C'était une femme. Gracile. Ses cheveux sombres coupés court. Le visage très pâle. Les yeux grands et presque noirs.

Elle le fixa à travers la vitrine comme s'il était une créature venue d'une autre planète. Pendant plusieurs minutes. Des gens passèrent, il entendit une jeune femme éclater de rire, un homme répondre par une plaisanterie, les voix s'éloignèrent, s'évanouirent, d'autres survinrent. Fasciné, il regardait Marie, qui était là en chair et en os et pourtant inaccessible, séparée de lui par un flot de gens et une vitre épaisse.

Lorsqu'il lâcha le poteau et sembla vouloir faire un pas dans sa direction, le charme se dissipa. Marie se détourna et disparut au fond de l'atelier.

Il n'eut pas le courage de la suivre.

Chapitre 27

— Pourquoi on doit aller à la villa ?

— Pour fêter Noël tous ensemble, Leo. Allez, assieds-toi correctement. Non, pas là. Pousse-toi pour faire de la place à Dodo. Henni, arrête de me bousculer.

Il neigeait, or, l'automobile de la tante Kitty n'avait qu'un toit en toile, qui plus était troué en deux endroits. Leo se coinça à l'extrémité gauche de la banquette arrière et enfonça ses poings glacés dans les poches de sa veste. Ce fichu bonnet en fourrure que sa mère lui avait offert lui chatouillait insupportablement le front. Et puis, il avait l'air idiot avec ça, un raton laveur de Sibérie, avait dit mamie Gertrude.

Leur mère s'assit avec eux à l'arrière. Elle portait un manteau en laine blanc dont elle avait rabattu la capuche sur sa tête. Mais il avait eu le temps d'apercevoir sa mine pâle et crispée. C'était vraiment bête, tout de même. En dehors de sa tante, qui n'arrêtait pas de parler, personne n'avait vraiment envie d'aller à la villa. Mamie Gertrude, non, ça c'était sûr. Dodo à la rigueur : la veille, elle avait dit que son papa lui manquait terriblement. Henni y allait pour les cadeaux et pour embrasser sa grand-mère. Quant à lui, il aurait nettement préféré rester à la maison. La simple perspective de rencontrer madame von Dobern n'avait rien d'enthousiasmant. Mais il redoutait surtout les retrouvailles avec son père. Pourquoi, il n'aurait su le dire. Peut-être parce qu'il l'avait déçu. C'était comme ça, Leo pouvait faire ce qu'il voulait, ça ne lui plaisait jamais. Alors qu'il ne souhaitait rien tant que pouvoir répondre aux vœux de son père. Mais rien à faire. À croire qu'il y avait eu erreur sur le fils. Peut-être que la cigogne s'était trompée et que le vrai fils de son père vivait dans une autre famille où il ne s'intéressait qu'aux machines et aux jeux de construction en métal? Alors que ces parents-là auraient bien voulu avoir un fils qui sache jouer du piano et ait la tête pleine de sons?

— Tu as l'air si sérieux, Leo, dit sa mère. Pense au grand sapin que tu pourras admirer dans le vestibule.

— Oui, maman.

Dans un instant, on lui dirait que sa grand-maman Melzer était folle de joie à l'idée de les revoir. Or, il n'en croyait rien. S'ils lui avaient vraiment manqué, il y aurait longtemps qu'elle serait venue leur rendre visite chez la tante Kitty. D'ailleurs, c'était beaucoup mieux avec mamie Gertrude. Elle pestait souvent et les chassait de la cuisine quand ils goûtaient la pâte, mais elle ne leur en voulait pas vraiment. En réalité, elle aimait bien que les enfants viennent la voir à la cuisine. Même Walter. Elle avait pour lui la même affection que pour les autres. C'était une des choses que Leo aimait chez elle.

— Est-ce qu'oncle Paul m'offrira aussi des cadeaux? demanda Henni. Ou juste à Dodo et Leo?

Kitty n'avait pas écouté, car l'automobile se montrait une fois de plus récalcitrante. Elle avançait par saccades en émettant des sifflements. Une fumée blanche s'élevait du capot. Avec un peu de chance, elle tomberait en panne et on n'aurait pas à aller à la villa.

— C'est toujours pareil avec ma petite bagnole, soupira la tante Kitty. Il faut que je l'encourage, que je la caresse un peu et surtout que je lui fasse des compliments. Tu es la meilleure. Tu vas y arriver. Je sais que tu y arriveras, ma petite.

Leo l'écoutait avec intérêt. Son père était expert en machines, mais il ignorait qu'elles avaient une âme. Et cela devait effectivement être le cas, car la voiture se laissa convaincre d'être sage. Elle se mit à rouler comme il fallait, sans plus les secouer. Dommage !

La veille, ils avaient pourtant déjà fêté Noël. D'ailleurs c'était le 24 au soir qu'il fallait le faire, puisque l'Enfant Jésus était né le soir. C'était à ce moment-là que les bergers s'étaient rendus dans l'étable, envoyés par l'ange. Ils avaient apporté des peaux de mouton bien chaudes, peut-être aussi une bouteille de lait. Et du pain d'épice. Marie et Joseph devaient avoir eu très faim. Et les Rois mages étaient venus dans le courant de la nuit. Normal : ils avaient suivi une étoile, on ne l'aurait pas vue en plein jour.

Cela avait été une belle soirée. Il n'y avait qu'un petit sapin, mais on avait eu le droit de le décorer avec des étoiles et des guirlandes en papier faites maison. Mamie Gertrude possédait aussi des boules argentées qu'elle conservait dans une boîte et qu'il fallait manipuler avec précaution, parce qu'elles étaient en verre. Et il y avait des oiselets colorés également en verre qu'on pouvait accrocher aux branches. Et des cheveux d'ange ! Des fils d'argent tout fins que sa mère avait suspendus en petits faisceaux, en disant que leur sapin ressemblait à présent à un « arbre céleste » magique. Ils avaient invité Walter et madame Ginsberg, ainsi que quelques amis de sa tante Kitty. Monsieur Klippi était venu lui aussi. En réalité il s'appelait Ernst von Klippstein, mais tout le monde l'appelait Klippi. Il était d'une raideur un peu comique, et parfois, il avait l'air triste. Mais il avait apporté des cadeaux formidables. Dodo avait reçu une poupée avec de vrais cheveux et un avion en fer-blanc. Et lui, un gramophone et trois disques : deux avec des symphonies de Beethoven, le troisième avec un concerto pour piano de Mozart. La sonorité était bizarre, pas comme dans la réalité, un peu étouffée. On aurait cru qu'elle venait de loin. Mais c'était fantastique. Il les avait écoutés tant de fois que sa tante Kitty avait cru devenir folle : s'il n'arrêtait pas ça tout de suite, avait-elle dit, elle allait exploser. Au cours de la soirée, elle avait eu une de ses fréquentes crises de bavardage. Dans ces moments-là, elle ne pouvait plus s'arrêter de parler et de rire, ce qui horripilait tout le monde. Seuls les messieurs trouvaient ça « adorable ». L'un d'eux, le blond monsieur Marc, avait ensuite raccompagné Walter et sa mère en voiture.

Hanna ne les avait mis au lit que vers 11 heures du soir, mais Dodo avait rallumé dès qu'elle avait eu fermé la porte. On lui avait offert un livre de la série *Nesthäkchen* dont elle avait très envie et elle brûlait d'en commencer la lecture. Il pensait rester tranquillement couché à réécouter une des symphonies dans sa tête, mais Henni s'était levée et avait redescendu tout doucement l'escalier. Il l'avait suivie. Dans le vestibule se mêlaient toutes sortes de voix et de bruits. Il régnait encore une odeur de rôti et de chou rouge. Et cela sentait aussi un peu les étoiles à la cannelle de mamie Gertrude. Penchée devant la porte du salon, Henni regardait par le trou de la serrure. Il s'était approché de sa cousine, qui lui avait cédé sa place un instant. On distinguait une branche du sapin à laquelle était suspendue une boule argentée. La bougie s'était consumée, il ne restait plus qu'une minuscule flamme bleuâtre. De temps en temps, on voyait passer Marie qui rangeait quelque chose, l'air extrêmement soucieux. Dans la soirée, elle avait plaisanté avec eux et joué à « T'en fais pas ». La tante Kitty parlait très fort à présent, elle riait sans cesse et buvait du champagne dans un long verre étroit. Monsieur Marc et le peintre barbu parlaient eux aussi à tort et à travers et s'amusaient de tout.

« Va au lit, avait chuchoté Leo à Henni.

— Je suis pas fatiguée. C'est parce que maman m'a permis de boire une gorgée de champagne. Ç'a un goût divin et ça picote comme si tu avais un millier de moustiques dans la bouche. »

Beurk ! Il s'en passait volontiers ! À cet instant, ils avaient dû remonter l'escalier à toute vitesse et s'accroupir sur le palier, parce que Hanna était sortie de la cuisine. Un bout de papier à la main, elle s'était dirigée vers le téléphone, qui se trouvait sur une petite commode dans le vestibule. Henni avait ouvert de grands yeux.

« Mais elle a pas le droit de téléphoner ! C'est le téléphone de maman.

— Chut ! »

Hanna avait décroché le combiné et tourné la manivelle. Puis elle avait dit à voix basse :

« Mademoiselle ? Je voudrais un numéro à Berlin, s'il vous plaît... »

Voilà qui était bizarre. Même la tante Kitty n'appelait jamais à Berlin. Elle téléphonait parfois à Munich. Pour parler à une galerie. Ou à la tante Tilly. Mais c'était très rare. Parce que ça coûtait de l'argent. L'usage du téléphone était strictement interdit aux enfants et aux domestiques. En tout cas, c'était comme ça à la villa. Ce qui n'empêchait pas cette vieille sorcière de madame von Dobern de s'en servir.

« Humbert ? avait dit Hanna. Humbert, c'est toi ?... Comme je suis contente !... Oui, c'est moi, Hanna. »

« Qui c'est, Humbert ? » avait chuchoté Henni.

Leo ne savait pas très bien. Ce nom lui disait quelque chose, mais impossible de se rappeler où il l'avait entendu.

« Hanna a sûrement un ami, avait dit Henni. Quel drôle de nom !

— Chut ! »

La jeune fille avait l'ouïe fine. Elle avait entendu les chuchotements de Henni malgré les paroles et les rires qui s'échappaient du salon et le vacarme causé par Gertrude à la cuisine. Elle s'était retournée et avait jeté un coup d'œil en direction de l'escalier, mais comme la lumière était éteinte, elle n'avait pu découvrir leur présence.

« Tu n'as pas le droit de faire ça, Humbert. Personne n'en a le droit, sauf Dieu. Tu dois être patient. »

Ils n'avaient pas compris grand-chose à cet échange. Henni avait poussé un soupir de déception. Elle avait sans doute espéré entendre Hanna parler d'amour et de baisers. Le genre de choses qu'aimaient les filles.

« Non, non. Si c'est si grave, je vais demander à Fanny... Oui, je vais le faire. Et on t'enverra l'argent. Même si tu ne veux pas. »

Cela devenait de plus en plus mystérieux. Leo s'était senti mauvaise conscience d'épier ainsi Hanna. Elle était très agitée et pressait le combiné contre son oreille jusqu'à en avoir la joue toute blanche. Henni n'avait pas les mêmes scrupules. Elle avait secoué la tête en signe d'incompréhension.

« Mais il est bête ou quoi ? Pourquoi il accepte pas cet argent si elle veut le lui donner ? »

Leo aurait bien voulu retourner dans sa chambre, mais craignant que le parquet ne trahisse leur présence par ses grincements, il était resté à côté de Henni jusqu'à la fin de la conversation téléphonique. Les cheveux blonds de sa cousine étaient tout en désordre, parce que Hanna ne les lui avait pas tressés pour la nuit. Elle portait une des chemises de nuit que Marie lui avait faites et qui sentaient le propre. À ce moment, il avait entendu dans sa tête une mélodie en *do* majeur, atténuée mais très distincte. Henni était le type même de la personne *do* majeur, claire et énergique, bleue, dure et pas du tout joueuse.

Lorsqu'ils avaient enfin pu regagner leur chambre, il s'était glissé sous sa couette et endormi instantanément.

— Et voilà ! s'écria la tante Kitty. Regardez, Else nous attend à la porte. Et Julius accourt déjà. Ouh !

L'automobile fit un petit bond, puis elle émit un halètement et le moteur s'arrêta.

— Tu l'as encore fait caler, tante Kitty, lança Dodo. Tu dois mettre la voiture au point mort avant de lâcher l'embrayage.

Leo fut étonné des connaissances de sa sœur. Lui-même n'avait aucune idée de ce qui permettait à une voiture de rouler et cela lui était indifférent. Kitty se tourna vers Dodo et déclara sans aménité que, la prochaine fois, elle confierait volontiers le volant à mademoiselle Dorothea Melzer, la célèbre pilote d'avion.

— C'est vrai ? s'exclama la fillette, ravie. J'aurai le droit de conduire ?

Cela ne l'empêchait pas d'être encore passablement naïve. La tante Kitty se borna à lever les yeux au ciel, tandis que leur mère expliquait avec douceur que Dodo devrait attendre au moins treize ans avant de pouvoir passer le permis de conduire.

Julius ouvrit avec énergie la portière passager et aida Gertrude à descendre. Après quoi, Gertie, Else et lui se chargèrent des cadeaux. On les suivit. Marie fut la dernière à monter le perron.

Le grand sapin, décoré de boules rouges et de biscuits en pain d'épice, était dressé dans le vestibule, où il répandait l'odeur de Noël. L'année précédente, Paul et Gustav en avaient abattu un dans le parc, puis tout le monde les avait aidés à le transporter à la villa. Leo se souvenait que la résine odorante lui avait poissé les doigts et qu'il avait eu du mal à s'en débarrasser, même avec de l'eau et du savon. Cela l'avait gêné pour jouer au piano, parce que ses doigts restaient collés sur les touches.

— Alors ? Il te plaît, notre sapin ?

Leo sursauta violemment. Il était si absorbé dans ses pensées qu'il n'avait pas remarqué la présence de son père.

— Ou… oui. Il est… très grand.

— Pas plus que d'habitude. Cette année, nous l'avons fait venir de la pépinière de Derching.

— Oui.

Il ne trouva pas grand-chose d'autre à répondre. Le regard scrutateur de son père le paralysait, comme souvent. Quand celui-ci lui posait une question, il se sentait l'esprit complètement vide.

— Oncle Paul, pépia Henni, maman a dit que tu avais un cadeau pour moi.

Paul se tourna vers elle en souriant, au grand soulagement de Leo. Henni parvenait si facilement à le mettre de bonne humeur ! Il lui suffisait de jacasser et le tour était joué. Alors que lui…

— Va-t-on rester dans le vestibule pour la fête ou pouvons-nous monter nous réchauffer ? demanda mamie Gertrude, que Gertie avait débarrassée de son manteau et de son chapeau.

— Chère madame Bräuer, puis-je vous offrir mon bras ? dit alors une voix.

Leo la reconnut aussitôt, les deux fillettes sursautèrent. Madame von Dobern ! Leo se raidit, Dodo fronça le nez et afficha un air belliqueux, Henni fit la moue, ce qui donna à ses lèvres pleines l'allure d'une cerise rose légèrement ratatinée.

— C'est très aimable à vous, madame von Dobern, répliqua Gertrude d'une voix forte. Mais je ne suis pas encore décrépite au point qu'on doive m'aider à monter l'escalier.

Elle ne mâchait pas ses mots, mamie Gertrude. Leo ne l'en aima que davantage. Pendant qu'il gravissait les marches avec Dodo pour se rendre au premier étage, il entendit derrière lui la voix de son père. Elle était très différente à présent, presque comme s'il craignait de dire ce qu'il ne fallait pas.

— Bonjour, Marie, ça me fait plaisir de te voir.

La réponse de sa mère lui parut également très étrange. Raide, distante.

— Bonjour, Paul.

Elle n'en dit pas plus. Pour sa part, elle ne semblait guère heureuse de le revoir. Leo se sentit comme enveloppé d'un voile sombre, ou d'un lourd nuage gris. Son père lui fit un peu, un tout petit peu de peine. La grand-maman Melzer les attendait dans la salle à manger. Ils durent se laisser couvrir de baisers l'un après l'autre. En soi, Leo trouvait cela déjà pénible, mais le pire était qu'elle ne cessait de pleurer. Il essuya en cachette ses joues humides et fut soulagé qu'on les autorise à s'asseoir à table. Ce répit fut de courte durée : on l'avait placé entre son père et madame von Dobern. Il savait que la journée serait terrible, mais voilà qu'elle dépassait ses craintes. Dodo non plus ne fut pas ravie d'être installée entre madame von Dobern et la grand-maman Melzer. Seule Henni eut de la chance, comme à son habitude : on la fit asseoir entre Marie et mamie Gertrude.

Si au moins Hanna avait été là ! Mais elle était restée à la maison. Julius faisait le service avec un air impassible. Seule Gertie, qui l'aidait à débarrasser, leur adressait des clins d'œil. L'atmosphère était affreusement guindée. La tante Kitty ne cessait de jacasser, parfois aussi on entendait madame von Dobern. Ses parents étaient assis l'un en face de l'autre aux deux extrémités de la longue table. Ils ne disaient pas grand-chose et ne se regardaient pas. C'était dommage pour le bon repas que la Brunnenmayer avait préparé, car personne n'y prenait de plaisir.

— Comme vous avez grandi ! lança une grosse femme assise à côté de Kitty. Vous vous souvenez de moi ? Je suis votre tante Lisa. La sœur de votre papa et de tante Kitty.

Dodo répondit poliment qu'elle croyait effectivement se rappeler d'elle. Leo, lui, fut certain de ne jamais avoir vu cette femme de sa vie. Elle prétendait être la sœur de sa tante Kitty ?

— Vous ressemblez pas du tout à ma maman, lâcha Henni avec un charmant sourire. Vous avez les cheveux blonds et vous êtes très grosse.

— Henriette ! la réprimanda madame von Dobern. Une jeune fille bien élevée ne dit pas ce genre de chose.

— Lisa va bientôt recevoir la visite de la cigogne, s'empressa d'expliquer Kitty. Vous allez avoir une petite cousine. Ou un cousin.

— Ah ! répondit Henni sans enthousiasme. Si c'est une cousine, elle pourra dormir dans le landau de ma poupée.

— C'est très généreux de ta part, Henni, dit la tante Lisa avec sérieux.

Leo espérait que ce serait un cousin. Il y avait beaucoup trop de filles dans la famille. Pourquoi la cigogne ne venait-elle toujours que chez les grosses femmes ? Comme autrefois, avec Augusta. Quand la tante Lisa était arrivée dans la salle à manger, elle lui avait fait penser à un énorme couvre-cafetière. Cependant elle n'était pas méchante, elle lui adressait souvent des regards et des signes de tête. À un moment, elle lui demanda s'il leur jouerait ensuite un morceau au piano, mais sa réponse positive fut couverte par le bavardage bruyant de Kitty.

Après le souper, on se rendit au salon rouge, où l'on avait installé sur la table un sapin décoré. En dessous se trouvait une foule de paquets de couleurs vives : les cadeaux. Dodo reçut une poupée dormeuse articulée avec des membres en porcelaine qui produisaient un crissement écœurant. Et une armoire pleine de vêtements ainsi qu'un sac à dos pour la pauvre poupée. Henni eut un coffret de peinture et plusieurs livres d'images. Quant à lui, il se vit gratifier d'un effrayant engin métallique noir doté d'une cheminée pointue et d'un corps en forme de boîte surmonté d'un toit en cuivre. Partout, on voyait des manivelles, des petites portes, des crochets, des vannes. Deux longs fils partaient d'une grande roue en métal, puis passaient par plusieurs roues plus petites pour aboutir à un marteau fixé au-dessus d'une table métallique.

— Une machine à vapeur ! s'exclama Dodo avec envie. Là, on met de l'eau. Et ici, on fait du feu. L'eau commence à bouillir et la vapeur pousse le piston vers le haut. Puis, un jet d'eau froide le fait retomber.

Planté devant ce prodige dont il ne savait pas quoi faire, Leo sentait sur lui le regard déçu de son père. Même s'il avait voulu essayer d'en comprendre le fonctionnement, cela ne serait pas entré dans sa tête. Si c'était un piano, il aurait déjà expliqué à son père comment les petits marteaux étaient activés pour frapper les cordes.

— Papa, piailla Dodo, si on mettait la machine en route ?

— Non, Dodo, elle appartient à Leo.

— Mais il en veut pas ! Moi je la veux, Papa, je sais comment ça fonctionne.

Leo vit son père pincer les lèvres, un signe de colère qu'il connaissait bien.

— Tu as reçu une poupée, Dodo, répliqua-t-il sur un ton sévère. Une poupée très chère, que ta grand-maman a achetée exprès pour toi.

Dodo s'apprêtait à répondre, mais madame von Dobern fut plus rapide.

— L'ingratitude est un péché, Dorothea ! Surtout en ce jour où notre Seigneur Jésus est né pauvre et nu dans une crèche. Tu devrais être heureuse d'avoir des parents et des grands-parents qui se montrent aussi généreux avec toi.

— Amen ! lança mamie Gertrude, assise sur le canapé.

Il y eut un moment de silence, Leo sentit que l'ambiance était maintenant gâchée. Son père avait l'air en colère. Les yeux tournés vers la fenêtre, sa mère regardait sans le voir le parc enneigé. La tante Kitty prit une grande inspiration pour rompre le silence, mais elle fut devancée par la tante Lisa.

— Enfin quoi, Paul ! La petite sait comment fonctionne une machine à vapeur et toi, tu la grondes ?

— Lisa ! intervint la grand-maman Melzer, contrariée. *Pas devant les enfants** !

— On devrait faire un échange de cadeaux, gloussa la tante Kitty. Donnons la machine à vapeur à Dodo et la poupée à Paul.

Leo fut content que cette plaisanterie stupide ne rencontre aucun écho. Son père regarda ses sœurs, l'air de se demander comment sauver la situation. Il ne jeta qu'un bref coup d'œil en direction de Marie. Mais, cette fois, il croisa inopinément son regard. Tous deux eurent l'air de coupables pris sur le fait. Leurs regards s'attardèrent imperceptiblement, puis ils se détournèrent rapidement l'un de l'autre.

— Bon, dit-il. Tout à l'heure, si on a le temps, je mettrai la machine sous pression et ceux qui veulent m'aider seront les bienvenus.

Et il regarda Leo, comme pour dire: c'est ta dernière chance, mon fils. Dodo avait pris sa poupée et lui rajustait son petit chemisier en dentelle amidonné. Henni profita de la situation pour se bourrer en cachette de petits biscuits: quand allait-on enfin rentrer à la maison? C'était horrible, ici.

— Allez, assez passé de temps à l'intérieur! lança Paul avec une gaieté forcée. Descendons dans le parc.

Une promenade! Vraisemblablement avec madame von Dobern. Leo jeta un regard abattu à Dodo. Henni, la bouche pleine de biscuit, déclara qu'elle préférait rester là, elle n'avait pas envie de se mouiller les pieds.

— Comme vous voudrez, jeune demoiselle, répondit Paul.

Dodo et Leo, eux, durent obtempérer. Comme leur mère voulait discuter avec la tante Lisa et que la tante Kitty n'avait pas de bottes chaudes, elles restèrent elles aussi au salon. Quant aux deux grands-mères, elles feuilletaient ensemble un album de photos. Seule madame von Dobern était d'accord pour sortir. Leo l'aurait parié!

Dans le vestibule, madame Brunnenmayer était postée à l'entrée de la cuisine. En voyant son visage éclairé d'un large sourire, Leo se sentit mieux. Dodo courut se jeter à son cou.

— Dorothea! se récria madame von Dobern, indignée.

Mais Paul en fut heureux et se mit à rire, ce qui la fit taire.

— Bonjour, mon garçon ! dit la Brunni. Comme tu as grandi ! Et comme tu es devenu beau ! Tu es de plus en plus beau. Tu joues toujours aussi bien du piano ? Ah, ça nous manque de ne plus t'entendre !

Elle lui passa sa grosse main dans les cheveux. C'était agréable, même si elle sentait toujours l'oignon et le céleri. La Brunni était une des personnes qui lui faisaient regretter la villa.

Leur père les pressait, il voulait sortir. Il dévala le perron à toute vitesse, madame von Dobern eut du mal à le suivre. La cour était dégagée, car Julius avait passé le balai. Mais le parc était tout blanc et les allées, enneigées.

— Allez ! On va jusqu'à la maison du jardinier en passant par la pelouse !

Quelle mouche le piquait ? Il se mit à marcher dans la neige, qui leur arrivait presque aux genoux, en se retournant de temps en temps vers eux. Madame von Dobern se faisait peu à peu distancer, mais cela ne paraissait pas le déranger. Dodo s'amusait à marcher dans ses empreintes en gloussant parce que cela l'obligeait à faire de grandes enjambées. Les mains dans les poches de sa veste, Leo les suivait tranquillement.

— Allez ! Continuons ! Une surprise vous attend derrière le genévrier.

Pas une autre machine à vapeur, j'espère, pensa Leo en jetant un regard vers les épais buissons. *N'étaient-ce pas des traces de pas qu'on apercevait dans la neige ? Mais oui, des gens étaient passés par là.*

Et les voilà qui surgissaient de leur cachette, à présent, la veste couverte de neige. La Liesel était coiffée d'un bonnet rouge tricoté qu'elle portait de biais et Maxl avait une super-casquette avec des oreillettes. Leo en aurait bien voulu une pareille. Quand à Hansl, il était si emmitouflé qu'il tomba immédiatement dans la neige.

— Hourrah ! Surprise ! Joyeux Noël !

Tous trois se mirent à sautiller et à agiter la main, puis ils se précipitèrent vers les visiteurs. Les enfants furent bientôt excités de leurs retrouvailles.

— Montre tes cheveux, ordonna Dodo à la Liesel. Oh, ils sont tout courts ! Maman, elle veut absolument que je garde ces stupides nattes.

Maxl raconta que le petit Jésus lui avait offert deux petites voitures et une station-service. Hansl, lui, parla d'une épicerie pour enfants. Leo se borna à mentionner la machine à vapeur, sachant que Hansl et Maxl ne feraient aucun cas du gramophone et des disques. La Liesel avait douze ans, quatre ans de plus que lui. Elle était physiquement très différente de sa mère. Mince, des cheveux ondulés blond foncé, un visage étroit, une petite bouche en forme de cœur. Sa douceur et sa gentillesse lui plaisaient, et cela l'agaçait que ses frères ne la laissent pas tranquille.

— Et toi, qu'est-ce qu'il t'a apporté, l'Enfant Jésus ? voulut-il savoir.

— Une robe et une veste, des nouvelles chaussures. Et deux mouchoirs brodés.

Alors qu'il s'apprêtait à lui demander si elle n'avait pas aussi reçu des jouets, une boule de neige lui arracha sa toque de fourrure.

— Hé ! cria Dodo. Attends un peu, Maxl, tu vas voir ce que tu vas voir !

Tous se baissèrent, ramassèrent de la neige pour en former des projectiles. Dodo atteignit Maxl à l'épaule, Liesel toucha Dodo au bras, Leo réussit un très joli lancer dans le ventre de Maxl. Les boules de neige volaient, on poussait des cris de joie et de colère. Dodo piailla, parce que la neige froide avait dégouliné sous son col. Liesel se moqua de Leo, qui avait raté sa cible. Hansl était le plus habile à esquiver les boules : il se laissait tout bonnement choir dans la neige.

— Les enfants, les enfants ! répétait vainement madame von Dobern.

Vlan ! Une boule de neige atteignit Leo à la joue. Un coup douloureux. Regardant autour de lui, il vit que c'était son père qui avait tiré. Il riait, mais sans moquerie ni méchanceté. Avec un peu de malice. La malice qu'il avait parfois en regardant Marie. Leo se baissa et confectionna une boule. La neige lui piquait les mains comme des aiguilles de glace. Son père l'observait avec un sourire qui voulait dire : « Allez, vas-y, essaie de m'atteindre ! Je suis là, je ne bouge pas. »

La première boule atterrit à côté. Lors de sa deuxième tentative, Leo fut touché au cou par Hansl, si bien qu'il manqua une nouvelle fois sa cible. Puis, il atteignit son père en pleine poitrine. Alors que celui-ci se baissait pour former un nouveau projectile, il fut attaqué par trois agresseurs : Dodo et Maxl s'étaient joints à Leo.

— Bande de chenapans ! s'exclama-t-il en riant. À trois contre un ! Vous allez voir ce que vous allez voir !

Ce fut une grêle de projectiles blancs, on piaillait, riait, gémissait. Puis, on s'arrêta, épuisés, rouges comme des écrevisses, les doigts douloureux. C'est alors qu'on entendit un léger tintement. Des clochettes, au moins quatre. Un sautillement, un balancement régulier, joyeux. *Ré majeur*, songea Leo. On percevait aussi le crissement de la neige, *criii, criii*, ainsi qu'un sifflement, un glissement.

— L'Enfant Jésus, chuchota Dodo avec respect.

Maxl se mit à rire. La Liesel désigna la villa, devant laquelle arrivait à présent un étrange véhicule : un cheval tirant une voiture, non, un traîneau !

— C'est notre papa ! s'exclama la Liesel. Il a réparé le vieux traîneau. On a tous le droit de monter dedans !

Le vieux traîneau ! Celui qui rouillait dans la remise. Autrefois, il avait été rouge avec des sièges en cuir. Mais il était très abîmé, ses longs patins brunis de rouille.

— Alors ? Elle vous plaît, la surprise ? demanda Paul.

Et comment ! Gustav Bliefert s'arrêta devant eux, l'air extrêmement fier. Tout le monde grimpa dans le traîneau, Paul aussi, et même madame von Dobern, qui affichait un sourire pincé. Elle devait avoir froid, son manteau n'était pas très épais et elle ne portait pas de bottes doublées.

— Quelle merveilleuse idée a eue votre père, dit-elle. Henni regrettera sans doute de ne pas avoir été là.

L'idée que la fillette les observait avec envie depuis la fenêtre du salon fit plaisir à Leo. Ils effectuèrent un grand tour et passèrent devant la maison du jardinier, dont la cheminée fumait. Debout sur le pas de la porte, Augusta leur fit signe, le petit Fritz dans les bras. Ils longèrent les épicéas et les genévriers, que leur fardeau blanc faisait ressembler à de gigantesques nains bossus. Puis ils traversèrent la pelouse, et, avant d'arriver au portail, remontèrent la longue allée bordée d'arbres enneigés jusqu'au grand parterre de la cour. Pendant toute la durée du trajet, Leo entendit des sons et sentit le rythme des sabots. Sa tête était de nouveau pleine de musique, des sons venaient, tous en même temps, ainsi que des bruits, parfois aussi des mélodies. Dans la cour, les patins crissèrent sur le sol dégagé et firent jaillir des étincelles.

Mamie Gertrude et la grand-maman Melzer les attendaient au pied du perron, emmitouflées dans de gros manteaux de fourrure. La tante Kitty voulait elle aussi faire un tour.

— Ah, mon petit Paul ! s'exclama-t-elle, enthousiaste. Tu te souviens de cette promenade en traîneau dans la forêt ? J'avais fait monter Marie. Toi et mon pauvre Alfons, vous nous aviez accompagnées à cheval.

Paul descendit pour libérer de la place. Les nouvelles venues se casèrent tant bien que mal sur la banquette et Hansl dut s'asseoir sur les genoux de mamie Gertrude. Henni n'était pas descendue. Elle avait vomi pour avoir mangé trop de biscuits.

Leo ne fut pas étonné que la tante Lisa ait renoncé au tour en traîneau. Le pauvre cheval n'aurait sans doute pas pu tirer ce fardeau. Mais l'absence de sa mère le peina.

Plus tard, lorsqu'ils eurent pris congé et regagné la voiture de la tante Kitty, Henni avait retrouvé toute sa forme.

— Moi, j'ai le droit d'emporter mes cadeaux, claironna-t-elle. Les vôtres, ils restent à la villa, c'est oncle Paul qui l'a dit. Vous aurez le droit de jouer avec quand vous irez le voir.

Dodo en fut chagrinée, car la machine à vapeur lui avait beaucoup plu. Son père l'avait transportée dans la chambre des enfants et mise en route. Mais il était déjà tard, aussi avait-il dû interrompre l'expérience presque aussitôt. La poupée, en revanche, la laissait indifférente.

Leo n'avait qu'une envie, se mettre au piano pour jouer les sons qui tournaient dans sa tête. Ou du moins essayer. Même s'il n'y avait pas assez de touches pour la plupart d'entre eux.

Chapitre 28

Janvier 1925

Cher monsieur Winkler,

Comme vous avez jugé bon de vous éclipser sans prendre congé, je n'ai pas déployé beaucoup d'efforts, ces derniers mois, pour découvrir votre lieu de résidence actuel. À quoi bon ? Votre désintérêt pour le domaine des Maydorn et mon humble personne était on ne peut plus clair, et je ne suis pas femme à courir après un homme. Entre-temps, vous aurez assurément trouvé la place qui vous convient dans la vie. Je suis persuadée que vous êtes un excellent professeur et éducateur pour les jeunes gens, c'est en cela que résident vos talents, ainsi que dans l'étude du passé et de l'histoire de notre pays.

Lisa se cala sur son siège et trempa sa plume dans l'encrier. Elle relut ce qu'elle venait d'écrire, secoua la tête et apporta quelques corrections. « S'éclipser » était trop dur et trahissait le chagrin, si ce n'est la colère. Elle ne voulait pas lui donner l'impression que cette lettre était un « règlement de comptes », souhaitait au contraire paraître polie et décontractée. Elle ne lui courait pas après. À plus forte raison pour lui adresser des reproches. Elle était au-delà de ça. À l'heure actuelle, il ne s'agissait plus que de…

Pourquoi est-ce que je lui parle de ses talents ? se demanda-t-elle en barrant sa dernière phrase d'un gros trait de plume.

Je n'ai pas à le complimenter. Il ne manquerait plus que ça après tout ce qu'il m'a fait, ce poltron !

Elle se leva, resserra les pans de sa robe de chambre et constata qu'elle avait du mal à fermer l'ample vêtement. Affreux ! Elle se sentait lourde comme du plomb et aussi peu mobile qu'une reine des abeilles. On était mi-janvier, cette torture ne tarderait sans doute pas à prendre fin. Elle avait peur de l'accouchement, mais ce serait vite passé. Après tout, cela fonctionnait comme ça depuis les débuts de l'humanité. L'essentiel, c'était que l'enfant soit en bonne santé, fille ou garçon, peu importait. Et, ensuite, elle ferait tout pour recouvrer sa silhouette normale. Voilà. Elle n'avait presque plus rien à se mettre et ses chaussures étaient devenues trop étroites pour ses pieds gonflés.

Il n'était que 6 heures du matin. Le jour n'était pas encore levé, mais elle repoussa les rideaux sur le côté et ouvrit la fenêtre. Elle inspira l'air froid de la nuit. Des petits flocons de neige se posèrent sur sa figure échauffée, vinrent lui chatouiller les narines. Oh, le temps était vraiment glacial ! Les lumières éloignées de l'usine MAN faisaient confusément émerger de l'obscurité les arbres et les étendues enneigées du parc. Un lapin fit des bonds dans la neige, suivi d'un deuxième. Ils se dressèrent sur leurs pattes de derrière, se fixèrent un instant du regard, puis le plus petit tourna les talons et disparut sous un épicéa. L'autre se mit à creuser dans la neige.

Resserrant le col de sa robe de chambre, Elisabeth se pencha légèrement en avant. Des lueurs jaunâtres dansaient à présent sur les masses de neige qui recouvraient la terrasse. Ah, on avait allumé dans le vestibule. La Brunnenmayer devait être en train de préparer le petit déjeuner, pendant que Julius donnait un dernier coup de brosse aux bottes de ces messieurs-dames. Elle soupira. Serafina lui avait dit à plusieurs reprises que Dörthe était une « empotée » de la pire espèce et qu'elle n'était bonne à rien. Le mieux serait sans doute de la renvoyer au domaine à la première occasion. Elle n'avait probablement pas tort, mais Elisabeth pensait qu'on devait lui laisser une dernière chance. Elle défendait son point de vue avec opiniâtreté par pur plaisir de contredire Serafina.

Comme le froid s'intensifiait, elle referma la fenêtre et se replia près du poêle en faïence que Gertie avait réalimenté la veille au soir en briquettes ardentes. Comme il était agréable d'appuyer son dos douloureux contre les carreaux chauds et de s'abandonner un moment à un sentiment de douce sécurité ! Ce n'était assurément pas ce qui prévalait à la villa. Au contraire, Elisabeth se sentait seule et abandonnée. Paul était accaparé par ses problèmes conjugaux, Alicia souffrait de migraines ininterrompues et passait l'essentiel de son temps au lit. Quant à Serafina, son amie de cœur qu'elle avait été si heureuse de retrouver, elle faisait ses petites choses dans son coin.

« Ma chère Lisa, tu n'imagines pas à quel point notre patrie se montre ingrate envers ses héros, tous ceux qui ont laissé leur vie sur le champ d'honneur. On fait de son mieux pour traîner leur sacrifice dans la boue et les reléguer dans l'oubli. »

Elisabeth la comprenait un peu. Son père, le colonel von Sontheim, était tombé en Russie. Son frère cadet et son époux avaient également perdu la vie. Le sous-lieutenant Armin von Dobern était mort en Flandre. Apparemment les veuves n'avaient pas droit à de très grosses pensions, or, Serafina devait subvenir aux besoins de sa mère et de ses beaux-parents, ruinés par l'inflation. Son amertume était compréhensible. Cependant, la façon qu'avait cette maigre créature au visage pointu de s'interposer entre elle et sa mère était sacrément culottée.

« Ta mère a besoin de se reposer, Lisa. Si tu veux parler, je suis à ta disposition. »

« Ta chère mère fait la sieste. Tu ne dois la déranger sous aucun prétexte. »

« J'ai donné un léger calmant à ta maman. Il faut lui éviter les émotions, tu le sais. »

Elisabeth avait voulu savoir quel était le remède que Serafina donnait constamment à Alicia. Un petit verre par-ci, quelques gouttes sur un sucre par-là, une « potion soporifique » le soir afin qu'elle passe une nuit tranquille.

« C'est de la valériane, Lisa. Totalement inoffensif. Les Romains de l'Antiquité l'utilisaient déjà. »

Lorsqu'elle avait travaillé à l'hôpital de la villa, Elisabeth avait souvent eu recours à la valériane pour calmer les blessés tourmentés par l'angoisse ou la douleur. Son odeur était reconnaissable entre toutes. Or, ayant le nez presque toujours gonflé depuis le début de sa grossesse, elle n'arrivait pas à identifier la valériane dans la « potion » somnifère de Serafina.

« Pourquoi faut-il éviter les émotions à maman ? Elle a un problème cardiaque ? »

Le sourire supérieur de Serafina lui avait si fortement déplu qu'elle en avait eu les poils des bras hérissés.

« Ah ! Tu sais bien que ta mère n'est plus de première jeunesse, Lisa. Et son cœur n'est plus ce qu'il était.

— Maman va avoir soixante-sept ans. Pas quatre-vingt-sept. »

Serafina avait balayé l'objection. Soixante-sept ans, ce n'était pas rien. « C'est l'âge auquel ton pauvre papa est mort, ne l'oublie pas.

— Ça, il n'y a aucune chance que je l'oublie, Serafina ! »

Celle-ci ne manquait aucune occasion de lui infliger une défaite. Mais patience, on verrait bien qui serait la plus tenace.

« Je pense que maman est en meilleure forme que tu ne voudrais le laisser croire.

— Mais enfin, Lisa, et ses terribles migraines ?

— Des migraines, elle en a eu toute sa vie.

— Le peu de considération que tu as pour sa santé m'attriste beaucoup, Lisa. J'espère que tu n'auras pas à le regretter. »

Elisabeth s'était retenue de se jeter sur elle pour la gifler. Cela n'aurait pas été bon pour le bébé. Patience, son heure viendrait.

Pauvre Marie ! Ces derniers jours, Elisabeth avait mieux compris la situation. À Noël, elle avait pris un peu de temps pour s'entretenir seule avec sa belle-sœur. Au début, celle-ci s'était montrée peu loquace, mais quand elle s'était rendu compte qu'Elisabeth ne pensait pas à lui faire de reproches, la discussion était devenue chaleureuse et très personnelle. Oh, oui, Marie lui manquait. Elle avait soudain pris conscience que sa belle-sœur avait été l'âme de la villa. Celle qui avait toujours montré de la compréhension. Qui s'était efforcée de dissiper les malentendus et les conflits. Qui s'était occupée d'eux avec une gaieté inaltérable, jamais à court d'idées. Marie… Elle avait été comme un vent chaud et revigorant qui soufflait dans la maison et qu'on respirait avec plaisir.

À présent, Elisabeth se sentait comme dans une cave où régnaient un air froid et une odeur de renfermé émanant pour l'essentiel de Serafina. Il fallait espérer que le bébé n'en souffrirait pas !

« Il faut que vous vous expliquiez, Paul et toi, lui avait-elle dit. Je sais qu'il t'aime. Il passe toutes ses soirées seul dans son bureau à travailler sur je ne sais quel dossier en vidant une bouteille de vin. Ce n'est pas normal. »

Marie lui avait expliqué que ce n'était pas si simple.

« Ça tient sûrement à moi, Lisa. Mais j'avais l'impression de ne plus avoir de place dans cette maison. J'étais soudain redevenue la pauvre orpheline qu'on avait accueillie par charité. La fille illégitime d'une femme qui avait peint des tableaux scandaleux et obstinément refusé de se soumettre à la volonté de Johann Melzer. J'avais presque le sentiment qu'on m'accusait de la funeste mort de ma pauvre mère.

— Là, tu déraillles vraiment, Marie !
— Je suis en conflit avec moi-même, Lisa. Et, malheureusement, le soutien de Paul me fait défaut. Il a adopté le point de vue de sa mère. Laquelle a, hélas, beaucoup changé.
— Je l'ai remarqué. Et tu sais ce que je crois ? »
Marie n'avait ni confirmé ni infirmé sa théorie selon laquelle le changement d'Alicia était dû à l'influence de Serafina. C'était possible, mais non prouvé. En tout cas, les enfants avaient souffert d'être sous sa férule et elle se reprochait à présent de n'être pas intervenue plus tôt. Kitty avait résolu le problème à sa façon : elle avait quitté la villa avec Henni pour aller vivre dans sa propre maison. Et voilà !
« Et combien de temps cette situation durera-t-elle ?
— Je n'en sais rien, Lisa. »
En réalité, Elisabeth l'enviait un peu. Chez Kitty, l'ambiance était sûrement plus gaie qu'à la villa. Les trois enfants emplissaient la maison de leur joyeuse énergie, Gertrude s'activait aux fourneaux, Kitty savourait la présence de Marie et elles avaient des visites. C'était la bohème, une existence décontractée, libérée des conventions, généreuse. Là-bas, une divorcée enceinte n'aurait probablement suscité aucun remous. À la villa, on recevait peu, et uniquement les relations d'affaires des Melzer. Elisabeth n'avait jamais été invitée à prendre part à ces soirées, sa mère étant accompagnée de Serafina. Incroyable ! Cette créature occupait à table la place de Marie. C'était ce que lui avait dit Gertie, aussi indignée que les autres domestiques.
C'était aussi Marie qui l'avait convaincue d'écrire à Sebastian.
« Quelles que soient vos relations, il a le droit de savoir qu'il va devenir père. Après, ce qu'il en fera, ça le regarde. »
C'était du Marie tout craché. Pas un instant elle n'avait pensé que l'enfant était de son futur ex-époux. Elle avait intuitivement saisi la situation et l'avait acceptée comme allant de soi.

« Je n'imagine pas que ça puisse lui être indifférent, Lisa. »

Elisabeth l'avait contredite : elle avait vécu trois ans avec lui dans la même maison, son entêtement et son sens exagéré de l'honneur lui avaient horriblement tapé sur les nerfs.

« Cette unique rencontre a été plus ou moins un… incident tragique, si tu vois ce que je veux dire. »

Elle s'était rendu compte elle-même du peu de crédibilité de ses explications, qui, de fait, ne reflétaient pas la vérité. Cependant, Marie avait opiné. Elles s'étaient levées et étaient restées un petit moment à la fenêtre. Paul avait secrètement fait remettre en état le vieux traîneau et effectuait à présent un tour du parc avec les enfants.

« Il a eu une jolie idée, tu ne trouves pas ? »

Marie avait eu un sourire triste. Sans doute se remémorait-elle l'excursion d'il y a douze ans, alors qu'elle était encore fille de cuisine à la villa. À l'époque, Paul et elle étaient terriblement épris l'un de l'autre.

« Peut-être a-t-on raison de dire qu'il ne faut pas se marier en dehors de sa condition sociale, avait-elle dit à voix basse.

— Mais non ! Papa et maman venaient eux aussi de milieux très différents. Maman, de l'aristocratie, papa, d'une famille bourgeoise. »

Elisabeth s'était interrompue, se demandant si ses parents avaient été heureux. Puis, elle avait pris conscience du fait que, Sebastian ayant lui aussi des origines très modestes, il n'aurait jamais pu prétendre à une femme comme elle, fille d'un riche industriel. Autrefois, en tout cas. Depuis la guerre, notamment, beaucoup de choses avaient changé.

« Que ferais-tu si Sebastian sonnait soudain à la porte ? avait demandé Marie.

— Seigneur Dieu ! s'était-elle exclamée. Il ne faudrait surtout pas qu'il me voie dans l'état où je suis, laide et grosse ! »

Sans répondre, Marie avait observé Alicia, Gertrude et Kitty se caser dans le traîneau. Son expression indiquait clairement qu'Elisabeth s'était trahie : elle aimait toujours Sebastian, elle l'aimait même plus que jamais.

« Regarde, avait dit Marie, l'aisance avec laquelle maman s'installe sur la banquette. Et comme elle rit. Ça ne la gêne pas du tout d'être à l'étroit au milieu de tous ces enfants qui gigotent. »

Le soir même, après que Kitty fut rentrée chez elle avec sa joyeuse famille, Alicia avait été prise d'une terrible migraine.

« On commence par lui rendre ses petits-enfants, et puis elle est obligée de les quitter à nouveau, avait dit Serafina à Paul avec réprobation. Votre femme est vraiment cruelle à son égard !

— Il ne vous appartient pas d'en juger, madame von Dobern », avait riposté Paul en refermant la porte de son bureau derrière lui.

La mine pétrifiée de Serafina avait réjoui Elisabeth.

Deux bonnes semaines s'étaient écoulées. Les jumeaux étaient attendus le dimanche à la villa. Elisabeth fit la grimace, l'enfant s'agitait dans son ventre. La veille, il s'était tourné d'une manière si incommode qu'elle s'était soudain retrouvée incapable de marcher. Une douleur la traversait de la hanche jusqu'à la cheville droite. Quelle torture, cette grossesse !

Elle se détacha des carreaux du poêle et retourna s'asseoir au bureau démodé qu'on avait également descendu du grenier. Elle examina sa lettre d'un œil critique, remplaça le verbe « éclipser » par l'expression « partir à l'improviste » et réfléchit à la manière dont elle pouvait l'informer de sa grossesse.

Sans vouloir chercher à infléchir le cours de votre vie, je vous informe par la présente que notre brève union n'a pas été sans conséquences…

Elle s'interrompit en entendant un bruit inhabituel : un cri de femme, un hurlement hystérique. Était-ce Else ? En tout cas, cela venait du rez-de-chaussée. Dörthe ? Seigneur, faites que ce ne soit pas cette maladroite de Dörthe !

Une porte claqua, quelqu'un monta un escalier à toute allure. Cela ne pouvait être que l'escalier de service, qui était en brique, alors que celui utilisé par les maîtres était couvert d'un tapis.

— Au secours ! cria une voix stridente. Appelez la police ! Un cambrioleur !

Non, ce n'était pas Dörthe, constata Elisabeth avec soulagement. On aurait plutôt dit Serafina. Une Serafina hors d'elle.

— Un homme… Un homme est entré dans ma chambre !

D'autres voix se mêlèrent à celle de la gouvernante. Elisabeth identifia la Brunnenmayer et Julius. On semblait s'efforcer de la calmer.

Un homme ? Dans la chambre de Serafina ? Elisabeth se sentit mal à l'aise. Pour l'heure, le nombre de résidents masculins à la villa était plutôt réduit. Et, si ce n'était pas Julius, il ne restait plus que Paul. L'espace d'un terrible instant, elle pensa que son frère avait peut-être pénétré chez son amie. Pour quelque raison que ce soit. Un homme était un homme. Mais non ! Dans ce cas, Serafina n'aurait assurément pas crié. Au contraire, elle s'en serait bien gardée. Il s'agissait donc d'un cambrioleur. Apparemment, celui-ci s'était réfugié au troisième étage, où se trouvaient les chambres des domestiques et le grenier.

Elle ferma sa robe de chambre comme elle le put et sortit dans le couloir, où Paul, déjà habillé, se tenait sur le seuil de la chambre d'Alicia.

— Recouche-toi, maman, s'il te plaît. C'est sûrement une blague stupide.

— Appelle la police, Paul.

— Pas avant de savoir ce qui se passe.

Elisabeth se dirigea vers lui. Le bébé s'était mis à gigoter, sans doute avait-il senti l'agitation ambiante.

— Quelqu'un est monté par l'escalier de service, Paul.

— Quand ça ?

— À l'instant. Après que Serafina a crié.

— Ah ! Dans ce cas, allons voir.

— Paul ! gémit Alicia. Sois prudent, je t'en conjure. Il est peut-être en train de te guetter là-haut.

— Qui que cela puisse être, répliqua sèchement Elisabeth, le spectacle de la gouvernante en chemise de nuit a dû lui donner envie de fuir au plus vite.

L'esprit ailleurs, Alicia ne comprit pas la méchante pique de sa fille contre Serafina. Elle se laissa reconduire dans sa chambre par Elisabeth et s'assit sur son lit.

— Lisa, donne-moi mes gouttes, s'il te plaît. Elles sont à côté de la carafe.

— Tu n'as pas besoin de ça, maman. Prends simplement une gorgée d'eau.

Alicia avait appuyé sur la sonnette. Peu après, on entendit le pas lourd d'Else dans le couloir.

— Oui, madame ? s'enquit-elle en fléchissant le genou sur le seuil de la chambre.

— Que se passe-t-il, Else ?

— Oh, il ne faut pas vous inquiéter, madame.

Else était une piètre menteuse, on voyait qu'elle cachait quelque chose.

— Pourquoi la gouvernante a-t-elle crié ?

La bonne hésita, fit une drôle de révérence, ôta une peluche de son tablier.

— Madame von Dobern a dû faire un mauvais rêve, madame.

À quelle heure la gouvernante se levait-elle, au fait ? Il était 6 heures et demie. À cette heure, mademoiselle Schmalzler était depuis longtemps au travail.

— Il ne lui est rien arrivé, j'espère ? s'inquiéta Alicia.

Else secoua énergiquement la tête en pinçant les lèvres.

— Non, non, elle va bien. Elle s'habille. Elle a juste eu un peu peur.

Impossible de lui en faire dire plus. Alicia la chargea d'envoyer Julius au troisième pour prêter main forte à Paul si nécessaire.

Serafina fit son apparition un instant plus tard: elle était blanche comme un linge à la suite de la frayeur qu'elle venait d'éprouver, mais calme.

— Je suis vraiment navrée, chère Alicia, cela m'est très désagréable.

Elle avait la voix mal assurée, la respiration entrecoupée. Elisabeth en éprouva presque de la peine. Serafina devait avoir frôlé la crise cardiaque.

— Asseyez-vous, ma chère, dit Alicia, et prenez quelques gouttes de valériane. Vous en avez bien besoin.

Serafina refusa, arguant qu'elle se sentait mieux. Elle venait se plaindre des domestiques.

— J'avais prié Julius d'appeler la police, ce qu'il n'a pas fait. Quand j'ai voulu m'en charger moi-même, madame Brunnenmayer m'a empêchée d'entrer dans le bureau.

— C'est incroyable! s'exclama Alicia.

— Elle a même fait preuve de violence à mon égard.

— Madame Brunnenmayer? Vous parlez bien de notre cuisinière? demanda Alicia en jetant un regard désemparé à sa fille.

— Tout à fait! Elle m'a tordu le poignet.

Alors que Serafina déboutonnait sa manche pour montrer sa blessure, l'attention de ses interlocutrices fut attirée par des bruits dans le couloir. La porte de l'escalier de service s'ouvrit et l'on entendit des pas.

— Allez, encouragea la voix de Paul, on ne va pas te manger.

Quelqu'un trébucha contre la porte.

— Arrêtez-vous. Là, je vous tiens.

— Merci, répondit une voix faible. J'ai... j'ai le vertige.

Serafina se raidit, puis elle sortit courageusement dans le couloir. N'étant pas complètement habillée, Elisabeth eut un instant d'hésitation, puis elle la suivit.

— Mais... mais c'est Humbert!

Pour un peu, elle n'aurait pas reconnu leur ancien domestique, tant il était amaigri. Paul le soutenait. Ne lui avait-on pas dit qu'il faisait carrière dans la capitale ? Visiblement, on s'était trompé. Son apparence laissait plutôt penser qu'il avait passé des années dans les pires taudis à essayer tant bien que mal de survivre.

— C'est lui, déclara Serafina avec calme, mais la voix légèrement tremblante. C'est bien l'homme qui est entré dans ma chambre. Quelle chance que vous l'ayez attrapé, monsieur Melzer !

Humbert avait levé la tête pour la regarder plus attentivement, mais il ne sembla pas la reconnaître.

— Oui, explique-nous, Humbert, reprit Paul, qui prenait à présent l'incident à la plaisanterie. Qu'est-ce que tu faisais là-bas ? Et d'ailleurs pourquoi t'introduis-tu ainsi dans la villa à cette heure matinale ?

Humbert s'éclaircit la gorge, puis toussa. *Espérons qu'il ne nous apporte pas la phtisie,* songea Elisabeth. Il fallait penser à l'enfant !

— Je vous présente toutes mes excuses, dit Humbert à Serafina. J'ignorais que quelqu'un dormait dans cette pièce. Je voulais juste... J'étais épuisé après le long voyage en train.

Son explication n'était guère éclairante. Paul fronça les sourcils, Serafina eut un soupir d'indignation.

— Vous avez donc pénétré dans la maison à l'insu de ses propriétaires, déclara-t-elle. Qui vous a ouvert ?

Humbert détourna les yeux et, en l'entendant répondre, les autres eurent le sentiment qu'il était dans un autre monde.

— À 6 heures et demie, on déverrouille la porte de la cuisine pour le laitier. J'en ai profité pour entrer sans me faire remarquer.

— Ne nous racontez pas de mensonges, rétorqua Serafina, dont les joues montraient à présent une rougeur malsaine. Vous avez eu des complices. On vous a ouvert et introduit en cachette dans la villa.

Humbert paraissait trop épuisé pour répondre. Si Paul ne l'avait pas soutenu, il se serait sans doute effondré.

— Et je sais très bien qui en porte la responsabilité, poursuivit Serafina sur un ton triomphant. Chère Alicia, pendant des années, vous avez témoigné de la bonté à une personne indigne de votre confiance. Votre cuisinière est une menteuse et une sournoise. Un tyran qui dresse les domestiques contre moi et ignore systématiquement mes directives. Madame Brunnenmayer a indubitablement prêté la main à ce crime.

Paul eut un geste d'impatience, il n'avait aucune envie de se prêter à ces stupides querelles.

— Julius, installez ce jeune homme dans une des chambres de domestiques inoccupées. Ensuite, j'aimerais pouvoir prendre mon petit déjeuner.

Julius, qui patientait devant l'escalier, passa devant Serafina sans même lui accorder un regard. Derrière lui, Gertie et Dörthe avaient attendu de voir quelle serait la décision des maîtres. Elisabeth avait compris que les domestiques soutiendraient la Brunnenmayer. Cela lui plut. Serafina n'avait à s'en prendre qu'à elle-même. Et puis, pourquoi dormait-elle en bas, dans le bureau de la gouvernante ? Mademoiselle Schmalzler ne l'avait jamais fait. Elle couchait dans sa chambre, au troisième étage, et n'utilisait la pièce du rez-de-chaussée que pour travailler. Mais oui, bien sûr ! En hiver, les chambres du personnel étaient glaciales. Serafina avait dû prendre ses quartiers en bas pour profiter de la chaleur de la cuisine. Ce faisant, elle avait sans doute suscité quelques rancunes.

— Chère Serafina, lança Alicia, fâchée, vous vous trompez complètement sur madame Brunnenmayer.

Serafina n'était pas stupide. Voyant qu'elle était allée trop loin, elle fit machine arrière.

— Vous avez peut-être raison, chère Alicia. Ah, toute cette agitation était bien inutile ! Maintenant, il faut vous reposer.

Elle versa de l'eau dans un verre et ôta le bouchon du flacon bombé. Mais Alicia secoua la tête.

— Non, merci, pas de gouttes. Else, aide-moi à m'habiller. Et, avant le petit déjeuner, j'aimerais dire un mot à la cuisinière. Lisa, retourne donc au lit, nous prendrons le petit déjeuner ensemble vers 8 heures et demie.

Elisabeth lui fut reconnaissante de sa compréhension. Elle se sentait soudain si fatiguée qu'elle tenait à peine sur ses jambes. Se trompait-elle ou cet incident inattendu avait-il redonné de l'énergie à Alicia ?

Lorsqu'elle descendit une bonne heure plus tard, sa mère était à table avec le journal. Elle lui sourit et s'inquiéta de savoir comment elle allait.

— Il fait des exercices de gymnastique…

— C'est dans l'ordre des choses, Lisa. Je t'ai fait préparer du thé, le café risquerait de causer trop d'excitation au bébé.

Et Serafina ? La gouvernante reprenait possession de sa chambre sous les toits.

— Madame Brunnenmayer m'a tout expliqué. Le pauvre Humbert a eu une rechute à Berlin. Tu te souviens ? Dans le temps, il souffrait de crises d'angoisse.

Hanna et la cuisinière l'avaient supplié de rentrer à Augsbourg. Sans se douter qu'il le ferait si vite.

— Autrement, madame Brunnenmayer nous aurait bien entendu demandé notre autorisation. Mais il est de notre devoir de chrétiens d'accueillir ce pauvre homme, n'est-ce pas ?

— Tu as l'air en pleine forme, maman.

— Oui, ça fait longtemps que je ne m'étais pas sentie aussi bien.

— Alors tu devrais arrêter de prendre ce truc. Il te donne la migraine.

— Enfin, Lisa ! La valériane est totalement inoffensive.

Chapitre 29

Cette année-là, février était d'une douceur inhabituelle. Pour un peu les crocus auraient commencé à poindre sur les pelouses du parc. Mais, chaque fois que le printemps semblait vouloir montrer le bout de son nez, la bise se remettait à souffler et les gelées revenaient. Deux fois, déjà, un verglas sournois avait paralysé la circulation en ville et provoqué des foulures et des fractures. L'avocat Grünling comptait apparemment parmi les victimes. Augusta, qui avait recommencé à donner un coup de main à la villa, avait rapporté que le malheureux s'était cassé les deux bras.

— Jésus Marie ! dit Gertie en sirotant son café chaud du matin. Alors il peut plus aller au tribunal.

— Pourquoi ? répliqua Augusta. Il est encore capable de parler.

— Mais pas de remuer les bras en parlant.

Augusta haussa les épaules et prit une tranche de pain blanc. Elle la tartina d'une épaisse couche de beurre et se montra également généreuse avec la confiture de fraise.

— Comment qu'il fait pour enfiler la veste ? demanda Dörthe, songeuse. Et pour baisser le pantalon ?

Une joie maligne se fit jour autour de la longue table. Même la Brunnenmayer ne put réprimer un sourire. Hé oui ! Même les riches étaient sujets à la malchance. Il y avait tout de même une justice en ce bas monde.

— Il s'en trouvera bien une pour le lui baisser, dit Augusta avec dérision. Les célibataires dans son genre, ils ont tous une gentille fiancée. Et même plusieurs. Alors le pantalon, ça monte et ça descend.

Tous partirent d'un grand éclat de rire. Gertie s'étrangla avec un petit bout de pain et se mit à tousser. Julius lui tapa obligeamment dans le dos. Else avait rougi, comme à son habitude. Avant de mettre du beurre sur son pain, elle en ôtait la croûte, puis elle mâchait longuement sa bouchée. Parfois, elle trempait sa tartine dans le café pour la ramollir. Une bonne qui avait pris de l'âge n'avait pas les moyens de s'offrir un dentier. Et puis, elle avait conservé sa peur panique du dentiste.

— C'est pas bien de se moquer des malades, dit-elle sans acrimonie avant de faire passer sa bouchée avec une gorgée de café.

— Il a soutiré de l'argent à tellement de gens, rétorqua Augusta. C'est bien fait pour lui !

Personne ne la contredit. On savait qu'après la guerre quelques petits malins avaient acquis des biens considérables. Ils s'étaient enrichis sur le dos de ceux qui, à l'époque de l'inflation, avaient été contraints de vendre tout ce qu'ils possédaient. Cela dit, ces acquéreurs avaient en général déjà de l'argent. Les pauvres restaient pauvres, quoi qu'ils fassent. C'était comme ça.

— Et comment ça va ton héritage, Augusta ? s'enquit sans façons la cuisinière. Vous avez déjà tout dépensé ?

Augusta avait expliqué sa soudaine aisance financière par un héritage. Une tante éloignée sans descendants, qui avait pensé à sa nièce chérie d'Augsbourg. Ç'avait été une surprise, car elles s'étaient peu fréquentées. Et qui aurait pu croire que cette bonne Lotti avait un bas de laine si bien garni ? Ah, ces vieilles gens…

— Qu'est-ce que vous croyez ? rétorqua-t-elle. On fait construire une serre. Et avec ce qui reste de l'argent j'ai acheté des vêtements et des chaussures pour les enfants.

Elle passa sous silence le fait qu'elle avait également acquis de nouveaux meubles et toutes sortes de jolies choses comme il y en avait à la villa. De l'argenterie et des vases en porcelaine. Des assiettes et des ustensiles coordonnés. Une tenue de travail, du linge neuf et un bon costume pour Gustav. De la literie coûteuse. Elle-même avait renouvelé sa garde-robe. Et il y avait l'automobile garée dans la remise, qu'on ne sortirait qu'au printemps pour éviter de trop faire jaser.

Dörthe prit une troisième tranche de pain et, en voulant attraper le beurre, renversa un pichet de lait.

— Tu pourrais pas faire attention pour une fois ? s'irrita Julius, qui avait été éclaboussé. Il va falloir que je lave les manches de ma chemise et de ma veste.

— C'est rien qu'un peu de lait.

— Aujourd'hui, le lait. Hier, un pot de saindoux. Dernièrement, une bouteille de vin que je devais apporter à monsieur. Tout ce que tu touches finit en miettes.

Il réussit à sauver son gobelet de café du chiffon humide que Dörthe passa sur la table. Augusta secoua la tête, les autres réagirent avec décontraction. On avait compris qu'elle ne le faisait pas exprès, elle avait tout simplement la malchance. C'était une brave fille, quoique un peu bébête. On la chargeait d'aller chercher du bois pour le poêle, d'éplucher les pommes de terre ou de déneiger la cour… Bref, on lui confiait des tâches où elle ne pouvait pas causer trop de dégâts. Elle avait déclaré vouloir s'occuper des plates-bandes de la terrasse et du parterre de la cour une fois le printemps venu. Peut-être le jardinage lui conviendrait-il mieux.

— Humbert n'est pas encore levé ? s'enquit Augusta. Je croyais qu'il allait mieux ?

La cuisinière coupa en fines tranches du lard, qu'elle plaça sur l'assiette, puis ajouta du pâté de foie et de la saucisse fumée. C'était essentiellement pour Humbert, mais tout le monde avait le droit de se servir, bien entendu.

— Il va descendre dans un instant, répondit-elle. Il a besoin de sommeil, le petit. Et il faut qu'il mange s'il veut pas maigrir.

Augusta opina et se coupa promptement un bout de pâté. Elle travaillait de nouveau trois fois par semaine à la villa. Par attachement, prétendait-elle.

— Comment que vous l'avez défendu, madame Brunnenmayer ! dit Gertie, la bouche pleine. J'en croyais pas mes oreilles de ce que j'entendais.

Fanny Brunnenmayer lui jeta un regard peu aimable. Le sujet lui était désagréable.

— Qu'est-ce que t'as à écouter tout le temps aux portes, hein ? C'était pas pour toi ce que j'ai dit à madame.

Gertie ne se laissa pas démonter. Elle jeta un rapide coup d'œil en direction de l'escalier pour s'assurer que Humbert n'arrivait pas, puis elle essaya d'imiter la voix de la cuisinière.

— « Si on lui donne pas de place à Humbert, je resterai pas non plus. Ça fait trente-six ans que je travaille ici et j'ai jamais eu de raison de me plaindre. Mais si c'est comme ça, je fais mon balluchon et adieu. »

— Vous avez vraiment dit ça à madame ? s'étonna Julius.

Gertie avait déjà raconté l'histoire à plusieurs reprises, mais Julius était toujours aussi impressionné. Jamais il ne se serait permis pareille sortie devant les maîtres. Même s'il s'agissait de son propre frère. Du reste, il n'avait ni frère ni sœur.

— Je le jure ! répondit Gertie en opinant trois fois de la tête. Et madame, elle était tout effrayée. Elle a dit qu'elle aurait jamais eu l'idée de renvoyer Humbert, mais qu'elle aurait bien voulu être prévenue qu'il arrivait.

— Bon, ça suffit, maintenant ! lança la Brunnenmayer en tapant du poing sur la table. Madame est une bonne personne. Je crois que j'y suis allée trop fort. Passons !

On avait convenu que Humbert commencerait par se rétablir et reprendre des forces. Ensuite, il aiderait dans la mesure de ses moyens. Il effectuerait les tâches qui se présentaient : entretenir la voiture, tailler les buissons dans le parc, donner un coup de main à la cuisine, faire des courses. Dans un premier temps, uniquement logé et nourri. Par la suite, on aviserait.

— En espérant qu'il guérira, dit la cuisinière en poussant un soupir. Cette maudite guerre, elle nous tient encore, c'est pas demain que ça s'arrêtera.

Elle leva la tête en entendant dans la cage d'escalier le tac-tac-tac bien connu des chaussures de la gouvernante que celle-ci avait fait ressemeler de cuir dur.

— Attention ! lança Julius en reniflant.

La nervosité provoquait chez lui une difficulté à respirer.

— Fini la tranquillité, marmonna Gertie en reprenant promptement un peu de café au lait.

Fanny Brunnenmayer fit disparaître l'assiette de charcuterie dans le tiroir de la table. Pas la peine de s'attirer plus d'ennuis que nécessaire.

Madame von Dobern entra avec la mine d'une femme cuirassée contre les méchancetés et les injustices de ce monde. Derrière les verres de ses lunettes, ses yeux englobèrent l'ensemble de la pièce, puis se promenèrent sur les personnes présentes, sur la table, sur les casseroles et la cafetière en fer-blanc posée sur le fourneau, sur la cuve placée à côté de l'évier et qui contenait la vaisselle sale de la veille.

— Bonjour à tous !

On lui rendit son salut sans entrain. Seule Gertie se permit de lui demander si elle avait passé une bonne nuit.

— Oui, merci, Gertie. Tu peux débarrasser le plateau dans mon bureau.

Même si elle avait enfin emménagé dans sa chambre sous les toits, elle conservait l'habitude de prendre son petit déjeuner seule dans le bureau.

— Demain, j'aimerais avoir un peu de jambon et de saucisse fumée, dit-elle à la cuisinière.

— De la saucisse pour le petit déjeuner? dit la Brunnenmayer avec un étonnement feint. Aujourd'hui, on est vendredi.

— Ce n'est pas encore carême! Vous croyez peut-être que je ne sens pas qu'on a mangé du pâté et du lard fumé ici?

— J'ai préparé de la charcuterie pour madame von Hagemann. Comme elle est enceinte, elle a le droit de manger de la viande même le vendredi.

Madame von Dobern montra par un soupir de mépris qu'elle n'en croyait pas un mot, mais cela ne lui serait d'aucune utilité, car la cuisinière ne s'exécuterait pas.

— Comme vous le savez, monsieur donne ce soir une petite réception, reprit-elle, entamant le programme de la journée. Il y aura trois couples et deux messieurs, autrement dit sept personnes, auxquelles il faut ajouter monsieur, madame sa mère et moi-même. Madame a déjà discuté du menu avec la cuisinière. Avant, on servira l'apéritif, cela te concerne, Julius. Ce matin, Else et Gertie feront le ménage dans le salon rouge et le fumoir pour les rendre présentables. Ce soir, Dörthe s'occupera des chaussures des invités.

On l'écoutait avec ennui. Croyait-elle vraiment qu'on ignorait comment se déroulaient les petites réceptions à la villa? C'était une de leurs tâches les plus simples, le stupide bavardage de la gouvernante ne faisait que troubler le cours habituel de leur travail. En pareil cas, mademoiselle Schmalzler les encourageait à donner le meilleur d'eux-mêmes, à faire honneur à la villa. Du coup, on se mettait à l'œuvre dans un état d'esprit bien différent. Mais cela, seules Else et la cuisinière le savaient, les autres n'avaient pas connu la remarquable vieille dame. À l'exception de Humbert, qui n'était pas encore levé.

— Tu aideras la blanchisseuse et tu battras les tapis, dit la gouvernante à Augusta.

— On les a battus lundi, répondit Augusta. Il vaudrait mieux s'occuper des garnitures et des coussins.

Elle comprit immédiatement son erreur. Les narines de la gouvernante se dilatèrent, ce qui était mauvais signe.

— Tu veux peut-être m'apprendre comment on tient une maison ? D'ailleurs, qu'est-ce que tu fiches à table ? On n'est pas à l'auberge, ici, pourquoi tu ne prends pas ton petit déjeuner chez toi ?

La figure d'Augusta gonfla comme si elle avait mangé de la levure, mais elle n'osa pas répondre.

— Ceux qui travaillent ici ont le droit de manger, intervint la Brunnenmayer. On a toujours fait comme ça et on continuera.

— Comme vous voulez. J'en tiendrai compte en examinant votre carnet de dépenses ménagères.

Elle sursauta. Un seau en fer-blanc posé à côté du fourneau s'était renversé, répandant dans la cuisine son chargement de charbon. Dörthe fidèle à elle-même...

— Je suis désolée... Pardon... Excusez, bafouilla celle-ci en commençant à ramasser les morceaux et à les mettre dans son tablier.

— On ne fait pas plus sotte que toi, lâcha madame von Dobern en lui renvoyant du pied une briquette.

— Oh si, madame von Dobern. J'ai une sœur à Klein-Dobritz et elle est sûrement encore plus sotte que moi, répondit très sérieusement la jeune fille.

Gertie émit un rire étouffé qu'elle déguisa en quinte de toux. La cuisinière afficha un air furieux, Julius ne se gêna pas pour faire un large sourire. Augusta, elle, était trop en colère pour avoir prêté l'oreille à cet échange.

— Faut-il absolument que tu mettes le charbon dans ton tablier ? Prends le seau.

— Oui, madame von Dobern.

Le ton méprisant de la gouvernante perturba encore plus la malheureuse. Tous virent arriver la catastrophe. Gertie eut juste le temps de crier : « Attention », mais il était déjà trop tard. En ramassant les briquettes, Dörthe avait reculé en direction de l'évier. Son ample postérieur vint cogner dedans, le baquet posé dessus vacilla, glissa, et la vaisselle sale du souper de la veille se répandit sur le sol. Assiette après assiette, tasse après tasse – Gertie et Augusta ne purent sauver que le pot à lait et le grand plat –, tout se brisa en mille morceaux.

— Ah, Jésus Marie, c'est pas ma journée ! balbutia Dörthe, figée de terreur. C'est que j'ai pas des yeux derrière, hein, madame von Dobern.

— C'est inconcevable, siffla la gouvernante, pâle de rage. Je veillerai à ce que vous soyez renvoyée.

Dörthe fondit en larmes et, en portant les mains à sa figure, elle laissa retomber les morceaux de charbon qu'elle avait stockés dans son tablier. Julius fit observer que c'était à madame von Hagemann d'en décider, Dörthe étant sa domestique personnelle. Gertie, Else et Augusta ramassèrent la vaisselle cassée et le charbon.

À cet instant, Humbert fit son apparition à la cuisine. Dans le tumulte général, personne ne l'avait vu arriver. Il s'arrêta sur le seuil, s'appuya au montant de la porte et croisa les bras sur sa poitrine.

— Le bon côté de l'affaire, dit-il en souriant, c'est que vaisselle cassée n'a plus besoin d'être lavée.

La mine de Dörthe s'éclaira un peu. Madame von Dobern se retourna brusquement vers lui.

— Cela vous amuse qu'on démolisse ce qui appartient à vos maîtres ?

— Nullement, répondit aimablement Humbert.

Il décroisa les bras pour lui faire une courbette, petite mais marquée, sans qu'on puisse dire s'il y mettait de la politesse, de l'estime ou de l'ironie.

— Mais en ce monde, tout est remplaçable, chère madame von Dobern. À l'exception de la vie et de la santé.

Il avait beau être devenu d'une maigreur inquiétante, il exerçait sur les femmes un effet qu'il n'avait jusque-là jamais mis en œuvre de la sorte. La gouvernante n'y fut pas insensible. Elle se laissa aller à sourire et reconnut qu'il avait raison.

— Comment vous sentez-vous aujourd'hui, Humbert?

Il la remercia de sa sollicitude et répondit que son état s'améliorait de jour en jour.

— Avec le repos, la bonne nourriture, l'accueil aimable que j'ai reçus et tous ceux qui s'occupent de moi de façon si touchante…

Il ajouta avec un clignement de paupières qu'il en éprouvait une profonde reconnaissance.

— Si je puis être utile en quoi que ce soit, n'hésitez pas, chère madame von Dobern. Je vous le demande instamment. Je déteste rester là à ne rien faire alors qu'il y a tant de travail.

Si elle avait eu l'intention de lui reprocher son inactivité, il venait de lui couper l'herbe sous le pied.

— Eh bien, si vous pensez en avoir la force, vous pourriez aider Julius à nettoyer l'automobile. À l'intérieur et à l'extérieur. Ce dimanche, monsieur Melzer a prévu de faire une excursion avec les enfants.

— Très volontiers.

Madame von Dobern opina avec satisfaction, jeta un dernier regard aux trois femmes qui ramassaient les débris et le charbon, et les plaçaient dans des seaux différents, puis elle se dirigea vers la porte donnant sur le vestibule.

— Le petit déjeuner pour mesdames Melzer, von Hagemann et moi à 8 heures dans la salle à manger, et comme d'habitude, lança-t-elle par-dessus son épaule.

La cuisinière attendit qu'elle ait quitté la pièce pour ressortir l'assiette de charcuterie et la plaça devant Humbert.

— Je me demande où elle met tout ça, marmonna-t-elle. Petit déjeuner à 7 heures seule dans le bureau de la gouvernante, petit déjeuner à 8 heures avec les maîtres. Dîner à 1 heure de l'après-midi avec les maîtres, café et tartelettes à la crème, souper avec les maîtres. Après quoi elle revient ici se préparer une assiette pour la nuit. Et avec tout ça, elle reste sèche comme un pruneau.

— Y en a qui ont de la chance, soupira Augusta.

Depuis sa dernière grossesse, elle était demeurée ronde comme un tonnelet et l'on aurait dit qu'il lui suffisait de regarder un petit pain pour grossir.

— Non, je voudrais vraiment pas lui ressembler, lâcha Gertie. Des jambes et des bras comme des bâtons et, audessus, cette tête qu'on dirait un noyau de cerise.

Il y eut un éclat de rire général. Dörthe, dont la figure gonflée par les larmes était maculée de traces de charbon, retrouva sa gaieté.

— Je me demande ce que ça donnera dimanche, s'interrogea la cuisinière en servant un café au lait à Humbert. La dernière fois, les deux petits, ils étaient pas à la cuisine depuis cinq minutes qu'ils ont dû partir pour l'usine voir la nouvelle machine à vapeur. Ensuite, madame a pris le café avec eux.

Else, qui se permettait rarement une critique à l'égard de ses maîtres, rapporta, la mine soucieuse, que le pauvre Leo n'avait pas eu le droit d'approcher le piano.

— Pour sûr que ç'a dû chauffer à l'usine, confirma Gertie. On s'en est aperçu quand ils sont revenus. Monsieur avait l'air très fâché et il s'est plus occupé des enfants de tout l'après-midi.

Humbert attendait patiemment que la Brunnenmayer termine de lui garnir son sandwich au jambon de petits cornichons avant de le couper. Elle y mettait autant de soin que s'il avait eu trois ans. Pourtant, il allait effectivement mieux, seules les nuits étaient difficiles. On l'entendait errer dans le couloir. Parfois même, il descendait à la cuisine se cacher sous la grande table. Il s'y sentait en sécurité, avait-il expliqué un jour. Les obus ne pouvaient rien contre cette vieille table. Pas plus que les avions qui tiraient d'en haut à la mitrailleuse.

— Pauvres petites, dit-il en mâchant posément son pain. Pourquoi monsieur est-il si aveugle ? Le garçon n'aime pas les machines. Mais s'il joue du piano aussi bien que vous le dites…

— Il pourrait se produire à Berlin comme enfant prodige, déclara Gertie avec conviction.

— À Berlin ? Mauvaise idée, marmonna Humbert.

— Pourquoi ? demanda Gertie, curieuse.

Mais Humbert, absorbé par son sandwich, ne répondit pas. Il avait certes raconté un certain nombre de choses sur la grande ville de Berlin, les magasins, les cinémas, les lacs où l'on pouvait se baigner et canoter. Le réseau de trains urbains, le Reichstag, la colonne de la Victoire, et aussi la chambre qu'il avait occupée dans le bâtiment sur cour d'un immeuble locatif. Il avait également parlé du cabaret sur le Kurfürstendamm, une petite salle accueillant tout au plus cinquante personnes où on faisait la queue pour avoir une place. Notamment quand il se produisait. Cela, il ne l'avait pas dit, c'était la Brunnenmayer qui l'affirmait.

Puis il s'était passé quelque chose qu'il n'avait pas supporté. Quoi ? Cela restait son secret. Une histoire d'amour ? Une intrigue entre collègues ? Un accident ? Personne ne le savait. Les crises d'angoisse qu'il avait rapportées de la guerre avaient repris et s'étaient multipliées au point qu'il lui était devenu impossible de se produire sur scène.

« Si Hanna ne m'avait pas convaincu de rentrer, je ne sais pas ce qui se serait passé. »

La jeune fille était sans doute la seule à être au courant. Elle venait chaque jour à la villa, généralement en cachette pour ne pas se faire surprendre par la gouvernante. Elle se montrait rarement à la cuisine, montait plutôt dans la chambre de Humbert pour discuter avec lui.

« Elle, parler ? Tu me feras jamais croire ça, Gertie », avait déclaré Augusta.

Elle était sûre qu'ils faisaient plus que discuter. Après tout, la jeune fille n'était pas une oie blanche et Humbert avait toujours eu de l'affection pour elle. Mais tant Gertie que Julius et Else lui assuraient qu'elle faisait fausse route. La Brunnenmayer aussi.

— Bon, allons-y, dit la cuisinière en se levant. Dörthe nettoiera la cuisine. Else et Gertie s'occuperont du salon rouge et du fumoir. Augusta, tu aideras à éplucher les légumes. Julius, le plateau du petit déjeuner de la Dobern. Ensuite, tu mettras la table en haut.

Elle déroula sa liste à toute vitesse, sans points ni virgules, mais chacun savait ce qu'il avait à faire. Cela leur donnait un agréable sentiment de confiance. Tant que la Brunnenmayer était aux commandes à la cuisine, la situation n'était pas désespérée.

Augusta prit le plat de légumes et s'installa à côté de Humbert. Elle se mit à gratter des carottes en le regardant manger lentement son sandwich à la saucisse.

— Dis donc, Humbert, t'as dû bien gagner ta vie, non ? Je veux dire, un artiste, parfois il peut devenir riche.

Humbert eut l'air surpris.

— Tiens, tu veux une carotte ? Toute fraîche.

Elle lui tendit celle qu'elle venait de gratter, mais il refusa poliment. Il n'était pas un lapin.

— Oui, j'ai gagné de l'argent. Tantôt plus, tantôt moins, répondit-il sur un ton hésitant. Pourquoi tu me demandes ça ?

Augusta jouait du couteau avec tant d'ardeur que la carotte risquait d'y passer tout entière.

— Je me disais... Gustav et moi, on est en train de faire construire une serre et on est un peu justes en ce moment.

— Ah ! dit Humbert en plongeant le nez dans son gobelet de café. Et tu as pensé que je pourrais vous prêter de l'argent ?

— Exactement, chuchota Augusta avec une œillade pleine d'espoir.

Mais Humbert secoua la tête.

— Ça fait longtemps que j'ai tout dépensé. Il m'a filé entre les doigts. Envolé.

Chapitre 30

Elle avait toujours détesté ce bâtiment massif situé au 1 de la rue de l'Ancienne Entrée. Classique. Prétentieux. Laid. Mais bon, un palais de justice ne pouvait être qu'affreux. Surtout à l'intérieur. Dieu, quel labyrinthe ! Des couloirs sans fin, des galeries, des escaliers. « Continuez tout droit, je vous prie. Puis prenez à droite, et ensuite à gauche. Et, lorsque vous arriverez à l'escalier, redemandez votre chemin. » Si Marie n'avait pas été là, elle aurait fait demi-tour et serait rentrée à la villa, mais celle-ci l'avait prise par le bras et encouragée.

« Encore quelques pas, Lisa, on y est presque. Prends ton temps, nous sommes plutôt en avance. Pas la peine de courir. »

Trop nerveuse, elle n'avait saisi qu'une partie de ce que lui disait sa belle-sœur. Sans compter que l'effort la faisait souffler comme une machine à vapeur. Elles avaient fini par trouver la salle, dans laquelle un huissier avait eu l'amabilité de les laisser entrer avant l'arrivée du juge.

« Allez donc vous asseoir. Faudrait quand même pas que vous ayez votre enfant dans le couloir avec toutes ces émotions.

— Merci beaucoup. »

Marie avait glissé quelques pièces à l'aimable moustachu, qui s'était incliné et avait ouvert la porte grinçante.

« Là-bas, le banc des plaignants, s'il vous plaît. Devant, c'est pour les accusés. »

— Ça me donne des frissons, dit Elisabeth à voix basse lorsqu'elles eurent pris place sur un banc en bois dur comme de la pierre.

Lambris muraux et bancs sombres, fenêtres en hauteur d'une étroitesse intimidante, masquées par des rideaux. Le juge et ses assesseurs trôneraient sur une estrade, sans doute pour avoir une vue d'ensemble sur la salle d'audience.

— Il est vrai que ce n'est pas très accueillant, chuchota Marie.

— Et cette odeur… Elle me donne mal au cœur.

— C'est l'encaustique, Lisa. Peut-être aussi l'huile qu'ils utilisent pour nettoyer les bancs.

Marie avait sûrement raison, mais Elisabeth avait l'impression de respirer la poussière d'innombrables dossiers. Cependant, ce n'était pas tout. Il y avait de la haine dans cette salle. Du désespoir. De la vengeance. Du triomphe. De la rage. De la tristesse. Les rideaux, avec leur odeur de renfermé, retenaient dans leurs plis tout le lot de tragédies qui s'étaient jouées là. Les boiseries en étaient saturées.

— Tiens bon, Lisa. Je suis avec toi.

Elisabeth sentit le bras de Marie lui entourer les épaules. Oui, c'était ce qu'elle avait voulu, à présent il fallait en finir. Que lui arrivait-il ? Cette sensiblerie était sans doute due à sa grossesse. Et puis, le bébé ne lui laissait pas de répit. Plus que quelques jours. Si elle ne s'était pas trompée…

Le juge fit son entrée, un homme grand et très mince aux tempes dégarnies et à la mâchoire carrée, qui avait l'air d'un portemanteau ambulant dans sa longue toge noire. Il réprimanda l'huissier pour avoir fait entrer les dames avant son arrivée, salua celles-ci d'un signe de tête revêche, et posa une pile de dossiers défraîchis sur son bureau. Deux autres hommes se joignirent à lui, également vêtus de robes noires. Puis Klaus entra à son tour.

Il salua, s'inclina brièvement et s'installa sur le banc des accusés. Grands dieux, que tout ce tralala était stupide ! C'était comme à l'école, où les places étaient attribuées en fonction du classement. Les meilleurs tout au fond, les cancres sous le nez du professeur. Elisabeth examina Klaus qui, en ces lieux, n'était pas autorisé à dissimuler sous un chapeau son visage blessé et les cicatrices de son crâne. Il offrait encore un terrible spectacle, même si ses cheveux avaient repoussé et cachaient en partie les dégâts. Le juge le dévisagea avec une expression d'horreur et de compassion. Hagemann, comme indifférent à cette curiosité, attendait tranquillement la suite des événements.

À la grande surprise d'Elisabeth, on vit alors apparaître l'avocat Grünling, le bras droit en écharpe, le poignet gauche bandé.

— Mesdames, chère madame, bonjour. Monsieur Melzer m'a chargé de m'occuper de votre affaire. Mes hommages, madame Melzer, madame von Hagemann.

Elisabeth mit un instant à comprendre. Paul avait engagé un avocat pour elle ? Pourquoi ne l'en avait-il pas informée ? Et pour quelle raison avait-elle besoin de ce Grünling ? Elle avait toujours trouvé ce type insupportable.

— Il est trop tard pour refuser, Lisa. Et puis, peut-être que Paul a raison.

Le spectacle commença. D'interminables exposés auxquels il fallait répondre par « oui » ou par « non ». Interrogé sur les circonstances de l'adultère, Klaus admit sans problème qu'il avait eu un fils d'une jeune domestique.

— Vous reconnaissez donc être coupable d'adultère ?

Il y avait plus que de l'incrédulité dans la question du juge : la conviction qu'un faux pas avec une servante ne pouvait être à proprement parler qualifié d'adultère et constituait plutôt un petit écart que l'épouse devait pardonner.

— En effet, monsieur le juge.

Le magistrat lui jeta un regard appuyé et déclara qu'il éprouvait un immense respect pour ceux qui avaient risqué leur vie et leur santé au champ d'honneur.

Elisabeth dut se lever et aller se placer devant le bureau du juge. Prise d'un léger vertige, elle ressentit un curieux tiraillement dans le dos.

— Ne trouvez-vous pas le moment assez mal choisi pour divorcer, madame von Hagemann ? Vous attendez visiblement un enfant. De votre mari, je présume.

L'avocat Grünling intervint. Cette question était sans rapport avec les faits que venait de reconnaître monsieur von Hagemann, aussi sa cliente n'avait-elle pas à répondre.

Le juge, qui paraissait le connaître, resta imperturbable.

— Je me bornais à le signaler. Les femmes sont, hélas, de plus en plus nombreuses à engager une procédure de divorce. Dans bon nombre de cas, elles ne sont pas disposées à rester au côté d'un blessé de guerre exigeant des soins. Comme il conviendrait à une épouse fidèle.

Elisabeth garda le silence. Elle aurait pu objecter qu'elle avait ouvert à son mari de nouvelles perspectives, qu'elle lui avait offert un lieu et une occupation qui lui avaient permis de continuer à vivre. Mais son vertige, qui s'accompagnait à présent d'une légère nausée, était si violent qu'elle ne put dire un mot.

Elle ne prêta pas grande attention à la suite de l'audience. Son cœur battait à se rompre, comme si elle avait couru. Et la sensation de tiraillement ne voulait pas cesser. Elle ne s'en souciait pas trop, cette légère douleur lui étant devenue familière ces derniers temps. Elle employait tous ses efforts à respirer avec régularité et à se répéter toutes les trois minutes que ce serait bientôt fini.

— Qu'est-ce qui t'arrive, Lisa? Tu as mal? demanda Marie.

— Non, non, tout va bien. Je suis très contente que tu m'aies accompagnée.

De nouveau, lecture d'interminables documents. Klaus donna son accord à quelque chose, elle fit de même. Elle éprouvait de moins en moins d'intérêt pour ce qui se passait et aurait sans doute consenti à sauter dans le Lech si on le lui avait demandé. Le juge lui lança un regard de mépris, mit des lunettes à monture dorée, feuilleta le dossier qu'il avait devant lui. Klaus tourna les yeux vers Marie pour une raison qu'elle ne comprit pas. Les deux messieurs en noir écrivaient sans relâche. Une mouche bourdonnait quelque part dans la salle, une dure à cuire qui avait passé l'hiver ici en dépit de cette abominable odeur d'encaustique. Elisabeth sentit son dos se crisper, son ventre se durcir, elle avait du mal à respirer.

— « … séparation prendra effet à la date du 15 mars 1925. Les frais seront à acquitter… »

— Enfin, chuchota Marie en lui pressant la main. C'est fait, Lisa. À la mi-mars, tu seras libre.

Elisabeth se sentait si mal qu'elle ne put s'abandonner à la joie. Dans son ventre se passait quelque chose d'étrange qu'elle ne maîtrisait plus.

Marie l'aida à se lever. Klaus s'approcha d'elles et leur serra la main.

— Félicitations, Lisa ! dit-il en souriant. Tu es débarrassée de moi. Non, ma chère, ce n'est pas ce que je voulais dire. Je sais ce que tu as fait pour moi. Je n'aurai sans doute jamais de meilleur camarade que toi.

Il sortit avec elles de la salle d'audience en bavardant avec Marie. Comment allait-elle ? Il avait entendu parler de son atelier, elle semblait devenue une remarquable femme d'affaires.

— J'ai la plus grande admiration pour vous, chère madame. Votre talent, qui est resté si longtemps en sommeil, a pu enfin s'épanouir.

Dans le couloir, ils tombèrent sur Paul. Celui-ci les salua sans paraître particulièrement joyeux, puis se tourna vers Grünling, qui les avait suivis. Elisabeth ne perçut que vaguement ce qu'ils se dirent. Se sentant soudain très fatiguée, elle s'assit sur un banc.

— C'est le contrecoup, assura Marie en lui tendant un mouchoir pour qu'elle puisse essuyer sa figure en sueur. Paul a bien fait de venir, il va te ramener. Toi et ton enfant, vous avez besoin d'un lit douillet et d'un bon petit somme.

— Non, Marie, je voudrais que tu viennes avec moi.

— Mais, Lisa, tu sais bien que…

Marie se sentait tiraillée. Elle avait volontiers accepté d'accompagner sa belle-sœur à l'audience, mais elle avait prévu de lui commander un taxi pour le retour et de se rendre à l'atelier. Elle avait repoussé ses rendez-vous à l'après-midi et avait des choses à régler auparavant. Sans compter qu'il n'avait pas été dans ses intentions de se rendre à la villa, encore moins sans s'être annoncée.

— Je t'en supplie, Marie, insista Elisabeth. J'ai besoin de toi, tu es la seule en qui j'aie confiance.

Paul intervint : ce n'était pas l'endroit où discuter de ces questions. Il prit sa sœur par le bras et l'entraîna vers l'escalier.

— Pourquoi tout ce cirque, Lisa ? dit-il à voix basse tandis qu'ils descendaient les marches. Maman sera là, ainsi que madame von Dobern.

Le ventre soudain comprimé par une affreuse douleur, Elisabeth resta quelques secondes sans voix. Que lui arrivait-il ? Étaient-ce déjà les contractions ? La panique la gagna.

— Madame von Dobern ? Cette femme qui empoisonne maman avec ses gouttes ? Je refuse qu'elle m'approche. Si elle entre dans ma chambre, je crie et je lui balance ce que j'ai sous la main.

— Reprends-toi, Lisa, s'il te plaît, siffla Paul.

Ils étaient suivis de Marie, accompagnée de Klaus von Hagemann. Grünling était allé retirer sa toge.

— Gardons notre calme, intervint Klaus. Les femmes enceintes sont parfois un peu… fatigantes. Il ne faut surtout pas les contredire.

Elisabeth vit Paul se retourner vers Marie, dont le visage trahissait la réprobation.

— Je crois qu'on arrivera à se débrouiller sans toi, dit-il.

— Je le crois aussi, répliqua froidement Marie.

— Dans ce cas, je vais te faire appeler une voiture.

— Pas la peine, j'irai à pied.

Elisabeth fut traversée par une contraction, puis par une immense vague d'autoapitoiement. On prenait des décisions sans la consulter, on lui témoignait un manque d'égards absolu, même Marie.

— Pourriez-vous une fois, rien qu'une fois, faire ce que je veux ? s'entendit-elle hurler. Je vais accoucher, sacré bon Dieu ! Et j'ai besoin de Marie. Je veux que Marie soit à mon côté. Vous avez entendu ? Marie. Marie !

Ils étaient à présent dans le hall du palais de justice et sa voix résonna dans tous les couloirs. Le concierge dans sa loge la fixa avec des yeux horrifiés, deux messieurs portant des classeurs sous le bras s'arrêtèrent. L'avocat Grünling, qui les avait enfin rattrapés, trébucha sur la dernière marche et se cogna contre la rampe.

— Ne t'énerve pas, Lisa, répondit tranquillement Marie. Je t'accompagne.

Elisabeth reprit laborieusement son souffle, puis quelqu'un – Paul ? – lui fit descendre l'escalier extérieur et l'aida à monter dans une voiture. Debout sur le trottoir, Klaus agita la main en lui souhaitant bonne chance. Marie prit place à côté d'elle, lui posa les mains sur le ventre et sourit.

— Je sens que ce sont les contractions, Marie. Ça devient tout dur, tu ne trouves pas ? Est-ce que je vais accoucher dans la voiture ?

— Non, non, tu as tout le temps.

— Mais c'est… ça fait tellement mal !

— Ça va passer, chérie. En échange, tu auras le plus merveilleux cadeau qu'on puisse rêver.

Elisabeth savait que Marie trouverait les mots qu'il fallait. Elle allait mettre un enfant au monde, qu'avait-elle donc à gémir ? N'avait-elle pas maudit Dieu et le monde entier pendant des années parce qu'elle n'arrivait pas à tomber enceinte ?

— Ah, Marie, comme tu as raison !

Soudain, tout lui apparut sous un jour nouveau. N'était-ce pas Humbert qui conduisait ? Le pauvre garçon allait mieux, quelle chance ! Il était enfin en état de recommencer à travailler. Et à la villa, il y avait la jolie petite Gertie, toujours pleine de ressources. Elle irait immédiatement chercher la sage-femme. Et sa mère serait à son côté. Et elle appellerait Kitty, il fallait que sa petite sœur soit là. Ne l'avait-elle pas aidée lorsque Henni était venue au monde ? Non, tout allait bien. Juste quelques petites contractions. Ça passerait. Elle s'étendrait sur son lit et patienterait. Dans une heure, l'enfant serait là. Une heure et demie tout au plus. Peut-être même serait-ce plus rapide. Elle pensa au berceau en bois que sa mère avait fait descendre du grenier et conservait en attendant dans sa chambre, avec son ciel garni de dentelle et ses oreillers revêtus de nouvelles taies.

— La cérémonie t'a plu ? demanda quelqu'un avec ironie.

Assis à côté de Humbert, Paul s'était retourné à demi et s'adressait à Marie.

— Non, répliqua celle-ci avec brusquerie.

Elle souhaitait visiblement qu'on la laisse tranquille. Cependant, Paul ne se laissa pas démonter. Le chapeau baissé sur le front, il affichait un regard belliqueux.

— Non ? Tu m'étonnes. J'étais persuadé que tu souhaitais toi aussi un « heureux divorce ».

Elisabeth sentit la main de sa belle-sœur se crisper.

— Eh bien, tu te trompes.

Humbert dut s'arrêter pour laisser passer un professeur avec un groupe d'élèves, des lycéens de Saint-Étienne. Ils marchaient sagement en rang, deux par deux, retenant leur casquette que le vent voulait leur arracher.

— Et comment vois-tu les choses ? reprit Paul avec colère lorsque Humbert redémarra. La situation actuelle est insupportable.

— J'attends que tu m'acceptes telle que je suis.

Elisabeth ne l'aurait pas crue capable d'une réponse aussi énergique. Paul non plus, visiblement. Il observa un moment de silence, durant lequel il parut réfléchir.

— Je ne comprends pas ce que tu veux dire. Me suis-je montré irrespectueux à ton égard ? Mal comporté envers toi ? Qu'est-ce que tu veux de moi à la fin ?

Un nœud coulant entoura le ventre d'Elisabeth et se resserra si violemment qu'elle en eut le souffle coupé. Elle gémit tout bas. Cela allait décidément trop loin, la douleur était atroce.

— Je veux que tu me reconnaisses comme la fille de mes parents. Mon père était Jakob Burkard et ma mère, Luise Hofgartner. Et l'un et l'autre valent tout autant que Johann et Alicia Melzer.

— En ai-je douté ?

— Oui. Tu as insulté le travail de ma mère, tu as voulu reléguer ses tableaux au grenier.

— Quel tissu d'absurdités ! fulmina Paul en frappant du poing le dossier capitonné de son siège.

— Si c'est vraiment ce que tu penses, alors nous n'avons plus rien à nous dire !

— Très bien ! J'en tirerai les conséquences !

— À ta guise ! Je t'attends de pied ferme.

Elisabeth poussa un gémissement. Les cahots de la voiture sur les pavés allaient l'achever. Sans compter qu'on était constamment obligé de s'arrêter. Des piétons. Le tramway. Une charrette remplie de caisses. Puis, ce fut un taxi qui se faufila devant eux et leur coupa la route.

— Vous pourriez arrêter de vous disputer ? geignit-elle. Je ne veux pas que mon enfant naisse dans une atmosphère pareille. Ayez au moins quelques égards !

Paul lui jeta un regard contrit et reprit sa position initiale.

— Allez, Humbert, fonce ! Dépasse-moi ce canard boiteux, ordonna-t-il.

Le domestique appuya sur le champignon et effectua une manœuvre dangereuse pour doubler un véhicule tiré par un cheval, effarouchant au passage un groupe de pigeons. Ils franchirent la porte de Jakob à une vitesse d'au moins soixante kilomètres-heure. La voiture tanguait, Elisabeth se cramponnait au manteau de Marie. Les bâtisses et les prairies de la rue Haag défilaient à toute allure telles des ombres.

— Ne t'énerve pas, dit Marie sur un ton apaisant. C'était juste une petite dispute. Ton bébé a d'autres chats à fouetter. Il veut naître, c'est une tâche difficile. Nous sommes presque arrivés. Lisa ? Lisa, tu m'écoutes ?

Elisabeth avait effectivement eu un moment d'absence, durant lequel elle s'était retrouvée à flotter quelque part entre ciel et terre dans une brume grise. La question de Marie la fit brutalement retomber dans ce monde hostile.

Arrivé au portail de la villa, Humbert tourna sur les chapeaux de roue pour s'engager dans l'allée, la remonta en faisant gicler l'eau marron des flaques, puis s'arrêta devant l'entrée.

— Julius ! Gertie ! Else !

Paul monta le perron au pas de course, lançant des ordres incohérents qui plongèrent les domestiques dans l'inquiétude et la confusion. Figée sur le seuil, madame von Dobern avait les yeux rivés sur l'automobile, d'où Marie était en train de descendre.

— Humbert, dit la jeune femme, nous avons besoin d'un des sièges en osier du vestibule. Et dis à Julius de venir nous aider.

Elisabeth était désormais convaincue qu'elle ne survivrait pas à l'accouchement. Personne ne pouvait supporter une telle douleur. Cramponnée au dossier du siège avant, elle mit un moment à comprendre qu'il fallait qu'elle descende pour s'asseoir dans le fauteuil d'osier.

— Je ne peux… peux pas. L'escalier…

— Nous le savons, Lisa. Nous allons te porter jusqu'à ton lit.

Marie témoignait de son calme habituel. Julius attrapa le bras droit du fauteuil, Paul, le gauche. La Brunnenmayer, surgie d'on ne sait où, leur prêta main forte, tandis que Humbert faisait lui aussi de son mieux.

— Je parie que le colosse de Rhodes pesait moins lourd, gémit Paul.

— Espérons que le fauteuil tiendra, dit Else, la mine angoissée.

— Si elle tombe dans l'escalier, c'est la fin de tout ! s'écria Serafina. Pourquoi ne la laissez-vous pas en bas ?

— À la cuisine, il fait chaud, lança Dörthe. Elle pourrait accoucher là.

— Ou dans la salle à manger.

Marie dirigeait l'opération de transport sans se soucier des propos des uns et des autres.

— Continuez, doucement. Ouvre la porte, Else. Où est Gertie ?

— Elle met quelques vieux draps sur le lit. Pour que…

— C'est bon. Dis à madame d'appeler la sage-femme.

Le fauteuil grinçait de manière inquiétante. Les traits de Julius se crispaient sous l'effort, Paul gémissait sourdement. La Brunnenmayer, qui soutenait le fauteuil par-derrière, ne parlait plus, on l'entendait juste ahaner.

Au moment où ils franchissaient le seuil de la chambre, l'accoudoir gauche se brisa. Le fauteuil bascula sur le côté, mais ils eurent le temps de déposer Elisabeth à terre.

— Tout le monde descend ! Et au lit !

Elisabeth fit quelques pas titubants, puis se laissa choir dans des draps frais et moelleux. Elle sentit qu'on lui glissait un oreiller sous la tête, qu'on lui ôtait ses chaussures et qu'on lui surélevait les jambes. Mais toutes ces sensations furent balayées par les contractions suivantes. Seule demeura l'atroce douleur qui partait du dos et qui lui encerclait le ventre et le comprimait.

— Marie… Marie, tu es là ?

Elle sentit une petite main ferme lui masser le ventre.

— Je suis là, Lisa, je reste auprès de toi. Essaie de te détendre, tout se passe bien.

— Dans ce cas, je crois que je n'ai plus rien à faire ici, dit Paul.

— En effet, répondit Marie.

— Ne vous disputez pas ! geignit Elisabeth.

Une heure passa. Deux heures. Quand cela finirait-il donc ? Elisabeth était à bout de forces. Entre-temps, la sage-femme était arrivée. Par moments, elle enfonçait son doigt entre ses cuisses, lui appuyait sur le ventre, écoutait avec un long tuyau.

— Ça vient… Ça vient…

— Je ne peux plus !

— Courage !

Marie lui rafraîchissait le front, l'encourageait, lui tenait la main. Gertie apporta de petits sandwichs, du café, un entremets. Ni Marie ni Elisabeth n'y touchèrent, la sage-femme engloutit les sandwichs, but le café et demanda qu'on lui monte une chope de bière.

— Ça peut durer toute la nuit.

Kitty fit son apparition, bouleversée et aussi intarissable qu'à l'ordinaire. Elle caressa les joues de sa sœur, l'embrassa sur le front. Puis, elle parla de la naissance de Henni, rappela comme la petite avait été mignonne dans son berceau.

Trois heures, quatre heures, cinq heures. Le soir arriva. Puis, la nuit. De temps en temps, les spasmes s'apaisaient un moment. Les yeux d'Elisabeth se fermaient, elle s'assoupissait. Alors cette maudite sage-femme lui triturait le ventre et les douleurs revenaient, plus terribles encore et si insupportables qu'elle aurait voulu mourir plutôt que de continuer à endurer ce calvaire.

Vers le matin, alors qu'une pâle lumière filtrait déjà entre les rideaux, l'enfant décida de faire une ultime tentative.

— Allez ! Poussez ! De toutes vos forces ! Encore, encore, vous n'êtes pas une faible ! Allez maintenant, mettez-y le paquet ! Expulsez-le ! Ne vous relâchez pas !

Elisabeth ne sentit rien de ce qui se passait. Son corps travaillait sans qu'elle y participe. La douleur diminua et se dissipa. Autour d'elle, on parlait à voix basse. Elle était trop épuisée pour comprendre.

— Qu'est-ce qu'il a ?

— Le tube… Tenez-le par les pieds. Il a bu du liquide amniotique.

Elisabeth vit la sage-femme tenir au-dessus d'elle une chose bleuâtre, maculée de sang, qui pendillait. Elle lui donnait des tapes, la lui posa sur le ventre, aspira du liquide avec un tube, la souleva de nouveau pour la suspendre par ses tout petits pieds.

— Dieu du ciel, chuchota-t-on à côté de son lit.

— Marie, mère de Dieu, aide-nous dans notre détresse.

C'était Else. Elisabeth fixait la créature inconnue qui était manifestement sortie de son ventre. Celle-ci fit entendre un vagissement pitoyable, les petits bras tressaillirent. Du nombril pendait encore l'extrémité du cordon ombilical, tel un gros ver rouge.

— Ah, tout de même ! Un solide gaillard comme toi ! Tu as été paresseux, mon petit, tu m'as fait passer une nuit blanche.

Elisabeth ne prêtait guère attention aux soins que lui prodiguait la sage-femme. Elle s'abandonnait, remarquant tout juste qu'on la lavait, qu'on lui faisait enfiler une chemise de nuit et qu'on changeait les draps.

— Ah, Lisa, ma petite Lisa !

C'était Alicia. Assise sur le bord du lit, elle serra sa fille dans ses bras.

— Un magnifique petit garçon ! Je suis si fière de toi, Lisa. Tu sais ce que je me suis dit ? On pourrait l'appeler Johann, qu'en penses-tu ?

— Oui, Maman.

C'était étrange. Elle n'avait jamais tant souffert, mais n'avait jamais non plus éprouvé un tel bonheur.

Chapitre 31

Ce dimanche-là, Julius avait dressé la table du petit déjeuner avec un soin particulier en l'honneur de l'heureux événement. Il avait posé sur la nappe en damas une surnappe en voile d'un blanc éclatant, ornée de délicats inserts en dentelle aux fuseaux. Trois amaryllis rouge clair pleinement épanouies, entourées de rameaux de pin verts, occupaient le centre. Pour rester dans la même tonalité, le valet avait choisi le service à motif millefleurs et les serviettes qui avaient autrefois fait partie de la dot d'Alicia. Celles-ci portaient son monogramme, un *A* brodé, autour duquel s'enroulaient un petit *v* et le *M*, « Alicia von Maydorn ».

— Très joli, Julius, déclara Paul. Attendez que les dames soient là pour servir le café.

— Bien, monsieur Melzer.

Julius reposa la cafetière sur le réchaud et s'inclina. *Un peu vieux jeu, le brave homme,* songea Paul. Très raide, le visage presque toujours impassible, comme si rien ne pouvait l'émouvoir. Sans doute les traces de son apprentissage chez des aristocrates.

Paul s'assit et regarda sa montre. Déjà 8 h 10. Pourquoi sa mère arrivait-elle toujours en retard pour le petit déjeuner ces derniers temps ? Autrefois, c'était elle qui se plaignait de l'absence de ponctualité de la famille. Et voilà qu'elle-même ne respectait plus les horaires de repas. Il se cala sur son siège et se mit à tambouriner sur la nappe.

Qu'est-ce qui se passe ? se demanda-t-il. *Pourquoi suis-je de si mauvaise humeur ce matin ? On est dimanche et la messe ne commence qu'à 11 heures. Nous avons tout à fait le temps de prendre tranquillement notre petit déjeuner.*

Comme son sentiment de malaise persistait, il finit par comprendre que celui-ci était lié à la visite attendue des jumeaux. Kitty devait passer les déposer vers 2 heures et il déciderait alors du programme de l'après-midi. Il avait passé la moitié de la nuit à ruminer la question, imaginant différentes possibilités pour finalement n'en retenir aucune. Il se ressentait encore de la déception de la dernière fois. Elle avait été d'autant plus vive qu'il s'était efforcé de trouver quelque chose qui leur fasse plaisir. Mais Leo, les yeux plissés, s'était bouché les oreilles devant la machine à imprimer les motifs textiles. Et cette petite effrontée de Dodo s'était maculée de noir en approchant de trop près le cylindre d'impression. Il avait dû l'éloigner de force, autrement elle y aurait laissé ses doigts. Ensuite, lorsqu'ils avaient repris la voiture, il avait essayé de leur expliquer qu'à l'avenir toutes les machines fonctionneraient à l'électricité et que les modèles à vapeur dont on se servait à l'usine deviendraient complètement obsolètes. Mais cela ne les avait nullement intéressés. Pourtant, ils étaient suffisamment grands pour comprendre ce genre de chose. Lui-même aurait été très heureux que son père le familiarise précocement avec les procédures de travail à l'usine.

« Pourquoi tu ne fais pas quelque chose d'agréable avec eux ? avait demandé Kitty lorsqu'elle était venue les récupérer. Allez au cirque. Ou au cinéma. Montre-leur comment pêcher. Tu n'allais pas t'amuser dans les prés avec tes amis et attraper des poissons dans la rivière ? »

Il l'avait priée de garder ses suggestions pour elle. Le cirque ! Le cinéma ! Était-il l'amuseur de service ? Il n'avait pas l'intention d'acheter l'affection de ses enfants à si bas prix. Il était responsable de leur développement, chargé de leur éducation, de leur préparer le terrain pour l'avenir. Et puis, cela faisait longtemps qu'il n'y avait plus de poissons dans le Proviantbach.

Ah, tout de même ! Alicia fit enfin son entrée, accompagnée de l'infatigable Serafina. Toutes deux le saluèrent chaleureusement, complimentèrent Julius pour la décoration de la table et s'installèrent à leur place.

— Nous avons fait un saut chez Lisa et le petit, expliqua Alicia en dépliant sa serviette. Oh là là, regardez-moi donc cette broderie, Serafina. Je l'ai réalisée il y a plus de quarante ans. À l'époque, je ne savais pas qu'un jour je deviendrais madame Melzer et que le destin m'enverrait à Augsbourg.

— C'est ravissant, répondit la gouvernante en examinant le monogramme avec admiration. De nos jours, on ne voit plus guère d'ouvrages aussi bien faits.

Julius servit le café, on fit passer la corbeille contenant les petits pains du dimanche confectionnés par la cuisinière. Les yeux brillants, Alicia parla de Johann, qui reposait bien sagement dans son berceau et avait des petits poings de boxeur.

— Il pesait plus de quatre kilos à la naissance, vous imaginez ? Toi, Paul, tu en faisais à peine trois.

— Ah oui ? Désolé, Maman, je ne m'en souviens malheureusement plus.

Personne ne rit. Serafina coupa son petit pain et le beurra. Alicia expliqua qu'Elisabeth, elle, avait fait trois kilos et demi, et Kitty, trois. Paul hocha la tête, trouvant curieuse cette façon qu'avaient les femmes de classer les nourrissons en fonction de leur nombre de kilos. Du coup, il lui paraissait contrariant que sa sœur Lisa ait pesé cinq cents grammes de plus que lui.

— Je suis si contente que tout se soit bien passé, soupira sa mère. Je n'ai pas voulu en parler, mais j'ai passé de nombreuses nuits d'insomnie à m'inquiéter. Lisa va avoir trente-deux ans, c'est très tard pour un premier enfant.

Serafina objecta que ce n'était pas une question d'âge mais de constitution. Lisa avait toujours été robuste et puis elle avait bénéficié d'une «jeunesse protégée». Autrement dit, elle n'avait pas connu le sort des jeunes femmes des quartiers ouvriers, qui frayaient souvent avec les hommes dès l'âge de treize ans.

— Il est vraiment dommage que le baptême doive avoir lieu sans le père, dit-elle en conclusion avec réprobation.

Paul sentit sa mère se tourner vers lui en quête de soutien, mais il n'avait guère envie de discuter ce sujet délicat devant la gouvernante. La veille, il avait pu s'entretenir brièvement avec Kitty, qui lui avait rapporté qu'Elisabeth s'était probablement confiée à Marie. Comme si c'était fait exprès ! Il serait donc obligé d'avoir une conversation avec Marie. Cette entêtée de Lisa gardait un silence obstiné sur l'identité du père.

— De toute façon, étant divorcée, Lisa devrait se retirer des mondanités, poursuivit Serafina. Sa présence nuirait au rôle que la famille Melzer joue à Augsbourg.

— Un petit pain, s'il vous plaît, l'interrompit-il.

— Pardon ?

— Je voulais dire : auriez-vous l'amabilité de me passer un petit pain, madame von Dobern ?

— Mais avec grand plaisir, cher Paul.

Ses discours lui tapaient sur les nerfs. N'avait-elle pas remarqué qu'il l'appelait par son nom de famille ? Quant à elle, elle lui donnait obstinément du « cher Paul ».

— Je suis très curieuse d'entendre ce que Dodo et Leo diront de leur nouveau cousin, reprit Alicia. Kitty passera les déposer après le dîner, c'est bien ça ?

— En effet.

Il se racla énergiquement la gorge – une miette s'était coincée dans son gosier –, puis tendit sa tasse à Julius afin qu'il le resserve en café. C'était contrariant. Il n'avait toujours pas d'idée de programme pour l'après-midi. Devait-il se rabattre sur le cinéma ? Ces comiques américains, Buster

Keaton, Charlie Chaplin, étaient très drôles, disait-on. Mais n'était-ce pas un gaspillage de temps ?

Il fut interrompu dans ses réflexions par l'arrivée impromptue d'Elisabeth. Toujours aussi ronde, mais les joues roses et le sourire satisfait, elle leur adressa un signe de tête et s'assit à table. Julius, qui n'avait pas compté sur sa présence, se précipita pour lui apporter tasse, assiette, couverts et serviette.

— Je suis absolument désolé, madame von Hagemann. Je ne savais pas que vous descendriez.

— C'est bon, Julius, tranquillisez-vous. Merci, pas de café pour moi. Y a-t-il du thé ?

Alicia lui tapota la main et voulut savoir si le petit dormait. S'il avait tété. Si elle était d'accord pour qu'on engage Rosa Knickbein, la bonne d'enfants qui s'était occupée des jumeaux et de Henni.

— Je suis d'accord. En revanche, je n'ai pas besoin d'une nourrice. J'ai tellement de lait que je vais exploser.

La mine de Serafina se figea. Paul trouva lui aussi que ce n'était pas un sujet de conversation pour un petit déjeuner. Cela dit, le bonheur de sa sœur lui faisait plaisir. Époux ou pas, c'était la première fois qu'elle paraissait en accord avec elle-même. Avec gaieté et décontraction, elle remuait son thé en laissant sa mère lui beurrer un petit pain.

— Si j'ai bien compris, Dodo et Leo viennent nous rendre visite après le dîner ? As-tu déjà réfléchi à ce que tu allais faire avec eux, Paul ?

Pourquoi fallait-il que tout le monde l'interroge à ce propos ?

— Je n'ai pas encore décidé, répondit-il d'un ton revêche.

— Dodo voudra sûrement aller voir des avions et Leo ne pense qu'au piano, répliqua-t-elle avec un sourire non dépourvu d'une certaine méchanceté.

— Les enfants devraient apprendre très tôt à respecter les souhaits de leurs parents, pontifia Serafina. Cela pourra parfois leur déplaire, mais c'est indispensable. Nous ne voulons pas faire d'eux des révolutionnaires, n'est-ce pas? Ponctualité, assiduité et sens du devoir sont, aujourd'hui comme hier, la garantie d'une vie réussie.

— Vous avez raison, chère Serafina, répondit Alicia sans laisser à sa fille le temps d'intervenir. Je trouve aussi que nous devrions inculquer les vertus prussiennes à nos enfants.

Elisabeth décapita énergiquement son œuf. Paul garda le silence. Sur le fond, il n'y avait rien à redire. Pourtant...

— Si vous n'y voyez pas d'inconvénient, cher Paul, je pourrais faire une agréable promenade avec Dodo et Leo, proposa Serafina.

— Excellente idée, ajouta Alicia. Ensuite, nous nous retrouverons pour le café et nous jouerons à « T'en fais pas ».

— Oh, je suis sûre qu'ils adoreront ! lâcha Elisabeth avec ironie.

— Ma chère Lisa, répondit Serafina avec un sourire indulgent. En ce qui concerne l'éducation des enfants, tu as encore quelques petites choses à apprendre.

Elisabeth mordit dans sa tartine en regardant Serafina sans mot dire. Il y eut un bref silence. On entendit alors un vagissement venant du deuxième étage. Elisabeth voulut se lever, mais Serafina la retint par le bras avec une douce fermeté.

— Non, non, ça ne va pas. Tu dois habituer ton fils à des horaires fixes, Lisa. Sinon, il deviendra un petit tyran.

— Mais il a faim !

Madame von Dobern replia soigneusement sa serviette et la posa à côté de son assiette.

— Il n'en mourra pas si on le laisse crier pendant une petite heure. Ça fortifie les poumons.

Paul connaissait sa sœur. Elisabeth accumulait la colère et explosait généralement lorsque personne ne s'y attendait. Elle frappa des deux poings sur la table, faisant trembler la vaisselle et manquant de renverser la cafetière sur son réchaud.

— La coupe est pleine ! s'écria-t-elle, furieuse.

— Lisa ! souffla Alicia, effrayée. Je t'en prie !

— Continue à mener Paul et maman par le bout du nez si ça te chante, Serafina. Mais tu ne me diras pas comment je dois élever mon enfant !

— Voyons, Lisa, reprends-toi. Alicia, très chère, ne vous inquiétez pas, les femmes qui se remettent d'un accouchement ont une tendance à l'hystérie.

Ce n'était pas la chose à dire.

— Arrête de te cacher éternellement derrière maman, espèce d'hypocrite ! lança Elisabeth avec une voix stridente. Marie a complètement raison, tu es une sale sournoise. Depuis que tu es arrivée dans cette maison, tout va mal, on ne fait que se disputer.

Elle offrait à présent quelque ressemblance avec une déesse grecque de la vengeance. Une déesse de l'Antiquité bien nourrie.

Serafina jeta un regard désemparé à Alicia, puis à Paul. Celui-ci voulut calmer sa sœur, mais il n'en eut pas le temps.

— Laisse-moi te dire une chose, maman, poursuivit-elle. Je ne suis pas disposée à prendre mes repas en présence de la gouvernante. Si tu continues à m'y contraindre, j'embarque mon enfant et je déménage chez Kitty.

Paul vit sa mère se figer. La confiture de son petit pain tomba sur son assiette.

— Lisa, s'il te plaît, lança-t-il, pourquoi en faire tout un drame ?

— Je suis on ne peut plus sérieuse, Paul ! Je n'attendrai pas demain pour faire mes valises.

— Non ! intervint Alicia avec une soudaine détermination. Tu ne feras pas ça, Lisa. Je ne le permettrai pas. Serafina, je suis désolée.

Et l'incroyable se produisit. Obéissant à l'exhortation muette d'Alicia, madame von Dobern se leva et jeta un regard interrogateur à Paul, qui haussa les épaules pour indiquer qu'il n'avait pas l'intention d'intervenir. Posté à côté de la porte, Julius affichait comme toujours une mine imperturbable, mais il avait les yeux qui lui sortaient de la tête. Il ouvrit la porte à Serafina avec un élan inaccoutumé.

— Bien ! déclara Elisabeth en buvant le fond de thé qui restait dans sa tasse. Maintenant, je me sens beaucoup mieux.

— Cette scène était-elle nécessaire ? demanda Paul, fâché. Je comprends tes sentiments, mais on aurait pu régler cette affaire plus discrètement.

Elisabeth lui adressa un regard étrange, où se lisaient à la fois du défi et du triomphe. Sans lui répondre, elle se tourna vers Alicia.

— Maman, viens m'aider à changer Johann, s'il te plaît. Gertie est à la cuisine.

— J'ai de nouveau la migraine, Lisa. Else t'aidera.

Elisabeth s'était levée, toute débordante d'énergie.

— Else ? Grands dieux, elle s'évanouit dès qu'elle ouvre la couche du petit et qu'elle voit son zizi. Allez, maman, ton petit-fils a besoin de toi. Tu as tout le temps d'avoir la migraine.

Alicia répondit avec un faible sourire qu'elle n'avait pas langé de bébé depuis longtemps et que de toute façon c'était plutôt la bonne d'enfants qui s'en était chargée pour elle. Cependant, elle se leva et suivit sa fille. Lorsque Julius leur ouvrit la porte de la salle à manger, on entendit les pleurs véhéments du petit Johann.

Quelle scène ! Un vrai séisme ! Resté seul, Paul se sentit soudain très abattu. Il se leva, s'approcha de la fenêtre, repoussa les rideaux et regarda le parc dans ses habits d'hiver. C'était à cette même place qu'il s'était trouvé, des années plus tôt, alors que Marie était en train d'accoucher. Son père lui avait servi un whisky pour le calmer. Quand était-ce ? Il y avait neuf ans. Aujourd'hui, Johann Melzer n'était plus de ce monde. Marie n'était plus là. Et il ne voyait plus ses enfants que de manière épisodique. Comment en était-on arrivé là ? Il aimait Marie plus que tout. Et il aimait aussi ses deux enfants. Ils étaient différents de ce qu'il aurait souhaité, mais ils étaient sa chair et son sang, et il les aimait.

Il fallait qu'il se passe quelque chose. Qu'il abatte le mur. Pierre à pierre. Même au prix des pires efforts. Des plus grands renoncements. Et il n'arrêterait que lorsqu'il les aurait retrouvés. Car sans eux il n'avait plus de raison de vivre.

Après le dîner, auquel Serafina n'assista pas, il se posta à la fenêtre de son bureau et attendit. Des corneilles étaient perchées sur les branches nues, le sol était gelé, de minuscules flocons de neige vibraient dans l'air, telles des aiguilles de glace. Lorsqu'il vit la voiture de Kitty s'engager maladroitement dans le parc, puis remonter lentement l'allée en toussant, il n'avait toujours pas de programme. Mais il était sûr d'une chose : il voulait passer cet après-midi avec ses enfants et être proche d'eux.

Il observa Kitty faire deux fois le tour du parterre de la cour, manifestement pour amuser les jumeaux. Quand enfin elle s'arrêta, Dodo, puis Leo descendirent sans entrain de l'automobile. Leo tenait son bonnet de fourrure à la main. Dodo essaya une glissade sur les pavés verglacés, mais n'alla pas plus loin.

Une glissoire, pensa-t-il. *Dans le temps, on en avait fabriqué une sur le sentier de la prairie. On avait fait des glissades l'un après l'autre jusqu'à ce qu'il soit lisse comme de la glace. Et, au moment où ça devenait vraiment amusant, le paysan nous avait chassés...*

Il descendit rapidement dans le vestibule, où Gertie débarrassait les enfants de leurs manteaux et les obligeait à retirer leurs bottes. Dodo gloussa, parce qu'elle avait perdu sa chaussette gauche. Leo essayait de lancer son bonnet sur une des patères. À la vue de leur père, ils reprirent leur sérieux.

— Alors, vous deux, comment ça va ?

Lâchant sa chaussette, Dodo fit une génuflexion, tandis que Leo s'essayait à une révérence.

— Bien, papa.

— Bonjour, papa.

Comme ils se montraient cérémonieux ! Avait-il jamais exigé cela d'eux ? Il en fut blessé. Il ne voulait pas que ses enfants le saluent comme s'il était le maître d'école.

Kitty émergea du fond du vestibule, où elle avait rajusté sa coiffure devant un des miroirs.

— Comment veux-tu qu'ils aillent, mon cher Paul ? Bien, évidemment. On les choie et on les gâte, nos petits chéris, on les nourrit, on les gave. Bonjour, petit frère, viens que je t'embrasse. Tu as un air si fâché aujourd'hui. Aurais-tu des soucis ?

— Ah, Kitty !

Avec un rire, elle prit les enfants par la main.

— Faites le moins de bruit possible, d'accord ? Sinon nous allons réveiller le bébé. Gertie ? Qu'est-ce qu'ils font, là-haut ? Dodo et Leo aimeraient voir leur nouveau cousin.

— Je crois qu'il est en train de téter.

— Aïe, dit Kitty. Enfin bon, ce n'est pas trop grave. C'est la vie, hein, les enfants ? Les nourrissons tètent le sein de leur mère.

Paul eut une fois de plus l'impression de jouer les seconds rôles. Il emboîta le pas à Kitty, qui monta au deuxième avec les jumeaux et entra dans la chambre d'Elisabeth. Un peu embarrassé, il demeura dans le couloir, ne se sentant pas le droit de les suivre à l'intérieur.

— Else, dites aux enfants que je les attends dans mon bureau.

Ce fut plus long que prévu. Il passa le temps en feuilletant un catalogue de machines à filer à anneaux sans vraiment arriver à se concentrer. Il entendit enfin la voix de Kitty dans le couloir.

— Soyez bien sages, tous les deux. À ce soir.

— À quelle heure tu repasses nous chercher, tante Kitty ? demanda Leo.

— Ne viens pas trop tard, hein ? dit Dodo.

— Je serai là vers 6 heures, je pense.

Paul entendit un double soupir, puis on frappa à la porte.

— J'arrive, répondit-il. Habillez-vous, on descend dans le parc.

Conciliabule devant la porte. Lorsqu'il sortit dans le couloir, les deux enfants s'écartèrent brusquement l'un de l'autre en prenant un air innocent.

— Madame von Dobern vient avec nous ? s'enquit Dodo.

— Non.

Ils parurent soulagés. Pour un peu, il aurait souri en les voyant dévaler l'escalier en bondissant, enfiler leurs bottes et leurs manteaux. Gertie accourut leur mettre leur écharpe, puis elle apporta le manteau et le chapeau de Paul.

— On va se promener ? demanda Leo, méfiant.

— C'est à voir. Pourquoi tu ne mets pas ton bonnet ? Il fait froid.

Leo le fit tourner entre ses mains en plissant le nez, puis finit par s'en coiffer.

— Qu'est-ce qu'il y a ? voulut savoir Paul.

— Rien, papa.

Paul fut pris d'agacement. Pourquoi Leo mentait-il ? Avait-il si peu confiance en lui ?

— Je t'ai posé une question, Leo !

Sentant la colère qui transparaissait dans sa voix, il n'alla pas plus loin. Dodo vint au secours de son frère.

— Il déteste ce bonnet, Papa. Parce qu'il le chatouille. Et que les élèves de sa classe se moquent de lui.

Ah ! Voilà au moins qui constituait une explication et lui fournissait un moyen d'action.

— C'est vrai, Leo ?

— Oui, papa.

Paul eut un instant d'hésitation. Marie risquait de se méprendre. C'était elle qui avait offert ce bonnet de fourrure à Leo pour Noël.

— Qu'est-ce que tu aimerais comme bonnet, Leo ?

Son fils lui lança un regard incrédule, où transparaissait même un peu de méfiance. Paul en ressentit un pincement au cœur. Leo n'avait effectivement aucune confiance en lui.

— Un bonnet comme celui des autres.

Dans un an, Leo entrerait au lycée de garçons. Il porterait alors le couvre-chef des élèves de l'établissement, la question serait réglée. En attendant…

— Dans ce cas, allons d'abord faire un tour en ville, tu me montreras ce que tu veux.

— Et… et tu me l'achèteras ?

— Si j'en ai les moyens.

Il sourit, mit son chapeau et partit devant sortir la voiture du garage. Lorsqu'ils furent installés, les messes basses reprirent sur la banquette arrière. Frère et sœur continuaient d'être solidaires et d'offrir un front uni.

— Mais papa est riche ! entendit-il dire Dodo.

— D'accord, mais il achètera pas de bonnet. Et puis on est dimanche, les magasins sont fermés.

— Tu verras.

Paul comprit soudain qu'il lui serait beaucoup plus facile de conquérir le cœur de sa fille. Dodo était d'un tempérament ouvert, elle venait vers lui. Et elle semblait avoir confiance en lui.

— Papa ?

Il descendit avec prudence l'allée menant au portail, réfléchissant déjà à l'endroit où il pourrait garer la voiture en ville.

— Quoi donc, Dodo ?

— Je peux conduire, moi aussi ?

Elle poussait déjà le bouchon trop loin. En son for intérieur, Paul entendit la voix impérieuse de madame von Dobern énoncer une mise en garde et s'en irrita.

— Non, Dodo, les enfants n'ont pas le droit de conduire une automobile.

— Mais je veux juste tenir le volant !

Hum… Après tout, pourquoi pas ? C'était son parc, son allée. Personne n'avait à lui dire ce qu'il devait faire lorsqu'il était chez lui. Il arrêta la voiture.

— Viens devant. Attention de ne pas salir le siège avec tes bottes. Là… Assieds-toi sur mes genoux.

Elle était tout excitée. Cramponnée au volant, elle se livra à l'exercice avec un grand sérieux, les yeux plissés, la mine déterminée, les lèvres serrées. Il roulait le plus lentement possible, l'aidait quand elle n'avait pas suffisamment de force, la complimentait, puis mit fin au jeu.

— Ah, dommage ! Quand je serai grande, je prendrai toujours l'automobile. Ou alors je piloterai un avion motorisé. Ou un planeur, ça ira aussi.

Paul attendit qu'elle se soit rassise à l'arrière, puis il se tourna vers Leo avec un regard interrogateur, mais son fils ne dit rien. Visiblement, il n'avait pas envie de conduire.

Le dimanche, à cette heure, les rues commerçantes du centre-ville étaient peu animées. En outre, le froid retenait la plupart des gens chez eux, bien au chaud dans leurs salons. Seuls quelques promeneurs opiniâtres flânaient devant les vitrines, les dames en manteau de fourrure, les messieurs avec canne et chapeau rigide. Paul arrêta la voiture devant les grands magasins. Ils regardèrent les bonnets d'enfant exposés en vitrine, mais Leo ne trouva pas ce qu'il cherchait.

— Qu'est-ce que tu veux exactement ?

— Un bonnet comme celui de Walter. Marron, avec des oreillettes qu'on peut replier à l'intérieur. Et plus long devant, comme ça, avec une visière.

— Je vois.

Il trouva un magasin de vêtements de sport qui avait effectivement la casquette désirée. Sans les oreillettes, toutefois, mais ce n'était pas trop grave.

— Un bonnet comme celui-là ?

— Oui, papa, exactement.

Leo lui adressa un regard radieux de ses yeux bleu gris. Ils restèrent un petit moment devant la vitrine de la Maison des chapeaux pour faire plaisir à Dodo, qui ne se lassait pas d'admirer les modèles chics qui y étaient exposés. Puis, lorsque Paul mit le cap sur la pâtisserie Zeiler, située sur le trottoir opposé, la fillette resta plantée devant la petite librairie Eisele, art et typographie, journaux, illustrés, littérature.

— Papa, ce livre, là !

Elle désigna un ouvrage relié de toile marron sur lequel le nom de l'auteur et le titre étaient inscrits en lettres dorées : « Otto Lilienthal, *Le Vol des oiseaux, fondement de l'art de l'aviation.* »

— C'est un ouvrage technique, Dodo. Très difficile, tu n'en comprendrais pas un mot.

— Oui !

— Inutile, tu n'y trouverais aucun plaisir.

Elle était têtue comme une mule. L'idée lui vint qu'elle tenait peut-être cette obstination de sa grand-mère. Pas d'Alicia, mais de Luise Hofgartner.

— C'est tout simple, papa. Un avion vole comme un oiseau, lui aussi il a deux ailes.

Par chance, Paul avait un atout dans sa manche et il n'hésita pas à s'en servir.

— Nous avons cet ouvrage dans la bibliothèque de la villa, Dodo. Tu pourras le regarder à la maison.

— Pour de vrai ? Quand est-ce qu'on rentre ?

Quelle fillette insensée ! Elle n'avait pas touché à la poupée que lui avait offerte sa grand-mère. En revanche, mademoiselle voulait à toute force lire un ouvrage sur l'aviation beaucoup trop difficile pour elle.

— On pourrait aller au cinéma. On va voir ce qui se joue au Capitol ?

Cette proposition suscita peu d'enthousiasme. Dodo voulait rentrer sur-le-champ, Leo haussa les épaules.

— Si tu veux, répondit-il avec ennui.

Paul dut de nouveau faire un gros effort pour ne pas céder à la colère. Dans le fond, c'était sa faute, pourquoi leur demandait-il leur avis ? Ils s'attardèrent devant le magasin de musique Dolge, examinant un quart-de-queue laqué noir exposé à côté de deux pianos pourvus de chandeliers escamotables et de pieds sculptés.

— Pas terrible, déclara hardiment Leo.

— Ah, pourquoi ?

— Tant qu'à faire, il vaut mieux acheter un vrai grand piano. Un Bechstein. Mais pas ce genre de camelote qui ne coûte rien.

Incroyable ! D'où lui venait cette assurance ? Sans compter que l'instrument n'était pas si bon marché que cela.

— Pourquoi un Bechstein ?

— Ce sont les meilleurs, papa. Franz Liszt ne jouait que sur des Bechstein. Madame Ginsberg dit toujours…

Il s'interrompit et leva un regard hésitant vers Paul.

— Que dit madame Ginsberg ?

Leo marqua un temps d'arrêt. Il savait que son père n'approuvait pas les cours de piano qu'il prenait avec elle.

— Elle dit que le Bechstein possède un timbre à la fois clair et riche. Il n'y a aucune autre marque qui lui arrive à la cheville.

— Ah !

Ils rentrèrent à la villa, où Paul leur montra dans la cour comment créer une glissade. Dodo fut ravie. Leo commença par juger l'exercice ennuyeux, puis il s'avéra qu'il savait très bien s'y prendre.

— Nous aussi, on fait ça en cour de récréation, papa. Mais seulement quand monsieur Urban ne regarde pas.

Lorsque la glissade fut vraiment au point, ils s'amusèrent comme des fous. Au bout d'un moment, ils furent rejoints par Humbert, qui se montra très habile. Même Julius essaya. Et il parvint à convaincre Gertie de s'y risquer. Postées à la fenêtre de la cuisine, Else et la Brunnenmayer les regardaient en secouant la tête, tandis qu'Alicia les exhortait depuis le premier étage d'arrêter de se comporter comme des enfants, ils pouvaient se faire mal.

Lorsque Kitty arriva vers 6 heures et demie pour récupérer les jumeaux, Dodo était assise à côté de Paul dans la bibliothèque et se faisait expliquer les principes de la force ascensionnelle. Leo, lui, jouait du Debussy.

— Déjà ? dit-il à contrecœur.

Chapitre 32

Mars 1925

— Ebert est mort.

Le petit Fritz sur les genoux, Augusta essayait de lui faire avaler une autre cuillerée de bouillie de carottes, mais l'enfant secouait énergiquement la tête, les joues dangereusement gonflées.

— Qui est mort ?

Gustav leva les yeux du journal qu'il avait étalé sur la table. À présent, ils s'offraient le luxe d'acheter le *Augsburger Neueste Nachrichten.* La table et les chaises étaient neuves. Tout comme le buffet, sur lequel trônait une boîte marron avec un élément circulaire en tissu et deux boutons qu'il fallait tourner : un appareil de radio, fierté de Gustav.

— Le président Friedrich Ebert. Il est mort d'une appendicite.

— Ah ?

Fritz rejeta un puissant jet de bouillie qui atterrit équitablement sur la table, le journal, le tapis et la manche d'Augusta. Gustav écopa lui aussi de quelques éclaboussures.

— Il faut toujours que tu le gaves, protesta-t-il en s'essuyant la figure de sa manche.

Augusta reposa par terre son fils qui gigotait. Le petit s'empressa de filer, les jambes encore peu assurées. Hansl, qui avait sagement patienté, fut autorisé à terminer la bouillie. Il n'était pas difficile et mangeait à peu près tout ce qu'on lui donnait. Parfois aussi, il avalait des choses non comestibles telles que des mégots de cigare ou des bouchons de bouteille.

Augusta courut à la cuisine chercher un chiffon humide pour nettoyer les dégâts causés par Fritz.

— Vous allez reprendre la construction ? demanda-t-elle à Gustav.

Furieux, il répondit par la négative. Trop froid. Le mortier ne voulait pas durcir. Il fallait attendre que les températures remontent. Les poteaux supportant le toit devaient être solidement scellés. Les poutres en fer et les contrefiches se trouvaient déjà dans le hangar, elles étaient l'œuvre de la serrurerie Muckelbauer. Augusta avait payé en espèces. Et les grandes vitres avaient été livrées.

— Pourvu qu'elles soient installées avant qu'il recommence à pleuvoir.

La serre aurait dû être achevée depuis longtemps. Mais Gustav n'était pas ingénieur et ceux auxquels il avait fait appel n'étaient pas non plus des professionnels. Ils avaient creusé la terre, érigé quelques murs bas, puis terminé le sol à grand-peine. Cependant, il s'était mis à pleuvoir et, comme il n'y avait pas encore de toit, la construction s'était remplie d'eau. La Liesel avait trouvé ça « chouette » désormais, ils avaient une piscine. Puis, en décembre, tout avait gelé. Quelques camarades de Maxl étaient venus avec leurs patins à glace et ils s'étaient bien amusés.

À présent, on était en mars, ils auraient dû commencer les plantations. Gustav avait fait les semis et réparti les pots sur tous les rebords de fenêtre de leur maison. Mais ce n'était là qu'un plan B. Une serre leur aurait offert bien plus de possibilités.

— Parfois, ça va vraiment très vite, marmonna Augusta en essuyant un reste de bouillie qui avait giclé sur le bois poli de la radio. Il était pas vieux, le président Ebert.

— Si c'est la volonté de Dieu… répondit Gustav en tournant la page pour examiner les petites annonces.

Augusta récupéra Fritz, qui faisait des bêtises dans le salon, et l'emporta avec elle à la cuisine. Ce qui lui donnait aussi un motif de fermer la porte sans éveiller les soupçons de son mari. Cette inactivité n'était pas bonne pour lui, elle lui inspirait des idées noires. Quand ce maudit froid serait enfin passé, il pourrait travailler à l'extérieur. Pour être heureux et satisfait, il avait besoin de remuer la terre.

Augusta donna à Fritz deux cuillères en bois, ce qui lui convenait mieux que le coûteux jeu de construction qu'elle lui avait offert à Noël. De toute façon, il n'en utilisait les éléments que pour les jeter. Il avait également cassé le jouet en fer-blanc de Maxl. Seule la belle poupée en robe rose à volants était encore intacte. La Liesel y tenait comme à la prunelle de ses yeux et l'avait rangée en haut de l'armoire, afin que ses frères n'y aient pas accès. Tandis que le petit déambulait dans la cuisine en tambourinant avec ses cuillères tantôt sur le fourneau, tantôt sur la caisse en bois ou sur une chaise, Augusta sortit son carnet de dépenses du tiroir de la table. Avec un soupir elle ouvrit l'épais cahier, le feuilleta, classa les factures qu'elle y avait glissées. Heureusement, la plupart étaient déjà payées. Il ne restait à régler que les semences, deux nouvelles pelles et une bêche. Il y avait aussi la facture du vitrier, qui se montait à quelques centaines de Reichsmarks. Mais, comme une des vitres s'était brisée lors du déchargement, elle ne paierait qu'une fois celle-ci remplacée.

Le magot qu'elle avait emprunté à la Jordan avait fondu plus vite qu'elle ne s'y était attendue. Elle gardait encore six cents Reichsmarks sous son matelas. C'était la réserve pour les imprévus. Avec cette somme il faudrait payer le vitrier, mais aussi les ouvriers qui construisaient le toit et installaient les vitres de la serre. Elle fouilla au fond du tiroir et en sortit son portefeuille, un bel objet en cuir marron que les Melzer lui avaient offert une année pour Noël. C'était au moment où elle avait épousé Gustav, c'est-à-dire avant la guerre. Madame Melzer y avait glissé vingt marks, avec lesquels elle avait acheté du linge pour Maxl et un pantalon de bonne qualité pour Gustav. Le cuir en était passablement usé, mais faisait encore l'affaire. Le contenu, en revanche, se composait pour l'essentiel de pfennigs. Il s'y trouvait aussi trois marks, ce qui n'était pas suffisant pour les courses du jour.

Elle se leva précipitamment en voyant que Fritz avait failli renverser le bain-marie rempli d'eau chaude et lui donna un plat en fer-blanc sur lequel il pourrait taper tout son soûl. Puis, elle se rassit pour réfléchir à ce qu'il convenait de faire.

Cette maudite sournoise de Jordan ! Augusta s'était pourtant doutée qu'il y avait quelque chose de louche dans sa générosité. « Durant les premiers mois, tu n'auras presque rien à rembourser » Même pas vrai ! Cette cupide intrigante ne lui avait laissé que deux mois de répit. Après quoi, elle l'avait informée par lettre que, dorénavant, elle devrait s'acquitter mensuellement de la somme de cinquante Reichsmarks. En janvier, le montant de la mensualité était passé à soixante-dix Reichsmarks. Cette augmentation était assortie de la menace d'avoir recours à l'huissier si Augusta Bliefert réglait les sommes dues avec plus d'un mois de retard. Augusta avait mis Fritz dans son landau, pris Hansl par la main, et était allée tout droit demander à la Jordan de s'expliquer. Celle-ci lui avait mis sous le nez le contrat qu'elle avait signé, déclarant avec un sourire froid qu'elle en avait pour des années à rembourser et que ceci n'était que le début.

« Voilà ce que c'est de vouloir faire construire. Je t'ai prêté l'argent, je veux avoir ma part des bénéfices que tu feras. Parce que tu en fais, non ?

— Oui, mais la serre est pas encore terminée. Et puis, en hiver, on vend rien. Je peux pas te payer les intérêts. »

Mais avec la Jordan, Augusta était mal tombée. Croyait-elle donc que cet argent était un cadeau ? Qu'elle le devait à ses beaux yeux et aux deux morveux qu'elle trimballait sous ses jupes ?

« Je travaille dur pour gagner ma vie, avait-elle affirmé. On ne me fait pas de cadeau, Augusta, alors je n'en fais pas non plus. Tu as intérêt à payer, sinon j'irai devant le juge et je ferai saisir votre terrain. »

Augusta était rentrée furieuse. Cette sorcière savait depuis le début ce qu'elle faisait. C'était leur propriété qu'elle visait, elle voulait rafler de ses vilains doigts crochus la terre qui leur avait coûté tant de travail et d'épargne. C'était un vautour, une affreuse punaise, un rat tapi dans le canal qui vous mordait le pied ! Travailler dur pour gagner sa vie ? Ha, ha ! Qu'est-ce qu'il ne fallait pas entendre ! Installée bien confortablement dans son arrière-boutique, elle prédisait l'avenir à des clientes bourrées aux as en se servant d'une boule de cristal achetée à un cordonnier. Augusta aurait bien voulu pouvoir gagner aussi facilement son pain ! Mais elle n'avait pas assez de culot pour faire payer aussi cher un vulgaire tissu de mensonges. Pour cela, il fallait être totalement dépourvu de scrupules.

Pourquoi une femme seule, qui n'était plus toute jeune, avait-elle besoin d'autant d'argent ? Chez le boulanger, une cliente avait raconté que madame Jordan voulait maintenant acheter l'auberge À l'arbre vert pour en faire un « établissement » d'un genre particulier. Avec des petits fauteuils en peluche rose et des grands lits surmontés de miroirs. Et dire qu'elle avait autrefois dirigé un orphelinat subventionné par l'Église ! Mais c'était l'époque qui voulait cela. Les jeunes femmes s'étaient débarrassées de leurs corsets et portaient des jupes qui leur arrivaient tout juste au genou, si bien qu'on voyait leurs mollets et plus encore. Il ne fallait pas s'étonner si même de braves époux se mettaient à nourrir des pensées aventureuses.

Augusta elle-même en avait presque éprouvé de la crainte, alors que Gustav était un mari on ne peut plus sage et fidèle. Il se pliait toujours à ses directives, croyait à tout ce qu'elle lui disait sans jamais se demander si c'était vrai. Du reste, elle ne lui mentait généralement pas, cette histoire d'argent était une exception. Elle avait prétendu qu'il s'agissait d'un héritage. De sa tante. Elle ne lui en avait même pas indiqué le montant exact, se contentant de lui assurer qu'ils avaient désormais les moyens de bâtir la serre. Gustav n'en avait pas demandé plus. Il était ravi que Augusta tienne les cordons de la bourse, les chiffres n'avaient jamais été son fort.

Elle avait réglé janvier et février sur la somme prêtée par la Jordan en se disant qu'en fin de compte elle lui rendait son argent. À présent, il y avait la mensualité de mars à acquitter. Si cela continuait ainsi, elle ne pourrait payer ni le vitrier ni les ouvriers. D'ailleurs, pour le moment, ils vivaient avec ce qu'elle gagnait à la villa.

Rien à faire, il fallait qu'elle retourne voir la Jordan. Au besoin, elle consentirait à un taux d'intérêt plus élevé pourvu que leur créancière veuille bien patienter jusqu'en avril. Une fois que l'affaire tournerait, elle pourrait payer, mais dans l'immédiat, elle n'avait pas encore de rentrées.

Elle replaça en soupirant son carnet dans le tiroir. Puis, elle mit son portefeuille dans sa poche, prit Fritz dans ses bras et regagna le salon.

— Je sors faire des courses, Gustl. Je te laisse Hansl et Fritz. Quand la Liesel et Maxl rentreront de l'école, ils s'occuperont des petits.

— D'accord.

Elle enfila son manteau de laine bleu marine et se coiffa de son chapeau. Elle avait bien fait de s'acheter des bottes chaudes, une bénédiction par ce temps glacial. Sa nouvelle garde-robe lui avait coûté un joli paquet d'argent, mais elle ne s'était rien acheté de plus. D'autres s'offraient des perles et des chaînes en or. Pour sa part, elle n'avait été tentée qu'une seule fois. Dans la vitrine d'un brocanteur, elle avait vu un fin bracelet en or avec un pendentif en forme de cœur : un petit rubis dans une monture d'or, exactement ce dont elle avait toujours rêvé. Une « affaire », qui coûtait tout de même trente Reichsmarks. Elle s'était fait une raison.

Elle prit un raccourci en passant par les prés. Les chemins étaient gelés, si bien qu'on ne risquait pas de se salir les bottes. Elle franchit la porte de Jakob, s'enfonça dans l'entrelacs de ruelles en direction du couvent de Sainte-Ursule, rejoignit la rue du Boulanger en passant par la rue de la Montagne du prédicateur et redescendit vers la rue de la Montagne de lait. Elle avait bien fait de ne pas emmener les enfants, elle aurait mis beaucoup plus de temps. Elle apercevait déjà les maisons repeintes à neuf de la Jordan ainsi que la petite table que Christian, son employé aux oreilles en feuilles de chou, installait toujours à l'extérieur. Ce jour-là, le jeune homme avait exposé deux candélabres bien astiqués qui n'étaient sûrement pas en argent, sinon la Jordan ne les aurait pas sortis. Il y avait aussi une belle coupe en laiton contenant deux pommes rouges et une grappe de raisin vert mat, le tout en porcelaine, façonné et peint avec art. La grappe montrait même des petites feuilles vert foncé.

Le cœur battant à se rompre, Augusta s'arrêta à quelque distance de l'épicerie pour reprendre son souffle. Elle avait marché trop vite. Elle n'éprouvait aucune peur : elle était prête à se battre. À défendre ce qui lui appartenait, le terrain qu'elle avait acquis grâce à la pension que le sous-lieutenant von Hagemann lui avait versée, de manière hélas trop irrégulière. Elle avait été bien avisée d'investir cet argent, qui aurait été dévoré par l'inflation. Voilà pourquoi il ne fallait pas que cette diablesse mette la main dessus. Elle n'hésiterait pas à lui sauter à la gorge pour l'en empêcher…

Dans la boutique se trouvait une dame maquillée en manteau de fourrure, un petit chapeau noir dernier cri sur ses cheveux courts. Elle demandait divers produits exposés sur les rayonnages supérieurs, gelées de fruits exotiques, chocolats au poivre ou soupe de crabe en boîte. Augusta n'en aurait pas voulu même si on les lui avait offerts, mais il y avait des gens qui ne savaient pas quoi faire de leur argent. La dame paya sans sourciller une somme exorbitante et laissa la bonne qui patientait à côté d'elle ranger toutes ces denrées écœurantes dans son panier. Christian, qui avait adressé plusieurs sourires à Augusta, la salua avec chaleur et prit des nouvelles de Fritz et de Hansl.

— Aujourd'hui, ils sont restés à la maison. Madame Jordan est là ?

— Oui, frappez donc à la porte. Je crois qu'elle avait juste quelques factures à établir.

Il l'encouragea d'un signe de tête, puis ouvrit un carton et se mit à ranger sur les rayonnages les conserves qu'il contenait. L'étiquette collée sur les boîtes représentait, à ce que croyait distinguer Augusta, une tortue. Elle préférait ne pas savoir ce qu'il y avait dedans. C'était dommage pour Christian, on aurait pu l'employer au jardin maraîcher. Un si gentil garçon. Et il se serait sûrement occupé des petits sans se plaindre.

Elle prit une grande inspiration, mobilisa toutes ses forces et frappa à la porte de l'arrière-boutique. Pas de réponse.

— Vous pouvez insister. Parfois, elle est absorbée dans ses calculs.

L'avarice a dû la rendre sourde, songea Augusta en frappant plus fort. Toujours rien.

— Vous êtes sûre qu'elle est là ?

— Bien sûr, je viens de lui apporter un café.

Augusta n'avait pas l'intention de se montrer particulièrement polie et patiente ni de se laisser éconduire. Elle pressa la poignée et entrouvrit le battant.

— Maria ? C'est moi, Augu…

Elle s'interrompit brusquement en voyant, au lieu de la Jordan, le domestique Julius. Debout à côté de la jolie petite table, il fixait Augusta avec des yeux écarquillés d'effroi, un couteau dans la main droite.

Ils restèrent un instant muets d'épouvante. Puis Augusta aperçut une femme assise dans un fauteuil juste en face de Julius.

— Maria... balbutia Augusta. Madame Jordan... Que s'est-il passé ?

La peur l'envahit. Une chose terrible s'était produite dans cette pièce et flottait encore dans l'air tel un esprit maléfique qui fondrait sur elle si elle entrait. Elle se mit à trembler.

— Seigneur, souffla-t-on juste à côté d'elle.

C'était Christian, qui avait glissé à son tour un coup d'œil par l'entrebâillement de la porte et reculait, chancelant d'horreur.

Augusta restait figée sur place, mais à présent, son regard se promenait dans la pièce, enregistrant des détails qu'elle aurait préféré ne pas voir. La Jordan était renversée sur son siège, la tête en arrière, les jambes allongées. Ses bras pendaient de chaque côté. Sa main visible, colorée de rouge clair, était convulsée comme si Maria Jordan avait voulu arracher les yeux à quelqu'un. En dessous, le tapis était maculé d'une large tache rouge. Était-ce du sang ?

— Je n'ai rien fait, bredouilla Julius.

Puis, examinant le couteau qu'il avait toujours à la main, il chuchota :

— Seigneur...

— Un médecin, bafouilla Christian, nous avons besoin d'un médecin. Madame Jordan est blessée.

Julius le regarda comme s'il parlait chinois, mais ne fit rien pour le retenir. Le jeune employé glissa quelques mots à l'oreille d'Augusta, qui ne les comprit qu'avec retard. Il l'avait priée de garder le magasin pendant qu'il allait chercher le Dr Assauer, qui avait un cabinet dentaire à trois rues de là.

— Augusta, dit Julius tout tremblant, je t'en supplie, il faut me croire. Je suis entré et je l'ai vue sur cette chaise avec un couteau dans le ventre. Je l'ai retiré...

Augusta hocha machinalement la tête, puis se décida finalement à entrer dans la pièce. La petite porte cachée derrière le tableau était ouverte. Des papiers gisaient épars sur le sol: cédules hypothécaires, factures, lettres de rappel... Puis, elle vit que les coussins de soie du canapé portaient des taches rouges. Le sol, le tapis étaient imprégnés de sang, on apercevait des éclaboussures sur les tentures.

Un crime, se dit Augusta. *Quelqu'un qui n'entrevoyait plus d'issue s'est jeté sur elle avec un couteau. Parce qu'elle voulait lui prendre tout ce qu'il avait.*

Elle se sentit tout à coup très calme et eut même le courage de regarder la figure blême de la Jordan. Elle avait les yeux mi-clos, la bouche entrouverte, le nez effilé. En fait, elle avait un air tranquille, ni furieux ni effrayé. Presque paisible.

— Elle est morte ?

Julius opina. En proie à une crise de tremblements, il ne pouvait plus s'arrêter de hocher la tête. Le couteau lui échappa des mains. Le domestique recula de quelques pas, s'appuya contre une commode et resta là, comme s'il avait besoin du meuble pour rester debout. Augusta craignit de le voir rendre l'âme sur place.

Un cri perçant les fit sursauter. Une femme d'un certain âge était entrée derrière Augusta, une cliente venue faire des achats. Horrifiée, elle avait porté ses mains à sa bouche, ce qui ne l'empêchait pas de hurler si fort qu'Augusta crut entendre les conserves s'entrechoquer sur les étagères.

— Au meurtre ! À l'assassin ! Du sang ! L'assassin est là ! Au secours ! Police ! Il y a du sang partout ! Assassin, assassin !

— Voulez-vous bien rester tranquille ? intervint Augusta. C'est un accident. Le médecin arrive.

Son discours, qui n'avait pas grand sens, ne calma nullement la femme. Affolée, elle recula de quelques pas et vint heurter deux jeunes hommes, manifestement des charretiers chargés de la livraison de tonneaux de bière, que ses cris avaient arrachés à leur casse-croûte.

— Où est-il ?

— Là, glapit-elle en tendant le bras. À côté de sa victime.

On la repoussa. Augusta s'écarta elle aussi. À la vue de la morte, les deux solides gaillards durent se cramponner à l'embrasure de la porte. D'autres personnes se montraient à présent à l'entrée du magasin, des voisins, des curieux, puis un policier.

— Bon Dieu, elle est morte, un coup de couteau !

— Quelle boucherie ! Du sang partout.

— On ne touche à rien ! cria le policier. Vous, là-bas, restez où vous êtes ! Arrêtez-le, retenez-le !

La suite des événements se déroula pour Augusta comme dans un mauvais rêve. Des gens se pressaient dans la petite épicerie, des boîtes et des bocaux tombèrent, les rayonnages se vidèrent mystérieusement. Des femmes criaient, d'autres, avides de sensationnel, se faufilaient parmi les badauds pour glisser un coup d'œil dans l'arrière-boutique. Le policier beugla une suite d'ordres, plusieurs hommes traînèrent Julius de force dans le magasin. La veste du domestique était déchirée, il avait la chemise hors du pantalon. Ses cheveux d'ordinaire coiffés en arrière et pommadés lui retombaient en mèches sur la figure. Il ne cessait de protester de son innocence, mais plus il insistait, plus on le croyait coupable. Christian revint avec le dentiste Assauer. Tous deux se frayèrent un chemin vers l'arrière-boutique. Augusta entendit le médecin dire qu'il n'y avait plus rien à faire.

Plus tard, une automobile sombre s'arrêta devant l'épicerie, puis une deuxième : c'étaient ces messieurs de la police judiciaire. Ce fut de nouveau la pagaille, on jeta dehors tous ceux qui n'avaient rien à faire là, on examina la morte, on mit l'arme du crime en lieu sûr. Christian fut interrogé. Il pleurait et déclara que madame Jordan s'était toujours montrée bonne avec lui. Il lui avait apporté du café, c'était vers 10 heures, à ce moment-là elle était encore en vie. Après, il avait servi des clients, puis madame Bliefert était arrivée, elle voulait parler à madame Jordan.

Il avait dû voir le meurtrier lorsque celui-ci avait traversé le magasin pour se rendre dans l'arrière-boutique, non ? Christian répondit par la négative, expliquant que l'homme avait sans doute utilisé la porte de derrière, réservée aux « clients spéciaux ». Augusta apprit à cette occasion que les riches dames qui se faisaient prédire l'avenir par la Jordan ne passaient jamais par le magasin. Il y avait un portillon de jardin et une entrée à l'arrière de l'immeuble.

Augusta fut elle aussi interrogée. De quoi voulait-elle parler avec madame Jordan ? Connaissait-elle l'assassin ? L'avait-elle vu poignarder la victime ? Pour quelle raison pouvait-il avoir agi de la sorte ?...

Entre-temps, on avait enveloppé le corps de Maria Jordan dans une couverture. Deux hommes le transportèrent dans une des voitures. Augusta entendit les portières claquer et dut s'asseoir sur un tabouret.

— Vous ne vous sentez pas bien ? demanda le jeune policier.

Il avait un visage lisse et pâle et des yeux marron. Sa moustache était aussi noire que ses cheveux.

— J'ai eu tellement peur ! Je la connaissais depuis des années. Dans le temps, elle avait été femme de chambre à la villa aux étoffes.

— La villa aux étoffes ?

— Oui, celle de l'industriel Melzer, le propriétaire de l'usine textile.

— N'est-ce pas là que travaille aussi le sieur Julius Kronberger ?

Augusta acquiesça.

— Ah… Vos nom et adresse ?

Il nota tout d'une écriture minuscule, puis referma son calepin et glissa le crayon dans la boucle prévue à cet effet.

— Vous pouvez partir, madame Bliefert. Si nous avons d'autres questions, nous vous recontacterons.

En ressortant dans la rue, Augusta constata que la petite table avait été renversée. Une des pommes en porcelaine gisait en miettes dans le caniveau, les autres jolis objets avaient disparu. Elle s'en voulut de sa bêtise. Elle aurait pu se servir et emporter un candélabre ou, mieux, un des ravissants bracelets en argent, comme d'autres l'avaient fait. Mais elle n'y avait pas pensé. Dans le magasin se trouvaient deux officiers de la police judiciaire qui continuaient d'interroger le malheureux Christian.

Elle repartit, sonnée par l'événement. Il était midi largement passé, il fallait qu'elle achète du pain et du lait pour pouvoir au moins préparer le repas. Alors qu'elle patientait chez le crémier, elle se rendit soudain compte à quel point elle avait été stupide.

La reconnaissance de dette que la Jordan lui avait fait signer ! Elle se trouvait sans doute dans la pièce avec les autres papiers. Pourquoi n'avait-elle pas pensé à regarder ? Un geste, et fini ! Dans le poêle. Réduite en cendres.

À présent, il était trop tard.

Chapitre 33

En reconnaissant sa voix, elle eut un instant de saisissement. *Comme c'est stupide*, pensa-t-elle. Mais elle se sentait sans défense contre la vague de crainte et de joie qui la traversait, et elle éprouvait un sentiment proche du soulagement de constater que tout n'était pas fini.

— Marie ? Excuse-moi de t'appeler à l'atelier. Mais j'ai une bonne raison. Est-ce que je te dérange ? On peut se parler plus tard, si tu veux.

Deux couturières attendaient ses indications pour le patron d'une robe de soirée et madame le docteur Überlinger devait arriver dans dix minutes pour un essayage.

— Non, non, vas-y. J'ai quelques instants.

Il s'éclaircit la gorge, comme toujours lorsqu'il avait une information désagréable à communiquer. Tout à coup, elle eut peur qu'il lui annonce son intention de divorcer. Mais pourquoi l'aurait-il fait par téléphone ? N'envoyait-on pas généralement une lettre par le truchement d'un avocat ?

— Il s'agit de Lisa. J'ai l'impression qu'elle se met des bâtons dans les roues. Et j'aimerais l'aider.

Ah ! pensa Marie, *il veut me cuisiner.* Elle n'en était pas moins rassurée qu'il manifeste des intentions pacifiques.

— Et quel rapport avec moi ?

Elle fut elle-même gênée par son ton revêche, mais elle craignait de céder trop de terrain.

— Tu lui as parlé, non ? Est-ce qu'elle t'a dit qui était le père de l'enfant ?

— Elle me l'a révélé en confidence, Paul. Je ne pense pas avoir le droit de…

— D'accord, répondit-il avec impatience. Je ne veux pas t'inciter à commettre une indiscrétion. Suis-je dans l'erreur en supposant qu'il s'agit d'un certain monsieur Sebastian Winkler ?

— Pourquoi tu ne lui poses pas toi-même la question ?

— Mais je l'ai fait, Marie ! Malheureusement sans succès. Écoute, ce n'est pas par curiosité que je te le demande. En tant que frère de Lisa, je me sens tenu de débrouiller cette affaire. D'autant que cela concerne également l'enfant.

— Je pense que Lisa est tout à fait capable de débrouiller elle-même ses affaires.

Paul observa un instant de silence et Marie craignit qu'il raccroche. Elle entendit alors la sonnette de la porte du magasin. Il ne manquait plus que cela : madame le docteur Überlinger avait cinq minutes d'avance.

— Si ça peut t'aider, poursuivit-elle, je crois qu'elle a écrit une lettre.

— Ah ! Et a-t-elle reçu une réponse ?

— Pas pour moment, hélas.

— Et quand l'a-t-elle envoyée ?

Marie hésita. Cependant, elle était allée trop loin pour refuser de lui fournir cette information. De toute façon, la situation en était au point mort. Il était très possible que Lisa ait besoin de l'aide de son frère.

— En janvier. Ça doit faire tout juste deux mois.

Il grommela un « hum », chose qu'il faisait souvent quand il avait besoin de réfléchir. Madame Ginsberg, qui travaillait depuis quelque temps à l'atelier, apparut à la porte du bureau de Marie. Celle-ci lui fit signe qu'elle arrivait. Madame Ginsberg opina en silence et repartit.

— J'ai l'intention d'aller le voir pour tirer tout ça au clair. Est-ce que tu as l'adresse ?

La stratégie de l'attaque surprise, il en usait volontiers. Elle était très efficace avec les domestiques, ainsi qu'avec Alicia et Kitty. Avec Lisa, c'était déjà plus difficile. Pour sa part, elle n'était jamais tombée dans le panneau.

— De quelle adresse parles-tu ?

Ignorant sa question, il poursuivit :

— Je… Ça ne m'est pas facile, mais j'aurais une requête, Marie. Je ne souhaiterais pas y aller seul. Cela pourrait donner l'impression que je veux lui demander des comptes ou quelque chose de ce style. Avec toi ce serait plus facile. Tu trouverais sûrement le ton juste.

Elle en eut presque le souffle coupé. Elle devait l'accompagner à Guntzbourg ? Prendre le train avec lui, jouer à l'heureux couple devant leurs compagnons de voyage ?

— On partirait tôt le matin pour rentrer en fin d'après-midi. Pas la peine d'y passer la nuit. J'ai une connaissance qui mettra sa voiture à ma disposition à Nuremberg.

— À Nuremberg ?

— Il n'est pas à Nuremberg ? Je croyais qu'il y était retourné. N'est-il pas originaire de la région ?

Elle avait quand même fini par se laisser avoir. Cela dit, elle y avait mis du sien…

— Il se trouve à Guntzbourg, chez un de ses frères.

— Formidable ! Dans ce cas, ce n'est pas aussi loin que je le craignais. Si tu acceptais de venir, je t'en serais vraiment très reconnaissant. C'est pour Lisa.

Il se tut dans l'attente de sa réponse. Marie eut l'impression d'entendre le cœur de Paul battre à coups redoublés, mais c'était plus probablement le sien. Voyager en train avec lui. Que feraient-ils, une fois seuls dans le compartiment ? Désirait-elle se retrouver dans cette situation ? Ou le craignait-elle ?

— Bon, si ça peut vraiment aider Lisa, je suis prête à t'accompagner.

Elle l'entendit pousser un soupir de soulagement et vit en pensée son sourire triomphant, son regard gris étincelant.

— J'y mets une condition.

— Accordée, quelle qu'elle soit.

La voix de Paul trahissait sa joie. Marie fut presque peinée de la déception qu'elle allait lui causer, mais il n'y avait pas à reculer.

— Je ne veux surtout pas agir derrière le dos de Lisa. Aussi, je te demande de l'informer de notre démarche.

Il grommela quelques mots incompréhensibles, puis déclara qu'il s'était attendu à une exigence de ce genre.

— Je te rappellerai. En attendant, je te remercie de ta bonne volonté, Marie. À bientôt.

— Au revoir, Paul.

Il y eut un clic lorsqu'il raccrocha. Marie resta un instant le combiné à la main, comme dans l'attente de quelque chose. Non, rien n'avait changé. Il avait besoin d'elle, c'était tout. Quoique… Les enfants étaient rentrés joyeux de leur dernière visite à la villa. Rien à voir avec la fois précédente : le soir, ils l'avaient implorée de ne plus jamais les obliger à passer un après-midi avec leur père.

Elle n'avait pas réussi à tirer les vers du nez à Leo, mais le lundi, un coursier avait livré pour lui un paquet contenant un bonnet. Depuis, il ne s'en séparait quasiment plus. Dodo, en revanche, avait jacassé des heures à propos d'oiseaux et d'avions, de courants ascendants et descendants, de force ascensionnelle et de tourbillons d'air. Personne n'avait très bien compris de quoi il retournait et seule Gertrude avait eu la patience d'écouter ses interminables explications.

Y avait-il donc eu tout de même une évolution ? En tout cas, Paul s'efforçait de se rapprocher de ses enfants. Était-ce bon ou mauvais signe ?

— Madame Melzer ?

Madame Ginsberg affichait un air malheureux. Elle était compétente et de bonne volonté, mais avait tendance à prendre personnellement les remarques désagréables des clientes. Madame le docteur Überlinger pouvait se montrer très blessante lorsqu'on la faisait attendre.

— Désolée, madame Ginsberg, un appel important. J'arrive.

Le reste de la matinée fut si chargé qu'elle n'eut même pas le temps de prendre un café. Cela dit, elle pouvait s'estimer heureuse d'avoir autant de succès. Seule ombre au tableau : de nombreuses clientes faisaient reproduire les modèles qu'elles lui avaient achetés. De manière purement privée, bien entendu, pour des amies de longue date enthousiasmées par les créations de Marie et qui voulaient absolument avoir la même robe avec le manteau assorti. Et, dès lors que la couturière disposait du patron, elle pouvait facilement proposer le joli ensemble à d'autres clientes et le réaliser pour nettement moins cher. C'était fâcheux, mais il n'y avait rien à faire. Ce qu'elle aimait, c'était l'élaboration de modèles originaux, seyants et individualisés. C'était en cela que résidait une des forces de Marie : elle savait dissimuler les imperfections et mettre les avantages en valeur. Les femmes qui portaient ses créations paraissaient avoir exactement la silhouette dont elles avaient toujours rêvé.

En descendant du tramway dans la rue de la Porte des femmes, elle se sentit exténuée. Pourquoi n'apprenait-elle pas à conduire ? Elle avait tout à fait les moyens de s'offrir une automobile. Elle n'aurait plus besoin d'attendre le tram par tous les temps. Comment appelait-on cette petite voiture qu'on voyait de plus en plus souvent dans les rues ? La « Rainette », très mignon. C'était une « quatre chevaux », comme si on roulait en ville dans un véhicule tiré par quatre chevaux.

Elle fut accueillie par Dodo, qui brandissait un journal dans sa main levée afin de le garder hors de portée de Henni. Celle-ci sautait avec plusieurs grimaces et gesticulations pour essayer de s'en emparer.

— C'est le journal de maman. Donne-le-moi, espèce d'idiote !

— Arrête de gigoter comme ça, tu l'auras pas, rétorqua Dodo sur un ton hargneux.

Coupant court à la dispute, Marie ôta le journal à sa fille et fit remarquer à Henni qu'elle avait perdu ses pantoufles.

— Mmm, ça sent les nouilles roulées, dit-elle avec un sourire en envoyant d'un petit coup de pied une des pantoufles roses en direction de Henni. Kitty est rentrée ?

— Maman est pendue au téléphone, *tadadidada, tadadidada,* chantonna Henni fort à propos.

Dans le salon de musique, en effet, Leo s'acharnait sur une pièce de Beethoven, *Colère pour un sou perdu.* Un morceau bien trop difficile pour un enfant de neuf ans, surtout la partie de la main gauche. Mais il était au moins aussi têtu que sa sœur, qui voulait absolument avoir lu et compris Otto Lilienthal avant le dimanche.

— Il faut que tu lises le journal, tante Marie.

Marie ôta son manteau et son chapeau. Jeta un coup d'œil sur l'éditorial, « Formation du gouvernement : nouvel échec. Wilhelm Marx refuse de devenir ministre-président », et jugea que cela pouvait attendre.

— Non, pas ça, répliqua Dodo avec impatience. Les nouvelles d'Augsbourg, les affaires criminelles. Il y a un article sur la villa.

— Hein ?

Marie n'en crut pas ses yeux : un article sur un meurtre horrible commis dans le vieux quartier d'Augsbourg. Maria Jordan, quarante-neuf ans, propriétaire d'un magasin, avait été poignardée dans son arrière-boutique quelques jours plus tôt.

— Maria Jordan, chuchota Marie. Mais c'est terrible ! Mon Dieu, la pauvre, et nous qui croyions qu'elle avait tiré le gros lot.

Elle croisa le regard brillant de curiosité de Henni.

— Tu as lu, tante Marie ? L'assassin, c'est Julius.

— Quel Julius ?

— Mais enfin, maman, Julius, le domestique de la villa ! s'exclama Dodo, agacée. Celui qui regarde tout le monde de haut et qui renifle d'une drôle de manière. C'est lui qui a saigné Maria Jordan.

— Je t'en prie, Dodo, tu ne dois pas utiliser de si vilains mots.

— Mais c'est dans le journal !

Marie parcourut l'article, qui était bref. Julius était en garde à vue, on le soupçonnait de s'être précipité avec un couteau sur la victime.

— L'article écrit qu'elle a été poignardée, pas saignée.

— Alors c'est mamie Gertrude qui l'a dit.

Le journal à la main, Marie entra dans le salon, où Kitty trônait dans son fauteuil en rotin mexicain, le téléphone sur les genoux. Le cordon noir en spirale qui menait à la prise murale était tendu à l'extrême.

— Non, non, Lisa, laisse-la dormir. Je rappellerai plus tard. Pauvre maman, quelle frayeur ! Je ne voudrais pas être méchante, mais cette personne ne nous a causé que des ennuis… Non, ce n'est pas faire preuve d'impiété. Elle avait sûrement ses bons côtés… Oui, je sais, elle a travaillé chez toi, mais je ne lui ai pas pardonné son hostilité envers Marie. Comment Paul l'a-t-il pris ?... Oui, j'imagine… Ah, mon pauvre petit Paul ! Il avait déjà assez de soucis comme ça…

Elle s'interrompit en voyant Marie, lui fit un signe de la main et changea promptement de sujet.

— Et le petit, il tète comme il faut ? Formidable. Tu dois avoir des litres de lait ! Comment ? Tu pourrais nourrir deux enfants ? Veille à ce qu'il ne grossisse pas trop, sinon il deviendra un paresseux et un bon à rien. Lisa, il faut que je te quitte, Marie est arrivée. Je t'embrasse… Oui, je transmettrai… Je passerai cet après-midi… Oui, dis à maman que je viendrai la réconforter.

Elle raccrocha avec un profond soupir et lança à Marie un regard éloquent.

— Tu as lu ? C'est terrible, hein ?

Marie acquiesça, elle était en train de reprendre l'article en détail. Le nom Melzer, la villa aux étoffes… Tout y était. Paul n'en avait pas dit un mot.

— Quand on pense qu'ils ont fait tout leur possible pour empêcher l'exposition des œuvres de Luise Hofgartner par crainte des ragots, poursuivit Kitty. Et maintenant, ça ! Le domestique de la villa aux étoffes est un horrible assassin. Ouh ! J'en ai froid dans le dos ! Et dire que ce Julius m'a apporté du thé et des biscuits dans ma chambre !

La sonnette de la porte d'entrée retentit. On entendit les enfants se précipiter dans le vestibule pour ouvrir.

— Hanna, tu as lu ?

— L'assassin, c'est Julius !

— Avec cent vingt coups de couteau ou à peu près.

La porte de la cuisine s'ouvrit. Gertrude apostropha Hanna sur un ton peu agréable :

— Tiens donc, Hanna ! Mais où est-ce que tu étais, ce matin ? C'est ici que tu loges ou à la villa, avec ton Humbert ? Hein ? Les chambres ne sont pas rangées, la corbeille à linge des enfants déborde. Tiens ! Apporte le plat ! Attention, c'est chaud.

— Je… Je suis désolée, répondit Hanna, mais Gertrude avait déjà refermé la porte.

Flanquée des trois enfants, elle entra au salon avec le plat fumant. Marie se hâta de poser un dessous-de-plat en bois sur la table pour que la jeune fille puisse déposer son fardeau. Puis, on mit tous ensemble la table. Kitty apporta sa contribution en plaçant un saintpaulia en fleurs à côté du plat de nouilles.

— Ah, c'est vraiment terrible, soupira Hanna en sortant les serviettes du tiroir. Imaginez un peu, madame Melzer : la police a passé trois heures à interroger tout le monde à la villa. D'abord mesdames Alicia et von Hagemann.

À midi, ils ont également parlé avec monsieur Melzer. Et ensuite tous les domestiques, y compris Else, qui était presque morte de honte d'être soupçonnée de connaître un assassin.

— Est-on sûr que c'est Julius qui l'a tuée? demanda Marie.

— Il se trouvait à côté d'elle, le couteau à la main. Ah, madame Melzer, aucun de nous n'arrive à le croire ! Peut-être que c'est une erreur.

Gertrude fit son apparition avec une casserole de beurre fondu qu'elle versa sur les pâtes.

— Ça suffit maintenant avec cette histoire, pesta-t-elle en s'asseyant. Ces enfants ont déjà le regard vitreux. Cette nuit, ils ne pourront pas dormir.

— Ça nous fait rien du tout, répliqua Leo en secouant sa main gauche endolorie par son travail au piano. Enfin, sauf à Henni peut-être, elle est encore petite.

Henni, qui avait la bouche pleine, dut attendre d'avoir avalé ses nouilles avant de pouvoir proclamer haut et fort qu'elle n'avait pas les yeux vitreux.

— À l'école, j'ai vu la Liesel. Elle a raconté à ses amies que la police avait interrogé sa maman. Et que sa maman était là et qu'elle avait tout vu.

— Augusta? s'étonna Kitty. Qu'est-ce qu'elle fabriquait chez la Jordan?

Gertrude haussa les épaules et donna à Henni une cuillerée de choucroute.

— Je veux que tu manges au moins ça, exigea-t-elle. Les pâtes au beurre, ce n'est pas suffisant.

— Choucroute, croûte, croûte…

— Peut-être qu'elle faisait des achats chez la Jordan? suggéra Kitty. Augusta a hérité, il paraît qu'elle dépense beaucoup maintenant.

— Possible, répondit Marie, songeuse.

Elle avait son hypothèse. Une de ses riches clientes lui avait confié sous le sceau du secret qu'elle se faisait tirer les cartes par madame Jordan. Elle s'était livrée à un éloge dithyrambique de la Jordan, dont les prédictions s'étaient presque toutes vérifiées, et avait recommandé à Marie d'essayer. Toutes ses amies étaient déjà allées la consulter. Cette femme devait être extrêmement fortunée, car elle se faisait payer très cher. Et quelqu'un lui avait glissé à l'oreille que madame Jordan prêtait aussi de l'argent.

— Et ce n'est pas tout, reprit Hanna. Deux journalistes se sont présentés à la villa. L'un d'eux travaillait à l'*Augsburger Neueste Nachrichten* et l'autre au *Münchner Kurier*. Madame a refusé de les recevoir. Du coup, ils sont passés par l'entrée de service, mais madame Brunnenmayer les a menacés avec une poêle à frire. Alors ils ont fait le tour en pensant pouvoir s'introduire par la terrasse. Mais les portes-fenêtres étaient bien fermées. Quel culot ! Humbert a dit que les journalistes étaient les pires de tous. Personne ne leur arrive à la cheville. Ils sont plus forts que les hommes politiques et même que les tueurs en série. En deux phrases, ils détruisent une vie entière.

— Il en raconte des choses, Humbert, fit remarquer Gertrude. Il va mieux ?

Hanna opina en souriant. Il fallait qu'il remplace Julius au pied levé.

— Madame Brunnenmayer a dit qu'on devait se serrer les coudes. Comme dans le temps.

La jeune fille s'interrompit et baissa les yeux sur son assiette, à laquelle elle n'avait pas touché. Tous savaient qu'elle faisait allusion au jour où un policier s'était présenté à la cuisine de la villa pour s'enquérir de Grigori, le jeune Russe dont elle était amoureuse et qu'elle avait aidé à s'enfuir. Tout le monde s'était montré solidaire et Humbert l'avait tirée d'affaire. Sinon, elle aurait pu avoir de graves ennuis.

— Et l'honorable gouvernante ? demanda Kitty sur un ton moqueur. Fait-elle partie de l'alliance ?

— Elle ? se récria Hanna, furieuse. Pas du tout. Gertie a écouté en cachette quand on l'interrogeait.

— La petite Gertie a toujours été une spécialiste en la matière, intervint Kitty.

— Chut ! lui lança Gertrude. Qu'est-ce qu'elle leur a servi comme refrain, la noble dame ?

Hanna piqua sa fourchette dans ses pâtes, puis suspendit son geste.

— Elle n'a rien dit contre les maîtres mais nous, on a souffert de ses médisances. Elle a affirmé que Julius lui avait tout de suite été suspect. Qu'il avait un tempérament criminel, qu'il lui avait toujours fait peur, parce qu'il la regardait comme s'il voulait la tuer. Que tous les domestiques le savaient, mais qu'ils faisaient bloc et se taisaient. Elle a dit aussi que Julius « courait après » Maria Jordan, parce qu'il croyait qu'en l'épousant il n'aurait plus à travailler. Qu'elle était sûre qu'il était son amant et qu'il l'avait tuée par jalousie. À cause de Christian, son employé.

— Mille milliards de mille tonnerres, marmonna Gertrude.

— Maman, c'est quoi, un amant ? demanda Dodo.

— Un ami.

— Un ami comme monsieur Klippi ?

Marie fronça les sourcils et vit Kitty sourire.

— Ce que tu es bête, intervint Henni, qui promenait sur son assiette un petit tas de choucroute.

— Dodo n'est pas bête, répliqua Leo, volant au secours de sa sœur. C'est toi qui l'es !

— Pas du tout, riposta la fillette. Un amant, c'est un ami qui a le droit d'embrasser et de serrer dans ses bras. Hein, maman ?

Le sourire de Kitty s'évanouit.

— Bien vu, répondit-elle sèchement. Et maintenant, termine ta choucroute. Et n'espère pas la refiler en douce à Hanna.

— Il faut que je m'en aille, dit Marie en regardant l'heure. Cet après-midi, j'ai quatre essayages et une nouvelle cliente.

— Tu vas te tuer à la tâche, protesta Gertrude. Il y a du gâteau aux poires pour le dessert. Il sort du four. Avec du sucre et de la cannelle.

— Je le mangerai ce soir, Gertrude.

Dans le tramway, Marie était en proie à un tel chaos de pensées qu'elle faillit manquer l'arrêt de la rue Caroline. Elle arriva toute retournée à l'atelier et fut heureuse d'être aussitôt accaparée par les clientes et les employées. Reléguant ses soucis au second plan, elle se concentra sur son travail. Mais elle sursautait chaque fois que le téléphone sonnait, s'attendant, le cœur battant, à ce que madame Ginsberg l'invite à prendre la communication. Mais il s'agissait de coups de fil professionnels – fournisseurs, clients, l'imprimerie qui avait fabriqué les nouveaux catalogues. Paul n'appela qu'au moment où, sur le point de repartir, elle jetait un dernier coup d'œil dans la pièce de travail pour s'assurer que les machines à coudre étaient bien sous leur housse.

— Je craignais déjà d'appeler trop tard.

— Oh, Paul, j'ai vu dans le journal ce qui s'était passé. J'en suis terriblement chagrinée, pour nous tous, mais surtout pour toi et maman.

Fut-il heureux de cette marque spontanée de sympathie ? Si tel était le cas, il resta sur la réserve.

— Oui, c'est une très vilaine affaire.

Elle comprit qu'il n'avait pas l'intention de pleurer sur son sort. Cela pouvait se comprendre. Elle n'en fut pas moins douloureusement affectée par son silence. Ah, pourquoi tout était-il si compliqué ?

— Tu as parlé à Lisa ? demanda-t-elle pour changer de sujet.

— Oui. Elle n'est pas ravie, mais ne s'oppose pas à notre projet.

Oh ! Elisabeth avait dû se mettre dans une colère noire.

— Quand partons-nous ?

— Est-ce que lundi te conviendrait ?

Elle allait devoir reporter plusieurs rendez-vous et préparer le travail pour les couturières. Mais Paul devait être logé à la même enseigne.

— D'accord pour lundi.

— Le train part à 7 h 20. Tu veux que je passe te chercher en voiture ?

Bien sûr, il avait déjà consulté les horaires. Peut-être même réservé les places.

— Merci, je prendrai le tramway.

Chapitre 34

Paul avait mal dormi. Le bébé hurlait sans arrêt et, en pleine nuit, Lisa avait sonné la pauvre Gertie pour qu'elle lui fasse une tisane au fenouil contre les ballonnements. Mais, surtout, il ne cessait de penser à Marie. Les quelques mots qu'elle avait dits au téléphone à propos de l'article de journal… Tout à coup, il avait retrouvé sa manière d'être d'autrefois, sa compréhension, sa chaleur. Le sentiment qu'elle était à son côté, qu'elle était une partie de lui. Il l'avait vue en pensée, ses grands yeux sombres qui le captivaient déjà lorsqu'elle était simple fille de cuisine à la villa et qu'elle le fuyait. Mais il y avait aussi d'autres pensées. Des désirs. Des besoins. Il était un homme après tout, ce n'était pas rien de vivre comme un moine pendant des mois. Certes, il aurait pu se rendre dans un de ces établissements secrets dont personne ne semblait connaître l'existence et qui, pourtant, étaient fréquentés par un grand nombre de ses relations à Augsbourg. Qualité, discrétion, professionnalisme. Il aurait pu aussi se choisir une gentille fille. Parmi ses ouvrières, il s'en serait trouvé plus d'une pour répondre positivement à ses sollicitations. Mais c'était la porte ouverte aux ennuis, et puis, il était certain que cela ne lui aurait procuré que peu de plaisir. C'était Marie qu'il voulait, sa Marie à lui et personne d'autre.

Il avait chargé la Hoffmann de s'occuper des billets de train et des réservations en première classe. La secrétaire brûlait visiblement de curiosité, mais n'avait pas osé demander à monsieur le directeur avec qui il se rendait lundi à Guntzbourg. Pourtant, son souhait de voyager dans un compartiment non fumeur aurait dû lever tous les doutes.

Malgré qu'il ait déjà les billets en poche, il arriva avec une demi-heure d'avance à la gare. Il patienta en grelottant dans le hall, le col du manteau relevé, les mains raidies par le froid malgré ses gants en cuir fourrés. On était le 30 mars, Pâques était dans quinze jours, mais le printemps se faisait attendre. La veille, ils s'étaient promenés dans le parc de la villa. Rosa Knickbein, la bonne d'enfants qu'on avait engagée, faisait faire sa première sortie au petit Johann. Ils avaient été surpris par une tempête de neige, ce qui ne les avait pas empêchés d'y prendre beaucoup de plaisir. Dodo et Leo, surtout, mais aussi sa mère et Lisa, qui marchaient à côté du landau. Une fois le bébé de retour à la villa avec mère, grand-mère et bonne d'enfants, il avait passé encore un peu de temps dehors avec les jumeaux. Ils avaient rendu visite aux Bliefert et, pendant que les enfants jouaient ensemble, il était allé voir la serre inachevée avec Gustav. Il avait examiné la piètre construction et promis d'envoyer des artisans compétents. Paul avait rarement vu un travail aussi bâclé, mais après tout Gustav était jardinier, pas ingénieur en bâtiment.

Dix minutes avant le départ du train, Marie n'était toujours pas là. Il craignit qu'elle soit revenue sur sa décision. Que ferait-il dans ce cas ? Il avait l'adresse de Joseph Winkler, cordonnier de son état et frère cadet de Sebastian.

Lisa la lui avait communiquée au terme de longues hésitations et de nombreux accès de colère.

« Tu lui diras que ce n'est pas moi qui ai eu l'idée de cette visite. Je n'ai rien à voir là-dedans et je veux qu'il le sache ! » lui avait-elle asséné.

Il irait à Guntzbourg, avec ou sans Marie, il le devait à sa famille. Mais la présence de sa femme aurait facilité les choses.

Marie fit son apparition dans le hall au moment où il s'apprêtait à rejoindre le quai. Elle portait un manteau cintré rouge foncé avec une garniture de fourrure et un chapeau à la mode qui lui couvrait presque entièrement le front et les yeux. Elle s'arrêta un instant pour regarder autour d'elle, puis, l'ayant aperçu, mit le cap sur lui.

— Bonjour. Il faut qu'on se dépêche, non ?

— En effet.

Ils se dirigèrent vers le quai d'un pas rapide, par moments séparés par des voyageurs arrivant en sens inverse. Lorsqu'ils montèrent l'escalier, on voyait déjà la vapeur dégagée par la locomotive envelopper l'avant du train. Un contrôleur en uniforme les salua et examina leurs billets avec empressement.

— C'est la troisième voiture, messieurs-dames. Et faites attention en montant dans le wagon.

Le compartiment était vide. Seul un journal du matin abandonné sur un des sièges indiquait qu'un voyageur les avait précédés et était descendu à Augsbourg.

— Tu préfères être dans le sens de la marche ? demanda poliment Paul.

— Ça m'est égal. Fais comme tu préfères.

Elle avait retiré son manteau avant qu'il puisse l'aider et s'assit ostensiblement dans le sens opposé à la marche. Il s'installa en face d'elle. Dehors, on claqua les portières. Le chef de gare poussa un coup de sifflet strident, la vapeur blanche se transforma en une épaisse fumée grise qui obscurcit le quai et les bâtiments voisins. Puis, le train s'ébranla.

Marie avait gardé son chapeau, si bien qu'on ne voyait que son menton et sa bouche. Ce fut surtout cette bouche qui jeta le trouble dans l'esprit de Paul. Elle n'était pas maquillée, les lèvres étaient douces, juste un peu gercées sur les bords. La lèvre supérieure montrait une courbe en forme de cœur. Il connaissait trop bien leur goût et c'était une torture que de ne pouvoir les embrasser.

— Lisa était très en colère ?

Paul s'arracha avec peine à ses rêveries.

— Plutôt, oui. Je suis chargé de dire à monsieur Winkler qu'elle n'a rien à voir avec notre visite.

Il sourit, mais Marie garda son sérieux. Elle déclara avoir essayé de joindre sa belle-sœur, mais sans succès.

— La gouvernante ne lui a pas transmis mon appel.

Le reproche était sans doute fondé. Paul n'en fut pas moins agacé. Était-il vraiment nécessaire de recommencer à se quereller ? Ne pouvait-on se comporter de manière aimable ou du moins polie l'un envers l'autre le temps de ce bref voyage ?

— J'en suis navré. Je lui en parlerai.

Marie se décida enfin à sourire. Avec amusement et un brin de méchanceté, lui sembla-t-il.

— Pas la peine. Je lui ai clairement dit ce que j'en pensais.

Il hocha la tête et préféra ne pas insister. En ce moment, madame von Dobern luttait avec l'énergie du désespoir pour conserver sa position, qui dépendait exclusivement de sa mère. Lisa était devenue son ennemie déclarée, en quoi elle était assurément confortée par Kitty et sans doute aussi par Marie. Quant aux domestiques, ils s'étaient d'emblée montrés hostiles à son égard. Paul éprouvait une certaine compassion pour Serafina, son combat paraissait perdu d'avance. Cependant, il se refusait catégoriquement à la renvoyer. Ce faisant, il aurait satisfait à la revendication de Marie, or, malgré tout l'amour et le désir qu'il éprouvait pour elle, il n'était pas homme à se laisser diriger par une femme.

— Ça te dérange si je fais un petit somme ? Je n'ai quasiment pas fermé l'œil de la nuit, dit-elle inopinément.

Tiens donc, elle non plus. Bah, il valait peut-être mieux qu'elle dorme. Cela leur éviterait au moins de se disputer.

— Vas-y, ne te gêne pas. Moi aussi je suis fatigué.

Elle décrocha son manteau de la patère et s'en couvrit. À présent, Paul ne voyait même plus son menton. En revanche, la tête de Marie ne tarda pas à glisser légèrement en arrière, ce qui lui permit de distinguer son nez et ses yeux clos sous le bord du chapeau : la demi-courbe sombre et plumeteuse de ses cils, qui frémissaient par moments, sans doute sous l'effet du mouvement du train. Le bruit monotone et invariable des wagons qui s'entrechoquaient. Dormait-elle vraiment ou faisait-elle semblant pour éviter d'avoir à lui parler ? Dans le fond, peu importait. Il tourna le regard vers la fenêtre. Dehors défilaient des buissons dépouillés, les dernières maisons d'Augsbourg. Puis, on vit étinceler le Danube, longé par la voie ferrée. Vertes prairies, bosquets où apparaissait déjà le brun-rouge des premiers bourgeons, maisons basses, péniches passant lentement sur le fleuve.

Marie dormait vraiment. Sa jambe droite était à présent allongée dans sa direction. Son pied, chaussé d'un soulier sombre à boutons, touchait presque le sien. Lorsque le train s'arrêta à Diedorf, leurs pieds s'effleurèrent et Marie ouvrit des yeux effrayés, encore ensommeillés.

— Excuse-moi.

— Pas de problème.

Ils reprirent tous deux leur posture guindée. Marie rajusta son chapeau, resserra son manteau autour d'elle. Paul réfréna un violent désir de la prendre dans ses bras. Comme il le faisait autrefois, le matin, quand elle le regardait en clignant des yeux, l'air endormi. Pourquoi fallait-il toujours discuter des problèmes, se chamailler, vouloir avoir raison ? N'était-il pas plus simple de s'étreindre ? De faire ensemble toutes les choses folles et charmantes qu'on aimait tant ?

— As-tu déjà réfléchi à ce que tu voulais lui dire ? demanda Marie.

— Je comptais te laisser le soin de lui parler.

— Ah… Ça dépendra de la situation, n'est-ce pas ?

— En effet.

Paul n'arrivait pas à se concentrer sur les problèmes de Lisa. Il s'interrogeait plutôt sur l'opportunité de faire à Marie une déclaration d'amour. Auquel cas il devait se dépêcher. Pour le moment, ils étaient seuls dans le compartiment, mais cela ne durerait peut-être pas.

— Pour moi, poursuivit Marie, la grande question est: pourquoi n'a-t-il pas répondu à la lettre de Lisa ? Il est possible aussi qu'il ne vive plus chez son frère à Guntzbourg.

— Dans ce cas, Joseph Winkler lui aurait fait suivre le courrier, non ?

Marie haussa les épaules.

— À condition qu'il sache où il se trouve.

— On verra bien.

Paul avait plutôt l'impression que Sebastian Winkler n'avait pas précisément envie qu'on le retrouve. Drôle de gaillard, tout de même. Il faisait un enfant à sa sœur, puis disparaissait de la circulation. En vérité, il ne se serait pas attendu de sa part à pareil comportement, lui qui avait l'air si honnête, si respectable. Cela dit, à l'époque, Lisa était encore mariée avec Hagemann.

Marie se leva pour remettre son manteau sur la patère. Elle n'avait donc pas l'intention de poursuivre son somme. Les rayons obliques du soleil matinal qui pénétraient dans le compartiment le firent cligner des yeux. Il attendit qu'elle se soit rassise pour aborder ce qu'il voulait lui dire.

— Tu sais, Marie, parfois je pense que toutes ces discussions et ces querelles ne mènent à rien.

— C'est malheureusement aussi mon impression, répondit-elle, imperturbable.

— Parce qu'elles nous font oublier ce qui nous unit.

— Et parce que tu ne veux pas comprendre ce qui nous sépare.

Bon sang, ce n'était vraiment pas facile de dire à quelqu'un d'aussi hostile à quel point on l'aimait ! Il avala sa salive et refit une tentative.

— Quels que soient nos points de désaccord, Marie, ils sont sans importance. Nous trouverons un terrain d'entente, je te le promets. Ce qui compte, c'est que nous…

Elle secoua la tête et l'interrompit énergiquement.

— Ce n'est pas sans importance pour moi, cher Paul. Tu voudrais balayer tous les problèmes d'un revers de main comme on essuierait une vitre embuée. On a ôté le givre, la vue est dégagée, mais derrière, le froid n'a pas disparu.

Il ferma un instant les yeux, les oreilles bourdonnantes. *Non*, s'exhorta-t-il, *garde ton calme.*

— Qu'est-ce que tu entends par « froid » ?

Elle fit un geste comme pour dire qu'elle avait pris ce mot au hasard, sans intention particulière. Mais il ne fut pas dupe.

— Tu veux que je respecte ta mère, c'est ça ? Que je donne mon accord à cette exposition ? C'est ça que tu exiges de moi ?

— Non !

Il poussa un gémissement et se donna une claque sur les genoux.

— Alors qu'est-ce que tu veux ?

— Rien, Paul. Je n'exige rien de toi, je ne veux pas te forcer à quoi que ce soit. Tu dois savoir toi-même ce que tu veux faire.

Il la regarda fixement en essayant de pénétrer le sens de ce qu'elle venait de dire. Elle n'exigeait rien. Elle ne voulait pas le forcer à faire quoi que ce soit. Alors que voulait-elle ? Pourquoi se retrouvait-il une fois de plus devant ce mur qui les séparait ? Ce maudit mur sans porte ni fenêtre qui était trop haut pour qu'on puisse l'escalader.

— Dans ce cas, explique-moi, s'il te plaît.

La porte du compartiment s'ouvrit, un monsieur d'un certain âge jeta un coup d'œil à l'intérieur.

— Places 48 et 49 ? Ah, voilà ! Nous sommes au bon endroit. Viens, mon trésor.

Il introduisit dans le compartiment une valise en cuir marron, essaya vainement de la hisser dans le filet à bagages et regarda d'un air renfrogné Paul s'en charger avec aisance.

— Tous mes remerciements, jeune homme, vous êtes très aimable. Tu as les cartons à chapeau, mon trésor?

Trésor était enveloppée dans un manteau en vison qui ne laissait voir que ses cheveux blonds et ses yeux bleu clair très maquillés. En dépit d'un recours massif au maquillage, elle offrait une apparence très enfantine.

Deux autres valises, trois cartons à chapeau et un sac de voyage en toile à motif fleuri furent casés dans le filet avec l'aide de Paul. Après quoi la jeune dame retira son manteau et s'assit à côté de Marie.

— C'est terrible, ces voyages en train, fit remarquer le monsieur d'un certain âge en s'installant sur le siège voisin de celui de Paul. Ma femme a chaque fois la migraine.

Avec un sourire Marie déclara qu'elle aussi était souvent obligée de prendre un remède pour se débarrasser de ses maux de tête.

— Dans le temps, on traversait tranquillement la forêt en malle-poste sur une route parsemée de fondrières et il n'était pas rare qu'on se fasse tuer par des brigands, objecta Paul, irrité de ne plus être seul avec Marie.

— Oui, oui, le bon vieux temps.

Marie et Trésor furent bientôt plongées dans une conversation animée sur la mode de ce printemps, les chapeaux de Paris et la laine anglaise. Paul admira une fois de plus la faculté qu'avait Marie d'établir facilement des relations avec des personnes exigeantes et gâtées. Lorsque le train arriva à Guntzbourg, Trésor se montra inconsolable. Elle nota l'adresse de l'atelier de Marie et promit solennellement d'y faire un tour dès que possible.

En cette matinée de printemps ensoleillée, Guntzbourg offrait un spectacle plaisant, notamment l'imposante résidence située sur une colline surplombant la ville. Un bâtiment massif du XVIIIe siècle, construit autour d'une cour intérieure à l'instar des forteresses et dominé par deux petites tours couronnées d'un bulbe. Évidemment, la gare se trouvait en dehors de la ville et, comme si souvent, il n'y avait ni charrette ni taxi automobile qui auraient pu les conduire dans le centre.

— Faisons le trajet à pied, suggéra Marie sans regret. C'est une chance, nous n'avons ni valises ni cartons à chapeau.

Pour la première fois, ils sourirent et s'amusèrent de l'étrange couple qu'ils avaient croisé dans le train. Paul se risqua à offrir son bras à Marie. Celle-ci hésita, lui jeta un bref regard, puis accepta.

Il aurait mieux fait de s'abstenir, car ce contact déclencha en lui un trouble fâcheux. Ce qu'il raconta au cours de cette brève promenade lui parut rétrospectivement complètement idiot. Cependant, Marie se montrait elle aussi encline à dire des bêtises. Lorsqu'ils se retrouvèrent dans les murs de la vieille ville, ils attribuèrent cela aux effets du printemps naissant.

— Et si nous commencions par une petite collation dans une pâtisserie ? proposa Paul avec exubérance.

Marie refusa. Elle avait pris un bon petit déjeuner. Et puis, ils avaient une mission délicate à remplir, qu'il ne fallait surtout pas remettre à plus tard. Paul avait faim – il n'avait rien pu avaler avant de partir –, mais il lui donna raison.

Ils demandèrent à des passants de leur indiquer la rue de la Charrue, où habitait Joseph Winkler. On les envoya à deux reprises dans la mauvaise direction et ils se retrouvèrent à errer dans la vieille ville jusqu'à ce que quelqu'un les renseigne enfin correctement.

— Sepp Winkler ? Sa cordonnerie est juste à côté de la vieille tour.

— Là-bas, dit Marie en désignant une chaussure en fer forgé qui pendillait à un crochet au-dessus d'une porte.

L'atelier de Joseph Winkler se composait de deux maisonnettes étroites reliées par un passage. À gauche, il y avait une petite vitrine derrière laquelle on distinguait des chaussures de dame poussiéreuses, une paire de bottes de cheval et un lot de semelles en caoutchouc. L'entrée se trouvait sur la droite, il fallait descendre trois marches pour accéder à l'atelier.

Paul ne prit pas la peine de frapper : on ne l'aurait pas entendu dans le tapage des coups de marteau. Le cordonnier, un homme barbu, leva à peine la tête lorsqu'ils entrèrent et continua à enfoncer ses clous en bois dans une semelle.

— Erika ! lança-t-il d'une voix étouffée par les dix clous au moins qui étaient coincés entre ses lèvres.

Une grande femme osseuse sortit d'une pièce voisine et, avec curiosité, jugea du regard le couple en habits bourgeois.

— Que veulent ces messieurs-dames ?

— Nous aurions aimé parler à monsieur Sebastian Winkler, répondit Paul, à qui son interlocutrice fut aussitôt antipathique.

La femme afficha un air d'extrême méfiance et d'animosité naissante. Elle échangea un regard avec le cordonnier, qui était probablement son mari, en fronçant les sourcils de manière impérieuse : inutile de demander qui portait la culotte en ces lieux.

— Qu'est-ce que vous lui voulez ?

Le ton était plus qu'impoli. Mais on pouvait en déduire que l'intéressé n'était pas très loin.

— Nous avons une information à lui transmettre et souhaiterions avoir une petite conversation avec lui. Il n'y a pas de raison de vous inquiéter, chère madame Winkler.

Paul lui fit un charmant sourire qui sembla la radoucir.

— C'est un homme honnête, il n'a rien fait de mal, déclara-t-elle avec un regard d'avertissement.

— Nous en sommes convaincus, madame Winkler. Se trouve-t-il à Guntzbourg ?

Nouvel échange de regards entre la femme et son mari, qui continua à jouer assidûment du marteau. L'atelier ne comportait qu'une vieille table couverte de toutes sortes de chutes de cuir, d'outils et de coffrets remplis de clous. À côté du cordonnier se trouvaient une pièce de bois non travaillée ainsi qu'un dessin de semelle et un soulier inachevé en cuir noir. Aux murs étaient accrochés des tenailles, des poinçons, des ciseaux de toutes les tailles et des instruments dont le cordonnier était sans doute seul à connaître l'usage. Un poêle en fonte dont le tuyau passait à travers le plafond occupait un des coins de la pièce. Derrière, le mur clair était encrassé de suie.

Comme la femme ne répondait pas à la question de Paul, il y eut un moment de flottement. Marie se décida alors à intervenir.

— Vendez-vous aussi des sandales, madame Winkler ? demanda-t-elle aimablement en prenant une des chaussures de dame exposées sur l'étagère pour en examiner la semelle.

— Des sandales ?

— Oui, avec des brides et un petit talon. Elles se portent sans bas. Uniquement en été, bien sûr.

— Non, on fait pas ce genre de choses.

— Oh, ce serait sûrement une bagatelle pour votre mari. Vous voulez que je vous montre ce que je veux dire ?

Sur ce, elle passa avec la Winklerin dans l'autre pièce, qui était manifestement une sorte de bureau : à la lumière du plafonnier électrique, Paul aperçut une table couverte d'un grand nombre de papiers. Marie s'était transformée en un moulin à paroles. Elle dessina des chaussures pourvues de brides et d'un petit talon en expliquant que ce serait la grande mode l'été prochain. Elle avait un atelier de couture à Augsbourg et pouvait – si on lui envoyait un échantillon qui lui plaisait – transmettre une série de commandes. Elle avait tapé juste, sa finaude de Marie : Paul voyait la cupidité s'inscrire sur le visage de la dame Winkler. Sans doute était-elle déjà en train de réfléchir aux prix qu'elle ferait aux citadins d'Augsbourg.

— Votre frère vit-il ici, à Guntzbourg ? demanda Paul à voix basse au cordonnier.

— Il est pas là.

Maintenant qu'il n'était plus directement sous l'influence de sa femme, Winkler se montra plus loquace.

— Et où est-il ? A-t-il trouvé un poste d'instituteur ?

L'homme secoua la tête et loucha du côté de l'arrière-boutique, où Marie montrait son troisième croquis à son épouse. Celle-ci paraissait impressionnée par les talents de dessinatrice de son interlocutrice.

— D'instituteur ? Non. Il fait notre paperasse et livre les chaussures à la clientèle. Le samedi, il balaie la ruelle. Et il s'occupe aussi des gosses, il leur apprend à lire et à compter. Ils devraient savoir, ils vont déjà à l'école, mais y sont sans doute trop bêtes.

Accablé, il se tut, puis reprit son travail.

Dans l'autre pièce, Marie parlait d'une paire de chaussures basses noires à lacets qu'elle avait fait faire à Augsbourg. Paul observa la femme du cordonnier, qui écoutait avec une attention soutenue en tenant les dessins à la lumière. Tout à coup, un soupçon lui vint.

— Donc, il loge ici ?

— Pour ça oui. En haut. Sous les toits.

— Est-ce qu'il aurait reçu une lettre, ces dernières semaines ?

— Ça, je sais pas. C'est Erika qui prend le courrier au facteur.

— Ah bon.

Le cordonnier inséra une nouvelle série de clous entre ses lèvres et poursuivit sa tâche. Il était donc tout à fait possible que sa femme n'ait pas transmis la lettre de Lisa à son beau-frère. D'ailleurs, pourquoi l'aurait-elle fait ?

Celui-ci travaillait pour le gîte et le couvert, il tenait la comptabilité, établissait les factures, accomplissait les tâches pénibles et s'occupait en outre de sa progéniture. Elle n'aurait pu trouver d'employé plus efficace et moins cher.

— Et où est-il en ce moment ?

Joseph Winkler fit un mouvement de tête en direction de la porte.

— Il va pas tarder.

Ah ! Paul eut un sourire de satisfaction et indiqua par un signe à Marie que Sebastian n'était pas loin. Celle-ci battit des paupières pour signaler qu'elle avait compris.

Ils durent patienter encore vingt bonnes minutes. Marie avait réalisé quatre croquis de plus lorsque Sebastian Winkler fit enfin son entrée dans l'atelier du cordonnier. Paul le trouva amaigri. Il boitait en raison de son amputation du pied et sa tenue offrait une apparence indescriptible. Apparemment, il portait encore le costume en loques qu'il avait à son départ pour la Poméranie.

Il éprouva visiblement une violente frayeur à leur vue, mais s'efforça de garder contenance.

— Monsieur Winkler, dit Marie avec chaleur en lui tendant la main. J'espère que vous vous souvenez de nous. Marie Melzer, de la villa aux étoffes. Et mon mari.

Paul le salua également, puis proposa de faire quelques pas à l'extérieur pour éviter d'encombrer l'atelier. La Winkler, se doutant qu'il y avait anguille sous roche, les regarda sortir d'un air furibond.

— Tu pouvais pas fermer ton bec ? siffla-t-elle à son mari.

Celui-ci continua imperturbablement d'enfoncer ses clous.

Le soleil printanier transparaissait entre les maisons, trop bas encore pour pouvoir pénétrer dans la ruelle pardessus les toits. Un groupe de moineaux gris s'envola et gagna les toits et les murs.

— Je suppose que vous venez au nom de… de madame von Hagemann, dit Sebastian, qui avait l'air pâle et agité. Je sais que je lui suis redevable.

— Pas du tout, l'interrompit Paul. Comme vous n'avez pas répondu à sa lettre, ma sœur tient absolument à se désolidariser de cette visite.

— Sa lettre ? demanda-t-il, déconcerté. Elisabeth m'a écrit ?

— Vous ne l'avez pas reçue ? releva Marie, l'air de rien. C'est… très curieux. La poste est pourtant fiable…

Sebastian ne répondit pas, mais parut encore plus pâle. Ses lèvres presque bleuâtres tremblaient. Paul éprouva pour lui une compassion sincère. Se retrouver entre les griffes d'une belle-sœur de cet acabit ne devait pas être une partie de plaisir.

— Vous venions vous faire part de deux choses, reprit Marie. Parce que nous pensons que vous devez en être informé. Après quoi nous rentrerons à Augsbourg et nous ne vous importunerons plus.

Paul aurait bien voulu le secouer et en appeler à sa conscience, mais comme le malheureux paraissait vraiment mal en point, il s'abstint. Ils durent s'écarter pour laisser passer deux femmes qui tiraient une charrette à bras chargée de sacs de farine en bavardant bruyamment. Puis, on n'entendit plus que les moineaux.

Marie se rapprocha de Sebastian.

— Premièrement, dit-elle à voix basse mais distincte, ma belle-sœur a divorcé il y a quelques semaines de monsieur von Hagemann. Elle est revenue vivre à la villa aux étoffes.

Si Sebastian fut surpris de cette nouvelle, il n'en laissa rien paraître. Seul son regard, derrière les verres de lunettes, montra une étrange fixité.

— Deuxièmement : en février, Elisabeth a accouché d'un petit garçon en bonne santé dont le père – m'a-t-elle dit – ne saurait être son ex-époux, Klaus von Hagemann.

Cette fois, c'en fut fait de sa maîtrise. Reculant de quelques pas, il vint heurter la façade de la cordonnerie.

— Un enfant?... Elle a un enfant? bredouilla-t-il d'une voix entrecoupée.

Paul lui posa amicalement la main sur l'épaule.

— C'est le genre de nouvelle propre à vous assommer, hein? Laissez-vous le temps de prendre tranquillement votre décision. Après tout, il s'agit aussi de... de votre fils.

— Je vous jure que je n'en savais rien, balbutia Sebastian, bouleversé. Seigneur, que doit-elle penser de moi? Comment oserai-je jamais reparaître devant elle?

— Si vous tenez vraiment à Elisabeth, monsieur Winkler, déclara Marie avec douceur, si vous l'aimez, alors vous saurez quoi faire.

Ils prirent congé de lui et le laissèrent devant la cordonnerie.

— Avons-nous eu raison de faire ça? demanda Paul, tandis qu'ils reprenaient la direction de la gare.

— Je crois, oui. Il s'est enfui sans prévenir, maintenant il faut qu'il voie quelle position adopter. Et je pense qu'il prendra la bonne décision.

Paul lui jeta en souriant un regard en coulisse. Intuition féminine? Ou observation perspicace? Il fut heureux de constater qu'ils partageaient la même conviction.

— Tu veux vraiment commander des sandales?

Marie gloussa et haussa les épaules.

— Peut-être. Pourquoi pas? S'ils m'envoient un échantillon satisfaisant?

Une vraie femme d'affaires, qui ne laissait passer aucune occasion de développer et de proposer de nouvelles idées. Son père avait dû s'en apercevoir. Sur la fin de sa vie, il avait conçu une grande estime pour elle. Peut-être la situation aurait-elle été différente si, à son retour de la guerre, Paul l'avait retrouvé vivant.

Ils purent se rendre en taxi à la gare, où ils prirent un dîner anticipé en parlant de Sebastian. Une fois dans le train, ils continuèrent à réfléchir à la façon dont ils pouvaient les aider, Elisabeth et lui.

— Je suis certaine que Lisa l'aime toujours, déclara Marie. Et lui aussi éprouve des sentiments pour elle.

Elle avait enfin ôté son chapeau et se recoiffa avec un petit peigne de poche. Paul la regarda faire avec le sentiment de n'avoir jamais été séparé d'elle.

— Nous devrons user de diplomatie, Paul. Sebastian a un sens de l'honneur très chatouilleux, il ne lui sera pas facile d'accepter ton offre.

Pendant le dîner, ils avaient convenu de lui proposer un poste de comptable à l'usine.

Paul eut un soupir : il lui proposait déjà un emploi et voilà qu'en plus il fallait y mettre les formes !

— Les gens font la queue dans l'espoir de dégoter quelque chose.

— Tu as raison, Paul. Mais pour la petite famille, ce serait une solution formidable, tu ne crois pas ?

— Oui, il faut essayer.

Il lui semblait que, ce matin-là, les bourgeons avaient éclos sur les arbres des prairies qui bordaient le fleuve. Il croyait discerner un souffle de vert tendre sur les branches. Mais c'était peut-être une illusion. Il faisait clair et chaud dans le petit compartiment qu'ils eurent pour eux tout seuls. Et, tandis qu'ils discutaient de l'avenir de Lisa, il avait l'impression d'être de nouveau à la maison. Avec Marie. Elle était sa seconde moitié. Sa présence à son côté rendait le monde lumineux, tout était possible, rien ne pouvait le mettre en péril.

Lorsque les premières maisons d'Augsbourg apparurent, les nouveaux lotissements d'Oberhausen, Pfersee de l'autre côté, au loin les coupoles vertes de la tour Perlach et de la basilique Saint-Ulrich-et-Sainte-Affre, il comprit qu'il devait tenter quelque chose. Même au risque de se cogner douloureusement contre ce foutu mur de pierre.

— Marie, je voulais aussi te dire que, si vous souhaitez organiser cette exposition, je ne vous mettrai pas de bâtons dans les roues.

Devant son regard grave, il sentit qu'il devait aller plus loin.

— J'en suis venu à penser que c'était une bonne chose. Il s'agit de ta mère. Et en plus c'est une artiste exceptionnelle. Elle mérite qu'on montre ses œuvres.

Marie tourna les yeux vers la fenêtre. À cet instant, le train traversait le pont qui enjambait la Wertach. Un groupe de cygnes nageait dans l'eau peu profonde. Paul attendait, le cœur battant. Pourquoi gardait-elle le silence ?

— Au fait, je dois te saluer, répondit-elle enfin en lui adressant un sourire.

— Me saluer ? De la part de qui ?

— De Dodo et de Leo. Ils sont ravis à l'idée de leur prochaine visite à la villa.

Enfin une bonne nouvelle ! Mais pas celle qu'il espérait.

— Et toi ? demanda-t-il.

Le train entra lentement en gare. Des gens chargés de valises et de sacs passèrent dans l'étroit couloir. Quelques-uns jetèrent des regards curieux à travers les vitres du compartiment.

— Je ne sais pas encore très bien, Paul. Laisse-moi du temps.

La brèche ! Un passage se dessinait enfin dans le mur de pierre. Paul aurait pu crier et sauter de joie, mais il se contenta de se lever, l'aida à enfiler son manteau, la regarda mettre son chapeau et descendit du train avec elle.

— À bientôt, lui dit-il dans le hall de la gare.

Elle partit d'un pas rapide pour attraper le tramway.

Chapitre 35

Avril 1925

— C'est pas vrai, marmonna Augusta entre ses dents.

Le cimetière Herman était noir de monde. Les gens se déversaient par les deux entrées, se répartissant dans les allées entre les tombes, formant des groupes qui bavardaient. La plupart, toutefois, se dirigeaient vers la fosse ouverte, qui se trouvait à proximité du mur nord, juste derrière la chapelle.

— On a bien fait de pas prendre l'automobile, dit Gustav. On aurait pas pu se garer.

Ce jour-là, il portait son beau costume et ses chaussures noires à lacets en cuir verni. Augusta avait elle aussi soigné sa tenue. Après tout, c'était avec l'argent de la Jordan qu'elle avait acheté tout cela. Elle voulait lui faire honneur pour son enterrement.

— Regarde, Gustav, dit-elle en lui tapotant sur l'épaule. La Brunnenmayer est là. Avec son manteau noir, j'ai failli pas la reconnaître. Et, juste à côté, y a Else, Gertie, et Humbert avec Hanna.

— Madame Bliefert ! s'écria-t-on derrière elle.

Augusta se retourna. C'était Christian, l'ancien employé de la Jordan. Il lui souriait, ses oreilles décollées brillant sous le soleil printanier comme deux petites ailes roses.

— Ah, Christian ! Et comment ça va ?

— On fait de notre mieux, madame Bliefert. Et les enfants, en forme ?

Elle lui raconta que la Liesel avait dû manquer l'école pour garder les petits, redoutant en son for intérieur qu'il aborde le sujet du prêt d'argent. Il n'était pas stupide, Christian. Il avait compris ce que la Jordan fabriquait dans son arrière-boutique.

— Qu'est-ce qu'il y a comme monde, fit-il remarquer en ouvrant de grands yeux. On voit que madame Jordan avait beaucoup d'amis.

— Oui, elle était très aimée, renchérit Augusta sans conviction.

Il doit y avoir un grand nombre de ses débiteurs, pensa-t-elle. *Peut-être aussi quelques-unes des dames riches à qui elle a prétendument prédit l'avenir. Et puis des curieux qui sont venus parce que c'était dans le journal.*

Un grand avis de décès avait été publié dans l'*Augsburger Neueste Nachrichten* et le *Münchner Merkur*.

MARIA JORDAN NOUS A QUITTÉS
2 MAI 1873-23 MARS 1925
Ceux qui la connaissaient savent ce qu'ils ont perdu.
Que Dieu lui accorde le repos éternel.

C'était sans doute Christian qui s'en était occupé. Cela ne pouvait guère être Julius, il était toujours en prison, le malheureux. Ou bien un quelconque parent.

— Essayons de nous rapprocher, dit Gustav, qui n'aimait pas rester à piétiner.

Il ne tenait pas en place, son homme. La serre avait enfin son toit et, en début de matinée, le vitrier avait commencé à poser les vitres. Dès le lendemain, on pourrait préparer les carrés et rapatrier les pots de plantes déjà semées. Ah, tout aurait pu être si agréable ! On remontait la pente, on se mettait enfin à flot. Si seulement il n'y avait pas eu cette crainte perpétuelle ! Il ne s'était encore rien passé, mais la police avait dû trouver la reconnaissance de dette portant sa signature. Qu'advenait-il d'une dette lorsque le prêteur mourait ? S'éteignait-elle avec lui ? Ou retrouverait-on un héritier quelconque à qui elle devrait rembourser l'argent ?

— Ces pensées valent rien, fit remarquer Gustav, qui examinait au passage les plantations sur les tombes. Elles ont poussé trop vite, dans deux jours elles seront fichues. Tiens, regarde ça, Augusta : une composition de narcisses et de jacinthes. On en a plein, il faut qu'on les mette en vente.

Quelle ardeur il avait lorsqu'il parlait de ses plantes ! Il s'était énervé en voyant dans la cour de la villa que le parterre n'avait pas été dégagé. Il fallait enlever au plus vite les rameaux de sapin, autrement les primevères manqueraient de lumière. Les tulipes et les jonquilles sortaient de terre au milieu des branches, c'était une honte !

« Ils devraient engager un jardinier, avait répliqué Augusta. Tu peux pas être partout, Gustav. De l'argent ils en ont. Ça fait longtemps qu'à l'usine ils ont recommencé à travailler la nuit. Ils ont même repeint les bâtiments. »

Il y avait aussi quelques orphelins accompagnés de la nouvelle directrice de l'établissement. L'Église avait rouvert l'orphelinat des Sept-Martyres six mois plus tôt. Apparemment, les enfants avaient conservé le souvenir de Maria Jordan. Qui aurait pu le croire ? Augusta et Gustav arrivèrent enfin devant la tombe. Le prêtre, très droit dans son costume sombre, se tenait à côté du cercueil, attendant probablement que les gens se rassemblent.

— Quel beau cercueil ! laissa échapper Augusta à la vue du bois sombre décoré de motifs sculptés.

Une composition de roses rouges et de lys blancs était posée dessus. Elle venait sûrement de Munich. Aucun fleuriste d'Augsbourg n'avait d'aussi belles roses. Encore moins en cette saison.

— T'es jalouse ? demanda Gertie, qui s'était frayé un chemin jusqu'à elle. T'aimerais avoir un enterrement comme ça ?

— Merci bien, riposta Augusta. J'ai d'autres envies.

Monsieur Melzer se trouvait tout devant, à côté des porteurs du cercueil, avec sa mère et Elisabeth von Hagemann. Eux aussi étaient venus ! Madame von Hagemann paraissait sincèrement émue, elle ne cessait de porter son mouchoir à ses yeux. De l'autre côté du prêtre se trouvaient mesdames Marie Melzer et Kitty Bräuer, en compagnie de monsieur von Klippstein. Marie Melzer paraissait affligée. Bizarre, tout de même : la Jordan l'avait détestée dès l'instant où elle était entrée comme fille de cuisine à la villa et, par la suite, n'avait jamais eu un bon mot pour elle. Mais la jeune madame Melzer avait le cœur sensible. Quel dommage que son mariage batte de l'aile ! Augusta était persuadée que Serafina von Dobern était derrière tout ça. À la villa, tout le monde savait que les ennuis avaient commencé à son arrivée. Monsieur et sa mère étaient les seuls à refuser de le reconnaître.

Si l'entreprise de maraîchage décollait enfin, elle n'aurait plus besoin de courir mendier du travail à la villa. Ils gagneraient de quoi vivre et cette vipère de Serafina pourrait aller au diable.

— Vous avez vu, madame Bliefert ? lui glissa Christian à l'oreille. L'homme là-bas, à côté de l'arbre ?

Augusta eut une légère frayeur, car elle ne s'était pas rendu compte que Christian les avait suivis. L'arbre qu'il désignait du doigt était un érable encore dépourvu de feuilles et sur le tronc duquel un lierre s'enroulait effrontément. Un écureuil bondit sur une branche et disparut en un éclair au milieu du lierre. Sans doute y avait-il un trou dans le tronc.

— Quel homme ?

Christian dut différer sa réponse, car le prêtre avait entamé l'oraison funèbre. Il parla de la volonté insondable de Dieu, de ses voies, qui paraissaient parfois incompréhensibles ou même cruelles, et de sa toute-puissance, qui s'exerçait sur tous les hommes.

— La vengeance M'appartient, a dit le Seigneur, lança-t-il d'une voix forte par-dessus les têtes.

Augusta vit Else et la Brunnenmayer opiner avec conviction.

— C'est un des policiers, chuchota Christian. Et, là-bas, il y en a un autre. L'homme à la moustache, vous le voyez ?

Augusta tourna les yeux vers l'homme aux cheveux noirs adossé à un hêtre qui prenait fiévreusement des notes. En effet, elle le connaissait. C'était celui qui l'avait interrogée, le moustachu au teint pâle.

— Oui. Qu'est-ce qu'ils font ici ? lui demanda-t-elle tout bas.

— Silence, devant ! grogna quelqu'un. Vous n'avez donc aucun respect ?

Gustav se retourna, furieux. Il ne laissait personne s'en prendre à son Augusta.

— Si vous insultez encore ma femme, espèce de... de goujat...

Augusta lui saisit le bras et l'exhorta tout bas à garder son calme. L'autre se tut également, car les porteurs s'apprêtaient à présent à déposer Maria Jordan dans sa dernière demeure. De robustes mains d'homme tendirent les trois cordes qui passaient sous le cercueil, un employé du cimetière retira les planches de soutien, et la lente et solennelle descente commença. Le prêtre cita un texte de la Bible sur la vie éternelle et répandit de l'eau bénite. On entendit quelqu'un sangloter sans retenue.

Else, pensa Augusta. *Grands dieux, ce que c'est embarrassant. Mais rien à faire, elle est comme ça.* Cependant, elle remarqua aussitôt qu'elle s'était trompée, car Else se tenait immobile comme une statue à côté de la Brunnenmayer, un mouchoir sur les lèvres. La personne qui sanglotait était un homme d'un certain âge, qui avait un chapeau homburg dernier cri à la main et portait des guêtres neuves sur des chaussures en cuir noir. Il paraissait bouleversé par le chagrin, s'approcha si près du bord de la fosse qu'on put craindre de l'y voir tomber, et jeta son bouquet de roses sur le cercueil avant même que le prêtre en ait fini avec son encensoir.

Augusta eut l'impression de l'avoir déjà vu quelque part. Lorsqu'elle tourna les yeux vers la Brunnenmayer et les autres, elle leur trouva aussi la mine perplexe. La Jordan avait-elle effectivement de la famille ? *Pourvu que non*, se dit Augusta. *Mon Dieu, fais que ce soit un de ses anciens amants. Un débiteur malheureux. Un client à qui elle avait fait miroiter un avenir radieux. Mais pas quelqu'un qui pourra hériter des reconnaissances de dette.*

Rares furent ceux qui suivirent l'exemple de l'homme au homburg et jetèrent une poignée de terre ou une fleur dans la fosse. Il y eut la Brunnenmayer, puis Else, Christian et deux femmes d'un certain âge, ainsi qu'un voisin et sa femme. Après quoi, on s'attarda à saluer les connaissances, à se répandre en bavardages inutiles et à s'assurer mutuellement que la pauvre Maria avait enfin trouvé la paix. L'homme au homburg chaussé de guêtres avait glissé une enveloppe fermée au prêtre en marmonnant quelque chose, puis s'était dirigé vers la sortie parmi le flot de ceux qui s'en allaient. Des regards curieux l'avaient regardé s'éloigner, il y avait eu des chuchotements, des haussements d'épaules. Augusta avait alors remarqué que les deux policiers avaient disparu.

— Vous rentrez avec nous à la villa ? demanda la Brunnenmayer. On va passer une petite heure ensemble et manger du gâteau. Venez avec les petits, ce sera moins triste.

Gustav refusa, il voulait retourner à sa serre. Peut-être pourrait-il commencer le soir même à apporter de la terre. Il fallait espérer que les vitriers avaient terminé leur travail.

— Tu veux venir, Christian ? s'enquit Gertie, qui considérait le jeune homme avec compassion.

Celui-ci parut ravi de l'invitation, ses oreilles virèrent à l'écarlate.

— Avec votre permission.

— Bien sûr, déclara Humbert.

Augusta ne fit aucun commentaire. D'un côté, elle aimait bien Christian, de l'autre, elle craignait qu'il trahisse son secret par une remarque malencontreuse. Ils firent tous ensemble le trajet en tramway jusqu'à l'arrêt de la rue Haag. Puis, Gustav tourna un peu plus loin sur la gauche pour rejoindre son jardin maraîcher, tandis que les autres marchaient jusqu'au portail de la villa. En chemin, ils furent dépassés par la voiture des Melzer, que le jeune monsieur conduisait lui-même. Sur la banquette arrière, à côté de madame von Hagemann, se trouvait… la Brunnenmayer. Comme elle était la plus ancienne employée de la maison, on lui avait proposé une place dans l'automobile, au grand agacement d'Else, qui n'était arrivée qu'un an plus tard.

— Vous avez vu comme la jeune madame Melzer a dit adieu à son mari avec plein de cérémonies ? demanda Gertie tandis qu'ils remontaient l'allée.

— Elle a quand même souri un peu, fit remarquer Humbert. Peut-être qu'ils vont se remettre ensemble.

— T'es pas sérieux ? répliqua Gertie avec impertinence. Quand c'est fini, c'est fini.

— « Tout renaît au joli mois de mai », chanta gaiement Humbert.

Il regarda Hanna et tous deux se sourirent. Ils avaient marché main dans la main tout le long du trajet, tels deux amoureux. *C'est drôle, tout de même,* pensa Augusta. Elle avait toujours cru qu'Humbert n'était pas intéressé par les femmes. Comme quoi on pouvait se tromper.

— Vous êtes comme les deux doigts de la main, hein ? dit-elle railleusement.

— Oui, répondit très sérieusement Humbert. Sans Hanna, je n'aurais jamais pu continuer.

— Toi alors, dit Hanna en lui donnant un coup de coude, toujours les grands mots, hein !

— Parce que ce n'est pas vrai, peut-être ?

— Oui, convint la jeune fille en rougissant.

Dörthe s'activait en blouse de toile bleue et sabots pour remettre le parterre de la cour en état. Elle avait ôté les rameaux de sapin qui couvraient les premières fleurs et les avait empilés pour les transporter plus tard avec la brouette à l'endroit où l'on entreposait le bois de chauffage. À présent, elle ameublissait affectueusement la terre. Ensuite, elle transplanterait des pensées qu'elle avait cultivées dans de grands pots à la buanderie.

— Elle a déjà cassé un pot, dit Gertie avec un malin sourire. Mais sinon elle fait du bon boulot. Faut dire qu'elle vient de la campagne, elle fouille la terre comme une taupe !

Augusta envoya Dörthe chercher ses enfants à la maison du jardinier. Après le goûter, la Liesel et Maxl pourraient l'aider à planter ses fleurs, ils avaient l'habitude.

— Tu veux que ta fille fasse que travailler, la pauvre, hein ? l'asticota Gertie. Elle est sacrément futée, la Liesel, il faut qu'elle aille à l'école et ensuite qu'elle apprenne quelque chose de convenable.

— Comme toi peut-être ? riposta Augusta, fâchée.

En quoi ça la regardait, Gertie, que la Liesel aille à l'école ou pas ? Avait-elle tiré un quelconque profit de la formation qu'elle avait suivie pour devenir femme de chambre ? Pour le moment, en tout cas, personne à la villa ne lui avait proposé de monter en grade. Bonne à tout faire, voilà ce qu'elle était. Et, tant que madame von Dobern serait là, cela n'avait pas grande chance de changer : elle était la bête noire de la gouvernante.

À la cuisine, la longue table était déjà mise. La Brunnenmayer était en train de verser le café. Elle commença bien entendu par remplir la cafetière en porcelaine de Saxe pour mesdames von Hagemann et Alicia. Puis, une petite cafetière ébréchée pour madame von Dobern, qui prenait ses repas dans son bureau. Et elle termina par la grande cafetière bleue en fer-blanc pour les domestiques. Quel délicieux arôme ! Gertie et Hanna se rendirent dans le garde-manger et en rapportèrent un streusel, un kouglof aux raisins et le gâteau pavé si apprécié des enfants.

— Tous ces beaux gâteaux que vous avez ! s'émerveilla Christian. Et du café en grains !

Cette radine de Jordan ne lui a visiblement jamais proposé de café ni de mets fins, songea Augusta avec amertume. *Il ne fallait pas penser du mal des défunts, mais pour Christian, sa mort était une chance. Et pour elle aussi !*

On s'installa à table, on fit passer la cafetière, le lait et le sucre, on servit les gâteaux. Dörthe fit irruption avec les rejetons d'Augusta. Les enfants et elle se lavèrent les mains dans l'évier, et tout le monde s'esclaffa en constatant que celles de Dörthe étaient encore plus sales que les pattes des gamins.

Fritz et Hansl mirent aussitôt le cap sur Christian et grimpèrent sur ses genoux. Maxl se fit une place dans le giron de sa mère et la Liesel alla s'asseoir à côté de Gertie. *Ah !* pensa Augusta, jalouse, *faudrait pas qu'elle lui mette de mauvaises idées dans le crâne. On a besoin de tous les bras.* Et s'ils proposaient à Dörthe de travailler pour eux d'ici quelque temps ? Elle semblait s'y connaître, elle était robuste. Et, comme elle venait de la campagne, elle n'exigerait sûrement pas un gros salaire. Peut-être qu'elle se contenterait du gîte et du couvert ? Elle dormirait en haut, avec les enfants. Oui, il se pouvait que Dörthe constitue la meilleure solution. Christian était gentil, mais à bien y réfléchir, il n'était pas taillé pour ce travail.

— Moi aussi, j'ai eu l'impression de le connaître, dit quelqu'un, arrachant Augusta à ses pensées.

— L'homme qui pleurait comme un perdu ? demanda-t-elle.

Humbert opina et prit une bouchée de gâteau. Hanna lui versa du lait dans son café. Elle paraissait savoir exactement ce qu'il aimait, car elle ne posa pas de questions.

— Je suis pas sûre, dit Else, hésitante. Vu qu'il était habillé comme un monsieur. Mais moi aussi je crois que je l'ai déjà vu.

Elle trempa son gâteau dans son café et afficha une mine déconfite en le ressortant : il en était resté une moitié dans la tasse.

— Moi, en tout cas, je le connais pas, déclara Hanna.

Gertie haussa les épaules. Elle non plus n'avait jamais vu ce drôle de zèbre auparavant, mais elle affirma qu'il devait avoir eu la barbe jusqu'à tout récemment.

— Comment ça ? s'étonna Else.

— Parce qu'il avait des drôles de taches rouges sur la figure, répondit-elle avec un air supérieur. Comme les barbus qui ont la peau irritée.

— Pouah ! s'exclama Augusta. Est-ce que c'est contagieux ?

— Ouais, si on l'embrasse, répliqua Gertie.

Tous éclatèrent de rire. La Brunnenmayer avala son café de travers et Humbert lui tapa dans le dos.

Quelle vipère, cette Gertie ! songea Augusta, furieuse. Un jour, elle lui tordrait le cou.

— Barbe grise, mèches grasses et clairsemées… réfléchit Humbert. Ça y est, je sais !

— Moi aussi, renchérit la cuisinière, tout étonnée, en reposant son morceau de gâteau sur son assiette. Else, Augusta, vous aussi vous devriez vous rappeler.

Il y eut un moment de silence. Fritz se mit à pleurnicher, parce qu'il n'arrivait pas à attraper sa tasse de lait.

— Jésus Marie ! laissa échapper Else. Le type qui venait parfois lui rendre visite à la villa. Le vieux pochard. Comment il s'appelait, déjà ?

— Sepp, je crois, marmonna la Brunnenmayer. Elle avait dit que c'était son mari.

Augusta s'étrangla presque avec sa bouchée de kouglof. En effet, il y avait eu quelqu'un qui empruntait de temps à autre l'escalier de service en cachette. À l'époque, elle partageait une chambre avec Else. Mais, une fois, elle s'était levée pour aller aux toilettes, elle l'avait croisé dans le couloir. Ouf, quelle apparition ! Elle avait failli en mourir de peur. Son mari… Quelle terrible chose ! Si c'était vrai, alors ce serait lui l'héritier.

— Moi aussi je l'ai vu, rapporta Humbert. J'étais tombé sur lui dans l'escalier de service. Répugnant. Il était tellement dégoûtant ! Et il empestait, la crasse, le schnaps et… je préfère ne pas dire quoi. Je m'en suis presque évanoui.

Ces rencontres dataient d'avant la guerre, tous en convinrent. La Brunnenmayer savait aussi que ce Sepp, ou quel que soit son nom, avait été il y a longtemps le grand amour de la Jordan. Du temps où elle était encore danseuse de variétés.

Gertie ouvrit de grands yeux. Quelle femme, tout de même, cette Maria Jordan ! Danseuse de variétés, femme de chambre, directrice d'orphelinat, propriétaire de magasin, diseuse de bonne aventure.

— Je défie quiconque d'en faire autant, dit-elle, impressionnée.

— Et ce n'est pas tout, intervint Christian.

Comme les deux enfants avaient quitté ses genoux pour chahuter dans la cuisine, il avait recouvré sa disponibilité. Et, avant qu'Augusta ait pu réagir, il avait commencé à se mettre les pieds dans le plat.

— Elle prêtait aussi à intérêt, raconta-t-il avec fierté. Madame Jordan était devenue une femme riche. Ses débiteurs venaient la payer tous les mois.

— Voyez-vous ça, dit la Brunnenmayer en sifflant entre ses dents.

Tous les regards s'étaient tournés vers Augusta, qui aurait voulu disparaître sous terre. Else n'était pas assez finaude pour comprendre, mais Gertie avait pigé depuis longtemps. Et Humbert commençait lui aussi à y voir plus clair. Cette histoire d'héritage ne les avait jamais vraiment convaincus.

— Est-ce que ce Sepp est déjà venu à la boutique ? s'empressa de demander Augusta afin de détourner l'attention de sa personne.

— Je l'ai vu une fois, enfin, je crois, répondit Christian avec hésitation. C'était tout au début, un vagabond en loques qui est arrivé dans le magasin. Il sentait le schnaps. J'ai voulu le chasser, mais il est entré comme ça dans l'arrière-boutique. Quand j'ai ouvert la porte pour aider madame Jordan, elle m'a renvoyé. Oui, je pense que c'était lui.

— Et il n'est venu la voir qu'une seule fois ? demanda Humbert avec incrédulité.

Des hurlements s'élevèrent : Maxl avait fait tomber Fritz.

— Il voulait toucher le fourneau brûlant, maman !

Augusta se leva et prit son cadet dans ses bras. Le petit se calma instantanément.

— Je ne sais pas combien de fois il est venu, répondit Christian, songeur. Il aurait pu entrer par la porte de derrière.

Tandis qu'Augusta était encore sous le choc de cette nouvelle, les autres réfléchissaient déjà à ses implications. Et, comme toujours, Gertie fut la plus rapide.

— Et comment il a fait pour avoir ce beau costume, ce chapeau et ces guêtres, cet affreux bonhomme ?

— Et il a glissé une enveloppe au curé, ajouta Humbert.

De la main, Augusta rassembla quelques miettes de gâteau éparpillées sur la table et les fit tomber sur son assiette.

— Il a dû hériter, répondit-elle. Si c'est son mari.

— Et de quoi il aurait hérité ? riposta Christian. Il n'y avait plus rien. Tout avait été volé, sauf les reconnaissances de dette.

— Peut-être qu'elle avait de l'argent à la banque.

— Possible, je sais pas. Elle était très discrète là-dessus.

— Et maintenant elle parlera plus jamais, résuma Else d'un air entendu.

Tout le monde se tut. On entendait la bouilloire ronfler sur le fourneau. Dehors, dans la cour, Dörthe plantait des fleurs avec la Liesel et Maxl.

— Et si c'était pas Julius ? reprit tout bas Gertie. Si c'était ce Sepp finalement ? Il serait entré par la porte de derrière, il l'aurait tuée et ensuite il aurait pris l'argent.

— Pffff, soupira Humbert en secouant la tête. Dans ce cas, tu crois vraiment qu'il serait allé à l'enterrement ? Avec ses guêtres neuves ?

On en convint : commettre un crime crapuleux, puis sangloter devant le cercueil de sa victime, ce n'était pas logique. Le criminel ne se serait pas attardé, il aurait immédiatement pris la poudre d'escampette avec l'argent.

Ils parlèrent encore un moment des maîtres. Depuis le retour de madame von Hagemann, la situation s'était nettement améliorée. Surtout parce qu'elle donnait du fil à retordre à la Dobern.

— Encore quelques semaines et on sera débarrassés d'elle, prédit la Brunnenmayer. Et Dieu sait que je la regretterai pas.

Christian fit un bout de chemin avec Augusta et les enfants lorsqu'ils rentrèrent chez eux. Il avait postulé pour un emploi temporaire dans un magasin de porcelaine et à l'imprimerie Eisele, qui vendait aussi des livres. Il voulait également essayer les cinématographes, il aimerait bien travailler dans l'un d'eux, cela lui permettrait de voir les films.

Quand Augusta s'engagea dans l'allée qui menait à la maison du jardinier, ils prirent congé l'un de l'autre.

— Y a encore une chose dont il vaudrait mieux que tu parles pas, Christian, ajouta-t-elle prudemment.

Elle regarda autour d'elle pour vérifier que la Liesel n'écoutait pas. C'était une maligne, elle comprenait déjà beaucoup de choses.

Christian sourit, ce qui fit tressaillir ses oreilles de manière amusante.

— La reconnaissance de dette, hein ? Je sais. Tenez, j'ai quelque chose pour vous.

Il tira de sa poche un papier qu'il lui tendit avec une mine de conspirateur.

— Elle était sur le tapis, juste sous mon nez, pendant qu'ils m'interrogeaient. Le policier est sorti pisser, alors je l'ai ramassée vite fait.

La reconnaissance de dette ! Froissée jusqu'à n'être plus reconnaissable, mais c'était bien le maudit document qu'elle avait signé. Il y avait aussi la date : vendredi 3 octobre. Et la signature de la Jordan. Pour un peu, Augusta aurait sauté au cou du jeune homme.

— T'es un chouette garçon, Christian ! Si tu veux, tu peux aussi travailler chez nous.

— Et comment que je veux, répondit-il en souriant.

Chapitre 36

Elisabeth plissa les yeux et retint sa respiration un court instant. Chaque fois que le petit prenait le sein pour téter, son mamelon droit la faisait horriblement souffrir. Puis, la douleur disparaissait pour ne plus laisser place qu'à un sentiment de contentement. Elle contempla son nourrisson avec une profonde tendresse. Il tétait goulûment. Quel effort cela lui demandait! Il était déjà tout rouge et baigné de transpiration. Quand Rosa le lui avait amené, il braillait à pleins poumons. Ça, il avait une voix puissante. Sa mère avait dit récemment en souriant que ce bébé mettait plus de vie à la villa que tous les autres enfants réunis. Elisabeth en avait été très fière.

— Ah! commenta Kitty, assise sur le canapé bleu ciel, les jambes allongées devant elle. L'image même de la fécondité! Tu ne voudrais pas me laisser te peindre en train de donner le sein à Johann?

— Ne t'avise pas de faire ça!

— Te photographier? Juste une petite esquisse?

Elisabeth se borna à lui lancer un regard d'avertissement. Kitty et ses idées farfelues! Un dessin d'elle, la poitrine dénudée, dans une de ses expositions! Avec comme titre: « Sœur de l'artiste donnant le sein à son fils ». Comme s'il n'y avait pas déjà assez de ragots sur la famille Melzer.

— Oh là là ! gémit Kitty, tu es d'un petit-bourgeois ! Non, vraiment ! C'est un si joli spectacle. Si… si maternel. Tu as l'air tellement recueillie. On dirait une maman chien en train de nourrir dix petits chiots.

Elisabeth avait beau connaître sa sœur, celle-ci réussissait encore à la mettre en rage. Elle se calma en pensant que, pour une fois, Kitty était jalouse d'elle. Leur mère avait dit un peu plus tôt que le petit ressemblait déjà à son grand-père. Eh oui, cette fois, elle qui avait toujours été la cinquième roue du carrosse avait supplanté sa cadette. Elle avait donné naissance à un garçon. Qui sait, peut-être son fils reprendrait-il un jour l'usine. Leo, en tout cas, n'en aurait pas envie. Quant à savoir si Paul et Marie auraient d'autres enfants, seul l'avenir le dirait.

— Qu'est-ce qui se passe avec Paul et Marie ? demanda-t-elle inopinément en prenant la serviette que Rosa avait posée à côté d'elle pour qu'elle puisse s'éponger le cas échéant. Je n'ai pas très bien compris. Pourquoi sont-ils fâchés ? Ils s'aiment, non ?

Kitty leva les yeux au ciel et se glissa un autre coussin derrière le dos.

— Enfin quoi, Lisa, c'est pourtant évident, non ? Tu as eu je ne sais combien de discussions avec Marie.

Depuis la naissance du petit Johann, Elisabeth n'avait eu Marie que deux fois au téléphone et, en ces occasions, elle avait parlé essentiellement de ses propres problèmes. Marie était une amie intelligente, secourable, qui savait vous réconforter. En revanche, elle ne révélait pas grand-chose d'elle-même.

— Je supporte mal de devoir être témoin de la souffrance de Paul.

Kitty fit comme si cette remarque était absurde et dénuée de fondement, mais Elisabeth la connaissait : elle aimait beaucoup trop son frère pour pouvoir être indifférente.

— Ah, Lisa ! Paul est un roublard, comme tous les hommes, répondit-elle en tordant les franges d'une housse de coussin. Non, pas tous : mon cher Alfons ne l'a jamais été. Mais il constituait une exception.

Elisabeth tapota le front en sueur du bébé, qui continuait de téter bruyamment, et détendit son bras gauche. La veille, il s'était engourdi tant elle avait été crispée.

— Qu'est-ce que tu veux dire par « roublard » ?

Kitty afficha l'air supérieur d'un professeur qui explique la vie à un élève ignorant.

— Eh bien, voilà : on écoute les plaintes de son épouse, on hoche la tête d'un air compréhensif et on déclare que, dorénavant, tout sera différent. Parce qu'on l'aime passionnément, qu'on ne peut pas vivre sans elle… Alors, tout émue, elle lui tombe dans les bras, sans comprendre que rien ne changera. D'ailleurs pourquoi cela devrait-il être le cas ? Il l'aime. Ce n'est pas suffisant ?

Elisabeth dodelina de la tête. Kitty n'avait pas tout à fait tort, Paul pouvait être un rusé tacticien. Cela dit, il avait offert un atelier à Marie. Quel époux en aurait fait autant ?

— L'atelier, oui et après ? s'écria Kitty, comme s'il s'agissait d'une broutille. À la villa, Marie n'avait plus voix au chapitre sur quoi que ce soit. Ils ont même engagé une gouvernante sans lui en parler.

Un point sensible pour Elisabeth, car c'était elle qui avait recommandé Serafina von Dobern à Alicia.

— Oui, il fallait quelqu'un pour s'occuper des jumeaux.

— Absolument ! Mais on ne prend pas ce genre de décision derrière le dos de la mère.

Elisabeth éprouva une soudaine sensation de fraîcheur à l'endroit de la poitrine, puis le petit Johann se mit à pleurer : il n'avait plus accès à la précieuse source de nourriture. Elle glissa aussitôt son mamelon dans la bouche béante du bébé, qui reprit sa laborieuse tétée. Quelle force il fallait à un nourrisson pour se rassasier !

— Ah, Serafina… Je viens de découvrir sa vraie nature, concéda Elisabeth à contrecœur. Dans le temps, c'était vraiment une amie très agréable. Qui aurait pu penser qu'elle deviendrait comme ça ?

— Moi ! répondit fièrement Kitty. Je n'ai jamais pu la supporter, ta Finchen ! Elle a toujours été une garce incolore et sans saveur.

— Elle n'a jamais accordé beaucoup d'importance aux apparences.

— En effet, répliqua Kitty avec un rire moqueur. Elle est aussi terne à l'intérieur qu'à l'extérieur.

Elisabeth regarda sa sœur d'un œil quelque peu jaloux. Elle portait du vernis à ongles. C'était typique, ça ! Elle se pliait à toutes les idioties à la mode. Elle avait adopté une coupe de cheveux encore plus courte et ne lésinait pas sur le mascara.

— Mais le pire, c'est que Paul a insulté la mère de Marie, poursuivit-elle. Comment a-t-il pu faire ça ? Nous savons tous ce dont notre famille s'est rendue coupable envers elle.

Elisabeth détacha le petit Johann de son sein droit pour le placer de l'autre côté. Cela n'alla pas sans protestations, car il était loin d'être repu. C'était une chance qu'il tète avec tant d'énergie. Après la naissance, il avait perdu un peu de poids. Mais, depuis, il avait bien grossi. Désormais, il étirait ses petites jambes et gigotait tant et plus. Au début, on l'avait constamment couché en position fœtale et, comme Rosa l'emmaillotait dans un tissu de coton blanc, Elisabeth l'avait cru tout petit et dépourvu de jambes.

— Tu sais, Kitty, je comprends Paul. Cette Luise Hofgartner – c'est bien son nom, hein ? – devait être quelqu'un de difficile. Elle aurait pu donner les plans à papa sans faire de problèmes et tout se serait bien passé. Mais non, il a fallu qu'elle se montre têtue comme une mule.

— Premièrement, c'était la mère de Marie, rétorqua Kitty. Deuxièmement, c'était une formidable artiste et, troisièmement, elle a connu une mort dramatique. Non, je trouve que Paul a opté pour la solution de facilité. Il a déclaré qu'il voulait mettre les tableaux au grenier. C'est scandaleux !

— Oui, mais je ne comprends toujours pas que ça puisse pousser deux personnes qui s'aiment à divorcer.

— Oh là, mais qui parle de divorce ? Paul finira par faire des concessions, j'en suis certaine. Tu sais, il est exactement comme son père, une vraie tête de mule. Et, quand papa constatait que ça ne le menait nulle part, il pouvait changer de cap en un instant. Tu te souviens ? Au début, il avait refusé tout net qu'on installe un hôpital dans la villa. Et, par la suite, il n'avait pas voulu qu'on fabrique du tissu en papier dans son usine. Or, qu'est-ce qui nous a permis de tenir pendant la guerre ? Le tissu en papier !

Elisabeth ne fut pas convaincue. Comment savoir si à cet égard Paul tenait effectivement de leur père ? Et puis, en l'occurrence, il s'agissait d'une affaire de couple, d'autres lois entraient en jeu.

— Je peux juste espérer que tu aies raison, Kitty.

— Bien sûr que j'ai raison, répliqua celle-ci en balançant le pied.

Elle portait de ravissantes chaussures à brides en cuir clair avec un petit talon. Dans ces souliers, les pieds encore un peu gonflés d'Elisabeth auraient eu l'air de beignets boursouflés.

— Ce serait bien si au moins un des enfants de maman avait une vie conjugale normale, non ? poursuivit Kitty en jetant un regard en coulisse à sa sœur. En ce qui nous concerne, la situation me paraît sans espoir, hein ?

Elisabeth haussa les épaules. Kitty voulait-elle la sonder ? Marie et Paul étaient restés très discrets sur leur voyage à Guntzbourg. Elisabeth n'en avait pas espéré grand-chose, mais s'était tout de même attendue à plus qu'un « On verra ». D'ailleurs, avaient-ils rencontré Sebastian ? Paul ne le lui avait même pas dit. Elle n'avait pas insisté, faisant comme si tout cela lui était parfaitement indifférent. Ce qui était vrai : il ne pouvait en être autrement après ce que ce lâche lui avait fait subir. D'accord, pendant trois ans elle s'était mal comportée avec lui. Mais succomber à un moment de faiblesse ne justifiait pas de prendre la fuite. Non, elle en avait définitivement fini avec lui. Malheureusement, son idiot de cœur ne l'avait pas encore tout à fait compris : ce n'était qu'une question de temps…

— Vraiment ? demanda-t-elle sur un ton innocent. Et moi qui croyais que tu avais rassemblé autour de toi toute une bande de soupirants parmi lesquels tu choisirais un jour ton futur époux !

Kitty trouva l'idée si comique qu'elle s'effondra de rire au milieu des coussins. Elle dut prendre appui sur l'accoudoir du canapé pour se redresser.

— Non, arrête, je vais étouffer ! Tu es encore plus petite-bourgeoise que je ne le croyais. Est-ce parce que tu as respiré trop longtemps le bon air de la campagne poméranienne ?

— Ah oui, j'oubliais, tu es une artiste, tu mènes une vie libre. Dans tous les domaines.

Kitty fouilla dans son sac à main à la recherche de son miroir et d'un mouchoir pour effacer les traînées de mascara. Ce truc coulait à la moindre petite larme.

— Absolument, Lisa. Je suis une artiste, ainsi qu'une femme qui travaille et gagne sa vie. Voilà pourquoi je n'ai pas besoin d'un mari. Point final !

Merci, pensa Elisabeth, froissée, *j'ai compris. À tes yeux, je suis une pique-assiette : je ne gagne pas d'argent, je profite de mon héritage, et en plus je vis aux crochets de maman et de Paul. Merci de me balancer ça à la figure, petite sœur !*

— Les messieurs de mon entourage sont tous charmants et je les aime vraiment bien, continua à jacasser Kitty. Ça tient très certainement à moi si j'ai déjà refusé plusieurs demandes en mariage. Je ne veux pas me contenter de demi-mesures. J'ai connu la grande passion avec Gérard. Et le grand amour avec Alfons. Aucun homme au monde ne pourrait plus m'offrir quoi que ce soit.

Oh là, quelle grandiloquence ! songea Elisabeth, sceptique. Lorsque Kitty s'échauffait de la sorte, c'était généralement qu'elle avait quelque chose à cacher.

— Oui, je te comprends, Kitty. Malheureusement, mes expériences en ce domaine ont toutes été… décevantes. C'est comme ça. Mais je croyais que tu avais gardé contact avec Gérard. Maman m'a dit que vous vous écriviez.

Kitty éclata d'un rire forcé.

— Mais non ! Plus depuis longtemps. Il s'est marié.

— Ah bon ? Je n'aurais pas cru ça de lui.

C'était donc ça. Elle connaissait sa petite sœur sur le bout des doigts. Gérard, le grand amour de sa vie, le jeune Français fougueux avec lequel elle s'était enfuie à Paris autrefois, Gérard, donc, s'était décidé à fonder une famille. Une famille française. Normal. N'avaient-ils pas un commerce de soieries ? Une usine ? Il avait sans doute compris où était son devoir.

— Tu sais, Lisa, cette histoire était déjà finie depuis une éternité. Ce bon Gérard a pris de l'âge entre-temps. Hi hi ! Je lui ai envoyé mes félicitations et souhaité plein de petits enfants.

La voix de Kitty était devenue stridente, on aurait dit qu'elle essayait de se convaincre elle-même.

— C'est vraiment très chouette d'avoir des enfants. Je suis très heureuse avec ma Henni. Si tu veux, Lisa, tu peux venir habiter chez nous. Avec ton fils, bien sûr. Tilly nous rejoindra sûrement une fois qu'elle aura passé l'examen final. Oh, ce qu'on s'amusera entre femmes ! À quoi bon des hommes ? Ils ne font que nous mettre des bâtons dans les roues.

Elle rit et consulta son miroir, passa un petit mouchoir sur son visage échauffé par ses cheveux courts qui lui chatouillaient les joues et le front. Puis, elle se leva avec une étonnante souplesse et rajusta sa robe.

— Je fais un saut rapide chez les Bliefert. Marie m'a priée de leur apporter quelques vieux vêtements de Leo. Tilly arrive aujourd'hui, elle passera Pâques avec nous. Ah, comme il tète, ce petit trésor, un vrai goinfre ! Mais il y en a assez pour le rassasier. À bientôt, Lisa. Je suis si contente que tu ne sois plus en Poméranie, dans cet horrible domaine. À bientôt, mes chéris.

Elisabeth se sentit soulagée quand sa sœur eut quitté la pièce, laissant derrière elle un canapé sens dessus dessous. Elle l'entendit s'enquérir de leur mère dans le couloir.

— Comment ? Elle n'a pas encore terminé sa sieste ? Je n'ai pas le temps d'attendre qu'elle soit réveillée. Dis-lui que Henni est heureuse comme une reine à l'idée de la chasse aux œufs de Pâques dimanche prochain.

— Très bien, madame Bräuer, répondit Else.

— Ah ! Et il y a un article dans le journal, aujourd'hui… Vous l'avez lu ? Le pauvre Julius est innocent.

— Oui, madame, quelle histoire… C'est le mari qui était l'assassin. Ils l'ont arrêté et il a avoué.

— Ah ! Else, j'ai toujours su que maman ne pouvait pas avoir engagé un criminel… Julius est un peu collet monté, mais c'est un brave homme, n'est-ce pas ?

— Assurément, madame.

Elisabeth s'aperçut que son bout de chou s'était assoupi, repu et épuisé. Elle se leva pour le coucher dans son berceau. Elle resta un moment à contempler le nourrisson paisiblement endormi, sa petite bouche rose, les grosses joues, le trait délicat des paupières closes. C'était son fils. Elle était enfin devenue mère. Parfois, quand elle se réveillait tôt le matin, elle était prise de peur : et si tout cela n'avait été qu'un rêve ? Alors ses yeux cherchaient le berceau qu'on avait placé tout à côté de son lit à sa demande. Et elle recouvrait son calme.

Rosa entra et prit le petit pour le langer. Il fallait espérer qu'il se laisserait faire sans se réveiller.

— Voulez-vous que je ressorte avec lui ? Je crois qu'il fait soleil.

Elles avaient déjà fait un tour dans le parc plus tôt dans la matinée. Elisabeth avait eu terriblement froid, sans doute parce qu'elle s'était contentée de mettre une veste au lieu de son manteau chaud qui la serrait encore à la poitrine.

— Oui, mais la plupart des allées sont à l'ombre, répondit-elle en s'approchant de la fenêtre.

Enfin… Du côté des buissons de genévriers et des sapins, il y avait de l'ombre. Les feuillus, en revanche, étaient encore dépouillés et laissaient passer le soleil. Dans la cour, le parterre explosait de couleurs tel un feu d'artifice. C'était l'œuvre de Dörthe. Elisabeth était vraiment fière d'elle. Il y avait des jacinthes mauves et blanches, des tulipes jaunes et rouges, des primevères de toutes les teintes et des jon….

Elisabeth allongea le cou. À côté du parterre se tenaient deux hommes plongés dans une discussion. Curieux, l'un d'eux était Paul. Pourquoi n'était-il pas à l'usine ? Ah oui ! C'était vendredi saint, les horaires de travail étaient réduits. Et l'autre ? Seigneur Dieu, elle devait être en proie à une hallucination ! Il ressemblait à… à…

Sebastian !

Il était vêtu de son vieux costume. Quant à l'horrible chapeau marron qu'il avait à la main, elle le connaissait aussi. Tout à coup, les deux hommes levèrent les yeux vers sa fenêtre. Elle recula, effrayée. Son cœur se livrait à une véritable tempête et elle fut heureuse de pouvoir se laisser choir sur le canapé. Il était là. Elle ne s'était pas trompée. Sebastian était venu à Augsbourg. Et elle qui avait l'air d'un gâteau dont la pâte avait trop levé !

On frappa à la porte. Gertie glissa un coup d'œil prudent dans la pièce pour ne pas réveiller le bébé.

— Il y a un monsieur qui voudrait vous parler, madame von Hagemann.

Elisabeth réagit de manière instinctive, sans réfléchir.

— Dis-lui de ficher le camp. Sur-le-champ ! Je ne veux pas le voir. Tu as entendu, Gertie ? Va lui dire ça !

— Oui… Bien, madame, chuchota Gertie, décontenancée.

La porte se referma, Gertie redescendit en toute hâte dans le vestibule. La respiration entrecoupée, Elisabeth resta assise sur le canapé.

Seigneur, pensa-t-elle. *Il est là, en bas. Sebastian.*

L'homme qu'elle aimait. Pendant trois ans, elle avait désiré comme une folle se retrouver dans ses bras. Trois ans durant, il l'avait tenue en haleine, luttant contre sa propre passion, voulant qu'elle soit tout entière à lui. Et puis, lors de cette soirée de Noël, leur merveilleux premier baiser…

Elle se releva péniblement et s'approcha de la fenêtre. Gertie était dans la cour. À côté d'elle, Paul, les bras écartés, criait quelque chose qu'elle ne comprit pas. Sebastian se trouvait déjà à une certaine distance, il redescendait rapidement l'allée en direction du portail. Elisabeth voyait son dos, la veste chiffonnée, le pantalon froissé aux revers élimés. Il avait gardé son chapeau à la main.

— Sebastian, chuchota-t-elle, Sebastian, attends… Attends !

Elle repoussa les rideaux, essaya d'ouvrir la fenêtre, mais ce fichu battant était une fois de plus coincé.

Il est déjà trop loin, pensa-t-elle, désespérée. *Il ne m'entendra pas.*

— Vous feriez mieux de ne pas ouvrir la fenêtre, lui conseilla Rosa. Il ne faut pas exposer le petit aux courants d'air.

Elisabeth sortit de la pièce en courant. Sa soudaine apparition effraya Else, qui passait dans le couloir avec une pile de chemises fraîchement repassées. Elisabeth se précipita dans l'escalier en chaussettes et robe d'intérieur. Arrivée dans le vestibule, elle manqua de s'étaler sur les dalles astiquées et se rattrapa in extremis à une des petites colonnes. Elle retira ses chaussettes pour ne pas être gênée dans sa course.

— Madame, vous ne pouvez pas sortir sans chaussures, bafouilla Gertie, qui se tenait à la porte.

— Pousse-toi !

Sebastian poursuivait son chemin d'un pas vif. Paul, qui avait dû le rattraper et essayer de le retenir, le regardait se diriger vers le portail. Elisabeth dévala le perron et se mit à courir, insensible au gravier qu'on répandait en hiver contre le verglas.

— Sebastian ! cria-t-elle. Sebastian, arrête-toi !

Il ne se retourna pas. Elisabeth fut prise de désespoir. Une fois de plus, elle avait fait le contraire de ce qu'il aurait fallu, elle l'avait renvoyé au lieu de lui dire qu'elle...

— Lisa ! lança Paul. Mais de quoi tu as l'air ? Reboutonne-toi au moins !

Hors d'haleine, elle s'arrêta et passa la main sur son haut, qu'elle n'avait pas complètement refermé après avoir nourri Johann. Mais pourquoi s'énerver ? En quoi cela dérangeait-il Paul ?

— Ramène-le, Paul, sanglota-t-elle.

— Il ne veut pas, grogna-t-il, irrité. Tu ferais mieux de rentrer, Lisa, tu vas attraper froid. On trouvera une solution...

— Non !

Elle se remit à courir. Tout à coup, elle entendit un bruit saccadé de moteur. La vieille automobile de Kitty déboucha d'une allée latérale. Kitty leur fit joyeusement signe de la main et se dirigea vers le portail.

Sa petite sœur lui en avait fait voir de toutes les couleurs. Elle lui avait piqué Klaus von Hagemann. Elle s'était moquée de son physique. Elle avait toujours attiré leur père dans son camp. Combien de fois Elisabeth n'avait-elle pas eu envie de tordre le cou à cette adorable petite garce ? Mais ce jour-là, Kitty se racheta de toutes ses fautes.

Un freinage brutal fit déraper la voiture vers la gauche. Le véhicule s'immobilisa sur la bande de gazon, entre deux arbres. Kitty baissa la vitre et sortit la tête par la fenêtre, héla Sebastian, fit de la main un geste sans équivoque en direction de la portière passager. Et, ô miracle, Sebastian obtempéra. Il s'approcha de la voiture, ouvrit la portière et s'installa à côté de Kitty.

— Incroyable, marmonna Paul. Et maintenant, comment va-t-elle faire pour dégager sa bagnole ?

Kitty s'y reprit à plusieurs fois. Le moteur bourdonnait comme un frelon en colère, le garde-boue avant droit récolta une bosse de plus. Quant au pare-chocs arrière, il en avait vu d'autres. Après un demi-tour réussi, le véhicule remonta l'allée en émettant son boucan habituel et s'arrêta devant la porte de la villa.

— Tout le monde descend ! lança Kitty sur un ton de charmante autorité.

Cela prit un petit moment : trop agité, Sebastian ne trouvait pas le levier pour ouvrir la portière. Dès qu'il fut dehors, Kitty repartit dans un grand nuage de fumée. À présent, c'était à Elisabeth de jouer.

Désemparés, Sebastian et Elisabeth restèrent l'un en face de l'autre sans presque oser se regarder. Aucun des deux n'avait le courage de dire le premier mot.

— Tes pieds, chuchota enfin Sebastian.

Elisabeth s'aperçut alors qu'elle avait l'orteil gauche en sang.

— J'ai couru, bégaya-t-elle. J'étais si effrayée, je ne voulais pas que tu t'en ailles.

— Tout est ma faute, Lisa, pardonne-moi.

Il avait les larmes aux yeux. Elle avait couru pour le rattraper, les pieds en sang… C'était le coup de grâce.

Qui fit le premier geste ? Impossible de le savoir. Peut-être réagirent-ils tous les deux en même temps. Ils se tombèrent dans les bras. Elisabeth éclata en sanglots. Sebastian l'embrassa prudemment, comme s'il craignait qu'elle le repousse, puis ses baisers se firent de plus en plus passionnés. Un spectacle qui n'était assurément pas destiné aux yeux des domestiques…

— Tu m'as laissée toute seule… J'ai dû tout surmonter sans toi, la grossesse, cet interminable voyage en train, le divorce…

Elisabeth fut effrayée en s'entendant parler. Elle n'avait pas eu l'intention de se plaindre, elle voulait être forte, le saluer avec dédain, balayer ses excuses. Et voilà qu'elle se montrait faible. Et c'était si merveilleux d'être dans ses bras, de sentir sa chaleur, sa force. Et de savoir en même temps qu'il lui appartenait. À elle seule. Parce qu'il l'aimait.

— Je n'ai rien, Lisa. Ni travail, ni argent, ni logement. Comment aurais-je pu oser me présenter à tes yeux ?

— On trouvera une solution, chuchota-t-elle. Il faut que tu restes avec moi, Sebastian. Avec moi et avec notre fils. Nous avons tellement besoin de toi. J'en mourrai si tu repars.

— Je ne peux plus repartir, Lisa. Je ne pourrais plus te quitter.

Ils s'embrassèrent à nouveau, indifférents au fait qu'un fournisseur arrivait dans la cour et que Paul leur conseillait à mi-voix de poursuivre l'« entretien » à l'intérieur.

— Tu ne peux pas marcher, chérie, attends, dit Sebastian.

Elle refusa, déclarant qu'elle était trop lourde. Mais il passa outre ses protestations.

— Ce n'est pas la première fois que je le fais.

Il la transporta jusqu'au premier étage, puis déclara forfait. Ils montèrent le dernier escalier main dans la main.

Chapitre 37

Leo se sentait passablement niais avec son panier. Qu'est-ce qui lui avait pris, à sa grand-mère ? Chacun des enfants avait reçu une petite corbeille de Pâques ridicule tapissée d'herbe en papier. Même Fritz, même Walter, qu'on avait invité avec sa mère à la villa.

« C'est pour mettre les œufs que le lapin de Pâques a cachés dans le parc. »

Dodo lui avait donné un coup de coude pour l'empêcher d'avoir une parole malheureuse. Mais il n'en avait pas besoin, Leo ne voulait pas lui gâcher son plaisir. Les adultes étaient bizarres, tout de même, surtout les vieilles personnes. Comment pouvaient-ils croire encore au lapin de Pâques ? L'année passée, Dodo et lui, dissimulés derrière le rideau de leur chambre, avaient observé Gertie et Julius cachant dans le parc les œufs colorés et les petits lapins en sucre.

Ils en avaient parlé à leur mère, que cela avait fait rire. Elle avait répondu que le lapin de Pâques avait peut-être trop de travail et qu'il se faisait aider par les êtres humains. Mais son air malicieux leur avait laissé penser, à Dodo et à lui, que c'était un « pieux mensonge ». Seuls les adultes avaient le droit de faire de « pieux mensonges ». Les enfants, eux, ne devaient pas mentir.

Il était donc planté là avec son panier pendant que les autres s'égaillaient, telle une bande de petits sauvages, rampaient dans les buissons, piétinaient les fleurs et effarouchaient les pauvres écureuils. De temps en temps, on entendait une exclamation :

« J'ai trouvé ! J'ai trouvé ! »

Aussitôt les autres accouraient et les disputes commençaient.

« Ils sont à moi, je les ai vus la première.

— On n'a droit qu'à un seul lapin avec du chocolat dessus. T'as déjà le tien.

— Et alors ? Je suis plus rapide, c'est tout. »

En général, Gustav, qui veillait avec Paul et Humbert à ce que tout se passe bien, s'en mêlait.

« Hansl, donne ce lapin à Henni ! Tout de suite !

— Mais c'est moi qui l'ai trouvé !

— J'ai dit tout de suite !

— Laissez-le donc », intervenait Paul.

Mais Gustav demeurait inflexible. Maxl et Hansl étaient si alertes qu'ils n'auraient rien laissé à leurs camarades. Le petit Fritz marchait sur la pelouse d'un pas mal assuré, un œuf dans chaque main. Cette petite chipie de Henni, elle, avait déjà au moins trois lapins en sucre dans sa corbeille, dont un qu'elle avait réussi à soutirer à Walter. Leo l'avait vue faire.

— Et toi, Leo ? demanda sa mère. Tu ne participes pas ?

— Non.

Il détestait tout ce cirque et ces cavalcades auxquels on se livrait pour quelques œufs. De toute façon, on les retrouverait le lendemain au petit déjeuner. Quant aux lapins en sucre, il ne les aimait pas. Il lui en restait encore de l'année passée et de celle d'avant, stockés en haut de l'armoire, parce qu'il n'arrivait pas à leur croquer la tête ou les pattes. Personne n'avait le droit de faire ça. Il ne voulait pas que ses lapins souffrent.

Heureusement, sa mère n'insista pas. De son côté, son père avait perdu l'habitude de lui rappeler en permanence qu'un garçon ça grimpait aux arbres. Tante Elvira, venue leur rendre visite pour Pâques, avait en revanche déclaré qu'il devait être un sacré garnement, car il ressemblait comme deux gouttes d'eau à son défunt grand-oncle Rudolf. Oncle Rudolf était le frère de sa grand-mère Alicia. Leo avait vu une photo jaunie le représentant à cheval, vêtu d'un uniforme. Le cheval s'appelait Freya, lui avait expliqué tante Elvira, c'était une jument alezane, une bête magnifique. Cela lui avait donné envie d'aller voir sa tante en Poméranie, car il aimait bien les chevaux.

— Psst, Leo !

Humbert avait surgi à son côté. Il lui prit la corbeille des mains et y déposa trois œufs colorés et deux lapins en sucre.

— Merci, Humbert, répondit Leo avec gêne.

Tout en souriant, le jeune homme déclara que ces babioles qu'il avait dans la poche ne lui servaient à rien. Et il s'était éclipsé avec sa prestesse habituelle. C'était un vrai camarade, Humbert, Leo espérait qu'il resterait à la villa. Il avait remplacé Julius au pied levé, tant que celui-ci avait été en prison. Mais ce dernier était rentré la veille. Il était à la cuisine, en train de boire un thé. Il était devenu tout gris et tout maigre et sa main tremblait quand il portait la tasse à ses lèvres. La Brunni avait dit que les policiers avaient ce pauvre homme sur la conscience. Que c'était une honte d'enfermer un innocent et de le laisser croupir en prison.

La chasse aux œufs devait être terminée, car Dodo, Walter et Henni traversaient la pelouse en direction de la terrasse, où les adultes prenaient l'apéritif. Une sorte de vin rouge ou blanc servi dans de tout petits verres, qui sentait le vernis pour piano et les cerises trop cuites. Il ne comprenait pas qu'on puisse avoir plaisir à boire ça.

— Alors, Leo, dit madame von Dobern, qui proposait du jus de pomme aux enfants sur un plateau d'argent, tu as trouvé quelques œufs, toi aussi ?

Elle était devenue aussi aimable qu'un chat, la Dobern. Mais il s'en fichait. Il la détestait cordialement et, chaque fois qu'il la voyait, l'oreille qu'elle avait coutume de lui pincer se rappelait à son bon souvenir.

— Oui, un ou deux, répondit-il laconiquement en se détournant.

— C'est un si joli enfant, l'entendit-il dire à sa grand-mère. Et quel talent !

— Il nous jouera quelque chose tout à l'heure, dit Alicia en lui caressant les cheveux.

Si seulement on lui permettait enfin de raccourcir ce toupet ridicule qui lui valait les moqueries de ses camarades de classe ! On le traitait de « minet ». Un jour, comble de rosserie, ils l'avaient enfermé et lui avaient collé un nœud dans les cheveux. Ils avaient laissé Walter dehors afin qu'il ne puisse pas l'aider. Mais Maxl Bliefert était venu à la rescousse, et Walter et lui avaient forcé la porte. Maxl avait deux ans de plus, c'était un garçon robuste. Il y avait eu de la bagarre, après quoi monsieur Urban leur avait flanqué à tous une punition.

Les adultes avaient formé deux groupes. Sa mère était avec la tante Kitty, la tante Tilly, monsieur Klippi, qui avait de nouveau le droit de venir à la villa, et la mère de Walter. C'était un des groupes. Sa grand-mère Alicia s'était installée à l'autre bout de la terrasse avec la tante Elvira et mamie Gertrude. Madame von Dobern s'était jointe à elles. C'était le deuxième groupe. Son père passait de l'un à l'autre, faisant un brin de causette tantôt ici, tantôt là, tournant sans arrêt les yeux vers sa femme, qui ne lui adressait pas un sourire.

Et, entre les deux, il y avait la tante Lisa assise dans un fauteuil en osier, une couverture de laine sur les épaules, en compagnie de monsieur Winkler. Celui-ci berçait le petit Johann dans ses bras. Leo aimait vraiment bien sa tante, mais n'était pas encore parvenu à se forger une opinion sur monsieur Winkler. Celui-ci avait toujours l'air si abattu, il ne parlait quasiment pas, on aurait dit qu'il se sentait gêné. Notamment parce qu'il était vêtu d'un costume qui avait appartenu à son grand-père. Leo l'avait appris de la bouche d'Else, qui en était tout affligée. Mais Dodo avait répliqué que, le grand-père étant mort, il n'avait plus besoin de ses vêtements.

Entre-temps, les adultes avaient admiré comme il se devait les corbeilles remplies d'œufs et de lapins et formulé les recommandations habituelles : ne pas tout manger d'un coup, partager équitablement avec les frères et sœurs, remercier les parents.

« Pourquoi ? avait demandé Henni. C'est le lapin de Pâques qui les a apportés. » Sur quoi elle avait hurlé : « Merci, cher lapin de Pâques ! » en direction du parc, ce que tous les adultes avaient évidemment trouvé charmant. On avait caressé ses boucles blondes. Personne ne s'était aperçu qu'elle avait raflé cinq lapins en sucre. Pourtant, on lui avait découvert récemment deux petits trous dans les dents et elle avait pleuré toutes les larmes de son corps chez le dentiste. Celui-ci lui avait expliqué que c'était parce qu'elle mangeait trop de sucreries. La tante Tilly, qui voulait devenir médecin, avait confirmé ce diagnostic le matin même, au petit déjeuner. Depuis, Henni ne lui adressait plus la parole.

Humbert avait revêtu la belle livrée que Julius portait pour les grandes occasions. Gilet bleu marine à boutons dorés, pantalon étroit avec une couture claire sur les côtés, chemise blanche amidonnée. Il glissa quelques mots à l'oreille de la grand-mère Alicia, qui opina : on allait sans doute servir enfin le dîner. L'estomac de Leo avait déjà gargouillé à plusieurs reprises. Walter avait prétendu que ces gargouillis ressemblaient aux ronflements sourds émis par le tigre qu'ils avaient admiré au zoo.

— Très chers hôtes, l'agneau de Pâques nous attend dans la salle à manger. Je vous invite à passer à table.

On avait sorti la vaisselle des grands jours. C'était très joli, mais présentait le désavantage qu'on avait peur de casser quelque chose. Deux ans plus tôt, Dodo avait laissé tomber une assiette et, depuis, leur grand-mère l'exhortait chaque fois à la prudence.

Les quatre enfants Bliefert étaient rentrés chez eux avec Gustav. Leo trouvait cela dommage. Il aurait bien aimé que la Liesel, au moins, puisse rester. Walter aussi l'aimait bien. Il lui avait récemment demandé si elle savait jouer du piano. Mais les Bliefert n'en avaient pas.

— Ta place est là-bas, Leo, lui dit sa mère. Regarde, grand-maman a mis des cartons de table.

En effet, il y avait une petite carte à bordure dorée avec son nom dessus. En découvrant la sienne, Walter fut fou de joie et demanda s'il avait le droit de l'emporter. Leo avait été placé entre lui et Dodo, ce qui lui convenait très bien. Il n'aurait surtout pas voulu être à côté de Henni. Celle-ci était la voisine de Walter, mais elle était également assise à côté de sa mère, la seule à percer à jour ses manigances. Avec la tante Kitty, Henni filait doux.

Les adultes étaient assis dans la même disposition que sur la terrasse. À un bout de la table, sa grand-mère Alicia avec mamie Gertrude, tante Elvira et son père. À l'autre bout, sa mère, la tante Kitty et la tante Tilly. Les autres convives étaient répartis entre ces deux groupes. Madame von Dobern n'avait pas été invitée à les rejoindre, quelle chance !

Le repas fut comme toujours formidable. Mamie Gertrude aurait beau faire, jamais elle n'arriverait à la cheville de la Brunni. Humbert était bien meilleur que Julius pour le service. On aurait dit qu'il planait au-dessus du sol et il passait toujours les plats au bon moment. Et puis il n'avait pas cet air fâché qu'affichait Julius.

— Mes chers enfants et petits-enfants, chers invités et amis…

Alicia avait levé son verre. La tante Lisa était occupée à couper son rôti. Monsieur Winkler se redressa sur sa chaise et sourit d'un air gêné. Son père Paul regarda sa mère, qui était toute pâle. Elle n'avait probablement pas aimé les choux de Bruxelles, qui étaient un tout petit peu amers.

— Je suis profondément heureuse de pouvoir cette année encore fêter Pâques dans le cercle de ceux que j'aime. Et quel grand cercle ! Entendre de nouveau les enfants rire à la villa remplit de joie la vieille dame que je suis.

En effet, ils avaient été huit enfants avant le dîner, auxquels il fallait à présent ajouter le bébé, qui braillait plus qu'il ne riait. De quoi bousiller la plus belle musique. Il fallait espérer qu'il se tiendrait tranquille au moment de leur concert.

« Bah, avait dit Walter. On fera forcément plus de bruit que lui. »

Dodo renversa son verre et s'effraya à la vue du regard réprobateur de son père. Mais tante Elvira remit le verre en place, puis posa un des arrangements floraux sur la tache d'eau.

— Mais, surtout, je suis très heureuse de fêter Pâques avec tous mes enfants. Ma chère Lisa, toi et ton adorable petit garçon, vous m'avez comblée. Mon cher Paul. Ma chère Kitty.

Elisabeth eut un sourire jusqu'aux oreilles qui lui donna aux yeux de Leo une ressemblance frappante avec un hippopotame. Elle adressa un signe de tête à sa mère, puis prit la main de monsieur Winkler, qui rougit et rajusta ses lunettes.

— Mais il y a une autre bonne nouvelle dont je suis autorisée à vous faire part en ce jour de Pâques, chers enfants, chère famille, chers amis.

Leo se sentit soudain sur des charbons ardents. Sa mère avait-elle enfin décidé de rentrer vivre à la villa ? Il lança un regard à Dodo, qui, la bouche entrouverte, attendait fiévreusement la suite. L'espace d'un instant, il fut envahi par un profond sentiment de bonheur. On était bien chez la tante Kitty. Mais, d'une certaine façon, ce n'était pas juste. Et puis, son père avait complètement changé.

— Mes chéris, je ne vous ferai pas languir plus longtemps. Aujourd'hui, nous allons fêter des fiançailles, celles de notre jeune étudiante en médecine et de monsieur Ernst von Klippstein.

— Ah… soupira Dodo, extrêmement déçue.

Leo eut lui aussi l'impression de voir s'évanouir un bel espoir. La tante Tilly épouserait monsieur Klippi. Et alors ? Qui cela intéressait-il ? Ni Dodo ni lui, en tout cas.

— Tilly ! s'écria la tante Lisa. Quelle bonne surprise ! Monsieur von Klippstein, non, cher Ernst, me permettrez-vous de lever mon verre à votre santé pour que nous puissions nous tutoyer ?

Apparu juste au bon moment avec un plateau de coupes de champagne, Humbert faisait à présent le tour de la table pour que chacun se serve.

— Pour vous, ce sera les petits verres, chuchota-t-il à Leo.

Les enfants eurent droit à une coupe de cidre.

— Pouah ! lâcha Henni. Je veux du vrai champagne.

— Si tu continues, on rentre tout de suite à la maison, la réprimanda la tante Kitty.

L'annonce des fiançailles ne lui avait manifestement pas fait plaisir. Mamie Gertrude et tante Elvira versèrent une petite larme, Marie souriait, Paul avait l'air enchanté. Il leva son verre et s'écria :

— Trinquons aux jeunes fiancés. Que Dieu leur accorde le bonheur et une longue vie !

— Ainsi que de nombreux enfants, ajouta la tante Kitty sur un ton méchant.

Ensuite, monsieur Klippi se leva et prononça un discours où il était question de drôles de choses comme l'« affection » et la « raison », et qu'ils voulaient s'épauler et s'aider mutuellement.

— Et maintenant vous devez vous embrasser, lança Henni.

Personne ne l'écouta. Dodo rétorqua que c'était idiot. Monsieur Klippi n'était que le fiancé de la tante Tilly, pas son amant. Les amants et les maris étaient les seuls à avoir le droit d'embrasser.

— Et le baiser de fiançailles, alors ? insista Henni.

— Vous allez vous taire, à la fin ? les réprimanda la tante Kitty. Dans un mariage de raison, on ne s'embrasse pas.

— Mais ils commencent par se fiancer.

— On s'embrasse encore moins.

— Bouh, soupira Henni, déçue. Quand je me fiancerai, j'embrasserai tant que je voudrai.

Walter fut très gêné par le regard triomphant qu'elle lui adressa en disant ces mots, avec l'air de vouloir se ruer sur lui. Le genre de chose qui lui causait une peur terrible. Tout comme à Leo.

— Fais attention à pas te tordre la bouche, lui dit Dodo avec une horrible grimace.

— Dodo ! s'écria Alicia depuis l'autre bout de la table. Tu ne sais donc pas que tu garderas cette vilaine grimace toute ta vie si l'horloge sonne l'heure en même temps ?

— Dong ! lança Henni, hilare, en imitant l'horloge du salon rouge.

Quelle plaie de devoir manger avec les filles ! On apporta enfin le dessert, une crème à la framboise avec des copeaux de chocolat et de la chantilly, dans laquelle la Brunni mettait toujours un peu de vanille. S'il s'était écouté, Leo n'aurait mangé que la chantilly. Walter gémit tout bas, affirmant qu'après un tel repas il ne serait plus capable de tenir son violon.

— Je plaisantais, s'empressa-t-il d'ajouter en voyant le regard horrifié de Leo.

Après le dessert, les adultes restèrent encore un moment à table. Humbert leur servit du moka dans de petites tasses. La tante Lisa et monsieur Winkler remontèrent nourrir le bébé.

— Monsieur Winkler n'a rien à faire là-haut, s'étonna Dodo.

— Je crois qu'il a peur de rester avec nous sans sa femme, répondit Walter.

— C'est pas sa femme, fit remarquer Henni.

Walter retrouva son embarras devant le sourire qu'elle lui adressait.

— Ah bon, je croyais. Comme ils ont un bébé…

Monsieur Klippi déclara qu'on allait enfin pouvoir élire l'homme qu'il fallait comme président de la République. Hindenburg s'était porté candidat.

— Hindenburg ? se récria la tante Kitty. Mais il a envoyé pour rien des milliers de malheureux soldats à la mort parce qu'il ne voulait pas conclure la paix.

— Mais non, ma chère, répondit monsieur Klippi avec un léger sourire, pensant sans doute que les femmes ne comprenaient rien à la guerre. Le maréchal von Hindenburg nous aurait sans doute permis de remporter d'importantes victoires si notre patrie ne l'avait pas privé de tout soutien. Les socialistes ont lâchement poignardé l'armée allemande dans le dos.

— C'est ridicule ! Qui pouvait encore vouloir la guerre alors que tout était déjà perdu ? Et puis, il est beaucoup trop vieux. Élire un vieux gâteux comme président… Décidément, cette république sera grotesque jusqu'au bout.

Alicia se redressa encore un peu plus sur sa chaise et lança un regard de reproche à sa fille.

— Ma chère Katharina, un peu de mesure. Pense aux enfants. Cher monsieur von Klippstein, évitons de parler politique en famille, s'il vous plaît.

— Excusez-moi, chère madame.

Walter fut content lorsque Leo le tira par la manche. Alicia avait adressé un signe de tête à son petit-fils, cela voulait dire qu'ils pouvaient commencer. Mais, d'abord, ils devaient passer rapidement au fumoir récupérer le violon et la partition. Dans la matinée, Humbert et Julius avaient légèrement éloigné le piano du mur, afin que les sons ne soient pas étouffés.

Madame Ginsberg s'était également levée, elle tournerait les pages pour Leo. En réalité, c'était inutile, car il y avait longtemps qu'il connaissait par cœur la sonate pour violon et piano en *mi* mineur de Mozart. Et puis Walter jouait sans partition. Mais madame Ginsberg disait toujours: «On n'est jamais trop prudent.»

Lorsqu'ils entrèrent dans le salon rouge, il y avait déjà foule. Seuls la tante Lisa et monsieur Winkler étaient encore en haut, auprès du bébé qui hurlait. Pourtant, il aurait dû se taire puisqu'on le nourrissait!

Rien à faire, malheureusement. Il faudrait y aller en dépit du petit braillard. C'était agaçant, car ils commençaient avec la belle mélodie en mineur, puis venait une phrase énergique jouée *forte*. À ce moment-là au moins, ils couvriraient la voix du bébé.

Madame Ginsberg leur adressa un sourire d'encouragement. Ils se lancèrent et, dès qu'ils furent absorbés par la musique, tout disparut autour d'eux. Il n'y avait plus que des sons, des rythmes, des mélodies. Au début, Leo avait eu du mal avec Mozart, celui-ci lui paraissait trop léger. À présent, il comprenait que Mozart dansait sur une corde mince tendue au-dessus d'un abîme. En haut, il y avait le ciel, en bas, l'enfer, et entre les deux ils planaient sur les ailes du compositeur. On ne pouvait rien imaginer de plus beau au monde.

Walter se trompa à deux reprises, mais Leo continua tout simplement à jouer, laissant son partenaire retrouver le fil de sa partie. Seule madame Ginsberg manifesta de l'émotion. Leo entendit sa respiration s'accélérer, car elle était assise tout près de lui. Quand ils eurent terminé, ils furent applaudis à tout rompre.

— Bravo! Bravo! cria monsieur Klippi.

— Merveilleux! s'exclama la tante Lisa, qui était redescendue avec monsieur Winkler sans qu'il s'en rende compte.

— Deux petits Mozart, susurra tante Elvira.

Dodo beugla « Hip, hip, hip, hourra ! » et Henni se joignit à elle jusqu'à ce que la tante Kitty lui ordonne de se taire. Elle n'était décidément pas de bonne humeur ce jour-là, car en temps normal, elle débordait d'admiration pour les deux « petits prodiges ». En revanche, Paul vint leur serrer solennellement la main à tous les trois et leur remit des cadeaux.

— Aujourd'hui, la jeune fille qui distribue les bouquets, c'est moi !

Tout le monde se mit à rire, même Marie. Cependant, seule madame Ginsberg reçut des fleurs. Walter et Leo, eux, furent gratifiés de places pour un concert au Ludwigsbau, une salle située dans le jardin public. On y entendrait le pianiste Artur Schnabel, qui était aussi compositeur, leur apprit madame Ginsberg. Leo en fut enchanté, car c'était exactement ce qu'il voulait faire plus tard.

On servit ensuite de la glace maison. Cette fois, elle était à la cerise et les enfants eurent le droit d'y verser quelques gouttes de liqueur d'œuf. Henni essaya de soutirer sa part à Walter, mais la tante Lisa veillait au grain.

Quand ils eurent vidé les coupes, puis les eurent placées sur le plateau que madame von Dobern leur tendait, ils reprirent la partition et sortirent chercher l'étui à violon que Walter avait laissé au fumoir. Dans le couloir, ils tombèrent sur la Brunni, Else, Gertie et Julius, qui avaient écouté le concert à l'extérieur du salon.

— Comme c'était beau, ne cessait de répéter Fanny Brunnenmayer. Je suis si contente d'avoir entendu ça.

Ils en furent très touchés, car les domestiques étaient sincères. Ils ne se répandaient pas en compliments exagérés, contrairement à la famille. Lorsqu'ils furent tous redescendus dans la cuisine, Leo voulut retourner au fumoir avec Walter, mais entendant la voix de sa tante Kitty dans le jardin d'hiver, il s'arrêta. Elle paraissait furieuse.

— Vas-y, dit-il à Walter. Je te rejoins.

Son ami s'exécuta sans poser de questions. Leo s'approcha précautionneusement de la porte du jardin d'hiver et s'immobilisa.

— Tu ne m'as rien dit, rien de rien ! Pourquoi t'es-tu montrée si lâche ? demanda la tante Kitty.

— J'ai essayé, Kitty, mais tu ne m'as pas laissée parler.

C'était la tante Tilly. Elle avait sans doute raison : avec sa tante, il était parfois difficile d'en placer une.

— Me mettre devant le fait accompli ! Alors qu'on avait convenu que tu t'installerais à Augsbourg après tes examens.

Il y eut un instant de silence. La tante Tilly avait sans doute voulu prendre Kitty dans ses bras, car celle-ci s'écria avec violence :

— Ne me touche pas, espèce d'hypocrite ! Tu regretteras d'avoir choisi ce type insipide. Oui, bon, il t'a aidée, il t'a trouvé un appartement et s'est occupé de toi. Et qu'est-ce qu'il vaut au lit, hein ?

— Kitty, je t'en prie ! Nous nous sommes résolus à un mariage de raison. Nous n'aurons pas d'enfants. Tu sais qu'au fond de mon cœur, je reste liée à un autre.

Leo avait du mal à saisir ce dont elles parlaient. Une chose était claire, en tout cas : les « fiançailles », le « mariage », le « cœur » et la « raison » formaient un entrelacs mystérieux et très compliqué que seules les filles et les femmes pouvaient comprendre. Il aurait pu s'en aller à ce moment-là, mais sa tante lui faisait de la peine. Kitty était la plus jolie et la plus gaie de toutes.

— Mais pourquoi aller à Munich ? reprit-elle. Vous pourriez vivre ici. Et en plus vous m'enlevez ma chère Gertrude !

— Ah, Kitty ! Ernst a décidé de revendre les parts qu'il a acquises dans l'usine pour les investir dans une brasserie munichoise. Paul n'y verra sans doute rien à redire, ces derniers temps, il y a eu quelques frictions entre eux, non ?

— Ce n'est pas une raison.

— Nous avons acheté une jolie maison dans le quartier de Pasing. Vous y serez toujours les bienvenus. Et maman décidera elle-même ce qu'elle veut faire.

— Très bien, répliqua la tante Kitty sur un ton acerbe. Je vois que tout est réglé depuis longtemps. En tout cas, sois sûre que tu ne me verras jamais dans ta magnifique maison.

Leo entendit la tante Tilly pousser un profond soupir.

— Tu sais, Kitty, répondit-elle, tu devrais commencer par te calmer. Par la suite, tu changeras d'avis.

Leo eut juste le temps de s'accroupir à côté de la commode du couloir. La tante Tilly regagna le salon rouge, où l'on servait sans doute des digestifs et des macarons aux amandes. Leo se redressa prudemment. Écouter aux portes ne se faisait pas, il le savait. Il était plus que temps de rejoindre Walter au fumoir, son ami devait se demander où il était passé.

Alors qu'il s'apprêtait à s'en aller, il entendit sa tante sangloter à fendre l'âme. Il fit spontanément demi-tour et ouvrit la porte du jardin d'hiver. Kitty se tenait près du caoutchouc, toute secouée par les pleurs.

— Tante Kitty! s'écria-t-il en se précipitant vers elle. Ne pleure pas. On reste avec toi, maman, Dodo et moi. On te laissera pas toute seule.

Elle se retourna, les bras grands ouverts, et le serra contre lui sans cesser de sangloter.

— Ah, Leo, mon petit trésor, mon Leo adoré.

Chapitre 38

Paul avait grand-peine à garder son calme tandis qu'il faisait visiter les ateliers à Sebastian Winkler. Si le bonheur de sa sœur n'avait pas été en jeu, il n'aurait pas hésité à montrer la porte à ce pénible individu. Les frictions avaient débuté dès l'arrivée de Sebastian au secrétariat ce matin-là. Regardant machinalement – avait-il prétendu – par-dessus l'épaule de la Hoffmann, qui était en train de taper une lettre, il avait aussitôt découvert une faute d'orthographe. Elle avait écrit « machinne », probablement par inadvertance, car mademoiselle Hoffmann était une secrétaire fiable.

« Il y a une erreur, avait-il fait observer avec pédanterie.

— C'est impossible. »

Mais monsieur l'instituteur avait évidemment raison. Et, à présent, la Hoffmann était vexée.

Voilà qui commence bien, s'était dit Paul. Et cela ne s'était pas amélioré par la suite. Comment Lisa, elle-même si susceptible, avait-elle pu tomber amoureuse de ce critiqueur ? Il sentit la moutarde lui monter au nez lorsque, au bureau d'études, Winkler déclara que leurs machines à calculer étaient dépassées et l'éclairage insuffisant. Ce n'était pas bon pour les yeux des employés. Paul n'avait-il pas remarqué que presque tous avaient des lunettes ?

À l'étage au-dessus, au service de la comptabilité, il inspecta les poêles et déplora l'absence de bois ou de charbon.

« Nous sommes fin avril, monsieur Winkler. Il fait chaud dehors, les employés n'ont qu'à ouvrir les fenêtres. »

Sur quoi Sebastian s'était mis en demeure de le faire, mais avait constaté que la plupart des battants, gauchis par le froid de l'hiver, résistaient à ses efforts. En outre, le vacarme qui montait de la cour était insupportable. Personne ne pouvait travailler au milieu de pareilles nuisances sonores.

Ça promet, songea Paul. *Si je lui fais visiter les ateliers, il exigera que les machines fonctionnent sans bruit pour éviter aux ouvrières des problèmes auditifs.* En achetant de nouveaux équipements, il avait pourtant veillé à ce qu'ils soient moins bruyants que les précédents, mais un atelier de production n'était pas un cimetière.

— Combien avez-vous d'ouvriers ?

— Dans les deux mille. Nous avons le chiffre exact au bureau.

— Et les employés ?

Était-ce un interrogatoire ? Pour quelle raison voulait-il savoir ça, ce prof au chômage ? Il faisait comme si Paul voulait lui vendre l'usine. Cela n'avait sans doute pas été une bonne idée de lui proposer un tour du site. Il croyait manifestement devoir aider les pauvres ouvriers assujettis et exploités à faire valoir leurs droits.

— Ils sont une soixantaine.

— Y a-t-il un comité d'entreprise ?

Tiens donc, il s'était attendu à cette question !

— Bien sûr, comme le stipule la Constitution.

Le vacarme qui régnait dans l'atelier de tissage empêchant tout échange, Paul regagna l'allée centrale, salua quelques contremaîtres et se hâta de rejoindre l'autre extrémité de la salle. Et Winkler, lui, que fit-il ? Il resta planté là, se tourna vers une ouvrière et engagea la conversation avec elle. Le contremaître s'interposa pour éviter qu'on stoppe la machine, car il y avait deux bobines de fil vides à remplacer rapidement.

— Il règne un boucan infernal là-dedans ! beugla Sebastian lorsqu'ils furent ressortis dans la cour.

— Ici, vous pouvez parler normalement, fit remarquer Paul.

— Excusez-moi.

Paul décida de sauter l'atelier, où se trouvaient les machines à filer à anneaux, pour montrer plutôt la cantine. Il en était très fier, car au réfectoire était adjoint une cuisine proposant un repas chaud quotidien, des boissons diverses – non alcoolisées, bien sûr – et même un dessert trois fois par semaine. Le vendredi, on servait du poisson, généralement du hareng, saur ou mariné, avec des pommes de terre et des betteraves. Et, le samedi, du ragoût de bœuf accompagné de légumes.

— Excellent, commenta Sebastian. Combien de temps dure la pause dîner ? Une demi-heure ? C'est très court. Comment peut-on servir autant d'ouvriers en même temps ?

— Ils mangent à des heures différentes, pour que les machines puissent continuer à tourner.

— Ah, je vois. Les fenêtres auraient besoin d'être nettoyées. Et ne fait-il pas trop chaud, l'été ? On pourrait peut-être poser des rideaux ou des jalousies.

Paul gardait obstinément le silence. Winkler allait-il suggérer d'installer des fauteuils en peluche et de grands lits ?

— Je pense que les ouvriers préfèrent recevoir une enveloppe bien garnie plutôt que manger dans une cantine avec des rideaux en soie et des plantes aux fenêtres.

Avec un sourire, Sebastian fit observer que ce n'était pas nécessairement incompatible.

— Un climat de travail sain et agréable ne contribue pas seulement à l'établissement d'un monde plus juste, il encourage aussi les ouvriers à s'investir.

— Assurément.

Quelle ironie, tout de même, de se voir ainsi chapitrer par ce monsieur Je-sais-tout ! Ne s'était-il pas disputé autrefois avec son père à propos de ces mêmes questions ? N'avait-il pas manifesté son désaccord à Ernst von Klippstein, qui voulait baisser les salaires pour pouvoir proposer des tarifs moins élevés que ceux de leurs concurrents ? Il eut un sourire involontaire en imaginant ce que son défunt père aurait sans doute envoyé dans les gencives à ce Winkler. Johann Melzer avait toujours été d'avis qu'on ne devait pas « gâter » les ouvriers, que plus on leur donnerait, plus ils se montreraient exigeants. Et que, pour finir, ils réclameraient des salaires exorbitants sans plus venir travailler.

— Les ouvriers ont-ils des congés payés ?

— Trois jours par an. Et les employés six.

— C'est déjà un début.

Paul en eut assez. Il voulait vraiment rendre service à sa sœur, d'autant que Sebastian Winkler lui avait donné l'impression d'être un homme fiable. Et sans doute l'était-il, mais il avait ses idées.

— Nous ne vivons pas dans une république des conseils, monsieur Winkler, lui asséna-t-il.

Le message était clair. Sebastian baissa la tête, son expression trahit l'amertume. Durant la brève période de la république des conseils à Augsbourg, il avait exercé des fonctions importantes, qui lui avaient valu la prison ainsi que le chômage. Et encore, il avait eu de la chance : d'autres avaient payé leur engagement bien plus cher.

— J'en suis bien conscient, monsieur Melzer, répondit-il avec raideur. Pourtant, je ne suis pas prêt à abandonner mes idéaux. Je préférerais encore être commis aux plus basses besognes.

Sentant que sa mission risquait de capoter, Paul s'efforça d'adopter une attitude plus conciliante.

— Tout n'était pas infondé, je le reconnais volontiers. D'ailleurs, certaines revendications des conseils ont été reprises dans la Constitution de la république.

Sebastian opina machinalement. Sans doute aurait-il souhaité répondre qu'on en avait retenu trop peu, mais il s'abstint.

— En tout cas, je ne regrette pas qu'on ait évité l'expropriation du grand capital, poursuivit Paul en souriant.

— Moi non plus, répondit Sebastian à son grand étonnement. Ce n'est pas une mesure qu'on peut mettre en œuvre du jour au lendemain. Ceux qui sont déjà défavorisés auraient le plus à souffrir du chaos qui en résulterait.

— En effet. Puis-je vous inviter à me suivre dans mon bureau pour un rapide entretien, monsieur Winkler? Je pense que madame Hoffmann a eu le temps de se remettre de sa frayeur et qu'elle sera prête à nous offrir un café.

Sebastian se montra sincèrement contrit. Tandis qu'ils remontaient dans le bureau, il reconnut qu'il était un incorrigible maniaque en matière d'orthographe et de syntaxe.

— Et qu'en est-il des chiffres?

— Enfant, j'aurais voulu faire des études de mathématiques. Pour pouvoir calculer la trajectoire des étoiles.

Aïe, il aurait mieux valu qu'il s'intéresse à la règle de trois, aux fractions ou à l'établissement d'un bilan. Cependant, il n'avait pas l'air bête. Il se mettrait sans doute vite au parfum, mais encore fallait-il qu'il le veuille. Le problème était là. Le problème de Lisa. Et donc aussi le sien.

— Moins fort pour moi, le café, s'il vous plaît.

Henriette Hoffmann retourna au secrétariat chercher un petit pot d'eau chaude. Il la remercia chaleureusement, mais elle resta de marbre. Ils étaient malheureusement partis du mauvais pied.

Les deux hommes s'installèrent dans les petits fauteuils en cuir, leur tasse à la main, et discutèrent un moment de choses et d'autres. Le printemps était enfin là, les hêtres arboraient leur nouveau feuillage. Le petit Johann avait pris deux cent cinquante grammes, il riait chaque fois qu'on se penchait sur son berceau. L'économie allemande se montrait plus performante et la région de la Ruhr serait bientôt débarrassée des Français. Puis, Paul jugea qu'il était temps d'en venir au fait, il n'avait pas toute la matinée devant lui.

— Vous le savez peut-être, mon associé, monsieur Ernst von Klippstein, va se retirer sous peu de l'affaire.

Sebastian était au courant. Soit il s'était préparé tout seul à l'entretien, soit il en avait parlé avec Lisa.

— Comme il reprendra ses capitaux, nous devrons nous montrer économes dans les années à venir. Je ne voudrais surtout pas avoir à licencier des ouvriers.

Paul voulait que ce redresseur de torts le sache : il n'avait pas affaire à un capitaliste qui s'enrichissait sur le dos de ses ouvriers, mais à un chef d'entreprise responsable du sort de plus de deux mille hommes et femmes.

— C'est très noble de votre part.

Sebastian reposa sa tasse sur la table, puis essaya de se redresser dans son fauteuil. Sans grand succès, ces sièges encourageant une posture plus décontractée qui ne lui convenait pas.

— Monsieur Melzer, j'apprécie à son juste prix le temps que vous m'avez consacré ce matin. Je suis également conscient que c'est moins dû à ma personne qu'aux circonstances exceptionnelles qui ont instauré entre nous des relations en quelque sorte familiales.

— Pas seulement, répliqua Paul. Je vous ai toujours considéré comme un homme très capable et je regrette sincèrement qu'à l'heure actuelle vous ne puissiez pas exercer votre métier. Voilà pourquoi j'aimerais vous offrir la possibilité d'exercer vos compétences dans mon usine.

Les choses étaient dites. Paul se sentit soulagé.

— C'est très généreux de votre part, monsieur Melzer. J'y emploierai toute mon énergie. Et si je puis formuler une requête, j'aimerais travailler à l'atelier de tissage.

Paul en resta coi, se demandant s'il avait bien entendu. Ce fou voulait débuter dans un emploi non qualifié ? Pour faire lui-même l'expérience des conditions de travail des ouvriers ? Si Paul accédait à son souhait, Elisabeth en aurait une crise de nerfs.

— J'aurais aimé vous proposer un autre poste, monsieur Winkler. Je n'ai pas suffisamment de comptables fiables.

— Je ne connais hélas pas grand-chose à la comptabilité.

N'avait-il pas tenu les comptes de son frère, le cordonnier ? Il devait donc avoir quelques connaissances de base.

— Vous vous formerez très vite. Monsieur von Klippstein ne partira pas avant la fin du mois de mai, il vous initiera très volontiers aux secrets de la comptabilité à partie simple et double.

Klippi était au moins aussi pointilleux que Winkler : soit ils s'entendraient bien, soit ils se détesteraient. À voir. Une chose était sûre en tout cas : avec ce Sebastian Winkler on s'attirerait une foule d'ennuis.

— Si vous me jugez capable de cette tâche, monsieur Melzer, alors je ne la refuserai pas. Ah ! J'aurais encore quelques questions concernant le comité d'entreprise. Combien compte-t-il de représentants ? Qui est son président ? À quelle fréquence se réunit-il ? Ses membres ont-ils une dispense de travail ? Il devra entériner mon embauche, n'est-ce pas ?

— Assurément.

Dans les faits, ce comité se réunissait au mieux tous les deux mois et n'avait en réalité rien à dire. Du coup, les volontaires n'étaient pas nombreux.

Paul fut soulagé lorsque la Hoffmann lui annonça que monsieur von Klippstein venait d'arriver. Cela lui permettait de se débarrasser un moment de Sebastian.

— Parfait ! Je vous conduis chez lui, il vous montrera les premiers rudiments de votre future activité.

Klippstein lui devait bien ça. Quelques mois plus tôt, il avait énergiquement refusé de reprendre ses capitaux lorsque Paul le lui avait suggéré. À présent, les choses n'avançaient pas assez vite à son gré. Oui, l'amour… Ou ce qu'il croyait être l'amour. Mais il n'en était pas moins un type bien, car il se montrait sincère dans ses regrets.

— Enchanté, monsieur Winkler. Restez donc, que nous puissions faire connaissance.

— Ravi de vous rencontrer, monsieur von Klippstein. Je vous remercie.

Soulagé, Paul regagna son bureau, où Alfons Dinter l'attendait déjà avec les nouveaux motifs d'impression. Il ne les trouva pas mauvais, mais les jugea dépourvus d'originalité.

— Votre femme en a créé de ravissants, autrefois. Monsieur Dessauer, qui s'occupe de la gravure des cylindres, en parle encore.

Paul lui jeta un regard scrutateur, mais l'expression de son collaborateur ne trahissait aucune méchanceté. Au contraire, il paraissait l'innocence incarnée.

— Lançons la production, Dinter, répondit-il sans broncher.

Le reste de la matinée passa à toute allure : multiples décisions à prendre, coups de fil, courrier, réclamations, factures excessives, évaluations de coûts peu concluantes. Lorsque arriva l'heure du dîner, la Hoffmann l'informa que messieurs von Klippstein et Winkler prendraient leur repas en ville.

— Ah.

— Ces messieurs paraissent très bien s'entendre, ajouta-t-elle sur un ton légèrement réprobateur.

— Formidable !

Paul prit sa voiture et rentra à la villa. Le parc était une symphonie de couleurs comme seul le printemps savait en créer. Vert tendre des hêtres, sombres sapins, genévriers vert foncé et cèdres bleuâtres. La blanche floraison des broussailles venait interrompre le vert, les petits amandiers étincelaient de rose et les pensées du grand parterre déployaient toutes les couleurs de l'arc-en-ciel. Quel dommage de devoir passer ses journées dans cette usine grise à travailler dans un bureau tout aussi gris ! Qu'ils lui paraissaient loin, tout à coup, les jours heureux de l'enfance, où il vagabondait l'après-midi dans le parc avec ses sœurs et s'échappait pour aller pêcher avec ses amis…

Ses enfants, Leo et Dodo. Il fallait qu'ils puissent s'ébattre dans ce jardin avec autant de joie et de liberté qu'il en avait eu autrefois. Et Marie, sa Marie…

Il se ressaisit, se gara comme d'habitude juste devant l'entrée et sourit en voyant deux domestiques descendre le perron avec empressement.

— C'est une première à la villa ! s'exclama-t-il plaisamment. Deux valets de chambre, c'est royal !

En réalité, ni Humbert ni Julius n'étaient pleinement opérationnels. Ils s'entraidaient. Et contre toute attente, ils paraissaient bien s'entendre.

Elisabeth vint à sa rencontre dans le vestibule. Elle était encore passablement ronde, mais donnait à présent l'impression d'être en paix avec elle-même et le monde. Son sourire était celui d'une femme heureuse.

— Tu t'es formidablement débrouillé, Paul, dit-elle en lui prenant la main. Sebastian a appelé, il sort dîner avec Klippstein et me fera un compte rendu. Je crois qu'on a réussi.

— En effet, plaisanta-t-il en levant les yeux au ciel. Ton cher Sebastian est un sacré morceau. Son employeur n'aura pas la tâche facile.

Ce jugement la fit éclater de rire.

— Oui, il a ses principes.

Paul se dit que cela n'avait pas grand sens de se disputer avec sa sœur au sujet de Winkler. Elle l'aimait, par conséquent il faudrait qu'il s'accommode de lui. Point final.

— Comment va Maman ? demanda-t-il comme à son accoutumée.

— Très mal, Paul, elle est dans tous ses états. À cause de l'article paru dans le journal, mais aussi de Serafina.

— Un article ? Quel article ? Je n'ai rien vu de dramatique ce matin.

— Parce que tu as sauté la rubrique culturelle.

Paul fut aussitôt en alerte. Kitty n'avait-elle pas mentionné récemment qu'ils étaient en pleins préparatifs ? L'inauguration, prévue fin mai, serait annoncée dans la presse.

— L'exposition ?

— Tout juste !

Il prit une profonde inspiration et se disposa mentalement à affronter un repas qui serait tout sauf un moment paisible en famille.

Sa mère était déjà à sa place, assise droite comme un *i*. Elle tenait une cuillère à soupe dans laquelle elle était en train de verser un sachet de poudre contre la migraine. Paul et Elisabeth échangèrent un regard inquiet, puis s'installèrent à table. Tout occupée à avaler cette substance blanchâtre et amère, puis à la faire passer avec une gorgée d'eau, Alicia ne leur prêta guère attention. Ensuite, elle se racla la gorge, récita le bénédicité et fit signe à Humbert, qui entrait avec la soupière, qu'elle ne mangerait pas ce midi.

— Vous devriez tout de même prendre quelque chose, madame. Pour éviter que cette poudre ne vous cause des maux d'estomac.

— Merci, Humbert, plus tard.

Le domestique s'inclina, la mine préoccupée, puis servit Elisabeth et Paul.

À peine avait-il quitté la pièce que Paul sentit peser sur lui le regard réprobateur de sa mère.

— Je suppose que tu as lu le journal, ce matin ?

— Uniquement les rubriques politique et économique, maman. Nous avons de nouveau un chancelier, ce qui est une très bonne…

— Ne change pas de sujet, Paul !

— Je n'ai malheureusement pas lu l'article auquel tu fais sans doute allusion. Parle-t-il de l'exposition ?

— En effet. Oh, Paul, tu m'avais promis d'empêcher cet horrible projet ! Et voilà que le journal publie un article abominable ! Je n'en croyais pas mes yeux. Plus d'une demi-page avec trois photos et un blabla interminable sur cette créature immorale qui a poussé ton père au désespoir.

Tout en comprenant l'effroi de sa mère, Paul ne pouvait laisser passer pareils propos sans réagir.

— Maman, je t'en prie ! La mère de Marie était une artiste, elle ne vivait pas de la même façon que tout le monde. Je ne veux pas que tu l'accuses d'immoralité.

Elisabeth concentra son attention sur le bouquet que Dörthe avait confectionné pour décorer la table. La respiration d'Alicia s'accéléra, ses joues pâles se colorèrent.

— Nous en sommes donc arrivés au point où on m'ordonne de me taire dans ma propre maison. Alors comment qualifierais-tu le mode de vie de cette personne, Paul ?

Pourquoi était-il si difficile de faire entendre raison à une femme en colère ? Peut-être fallait-il pour cela une autre femme. Lui, en tant qu'homme, livrait un combat perdu d'avance.

— Je vais lire cet article, répondit-il en s'efforçant de garder son calme. Cela semble effectivement exagéré et inutilement long. Mais les journalistes sont ce qu'ils sont.

Alicia dut en convenir, car lors de la funeste affaire du meurtre de Maria Jordan, on avait eu de mauvaises expériences avec la presse.

— Cela dit, je t'avais informée que j'avais promis à Marie de ne pas m'opposer à l'exposition. Tu sais toute l'affection que j'ai encore pour elle et je ne veux pas la blesser. Il s'agit tout de même de sa mère.

Alicia ne fut guère sensible à cet argument. Elle attendit que Humbert ait servi le plat principal – du rôti de porc farci accompagné de chou rouge et de pommes de terre – pour manifester son violent désaccord.

— Si tu crois reconquérir ta femme en te pliant à sa volonté, alors tu te trompes, Paul. Elle perdra tout respect pour toi, c'est tout.

— Mais, maman, intervint Elisabeth, nous ne sommes plus au XIXe siècle, à l'époque où la femme était soumise à l'homme.

Face à cette double offensive, Alicia pinça les lèvres et tourna les yeux vers la fenêtre, comme si ses proches s'étaient montrés à son égard d'une injustice criante.

— Il n'y a pas d'amour sans estime, leur asséna-t-elle. C'était vrai autrefois et ça l'est toujours.

— Sans estime réciproque, maman, fit observer Elisabeth avec un sourire aimable. C'est bien ce que tu voulais dire, n'est-ce pas ?

— Forcer la main à son époux, couvrir sa propre famille de déshonneur... Ce n'est pas franchement un signe d'estime ! Et encore moins d'amour.

Paul décida de s'en tenir là pour le moment afin de pouvoir au moins terminer tranquillement son repas. Malheureusement, Alicia avait un autre sujet de contrariété dans sa manche.

— Pour t'éviter une surprise, Paul : Serafina m'a donné sa démission. Elle nous quittera dès vendredi, car elle commence le 15 mai chez son nouvel employeur.

Paul remarqua avec irritation le sourire d'autosatisfaction d'Elisabeth. À quelles manigances sa sœur s'était-elle livrée pour éloigner son ancienne amie ? Et tout cela, bien sûr, derrière son dos. Cette fois, il comprenait l'indignation de sa mère.

— Ah bon ? Comme ça, sans respecter le délai de préavis ? Et chez qui part-elle donc travailler ?

Alicia reprit une gorgée d'eau, puis autorisa Humbert à lui servir le dessert : du gâteau aux pommes chaud délicatement saupoudré de sucre glace avec une crème à la vanille. Maintenant qu'elle avait lâché ce qu'elle avait sur le cœur, elle paraissait avoir recouvré l'appétit.

— Elle sera gouvernante de maison chez l'avocat Grünling. C'est madame le directeur Wiesler qui a servi d'intermédiaire.

Ah ! pensa Paul, *Kitty est derrière tout ça.*

Avec un soupir de bien-être, Elisabeth piqua sa fourchette dans sa part de gâteau. Sous la fine croûte se cachaient la pâte sucrée et moelleuse et la pomme aigrelette.

— Humbert, pourquoi le café n'est-il pas servi ?

— Pardon, madame, je l'apporte tout de suite.

Après le dîner, Paul se retira avec l'*Augsburger Neueste Nachrichten* dans le bureau contigu à la salle à manger. Il l'ouvrit à la rubrique culture et commença à lire l'article sur l'exposition des œuvres de Luise Hofgartner :

> *« ... cette grande artiste, demeurée longtemps méconnue, a vécu dans nos murs. Notre belle ville d'Augsbourg a bien de la chance d'avoir accueilli une peintre d'un talent aussi exceptionnel. Dès lors une question s'impose : comment cette jeune femme en est-elle venue à connaître une mort tragique et prématurée ? Pourquoi Luise Hofgartner, qui avait devant elle une carrière extraordinaire, est-elle morte dans le dénuement ? On serait tenté de penser aux artistes de Montmartre, qui ne vivent que pour leur art, connaissent la faim et le froid et accomplissent une grande œuvre. Luise Hofgartner a suivi elle aussi sa vocation, elle s'est dévouée tout entière au noble art de la peinture. Pourtant, elle a succombé. Pourquoi n'a-t-elle pas pu obtenir de commandes à Augsbourg ? Comment se fait-il qu'elle et sa petite fille soient tombées dans la plus extrême pauvreté ? Nous ne voulons accuser personne. Mais on se demandera tout de même quelles ont été ses relations avec Johann M., propriétaire bien connu d'une usine textile à Augsbourg... »*

Furieux, Paul fit une boule de l'article. Quel infâme charabia ! Qui avait livré ces informations à la presse ? Il savait qu'il y aurait des commérages, mais ne s'était pas attendu à ce que la presse s'empare de ces ragots nauséabonds plusieurs semaines avant l'inauguration.

Le téléphone sonna. Paul décrocha machinalement, pensant qu'il s'agissait de Winkler, qui souhaitait faire un compte rendu à sa Lisa. Il lui expliquerait en deux mots que les conversations téléphoniques entre l'usine et la villa étaient coûteuses et réservées à des occasions importantes.

— Paul ? C'est moi, Marie.

Pris au dépourvu, il mit quelques secondes à se ressaisir.

— Marie, excuse-moi, je ne m'attendais pas à ce que tu appelles.

— Je ne serai pas longue, tu sais que je n'ai pas beaucoup de temps pour dîner. C'est à propos de l'article.

— Ah oui ? lança-t-il, furieux. Est-ce toi qui as passé commande de ce texte infâme ?

Ses nerfs avaient lâché – sans doute la conséquence des contrariétés qui s'étaient accumulées depuis le début de la journée. Marie fut sans doute effrayée par sa réaction, car elle observa un instant de silence.

— Non, ce n'est pas moi. Je voulais justement te dire que je n'étais pas d'accord avec cette présentation des…

— Alors pourquoi n'as-tu rien fait pour l'empêcher ? Je me suis vraiment efforcé d'être conciliant. Et c'est comme ça que tu me remercies ? La vengeance posthume de Luise Hofgartner contre les Melzer ?

— Je vois, répondit-elle tout bas. Rien n'a changé.

Paul sentit sa colère l'abandonner. Pourquoi l'avait-il incriminée de la sorte ? N'avait-elle pas appelé pour lui dire qu'elle n'y était pour rien ? Il fallait lui répondre qu'il était heureux de son coup de fil. Qu'il avait ardemment attendu qu'elle se manifeste. Et surtout que cette maudite exposition lui était désormais complètement indifférente. Qu'il s'agissait d'eux, de leur amour, de leur mariage. Les phrases se bousculaient dans sa tête et, comme il ne savait pas par quel bout commencer, il demeura muet.

— Je dois reprendre le travail, déclara froidement Marie. Au revoir.

Et elle raccrocha avant qu'il ait pu dire quoi que ce soit. Paul resta les yeux rivés sur le combiné noir, comme s'il avait un hideux reptile dans la main. Il crut entendre un bruit de pierres qui s'écroulaient. Le château de ses espérances n'était pas très solide : un souffle de vent et il s'effondrait.

Chapitre 39

— Un thé pour madame von Hagemann et deux cafés ! lança Humbert.

Fanny Brunnenmayer se leva pour prendre la bouilloire sur le fourneau. Théière et cafetière attendaient déjà sur la table qu'on les remplisse.

— Elle en a de la chance, cette Rosa, fit remarquer Gertie avec envie. Elle prend le café avec les maîtres et, ensuite, elle descend à la cuisine boire encore une grande tasse de café au lait.

— Si tu as envie de passer des nuits blanches avec le petit braillard... répliqua Humbert, qui n'appréciait pas les bébés.

Gertie avait dû s'occuper du nourrisson quelques jours en attendant qu'on ait engagé Rosa Knickbein. Elle n'avait aucune envie de recommencer.

— Non, merci, répondit-elle en riant. Je préfère être femme de chambre.

Elle avait réussi. Le mois suivant, elle entrerait au service de madame von Hagemann en cette qualité. D'abord à l'essai pendant trois mois, puis, si elle faisait ses preuves, de manière définitive. Quelle victoire ! Elle avait bien fait de suivre cette formation. C'était fini la vie de fille de cuisine ! Elle était montée en grade et comptait bien aller encore plus loin.

« Eh ben… Si tu fais comme Marie, dans vingt ans tu pourras peut-être épouser le petit Leo et devenir madame le directeur Melzer », avait lâché Else avec méchanceté.

Elle était jalouse de Gertie, ce qui n'étonnait personne. En plus de trente ans, Else n'était parvenue qu'à devenir bonne.

Dörthe entra d'un pas traînant. Elle avait docilement laissé ses sabots devant l'entrée de service pour enfiler des chaussons de feutre. La Brunnenmayer, en effet, l'avait déjà menacée à deux reprises d'un bon coup de cuillère en bois si elle arrivait encore avec ses sabots crottés.

— T'as senti l'odeur du café ? demanda la cuisinière sur un ton bon enfant. Lave-toi d'abord les mains, on dirait encore que tu t'es roulée dans la terre.

Dörthe sourit et se dirigea vers l'évier. En ce début de mai, elle travaillait toute la journée dans le parc. Il lui arrivait d'appeler Humbert ou Julius à la rescousse, parce qu'elle ne pouvait pas tondre seule les luxuriantes pelouses. La plupart du temps, toutefois, elle s'activait sans être aidée, taillait les buissons, nettoyait les allées de gravier, aménageait les parterres et arrachait les mauvaises herbes. Elle avait même commencé à passer un des grands tas de compost au tamis afin de recueillir la terre utilisable pour la répartir sur les plates-bandes.

— Si on avait un ou deux moutons, ils tondraient les pelouses et ils produiraient de l'engrais, déclara-t-elle.

Elle prit son gobelet de café à deux mains et le porta à ses lèvres. Elle émettait des bruits de succion en buvant, éructait après avoir mangé et se grattait abondamment à des endroits dont on n'avait même pas le droit de parler. Cela ne lui posait aucun problème. Mais, comme elle était d'un heureux tempérament, quoique empotée, on ne faisait qu'en rire sans lui en tenir rigueur.

— Ça, tu peux courir longtemps avant que monsieur Melzer achète un troupeau de moutons, gloussa Else.

Humbert prit le plateau avec les tasses, le thé, le café et les biscuits, et se dirigea vers l'escalier. Julius se trouvait encore dans la buanderie, occupé à nettoyer les chaussures. Avril avait pris congé avec le soleil, mai, en revanche, gratifiait la région de pluies abondantes, ce qui favorisait la croissance des plantes.

— On va encore y avoir droit, annonça Dörthe en désignant la fenêtre du pouce par-dessus son épaule.

Le ciel, en effet, s'assombrissait de plus en plus. Gertie, qui s'était mise à récurer une casserole, dut y regarder de près afin de ne pas laisser passer de traces de lait brûlé.

— L'orage arrive, dit craintivement Else. Là ! Il y a eu un éclair !

— « Pluie de mai apporte des bienfaits », énonça Gertie en jetant un rapide coup d'œil à l'extérieur.

Aussitôt, elle reposa la casserole dans l'évier et se sécha rapidement les mains sur son tablier.

— Regardez ! s'exclama-t-elle en courant à la fenêtre. La voilà qui sort avec sa valise et son sac de voyage !

Tout le monde comprit, à l'exception de Dörthe. Humbert leur avait annoncé quelques jours plus tôt que la gouvernante avait démissionné.

« Dieu, les saints et les anges soient loués ! s'était écriée la Brunni. Pourvu que ce soit vrai, Humbert ! »

Tous se précipitèrent à la fenêtre, Dörthe avec sa tasse, Else avec le couteau lui ayant servi à beurrer son pain. Julius, qui venait d'entrer dans la cuisine, se joignit à elles.

— Qu'est-ce qui se passe ?

— Pouah, vous sentez le cirage, Julius.

— Pousse-toi, Dörthe, tu nous gâches la vue !

— Vous allez me dire ce qui se passe, oui ?

— La Dobern fiche le camp !

— Non, sérieusement ?

On se bousculait. Julius finit par ouvrir la fenêtre, car l'ex-gouvernante avait rejoint l'allée et s'éloignait d'un pas rapide.

— Le manteau et le chapeau, c'est madame Alicia qui les lui a donnés, fit observer Else, agacée. Y a que les vieilles chaussures qu'elle avait en arrivant.

— Bah, que des trucs démodés, je les lui laisse bien volontiers, répliqua Gertie. J'en n'aurais pas voulu de ce couvre-chef !

Un violent coup de tonnerre les fit sursauter. Une rafale de vent traversa le parc, secouant les épicéas et malmenant les branches des hêtres et des vieux chênes. Dans la cour, on entendit un grand bruit.

— Jésus Marie, la binette ! s'exclama Dörthe.

Des éclairs zébrèrent le ciel sombre, semblables à des zigzags incandescents.

— Pourvu que la foudre tombe pas !

— Faut s'écarter des chênes.

— Peut-être qu'un arbre lui tombera dessus.

— Ou qu'elle sera foudroyée !

— Maintenant qu'elle s'en va, on s'en fiche.

— Mieux vaut tard que jamais, grommela Julius.

Le ciel eut pitié de madame von Dobern et lui épargna la foudre. En revanche, elle eut droit aux trombes d'eau qui s'abattirent sur le parc. Les domestiques la virent chercher refuge sous un érable.

— Trempée jusqu'aux os ! Bien fait pour elle.

— Fermez la fenêtre, sinon tout sera mouillé ici.

— Jésus, ma pâte à pain ! se lamenta la cuisinière. Elle a refroidi, elle lèvera jamais. Tout ça à cause de cette sorcière !

Avant de refermer les battants, Julius se pencha une dernière fois au-dehors, mais la pluie tombait à présent si dru que c'était tout juste si on distinguait le parterre de la cour. Dörthe gémit que cette maudite pluie allait écraser ses myosotis et ses pensées, et noyer les tagètes qu'elle venait de planter, mais personne n'y prêta attention. Revenu dans la cuisine, Humbert expédia Else au deuxième pour récupérer un panier de layette qu'il fallait descendre à la buanderie.

— Ce matin, la Dobern a fait sa valise en douce et a libéré sa chambre, rapporta-t-il.

— Elle est même pas venue nous dire au revoir, fit remarquer la cuisinière en secouant la tête.

— Ça, je m'en passe, riposta Gertie.

— Peut-être, mais ça se fait pas.

Else revint, le souffle court. Elle s'était dépêchée, ne voulant rien manquer des événements.

— Il pleut comme on n'a jamais vu ça. Et tous ces coups de tonnerre, soupira-t-elle en se rasseyant devant sa tasse de café.

— Ça fait peur, marmonna Julius.

Gertie haussa les épaules et prit une tranche de pain beurrée.

— C'est qu'un orage, déclara-t-elle en ajoutant de la confiture de fraise. C'est pas vraiment agréable d'être sous un arbre en ce moment. Mais quand elle sera chez son nouveau maître, elle pourra se sécher.

— Le Grünling… dit la cuisinière avec dédain. Qu'est-ce qu'il peut bien lui vouloir ? Il s'intéresse qu'aux jeunes poulettes qu'ont des jolis petits seins et les cuisses bien croustillantes.

Humbert leva les yeux au ciel, puis plongea son nez dans sa tasse de café. Gertie gloussa, Else porta la main à sa bouche et Julius trouva la plaisanterie très réussie.

— Avec la Dobern, monsieur l'avocat n'en aura pas pour son argent, déclara-t-il, non sans envie.

Gertie avala sa bouchée en promenant à la ronde un regard de supériorité.

— De toute façon, passé cinquante ans, c'est fini pour ces messieurs, expliqua-t-elle, s'interrompant pour boire une grande gorgée de café au lait. Y sont plus raides que du dos. Et comme ils veulent pas se ridiculiser devant les jeunettes, ils se dégotent une dame compréhensive du même âge avec des principes solides et un chignon bien sage. Le genre vieille poule de bénitier.

Tous éclatèrent de rire. La Brunnenmayer, notamment, trouva l'expression « vieille poule de bénitier » très cocasse. À cet instant, il y eut un éclair aveuglant qui illumina quelques secondes le parc et l'allée d'une lumière bleuâtre fantomatique. Le coup de tonnerre qui suivit fut si violent qu'Else laissa échapper la tartine dans laquelle elle venait de mordre. Humbert devint livide. Il glissa de son siège et s'accroupit sur le sol en tremblant.

— Impact… Touché… Aux armes… Attaque.

— Humbert, la guerre est finie depuis longtemps !

Fanny Brunnenmayer s'agenouilla à son côté et s'efforça de le ramener à la raison, mais le jeune homme se boucha les oreilles et poursuivit sa litanie de propos décousus. Il y eut un nouveau coup de tonnerre, puis on entendit s'ouvrir la porte sur cour. Une silhouette ruisselante en cape de pluie grise fit son apparition dans la cuisine, le visage dissimulé par une capuche pointue. Une apparition d'un autre monde, car feu Maria Jordan avait porté autrefois le même accoutrement.

Else poussa un cri hystérique, Julius porta la main à sa gorge, le regard de Gertie se figea. Seule Dörthe, qui n'avait jamais rencontré la Jordan de son vivant, l'accueillit aimablement :

— Bonjour.

— Bonjour, répondit Hanna en repoussant sa capuche. Quel temps horrible !

Else se détendit et s'adossa au mur, épuisée. Julius libéra en sifflant l'air qu'il avait accumulé dans ses poumons.

— Jésus Marie, lâcha Gertie. Tu nous as fait une de ces peurs ! Où tu l'as trouvée, cette cape ?

— Je l'ai achetée chez le fripier, pourquoi ?

Gertie marqua une hésitation. Elle se sentait honteuse de sa bêtise, mais n'avait pas été la seule à s'être méprise.

— Quand t'es entrée, on a cru que Maria Jordan avait ressuscité.

— Grands dieux ! s'exclama Hanna, effrayée.

Elle se débarrassa rapidement de son vêtement mouillé, se précipita vers Humbert, le prit par les épaules et lui parla tout bas à l'oreille. On le vit s'apaiser, pencher la tête en arrière et même sourire. Sa pâleur n'avait pas disparu, mais il s'était repris. Hanna était une magicienne. Quand il s'agissait de Humbert en tout cas.

Julius s'était levé pour examiner la cape de plus près. Il en inspecta les deux pans, la déploya et en scruta aussi l'intérieur.

— Ce ne serait pas impossible, marmonna-t-il.

Il la suspendit en soupirant à la patère.

— Il se pourrait que ce brigand ait donné ses affaires au fripier, fit la Brunnenmayer, qui l'avait regardé faire. Quelle crapule, ce Sepp ! Il lui plante un couteau dans le ventre et, ensuite, il laisse un autre aller en prison à sa place.

Julius s'assit en silence à la table de la cuisine. Depuis son retour à la villa, il avait tout juste évoqué l'affaire. On savait par les journaux que la police avait arrêté le véritable coupable et l'avait confondu. Il s'agissait effectivement de Joseph Monzinger, l'époux de la Jordan. Apparemment, elle l'avait quitté bien des années plus tôt, mais depuis, il l'avait persécutée, lui réclamant sans cesse de l'argent. Dans la chambre qu'il louait, la police avait découvert plusieurs écrins renfermant des bijoux de valeur qui avaient appartenu à la victime, ainsi qu'une importante somme d'argent. Au moment de son arrestation, Monzinger s'était révélé complètement saoul, pleurant comme un veau en répétant qu'il regrettait ce qu'il avait fait.

« Qui c'est qui héritera de l'argent ? s'était interrogée Gertie. Puisque ce Sepp passera le reste de ses jours derrière les barreaux. »

On l'ignorait. Peut-être la Jordan avait-elle eu de la famille. Ou des enfants.

« T'espérais pouvoir l'épouser, Julius ? avait demandé Else sans grande délicatesse. Tu lui courais après depuis qu'elle était riche. »

Furieux, Julius l'avait fixée en silence jusqu'à ce que, prise de peur, elle lui assure qu'elle s'était mal exprimée.

« T'as vraiment pas de cœur, Else ! » lui avait lancé la Brunnenmayer.

On avait laissé durablement tomber le sujet par compassion pour Julius. Son emprisonnement et la peur d'être pendu l'avaient profondément éprouvé. Tous étaient convaincus qu'il avait fait les yeux doux à la Jordan par pur esprit de gain, mais cela ne justifiait pas un châtiment si cruel.

Cependant, en le voyant ce jour-là examiner la cape sous toutes ses coutures, puis pousser un profond soupir, les autres comprirent que Maria Jordan ne l'avait pas laissé indifférent.

— Ça ne devait pas se faire, dit-il à voix basse en posant son menton sur ses mains. La vie est un jeu dont le destin bat les cartes. On ne peut rien y changer ni tricher, il faut prendre ce qu'on nous donne.

— Jésus Marie, est-ce que tu deviendrais poète, Julius ?

Le valet adressa un clin d'œil à Gertie et répondit que ce n'était pas impossible.

— Un jour, j'écrirai mes mémoires et vous n'en reviendrez pas !

Gertie prit la dernière tranche de pain et voulut se resservir du café, mais la cafetière était vide.

— Et sur quoi t'écriras ? Tes amours, peut-être ? Y aura pas grand-chose à raconter, hein !

Julius haussa les sourcils en reniflant avec condescendance.

— Je parlerai de mes années de service chez des personnes de l'aristocratie. Et je pense que ça intéressera des lecteurs.

Personne ne manifesta un grand enthousiasme. Pas même Else, qui dévorait pendant ses loisirs des romans d'amour dont les personnages appartenaient tous à la noblesse.

— C'est pas convenable de ridiculiser ses maîtres et de répandre des ragots, décréta Fanny Brunnenmayer. Ça me fait déjà de la peine pour monsieur von Klippstein qu'il ait engagé un domestique de ce genre.

Julius fit un geste dédaigneux, mais son inquiétude n'en fut pas moins visible. Ernst von Klippstein lui avait offert de l'accompagner à Munich pour remplir les fonctions de valet de chambre dans sa nouvelle maison à Pasing. Il avait accepté avec joie, car il craignait à juste titre de ne plus pouvoir trouver un emploi approprié à Augsbourg.

— Je plaisantais, protesta-t-il. Il ne me viendrait jamais à l'esprit de commettre de pareilles *indiscrétions*.

Comme, à l'exception de Fanny Brunnenmayer et de Humbert, nul ne comprenait ce mot étranger, on se contenta de hocher la tête en gardant ses réflexions pour soi. Du reste, il était temps de reprendre le travail. Il fallait préparer le souper, précuire les pieds de porc pour le lendemain, puis les mettre au frais, faire la vaisselle. Ce soir, Gertie devrait nettoyer le fourneau et graisser la plaque. Else avait les affaires de Johann à laver et à suspendre sur la corde à linge, car la blanchisseuse ne reviendrait pas avant lundi.

— Il pleut encore ? s'enquit-elle.

La pluie avait faibli. Un timide rayon de soleil se glissait même par moments à travers les nuages. Le parc avait l'air fraîchement lavé. Feuillage et pelouses brillaient, le bleu et le violet des pensées avaient gagné en intensité, mêlés au jaune chaleureux des tagètes.

— Le bon Dieu a arrosé les plantes pour moi, dit Dörthe. Je vais ajouter les derniers tagètes et bêcher les plates-bandes qui se trouvent contre le mur. Ça sera facile comme tout maintenant.

Sur ce, la sonnette du salon rouge retentit pour indiquer qu'on avait fini le café.

— J'y vais, Humbert, dit Julius.

— Parfois il est gentil, fit remarquer Gertie avec un sourire. On va le regrett…

C'est alors qu'on frappa à la porte extérieure, au grand effroi de tous.

— Me dites pas qu'elle est revenue ? souffla Gertie.

— La Dobern ? chuchota Else. Plaise à Dieu que non.

Fanny Brunnenmayer, qui se dirigeait vers le garde-manger, s'immobilisa en secouant la tête, consternée par ces propos stupides.

— Ça doit être Franzl Kummerer de l'usine de farine de Lechhausen. Ouvre-lui, Dörthe. Et dis-lui de faire attention dans l'escalier, qu'il cogne pas avec son sac sur l'épaule comme la dernière fois.

— Bonjour, monsieur, dit Dörthe.

Gertie, qui posait rapidement sa tasse dans l'évier, eut un sourire involontaire. Dörthe appelait « monsieur » le gars qui apportait la farine. Sans doute y était-elle allée aussi d'une génuflexion.

— Bonjour, répondit-on. Je cherche Fanny Brunnenmayer. Travaille-t-elle toujours ici ?

La cuisinière se figea sur place, comme si quelqu'un avait lancé une formule magique.

— Sainte mère de Dieu ! s'exclama Else. C'est pas possible ! Ça doit être un revenant ! C'est… c'est vraiment toi ?

— Robert ! dit la Brunnenmayer en se passant la main sur le front comme pour s'éclaircir les idées. Oui, c'est bien Robert ! Ce que je suis contente de te revoir !

Un monsieur élégamment vêtu entra dans la cuisine. Il ôta son chapeau, riant gaiement de l'émotion des deux femmes. Gertie fut instantanément conquise. Quel bel homme ! Quelques fils gris dans une chevelure blond foncé, rasé de près, le nez pas trop grand, les lèvres minces mais sensuelles.

Il prit sans façon la rondelette Brunnenmayer dans ses bras, comme si elle avait été sa mère ou sa grand-mère, puis fit de même avec Else, qui s'évanouit presque d'embarras.

— Je suis dans notre belle ville pour quelques jours, expliqua-t-il. Je ne pouvais pas repartir sans avoir revu cette cuisine.

Il se tourna vers Hanna et Humbert, qui l'observaient avec étonnement et un brin de méfiance.

— J'ai été valet de chambre ici il y a des années, déclara-t-il. Je me présente : Robert Scherer.

Il leur tendit joyeusement la main par-dessus la table, puis fit le tour de la cuisine, inspecta les placards et les étagères, sortant de temps à autre une casserole ou une assiette, puis la remettant à sa place.

— Il n'y a pas eu de grands changements, fit-il enfin remarquer. Tout est resté comme autrefois.

— Assieds-toi, lui intima la cuisinière. Ou serais-tu devenu trop distingué pour nous fréquenter ?

Il se mit à rire, déboutonna sa veste, posa son chapeau sur la table et s'installa sur le banc.

— Je viens d'un pays où les distinctions de classe n'existent plus. Ce qui ne veut pas dire que tous les hommes y soient égaux.

Et il se mit à parler de l'Amérique, un monde nouveau, inconnu, dans lequel il avait débarqué le cœur meurtri par un amour malheureux et avec le désir d'y faire sa place.

— Non, ce n'est pas le pays où tout est possible. La plupart survivent tant bien que mal, travaillent dur et gagnent peu. Mais les audacieux ont leur chance.

Il but une gorgée de café au lait et afficha un sourire heureux.

— Exactement comme autrefois, quand on s'asseyait à cette table pour discuter.

Gertie s'étonnait de tout ce qu'elle découvrait. Elle avait déjà entendu parler des qualités exceptionnelles d'Eleonore Schmalzler, mais leur invité surprise avait une foule d'anecdotes à raconter à son sujet. Il parla aussi des débuts de Marie, fille de cuisine qui faisait tout de travers et que la Brunnenmayer enguirlandait. Par la suite, elle avait fait la conquête de la villa en devenant femme de chambre. Robert savait qu'entre-temps elle était devenue madame Melzer et paraissait informé des nombreux événements récents de la vie de la famille.

— Comment je le sais ? Je corresponds depuis des années avec mademoiselle Schmalzler.

C'est drôle, songea Gertie en l'observant à la dérobée. *Il rit beaucoup, mais il a toujours l'air un peu triste. Pourquoi est-il revenu ?*

— Vous avez trouvé votre bonheur en Amérique ?

Son sourire fit chavirer le cœur de Gertie. Aïe, elle connaissait ce sentiment qui lui ôtait toute raison et la poussait à des actes irréfléchis. Chaque fois qu'elle s'était amourachée d'un homme, cela s'était mal passé.

— J'ai réussi, Gertie, répondit-il. Oui, on peut dire que j'ai accompli beaucoup de choses. Je ne dépends de personne et n'ai pas de soucis d'argent. Si on peut appeler ça le bonheur, alors oui, je suis un homme heureux.

Et il se remit à rire, d'une manière que Gertie trouva un peu forcée. Était-ce une coutume américaine que de rire ainsi à tout bout de champ ? Comme si la vie n'était qu'une vaste plaisanterie ?

Cependant, lorsque Else lui parla de la terrible fin de Maria Jordan, Robert cessa de rire. Il l'avait bien connue.

— Elle a toujours été une femme singulière, dit-il en secouant la tête avec tristesse. Elle venait de temps en temps nous tirer les cartes. Et elle avait des rêves prémonitoires. C'est vraiment affreux.

Il termina son café, puis déclara qu'il ne voulait pas les déranger plus longtemps. Il avait été ravi de revoir Else et la Brunnenmayer, à présent il voulait faire un saut rapide chez les Bliefert.

— Je ne peux pas repartir sans avoir salué Augusta.

Il ne dit rien sur la suite de son voyage, mais Gertie supposa qu'il comptait regagner l'Amérique, puisqu'il y avait trouvé le bonheur et la réussite.

Peut-être que ça vaut mieux, pensa-t-elle. *De toute façon, ça m'aurait apporté que des ennuis.*

— Bonne chance à tous, à chacun d'entre vous.

Il leur serra la main, leur adressa un large sourire et ressortit dans la cour, où l'attendait une automobile d'un rouge insolent équipée de sièges noirs et de roues à rayons blancs.

— Une Tin Lizzie, murmura Humbert, jaloux.

Chapitre 40

Mai 1925

Marie s'était sentie malade tout au long de la journée. Elle ferma l'atelier deux heures plus tôt que d'ordinaire, donna congé à ses employées pour la fin de semaine et essaya de mettre un peu d'ordre dans son bureau avant de regagner la rue de la Porte des femmes. Elle avait la tête bourdonnante, les mains glacées.

Pas étonnant que je ne sois pas dans mon assiette, pensa-t-elle. *Mais j'ai donné mon accord et, maintenant, les choses suivent leur cours. Le vin est tiré, il faut le boire.*

Après avoir à deux reprises trié n'importe comment une pile de commandes, elle se laissa tomber sur son siège et appuya sa tête sur ses mains.

L'exposition *Luise Hofgartner, une artiste d'Augsbourg* allait être inaugurée dans la soirée. Pourquoi en était-elle toute chamboulée ? La chose était prévue depuis des mois et, au début du moins, cette perspective l'avait ravie. Et voilà que, le jour J, ses nerfs lâchaient. Sans doute parce que toutes ses clientes de la journée n'avaient eu que ce « grand événement » à la bouche, assurant qu'elles viendraient avec leur époux, leurs beaux-parents, oncles, tantes et amis. Et, depuis le fameux article paru dans le journal, tout le monde savait qui avait été Luise Hofgartner et que Marie Melzer était sa fille. On racontait que le « vieux Melzer » avait voulu contraindre la veuve de son ancien associé Burkard à toutes sortes d'agissements immoraux. Un fait que ses clientes avaient eu la discrétion de passer sous silence, mais Marie avait parfaitement conscience de ce qu'elles avaient à l'esprit. Ah, elle aurait donné cher pour pouvoir annuler purement et simplement cette exposition !

Elle se raidit : il fallait regarder vers l'avenir. Comment pouvait-elle être si lâche ? Annuler l'exposition ! Elle se serait montrée injuste envers sa mère. Celle-ci avait été une femme courageuse, pas question de se dégonfler !

Elle prit un sachet de poudre contre la migraine, mit son chapeau et enfila sa veste. En fermant l'atelier, elle cligna des yeux sous la lumière aveuglante du soleil qui se réfléchissait sur les vitrines. Elle se hâta de rejoindre l'arrêt du tramway.

— Bien le bonjour, madame Melzer ! lança quelqu'un depuis une automobile. Je peux vous déposer quelque part ?

Sur le point de refuser, Marie reconnut Gustav Bliefert et ne voulut pas repousser l'offre du brave homme.

— C'est très gentil de votre part. Oui, je retourne rue de la Porte des femmes. Comment ça va ? Et les affaires ?

Elle se sentit soudain heureuse de pouvoir discuter avec lui, car sa sérénité était apaisante.

— On peut pas rêver mieux, répondit-il fièrement. Les jeunes plants sont partis comme des petits pains. Et maintenant, c'est au tour des fleurs. La Liesel, elle fait des bouquets qu'on a du mal à le croire. Mille fois mieux qu'Augusta. Sur le marché, les gens, ils se les arrachent.

La Liesel, se dit Marie. *Lui révéleraient-ils un jour que Gustav n'était pas son père ? Et cela la rendrait-il plus heureuse de l'apprendre ? Comment savoir ?*

Gustav la conduisit jusqu'à la maison de Kitty, s'arrêta et descendit promptement lui ouvrir la portière.

— Et merci beaucoup pour les vêtements de Leo. Maxl et Hansl, ils sont très fiers de pouvoir les porter.

— J'en suis ravie, répondit Marie. Et moi je vous remercie de m'avoir ramenée dans cette belle automobile.

— Toujours à votre service, madame Melzer. Ce soir, on viendra, Augusta et moi. Dans le journal, ils ont dit que c'était l'événement de l'année.

Marie lui adressa un sourire, tout en pensant que ces deux fidèles amis seraient sans doute horrifiés de découvrir les tableaux de sa mère. Bah, ils ne seraient pas les seuls.

Henni se tenait déjà sur le pas de la porte, sautillant impatiemment d'un pied sur l'autre. Ce faisant, elle déployait sur les côtés le bas de sa petite robe rose pour la faire bouffer comme deux ailes.

— Tante Marie, tante Marie, maman veut pas que je danse ce soir. Pourtant, à l'école j'ai eu le droit de faire l'oiseau de paradis.

Après les vacances de Pâques, l'école Sainte-Anne avait accueilli les nouveaux avec un joli spectacle interprété par les élèves. Henni, qui y avait pris part avec enthousiasme, nourrissait depuis l'espoir de devenir un jour une danseuse célèbre.

— Ce soir, on ne dansera pas, Henni. Les gens viendront simplement regarder les tableaux, discuter, et puis ils s'en iront. Ce sera très ennuyeux. Rien d'intéressant pour les enfants.

Cependant, quand elle avait une idée en tête, Henni n'en démordait pas facilement. Le menton en avant, elle gratifia Marie d'un regard bleu rempli d'énergie.

— Mais à la villa Leo a le droit de jouer du piano.

— Et là-bas tu as le droit de danser, Henni. Mais ce soir nous serons dans les locaux de la Société des arts, rue de la Salle de douane.

L'argument était sans réplique. Henni fit la moue et voulut au moins s'assurer de ses acquis.

— Mais à la villa j'ai le droit de danser, hein ? Pour la fête d'été, par exemple ?

— Il vaudrait mieux que tu voies ça avec ta maman, Henni.

Avec un grand soupir, Henni pirouetta pour faire virevolter sa robe.

— Maman est nerveuse aujourd'hui.

Pas étonnant, songea Marie. *Après tout, c'est elle qui est à l'origine de tout ça. C'est parti d'une bonne intention. Elle l'a fait pour moi. Et au nom de l'art, bien sûr.*

— Je vais passer la voir, dit-elle en souriant à Henni. Peut-être que je pourrai l'aider à se calmer.

Kitty était installée dans le fauteuil en rotin, le téléphone sur les genoux, l'oreille collée au combiné. Lorsque Marie entra, elle lui adressa un rapide signe de tête et la salua de sa main libre, tout en continuant à parler.

— … bien sûr que madame Melzer vous accordera une interview… Pardon ? Le *Nürnberger Anzeiger* ? Parfait, nous veillons toujours à encourager la culture en province… Oui, l'inauguration commencera ce soir à 7 heures… Bien sûr qu'il y aura un buffet… Non, la presse ne sera pas autorisée à entrer avant l'ouverture… Je vous remercie également. Vous pouvez me rappeler votre nom ? Zeisig ? Très aimable… À ce soir, donc, monsieur Reisig.

Elle raccrocha, puis posa l'appareil sur la petite table bancale en laiton.

— Ça alors, Marie ! s'exclama-t-elle, les yeux brillants. Tu te rends compte, ils viennent de Nuremberg ! Il y aura aussi des journalistes de Munich. Et un sculpteur de Bamberg, accompagné de son beau-frère qui travaille dans la presse. Et tu ne vas pas le croire : Gérard a prévu de venir à Augsbourg pour voir l'exposition. Avec sa jeune femme. Ils sont en voyage de noces. En ce qui me concerne, moins je les vois, mieux je me porte. Surtout ce dégonflé de

Gérard ! Quant à sa femme, elle n'y est pour rien, la pauvre petite est plutôt à plaindre.

Épuisée, Marie se laissa tomber sur une chaise en se bouchant les oreilles.

— Kitty, je t'en prie, si tu pouvais te taire ne serait-ce qu'un instant ! Mes nerfs…

— Et les miens, alors ? se lamenta Kitty. Qu'est-ce que je ferai quand il sera devant moi ? Quel culot tout de même de ramener sa femme ici ! Il veut peut-être que je lui raconte nos nuits d'amour à Paris ? Oh, ça ne me dérangerait pas.

La porte s'ouvrit, livrant passage à Gertrude, chargée d'une soupière fumante.

— À table, mesdames les artistes ! Il faut que vous mangiez quelque chose. Bouillon de bœuf et raviolis. De quoi fortifier le corps et l'esprit.

Marie se leva machinalement pour poser le dessous-de-plat sur la table et distribuer les assiettes. Kitty étendit les bras en poussant un gémissement.

— Je suis incapable d'avaler la moindre bouchée ! Rapporte cette soupière à la cuisine, s'il te plaît. L'odeur suffit déjà à me rendre malade.

— Pas question, grogna Gertrude en prenant des cuillères à soupe dans le tiroir du placard. Ce soir, on boira du champagne. Si vous n'avez rien dans l'estomac, le premier verre aura raison de vous.

Kitty soutint qu'elle pouvait boire des litres de champagne sans jamais être ivre. Un peu grise, mais lucide.

— Bon, je veux bien m'asseoir, mais je ne mangerai pas. Que font les enfants ?

— Leo est encore chez les Ginsberg et Dodo bricole au grenier. Ils mangeront après votre départ. Je leur ai promis des crêpes avec de la compote de pommes.

— Pouah ! s'exclama Kitty en posant la main sur son ventre. Rien que d'y penser…

Elle se laissa finalement convaincre de prendre quelques cuillerées de bouillon. Et un minuscule ravioli, un bébé ravioli, hein ! Et peut-être un demi-ravioli de plus, et puis on n'allait quand même pas laisser l'autre moitié…

— Ah, je me sens mieux ! soupira-t-elle en se calant sur son siège. On a trimé jusque tard dans la nuit, mais tout est en place. Tu seras enchantée, Marie… Quand on entre, le tableau qu'on voit en premier, c'est celui des montagnes bleuâtres déchiquetées. On a exposé les nus dans la pièce voisine. Je connais la pruderie des Augsbourgeoises… Quant à ces ennuyeux portraits, ils sont tous dans le pavillon.

Marie ne fit aucun commentaire. Elle avait confié la disposition des œuvres à Kitty et à ses amis, qui s'étaient généreusement et bénévolement investis dans la préparation de l'exposition. Mais elle aurait évidemment préféré montrer d'abord les travaux plus classiques de sa mère, portraits et dessins de paysages prêtés pour l'occasion par divers collectionneurs privés d'Augsbourg. Luise Hofgartner les avait réalisés après la mort de Jakob Burkard, alors qu'elle avait besoin d'argent.

— Tu verras, Marie, ce sera un succès monstre ! Les Munichois seront verts de jalousie. Je me demande si on verra au moins Lisa. Pour le moment, elle n'a rien dit.

Tilly avait appelé la veille pour s'excuser de son absence : ayant un examen important à passer, elle ne pouvait faire le voyage à Augsbourg.

— La future madame von Klippstein ne me manquera pas, poursuivit Kitty. Mais ce serait bien que Lisa soit là. Peut-être que son cher Sebastian arrivera à la convaincre. C'est un homme courageux, je ne le trouve pas si mal en fin de compte. Si on fait abstraction de son physique… Ce n'est vraiment pas un adonis. Et quand je l'imagine torse nu…

— Kitty ! l'interrompit Gertrude. Personne, ici, n'a envie de le savoir.

Marie se força à manger un peu de soupe et un ravioli. Son humeur s'était encore assombrie à la pensée que Paul ne viendrait évidemment pas. Il ne pouvait pas faire cela à Alicia, surtout après cet horrible article. Il s'était montré si furieux au téléphone, allant jusqu'à lui couper la parole. Son attitude autoritaire lui avait révélé que le fossé qui s'était creusé entre eux n'avait pas disparu. Qu'il était devenu un abîme impossible à combler, qui détruisait son amour, son mariage, et interdisait toute réconciliation. Comment aurait-elle pu vivre avec un homme qui méprisait sa mère ? Qui avait honte des origines de sa femme ?

— Tu sais, Marie, quand tout ça sera fini et que vous vous serez remis ensemble, nous retournerons vivre à la villa.

Arrachée à ses pensées, Marie jeta à Kitty un regard déconcerté. Que venait-elle de dire ?

— Ça t'étonne, hein ? s'exclama Kitty, amusée. J'ai bien réfléchi. Puisque Tilly a le culot d'épouser Klippi et de partir s'installer avec lui à Munich, je ne veux pas placer ma chère Gertrude dans une situation difficile.

Elle saisit sa belle-mère par le bras avec tant de vigueur que celle-ci, surprise, faillit laisser choir son ravioli sur la nappe.

— Ta place est auprès de Tilly, Gertrude. Après tout, c'est ta fille, elle a besoin de toi. Moi, j'ai ma mère. Et comme cette mégère de Serafina a vidé les lieux, plus rien ne s'oppose à ce que je rentre avec Hennilein.

— Quels beaux projets, répondit Marie avec un sourire indulgent.

Elle connaissait suffisamment Kitty pour savoir que, le lendemain, elle aurait déjà forgé d'autres plans. Il était donc inutile de discuter. Gertrude ne l'ignorait pas non plus. Aussi poursuivit-elle tranquillement son repas en se bornant à déclarer qu'elle se sentait très bien ici.

La sonnette de la porte d'entrée retentit. On entendit Henni descendre les marches en sautillant pour aller ouvrir.

— Oui, c'est ça, vous pouvez me le donner.

Quelques instants plus tard se glissa par la porte du salon un énorme bouquet de fleurs estivales, qui dissimulait presque entièrement Henni.

— Maman, il attend son pourboire.

— Grands dieux ! s'exclama Kitty en se levant d'un bond. Les premières félicitations arrivent, Marie.

— On n'a pas de vase assez grand, grommela Gertrude, qui avait débarrassé Henni de son fardeau. Il y a une carte.

Marie, qui avait nourri un bref et fol espoir, fut déçue : le bouquet était pour Kitty.

— Quoi, pour moi ? S'il vient de Gérard, il finira illico à la poubelle.

Elle sortit avec impatience la carte de son enveloppe, la parcourut rapidement, puis secoua la tête.

— Aucune idée de qui ça peut être. Quelqu'un semble vouloir me faire une blague.

Marie n'éprouvait pas de curiosité. Elle se leva en déclarant qu'elle allait se changer, après quoi elle se rendrait à pied rue de la Salle de douane.

— Il n'en est pas question. On ira ensemble en voiture. Je serai prête dans dix minutes. Gertrude, tu veux bien mettre ces fleurs dans un pot quelconque ?

— Il faut toujours se dépêcher, maugréa Gertrude. Il n'est que 5 h 10.

Marie n'eut pas à réfléchir longtemps : elle porterait la robe noire ajustée qui lui arrivait au mollet avec un décolleté en V un peu osé ; un long collier de perles blanches enroulé deux fois autour du cou, comme le voulait la mode ; des escarpins noirs ; une veste légère mi-longue et un petit chapeau impertinent que l'on posait de biais.

Kitty arriva évidemment en blanc, robe de soie à hauteur de mollet et aux poignets ornés de délicates broderies, sandales blanches à brides et talon. Elle fronça les sourcils en voyant la tenue de Marie.

— On dirait que tu vas à un enterrement avec tout ce noir.

C'était bien le sentiment de Marie, mais elle ne jugea pas utile de le dire.

— Et toi à un mariage, plaisanta-t-elle.

Égayée, Kitty gloussa, ajoutant qu'il ne manquait plus que la couronne de myrte, mais que ce n'était pas son genre.

La « petite bagnole » fit évidemment des siennes : elle avançait par saccades, dégageait une odeur de caoutchouc brûlé et cracha de l'eau. Marie en vint à regretter de ne pas être partie à pied. Cependant, sa belle-sœur déployait tant d'affectueux encouragements et de petites astuces qu'elle n'eut pas le cœur de descendre en cours de route.

— Tu vois, on y est arrivé ! s'écria Kitty, triomphante, en s'arrêtant devant les locaux de la Société des arts. Et il nous reste encore une demi-heure avant l'ouverture.

Il n'y avait pas foule dans la rue de la Salle de douane. Ni dans le jardin, autrefois propriété du banquier augsbourgeois Euringer, et éclairé par la chaude lumière d'un soleil de fin d'après-midi. Les vieux arbres étendaient leurs branches protectrices au-dessus du pavillon démodé, qui avait recommencé à accueillir des expositions.

— Peut-être qu'il n'y aura personne, dit Marie avec espoir.

Cependant, à peine avaient-elles pénétré dans le hall d'entrée qu'elles entendirent un brouhaha de voix et des tintements de verres. Marc vint à leur rencontre, sa chevelure blonde soigneusement peignée et passée à la brillantine.

— Les vautours de la presse sont déjà là. Ils veulent Marie. Madame le directeur Wiesler est pendue au téléphone… Et Roberto est rond comme une barrique.

Il serra Kitty dans ses bras, puis Marie, et les poussa toutes les deux dans la salle où étaient exposés les nus. Un certain nombre de jeunes gens étaient engagés dans des discussions animées. Un photographe équipé d'un puissant flash prenait des photos.

— Votre attention, s'il vous plaît ! Je vous présente madame Marie Melzer, la fille de l'artiste.

Aussitôt, Marie fut entourée de tous côtés. Les questions fusèrent, les flashs crépitèrent, les stylos coururent sur les blocs-notes. Des regards curieux, insistants, émoustillés se rivèrent sur elle telles des flèches. La jeune femme se sentit soudain très calme. Elle sélectionnait les questions, répondait à quelques-unes, laissait tomber les autres, souriait, proclamant sans se lasser la joie qu'elle éprouvait à voir sa mère jouir enfin de la reconnaissance qu'elle méritait.

Quelqu'un lui donna une coupe de champagne, qu'elle garda un bon moment à la main avant de la porter à ses lèvres. Se sentant soudain à l'étroit dans la pièce, elle se fraya un chemin jusqu'à la grande salle, pour y trouver une foule aussi nombreuse.

— Madame Melzer, c'est absolument formidable !

— Marie, ma chère, laisse-moi te saluer ! Quels tableaux incroyables !

— Ma chère madame Melzer, je suis bouleversé. Quel talent !

Elle saluait amis et relations, et d'autres qu'elle connaissait superficiellement ou pas du tout. Des visages glissaient devant elle, des yeux écarquillés d'horreur, des lèvres pincées. Elle captait des chuchotements excités, voyait des mines indignées, des dames la main devant la bouche. Certaines se détournaient et cherchaient la sortie.

— Madame Melzer ? Je suis du *Münchner Merkur*. Si vous aviez le temps pour une petite interview, un peu plus tard…

— Ah, vous êtes la fille de l'artiste ? Eh bien, je ne vous envie pas, quel héritage…

L'avocat Grünling discutait avec le neurologue Schleicher. Tous deux inclinèrent poliment la tête à son passage. Les époux Manzinger, qui possédaient à présent plusieurs salles de cinéma, levèrent leur verre à sa santé. Herrmann Kochendorf, leur gendre, lui adressa un sourire gêné. Son épouse Gerda lui parlait avec fièvre.

— Hideux, lâcha quelqu'un à côté de Marie. Ça n'a ni queue ni tête.

— Vous appelez ça de l'art? Mais c'est affreux, complètement raté.

— Dégénéré.

— De mauvais goût.

— Obscène.

— Cela dit, elle savait dessiner. Vous avez jeté un coup d'œil dans le pavillon?

Marie termina son verre et fut contente d'apercevoir Elisabeth et Sebastian Winkler dans un coin de la salle.

— Marie! la héla Lisa. Viens nous rejoindre. Le discours d'inauguration va commencer.

La jeune femme se fraya un chemin jusqu'à eux et les salua. Elisabeth s'était glissée tant bien que mal dans une robe bleu ciel que sa belle-sœur lui avait confectionnée des années auparavant. Sebastian, lui, portait un costume de Johann Melzer senior.

— Tu ne trouves pas qu'il lui va bien? On le dirait fait pour lui. Ç'aurait été vraiment dommage que ce costume se perde définitivement dans les armoires de maman, non?

— En effet. Je crois que ton père aurait été ravi.

Sebastian eut un sourire mi-figue mi-raisin. Sans doute se sentait-il mal à l'aise dans cette tenue. Étrange, tout de même: à maints égards il se montrait têtu, voire incorrigible, mais il était capable de se faire violence par amour pour Lisa.

— Madame Wiesler m'a cuisinée pendant des semaines, répondit Marie avec un sourire. Elle s'est donné énormément de mal pour préparer ce discours.

— Je crève de curiosité!

Marie aperçut Kitty, lumineuse tache blanche dans la cohue. La jeune femme fit un signe à quelqu'un, renversa la tête en arrière et lança à voix haute:

— Ça va commencer! Allez, en scène! Bonne chance!

On recula pour laisser un espace libre autour de madame le directeur Wiesler, qui s'était placée devant la grande toile exposée au milieu de la salle : un tableau abstrait représentant des montagnes escarpées sous la neige. Madame Wiesler, cheveux soigneusement teints, était devenue encore plus ronde. Son ample robe vert clair faisait malencontreusement ressortir ses formes.

— Très chers amis de l'art, commença-t-elle de sa puissante voix d'alto. Mes chers amis, j'ai l'honneur de laisser la parole à…

Elle tendit les bras en un geste théâtral. Un homme en costume sombre se détacha de la foule et vint la rejoindre.

— Je vous remercie, dit Paul Melzer en s'inclinant devant elle.

Puis il se tourna vers l'assistance étonnée.

— Mes chers amis, sans doute êtes-vous surpris de me voir prendre la parole pour prononcer le discours en l'honneur de l'artiste Luise Hofgartner. Permettez-moi de vous en expliquer la raison.

Incrédule, Marie fixait cette apparition inattendue ; ce ne pouvait être que le fruit de son imagination. Était-ce l'effet de l'unique coupe de champagne qu'elle avait bue ? Était-ce vraiment Paul qui se tenait là avec tant de naturel, prêt à parler ?

— Les liens entre la famille Melzer et Luise Hofgartner se sont noués il y a bien des années, pour le meilleur et pour le pire. Et, je vous le dis aujourd'hui : la peintre Luise Hofgartner fait partie de notre famille. Elle n'est pas seulement la mère de ma chère femme Marie, elle est aussi ma belle-mère et la grand-mère de nos enfants.

C'était bien lui. Ni fantôme ni vision engendrée par l'alcool. Debout devant le paysage de montagnes bleuâtres, il parlait à l'assistance de Luise Hofgartner racontant publiquement ce qu'il n'avait même pas voulu reconnaître en privé. Prise d'un léger vertige, Marie se sentit brusquement les jambes en coton. Heureusement, Sebastian Winkler la prit par le bras pour la soutenir.

— Je t'avais bien dit qu'elle serait bouleversée, chuchota Elisabeth.

— Voulez-vous vous asseoir ? demanda tout bas Sebastian à Marie.

La jeune femme se ressaisit. De nombreuses personnes s'étaient tournées vers elle et lui lançaient des regards emplis de curiosité.

— Ça ira, merci.

Tout ça est un coup monté, pensa-t-elle. *Ils étaient tous au courant. Même Kitty. Qu'est-ce qu'il espère ?*

— Née en Bavière, à Inning am Ammersee, la jeune Luise Hofgartner partit faire ses études à l'Académie des beaux-arts de Munich. Ne s'y sentant pas à l'aise, elle n'y demeura qu'un an. De nombreux voyages au côté d'un mécène la conduisirent dans toute l'Europe. À Paris, elle fit la connaissance de Jakob Burkard, son futur mari.

Laissant habilement de côté un certain nombre de détails fâcheux, Paul se concentra sur le travail de Luise Hofgartner. Elle avait été une artiste extrêmement douée, explorant diverses voies qu'elle avait toutes marquées de son empreinte.

— Ce que nous voyons exposé ici n'est qu'un fragment de son œuvre. Celle-ci est restée inachevée, parce que Luise Hofgartner n'a pas eu le temps d'atteindre l'âge de la maturité. Mais cette petite partie de son travail de création est déjà impressionnante et ne doit pas tomber dans l'oubli. Son talent s'est transmis à sa fille et, pour autant que je puisse en juger, également à ses petits-enfants. Nous sommes tous fiers d'être apparentés à cette femme exceptionnelle.

— Là, il en fait trop, chuchota Elisabeth.

Marie avait peine à se soutenir. En elle se déchaînait un mélange de désespoir, de bonheur, d'indignation, d'espoir et de doute qui la mettait hors d'état de dire ne serait-ce qu'un mot. Elle claquait des dents, comme si le thermomètre était descendu à des températures sibériennes.

— Je lève mon verre à l'admirable Luise Hofgartner et à son œuvre !

Elle vit la coupe de cristal étinceler dans la main de Paul, le sourire victorieux qui lui était si familier s'adresser à tous ses auditeurs. On entendit des verres s'entrechoquer, des applaudissements qui allaient s'intensifiant, et même des bravos isolés. Le photographe faisait de grands moulinets avec son appareil, repoussant les gens, les exhortant à le laisser passer. Paul souriait toujours, répondait à des questions, serrait des mains. Puis, l'afflux de visiteurs qui se pressaient vers lui le cacha à la vue de Marie.

Soudain, Kitty surgit à son côté. Elle l'attira contre elle, l'embrassa sur les joues, la secoua.

— Il a été formidable, hein ? Ah, c'est un orateur merveilleux, notre petit Paul ! L'allure qu'il avait, cette décontraction ! Dis quelque chose, Marie ! Allez ! C'est pour toi qu'il a fait ça. Hier, il a eu une terrible dispute avec maman.

— Kitty, gémit Marie, je... j'aurais besoin d'un verre d'eau.

— Oh là là ! Allons vite au buffet ! Tu pourras t'asseoir et je t'apporterai de l'eau. Ça t'a secouée, hein ?

— Un peu, souffla Marie.

Elle emboita le pas à sa belle-sœur pour gagner le fond de la salle, où l'on avait installé quelques chaises pour les plus âgés, mais s'arrêta brusquement. N'était-ce pas Paul qui se frayait un chemin dans la foule ? Se dirigeait-il vers elle ? Elle se sentit désemparée, son trouble était encore trop profond. Mais elle le vit quitter la salle.

J'aurais dû aller le trouver, pensa-t-elle. *Lui dire que je n'aurais jamais exigé ça de lui, que je l'admire énormément. Mais devant tous ces gens...* Soudain, elle eut peur qu'il soit trop tard. Il était parti. Était-il rentré à la villa ? Furieux, déçu ? Ou bien se trouvait-il encore sur les lieux ?

— Voilà ton verre, Marie. Assieds-toi à côté de moi. Les vautours de la presse ne vont pas tarder...

— Merci, Kitty. Les vautours attendront.

Elle se détourna et se dirigea à son tour vers la sortie, sans prêter attention à ceux qui voulaient lui parler. Dehors, il faisait déjà nuit, on voyait les lumières de la rue, les fenêtres claires des maisons, la silhouette des automobiles en stationnement. Où était-il ? Pourquoi était-il sorti avec tant de hâte ? Elle tourna son regard vers le pavillon éclairé qui, dans le jardin obscur, scintillait à travers les branches telle une cage remplie de vers luisants. Peut-être se trouvait-il là-bas ? Elle sursauta en voyant un homme arriver dans sa direction. À sa vue, il ralentit le pas, puis s'arrêta.

— Marie.

Elle resta stupéfaite. Était-ce la soirée des miracles et des tours de magie ?

— Excusez-moi, reprit-il en ôtant son chapeau, l'air aussi déconcerté qu'elle. Je voulais dire : madame Melzer. Vous vous souvenez de moi ?

Elle fit un pas vers lui, le regarda de plus près. Mais non, elle ne se trompait pas !

— Robert !... Je voulais dire : monsieur Scherer. Alors vous êtes à Augsbourg ?

— Comme vous le voyez.

Ils eurent un instant d'indécision. Marie sentit qu'il la regardait avec admiration. À l'époque où il était parti, elle n'était encore que fille de cuisine.

— Je... je suis malheureusement arrivé en retard. Pourriez-vous me dire où se trouve madame Bräuer ?

— Kitty ? Bien sûr. Elle était au buffet il y a un instant.

Il la remercia hâtivement et voulut se remettre en route, mais elle le retint.

— Est-ce que vous auriez... vu mon mari ? Je veux dire Paul Melzer.

— Monsieur Melzer ? Oui, je sais qu'il est votre époux. Il est dans le pavillon.

— Merci beaucoup.

Ils se saluèrent d'un signe de tête, puis repartirent chacun vers sa destination.

Une apparition, se dit Marie. *Un rêve. Un songe d'une nuit d'été en plein mois de mai.*

Repoussant les branches des buissons, elle s'engagea sur une des pelouses. L'herbe était humide, le jardin à l'abandon embaumait l'aspérule et le trèfle, la terre chaude et la résine de genévrier. On distinguait les visiteurs derrière les vitres. Ils se promenaient devant les dessins exposés, s'arrêtaient, pointaient le doigt sur un tableau, échangeaient quelques paroles.

Un homme s'approcha de la fenêtre et plongea son regard dans le jardin faiblement éclairé. C'était lui. Elle vit ses cheveux blonds, ses mains qui se posèrent instinctivement sur la vitre, comme pour la repousser, ses yeux gris tournés vers elle. Lorsqu'elle fit un mouvement, il disparut brusquement.

Une porte claqua. Le cœur battant, elle entendit le bruit de ses pas. En cette magique nuit de songe, elle ne pourrait lui résister, pas dans ce jardin obscur empli de féconds effluves…

— Marie…

Il était devant elle, la respiration entrecoupée, dans l'attente de sa réaction. Avant même de savoir ce qu'elle allait lui dire, Marie déclara :

— Paul, c'était magnifique… Je ne sais pas quoi dire, je suis complètement bouleversée.

Elle sentit que la tension le quittait. Avait-il craint de l'avoir fâchée par son discours ? Il semblait profondément soulagé.

— J'ai mis longtemps à comprendre, Marie. Pardonne-moi. Ta mère fait partie de notre famille.

Tout à coup, les larmes montèrent aux yeux de la jeune femme. Le fardeau qui la tourmentait depuis si longtemps se dissipa, elle était libre. Et, lorsqu'il la prit dans ses bras, elle lui sourit à travers ses larmes.

— Je t'aime, Marie, l'entendit-elle dire de sa voix si familière. Reviens, je t'en prie…

Il n'osait même pas l'embrasser. Se contentait de la tenir serrée contre lui, comme s'il craignait de la voir s'enfuir à nouveau.

— S'il te plaît…

— Là, maintenant ?

Il l'écarta légèrement de lui, vit qu'elle le taquinait. Ses yeux étincelèrent de joie.

— Bien sûr ! s'exclama-t-il en lui prenant la main.

Chapitre 41

Cet état de prescience qui précède le réveil. Une succession d'images, une sensation d'apesanteur, d'élévation, un ciel pastel. Des tissus de pensées qui se défont et dont les fils légers s'envolent, chants d'oiseaux saluant l'arrivée du matin. Marie étreignit son oreiller et se retourna voluptueusement.

— Tu es réveillée ?

Elle sentit la main de Paul glisser tendrement sur son épaule, dans sa chevelure. Il lui frotta doucement la nuque, lui chatouilla l'oreille, passa deux doigts sur son menton, descendit le long du cou.

— Qu'est-ce que tu fabriques ? gloussa-t-elle.

Il appela son autre main à la rescousse et, lorsqu'elle se tourna sur le dos, ne put se maîtriser plus longtemps. Paul, l'homme qu'elle aimait, qu'elle désirait, qui l'avait prise avec tant de passion la veille au soir. Elle aussi avait été transportée, au point de ne plus savoir ce qu'elle faisait. Elle avait pressé un coin de l'oreiller sur sa bouche afin d'étouffer ses gémissements de plaisir. Leur chambre était voisine de celle de sa belle-mère. Et, de l'autre côté, se trouvaient celles de Lisa et Sebastian.

Cette fois, il se montra attentionné, lui prodiguant les caresses qu'elle aimait, s'abandonnant aux siennes. Elle sentait combien il se faisait violence pour prolonger le plus possible ce délicieux moment.

— Attention, mon trésor ! Tu m'as laissé trop longtemps seul, c'est dangereux... Marie !

En dépit de leurs précautions, le jeu s'acheva plus vite qu'ils ne l'avaient espéré. Cependant, l'ivresse qui s'était emparée d'eux était plus puissante que celle qu'ils avaient connue la veille. Elle fut aussi plus durable. Ils restèrent allongés un moment sans parler, continuant à se sentir unis, deux êtres qui se fondaient l'un dans l'autre, deux âmes s'étreignant amoureusement. Puis, entendant s'élever la voix revendicative du plus jeune résident de la villa, ils échangèrent un sourire.

— Il y a des avantages à avoir des enfants plus grands, déclara Marie.

— Oh, je n'aurais rien contre le fait de remettre ça.

— D'autres jumeaux ? plaisanta-t-elle.

— Je dirais même oui à des triplés.

Ils se mirent à rire, se tournèrent chacun sur le côté sans relâcher leur étreinte. Paul repoussa les cheveux qui cachaient le visage de Marie, lui chuchota qu'elle n'avait jamais été si belle, l'embrassa sur le nez, sur les lèvres. De l'autre côté, on entendit Elisabeth réprimander la bonne d'enfants, puis rudoyer Sebastian, qui cherchait à la calmer.

— Les joies de la famille, commenta Marie avec un sourire en coin.

Elle repensa au fait que Paul avait été mobilisé quelques jours seulement après la naissance des enfants. Il ne les avait pas vus grandir : à son retour, ils avaient déjà quatre ans.

— Tu sais que Lisa et Sebastian se marieront à l'automne ? dit-il.

Marie l'ignorait. Elisabeth lui avait simplement appris que Sebastian, ayant à présent un emploi et les moyens de nourrir une famille, l'avait enfin demandée en mariage.

Paul leva la tête pour glisser un regard par l'embrasure des rideaux. Le soleil dessinait des taches scintillantes sur l'étoffe crème et dardait dans la pièce de minces bandes dorées. En regardant l'heure, Marie s'aperçut qu'il était déjà 9 heures passées.

Ils s'étirèrent, rirent, savourant un dernier instant la sensation retrouvée d'être deux, à laquelle ils pouvaient s'abandonner sans contrainte dans l'enceinte de leur chambre. Il était malheureusement trop tard pour prendre ensemble un bain. Et puis, maintenant que Lisa, Sebastian et le bébé utilisaient eux aussi la salle de bain, on ne pouvait plus s'y livrer à des jeux qui les auraient occupés fort longuement.

— Repoussons ça à cet après-midi, suggéra Paul. Quand maman fera sa sieste et que la famille Winkler descendra se promener dans le parc avec la bonne d'enfants.

— Vous avez un tas de projets, monsieur Melzer, répondit gaiement Marie.

— C'est que nous avons du retard à rattraper, madame Melzer.

Lorsqu'ils entrèrent l'air de rien dans la salle à manger, lui rasé, elle coiffée, leur arrivée suscita des réactions diverses. Alicia regarda Paul avec un air désapprobateur et lança un « bonjour » peu chaleureux, dont Marie se demanda s'il s'adressait également à elle. Sa belle-mère l'avait plus ou moins ignorée. En revanche, Elisabeth se leva pour les embrasser. Sebastian leur sourit aimablement, sans toutefois oser s'exprimer sur cette délicate querelle familiale. Ce qui témoignait d'un esprit avisé.

— Nous sommes rentrés un peu tard, hier soir, dit Paul à sa mère. C'est pourquoi nous avons pris la liberté de faire la grasse matinée. J'espère que tu ne nous en veux pas.

Pour toute réponse, Alicia déposa un peu de confiture sur son assiette. Paul et Marie s'assirent à leur place.

— Dois-je comprendre que tu as décidé de revenir chez ton époux ? demanda Alicia avec sévérité à Marie.

La jeune femme sentit Paul lui poser la main sur le genou. Elle garda son calme : elle avait appris très jeune à montrer le moins possible ses sentiments.

— Tu as bien compris, maman. Et j'espère que tu en seras heureuse toi aussi. Tout à l'heure, nous irons chez Kitty chercher les enfants et prendre nos affaires.

L'expression d'Alicia s'adoucit très légèrement, l'allusion aux enfants avait été une bonne idée. Cependant, Marie savait qu'il ne lui serait pas facile de reconquérir sa belle-mère.

— Je suis sûr que maman s'en réjouit, Marie, déclara Paul, soucieux de calmer le jeu. Chez elle, ça prend juste un peu plus de temps.

Comme Alicia se bornait à le gratifier d'un regard de mère inquiète, Elisabeth intervint.

— Vous savez pourquoi Klippi n'est pas venu, hier soir ? Il est à Munich pour aider sa future femme à réviser. Elle doit apprendre par cœur l'anatomie humaine. J'ai jeté un coup d'œil dans un de ses manuels : il n'y avait rien que des images de gens nus.

Elle s'interrompit à l'entrée d'Humbert, qui apportait une deuxième cafetière et des petits pains frais. À la vue de Marie, le domestique fit un grand sourire et, en lui présentant la corbeille de pain, il lui glissa tout bas :

— Ravi que vous soyez de retour, madame. Et je m'exprime au nom de tout le personnel. Madame Brunnenmayer vous salue tout particulièrement.

— Merci, Humbert, vous pouvez vous retirer, dit Alicia.

Le jeune homme s'inclina, posa la corbeille sur le buffet, puis sortit tranquillement.

— Du vivant de votre père, nous prenions le petit déjeuner du dimanche avant 8 heures, afin que toute la famille puisse se rendre à la messe, fit remarquer Alicia en jetant un regard à la ronde. Malheureusement, ces belles habitudes ne sont plus au goût des jeunes gens, qui passent désormais le jour du Seigneur au lit et ne descendent pour le petit déjeuner que lorsqu'il est déjà presque midi.

Marie réprima un sourire, Paul et Elisabeth échangèrent un regard. Sebastian se décida enfin à ouvrir la bouche.

— Moi aussi je le regrette, chère Alicia. Un emploi du temps bien réglé, même à la fin de la semaine, est une chose très importante pour une famille. Les enfants, surtout, ont besoin d'horaires fixes et…

Il fut interrompu par des voix claires venant du vestibule. Julius apparut à la porte pour annoncer que les dames Bräuer étaient arrivées avec les enfants.

— Henni, arrête de pousser ! se fit entendre la voix irritée de Dodo.

— C'est moi qui étais la première dans l'escalier !

Les voix et les bruits de piétinement se rapprochaient rapidement.

— Henni, tu as oublié tes petites ailes ! s'écria Kitty.

— Tante Kitty, elle a froissé ma partition !

— Silence ! cria Gertrude. Celui ou celle qui élèvera la voix sera enfermé à la cave avec les souris et les rats !

— C'est ça… rétorqua dédaigneusement Henni.

La porte de la salle à manger s'ouvrit brusquement sous la vague des nouveaux arrivants. Henni se jeta dans les bras d'Alicia, Dodo courut vers Lisa, Leo hésita entre son père et sa mère, puis opta finalement pour Paul. Ce qui laissa à Kitty la possibilité de se précipiter vers Marie.

— Ah, Marie, mon adorable Marie ! Quelle joie de vous voir réconciliés, toi et mon petit Paul ! Quelle soirée, hier ! Toute la ville était là. Demain, tous les journaux parleront de l'exposition, de Nuremberg à Bamberg en passant par Munich. Luise Hofgartner est la découverte de l'année. C'est pas merveilleux ? Ah, je suis si heureuse ! Bonjour, maman. Tu as bien dormi ? Tu as l'air fatiguée, ma petite maman.

Alicia était accaparée par Henni, qui lui parlait de ses exploits au spectacle de l'école.

— Je jouais un ange. Marie m'avait fait deux ailes en carton avec des vraies plumes d'oie. Tout à l'heure, je danserai pour toi, grand-maman, d'accord ? Et si je danse bien, est-ce que j'aurai une récompense ?

Humbert et Julius ajoutèrent des assiettes et des couverts, on apporta des chaises supplémentaires, d'autres petits pains, du lait et du chocolat pour les enfants.

— Elle danse la ronde des anges de l'opéra *Hänsel et Gretel* composé par cet homme au nom bizarre, Humperdinck, expliqua Leo. Je dois l'accompagner au piano, papa. Elle arrête pas de râler, c'est pas marrant. Si je le fais, c'est pour grand-maman.

— C'est très bien de ta part.

Tout à coup, l'atmosphère, encore si glaciale un instant plus tôt, devint joyeuse et bruyante. Des mains enfantines renversèrent des tasses de lait, coupèrent des petits pains dans tous les sens, firent des miettes, des taches, plongèrent dans la confiture.

— Henni, fais attention à ta robe, lança Kitty.

— Grand-maman, plus tard je serai prime. Prime ballerine… Hein ? C'est ça, *prima ballerina.*

Leo demanda si on voulait bien l'autoriser à donner des leçons de piano à la Liesel. Kitty rapporta que madame le directeur Wiesler avait trouvé le discours de Paul « inoubliable » et s'était déclarée si émue qu'elle avait été incapable de dire un mot de toute la soirée.

— Ça me paraît exagéré, répliqua Lisa.

Sebastian expliqua que les tableaux de Luise Hofgartner n'étaient pas faits pour les âmes sensibles. Il fallait de la maturité et de la fermeté morale pour pouvoir en apprécier correctement les effets.

Marie écoutait ces échanges, tout en jetant des regards sur Paul, qui discutait à présent avec Leo d'un concours de musique pour enfants. Quelle ardeur il y mettait ! C'était un tel plaisir de le voir désormais apprécier et même encourager les talents de son fils.

— Un planeur ? demanda Elisabeth. Tu construis un planeur ?

— Oui, répondit fièrement Dodo. C'est tout simple. Deux ailes, le fuselage et la gouverne de direction sur la queue. J'ai découpé les différents éléments dans du carton que papa m'a rapporté de l'usine.

Sebastian voulut savoir si elle s'était servie d'un plan. Dodo expliqua qu'elle avait vu dans un livre à quoi ressemblaient les différentes parties de l'avion et qu'ensuite elle les avait dessinées.

— Toute seule ?

— Papa m'a aidée. Et maman aussi, parce qu'elle sait dessiner des patrons. Mais c'est moi toute seule qui ai fait le découpage.

Elle avait le grand projet de monter les éléments de son avion au grenier, de les y assembler, puis de faire voler l'appareil au-dessus du parc.

— Il faudra qu'il y ait quelqu'un dedans, objecta Leo, songeur. Pour le piloter.

— On y mettra la grande poupée que j'ai reçue pour Noël.

Ce plan téméraire ne suscita guère l'enthousiasme de Marie. Ce genre de plaisanterie avait peu de chances de rencontrer la faveur d'Alicia, surtout en ce moment.

— La belle poupée ? se récria Henni, horrifiée. Tu es folle ou quoi ?

— Ou alors c'est toi qui piloteras, Henni !

La fillette se tapota la tempe de l'index, histoire de montrer à Dodo ce qu'elle pensait de sa suggestion.

— Ah, les enfants ! soupira Alicia en lissant sa robe, qui avait souffert des assauts de Henni. C'est vraiment autre chose quand la villa est pleine de monde. N'as-tu pas dit que tu voulais toi aussi revenir vivre ici avec Henni, ma chère Kitty ?

Celle-ci s'était jetée sur les petits pains encore chauds et le jambon fumé. La bouche pleine, elle fit signe des mains qu'elle allait répondre dans un instant.

— C'est mon intention, maman, dit-elle enfin. Henni est très attachée à ses cousins. Quant à moi, je veux être auprès de ma chère Marie.

En riant, elle posa tendrement son bras sur les épaules de la jeune femme. Sur quoi Alicia gratifia enfin sa belle-fille d'un sourire.

— Je suis heureuse que tu nous sois revenue, Marie, dit-elle sur un ton posé. Ç'a été une période sombre pour nous tous. Et j'espère vraiment que nous connaîtrons à présent des temps meilleurs.

— J'en suis certain, répondit Paul avec un sourire juvénile. À compter d'aujourd'hui, nous formerons tous une grande et heureuse famille.

Humbert entra et vint glisser quelques mots à l'oreille d'Elisabeth.

— La progéniture a faim, soupira-t-elle. Si vous voulez bien m'excuser…

Puis il s'approcha de Kitty, qui était en train d'attacher à sa fille ses ailes d'ange.

— Un visiteur pour vous, madame Bräuer. Dois-je le faire monter ?

Kitty lâcha la deuxième aile, qui resta suspendue de travers dans le dos de la fillette.

— Surtout pas, Humbert. Je descends, veuillez m'excuser.

Elle paraissait soudain très pressée, embrassa Marie sur la joue, adressa un signe de main à sa mère, donna à Paul une tape sur l'épaule, puis sortit prestement de la pièce.

— Qui est donc ce visiteur, Humbert ?

— Un ancien domestique de la villa, madame. Monsieur Robert Scherer.

— Ah ? s'exclama Alicia, surprise.

Paul et Marie s'étaient levés de concert et s'excusèrent à leur tour. Ils se rendirent dans la bibliothèque, ouvrirent la fenêtre et sortirent sur le balcon.

— J'ai eu un bref échange avec lui, hier soir, dit Paul. Il a beaucoup changé. C'est un autodidacte, comme on dit. Sa vie privée, en revanche, a été moins heureuse.

Il attira Marie à lui, tandis qu'ils regardaient dans la cour, où était garée une automobile rouge à la capote relevée, équipée de sièges en cuir noir. Robert tenait la main de Kitty, qui montait gracieusement du côté passager. De leur point d'observation, Paul et Marie ne pouvaient voir leur visage, mais leurs gestes indiquaient clairement qu'il s'agissait d'un rendez-vous.

— Il était déjà amoureux d'elle à l'époque où il travaillait ici, dit Marie à voix basse.

Paul l'embrassa tendrement dans la nuque. Sebastian et Alicia les rejoignirent sur le balcon.

— Kitty nous réservera toujours des surprises, déclara-t-il. Souhaitons-lui bonne chance, elle l'a mérité.

MARQUIS

Québec, Canada

Achevé d'imprimer le 15 juin 2023